史蒂芬金選

Stephen King

穹頂之下

UNDER THE DOME

下

contents

鹽

1

兩名女警依然站在老詹的悍馬車旁說話——賈姬此刻正一臉緊張地抽著菸——但當茱莉亞·夏威經過她們時，她們停下了對話。

「茱莉亞？」琳達遲疑地問。「發生什麼——」

茱莉亞繼續向前。在她情緒仍相當激動的現在，最不想做的事，就是與卻斯特磨坊鎮的警務人員說話，以及聽到他們那些似乎已變得橫行無阻的命令。她朝《民主報》辦公室走到一半左右，才突然意識到自己並非只是憤怒，那甚至並非她主要的情緒。她停在磨坊鎮新書與二手書店的遮雨棚下方（櫥窗掛了張告示：停業直至另行通知），有一小部分是為了要讓心臟狂跳的速度減緩，而主要的原因，是想檢視自己的內心。這並沒花上她多少時間。

「我其實是因為害怕。」她說，被自己的聲音稍微嚇了一跳。她沒預期到自己會說得那麼大聲。

彼特·費里曼趕上了她。「妳沒事吧？」

「沒事。」這是在說謊，但口氣應該足夠堅決。當然，她也不確定自己的表情是否洩漏出了什麼。她伸手撫平後腦杓因睡覺而翹起的頭髮。頭髮先是變平……接著又翹了起來。頭髮是我唯一能馬上處理的事，她想。好極了。真是畫龍點睛。

「我想雷尼是真的想叫咱們的新局長把妳逮捕起來。」彼特說。他此刻瞪大了眼，使他看起來比他三十幾歲的真實年齡來得年輕許多。

「我還真希望這樣。」茱莉亞用手比出一個隱形的標題。「《民主報》記者於牢房中獨家專訪被指控的謀殺案嫌犯。」

「茱莉亞？到底是怎麼回事？這裡除了穹頂以外，怎麼會變成這樣？妳有看見那些傢伙在填表格嗎？實在有點恐怖。」

「看見了，」茱莉亞說。「我打算報導這件事，打算把這一切全寫出來。到了星期四的鎮民大會上，我可不認為我會是唯一準備好要認真詰問詹姆士．雷尼的人。」

她握著彼特的手臂。

「我要去找找看有什麼關於這幾件謀殺案的線索，接著會把發現的事全寫出來，再外加一篇對暴動群眾避而不談的有力社論。」她發出毫無幽默感可言的乾癟笑聲。「只要事情一旦牽扯上暴動群眾，那老詹．雷尼就有主場優勢了。」

「我聽不懂妳的——」

「沒關係，你忙你的去。我需要一、二分鐘讓自己鎮定一下，或許這樣能決定該先去找誰談談。要是我們今晚就得上機印刷，那時間可所剩無幾。」

「影印機。」

「啊？」

「今晚也只有影印機可以用而已。」

她勉強擠出笑容，趕他去做自己的事。當彼特朝報社辦公室大門走去時，還回頭望了她一眼。她朝他揮了揮手，示意自己沒問題，接著凝視書店那滿是灰塵的櫥窗。鎮中心的電影院停業已有五年，早就搬到鎮外，轉為可以開車入場的露天電影院（畢竟一一九號公路上頭，只有雷尼二手車行的備用停車場可以放得下高聳的巨大螢幕），但不知為何，雷．陶爾還是堅持讓這間骯髒的小書店繼續營業。櫥窗有一部分陳列著工具書，其餘部分則放著滿滿的平裝本，封面儘是些被迷霧籠罩的宅第、滿臉愁容的仕女、穿著敞開胸膛的上衣，同時騎在馬上的英俊男子。其中有幾本上頭的英俊男子還揮舞著劍，身上似乎只穿了條內褲。一旁的標語上寫著「在黑暗的陰謀中找尋熱情吧！」。

的確是黑暗的陰謀。

要是穹頂還不夠糟，不夠古怪，這裡還有來自地獄的公共事務行政委員。

她發現，最讓她覺得憂心——也是最讓她恐懼的——是事情發展的速度之快。雷尼已習慣在農舍裡當個頭最大、最兇狠的公雞，她也早就預料到他遲早會試著想鞏固自己的權力——認為這事會發生在他們與外界隔絕的一週或一個月後。但這些變化全在三天內就發生了。假設寇克斯與他的科學家在今晚就摧毀了穹頂呢？這麼一來，老詹的權力就會直接縮回原本的模樣，而且臉上免不了會被人砸幾個雞蛋吧。

「什麼雞蛋？」她問自己，依舊看著「黑暗的陰謀」那幾個字。「他會說自己只是在最困難的情況下，試著做出最佳抉擇，而他們則會對他深信不疑。」

這可能是真的，但依舊無法解釋這個人在有所動作前，為何沒先觀望一陣子再說。

因為事情正在惡化，他不得不這麼做。再說——

「再說，我也不認為他還有原本的理智。」她對著那堆平裝書說。「更不覺得他曾經理智過。」

就算是真的好了，你該怎麼解釋人們在超市食物庫存依舊充足的情況下，還會發生那場暴動？這是沒有道理的，除非——

「除非是他煽動的。」

這太荒謬了，就像是在高級餐廳點大麥克一樣，不是嗎？她猜，她可以去找幾個當時在美食城超市的人，問他們看見了什麼。只是，更重要的謀殺案該怎麼辦？畢竟，她目前手下唯一有的真正記者，也就是自己而已，況且——

「茱莉亞？夏威小姐？」

茱莉亞陷入深思，因此整個人幾乎被嚇得跳出腳上那雙帆船鞋。她轉過身去，要是賈姬．威廷頓沒扶住她，可能早就跌倒在地了。琳達．艾佛瑞特也在旁邊，剛才開口的就是她。她們兩個看起來都很害怕。

「我們可以跟妳談談嗎？」賈姬問。

「當然。我的工作就是聽人說話。只不過我會把他們說的話全寫出來。兩位女士都了解這點，對吧？」

「但妳不能透露我們的名字，」琳達說。「要是妳不同意，那就忘了這回事。」

「據我所知，」茱莉亞說，微微一笑。「妳們兩個只是跟那件案子的調查工作有點關係的消息提供者。這樣可以嗎？」

「如果妳也做出保證，願意回答我們的問題就行。」賈姬說。「如何？」

「好吧。」

「妳那時也在超市，不是嗎？」琳達問。

好奇分子對上了好奇分子。「對。妳們倆也是。我們來聊聊吧，對照一下彼此的筆記。」

「不是這裡，」琳達說。「不能在大街上。這裡太公開了。不過也不能在報社。」

「放輕鬆，琳達。」賈姬說，把一隻手搭在她肩上。

「妳倒是輕鬆，」琳達說。「妳可沒有那種認為妳應該要幫助被冤枉入獄的人的老公。」

「我連老公都沒有，」賈姬說——這很合理，茱莉亞想，她很幸運，丈夫總是會成為一個麻煩因子。「不過我倒是知道我們可以去哪裡，那裡是私人的地方，而且總是沒上鎖。」她想了一會兒。「至少在穹頂出現之前通常沒上鎖，我也不確定。」

茱莉亞才在想著該先找哪些人採訪，如今可無意讓她們就這麼跑了。「走吧，」她說。「我們可以走在街道的兩側，直到經過警察局為止，怎麼樣？」

因為這句話，琳達擠出了一個微笑。「還真是好點子。」她說。

2

派珀．利比小心翼翼地跪在剛果教堂的祭壇前，縱使她在受傷腫脹的膝蓋下方放了個軟墊，依舊感到疼痛。她用右手撐著身子，讓脫臼的左臂盡量靠在身旁。感覺似乎還好——至少沒比膝蓋痛——不過也沒必要進行什麼測試。脫臼相當容易復發，這是她高中踢足球受傷時，曾被嚴肅告知過的事。她交疊雙手，閉上了眼。她的舌頭立即頂住嘴裡的空洞，直到昨天，那裡本來都還有顆牙齒，但在這輩子接下來的時光裡，那裡都會只剩下一個糟糕的缺口而已。

「哈囉，不存在的東西，」她說。「又是我，又回來尋求祢另一次愛與憐憫了。」一滴眼淚自浮腫的眼睛下方滑落，流過腫起（更別說還色彩鮮明）的臉頰。「我的狗在那裡嗎？我會這麼問，是因為我真的很想牠。如果牠在的話，我希望祢可以讓牠得到心靈上的滿足，就像給牠一根骨頭一樣。這是牠應得的。」

更多眼淚緩緩流下，傳來熱辣與刺痛的感覺。

「說不定他根本不在那裡。大多數主要教派都認為狗不會上天堂，雖然有些分支教派——我相信包括《讀者文摘》也是——都不同意這種看法。」

當然，要是沒有天堂存在，這問題也毫無意義可言，而這個關於天堂並不存在的想法與宇宙論，在她個人所剩不多的信仰中，似乎越來越為強化了。或許是失去了感覺，又或者是什麼地方出了問題。在白色天空下，出現了一個巨大的無形物體，彷彿在說——在這裡，時間已不再重要、也無需抱持任何目標，沒有任何人會跟妳站在一起，這裡只有古老、強大，那個不存在的東西而已。換句話說，也就是：壞警察、女牧師、意外槍殺了自己的孩子、一頭傻牧羊犬拚死保護牠的女主人這些事情。一切沒有好壞可言。但就算抱著這樣的概念，將祈禱作為一種表演的話（如果說這並非完完全全的褻瀆），多少還是有些幫助。

「不過天堂不是重點，」她又繼續說。「重點是，請幫我找出發生在苜蓿身上的事，有多少部分得歸咎於我自己。我知道有些是我的錯——主要是因為我的脾氣。這不是第一次了。我的教職也教導我這麼做，讓祢就這麼埋下導火線，並藉此告訴我，我的工作就是得要解決這件事。但我痛恨這麼想。我沒有完全拒絕這項任務，但是我痛恨它。這讓我想到了另一件事。當你把你的車帶去修時，那些車行裡的傢伙，總能找得出只能怪你自己的原因。你太常開車了、你太少開車了、你忘了鬆開手煞車、你忘了關窗，讓雨水滴進了線路裡。你知道最糟糕的是什麼嗎？要是祢真的不存在，我甚至沒辦法把任何一點責任推到祢身上。這樣我還能怪罪到什麼東西上頭？他媽的遺傳嗎？」

她嘆了口氣。

「很抱歉，我說了褻瀆的話；祢要不要假裝這件事沒發生過？我媽一直以來就這麼做。同時，我還有另一個問題：現在該怎麼辦？這個小鎮陷入了可怕的麻煩裡，我想做點什麼有幫助的事，只是我無法決定該怎麼做。我覺得自己愚蠢、軟弱，思緒一團混亂。我想，要是我是舊約裡的隱士，我會說我需要一個徵兆。就現在來說，就算是交通『讓路』標誌，或是『校區請減速』的標誌看起來都還不錯。」

她話才說完，外頭的門便開了，隨即又砰一聲關上。派珀回頭望去，有一半期待會看見一個真正的天使，擁有翅膀與閃亮的白色長袍。要是祂想找我打架，就得先治好我的手臂才行。她想。

那不是天使，而是羅密歐．波比。他身上的襯衫釦子有半件沒扣準，下襬垂在腿前，幾乎到了大腿一半的位置，看起來幾乎與她的感覺一樣沮喪。他沿著中央走道往前，直到看見她才停下來，一臉驚訝地望著派珀，彷彿看到了自己一樣。

「喔，天啊，」他說，在他的路易斯州口音裡，像是在說「喔，丁啊」。「不好意思，我不知道妳在這裡。我晚點再來。」

「沒關係，」她說，掙扎著站起身，再度仰賴右手臂的幫忙。「反正我已經祈禱完了。」

「我其實是個天主教徒，」他說（肯定是，派珀想）。「不過磨坊鎮沒有天主教教堂……有些神職人員的做法也不太一樣……不過就跟大家說的一樣，也沒別的選擇了。我會進來，只是想幫布蘭達祈禱一下。我一直很喜歡這個如今已過世的女人。」他用手抹過一邊臉頰，手掌擦過鬍碴發出的聲音，在空蕩沉默的教堂中，變成了巨大聲響。他那貓王般的髮型如今已垂在耳旁。「我真的愛她，我從來沒告訴過她，但我想她應該知道才對。」

派珀看著他，恐懼油然而生。她已經有一整天沒離開牧師宿舍了，雖然她知道美食城超市的事——有幾個教徒在電話裡告訴了她——但卻沒聽說任何布蘭達．帕金斯的事。

「布蘭達？她發生什麼事了？」

「她被謀殺了。其他人也是。他們認為那個叫巴比的傢伙是嫌犯。他被逮捕了。」

派珀重重摀住了嘴，雙腿一軟。羅密歐趕緊衝上前，用一隻手臂環住她的腰，讓她保持穩定。他們就這麼站在祭壇前，幾乎像是一對結婚典禮上的男女。此時，前門再度打開，賈姬帶著琳達與茱莉亞走了進來。

「或許這裡也不是什麼好地方。」賈姬說。

教堂裡就跟個音箱一樣，縱使她聲音不大，但派珀與羅密歐．波比還是清楚地聽見了她說的話。

「別走，」派珀說。「要是跟發生了什麼事有關的話，千萬別走。我無法相信芭芭拉先生……我得說，他絕不會做出這種事。我手臂脫臼後，是他接回去的。他的動作非常溫柔。」她停下來，想了一會兒。「在那種情況下，他已經盡可能的溫柔了。快過來，拜託。」

「就算有人可以治好脫臼的手臂，也不代表他不會殺人。」琳達說，但卻咬著嘴唇，轉動著自己的婚戒。

賈姬用手拍了拍她的手腕。「我們得保持沉默，琳達——妳還記得吧？」

「已經太遲了，」琳達說。「他們已經看見我們跟茱莉亞在一起了。要是她寫成報導，這兩個人就會說出看見我們與她在一起的事，我們還是會被追究責任。」

派珀聽不太懂琳達的意思，但仍大概掌握了重點。她抬起右臂，往四周一揮。「妳們在我的教堂裡，艾佛瑞特太太，在裡面說的話，絕不會傳出去。」

「妳保證？」琳達問。

「當然。我們要不要好好談一下？我正在祈求徵兆，而妳們就來了。」

「我可不相信這種東西。」賈姬說。

「其實我也是。」派珀說，笑了出聲。

「我不喜歡這個點子，」賈姬說。這話是對茱莉亞說的。「不管她怎麼說，這裡的人實在太多了。像馬蒂那樣丟了工作是一回事，我還可以處理得了，反正薪水也很爛。但要是惹得老詹・雷尼對我發飆……」她搖了搖頭。「這可不是什麼好主意。」

「不會太多，」派珀說。「人數剛剛好。波比先生，你可以保守祕密嗎？」

羅密歐・波比在這一生中，曾經做過多次可疑的交易，但此刻卻點了點頭，伸起一根手指，舉至唇邊。「以我媽的名字發誓。」他說。「發誓」變成了「發志」。

「我們到牧師宿舍去談。」派珀說。她看見賈姬依舊遲疑不前，於是朝她伸出左手……動作非常小心。「來吧，我們有理由該好好談談，就算當成去喝一小口威士忌如何？」

就因為這個提議，賈姬最後還是被說服了。

3

31焚燒洗淨焚燒洗淨
野獸將被扔進
燃燒的火湖中（19:20啟動）
「迎接痛苦之日與永恆長夜」（20:10）
焚燒邪惡
洗滌聖潔
焚燒洗淨焚燒洗淨31

31 耶穌之火即將降臨 31

三個男人擠在引擎發動的公共工程車裡，不解地看著這個神祕訊息。這訊息畫在WCIK工作室後方的倉庫外，紅黑交錯的訊息相當巨大，幾乎遍布整面牆壁。

坐在中間的，是孩子們全都留著飛機頭的養雞人家主人，羅傑．基連。他轉向坐在駕駛座的史都華．鮑伊。「這是什麼意思？史都華？」

回答的是福納德．鮑伊。「這代表該死的菲爾．布歇比以前還瘋，就這樣。」他打開卡車的置物抽屜，移開一雙油膩膩的工作手套，拿出下方的點三八左輪手槍。他檢查彈匣，接著手腕一抖，把彈匣甩回槍膛，將槍插在腰間。

「你知道的，福仔，」史都華說。「這可真是轟掉你小孩製造機的該死好點子。」

「別擔心我，擔心他吧。」老福說，指向後頭的工作室。音量微弱的福音歌曲不斷傳至他們耳中。「他一定把這一年大多數的產品都吸光了，整個爽歪歪，現在就像硝化甘油一樣安全。」

「菲爾喜歡別人叫他煮廚。」羅傑．基連說。

他們把車暫時停在工作室外。史都華死命按著公共工程車的喇叭——不只一次，而是好幾次。菲爾．布歇沒出來。他可能躲在裡面，也可能在廣播站後方的樹林裡徘徊，甚至，史都華認為，他有可能就在實驗室裡做好面對一切的警戒，十分危險。不帶槍才是正確的。他彎腰把老福腰間的槍拔出來，塞進駕駛座下方。

「嘿！」老福叫道。

「你在裡頭不能開槍，」史都華說。「你有可能會把我們全都給炸到月亮上頭。」他轉向羅傑說：「你最後一次看到那個排骨精渾球是什麼時候的事？」

羅傑仔細思索。「至少四個星期了吧——自從上次那批大貨運走以後，就沒看過他了，也就是我們找來大型雙槳直升機那次。」他把「雙槳」說成了「窗槳」，羅密歐・波比肯定聽得懂。

史都華陷入思索。不妙，要是布歇在樹林裡，那倒不打緊；要是躲在工作室中，陷入偏執狀態，以為他們是聯邦調查局的人，或許也不會有問題……除非他決定走出來胡亂掃射，才會引發問題。

要是他在倉庫裡的話……那可能也是個問題。

史都華對他弟說：「卡車後頭的樹林裡有一大堆毒品，去幫自己拿一點。要是菲爾出現，開始胡亂攻擊的話，就把他打暈。」

「要是他有槍呢？」羅傑問。這是個十分合理的問題。

「他沒槍。」史都華說。雖然他並不完全確認這點，但命令就是命令：把兩座丙烷槽儘快送到醫院去。我們得儘快把剩下的移走，老詹這麼說。我們要正式結束毒品生意。

這是種解脫；等到他們從穹頂這件事抽身後，史都華打算要結束葬儀社的生意，搬到一個溫暖的地方，像牙買加或巴貝多之類的。他再也不想見到另一具屍體了。但他可不想成為那個得告訴煮廚布歇，說他們決定要結束營業的人，同時也直接告訴了老詹。

煮廚的事讓我來擔心就好。老詹這麼說。

史都華開著大型橘色卡車繞過建築物，來到後門。他讓引擎保持空轉，以便可以使用絞盤與起重機。

「看那裡。」羅傑・基連驚嘆著說。他望向西方。時間將至日落，那裡全籠罩在令人深感不安的模糊紅色中。很快地，太陽就會沉到森林大火留下的巨大黑色污漬裡，彷彿骯髒版本的日蝕，散發出昏暗光芒。「這實在太驚人了。」

「別傻了，」史都華說。「我想把這差事趕緊處理完，接著離開這裡。福仔，去拿海洛因磚，挑塊好點的。」

老福翻過起重裝置，拾起一根長形木棍，長度與棒球棒差不多。他舉起雙手，試著揮舞一下。「這能派上用場。」他說。

「三一。」羅傑模糊地說，依舊用手遮在眼睛上頭，瞇眼望著西方。他瞇眼的模樣不太好看，就像童話故事裡的山精。

史都華花了點時間打開後門的鎖，過程頗為複雜，得解開觸控板與兩道門鎖。「你是在念什麼鬼啊。」

「三一冰淇淋。」羅傑說，面帶微笑，露出一口從來沒給喬．巴克斯或任何牙醫檢查過的牙齒。

史都華不知道羅傑在說什麼，但他弟知道。「可別以為這是什麼貼在建築物上的冰淇淋廣告，」老福說。「除非〈啟示錄〉上有寫到三一。」

「你們倆都給我閉嘴，」史都華說。「福仔，準備拿貨。」他推開門，望向裡頭。「菲爾？」

「叫他煮廚，」羅傑建議。「就像《南方四賤客》[107]那個黑鬼廚師，他喜歡被這麼叫。」

「煮廚？」史都華大喊。「你在裡面嗎？煮廚？」

沒有回應。史都華在黑暗中摸索，認為自己的手隨時有可能碰到什麼，接著便找到了電燈開

[107] South Park，知名美國卡通。

關。他打開開關，占據整座倉庫長度約莫四分之三的房間，就這麼亮了起來。四周的牆壁全是未完工的裸木，木條間的空隙全塞滿粉紅色的絕緣泡沫塑膠。房間裡幾乎被丙烷槽與各種尺寸及品牌的丙烷桶給塞滿。他不知道總數是多少，但硬要他猜，他會說大概在四百到六百之間。

史都華緩緩走至中間走道，看著丙烷槽上頭的文字。老詹有明確指示要拿的丙烷槽，說位置靠近後面，老天保佑，還真的就在那裡沒錯。他停在五座旁邊寫有「凱薩琳．羅素醫院」字樣的公用尺寸丙烷槽前，位置就在郵局與部分旁邊寫有「工廠中學」那幾個同樣是偷來的丙烷槽中間。

「我們得載兩座走，」他對羅傑說。「去拿鏈條，我們把它鉤上去。福仔，下車去看看實驗室的門。要是門沒鎖的話，就把它鎖上。」他把鑰匙圈扔給老福。

老福大可拒絕這件打雜般的差事，但他是個聽話的弟弟。他沿著兩側堆積如山的丙烷槽向前走去。丙烷槽一路延伸到離門十呎之處——他看見門微開著的時候，不禁心頭一沉。他聽見身後傳來鎖鏈的撞擊聲，接著是絞盤運作聲與第一座丙烷槽被拖到卡車上的低沉碰撞。聲音聽起來相當遙遠，尤其當他想像煮廚躲在門的後頭，發紅的雙眼顯得瘋狂不已時，更是遙遠無比。他一定吸毒吸瘋了，還背著一把衝鋒槍。

「煮廚？」他問。「你在這裡嗎，兄弟？」

沒有回應。雖然他沒必要這樣——八成瘋了才會這麼做——但還是輸給了好奇心，拿著臨時湊合用的武器推開了門。

實驗室裡的日光燈是開著的，但就這座信奉耶穌的倉庫而言，這地方看起來卻空得很。裡頭有二十來組炊具——大型電烤箱，每一具都附有抽風扇與丙烷桶——全部都是關著的。除此之外，還有放滿整架的鍋子、燒杯與燒瓶。這裡很臭（總是很臭，以後也一直會是這樣，老福想），但地板卻有人掃過，完全沒有凌亂的跡象。其中一面牆上，掛著一本雷尼二手車行的月曆，上頭只翻到了八月而已。也許那就是那個王八羔子總算喪失現實感的時間點，福納德想。接著就這麼發了瘋。他又大膽的朝實驗室走近一些。雖然這裡讓他們全變成了有錢人，但他還是不喜歡這裡。這裡的味道，跟葬儀社樓下的準備室實在太像了。

房間裡有個角落，有塊用厚重鋼板隔開的空間。鋼板中間有道門。老福知道，那就是煮廚產品的儲存室，冰毒全裝在垃圾袋裡頭，而非長形透明的夾鏈袋。當然，垃圾袋也不是透明的那種。沒有任何毒蟲能在紐約或洛杉磯街上，發現貨源這麼充足的地方。只要這裡裝滿貨，就足以供應全美好幾個月，甚至長達一年的冰毒用量。

為什麼老詹肯讓他做出他媽的那麼多貨？老福感到納悶。為什麼我們完全沒管他？我們到底在想什麼啊？除了一個明顯的答案外，他想不出任何回答：因為他們辦得到。布歇的天分，與那些廉價中國原料結合後，讓他們就此上了癮。除此之外，作為資金來源的ＣＩＫ公司，也在整個東海岸進行傳教工作。只要一有人質疑這件事，老詹總會加以強調，並引述〈路加福音〉的經文：因為工人得飲食是應當的；以及〈提摩太前書〉的經文：牛在場上踹穀的時候，不可籠住牠的嘴。

老福可從來沒有真正變得像頭牛。

「煮廚？」他又稍微往前找了一下。「好兄弟？」

什麼也沒發現。他抬頭看著建築物兩側的裸木木板。這地方是用來囤積東西的，而聯邦調查局、食品及藥物管理局、菸酒槍炮及爆裂物管理局，肯定會對這裡大量堆疊的紙箱非常感興趣，好奇裡頭裝了些什麼。沒人在裡面，但老福仍察覺到某個他認為之前不存在的東西：白色的線路圍繞在每一塊木板上，上頭還用大型釘書針加以固定。是電線嗎？用來運作什麼？用來運作更多炊具？如果真是如此，老福可沒看見什麼新的炊具。那些電線看起來實在很普通，就像一般電器用的那種，例如電視或收——

「福仔！」史都華大喊，害他嚇了一跳。「要是他不在裡面，就快來幫我們一把！我想趕快離開這裡！他們說六點要在電視上公布最新消息，我要看看他們到底發現什麼沒有！」

在卻斯特磨坊鎮裡，「他們」這個詞，有相當大的程度，代表了鎮外那個世界裡的任何人。

老福離開了。他沒檢查門的後方，也並未看見那些新出現的電線，全都連到了一個小貨架那裡。小貨架上頭放著一塊大型的白色黏土狀磚型物。那東西是炸藥。

煮廚自製的炸藥。

4

當他們開回鎮上時，羅傑說：「萬聖節，這也跟三一有關。」

「你還真是個萬事通。」史都華說。

羅傑輕拍著他那顆令人感到遺憾的腦袋。「我把資訊都存了起來，」他說。「我並沒有刻意這麼做，自然而然就這樣了。」

史都華想著：牙買加，或是巴貝多，總之一定要是個溫暖的地方。只要穹頂一消失就趕緊啟程。我再也不想看見其餘基連家的人，或是這個鎮上的任何一個人。

「一副牌也有三十一張。」羅傑說。

老福盯著他。「你到底在他媽的說什——」

「開玩笑啦，只是跟你開個玩笑而已。」羅傑說，爆出一陣可怕尖銳的笑聲，讓史都華的頭都痛了起來。

他們抵達了凱薩琳．羅素醫院。史都華看見一輛灰色的福特金牛座汽車正要駛離醫院。

「嘿，那是生鏞克醫生，」老福說。「他看到這批貨肯定很開心。對他按一下喇叭，史都華。」

史都華按了一下喇叭。

5

當不信奉神的人全離開後，煮廚布歇總算放下他始終握在手中的車庫大門電動鑰匙。他一直躲在工作室的男廁裡，從窗戶監視鮑伊兄弟與羅傑．基連。當他們在倉庫翻著他的東西時，他的拇指一直放在鑰匙按鈕上。要是他們帶著毒品出來，他就會按下按鈕，把這一切全都給炸上天去。

「全依祢的指示，我的耶穌。」他當時這麼喃喃自語。「就像我們常說的，當我們還是孩子時，就算不想，也得乖乖聽命。」

耶穌處理了這件事。煮廚聽見喬治．陶傳道並吟唱著「上帝，祢會如何眷顧我」的聲音，心裡起了股真實無比的感覺，認為那是來自天上，貨真價實的預示。他們只帶走了兩個沒用的丙烷槽，而不是為了毒品來的。

他看著他們離開，腳步蹣跚地走至工作室後方與身兼倉庫及實驗室兩種用途的建築物中間的小徑。現在，這是他的地盤，他的毒品；至少在耶穌降臨，帶走所有東西的時刻到來前，這些全是屬於他的。

說不定那個時刻會是萬聖節。

說不定還更早。

有許多事得好好想想，他開始吸毒後的這些日子裡，思考這件事變得更輕鬆些了。輕鬆多了。

6

茱莉亞啜了她那一小口威士忌，在口中細細品嘗，但兩名女警就像英雄好漢一樣，一口氣吞了下去。酒的分量不足以讓他們醉倒，卻足以打開她們的話匣子。

「事實上，我嚇壞了，」賈姬．威廷頓說。她低著頭，把玩著手上的空果汁杯。然而，派珀準備要幫她再倒點酒時，她卻搖了搖頭。「要是公爵還活著的話，這事永遠不可能發生。這就是為什麼我始終猶豫不決的原因。就算他有理由相信芭芭拉殺害他的妻子，他也會按照正常程序處理，他就是這樣的人。讓被害者的父親去牢籠那裡面對嫌犯？不可能。」琳達點頭表示同意。「這讓我很害怕那傢伙會出什麼意外。再說……」

「要是這種事發生在巴比身上，也可以發生在任何人身上？」茱莉亞問。

賈姬點頭，輕咬嘴唇，玩著玻璃杯。「要是他出了什麼事——我不是真的指他馬上就會被私刑折磨，弄成牢房裡的意外什麼的——我還真不確定自己是不是還有辦法再穿上這身制服。」

基本上，琳達關心的事更為簡單直接。她丈夫認為巴比是無辜的。她的怒火（還有他們在麥卡因家的儲藏室發現一切時激發的反感）讓她拒絕這麼去想——畢竟，安安．麥卡因那僵硬的灰色手中，始終握著巴比的軍籍牌不放。但等到她細心思索後，卻開始更為憂心忡忡起來。有一部分，是因為她尊重生鏽克對於事物有足夠的判斷力；但除此之外，這更是因為蘭道夫在朝巴比噴防身噴霧以前，他所喊出的那些話。叫妳丈夫驗屍！他非得驗屍不可！

「還有另一件事，」賈姬說，仍轉動著玻璃杯。「你不能只因為犯人大吼大叫，就朝他噴防身噴霧。在很多次星期六的晚上，尤其是重要球賽結束後，那裡聽起來總像到了餵食時間的動物園，所以你也只好放任他們鬼吼鬼叫，直到最後累了，總算睡著為止。」

在賈姬說話時，茱莉亞一直看著琳達。等到賈姬說完後，茱莉亞才開口：「再告訴我一次巴比說了些什麼。」

「他要生鏽克驗屍，尤其是布蘭達．帕金斯的。他說屍體不會被送到醫院。他說的沒錯。屍體在鮑伊葬儀社，而這是不對的。」

「真他媽好笑，好吧，如果他們真的是被謀殺的，」羅密歐說。「抱歉，牧師，我說了粗話。」

派珀揮了揮手。「要是他殺了他們，我不懂，為什麼他會急著希望能儘快驗屍？從另一個角度來看，要是他沒做這些事，或許他認為驗屍可以證明他的清白。」

「布蘭達是最後的受害者，」茱莉亞說。「是嗎？」

「對，」賈姬說。「她的屍體僵硬了，但還沒到完全僵硬的地步。至少我是這麼覺得。」

「的確是，」琳達說。「僵直狀況會在死亡大約三小時以後開始，大概是這樣沒錯，所以布蘭達可能是在早上四點到八點之間死的。我猜應該接近八點，但我畢竟不是醫生。」她嘆了口氣，用雙手順了順頭髮。「當然，生鏽克也不是，但要是他在場的話，可以估算出更為接近實際情況的死亡時間。我們沒有半個人這麼做。包括我在內。我完全嚇壞了……有那麼多具……」

賈姬把杯子放到一旁。「聽我說，茱莉亞——妳和芭芭拉今天早上都在超市那裡，對嗎？」

「對。」

「那時剛過九點，也就是暴動才剛開始的時候。」

「對。」

「因為我不知道，所以問一下，是他先到那裡還是妳先到的？」

茱莉亞不記得了，但她的印象中是她先到的——巴比隨後趕到，時間就在蘿絲．敦切爾與安森．惠勒抵達不久之後。

「我們讓情況冷靜了下來，」她說。「但大部分都是他告訴我們該怎麼做才好，甚至還讓很多人因此避免受到重傷。不過，我知道這不能和妳們在儲藏室裡發現的事情混為一談。妳對受害者死亡的先後順序有什麼看法？除了布蘭達是最後一個以外？」

「安安與小桃是最早的，」賈姬說。「科金斯被發現時，腐敗的情況沒她們嚴重，所以接下來是他。」

「是誰發現屍體的？」

「小詹．雷尼。他因為看見安安的車還在車庫裡起了疑心。不過這不打緊，芭芭拉才是現在的重點。妳確定他是在蘿絲與安森抵達後才到超市的？這聽起來可不太妙。」

「我確定，因為他沒在蘿絲的車上。下車的只有他們兩個。所以要是我們假設他沒在殺人以後，接著急忙趕到超市去……？」這實在太明顯了。「派珀，我可以用一下妳的電話嗎？」

「當然。」

茱莉亞迅速翻了一下小冊子般大小的當地電話簿，接著用派珀的電話打去餐廳。蘿絲的招呼語十分唐突：「我們停業直至另行接獲通知為止。那群混蛋逮捕了我的廚師。」

「蘿絲？我是茱莉亞·夏威。」

「喔，茱莉亞。」蘿絲聲音的粗魯程度，聽起來只少了一點點。「有什麼事？」

「我試著要查出巴比可能會有的不在場證明，妳有意願幫忙嗎？」

「那還用說。認為巴比殺了那些人的想法，簡直就是荒謬無比。妳想知道什麼？」

「我想知道，當美食城的暴動開始時，他是不是人在餐廳。」

「當然。」蘿絲聽起來十分困惑。「早餐時間才剛結束，他還能在哪裡？安森和我離開時，他正在擦烤架呢。」

7

當太陽即將下山，影子變長的時候，克萊兒·麥克萊奇開始越來越緊張不安。最後，她走進廚房，打開先前關掉的丈夫的手機（打從上週六他忘記帶出門時，手機一直是關著的；他老是忘了帶手機），撥了自己的手機號碼。鈴聲響到第四聲時，她簡直就嚇壞了，接著便聽見自己完全爽朗愉悅的聲音。那是在她居住的小鎮仍未被隱形的柵欄包圍，她也還沒變成囚犯前錄下來的。嗨，這是克萊兒的語音信箱。麻煩請在嗶一聲後留言。

她該說什麼？小喬，要是你還沒死的話就回撥給我？

她正要按下按鍵，卻又猶豫了起來。記得，要是他沒有接這通電話，那是因為他正騎在腳踏車上，在聽見留言之前，不會從後背包拿出手機。等妳再打第二通的時候，他就會接了，因為他知道是妳打來的。

要是第二通也轉進語音信箱呢？第三通呢？她一開始怎麼會答應讓他去？她肯定是瘋了。

她閉上雙眼，看見一幅清晰的惡夢景象：電線桿與主街的店面上貼滿小喬、班尼與諾莉的相片，看起來就像你每次在公路休息站的告示板上，看見的任何一張孩子相片一樣，下方還標註著一排字：最後出現的模樣。

她睜開雙眼，在神經衰弱前迅速撥打號碼。她正在排練要留話的訊息——我會在十秒後再打一次，先生，這次你最好給我接起電話——但第一道鈴聲不過才響到一半，她兒子響亮清晰的聲音便傳了過來，使她不禁愣了一下。

「媽！嘿，媽！」他還活著，而且聲音生龍活虎，興奮的口沫橫飛。你在哪裡？她想這麼說，但一開始卻無法控制自己，半個字也說不出來，覺得雙腿軟弱無力；她靠在牆邊，好讓自己不至於跌坐在地板上。

「媽？妳還在嗎？」

她可以聽見電話那頭有車輛駛過的聲音，以及班尼微弱但足夠清晰、對某個人大喊的聲音：「生鏽克醫生！呦，老兄，哇喔！」

她總算又能控制自己的聲音了。「嗯，還在。你在哪裡？」

「鎮屬坡的山頂。因為天要黑了，所以正準備要打給妳，叫妳不用擔心，結果電話就在我手裡響了，真是把我嚇死了。」

呃，在爸媽開始罵人前先發制人，可不是嗎？鎮屬坡的山頂。他們十分鐘後就會回來。班尼可能還會又吃掉三磅重的食物。感謝老天。

諾莉在對小喬說話，聽起來像是在說：告訴她，快告訴她。接著，她兒子又對她繼續說話，因為興奮而相當大聲，讓她不得不把手機離自己耳朵遠點。「媽，我想我們找到了！我幾乎可以確定！就在黑嶺山頂的那座果園！」

「找到什麼，小喬？」

「我還不確定，不想隨便下結論，但很有可能是製造穹頂的東西。八成就是這樣。我們看見了閃光燈，就像他們裝在無線電發射塔上頭警告飛機那種，只是那東西裝在地上，而且不是紅色，而是紫色的。我們的距離沒有近到足以看清楚的地步。我們昏倒了，全部都是。不過醒來時全都沒事，但是那東西開始——」

「昏倒？」克萊兒幾乎是用尖叫的說。「你說昏倒是什麼意思？快回家！現在就回家讓我看看你！」

「沒事的，媽，」小喬安慰道。「我覺得那就像……妳知道大家第一次碰到穹頂的時候，會覺得有點像被電到那樣嗎？我想就像那樣。應該只有第一次會昏倒，接著就會，像是，免疫了。就沒事了。諾莉也這麼覺得。」

「先生，我不在乎她或你怎麼想！我要你現在就安然無恙的回家，否則到時候就看看你的屁股有沒有辦法免疫！」

「好啦，不過我們得先聯絡那個叫芭芭拉的傢伙。他是第一個想到要用輻射計數器的人，媽呀，他完全說中了。我們也應該去找生鏽克醫生。他才剛開車經過而已。班尼有試著向他揮手，但他沒有停車。我們會找他跟芭芭拉先生一起回家，好嗎？我們得計畫下一步才行。」

「小喬……芭芭拉先生……」

克萊兒停了下來。她真的要告訴兒子，說芭芭拉先生——有些人已經開始叫他芭芭拉上校了——因為多項謀殺罪名而被逮捕了？

「怎麼了？」小喬問。「他怎麼了？」他聲音中的那股勝利的開心感，已被擔憂取代。她認為兒子可以讀出她的情緒，正如她也能讀得出他的。他明顯把大部分希望全押在芭芭拉身上——或許班尼與諾莉也是。這是件她無法向他們守住不說的事（也希望不是由她來講），但她還是沒在電話中告訴他們。

「先回家，」她說。「回家再說。還有，小喬——你讓我覺得非常驕傲。」

8

吉米．希羅斯死於下午稍晚，也就是稻草人小喬與他的朋友正騎著腳踏車，沿原路回到鎮上的時候。

生鏽克摟著吉娜．巴佛萊，兩人一同坐在走廊，讓她靠著自己的胸口哭泣。要是先前，他以這種方式與一個才快十七歲的女孩坐在一起，肯定會感覺不太自在。但如今情況不同。你只需朝走廊望上一眼——亮著的是嘶嘶作響的備用燈光，而非鑲在天花板崁板上的明亮日光燈——就知道情況已經不同了。他的醫院，此刻就像是被陰影籠罩之下的騎樓。

「這不是妳的錯，」他說。「不是妳的錯，也不是我的，甚至不是他的。他甚至不知道自己有糖尿病。」

雖然，老天知道，很多人都患有多年的糖尿病，也懂得如何照顧自己。但吉米這個單獨住在神河路上的半個老隱士並非其中之一。等他總算開車來到健康中心時——那已經是上週四的事了——甚至無法走出車外，只是不斷按著喇叭，直到吉娜出來看看來的人是誰，又出了什麼事為止。生鏞克脫了這個老傢伙的褲子，發現他那鬆弛的右腿變成寒冷的一片死藍。就算把吉米所有問題都治好，可能也無法挽回神經受損的狀況。

「不要動刀，醫生。」吉米曾在朗·哈斯克醫生昏倒前這麼告訴他。到了醫院以後，他的意識一直斷斷續續，右腿的狀況也越來越差。所以，就算生鏞克知道他曾那麼說過，但只要吉米還有任何一絲機會，生鏞克還是會為他截肢。

停電的時候，幫吉米與另外兩名患者輸入抗生素的監控系統仍在運作，但流量計卻停了下來，使系統無法微調點滴劑量。更糟糕的是，吉米的心電監控器與呼吸器全出了問題。生鏞克在取下呼吸器後，把氧氣面罩罩在老人臉上，教吉娜如何使用急救甦醒球。她做得很好，正如他教導的一樣，但六點左右，吉米還是死了。

如今她非常傷心。

她自他的胸口抬起滿是淚痕的臉：「我幫他灌進太多氧氣了？還是太少了？我是不是讓他喘不過氣，結果害死了他？」

「不是這樣的。吉米很可能原本就要死了，這樣反而讓他避過一場非常糟糕的截肢手術。」

「我覺得我沒辦法再做下去了，」她說，又開始哭了起來。「這太可怕了，實在太可怕了。」

生鏞克不知道該怎麼回答，但也無需回答。「妳會沒事的，」一個鼻音濃厚的粗啞聲音說。「也非這樣不可，親愛的，因為我們需要妳。」

說話的是維維．湯林森。她正沿著走廊，朝他們慢慢走來。

「妳不應該下床走動的。」生鏽克說。

「或許吧，」維維同意道，在吉娜另一側坐了下來，長吁了一口氣。她的鼻子包著繃帶，眼睛下方貼著藥用膠布，使她看起來就像激戰過後的曲棍球守門員。「不過我得像平常一樣回來值班。」

「或許等明天——」生鏽克開始說。

「不，就是現在。」她握住吉娜的手。「妳也是，親愛的。就像在護理學校裡一樣，聽我這個老頑固護士說句話：妳得等血乾了，比賽結束後，才能離開這裡。」

「要是我犯了錯呢？」吉娜呢喃著說。

「每個人都會犯錯。關鍵是要盡可能少犯錯。我會幫妳，妳跟哈麗特都是。妳覺得呢？」

吉娜懷疑地看著維維那張腫脹臉孔上的傷痕，以及她不知道從哪裡找到的老舊眼鏡。「妳確定妳真的有辦法，湯林森小姐？」

「妳幫我，我就幫妳。維維與吉娜，我們可是女戰士。」她舉起拳頭，擠出一絲微笑，讓吉娜和她擊了個拳。

「這還真是熱血，值得好好歡呼一下，」生鏽克說。「不過妳要是一覺得頭暈，就趕緊找張床躺一會兒。這是生鏽克醫師的命令。」

維維試著讓嘴唇朝上方的鼻翼揚起，以便露出微笑，但卻感到一股抽痛。「別管床了，我躺在休息室那張朗．哈斯克的舊沙發上就行了。」

生鏽克的手機響起，於是朝女生們揮了揮手，叫她們去忙自己的事。她們邊走邊說話，吉娜還環抱著維維的腰。

「你好，我是艾瑞克。」他說。

「這裡是艾瑞克的妻子。」一個刻意壓低音量的聲音傳來。「她是打來向艾瑞克道歉的。」

生鏞克走進一個閒置診間，把門關上。「沒必要道歉，」他說……雖然還是有點不可置信。「那只是氣話而已。他們放他走了嗎？」這對他來說，似乎是個相當合情合理的問題。他知道巴比絕不可能做出那種事。

「我想還是別在手機上討論好了。你能回家一趟嗎，親愛的？拜託？我們得談談。」

生鏞克覺得應該可以。他手上那個狀態危急的病人已經死了，使他工作所需的專業素養因此簡單許多。此刻，他已經可以用過去與心愛女人對話的方式說話，同時也不樂意聽到她聲音中那股新生的謹慎之意。

「可以，」他說。「但不能太久。維維開始工作了，不過要是我沒看著她，她肯定會因此操勞過度。晚餐的時候回去？」

「好。」她的聲音聽起來輕鬆多了，使生鏞克因此感到高興。「我會拿一些濃湯出來解凍，我們最好還是趁有電的時候，把那些需要冷凍的東西吃光。」

「還有一件事。妳還是認為巴比有罪？先別管其他人怎麼想。是這樣嗎？」

電話那頭安靜了頗長一段時間，接著她才開口：「等你回來再說。」話才說完，她就掛了電話。

生鏞克靠在檢查台上。他把電話握在手裡好一會兒，接著才按下結束通話的按鍵。現在，有很多事讓他無法確定——他覺得自己就像在沒有邊際的海中游泳——但他可以確定一件事：他的妻子覺得或許會有人竊聽電話。不過會是誰呢？軍隊？國土安全局？

老詹·雷尼？

「太荒謬了。」生鏞克在空蕩的病房裡說，接著去找抽筋敦，說他得離開醫院一會兒。

9

抽筋敦答應會持續觀察維維，確保她不會太過勞累，但有個條件：在生鏞克離開前，得先檢查在超市混戰中受傷的亨麗塔·克拉法。

「她怎麼了？」生鏞克問，害怕狀況十分嚴重。亨麗塔是個強壯結實的老婦人，但八十四歲就是八十四歲。

「這是她說的，我只是引述而已：『那些沒用的仕女姊妹們弄壞了我那該死的屁股。』她覺得是仕女卡菈，就是姓范齊諾那個。」

「好吧，」生鏞克說，又快速低聲補了一句：「這是個小鎮，我們全是同一隊的。就像這樣？」

「就像什麼，師父？」

「壞了。」

「我不知道。她不肯讓我看。她說，這也是引述：『我那鐵打的屁股只給夠專業的人看。』。」

他們爆出笑聲，試著別發出聲來。

在關上的門的另一側，傳來一個老婦人疼痛的粗啞聲音：「我的屁股壞了，耳朵可沒壞。我都聽到了。」

生鏞克與抽筋敦笑得更厲害了。抽筋敦的臉脹成讓人擔心的紅色。

在門後方，亨麗塔說：「要是那是你們的屁股，我的朋友，看你們還笑不笑得出來。」

生鏞克走了進去，臉上仍有笑意。「對不起，克拉法太太。」

她站著而非坐著，就連自己也笑了，讓生鏞克因此放鬆許多。「算了，」她說。「如果要說那一團混亂中真有什麼趣事，八成就是我這件事了。」她想了一會兒。「再說，我就跟其他人一樣偷了東西，或許算是活該吧。」

10

亨麗塔的屁股滿是挫傷，但並未骨折。這是件好事，要是尾骨碎了，那可不是件讓人笑得出來的事。生鏞克給了她一條止痛藥膏，確定她家有止痛藥後，便讓她回家休息。她走起路來有點跛，但卻不成問題。的確不成問題，畢竟，這才是她這副脾氣與年紀的女人走路通常會有的樣子。

距離琳達那通電話約莫十五分鐘後，他試圖再度離開。但他才剛走出通往停車場的門時，卻又被哈麗特．畢格羅攔了下來。「維維說，你最好還是先知道一下。珊曼莎．布歇已經走了。」

「走去哪裡？」生鏞克問。就算在小學高年級生裡頭，這也是個沒人會問的蠢問題。

「沒人知道。她就這麼走了。」

「說不定她去薔薇蘿絲餐廳看看他們有沒有賣晚餐。我希望只是這樣而已，畢竟，要是她試圖用走的回家，她的縫線很有可能裂開。」

哈麗特看起來一臉驚恐。「她會失血而死？就這麼因為『妹妹』失血過多而死……這實在太糟了！」

生鏽克聽過許多陰道的叫法，但這個他還是第一次聽到。「也許不會，不過最後她有可能得回到這裡長期住院觀察。她的孩子呢？」

哈麗特一副大受打擊的模樣，她是那種會對小事耿耿於懷的人，只要一旦緊張，眼鏡厚重鏡片後方的眼神，便會閃爍著慌亂神色；這種類型的女孩，生鏽克想，可能會在好學校以優異成績畢業的十五年後，把自己逼到精神崩潰的地步。

「孩子！我的天啊，小華特！」在生鏽克來得及阻止她前，她已衝進大廳，接著又鬆一口氣地跑了回來。「還在。他不算很有活力，不過看起來好像個性本來就這樣。」

「那她很有可能會回來。不管她還惹上了什麼麻煩，她都深愛這個孩子，只不過是用心不在焉的方式去愛而已。」

「啊？」她眼神閃爍的更厲害了。

「算了。我會儘快回來，哈麗特。繼續衝刺。」

「繼續什麼衝刺？」她的眼睛睜得大大的，彷彿就要燒起來了。

生鏽克差點就要說：我的意思是要妳拚下去，不過這麼說也不妥。在哈麗特的詞彙裡，「拚下去」搞不好是什麼「弟弟」的意思。

「繼續加油。」他說。

哈麗特鬆了口氣。「我會的，生鏽克醫師，沒問題。」

生鏞克轉身正要離開，卻又出現另一個人站在他前方——身形削瘦，要是你不看他的鷹鉤鼻，以及綁在腦後的大量灰白色馬尾巴，他長得還算不錯，看起來像是老年的提摩西．賴瑞[108]。生鏞克開始懷疑自己是否真有辦法離開這裡。

「我幫得上什麼忙嗎，先生？」

「其實，我是在想或許我可以幫得上你的忙。」他伸出一隻骨瘦如柴的手。「瑟斯頓．馬歇爾。我和我的同伴在卻斯特塘度週末，然後就被那不知什麼玩意兒的東西給困住了。」

「真遺憾。」生鏞克說。

「事情是這樣的，我有過一些醫療經驗。我在越戰那段期間拒服兵役，曾經想過跑去加拿大，但也有些計畫……呃，別管這個了。我就像個通常拒服兵役的人那樣，在麻薩諸塞州的退伍軍人醫院按照程序登記，就這麼在那裡做了兩年。」

這可有趣了。「伊迪絲．諾斯．羅傑斯醫院？」

「就是那裡。我會的東西可能有點生疏，不過——」

「馬歇爾先生，我有項工作得託付給你。」

11

生鏞克開上一一九號公路時，聽見一聲喇叭。他往後照鏡瞄了一眼，看見一輛鎮公所的公共工程車正準備轉進凱薩琳．羅素醫院的車道。在夕陽的紅光下很難看清楚對方是誰，但他想，開

[108] Timothy Leary，美國知名心理學家與作家，以提倡迷幻藥合法化聞名。

車的那人應該是史都華．鮑伊沒錯。生鏽克瞄的第二眼讓他高興不已：車床上放著兩座丙烷槽。他決定晚點再擔心東西是打哪兒來的，或許還會問些別的問題，但此刻，他鬆了口氣的知道燈光很快就會恢復，呼吸機與監控器也可以重新運作。或許撐不了多久，但此時的他，完全處於撐過一天是一天的狀態。

在鎮屬坡的山頂處，他看見了他那個老滑板患者班尼．德瑞克與他的兩個朋友。其中一個是現場轉播導彈攻擊的那個麥克萊奇家的男孩。班尼揮手並朝他大喊，顯然是想讓生鏽克停車，跟他聊些無關緊要的事。生鏽克揮手回禮，但並未減緩車速。他急著想見到琳達，當然，也想聽聽她到底要說些什麼，只不過絕大多數還是只想見她一面，用雙臂擁抱著她，再度與她重歸舊好。

12

巴比很想上廁所，但卻必須保留水分。他在伊拉克曾做過審訊工作，知道那會是什麼狀況。他不確定這裡的情況會不會演變成那樣，但的確很有可能。事態發展的非常快，老詹殘酷無情的程度越來越明顯。就像最富煽動力的政客一樣，他從來不曾低估他的目標支持者願意接受荒謬事件的能力。

巴比也很渴，但當另一個警察出現，一隻手拿著一杯水，另一隻手則拿著張夾了一支筆的紙時，他並未太過驚訝。沒錯，事情就是這麼發展，就像在費盧杰、提克里特、希拉、摩蘇爾與巴格達一樣。只是同樣的事情，如今似乎卻發生在卻斯特磨坊鎮裡了。

來的警察是小詹．雷尼。

「嗯，看看你，」小詹說。「現在跟你用陸軍裡學來的神奇招式打人的模樣可不相同了。」

他舉起拿著紙張的手，用指尖揉了揉左太陽穴。紙張發出了沙沙的聲音。

「你看起來也沒好到哪裡去。」

小詹放下手。「我一切沒什麼。」

這話的確古怪，巴比思索著。有些人會說「我沒什麼」，有些人會說「一切正常」，但就他所知，還沒人會說「我一切沒什麼」。這可能不代表什麼，但是——

「你確定？你的眼睛都紅了。」

「我他媽好得很，而且我也不是來這裡討論自己的。」

巴比知道小詹來的目的，開口說：「那是水嗎？」

小詹低頭望向杯子，彷彿忘了似的。「嗯。局長說你可能渴了。渴口口渴，你知道的。」他笑得厲害，彷彿這不合邏輯的用詞是他說過最風趣的話。「要嗎？」

「好，拜託了。」

小詹把杯子往前遞，巴比伸手去接時，小詹又把手縮了回去。沒錯，情況果然一樣。

「你為什麼要殺他們？我很好奇，巴－比。因為安安決定不再跟你打炮了？接著你試著想找小桃，卻發現她對零食比吸你那根老二還有興趣？也許科金斯看見了什麼他不該看到的事？然後布蘭達也覺得有點可疑。怎麼不會呢？你也知道，她自己就是個警察啊，透過注射變成警察了嘛！」

小詹用假音大笑著，但隱藏在幽默中的，只有黑暗的謹慎，以及疼痛的感覺。巴比很確定這點。

「就這樣？你沒什麼要說的？」

「我說了。我想喝水。我渴了。」

「嗯，我想也是。防身噴霧可毒辣得很，不是嗎？我知道你有在伊拉克服過役。那地方怎麼樣？」

「很熱。」

小詹又假笑起來。杯裡的水有少許濺到了他的手腕。他的手是不是有點抖？他那發紅的左眼正滲出淚水，堆積在眼角處。小詹，你到底該死的怎麼了？偏頭痛？還是有別的毛病？

「你有開過殺戒嗎？」

「只有在煮飯的時候。」

小詹露出微笑，彷彿在說：說得好，說得好。「你在那裡可不是廚師，巴-比。你是個聯絡官，至少你的職位說明書上是這樣寫的。我爸有在網路上查過你，資料不多，但還找得到一些。他覺得你是個負責審問的傢伙。說不定還是個特工人員。你是陸軍版的傑森．包恩⑩⑨嗎？」

巴比沒回答。

「說啊，你殺過人嗎？還是我該這麼問：你殺過多少人？不包括你在這裡殺的人喔。」

巴比沒回答。

「小子，我保證這水好喝得很。這是從樓上的冰箱裡倒的，冰涼又可口！」

巴比沒回答。

「你們這些人回來以後，帶來了各式各樣的問題。至少我這麼覺得，就連電視上也這麼說。對還假？真還錯？」

他會變成這樣與偏頭痛無關。至少我聽過的頭痛沒有一個會這樣。

「小詹，你頭痛得有多厲害？」

「完全不痛。」

「你有頭痛的毛病多久了？」

小詹把玻璃杯小心翼翼地放在地上。今天晚上，他帶了一把槍。他把槍掏了出來，從牢房外指著巴比，槍管微微顫抖。「你還要繼續假裝醫生嗎？」

巴比看著槍。這把槍不在劇本裡，他很確定這點——老詹幫他打造了一場計畫，可能不會比這好到哪裡，但絕不包括有人衝下樓，發現牢門仍是鎖的，而他身上手無寸鐵，卻這麼被人槍殺在牢房裡。但他也不相信小詹會跟著劇本走，因為他病了。

「不了，」他說。「不扮醫生了。我很抱歉。」

「喔，你很抱歉，好吧。反正道個歉也不算什麼。」但小詹看來似乎心滿意足。他把槍放回槍套，再度拿起那杯水。「我的推論是，你因為在那裡看見的事，以及做過的事情，所以回來後就發了神經。你知道的，就像創傷後壓力症候群、性病、經前症候群什麼的。我的推論是，你腦袋就這麼斷了線。我說得沒錯吧？」

巴比什麼也沒說。

小詹看起來也並不怎麼感興趣，他把杯子從鐵欄中遞了進去。「拿去，拿去啊。」

巴比伸手接過杯子，以為杯子會再度縮回去，但這事並未發生。他喝了口水。不冰，而且也根本不能喝。

⑩Jason Bourne，羅勃．陸德倫所著之《神鬼認證》小說的主角名。

「說啊，」小詹說。「一個巴掌拍不響，還要你才能成事，不是嗎？你搞了什麼齷齪事對吧。」

巴比只是看著小詹。

「你搞了什麼齷齪事對吧？對嗎，王八蛋？嗯？」

巴比把杯子遞到鐵欄外。

「留著，留著啊。」小詹一副寬宏大量的模樣說。「把這個也拿去。」他把紙筆遞過鐵欄。巴比接了過去，看完整張紙上的內容。那幾乎與他想像中一模一樣。在文件的底部，有個空間是留給他簽名用的。

他遞了回去。小詹幾乎像是跳舞般往後退了一步，面帶微笑，搖了搖頭。「這個也留著。我爸說你不會簽名，他可一點也沒說錯，不過你還是考慮考慮。仔細想想一杯沒加鹽的水，還有食物什麼的。一個來自天堂的大吉事漢堡。也許還有可樂。樓上的冰箱裡還有一些冰起來的可樂。難道你不想來瓶好喝的可樂？」

巴比什麼也沒說。

「你搞了鹹溼事嗎？說嘛，別害羞。有嗎，死屁眼？」

巴比什麼也沒說。

「你遲早會招的。等到你餓怕、渴怕了，就會全部都招了。我爸就是這麼說的，而且他對這種事總是正確無誤。達達，巴－比！」

他往大廳走去，接著又轉過身來。

「你知道嗎？你實在不應該惹到我。這是你犯的大錯。」

小詹爬上樓梯時，巴比注意到他有點跛——或者說是拖著腳走路。就是這樣，他得用右手抓著扶手，把左腳給拖上去。他好奇生鏽克．艾佛瑞特會怎麼看待這些症狀，也好奇自己是否還有機會問他。

巴比思索該拿那張沒簽名的供詞怎麼辦。他想撕個粉碎，把碎片灑在牢房外頭的地上，但這是個沒有必要的挑釁之舉。他現在身處險境，所能做到的最好方式，就是維持現況。他把文件放在床上，用筆壓在上頭，接著拿起那杯水。鹽，加了鹽的水，他可以聞得出來。這讓他開始思索卻斯特磨坊鎮的現況……事情真的只有可能這樣發展下去嗎？要是穹頂沒出現的話，事情還會這樣嗎？要是沒有老詹與他那群朋友在這地方惹是生非呢？巴比覺得要是這樣的話，事情應該不會演變到這種地步，但他也認為，要是他還能活著離開這間警局，簡直就是奇蹟。

不過，他們在這方面仍是外行人，忘了還有馬桶在。在這個國家中或許沒人可以理解，當你在攝氏四十六度，身上背著九十磅裝備時，就連水溝裡的水看起來都甜美得很。巴比把鹽水倒在牢房角落，接著尿在玻璃杯中，把杯子放到床下。他像是在祈禱一樣，跪在馬桶前喝起了水，直至胃覺得飽脹為止。

13

生鏽克開車回來時，琳達正坐在門前台階上。後院中，賈姬．威廷頓正幫那對小姊妹花推著鞦韆，女孩們不斷求她推得大力點，讓她們盪得更高。

琳達張臂迎向他。她先是吻了他的唇，又縮回去看著他，然後用雙手捧著他的臉頰，再度深吻著他，同時還張開了嘴。他感覺到她潮溼的舌頭伸進他嘴裡一下，隨即開始猛烈回應。她感覺到了，於是也更為熱情。

「哇，」他說。「我們應該要更常在外頭吵架。要是妳不停下來的話，我們可能還會在外頭做出別的事情。」

「我們會做，不過不是在外頭。首先——我需要再向你道歉一次嗎？」

「不用。」

她拉著他的手，帶著他回到台階。「好極了。因為我們有事得談談，而且嚴肅得很。」

他把另一隻手也放到她手上，緊緊握著。「我聽著呢。」

她告訴他警局發生的事——接著，茱莉亞在老安．桑德斯獲得許可，可以見囚犯一面之後，也隨即來到警局。她還說她們一起過去教堂，以便她與賈姬可以跟茱莉亞私下談談的事。當然還有後來去了牧師宿舍，派珀．利比、羅密歐．波比也加入其中的事。當她提及她們發現布蘭達．帕金斯的屍體時，屍體已出現僵直狀況時，生鏞克的耳朵豎了起來。

「賈姬！」他喊。「妳有多確定僵直狀況的事？」

「非常確定！」她回喊道。

「嗨，爸！」茱蒂喊。「我和賈奈兒一直在翻筋斗！」

「太厲害了。」生鏞克回喊，站起來用雙手給了她們飛吻。兩個女孩各自抓住一個；講到抓飛吻的技巧，她們可是王牌。

「妳是什麼時候看到屍體的，琳達？」

「我想應該是十點半左右。超市那場混亂已經結束好一陣子了。」

「如果賈姬對僵直狀況的判斷沒錯……不過我們不能完全確定，對不對？」

「是沒辦法，不過聽我說，我和蘿絲．敦切爾談過。巴比五點五十就抵達薔薇蘿絲餐廳了，從那時候到發現屍體為止，他都有不在場證明。所以他得在什麼時間點殺她才行？五點？五點半？要是這樣的話，僵直狀況怎麼會在五個小時內就出現？」

「不太可能，但也並非完全不會。僵直狀況會受到很多變數影響。屍體所在處的溫度就是一個變數。儲藏室裡有多熱？」

「挺熱的，」她承認，雙手抱胸，聳了聳肩。「又熱又臭。」

「妳懂我的意思了嗎？在這種情況下，他可能是在四點時殺了她，接著把她帶走，放在——」

「我還以為你是站在他那邊的。」

「我是，但這的確不太可能，因為早上四點的儲藏室一定涼爽多了。他為什麼會跟布蘭達約在早上四點？警方會怎麼說？找她打炮？就算對他來說，她算是個老女人——而且比他老很多……然後她結婚三十幾年的丈夫才在三天前過世？」

「他們會說，那並非她自願的，」她陰沉地告訴他。「他們會說那是強姦，就跟他們套在那兩個女孩身上的說詞一樣。」

「那科金斯呢？」

「如果他們要嫁禍給他的話，肯定會想出另一套說法。」

「茱莉亞會刊出這一切嗎？」

「她會寫篇報導，提出一些疑點，不過她會保留關於初期僵直狀況出現的部分。蘭道夫可能蠢到不會察覺資訊來源，但雷尼會。」

「這麼做還是很危險，」生鏽克說。「要是她被禁止出刊的話，可沒辦法去找美國公民自由聯盟求助。」

「我不認為她會在乎這點。她氣到不行，甚至覺得超市的暴動可能是有人刻意操弄的結果。」

有可能。生鏽克想，但只說了：「可惡，真希望我能看看那幾具屍體。」

「說不定你可以。」

「親愛的，我知道妳在想什麼，但妳跟賈姬可能會丟了工作，要是那就是老詹用來擺脫麻煩的方式，妳們可能還會落得更慘的下場。」

「我們不能就這樣撒手不管——」

「再說這麼做可能也沒有任何好處。很可能沒有。要是布蘭達．帕金斯的僵直狀況是從四點到八點間開始的，現在也可能已經完全僵直了，這樣我也沒辦法從屍體上查出什麼。城堡郡的醫療單位或許可以，但我們無法聯絡那裡，就跟無法聯絡美國公民自由聯盟一樣。」

「說不定可以查到別的事，從她的屍體，或是其他屍體查到些什麼。你知道那些驗屍影集的標語嗎？『這是死者對生者的留言』。」

「機會很低。妳知道怎麼做會更好嗎？要是有人在巴比有不在場證明的上午五點五十以後，看見布蘭達還活著的模樣，那才真的是大到他們無法堵住的漏洞。」

茱蒂與賈奈兒穿著睡衣跑了過來，用跳的給了生鏽克一個擁抱。生鏽克在此善盡父親的義務。賈姬．威廷頓就跟在她們後頭，聽見生鏽克最後說的那段話。「我會到處打聽一下。」

「記得不動聲色。」

「當然。畢竟從證據方面來看，我還沒完全被說服。他的軍籍牌還是在安安手上。」

「難道打從她們死了以後，一直到屍體被發現為止，他都沒注意到軍籍牌弄丟的事？」

「什麼屍體，爸？」賈奈兒問。

他嘆了口氣。「這很複雜，親愛的。小女孩不用懂。」

她用眼神說了句「好吧」。在此同時，她妹妹想去摘幾朵遲開的花，但回來時卻是雙手空空。「花都謝了，」她報告道。「全都變成棕色，而且醜不啦嘰的。」

「可能是因為天氣對花來說有點太熱了，」琳達說，有那麼一刻，生鏞克覺得她就快哭了，於是趕緊開口接話。

「妳們快去刷牙。從櫃檯上的罐子裡裝點水。賈奈兒，妳負責裝水。現在快去。」他轉頭面向兩個女人，尤其是琳達。「妳還好吧？」

「嗯。只是……這件事以另外一種方式讓我覺得難過。我想，『那些花沒道理就這麼謝了』，接著又想到：『這裡發生的所有事，全都沒有道理可言』。」

他們沉默了片刻，思考著這些事情。最後是生鏞克先開了口。

「我們應該先等一陣子，觀察狀況，看蘭道夫會不會要我驗屍。要是他這麼做的話，我就能看到屍體，妳們兩個也不用冒任何惹禍上身的風險。要是他沒這麼做，那就代表事情的確有問題。」

「但在這段時間，巴比還是只能待在牢房裡，」琳達說。「他們可能現在就在逼他承認一切。」

「要是妳亮出警徽，讓我去葬儀社看看呢？」生鏞克問。「進一步假設，要是我發現可以證明巴比無罪的證據，妳覺得他們會說：『喔，該死，都是我們的錯。』然後就這麼放他離開？讓他可以接手管理一切？畢竟，這就是政府的打算，讓他可以管理整個小鎮。妳覺得雷尼會甘心——」

他的手機響起。「這玩意兒是有史以來最爛的發明。」他說，但至少這通電話不是醫院打來的。

「艾佛瑞特先生。」是個女人。他認得這聲音，但想不起名字。

「我是，除非有緊急狀況，不然我現在有點忙不——」

「我不知道算不算緊急狀況，但的確非常非常重要。由於芭芭拉先生——或者該說是芭芭拉上校——被逮捕了，所以你是唯一可以處理這件事的人。」

「麥克萊奇太太？」

「對，不過小喬才是那個你得跟他談談的人。我讓他聽。」

「生鏽克醫生？」聲音急促，幾乎喘不過氣。

「嗨，小喬。怎麼了？」

「我想我們找到啟動裝置了。現在我們該怎麼辦？」

天色突然間暗了下來，讓他們三人全倒抽了一口氣，琳達還緊抓住生鏽克的手臂。不過，這只是因為太陽正好移動到穹頂西側那一片被煙霧遮住的地方而已。

「在哪裡？」

「黑嶺。」

「那裡有輻射嗎，孩子？」他知道一定有；否則他們是怎麼找到的？

「最後的指數是兩百多，」小喬說。「就快接近危險區了。我們該怎麼辦？」

生鏞克用空著的手順過頭髮。太多事要處理了。太多，而且太快了。更別說這個百廢待興的小鎮居民們，從未仔細思考過負責決策的最佳人選究竟是誰，更別說是要找個領導者了。

「今晚什麼也別做，我們明天再來處理這件事。在這段時間，小喬，你得向我保證，別讓這事傳出去。只有你、班尼與諾莉，還有你母親知道就好。盡量保持現況。」

「好的。」小喬順從地說。「我們還有很多事要告訴你，不過我想全都可以等明天一起。」他吸了口氣。「這有點嚇人，對不對？」

「是啊，孩子。」生鏞克同意。「這的確有點嚇人。」

14

小詹進門時，那個掌握著磨坊鎮未來命脈的人就坐在書房裡，大口咬著夾有鹹牛肉的裸麥三明治。稍早時，老詹睡了四十五分鐘的午覺補充精神，現在覺得神清氣爽，再度開始準備一切。他的辦公桌桌面放滿了黃色筆記紙，之後他會把這些筆記全丟到焚化爐裡燒掉。小心總比後悔好。

書房裡點著一盞嘶嘶作響的煤氣燈，發出明亮的白色強光。老天知道他有足夠的丙烷——足以照亮整棟房子，還有讓所有家電運作長達五十年之久——但現在這情況，還是用煤氣燈比較好些。要是有人經過，他希望他們會看見明亮的白光，知道雷尼委員沒有任何特殊待遇。雷尼委員就和他們一樣，只是比他們更加值得信賴。

小詹的步伐不穩，臉部扭曲。「他不認罪。」

老詹也不認為芭芭拉會那麼快認罪，因此沒理會這句話。「你怎麼了？看起來憔悴得要命。」

「頭痛又發作了，不過現在沒事了。」雖然在與巴比講話的過程中，他的頭的確是痛得厲害，但現在的確不痛了。那雙藍灰色的眼睛似乎看出了太多事情。

我知道你在儲藏室裡對他們做了什麼，那雙眼睛說。我知道所有的事。

在他掏出槍後，那雙眼睛就知道他不會扣下扳機，於是黯淡下來，就這麼靜悄悄，彷彿永無止境地該死的窺探著一切。

「你走路一拐一拐的。」

「都是我們在卻斯特塘發現的那兩個孩子害的。我抱著其中一個走路，我想八成拉傷了肌肉。」

「你確定只是因為這樣？你和席柏杜還有事得做——」老詹看了一眼手錶。「時間大概是三個小時半以後，而且這事絕不能搞砸，得處理得盡善盡美。」

「為什麼不在天黑後就動手？」

「因為那個巫婆會跟她手下那兩個妖怪一起工作。費里曼還有另一個人，也就是常跑到野貓隊採訪的那個體育記者。」

「湯尼．蓋伊。」

「對，就是他。我並不特別在乎他們會不會受傷，尤其是她，」老詹的上唇向上翻起，像是在模仿惡犬的笑容。「不過不能有任何證人。我指的是目擊者。要是有人聽到的話……那可正合我意。」

「爸，你希望那些人聽見什麼？」

「你確定你可以嗎？我可以叫法蘭克和卡特代替你。」

「不要！我幫你處理了科金斯，今天早上還幫你處理了那個老太太，這是我應得的！」

老詹似乎打量著他，接著點了點頭。「好吧。不過你絕不能被逮到，甚至不能被人看見。」

「別擔心。你想要讓那些……那些『聽擊者』聽見什麼？」

老詹告訴了他，告訴了他所有事情。好極了，小詹心想。他不得不承認，自己的父親從不錯過任何設下陷阱的機會。

15

小詹上樓「讓自己的腿歇會兒」時，老詹吃完了三明治，抹去下巴的油脂，接著撥了史都華．鮑伊的手機。他劈頭就問了每個撥手機的人都會問的問題。「你在哪裡？」

史都華說，他們在回葬儀社的路上，先繞去小酌幾杯了。他知道老詹對於酒的感覺，所以語氣中帶有工人特有的反抗性：我做好了我的事，現在讓我輕鬆一下。

「沒關係，不過保證只喝一杯就好。你又不是做了整晚。老福或羅傑也是。」

史都華對此努力地表達抗議之情。

在他說完話後，老詹接著說：「我要你們三個九點半的時候過去中學一趟。那裡會有幾個新警員——對了，也包括羅傑家的幾個男孩——我要你也一起過去。」他突然心生一計。「事實上，我要讓你們這群人全成為卻斯特磨坊鎮防衛隊的成員。」

史都華提醒老詹，說他與老福有四具新的屍體得處理。在他濃烈的北方口音中，屍體變成了嗤體。

「那些打麥卡因家過去的傢伙可以等等再說，」老詹說。「反正他們都死了。你或許沒注意到，我們手上有個緊急狀況得先處理。直到事情結束前，我們都得持續施壓，盡力而為。我們要有團隊精神。九點半到中學去，不過在此之前，我還有件事要你先處理一下。不會花你太多時間。叫老福來聽。」

史都華問老詹為什麼要找福納德，他認為──出自某些原因──他可是個笨弟弟。

「關你屁事。叫他來聽就對了。」

老福說了聲哈囉，但老詹沒理他。

「你以前曾經是義工對嗎？一直做到團隊解散為止？」

老福說，他的確是卻斯特磨坊鎮消防局的非正式輔助人員，但卻沒補充，他其實早在團隊解散的一年前就離開了（也就是公共事務行政委員在二〇〇八年的財政預算審核時，決定不發薪水給他們的時候）。他又補充，他發現義工的週末募款活動與他的喝酒時間撞到了一起。

老詹說：「我要你去警局一趟，帶著鑰匙去消防局，看看波比昨天拿出來那些汲水幫浦是不是還在倉庫。我聽說，他跟帕金斯那女人把東西全放在那裡，如果這樣那就最好了。」

老福說，他覺得波比百貨店那些汲水幫浦原本就放在那裡，只是後來成了羅密歐的所有物。那些義工雖然人數不多，但被解散時，他們把裝備全都放到網路上賣掉了。

「那些東西或許是他的，不過再也不是了。」老詹說。「只要危機持續下去，那些東西就是鎮公所的財產。只要是我們需要的東西，就以同樣的方式處理。這樣對每個人都好。要是羅密歐．波比認為自己可以再度重組一隊志願隊，那他會發現，這完全又是另一回事了。」

老福說——小心翼翼地——他聽說羅密歐在搶救小婊路那場飛彈引發的火災時，表現得十分不錯。

「那沒比菸頭在菸灰缸裡悶燒嚴重多少。」老詹嗤之以鼻的說。他頭部的血管不斷抽動，心跳速度過於猛烈。他知道自己吃的太快——又一次——但他就是無法控制。只要他一餓，就會開始狼吞虎嚥，直到把面前的東西吃光為止。這是他的天性。「誰都可以把那些東西拿出來，包括你也是。重點是，我知道上次有哪些人投票給我，也知道誰沒有。那些傢伙全都他麻的沒糖可吃。」

老福又問老詹，他，福納德，該拿那些幫浦做些什麼才好。

「只要確定東西在倉庫就行，然後趕去中學。我們會在健身房裡頭。」

老福說羅傑．基連有些事想說。

老詹翻了翻白眼，但仍等著。

羅傑想知道他的哪些孩子被挑選為警察。

老詹嘆了口氣，翻找辦公桌上頭的小紙條，找到一份新警員的名單。上頭大多數是高中生，全都是男的。最年輕的是米奇．沃德羅，才十五歲而已，但他可是個彪形大漢，直到因為喝酒被踢出足球隊以前，一直負責右絆鋒的位置。「瑞奇和蘭道爾。」

羅傑表示抗議，說他們是他年紀最大的孩子，也是他唯二可靠，可以賦予餵雞職責的孩子。他問，這樣還有誰能幫他照顧雞群？

老詹閉上雙眼，向上帝祈求力量。

16

小珊可以清楚感覺到腹部低沉的滾痛——就像月經一樣——以及從更下面傳來，那像是針刺一般的刺痛。那股痛楚很難讓人忽略，總是一波接著一波湧上。儘管如此，她仍持續沉重緩慢的沿一一九號公路朝莫頓路前進。不管多痛，她都會繼續前進。她的心中有個目標，但卻不是當作住處的拖車。她要拿的東西不在拖車裡，但她十分清楚該去哪裡拿。就算得走上整夜也行。要是痛楚變得更為劇烈，她的牛仔褲口袋裡還有五片止痛藥，可以全丟到嘴裡不停的嚼。只要嚼止痛藥，做事的速度就能更快。這是菲爾告訴她的。

上她。

我們會再回來找妳，真的把妳給搞死。

上這個婊子。

妳得學著把嘴閉緊，除非跪下來幫人口交的時候才准開口。

上她，上這個婊子。

根本不會有人相信妳。

但利比牧師相信，結果看看她發生了什麼事。肩膀脫臼；連狗都死了。

上這個婊子。

小珊覺得，那個像豬的興奮尖叫，將會在她腦海裡迴盪到她死去為止。

於是她繼續走著。上空第一批出現的粉紅色星星發出微光，就像透過一扇骯髒的玻璃窗看見的火花一樣。

車燈閃現，把她的影子迅速投射在道路前方。一輛嘎嘎作響的老舊農用車駛近她以後，停了下來。「嘿，妳，上車吧。」坐在駕駛座上的男人說，不過聽起來像是欸－里－站車吧。他是奧登．丹斯摩，早夭的羅瑞的父親，而且還喝醉了。

然而，珊曼莎還是上了車——動作虛弱、小心。

奧登並未注意到這點。有一罐十六盎司的百威啤酒就擺在他雙腿之間，身旁還放著空了一半的酒箱。空罐滾動著，在小珊腳邊發出聲響。「妳要去哪裡？」奧登問。「打哪裡？去拿坡里？」他停了一會兒才緩緩笑著，無論喝醉與否，他總是能編出些玩笑話。

「到莫頓路就好，先生。你順路嗎？」

「想去哪兒都行，」奧登說。「我只是在兜風。一面四處繞繞，一面思念我的孩子。他在星期漏的時候死了。」

「我真為你感到遺憾。」

他點點頭，喝了口酒。「我老爹在去連冬顛死了，妳知道嗎？一口氣喘不過來就死了，可憐的老傢伙。得了肺季腫。他生前最後一年都得戴著氧氣罩。羅瑞會幫他換氧氣罐。他愛那個老家裏。」

「真遺憾。」她已經說過一次了，但此刻還有什麼能說的呢？

一滴眼淚悄悄順著他臉頰流下。「我會載妳去任何地方，年輕小姐。可以一直往前開，直到啤酒喝完為止。妳要來逛啤酒嗎？」

「好，謝謝。」啤酒是溫的，但她仍貪婪地喝著。她很渴。她從口袋中撈出一顆止痛藥，配著另外一大口啤酒把藥服下。她覺得腦袋裡不斷傳來嗡嗡聲響。感覺好多了。她又撈出一顆止痛藥，遞到奧登面前。「要來一顆嗎？這會讓你感覺好點。」

他接了過去，配著啤酒吞下，並未浪費時間去問那是什麼。他們抵達了莫頓路。由於他太晚看見路口，所以轉了個大彎，輾過克魯萊家的信箱。但小珊完全不在意。

「再喝一罐，年輕小姐。」

「謝謝，先生。」她拿了另一罐啤酒，打開拉環。

「俚有看過我的孩子嗎？」在儀表板的燈光中，奧登的雙眼看起來泛黃溼潤，眼神就像是跌進洞裡，摔斷腿的小狗一樣。「俚有看過我的孩子羅瑞嗎？」

「有，先生。」小珊說。「一定有。我當時也在那裡。」

「每個人都在那裡。我還把隆地給租出去了。葛能因此害死了搭。我們永遠也不會知道，不是嗎？」

「對。」小珊說。

奧登從工作褲的胸前口袋裡，掏出一個扁扁的皮夾。他的雙手放開方向盤，打開皮夾，瞇眼翻到透明小賽璐珞的夾層。「這皮狹是我的孩子們縱我的。」他說。「樓瑞與奧利。奧利還活著。」

「這皮夾不錯。」小珊說，傾身過去抓著方向盤。當她還和菲爾住在一起時也曾這麼做過，而且還很多次。丹斯摩先生的車，緩緩從路的一側駛到另外一側，繞了個半圓，差點就能避過另一個信箱。但沒關係，這可憐的老傢伙時速只有二十英里，莫頓路上也一片冷清。收音機中，WCIK電台正小聲播放著阿拉巴馬盲童合唱團演唱的〈天堂的甜蜜想望〉。

奧登把皮夾推給她。「這就治他，就是我的孩子。改有他的爺爺。」

「你可以在我看照片的時候幫忙開車嗎？」小珊問。

「當然。」奧登接回方向盤。車子的移動速度開始變快了些，行進路線也直了點，雖然或多或少還是會跨越白線。

這張已有點褪色的照片裡，有個年輕男孩與一名老人互相擁抱著。老人戴著一頂紅襪隊棒球帽與氧氣面罩。男孩臉上則掛著一個大大的笑容。「他長得很好看，先生。」珊曼莎說。

「嗯，小帥哥。又帥又聰明。」奧登發出一聲沒有淚水的悲鳴，聲音聽起來就像驢叫。唾沫飛濺到他的嘴唇上。卡車猛衝一下，接著又恢復平穩。

「我也有個小帥哥。」小珊說，開始哭了起來。她還記得有回她折磨貝茲娃娃找樂子的事。現在，她知道被丟進微波爐是什麼感覺了。她就跟在微波爐裡燃燒著一樣。「等我一看到他，就要好好地親親他。一次又一次的親。」

「妳要親搭。」奧登說。

「我會的。」

「妳要親搭、抱搭，把搭保護好。」

「我會的，先生。」

「如果可以的話，我也想親我的孩子。我想親他那圓滾滾的臉頰。」

「我知道，先生。」

「不過我們已經白了他。今天早上。願他安息。」

「我為你感到十分遺憾。」

「再拿瓶啤酒。」

「謝謝。」她拿了另一罐啤酒。她已經醉了。能醉真是太好了。

他們就在這種情況下，在散發粉紅色光芒的星星底下前進。星光閃爍，但卻並未下墜：今晚並沒有流星雨。他們駛過小柵的拖車，那個她再也不會回去的地方，連稍微減速都沒有。

17

蘿絲．敦切爾敲著《民主報》辦公室門上的玻璃門板時，時間約莫是七點四十五分。茱莉亞、彼特與湯尼全站在一張長桌前，整理著四頁單面印刷的最新報紙影本。彼特與湯尼把報紙疊好，茱莉亞則負責裝訂，並將成品疊好。

茱莉亞才一看見蘿絲，便精力充沛地揮手叫她進來。蘿絲打開門，頓了一下。「天啊，這裡還真熱。」

「我們關了空調以節省燃料，」彼特．費里曼說。「因為影印機操得太兇，所以才變得那麼熱。今晚影印機根本沒停過。」但他看起來一臉自豪。蘿絲覺得他們全都看起來一臉自豪。

「我還以為現在餐廳裡一定人滿為患咧。」湯尼說。

「正好相反。今晚那裡空曠到都可以打獵了。由於我的廚師被人用謀殺罪名逮捕，所以我想很多人應該都不想跟我有碰到面的機會。我猜，應該也有很多人不想碰到彼此吧，畢竟今天上午美食城才發生了那種事。」

「過來這裡，拿份報紙看。」茱莉亞說。「妳可是封面女郎呢，蘿絲。」

在報紙的最上方，用紅色字體特別註明：穹頂危機免費專刊。而在下方，茱莉亞則採用了直到前兩期為止，過去從不曾在《民主報》上用過的十六級字體：

因危機日益嚴重所產生的暴動與謀殺案

上頭的照片正是蘿絲本人。照片是她的側面。她的嘴唇就像牛角般往上揚起，一綹鬆落的頭髮垂盪在額頭前。她在相片裡看起來格外漂亮。照片的背景是放有義大利麵與果汁的走道，還有好幾罐像是義大利麵醬的東西砸毀在地板上。照片圖說寫著：平息暴動：薔薇蘿絲餐廳的老闆與經營者蘿絲．敦切爾，在戴爾．芭芭拉的協助下，平息了爭奪食物的暴動，後者目前已因涉嫌謀殺而被逮捕（相關報導請見第四頁）。

「老天爺啊，」蘿絲說。「呃……至少妳把我拍得很好看。如果說我真能稱得上有什麼好看模樣的話。」

「蘿絲，」湯尼．蓋伊認真地說。「妳看起來就像蜜雪兒．菲佛[110]。」蘿絲哼了一聲，揮手叫他少來這套。她又翻到社論那頁。

現今的恐慌，其後的羞愧

作者：茱莉亞．夏威

不是每個卻斯特磨坊鎮的人都認識戴爾．芭芭拉——對我們這個小鎮來說，他算是個初來乍

[110] Michelle Pfeiffer，美國知名女演員。

到的人——但大多數人都曾在薔薇蘿絲餐廳吃過他烹調的東西。今天以前，認識他的人會說，他的確是我們這裡的一分子，他在七月與八月時，擔任壘球比賽的輪值裁判，九月則協助中學圖書館蒐集圖書，還在兩星期前的社會清潔日幫忙撿拾垃圾。

接著，就在今天，「巴比」（認識他的人都這麼叫他）由於四件駭人的謀殺案而被逮捕。被害者是鎮上大家都認識、也深深喜愛的人們，他們要不是在這裡住了很久，就是一輩子都住在這裡，不像戴爾．芭芭拉那樣。

在通常的情況下，「巴比」會被帶到城堡郡監獄，讓他有撥一通電話的權利。要是他沒有足夠能力，還會為他提供一名辯護律師。他會被控告，而蒐集證據——這部分會交給專家處理——的行動也會陸續進行。

但這些事全都沒有發生。我們全都知道為什麼：因為此刻穹頂已將我們的小鎮與外界隔絕了。不過，就連正當程序與社會常識難道也被隔絕了嗎？無論是多麼駭人的罪行，這種未經證實的指控，都不足以拿來當成戴爾．芭芭拉被如此對待的藉口，也不能拿來當成新上任的警察局長拒絕回答質詢，或讓人確認戴爾．芭芭拉是否仍然活著的原因。再說，桃樂絲．桑德斯的父親——首席公共事務行政委員安德魯．桑德斯——竟然不只被允許探視這名未經審判的囚犯，甚至還誹謗他……

「哇，」蘿絲說，抬起頭來。「妳真的打算要把這篇文章印出來？」

茱莉亞指著疊起來的列印稿。「已經印了。為什麼這麼問？妳不贊成嗎？」

「不是，只不過……」蘿絲迅速掃過剩下的內容，這篇文章很長，幫巴比說話的態度也越來越明確。文章的最後，還呼籲任何有這幾件謀殺案資訊的人出面作證，並提出建言，指出這場危機勢必會過去，而當一切結束後，當地居民對待這些謀殺案的處理方式，肯定會不只受到緬因州或美國的關注，而是會受到全球各地的密切關注。「難道妳不怕惹上麻煩？」

「這是新聞自由，蘿絲。」彼特說，但語氣聽起來甚至連自己也說服不了。

「荷瑞斯．葛雷利就會這麼做。」茱莉亞堅定地說。當她說出那個名字時，她的柯基犬——原本已經在角落的狗床上睡著了——抬起了頭。牠看著蘿絲，起身走了過來，想要討幾個拍撫，而蘿絲則樂意得很。

「妳還有什麼東西沒寫進去的嗎？」蘿絲問，敲了敲那篇社論。

「是有一些，」茱莉亞說。「我先保留下來了，希望可以查到更多事情。」

「巴比絕不可能做出那種事。只是我還是很擔心他。」

散落在桌上的其中一支手機響起。湯尼接起電話。「《民主報》，我是蓋伊。」他聽了一會兒，接著把手機遞給茱莉亞。「寇克斯上校要找妳。他聽起來不太高興。」

寇克斯。茱莉亞已經完全忘了這個人。她接過電話。

「夏威小姐，我得跟巴比說話，我得知道他在接過管轄權之後，有沒有任何進展。」

「我不認為你在短時間內有辦法和他說話。」茱莉亞說。「他進了監獄。」

「監獄？什麼罪名？」

「謀殺。準確地說，還是四件謀殺案。」

「別開玩笑了。」

「我聽起來像是在開玩笑嗎，上校？」

對方沉默了片刻。她可以聽見那裡有許多聲音傳來。寇克斯再開口時，把音量給壓低了。

「解釋一下情況。」

「不了，寇克斯上校，我想還是不用了。我在兩個小時前才剛寫完這件事，當我還是個小女孩時，我媽總是告訴我，好話別說第二次。你還在緬因州嗎？」

「城堡岩。我們把前線基地設在這裡。」

「那我建議你到之前我們碰面的地方找我。莫頓路那裡。我沒辦法給你一份明天的《民主報》，就算免費的也一樣。不過我倒是可以幫你拿著，放在穹頂上，讓你自己讀一下。」

「寄電子檔給我。」

「我不要。我覺得電子郵件是報紙業務的敵手。我是個非常老派的人。」

「妳還真是有惹惱人的本事，親愛的女士。」

「我可能很會惹人生氣，但可不是你什麼親愛的女士。」

「那告訴我，他是被陷害的嗎？桑德斯和雷尼動了什麼手腳？」

「上校，依你的經驗來看，這不是句廢話嗎？」

沉默。接著他說：「我一個小時後跟妳碰面。」

「我會帶著同伴過去。巴比的雇主。我想你會對她要說的話感興趣。」

「好吧。」

茱莉亞掛斷電話。「要陪我開一段路去穹頂那裡嗎，蘿絲？」

「如果可以幫上巴比的話，當然好。」

「我們可以抱持希望，不過我還是覺得，現在這裡還是只能靠我們自己了。」茱莉亞把注意力轉移到彼特與湯尼身上。「你們兩個可以搞定裝訂的工作嗎？你們離開時，把報紙疊在門邊，記得把門鎖上。然後晚上好好地睡一覺，因為明天我們全都得親自當派報生。這些報紙得用老方法處理。我們要跑遍鎮上的每一間房子、關閉的農場，當然，還有卻斯特東區那裡。很多新來的居民住在那兒，理論上比較不容易受到老詹迷惑。」

彼特揚起了眉。

「我們的雷尼先生有地主優勢，」茱莉亞說。「他會在星期四晚上的緊急鎮民大會裡登上演講台，想把這整個小鎮當成懷錶一樣握在手裡。所以，參加鎮民大會的人一定得要先有第一印象，」她指著報紙。「而這就是我們要給他們的第一印象。如果讀過的人夠多，那麼在他開始高談闊論以前，就得先回答一些麻煩的問題才行。說不定我們可以稍微打亂他的節奏。」

「要是我們能找出是誰在美食城丟石頭的話，或許還不只是稍微而已。」彼特說。「妳知道嗎？我覺得我們一定能找得出來。我想，我們可以把所有事情兜在一起，把一切弄個水落石出。」

「我只希望，在我們開始有所動作的時候，巴比還沒死。」她看了一眼手錶。「走吧，蘿絲，我們去兜兜風。你要一起來嗎，荷瑞斯？」

荷瑞斯當然要。

18

「你可以在這裡放我下車，先生。」小珊說。他們此刻就在卻斯特東區一棟討人喜愛的牧場風格的房子前。雖說屋內很暗，但草坪卻是亮著的。他們此刻十分接近穹頂，而在卻斯特磨坊鎮與哈洛鎮的交界處，全都架滿了明亮的燈光。

「欒要帶等啤酒在路上喝嗎，年輕小姐？」

「不用了，先生，這裡就是我的目的地。」雖然事情並非如此。她還得走回鎮上才行。在穹頂那頭的黃色光芒下，奧登．丹斯摩看起來不只四十五歲，而像是八十五歲。她從未見過如此悲傷的面孔……只除了她在踏上旅途前，在醫院病房中的鏡子裡看見的自己。她俯身吻了一下他的臉頰。鬍碴刺痛了她的嘴唇。他把一隻手放在被親吻的地方，露出一絲真心的微笑。

「現在你得回家了，先生。你還有老婆得著想，還有另一個孩子得照顧。」

「我災妳說得沒錯。」

「我是說得沒錯。」

「妳會沒事吧？」

「當然，先生。」她下了車，接著又轉身面向他。「那你呢？」

「我會盡力的。」他說。

小珊關上車門，站在車道盡頭看著他迴轉。他開到了溝裡，但裡頭是乾的，所以又沒事地駛回車道。他回頭朝一一九號公路駛去，剛開始有點左搖右晃，接著，車尾燈的移動多少變直了些。他開在路中間——菲爾會說那是操他媽的白線——但她覺得應該不成問題。現在已經八點半，天色全黑了，她可不認為他會在路上碰見任何人。

車尾燈逐漸閃出她的視線範圍以後，她便朝一片漆黑的牧場小屋走去。這棟房子比不上鎮屬坡那些保持良好的舊房子，但卻比她住過的地方都還要好。就連屋裡也是。她曾與菲爾來過這裡一次，那段時間，他除了會賣一些大麻，還有在拖車裡煮點自用的毒品外，還算一切正常。當時他還沒萌生一些有關耶穌的古怪念頭，也還沒跑去那間深信除了信徒以外，每個人全會下地獄的糟糕教堂。宗教就是菲爾惹上麻煩的起點，讓他遇見了科金斯，而科金斯或某個人，則又讓他變成了煮廚。

之前住在這裡的人不是癮君子；癮君子無法持續擁有這種房子那麼久，他們會抵押房子去換古柯鹼來吸。但傑克與蜜拉．伊凡斯的確很享受不時來點大麻的滋味，而菲爾．布歇也同樣樂意提供。他們人很好，菲爾對他們也不錯。那段日子裡，他還有辦法好好地對待別人。

蜜拉請他們喝冰咖啡。當時小珊已懷了小華特七個多月，肚子很明顯。蜜拉問她想要男孩或女孩，一點也沒有看不起她的意思。傑克帶菲爾進他的書房兼工作室拿錢，而菲爾則對她叫道：「嘿，親愛的，妳一定得來看看！」

那似乎是好久以前的事了。

她試著打開前門，但門鎖上了。她拿起一顆圍在蜜拉花圃四周的裝飾石頭，站在窗戶前，在手上掂了一下。在一番思索後，她並未扔出石頭，而是繞到了屋後去。以她目前的情況來看，要爬過窗子是件困難的事。就算她有辦法（而且還得很小心），可能也會使被人強姦的傷口因此裂開，導致得要放棄今晚的全盤計畫。

再說，這是棟好房子。除非必要的話，否則她實在不想破壞它。

她的確不用。傑克的屍體已被運走，這座城鎮的運作狀態，仍足以應付得了這種事情。只是，那些人卻沒有半個記得要鎖上後門。小珊走了進去。這裡沒有發電機，所以屋內暗得就跟浣熊的屁眼一樣。不過，流理台上放著一盒火柴。她點燃一根，看見餐桌上放著一支手電筒。手電筒是好的。光束照在地板上看起來像是一大片血跡的地方，使她急忙把手電筒移開，開始朝傑克．伊凡斯的書房走去。書房就在客廳旁邊，是間小到只放得下一張桌子與一個玻璃櫥櫃的房間。

她把手電筒的光束移到桌子另一頭，接著向上舉起，照亮傑克最寶貴的戰利品那雙無神的眼珠：一顆他三年前在TR-90合併行政區那裡獵殺的麋鹿頭。這顆麋鹿頭就是菲爾叫她來看的東西。

「我當年的最後一槍中了大獎，」傑克告訴他們。「就這麼獵到了牠。」他指著放在櫃子裡的獵槍。那是把配有狙擊鏡，看起來十分嚇人的獵槍。

蜜拉來到門口，搖響她那杯冰咖啡的冰塊，看起來又酷又漂亮，一副開心的模樣──小珊知道，自己永遠不會成為像她那樣的女人。「做成標本貴得很，不過他承諾明年十二月會帶我去百慕達度一星期的假，所以我還是答應了他。」

「百慕達。」珊曼莎此刻說道，看著那顆麋鹿頭。「但她永遠去不了了。這真是太哀傷了。」

菲爾把裝有現金的信封塞進後口袋，說：「這把獵槍超棒的，不過不太適合用來保衛居家安全。」

「我還有藏起來的寶貝，」傑克回答。雖然他並未從藏槍的地方拿出來給菲爾看，但卻若有所指地拍了拍辦公桌桌面。「一對該死的好槍。」

菲爾朝他點了點頭，彷彿了解他的意思。小珊與蜜拉一致露出男孩始終是男孩的眼神，彼此互望一眼。她還記得那一眼給她的感覺有多好，有種被接納的感覺，認為其中有部分原因是因為她人就在這裡，而非像比較接近鎮中心那種地方。

她停了下來，又吃了片止痛藥，接著開始一個個打開辦公桌的抽屜。抽屜沒上鎖，當她開到第三個時，在裡頭發現了一個木盒。木盒裡放著已經過世的傑克·伊凡斯的特別武器：一把點四五史普林費爾德XD自動手槍。她拿起槍，在摸索了一下子後，退出彈匣。子彈是滿的，而且抽屜裡還有一個備用彈匣。她把備用彈匣也一同取出，回到廚房，找了個袋子，把東西放在裡頭。當然，她也拿了鑰匙。無論如何，傑克與蜜拉都過世了，而他們的車可能還在車庫裡。她可沒打算用走的回到鎮中心。

19

當茱莉亞與蘿絲就快接近這條路的盡頭時，正在討論這個小鎮之後可能會變成什麼模樣。要是她們朝東轉彎，遇上那台老舊的農用卡車，那麼她們的確有可能會在距離目的地還有一英里半遠的地方，迎接人生的盡頭。但茱莉亞從彎道那裡便看見那輛卡車開在她的車道上，正迎頭朝她的方向駛來。

她想都沒想就用力扭轉方向盤，轉至其他車道，兩輛車交錯的距離不過只有幾吋之遠。荷瑞斯原本坐在後座上，臉上掛著平常那副「天啊要兜風真是太開心了」的表情，但此刻卻驚訝地叫了一聲，摔至座位下頭。那是車上唯一發出的聲音。沒有女人的尖叫，甚至連大喊一聲也沒有。一切實在太快了。死亡或身受重傷的下場，就這麼在瞬間與她們擦身而過。

茱莉亞轉回自己的車道，把車轉上軟質路肩，將油電車停在公園裡。她看著蘿絲，蘿絲則回望著她，兩人全都張大了嘴，雙目圓睜。在後頭，荷瑞斯又跳回後座上頭，叫了一聲，像是想問為什麼要突然停車。一聽見這聲吠叫，讓兩個女人全都大笑了起來。蘿絲不斷拍著她那豐滿有料的乳房下方。

「我的心臟都要停了。」她說。

「嗯，」茱莉亞說。「我的也是。妳有看到剛才有多近嗎？」

蘿絲又大笑出聲，全身抖個不停。「妳在開玩笑嗎？親愛的，要是我剛才把手肘靠在窗戶上頭，那個王八蛋八成都直接幫我截肢了呢。」

茱莉亞搖搖頭。「可能是喝醉了吧。」

「肯定是喝醉了！」蘿絲說，還哼了一聲。

「妳還能繼續上路嗎？」

「妳呢？」蘿絲問。

「可以。」茱莉亞說。「那你呢，荷瑞斯？」

荷瑞斯叫了一聲，早就準備好了。

「大難不死必有後福，」蘿絲說。「這可是敦切爾家的爺爺，常掛在嘴邊的話。」

「我希望他是對的。」茱莉亞說，再度啟程上路。她小心留意迎面而來的車燈，但她們接下來看見的光芒，來自設立在穹頂另一側的哈洛鎮邊界。她們沒看見珊曼莎・布歇，但小珊看見了她們；她就站在伊凡斯家的車庫前方，手上拿著伊凡斯那輛馬里布的鑰匙。等到她們駛遠後，小珊這才打開車庫的門（她得用手把門拉起，簡直痛到不行），坐到駕駛座中。

20

那條巷子位於波比百貨店與磨坊鎮加油站商店之間，兩端各連接著主街與西街。這條巷子大多只是貨車才會開進來。晚上九點十五分，小詹・雷尼與卡特・席柏杜走進這條幾乎完全漆黑的巷子中。卡特用一隻手拿著一個五加侖的桶子，桶身是紅色的，其中一面有沿對角線劃過的黃色長條。黃色長條上寫著：汽油。在他的另一隻手上，拿著一個以電池發電的擴音器。擴音器是白色的，但卡特用黑色膠帶包住了號角部分，好讓他們在巷弄中如同隱身一般，不會被任何人看見。

小詹背著一個後背包。他的頭不痛了，雙腿無力的狀況也完全消失。他相信，自己的身體總算擊退了那他媽的不知道什麼毛病。或許是什麼難纏的病毒吧。你在大學裡會得到各式各樣的狗屁毛病，結果揍了那小子一頓，或許反倒成了某種變相的幸運。

他們可以清楚看見巷口的《民主報》辦公室。燈光灑在空無一人的人行道上，讓他們還能看到費里曼與蓋伊在屋內走來走去，把一疊疊的紙張搬至門口，將其擺放整齊。那棟作為報社與茱莉亞住所的老舊木製建築，就位於桑德斯藥房與書店中間，但彼此間仍有距離——報社與書店隔了條人行道，而在藥局那頭，則隔了一條巷子，就跟他與卡特潛伏的那條一樣。這是個無風的夜晚，他認為，要是他父親動員部隊的速度夠快，就不會造成其他損害。但他其實並不在意這樣。就算整條主街的東側全都燒個精光，對小詹來說也無關緊要。這只會讓戴爾・芭芭拉惹上更多麻煩而已。小詹還是有著那種被他無情的冷酷眼神審視的感覺。那不是正常人該有的看人方式，尤其這麼看著你的人還待在鐵欄後方，就更是如此了。操他媽的巴－比。

「我應該朝他開槍的。」小詹喃喃自語。

「什麼？」卡特問。

「沒事。」他擦了擦額頭。「太熱了。」

「是啊。法蘭克說，要是再這樣下去的話，我們全會像醃梅子那樣給悶死在這裡。我們什麼時候動手？」

小詹繃著臉，聳了聳肩。他父親有說過時間，但他記不起來了。或許是十點吧。不過這又怎樣？就讓那兩個傢伙在裡頭被燒死也好。要是那個報社的臭婊子也在樓上——或許正在用她最愛的那根假屌，讓自己在忙碌的一天裡放鬆一下——那就讓她一起被燒死算了。這樣可以讓巴－比惹上更多麻煩。

「現在就動手吧。」他說。

「你確定，兄弟？」

「你在街上有看到任何人嗎？」

卡特看了一下。主街上空無一人，大多數房子全是暗的。他唯一能聽到的聲音，就是報社辦公室與藥局後方的發電機運作聲響。他聳了聳肩。「好，那就上吧。」

小詹解開後背包的釦子，打開背包。最上方放著兩雙薄手套。他把一雙遞給卡特，自己則戴上另一雙。手套下方，是用浴巾包起的一袋東西。他解開浴巾，把裡頭的四個空酒瓶放在柏油路上。背包最底部有個錫製漏斗。小詹把漏斗的一頭插進酒瓶瓶口，伸手想拿汽油。

「最好還是讓我來，兄弟，」卡特說。「你的手抖個不停。」

小詹訝異地看著雙手。他沒感覺到自己在抖，但沒錯，他的雙手的確抖得厲害。「我可不是在害怕，你千萬別誤會了。」

「我也沒這麼想過。那是頭的問題。任何人都看得出來。你得去找艾佛瑞特看看，你身體一定出了什麼毛病。他是我們這裡目前最接近醫生的人了。」

「我覺得我沒——」

「閉嘴，別被人聽到了。我倒汽油的時候，你先處理毛巾的部分。」

小詹從皮套裡掏出槍，朝卡特的眼睛開槍。他的頭顱炸開，鮮血與腦漿濺得到處都是。接著，小詹站在他上方，又朝他開了一槍、再一槍、再一槍——

「小詹？」

小詹搖了搖頭，清除這幅景象——這幻覺實在太生動了——真的握著槍柄的手，也因此鬆了開來。或許，那個病毒還未完全自他體內消失。

或許那根本不是病毒。

那會是什麼？是什麼呢？

汽油的氣味飄進他的鼻孔，味道之重，足以讓他雙眼燒了起來。卡特開始裝起第一瓶。汽油桶內傳來咕嚕、咕嚕、咕嚕的聲響。小詹拉開背包側邊的拉鍊，拿出母親的那把縫紉剪刀。他用剪刀把浴巾裁成四條，把其中一條塞進第一個瓶子裡，接著又拉出來，換成另一頭塞進瓶中，這樣露在瓶外那一頭，才會同樣浸過汽油。他對其他酒瓶也採取了相同的做法。

對這件事來說，他的手還不算抖得太厲害。

21

巴比的寇克斯上校與茱莉亞上次見到他時不太一樣。以九點半這時間來說，他的鬍子倒是剃得很乾淨，頭髮也十分整齊。不過，他的卡其制服失去了原有的堅挺，今晚那件府綢外套看起來也似乎太大件了，彷彿他削瘦了不少似的。他站在酸劑實驗失敗遺留下來的幾塊噴漆污漬前，皺眉看著污漬的模樣，像是覺得只要足夠集中心神，就能穿過穹頂一樣。

閉上雙眼，跺腳三次，茱莉亞心想。因為沒有一個地方像穹頂一樣。

她幫蘿絲與寇克斯相互引薦了一下。在他們彼此自我介紹的短暫時刻，茱莉亞環顧四周，一點也不喜歡眼前的景象。燈光依舊架設在四周，把天空照得明亮無比，像是炫目的好萊塢首映會。有一台發出低鳴聲的發電機負責提供燈光電力，但卡車全都不見了，就連寫有「總部」字樣、長達四、五十碼的巨大綠色帳棚也消失無蹤，只留下一塊草地壓平的痕跡而已。寇克斯帶了兩名士兵，但他們看起來卻沒有任何準備，讓她很難與副官或特派專員之類的人互作聯想。哨兵可能還沒撤離，但卻已經往後退去，保持在一個磨坊鎮這頭的任何一個可憐鄉親，完全無法向他們詢問任何事情的距離。

先是問，接著就是哀求了。茱莉亞想。

「告訴我狀況，夏威小姐。」寇克斯說。

「先回答我一個問題。」

他的眼睛轉了一圈（如果碰得到他的話，她覺得自己會為了這個表情賞他一巴掌；她的神經依舊為了剛才差點發生的車禍而焦躁不已）。但他叫她儘管問。

「我們被放棄了？」

「絕對沒有。」他毫不遲疑地回答，但卻不太敢直視她的雙眼。她覺得這表情是個更為糟糕的徵兆。就連她用古怪空洞的眼神，盯著穹頂的另外一側看，彷彿那裡原本有個馬戲團，但已經搬走的情況，都還比他的表情好些。

「直接看吧。」她說，把明天的報紙頭版壓在穹頂那看不見的表面上，像是一個女人在百貨公司的櫥窗裡貼上一張折價訊息。她的指尖傳來微弱、難以捉摸的電流，像是空氣乾冷的冬天早晨觸摸金屬，被靜電電到的感覺。但在那之後，便什麼感覺也沒有了。

他讀完了整份報紙，每當要換頁時就會告訴她一聲，總共看了十分鐘之久。等到他讀完後，她說：「你可能有注意到，我們的廣告量變少了，不過我認為，自己的寫作品質也提升不少。這狀況似乎他媽的激發了我的潛能。」

「夏威小姐——」

「喔，就叫我茱莉亞吧。我們都快算是老朋友了。」

「好吧。妳是茱莉亞，而我是耶西。」

「我會盡量不要把你跟那個可以在水上行走的人搞混。」

「妳認為這個叫雷尼的傢伙是想成為一個獨裁者？就像緬因州版的曼努埃爾．諾列加⑪？」

「我怕他會變成波布⑫那種人。」

「妳認為有這個可能？」

「兩天以前，我還會嘲笑這個想法——要是他出了公共事務行政委員的會議室，不過就是個二手車商人罷了。但兩天之前，我們還沒發生那場食物暴動，也還不知道那些謀殺案的事。」

「不是巴比，」蘿絲說，一臉消沉，但卻堅決無比地搖著頭。「絕對不是。」

寇克斯沒理她——茱莉亞認為，這並不代表他沒注意到蘿絲，只是因為他覺得這想法太可笑

⑪Manuel Noriega，巴拿馬的前總統，於一九九〇年被美軍捕獲，並以販毒等罪名被囚禁了十七年之久。
⑫Pol Pot，柬埔寨前總理，曾下令屠殺數百萬人民。

了，根本不值得留意。這感覺讓她覺得他好親近了些，至少有那麼一點。「茱莉亞，妳覺得是雷尼犯下那些謀殺案的嗎？」

「我有思考過這問題。他在穹頂出現後的所有舉動——從禁止販賣酒類開始，一直到派遣一個笨到不行的人擔任警察局長——全都是出自政治考量，目的是想加強自己的權力。」

「所以，妳是說那些謀殺案並不一定是他幹的？」

「不一定。他的妻子去世後，有傳言指出，他可能幫了她一把。我不敢說這件事是真的，不過只要有這種謠言出現，你就知道大家是怎麼看這個人的了。」

寇克斯哼了一聲，表示認同。

「不過就我的經驗來說，還真看不出來姦殺兩個十幾歲的女孩，會跟政治謀殺扯上關係。」

「絕對不是巴比。」蘿絲又說了一次。

「還有科金斯也是。不過，他以牧師職責——尤其廣播電台的部分——募捐到的金額數目實在很可疑。那布蘭達·帕金斯呢？這部分可能就是出自政治因素了。」

「你沒辦法派遣海軍陸戰隊阻止他，對不對？」蘿絲問。「你們這些傢伙只能旁觀這一切，就像看著水族館裡的大魚搶走所有食物，接著開始吃起小魚一樣。」

「我可以切斷手機訊號。」寇克斯思索著。「還有網路也是。我只能做到這點。」

「警方對講機。」茱莉亞說。「他還有這個方式可以聯絡別人。等到星期四晚上的鎮民大會，大家開始抱怨無法與外界聯繫的時候，他就會把錯全怪到你頭上。」

「我們打算在星期五開一場新聞發表會。我可以宣傳這件事。」

茱莉亞對這想法感到心灰意冷。「千萬不要。這樣他就完全不必向外界解釋自己的作為了。」

「再說，」蘿絲說。「要是你切斷電話和網路，那就沒人可以告訴你或外頭的任何人，他又幹出哪些好事了。」

寇克斯看著地上，在沉默片刻後，才又抬起頭來。「那個假設穹頂發射機存在的調查進行得怎樣了？有任何消息嗎？」

茱莉亞不確定自己是不是要告訴寇克斯，說他們讓一個初中的孩子負責尋找發射機。但就在當她準備開口時，卻也什麼都不用說了。因為，這時鎮上的火災警報響了起來。

22

彼特·費里曼把最後一疊報紙放在門邊。他挺直身子，雙手放在背後，伸展自己的脊椎。湯尼·蓋伊在房間的另一頭聽見「喀拉」一聲。「聽起來很痛。」

「才不會，感覺好極了。」

「我老婆現在應該已經睡了，」湯尼說。「我藏了瓶酒在車庫裡，你回家之前想過來喝一杯嗎？」

「不了，我想我最好——」彼特才剛開口，第一個瓶子就穿過窗戶砸在地上。他自眼角看見燃燒的布條，往後退了一步。雖然只有一步，但這一步卻讓他逃過嚴重燒傷的下場，甚至還避免了被活活燒死。

窗戶與瓶子都破了。飛濺出來的燃燒汽油變成明亮的扇形。彼特在同一時間彎腰轉身，火舌自他頭頂飛過，在灑到茱莉亞辦公桌前方的地毯前，先點燃了他襯衫的一隻袖子。

「這他媽——」湯尼才要開口，另一個酒瓶又穿過洞口飛了進來。這回瓶子砸在茱莉亞的辦公桌上，滾過桌面，讓散落在上頭的文件全燒了起來，因此捲起更多火焰，落至桌子前方。汽油燃燒的氣味熱燙濃烈。

彼特一面拍打襯衫袖子，一面跑到角落的飲水機旁。他吃力地自腰間高度舉起一瓶水，抬起袖子燃燒的那隻手（那隻手現在已有種像曬傷的感覺），讓瓶子的出水口對著手臂。

另一個汽油彈飛過夜空，但丟得不夠遠，砸碎在人行道上頭，在水泥地上變成小型的篝火。燃燒的汽油流到水溝中，就這麼流走了。

「把水倒在地毯上！」湯尼大喊。「快啊，不然整間房子都要燒起來了！」

彼特只是氣喘吁吁，一臉茫然地看著他。水瓶中的水持續流出，流到了部分地毯上頭，但不幸的是，地毯得要夠溼才行。

雖然他總是在報導大學代表隊的二軍隊伍，但湯尼．蓋伊在高中時，也曾參加過三支球隊。十年過去，他的反應仍大概維持了過往的水準。他從彼特手上搶走水流個不停的水瓶，先澆熄茱莉亞的辦公桌，然後試圖澆熄地毯上的火燄。火勢已蔓延開來，但或許……只要他夠快的話……只要走廊的置物櫃那裡還有一、兩瓶水……

「快！」他對彼特大喊，後者仍在目瞪口呆地看著冒煙的衣袖。「快去後廳！」

有那麼一會兒，彼特似乎無法理解他的話，接著這才搞懂狀況，跑向後廳。湯尼繞過茱莉亞的辦公桌，把最後一、兩品脫的水澆在火焰上，試圖讓自己有立足之地。

最後一瓶汽油彈自黑暗中飛來，而這一記真正帶來了嚴重損害，直接命中他們堆疊在前門的報紙。燃燒的汽油沿辦公室前方的壁板燒去，猛烈竄了起來。透過火焰，主街看起來就像是不斷搖晃的海市蜃樓。在海市蜃樓遠方的街道另一頭，湯尼可以看見兩個昏暗的人影。上升的熱氣，使他們看起來就像在跳舞一樣。

「釋放戴爾．芭芭拉，否則這只是個開始！」一個從擴音器裡傳出的聲音大喊。「我們已經做好準備，可以燒掉這整座該死的小鎮！釋放戴爾．芭芭拉，否則就得付出代價！」

湯尼低頭一看，看見雙腳間有道火焰。他已經沒水可以澆熄了。很快地，火勢就會穿過地毯，讓下頭老舊的乾木柴地板燃燒起來。在此同時，整個辦公室的前半部都已陷於火勢之中。湯尼拋下空瓶，往後退去，他可以從自己皮膚上感覺到猛烈無比的熱氣。要不是那堆該死的報紙，我或許還能——

但一切為時已晚。他轉過身，看見彼特就站在後廳門口，手上抱著另一瓶波蘭泉水礦泉水。他那焦黑的衣袖大多已經脫落，底下的皮膚變成明顯的紅色。

「太遲了！」湯尼大喊。就在一道火柱向上竄至天花板時，他放棄了茱莉亞的辦公桌，往後退開，把手臂舉到臉前阻擋熱氣。「太遲了，從後面逃走！」

彼特．費里曼不需要他再三催促。他把那瓶水往蔓延的火勢一扔，轉頭就跑。

23

嘉莉．卡佛很少會幫磨坊鎮加油站商店做點什麼，雖然這間小便利店讓她與丈夫多年來始終過著不錯的生活，但她一向把自己看得比什麼都重。不過，當強尼建議他們最好用小貨車把剩下的罐頭載回家時——他小心用了「妥善保管」這個說法——她馬上就同意了。雖說她平常不太會幹粗重活（只有看《茱蒂法官》⑬時，才會拿出她的勤快），但卻主動提供了協助。她沒有去美食城，但後來與朋友莉亞．安德森過去看超市被破壞的情況時，破掉的窗戶與仍在人行道上的血跡，還是把她嚇壞了。這景象讓她開始恐懼起未來。

強尼使勁搬著湯、燉菜、豆子與醬料罐頭，嘉莉則把東西放在他們那輛道奇公羊的車床上。當他們搬到一半時，火災警報在街上響起。他們兩人都聽見了擴音器的聲音。嘉莉覺得，自己在波比百貨店旁邊的巷子裡看見了兩、三個人影，但卻無法確定。後來她相當確定，人影的數目至少有四個，說不定還有五個之多。

「那是什麼意思？」她問。「親愛的，那是什麼意思？」

「這代表那個該死的殺人混蛋不只是自己動手而已，」強尼說。「同時，他還有一幫同夥。」

嘉莉的手原本只是握住他的手臂，此刻卻連指甲都陷了進去。強尼掙脫開來，跑到警局，用盡最大力氣喊著「失火了」。嘉莉．卡佛沒跟在他後頭，而是繼續把東西搬到車上。她從來不曾這麼擔心過未來。

24

除了羅傑．基連與鮑伊兄弟，初中健身房的看台上，還坐著另外十個卻斯特磨坊鎮家鄉防衛隊的新警員。就在火災警報響起之前，老詹才剛開始說話，提到他們必須負起的責任之類的事。那孩子提早了，他想，我不認為他有辦法拯救我的靈魂，從來也不這麼認為。不過，現在他的情況變得更糟了。

「嗯，孩子們，」他說，打起精神開始發號施令，尤其是對著年輕的米奇・沃德羅說——天啊，他真是個壯漢！「我還有很多話想說，但看起來，我們得讓自己振奮起精神了。福納德・鮑伊，就你所知，消防隊的倉庫裡有汲水幫浦嗎？」

老福說，今晚稍早的時候，他正好去消防隊倉庫看了一下，想檢查有什麼可以派得上用場的設備，裡頭大約有十來個汲水幫浦，全都裝滿了水，隨時都能使用。

老詹認為，有些諷刺的話應該保留給聰明到足以聽懂意思的人，所以只簡單表示，這是偉大的主在守護他們。他又說，要是這並非虛驚一場，那麼他會指派史都華・鮑伊作為他的副手。

就是這樣，妳這個囉嗦的巫婆，他一面看著這群新警員充滿渴望之情的明亮雙眼，一面從看台上站起身，同時這麼想著。現在看妳還敢不敢惹我。

25

「你要去哪裡？」卡特問。他坐在自己的車上——大燈是關著的——車就停在西街與一一七號公路的三岔路口。他們停在二〇〇七年倒閉的德士古加油站中。這裡相當靠近鎮中心，但卻可以提供妥善的掩護作用，讓他們想去哪兒都很方便。在他們過來的地方，火災警報已響了將近十次，還能看見與其說是橘色，其實更接近粉紅色的第一道火光正朝天際緩緩上升。

「啊？」小詹看著越來越強烈的火光，突然升起一股性慾，希望自己還留了個女友待在身

⑬Judge Judy，美國知名電視節目。

旁。

「我問你想去哪裡。你爸說我們得要有不在場證明。」

「我把二號警車停在郵局後面。」小詹說，視線不情不願地從火勢那頭移開。「我跟費德．丹頓同一隊。他到時候會作證，說我們整個晚上都待在一起。我可以從這裡直接過去。說不定還能回去西街，看一下情況如何。」他發出一聲尖銳的傻笑，幾乎像是個女孩一樣，讓卡特忍不住一臉古怪地盯著他看。

「別看太久。縱火犯通常都在回去觀賞火勢的時候被抓。《美國頭號通緝犯》⓮裡頭就是這麼說的。」

「除了巴－比以外，沒有半個人會因為這件事惹上他媽的麻煩。」小詹說。「你呢？你要去哪兒？」

「回家。我媽會說我整晚都在家裡。我會叫她幫我換掉肩膀上的繃帶——操他媽，那頭混蛋狗咬得可嚴重了。接著我會吃點阿斯匹靈，過去幫忙滅火。」

「健康中心跟醫院那裡有比阿斯匹靈更有效的藥。還有藥局也是。我們應該去那裡搞點東西來。」

「一點也沒錯。」卡特說。

「還是……你想吸點東西嗎？我想我應該能弄到一些。」

「冰毒？永遠別搞上那玩意兒。不過我倒是不介意來點奧施康定⓯止痛藥。」

「奧施康定！」小詹大喊。他怎麼從來沒想到這東西？這東西可能比佐米（Zomig）或舒馬曲坦（Imitrix）更能有效對付他的頭痛。「對啊，兄弟！你說得沒錯！」

他舉起拳頭。卡特與他擊拳，但卻不想跟他一起弄藥來爽一下。現在的小詹實在不對勁得很。

「我們最好出發了，小詹。」

「我這就動身。」小詹打開門，走出車外，走起路來仍有點跛。

卡特沒料到，小詹才一離開，他竟然會有了一種如釋重負的感覺。

26

巴比被火災警報的聲音驚醒，看見馬文·瑟爾斯就站在牢房外頭。這男孩的拉鍊是打開的，手上還握著他那根大老二。當他看見巴比注意到他時，便開始尿了起來。他明顯瞄準了床鋪，但卻無法完全達成目的，在水泥上灑出一個S型。

「來啊，巴比，喝啊。」他說。「你一定很渴了。味道有點鹹，不過誰鳥它啊。」

「是哪裡發生火災？」

「說的好像你不知道一樣。」馬文微笑著說。他的臉色依舊蒼白——肯定失了不少血——但頭上的繃帶卻是乾淨的，沒染上任何顏色。

「那你就先假裝我真的不知道好了。」

「你的好朋友把報社給燒了，」馬文說，笑容露出了牙齒。巴比發現他很興奮，但同時也很害怕。「想威脅我們把你給放了。不過呢，我們……不……怕。」

114 America's Most Wanted，美國電視節目。

115 Oxy，OxyContin的簡稱，為會使人上癮的強力止痛藥。

「我幹嘛要燒掉報社？幹嘛不去燒鎮公所？還有，我的好朋友又是哪些人？」

馬文把老二放回褲子裡。「你明天就不會覺得口渴了，巴比。完全不用擔心這點。我們會準備一桶寫著你名字的水，還會準備一塊海綿。」

巴比沉默不語。

「你在伊拉克的時候有看過水刑這狗屁玩意兒嗎？」馬文點了點頭，像是認為巴比一定看過。「現在你可以親身體驗一下了。」他伸出一隻手，指向鐵欄。「我們要找出你他媽的那群同夥，還要逼你說出到底是怎麼封鎖這個小鎮的。至於水刑呢？沒有人會幫你求情的。」

他轉過身去，隨即又轉了回來。

「那水也一樣不能喝。我們會加鹽進去。你自己好好想想吧。」

馬文垂著包有繃帶的頭，沿著地下室走廊邁開沉重步伐，就這麼離開了。巴比坐在床上，一面看著馬文留在地板上的尿漬，一面聽著火災警報的聲音。尿漬正在乾涸。他想起了那個開著貨車的女孩。那個差點就讓他搭了便車，卻又改變主意的金髮女孩。他閉上雙眼。

灰燼

1

生鏽克夾在腰帶上的手機響起時，人就站在醫院前的迴轉車道上，望著主街那裡上升的火勢。抽筋敦與吉娜站在他身旁，吉娜握著抽筋敦的手臂，像是想尋求保護。維維・湯林森與哈麗特・畢格羅在員工休息室裡睡覺。那個自願幫忙的老傢伙瑟斯頓・馬歇爾則在負責發藥。他的效率出奇的好。燈光與設備都恢復了，暫時來說，事情還算順利。一直到火災警報響起之前，生鏽克的心情甚至還挺不錯的。

他看了一眼手機螢幕，是琳達打來的。他接起電話：「親愛的？沒事吧？」

「我這裡沒事。孩子們都睡了。」

「你知道是哪裡燒——」

「報社。安靜聽我說，因為我得在一分鐘左右把手機關掉，以防有人打過來，叫我去幫忙救火。賈姬在這裡。她會看著孩子。你得跟我在葬儀社碰頭。史黛西・墨金也會過去。她已經先出發了。她跟我們是一起的。」

這名字很熟悉，但生鏽克腦中卻無法立即浮現對方的長相。他腦中迴響著那句「她跟我們是一起的」。現在真的得選邊站了，得開始分出我們這邊，還有他們那邊。

「琳——」

「十分鐘後，跟我在那裡碰面。由於鮑伊兄弟也加入了救火隊，所以他們救火這段時間都很安全。史黛西是這麼說的。」

「救火隊的人怎麼會這麼快——」

「我不知道，也不在乎。你可以過來一趟嗎？」

「可以。」

「好極了。別停在旁邊的停車場，繞到後面，停比較小的那個。」她掛斷電話。

「是哪裡燒起來了？」吉娜問。「你知道嗎？」

「不知道，」生鏞克說。「因為根本就沒人打來。」他嚴肅地看著他們兩個。

吉娜不懂他的意思，但抽筋敦懂。「沒人打來。」

「我就這麼走了，說不定是去打通電話，但你們全都不知道我跑去哪裡了。我根本沒告訴你們，可以嗎？」

吉娜看起來仍一臉困惑，但還是點了點頭。這些人如今是她的夥伴了，所以她完全不會質疑他們。怎麼會呢？她才十七歲而已。我們和他們。生鏞克想。通常良藥總是苦口，尤其對十七歲的孩子來說更是如此。「可能去打電話了，」她說。「我們不知道你去哪兒了。」

「什麼也不知道，」抽筋敦同意。「你是蝗蟲，我們只是卑微的螞蟻。」

「你們別把這件事看得太嚴重。」生鏞克說。但他深知，這的確是個大問題，會為他們惹來麻煩。吉娜不是唯一會被牽扯進來的孩子；他和琳達也有兩個女兒，現在正快要入睡，不知道爹娘可能正搭著一艘小船，航進一個巨大到過了頭的風暴之中。

而且還會在裡面逗留不走。

「我會回來的。」生鏞克說，暗自希望這不會只是自己一廂情願的想法。

2

小珊・布歇開著伊凡斯家那輛馬里布前往凱薩琳・羅素醫院，時間就在生鏽克前往鮑伊葬儀社的不久之後。他們在鎮屬坡那裡，沿相反的方向會車而過。

抽筋敦與吉娜已回到醫院，大門前的迴轉車道上目前沒有半個人，但她還是沒把車停在那裡；畢竟，身旁的座位放了把槍，的確會讓你比較警惕些（菲爾會說這是偏執狂）。她開到醫院後頭，把車停在員工停車場。她拿起點四五手槍，塞進牛仔褲褲腰，用T恤下襬遮住。她穿過停車場，在洗衣房門口停下，看著上頭的告示：自一月一號起，本處禁止吸菸。她看著門把，知道要是門打不開，自己就會放棄這個念頭。那是上帝給她的啟示。但換個角度來說，要是門沒鎖的話——

門沒鎖。她悄悄走進裡頭，像個腳步蹣跚的蒼白鬼魂。

3

瑟斯頓・馬歇爾累了——其實更接近精疲力盡——不過卻是這些年以來，感到最滿足的時刻。這無疑十分反常；他是個有終身職的教授、詩人、知名文學雜誌的編輯，有個漂亮的年輕女人陪他入眠，不僅相當聰明，也覺得他是個很好的人。分發藥丸、塗抹藥膏、清空便盆（更別說一個小時前還擦了布歇家那孩子沾滿大便的屁股）竟然比那些事更讓他覺得心滿意足，幾乎就是完全不合理的事，而且還真的發生了。醫院走廊的拋光地板與消毒水的氣味，讓他與年輕時代再度連結起來。今晚，那些回憶極為鮮明，讓他想起自己戴著編織頭帶，在大衛・佩納的公寓裡參加羅勃・甘迺迪[116]的燭光追思會的情況，總覺得還聞得到當時廣藿香精油的氣味。他用氣音不斷輕輕哼著〈粗腿女人〉[117]這首曲子。

他偷瞄了一眼休息室，看見鼻子受傷的護士與年輕漂亮的助理護士——她的名字叫哈麗特——在帆布床上睡得正熟。沙發是空的，沒多久後，他也得躺在上面好好休息個幾小時，或是回去高地大道那個現在的住所，之後說不定還會再過來幫忙。

奇怪的發展。

奇怪的世界。

不過，他已經開始想要再度檢查病患的狀況。在這間郵票大小的醫院裡，這件事不會花上多少時間；反正大多數病房也是空的。威廉・歐納特由於在美食城的混戰中受了傷，在九點前一直被迫保持清醒，現在已經開始打呼，即將陷入熟睡，身子側躺，以免後腦杓那道長傷口被壓著。

汪達・克魯萊躺在大病房裡。心臟監測儀發出嗶嗶聲，她的收縮壓好多了，但仍需要五公升的氧氣維持生命，讓瑟斯頓擔心她會撐不下去。她的體重太重，菸又抽得太兇。她的丈夫與小女兒坐在她身旁。瑟斯頓對汪德爾・克魯萊比了個V字勝利手勢（他年輕時，這手勢代表了和平），汪德爾露出堅強微笑，也對他比了相同手勢。

動了闌尾切除術的譚西・費里曼正在看著雜誌。「火災警報怎麼響了？」她問他。

[116] Robert F. Kennedy，美國參議員，被恐怖分子暗殺而死。
[117] Big Leg Woman，為美國歌手Muddy Waters的歌曲。

「不知道，親愛的。還會痛嗎？」

「算三級疼痛吧，」她精細地說。「也許兩級而已。我還是可以明天就回家嗎？」

「那要由生鏽克醫生決定，不過我的水晶球說可以。」她表情一亮的模樣，不知為何，讓他起了股落淚的衝動。

「那個嬰兒的媽媽回來了，」譚西說。「我看到她經過這裡。」

「好極了。」雖然嬰兒沒什麼問題，但瑟斯頓還是這麼說。他哭了一、兩次，但大多數時間都在睡覺、吃飯，或是就這麼躺在嬰兒床上，冷漠地看著天花板。他的名字是華特（瑟斯頓不確定門卡上那個「小」字，是不是他真名的一部分），不過瑟斯頓覺得，他肯定是吸毒的人的孩子。

他打開二十三號病房，門上有個用吸盤貼住的黃色塑膠牌，上頭寫著「內有嬰兒」。他看見一名年輕女人——吉娜當時小聲地告訴他，說她是強姦事件的受害者——坐在嬰兒床旁的椅子上。她把嬰兒放在腿上，用奶瓶餵他喝奶。

「妳還好嗎——」瑟斯頓瞄了一眼門牌上的另一個名字。「——布歇小姐？」

他的發音是布切，但小珊並未糾正他，也沒告訴他說，小學那些男生全叫她臭屁股布歇。「沒事，醫生。」她說。

瑟斯頓也沒去糾正她的誤解。那股難以形容的喜悅感——背後還藏著點想掉淚的衝動——又在他心中膨脹了一些。當他想到自己差點決定不過來當義工……要是卡蘿沒鼓勵他的話……他肯定會錯過這一切。

「生鏽克醫生一定很高興看見妳回來。華特也是。妳需要止痛藥嗎？」

「不用。」這是真的。她的私處依舊陣陣作痛，但感覺就像隔了一段距離似的。她覺得自己像是飄浮在身體上方，被一根最細的繩子給綁在地球上。

「很好，這代表妳好多了。」

「對，」珊曼莎說。「我很快就會沒事了。」

「等妳餵完他以後，要不要上床睡一下？生鏽克醫生早上會幫妳再做個檢查。」

「好的。」

「晚安，布切小姐。」

「晚安，醫生。」

瑟斯頓輕輕關上門，繼續走向大廳。走廊盡頭的病房，是那個姓路克斯的女孩的病房。只要再看過這裡，今晚的工作就結束了。

她神情呆滯，但卻是清醒的，反倒是那個來探望她的年輕人睡著了。他坐在角落那張病房裡唯一的椅子上打盹，腿上放著一本運動雜誌，一雙長腿朝前伸直。

喬琪亞朝瑟斯頓招了招手。他朝她俯下身時，她低聲說了些什麼。但由於她的聲音很小，加上傷勢影響──主要是缺牙的關係，讓他只能聽得懂幾個字而已。他靠得更近了點。

「瞥叫醒塔。」她對瑟斯頓說，聲音聽起來就像荷馬．辛普森⑱。「他賜委一一個擱看我的冷。」

瑟斯頓點了點頭。探病時間早就過了，從他那件藍色襯衫與手槍看來，這年輕人八成沒被叫

⑱Homer Simpson，美國卡通《辛普森家庭》中的父親角色。

去救火，但這——有什麼關係？就算他是個消防員也一樣，要是這傢伙睡到連火災警報都吵不醒他，應該也幫不上什麼忙吧。瑟斯頓把手指放在嘴唇上，對年輕女人說了聲「噓」，表示他們是同路的。她想露出微笑，卻只抽搐了一下。

儘管如此，瑟斯頓還是沒給她止痛藥；根據床尾的清單來看，她得到兩點才能拿藥。所以他就這麼走出病房，從身後輕輕關門，沿著寂靜的走廊往回走去。他沒注意到，那間「內有嬰兒」的病房，房門是半掩著的。

休息室那張沙發誘惑著他，要他躺到上頭。但瑟斯頓決定，無論如何，他都要回高地大街一趟。

他還得檢查一下孩子們的狀況。

4

小珊坐在病床上，讓小華特坐在自己腿上，直到那個新來的醫生走遠為止。她親吻兒子的臉頰兩側與小嘴。「你是乖寶寶，」她說。「要是媽媽能進天堂的話，就會在那裡跟你相會。我想祂們會讓我進天堂吧，我這一生已經活在地獄裡了。」

她把小華特放在嬰兒床上，打開床頭櫃的抽屜。她剛才先把槍收在裡頭，以免最後一次抱著餵小華特時，還讓他覺得被什麼東西給頂著。此刻，她把槍拿了出來。

5

主街的南邊被車頭對車頭的警車給封了起來，車上的閃光燈還是亮著的。靜默的群眾——幾乎稱得上陰沉——就站在警車後方觀望著。

平常，荷瑞斯是頭安靜的柯基犬，總會限制自己的音量，只有在歡迎主人回家，或偶爾提醒茱莉亞自己的存在時，才會開口吠叫。然而，當她把車停在花店前的時候，牠卻從後座發出了一聲低嚎。茱莉亞頭也沒回，便伸手撫摸牠的頭，想讓牠覺得舒服些。

「茱莉亞，我的天啊。」蘿絲說。

她們一同下車。茱莉亞原本想把荷瑞斯留在後座，但牠又發出一聲彷彿失去什麼東西的微弱低嚎——像是牠真的知道發生了什麼事一樣——於是她又從乘客座下方撈起皮帶，打開後門讓牠跳出車外，把皮帶拴在牠的項圈上。她在關上車門前，從座位的置物空間中抓起她的自用相機——一台口袋大小的卡西歐。她們推擠過站在人行道上的群眾，荷瑞斯走在最前方，努力扯著皮帶。

派珀．利比的表弟老魯，在磨坊鎮當了五年的兼職警員，此刻正嘗試想擋住她們。「任何人都不行越過這裡，女士們。」

「那是我的房子，」茱莉亞說。「我在這世上的所有東西全在樓上——衣服、書、私人物品，還有很多東西。樓下是我曾曾祖父創立的報社。一百多年以來，這份報紙只有四次延期出刊的紀錄。現在，這一切全沒了，所有東西都被煙霧遮住。所以，要是你想阻止我，讓我沒辦法親眼——近距離——看著這一切，那你只好開槍打死我了。」

老魯看起來有些猶疑不決，但當她又往前走的時候（荷瑞斯停在她的膝蓋前方，一臉不信任地抬頭看著這個禿頭男人），老魯則讓到了一旁。但只是讓開一下子而已。

「妳不行。」他告訴蘿絲。

「除非你想在之後點的巧克力冰沙裡加點瀉藥，否則我當然可以。」

「女士……蘿絲……我有我的職責。」

「鬼才理你的職責。」茱莉亞說，語氣與其說是蔑視，更接近於疲憊。她抓著蘿絲的手臂，帶她沿人行道前進，只有在熱氣十足的火光照到她臉上時，才一度停下腳步。

《民主報》辦公室成了一座煉獄。那十幾個警察擁有足夠數量的汲水幫浦（其中有幾個握把上還貼著貼紙，在火光中，她可以清楚看見上頭的字：另一項波比百貨店折價日的特價商品！），但卻只顧著在澆溼藥房與書店，甚至沒嘗試去滅報社的火。在這種完全無風的天氣裡，茱莉亞認為，他們可以保住這兩個地方……以及主街東側的其餘商業建築。

「他們的動作也快得太誇張了。」蘿絲說。

茱莉亞沒有說話，只是看著火燄呼嘯地竄上夜空，模糊了那片粉紅色的星辰。她由於太過震驚，開始哭了起來。

所有的東西，她想著。所有的東西。

接著，她想起自己去找寇克斯前，把一疊報紙放進後車廂中，於是又改變了原本的想法：幾乎所有的東西。

彼特．費里曼推開圍在桑德斯家鄉藥局正面與北邊的警察，那裡的火已經全滅了。他的臉滿是菸灰，只有淚水流經的地方是乾淨的。

「茱莉亞，對不起！」他都快嚎啕大哭了。「我們幾乎就快把火滅了……就快成功了……但最後一個……那些混蛋丟出最後一瓶，砸到門口的報紙……」他用剩餘的衣袖擦了擦臉，想抹去菸灰。「我真他媽對不起妳！」

她把他抱在懷裡，就算彼特有六呎高，體重比她重上一百磅，但看起來仍像是個孩子似的。她緊抱著他，小心不碰到他受傷的手臂，說：「發生什麼事了？」

「汽油彈，」他抽泣著。「該死的芭芭拉。」

「他在牢房裡，彼特。」

「他的朋友！他那些該死的朋友！是他們幹的！」

「什麼？你看見他們了？」

「我聽到了，」他說，頭向後縮去，好看著她。「想不聽見也很難。他們用擴音器說，要是不把戴爾·芭芭拉放了，就要燒掉整個小鎮。」他一副憤恨交加、齜牙咧嘴的模樣。「放了他？我們應該吊死他才對。最好再給我根繩子，讓我可以親自動手。」

老詹緩緩走了過來。火光把他的臉映成橘色，雙眼閃閃發光，笑容如此開心，嘴角幾乎裂到耳垂。

「妳現在還支持妳的朋友巴比嗎，茱莉亞？」

茱莉亞朝他走去。她臉上一定有些什麼，因為老詹往後退了一步，彷彿怕她會給他一記鉤拳似的。「這根本沒道理。完全沒有。你很清楚這點。」

「喔，我想道理清楚得很。要是妳換個角度，想一想戴爾·芭芭拉和他朋友搞出穹頂這東西的可能性，我想，其中的道理可就清楚得很了。這是恐怖分子的攻擊，一切就是那麼單純明瞭。」

「放屁。我是站在他那邊的，這代表報社也站在他那邊。他知道這點。」

「可是他們說——」彼特開口。

「對，」她說，但沒望向他。她的視線仍集中在雷尼那張反射著火光的臉。「他們說，他們到底是誰？問問你自己吧，彼特。問問你自己，如果不是巴比——他沒有動機——那還有誰會有這麼做的動機？誰會在封住茱莉亞．夏威那張專找麻煩的嘴之後，能夠得到好處的？」

老詹轉頭向兩名新警員示意——識別那些警察的方式，不過就是綁在他們二頭肌上的藍色手帕罷了。其中一人是個高大笨重的壯漢，但除去身材不看，長相卻比一個孩子大不了多少。另一個肯定是基連家的孩子，那飛機頭已經是他們家的招牌標誌了。「米奇、瑞奇，把這兩個女人帶離現場。」

荷瑞斯蹲伏在皮帶所能到達的最遠位置，對老詹咆哮起來。老詹輕蔑地看了這隻小狗一眼。

「要是她們不願意的話，我給你們權限，讓你們可以拖走她們，把她們壓在最近一輛警車的引擎蓋上。」

「這事還沒完，」茱莉亞說，用手指指著他。此刻，就連她自己也哭了起來，但那又熱又痛的眼淚，卻是完全出自悲傷。「這事還沒結束，你這個王八羔子。」

老詹又露出笑容，閃閃發光的模樣，就像他那台打了蠟的悍馬車，而且同樣漆黑。「結束了，」他說。「一切都結束了。」

6

老詹朝火勢走去——他想看著一切，直到這把火將那個囉嗦鬼的報社全都燒成灰燼為止——吸進了一大口煙。他的心臟突然在胸膛裡停住，整個世界似乎在他眼前流逝，彷彿什麼電影特效似的。接著，他的心臟又開始跳動，但節奏卻十分不規律，使他喘不過氣。他握拳打向胸膛左側，重重咳了一聲，這個心律失常的快速急救方法是哈斯克醫生教他的。

一開始，他的心臟仍不規則的狂跳著（跳動……停止……跳動跳動跳動……停止），但隨即便恢復到正常節奏。在那個瞬間，他看見自己的心臟被包覆在一團濃稠的黃色脂肪裡，就像有生物慘遭活埋，在重獲自由以前，便已沒了空氣一樣。他把這幅景象自腦中揮開。

我沒事。只是疲勞過度而已。只要睡上七個小時，就能治好所有問題。

蘭道夫局長走了過來，寬闊的背上還背著一具汲水幫浦。他的臉上全是汗水。「老詹？你沒事吧？」

「沒事。」老詹說。他的確沒事。毫無疑義。此刻是他生命中的高峰，是他成就偉大事業的最佳良機，而他也一直深信自己能辦到這點。沒有任何毛病能把一切從他手中奪走。「只是累了而已。我已經忙了好長一段時間沒歇會兒了。」

「回家吧，」蘭道夫建議。「我從沒想過我會為了穹頂這玩意兒感謝上帝。我不是真的這樣想，不過穹頂至少發揮了防風林的作用。我們全都會安然無恙地度過這場大火。我派了幾個人去藥局與書店屋頂澆熄火勢，所以回家吧——」

「哪幾個？」他的心跳平順了下來。好極了。

「負責書店的是亨利．莫里森與托比．韋倫。喬治．佛雷德瑞克和一個新來的小子則負責藥局。我想應該是基連家的小孩吧。羅密歐．波比還自願跟他們一起上去。」

「你帶著對講機嗎？」

「當然。」

「佛雷德瑞克有帶嗎？」

「所有成員都有帶。」

「叫佛雷德瑞克留意波比。」

「羅密歐？天啊，為什麼？」

「我不信任他。他可能是芭芭拉的其中一個朋友。」當老詹聽到波比這名字時，最擔心的事根本與芭芭拉無關。那個人是布蘭達的朋友，而且還敏銳得很。

蘭道夫滿是汗水的臉皺了起來。「你覺得他們人數有多少？有多少人會站在那王八羔子那邊？」

老詹搖著頭。「很難說，彼得，不過這是件大事，肯定規劃了很長一段時間。你不能只是盯著那些剛搬到鎮上的人，認為就是他們沒錯。他們之中，或許有些人已經搬來很多年了，甚至幾十年也有可能。這就是他們所謂的潛伏。」

「天啊。可是，為什麼？老詹？老天在上，為什麼？」

「我不知道。或許是實驗吧，把我們當成了白老鼠。也有可能是想奪權。我不會把權力交給白宮那些暴徒的。最重要的是，我們得加強保全，小心那些騙子試圖破壞我們努力維持住的秩序。」

「你覺得她——」他用頭朝茱莉亞一比，後者正與她的狗坐在一起，在熱氣之中，看著她的事業化成烏有。

「我不確定。不過，你不是也有看見她今天下午的模樣嗎？怒氣沖沖的闖進局裡，大呼小叫地說要見他？你覺得這代表了什麼？」

「說得對，」蘭道夫說。他冷冷看著茱莉亞．夏威，思索著說。「燒掉自己的地盤，還有什麼是比這更好的掩護？」

老詹用手指指著他，就像在說：你說得一點也沒錯。「我得去休息一下。聯絡喬治．佛雷德瑞克。叫他瞪大了那雙利眼，盯緊那個路易斯頓來的加拿大佬。」

「沒問題。」蘭道夫拿起對講機。

在他們後方，福納德．鮑伊大喊：「屋頂要垮了！站在街上的人全都往後退！其他建築物屋頂上的人開始準備，開始準備！」

老詹一隻手放在他那輛悍馬車的駕駛座車門上，看著《民主報》辦公室的屋頂塌了下來，一道火光筆直竄進黑色天空之中。那些位於相鄰建築物的人，開始幫彼此檢查汲水幫浦是否正常，接著站成一列，雙手握著噴口，等待火勢稍減的時機來臨。

夏威看著《民主報》屋頂垮掉的表情，對老詹的心臟來說，比這世上所有他痲的藥物與心臟起搏器還要更有療效。多年以來，他一直被迫忍受她每星期的長篇大論，同時不願承認自己懼怕這個女人，因此總是更為光火。

不過，看看她現在的模樣，他想。看起來就像是回到家後，發現老媽死在馬桶上頭一樣。

「你看起來好多了，」蘭道夫說。「臉色又紅潤起來了。」

「我是覺得好多了，」老詹說。「不過還是得先回家一趟，抓緊時間歇歇。」

「好主意。」蘭道夫說。「我們需要你，我的朋友。現在比以往更加需要。要是穹頂這玩意兒一直沒消失……」他搖了搖頭，那雙像是米格魯犬的眼睛始終沒離開老詹臉上。「那我還真不知道在沒有你的情況下，事情究竟會變成怎樣。我就像敬愛哥哥一樣敬愛老安．桑德斯，不過他的腦筋實在不太靈光。至於安德莉亞．格林奈爾自從跌倒摔傷背以後，更是啥也不是。你才是那個讓卻斯特磨坊鎮上下一心的人。」

這話讓老詹感動不已。他緊緊抓住蘭道夫的手臂。「我深愛這個小鎮的程度，絕對讓我願意奉獻出自己的性命。」

「我知道。我也是。沒有人能從我們手中偷走這座小鎮。」

「說得對。」老詹說。

他駕車離去，為了要繞開設立在商業區北端盡頭的路障，還開到了人行道上。他的心臟又在胸膛裡恢復穩定（幾乎算是狀態不錯），卻依舊感到困擾。他看見了艾佛瑞特。他不喜歡這種感覺；艾佛瑞特是破壞全鎮團結的另一個囉嗦鬼。再說，他也不是醫生。老詹甚至覺得，與其找艾佛瑞特，還不如找個獸醫來處理他的醫療問題，只可惜鎮上沒有獸醫就是了。他希望，要是他需要服藥來控制心跳的時候，艾佛瑞特會曉得該用什麼藥才對。

嗯，他想，不管他給了我什麼藥，至少我都還能叫老安先檢查一下。

沒錯。但這並非讓他感到困擾的最大原因，真正的原因，是彼得說的那些話：要是穹頂這玩意兒一直沒消失……

老詹並不擔心這點。事情正好相反。要是穹頂真的消失——消失的太快——那麼就算冰毒實驗室沒被人發現，也可能會為他惹上不小的麻煩。到時，一定會有些他麻的傢伙回頭質疑他做出的決定。早在他政治生涯的初期，他便已謹記一條規則不放：搞清楚哪些人能利用，哪些人不行，還有哪些人會對他的決定提出質疑。他們或許無法理解他所做的每一件事、所下的每一道命令，全都是他想照顧好一切的天性使然。甚至就連早上派人在超市扔石頭的事也一樣。芭芭拉那些外面的朋友會特別容易產生誤解，因為他們根本不想了解一切。芭芭拉在外頭有朋友，而且有權有勢，打從老詹看到那封總統的信之後，就從來沒懷疑過這點。不過，他們暫時什麼也做不了。這就是為什麼老詹會希望穹頂能再撐個幾週，甚至是一、二個月。

事實上，他還喜歡穹頂得很。

從長遠來看當然不會喜歡，不過要是能撐到廣播電台那些丙烷全發出去呢？要是能撐到拆掉實驗室，把倉庫燒毀，夷為平地（這又是另一個能推到戴爾．芭芭拉那群共犯身上的罪行）呢？要是能撐到芭芭拉被警方處死呢？要是能撐到他把這場危機中所需負擔的責任，盡可能分散到別人身上，最後得到榮耀的人只剩他自己呢？

在這些事完成以前，穹頂都是個好東西。

老詹決定，在穹頂消失前，他都要為了這件事跪下來祈禱。

7

小珊一拐一拐地沿著醫院走廊前進，一面看著房門上的名牌，確認那些沒掛名牌的病房裡是否真的沒人。她走到最後一間病房，看見門上那張用圖釘釘著的慰問卡，不禁開始擔心起那個婊子會不會根本就不在這裡。慰問卡上畫了一隻卡通狗，那隻狗說：「我聽說你不太舒服。」。

小珊自牛仔褲褲腰拔出傑克．伊凡斯的槍（現在褲頭鬆了點，她總算成功減掉了一些體重，遲到總比不到好），以這把自動手槍的槍管翻開卡片。卡片裡，那隻卡通狗在舔自己的睪丸，還說：「需要有人幫你舔舔嗎？」，旁邊則有馬文、小詹、卡特與法蘭克的簽名，完全一如珊曼莎的預期，就是他們會寫的那種品味高雅的問候語。

她用槍管推開門。喬琪亞並非單獨一人，但這並未破壞小珊極度冷靜的感覺，那感覺甚至都接近平和了。那個睡在角落裡的男人，可能是無辜的——例如那婊子的父親或叔叔——但那人偏偏是抓奶法蘭克。他是第一個強姦她的人，還叫她跪下來時要學著安靜閉嘴。就算他在睡覺，也改變不了任何事。因為，像他這種傢伙，醒來之後也只會開始又想打炮而已。

喬琪亞並未睡著，實在痛得厲害。那個長髮男人來檢查她的狀況時，並沒有給她任何藥物。她看見小珊，雙眼隨之瞪大。「賜妳，」她說。「捆粗去。」

小珊笑了。「妳聽起來就像荷馬．辛普森。」她說。

喬琪亞看見她手上的槍，雙眼瞪得更大了。她張開那張如今已幾乎沒了牙齒的嘴，開始尖叫起來。

小珊依舊掛著微笑，事實上，還笑得更開了。這尖叫聲在她聽來，就像音樂一樣，得以撫慰她的痛苦。

「上這個婊子，」她說。「不是嗎，喬琪亞？妳不就是這麼說的嗎？妳這個沒心沒肺的臭雞巴。」

法蘭克醒了過來，睜大迷惘的雙眼，看著四周。他屁股原本就已經滑到了椅子的邊緣，因此當喬琪亞再次尖叫時，使得他整個人跌坐在地。他身上佩了把槍——他們全部都有——此刻則準備把槍掏出，同時開口說：「把槍放下，小珊，快把槍放下，我們都是朋友，讓我們像朋友一樣談談。」

小珊說：「你最好把嘴閉上，等到你跪下來吸你朋友小詹那根老二時再開口。」接著，她扣下那把史普林費爾德手槍的扳機。自動手槍的槍聲在這間小病房裡顯得震耳欲聾。第一槍飛過法蘭克頭頂，打碎了窗戶。喬琪亞又再度尖叫，試著想要下床，扯落了點滴線與監視器的電線。小珊推了她一把，讓她搖晃著身體，彎曲地倒了回去。

法蘭克還是沒能成功拔槍。在恐懼與混亂之中，他揪著的是槍套而非武器，除了扯動右邊的腰帶外，什麼也沒能掏出來。小珊朝他跨出兩步，以雙手持槍，就像她在電視上看到的一樣，再度開火。法蘭克的頭部左側爆了開來，一塊頭皮砸到牆上，就這麼黏在那裡。他用手拍了拍傷口，鮮血自他指間噴出。接著，他的手指消失不見，陷入了原本有頭骨保護的腦漿之中。

「不要！」他哭著說，雙目圓睜，還泛著淚水。「不要，不要！別傷害我！」然後又說：「媽！媽咪！」

「省點力吧，現在連你媽也救不了你。」小珊說，再度朝他開槍，這次擊中了胸口。他彈到牆上，手從被轟碎的頭部掉了下來，重重落在地板上頭，使已然成形的血泊因此濺起血花。她朝他開了第三槍，位置正是那個他用來傷害她的部位，接著轉向病床上的人。

喬琪亞縮成一團。或許是因為她把連接在身上的電線扯落之故，位於上方的監測器就像瘋了一樣，不停鳴響。她的頭髮垂落在眼睛前方，不斷地尖叫又尖叫。

「妳就是這麼說的吧？」小珊問。「上這個婊子，對吧？」

「退不起！」

「什麼？」

喬琪亞又再度嘗試。「退不起！退不起，小珊！」接著是句荒唐不已的話：「我收奎來！」

「妳收不回了。」小珊朝喬琪亞臉上開火，接著又朝頸部補上一槍。喬琪亞就像法蘭克一樣往後彈去，躺著沒了動靜。

小珊聽見走廊傳來腳步聲與喊叫聲，其他病房也傳出了被槍聲驚醒的尖叫。她對於造成騷動感到相當抱歉，但有時就是別無選擇，有些事就是只能這麼處理。而當事情發展至此，反而讓人平靜以對。

她把槍抵在太陽穴上。

「我愛你，小華特。媽媽愛你。」

扣下扳機。

8

生鏞克從西街繞過火災現場，接著轉回主街尾端與一一七號公路的交叉口。鮑伊葬儀社是暗的，只有正面窗口有一小盞電子蠟燭的燈光而已。他開車繞到後頭，也就是妻子叮嚀的那個小停車場，把車停在灰色的凱迪拉克長形靈車旁邊。附近某處，傳來了發電機運作的聲響。

他才剛朝門把伸手，手機便響了起來。他連看都沒看一眼，便把電話直接關機，等到再度抬起頭時，發現一名警察就站在車窗旁，手上還拿著槍。

那是個女的。當她彎腰時，生鏞克先是看見一頭蓬亂的金色鬈髮，最後才看見妻子先前已跟他說過名字的人，也就是警局那個負責早班的調度總機。生鏞克猜想，或許在穹頂日之後，她就一直被迫上全天班了。他又猜，她現在可能還得分派任務給自己呢。

她把槍收進槍套。「嘿，生鏞克醫生。我是史黛西．墨金。你還記得兩年前你幫我處理野葛那件事嗎？你知道的，就是我——」她拍了拍身後。

「我記得，很高興看到妳這次穿著褲子，墨金小姐。」

她的笑聲就跟說話聲音一樣輕柔。「希望我沒嚇著你。」

「是有一點。我正在關機，接著妳就出現了。」

「抱歉。一起進去吧，琳達在等著呢。我們沒有太多時間，我還得去前門看著才行。要是有人來的話，我會敲兩下對講機，好讓琳達知道。要是來的人是鮑伊兄弟，他們會把車停在前面的停車場，我們可以在不被發現的情況下，把車開上東街。」她抬頭微微一笑。「嗯……這想法是有點樂觀，不過要是幸運的話，至少不會被認出來。」

生鏽克跟在她身後，以她那頭蓬鬆的頭髮作為領航標誌。「史黛西，妳們是闖進去的嗎？」

「當然不是。局裡有這裡的鑰匙。主街上大部分的商店，都有把鑰匙交給我們。」

「為什麼妳會想蹚這渾水？」

「因為，這完全是想利用恐懼來控制一切的屁事。要是公爵・帕金斯在的話，早就阻止這一切了。我們走吧，你得快點才行。」

「我不敢保證。說真的，我還真沒辦法保證任何事。我可不是病理學家。」

「那就只能儘快囉。」

生鏽克跟在她後頭進去。不久後，便與琳達相擁。

9

哈麗特・畢格羅尖叫了兩次，接著暈了過去，而吉娜・巴佛萊則是看著一切，完全被嚇傻了。「把吉娜帶出去。」瑟斯頓厲聲說。他本來已走到停車場，但聽見槍聲後又跑了回來，看見了這幅屠殺過後的景象。

維維摟著吉娜的肩，把她帶回大廳，可以下床走動的病人也全在那兒——包括威廉・歐納特與譚西．費里曼——全都站在那邊，驚恐的雙眼睜得老大。

「也把這個給帶出去。」瑟斯頓指著哈麗特，對抽筋敦這麼說。「幫她把裙子拉好，別讓這個可憐的女孩覺得不好意思。」

抽筋敦照做了。當他與維維再度回到病房時，瑟斯頓就跪在法蘭克．迪勒塞的屍體旁。他之所以會死，是因為他代替喬琪亞的男友前來探視，還一直待到超過規定的探視時間。瑟斯頓用床單蓋住喬琪亞，此刻，床單上綻放出一朵以鮮血染成的罌粟花。

「我們能幫上什麼忙嗎，醫生？」維維問。她知道他不是醫生，但在驚嚇過後，這話就這麼不自覺地說了出口。她低頭看著法蘭克癱在地上的屍體，以手摀住了嘴。

「能，」瑟斯頓站起身，膝關節發出「喀」的一聲，就像手槍上膛似的。「打電話報警。這裡是犯罪現場。」

「所有值班的警察全去街上救火了，」抽筋敦說。「其餘的人要不是在過去的路上，就是關了手機，正在睡大頭覺。」

「呃，老天慈悲，不管打給誰都行，只要能弄清楚我們在收拾這團混亂以前，應該先做些什麼事就好。不管拍照存證，或是什麼我不知道的事都行。這裡發生什麼事應該就不用多說了。不好意思，給我一分鐘，我要吐了。」

維維站到一旁，好讓瑟斯頓可以進去病房裡的小盥洗室。他關上了門，但嘔吐聲依舊十分大聲，聽起來就像爛泥巴卡在轉動馬達裡一樣。

維維感到一陣頭暈目眩，似乎就快暈倒了，於是努力與這種感覺抗衡。等到她回頭望向抽筋敦時，他才剛掛斷手機。「生鏞克沒接。」他說。「我有留話給他。我們還可以找誰？雷尼如何？」

「不要！」她幾乎打了個冷顫。「別找他。」

「我姊呢？我說的是安德莉亞。」

維維只是看著他。

抽筋敦回看著她好一會兒，垂下眼簾。「或許還是算了吧。」他喃喃自語。

維維握住了他的手。由於過度震驚的緣故，他的皮膚是冰冷的。她猜自己也是。「希望這麼說能安慰你。」她說。「我想，她正試著想戒掉。我很確定，她專程跑過來找生鏽克，一定就是為了這件事。」

抽筋敦把雙手舉到臉旁，轉動了一下，做了個默劇的哭泣動作。「這還真是場噩夢。」

「是啊。」維維簡短回答，再度拿出手機。

「妳要打給誰？」抽筋敦擠出一個小小微笑。「魔鬼剋星？」

「才不是。要是安德莉亞跟老詹都不行，我們還能找誰呢？」

「桑德斯。不過他沒用得很，妳也知道這點。我們幹嘛不直接把這裡清乾淨就算了？瑟斯頓說得沒錯，這裡發生什麼事實在明顯得很。」

瑟斯頓從盥洗室裡走了出來，用紙巾擦著嘴。「年輕人，因為我們還有法律得遵守。在這種情況下，守法比過去重要許多。或者說，至少我們也得盡力試著遵守法律。」

抽筋敦抬頭望向沾有小珊．布歇乾涸腦漿的牆壁高處。她用來思考的器官，現在看起來就像一坨沾滿鮮血的燕麥片。他的眼淚掉了下來。

10

老安．桑德斯在戴爾．芭芭拉的公寓裡，就坐在他的床上。窗口全是隔壁《民主報》辦公室燃燒的橘色火光。他聽見上方傳來腳步聲與隱隱約約的對話——是屋頂上那些人吧，他猜。

他從樓下的藥房上樓時，帶了一個棕色手提包。此時，他拿出裡頭的東西：一個玻璃杯、一瓶礦泉水，以及一罐藥丸。那罐藥丸是奧施康定止痛藥，標籤上寫著「留給安德莉亞．格林奈爾」。藥丸是粉紅色的，總共二十幾顆。他倒了一些出來，數了一下，接著又倒出更多。二十顆。四百毫克。由於安德莉亞花了一段時間建立起抗藥性，所以這劑量可能不足以害死她，但老安認為，這劑量對他來說已經十分足夠了。

火焰的熱氣從隔壁穿牆而過。他的皮膚被汗水濡溼。這裡至少有華氏一百度，或許還更高。他用床罩擦了擦臉。

這股悶熱的感覺不會太久。天堂有涼爽的微風吹拂，我們會坐在主的餐桌前一起共進晚餐。

他用玻璃杯杯底把粉紅色藥丸壓成粉末，確保藥效能讓他一次解脫，就像朝牛的頭部用力來上一搥一樣。只要在床上躺好，閉上雙眼，接著道聲晚安，親愛的藥劑師，就能在天使吟唱的安息曲中展翅飛翔了。

我……克勞蒂特……小桃，就能永遠在一起了。

我不這麼認為，兄弟。

這是科金斯的聲音。他那慷慨激昂的嚴厲聲音。老安停下碾碎藥丸的動作。

自殺的人不能與親人共進晚餐，我的朋友；他們得下地獄，只能永無止盡的吞著永不熄滅的燒熱煤炭。說句哈里路亞好嗎？說句阿門好嗎？

「胡扯，」老安低聲說，又繼續磨起藥丸。「你在我們遭遇難關的時候就這麼走了，為什麼我要相信你？」

因為我說的是事實。你的妻子與女兒全看不起你現在這副德行，所以求你別這麼做。可以聽我這個勸告嗎？

「不行。」老安說。「這甚至不是你在說話，而是我內心懦弱的那一面懦弱的這一面掌控了我的一生，使老詹得以控制我，也是我被捲進冰毒這場災難的原因。我不需要錢，甚至也不知道金額到底是多少，只是不知道該怎麼拒絕罷了。不了。我沒有值得活下去的理由，所以該離開了。你還有什麼要說的嗎？」

那個聽起來像是萊斯特．科金斯的聲音沒有回答。老安把藥丸全部碾成藥粉，在玻璃杯裡裝滿了水。他把粉紅色藥粉用手掃進杯中，用手指攪拌均勻。附近只有火焰燃燒的聲音，以及那些救火的人模糊不清的喊叫。上方傳來其他人在屋頂四處走動的腳步聲。

「一口喝乾。」他說……但卻沒喝下去。他的手拿著玻璃杯，但懦弱的那一面──就算他生命中有意義的事物全都消逝而去，這部分仍不想就此了斷──再度掌控了他。

「不，這次我不會讓你得逞，」他說，但還是放下了玻璃杯，好拿起床罩再度來擦拭臉上的汗水。「不是每次都這樣，尤其是這次。」

他舉杯移向唇邊。甜美的粉紅色在杯中晃動。然而，他卻再一次把杯子放到床頭櫃上。懦弱的一面依舊控制著他。那該死的懦弱。

「主啊，賜我一個啟示，」他低喃著。「賜我一個祢願意讓我喝下去的啟示。這是離開這個小鎮唯一的方法，所以就算沒有其他原因，也請祢為了這點，賜我一個啟示。」

隔壁，《民主報》辦公室的屋頂因悶燒而崩塌殆盡。在上方，有個人——聽起來像是羅密歐．波比——大喊：「準備好，孩子們，全都給我該死的做好準備！」

做好準備。這肯定就是啟示。老安．桑德斯再度拿起那杯滿滿的死亡之水，這回懦弱的那一面並未讓他再度放下。懦弱的部分似乎已經放棄了。

在他口袋中，手機響起了歌曲〈你如此美麗〉的來電鈴聲，這首故作傷感的芭樂歌是克勞蒂特選的。在那一刻，他差點就喝了下去，但那個聲音低喃著說，這通電話有可能也是個啟示。他無法確認這個聲音出自懦弱的那一面、科金斯，或是自己內心真正的聲音。由於他無法確定這點，所以還是接起了電話。

「桑德斯先生？」是個女人的聲音，聽起來疲累、不開心與充滿恐懼。老安可以理解這種感覺。「我是醫院的維吉妮亞．湯林森，有印象嗎？」

「維維，當然！」聽起來就像他過往活潑、樂於助人的那一面。真是太奇怪了。

「我們這裡出了狀況，我很害怕。你能過來一趟嗎？」

一道光芒劃破老安腦中一團混亂的黑暗。有人對他說「你能過來一趟嗎？」，讓他充滿了驚訝的感激之情。他是否已忘記這種感覺有多好了？雖然這原本就是他能拿下首席公共事務行政委員這個位子的原因，但他猜自己的確是忘了。他不行使權力，那是老詹的事；他只負責伸出援手。這就是他的起點，或許也是他唯一能做好的事。

「桑德斯先生？你還在嗎？」

「還在。等我一下，維維，我馬上就到。」他停了一會兒。「別叫我桑德斯先生，叫我老安就好。妳也知道，我們是站在一起的。」

他掛斷電話，拿著玻璃杯走進浴室，把粉紅色液體倒進馬桶。他感覺很好——感覺世界又神奇地明亮起來——直到壓下沖水鈕時，那股沮喪卻又籠罩住他，就像穿上了一件老舊難聞的外套。被需要？這還真有趣。他只是又笨又老的老安．桑德斯，一個坐在老詹腿上的傀儡。一個發話器。一個只會瞎扯的人。一個只會負責發表老詹的動議與提案，假裝那是自己想出來的人。一個每兩年左右，就會被拿出來鋪陳鄉土魅力的競選工具。要是有老詹做不到或不想做的事，我就會被他當成擋箭牌使用。

瓶子裡還有更多藥丸。樓下的冰箱裡也還有更多礦泉水。但老安沒有認真考慮這件事；他答應了維維．湯林森，而他是個信守承諾的人。不過，自殺這事還沒結束，只是往後推遲而已。擱置，這就是這個小鎮政務會議上的用詞。這想法有助於他離開這個房間，這個差點就成為他死亡場所的地方。

11

這個四處瀰漫著煙霧的地方。

鮑伊葬儀社的太平間位於地下室，讓琳達覺得可以安心開燈。再說，生鏽克也需要燈光才能驗屍。

「看看這一團亂，」他說，用手朝四周比去。骯髒的磁磚地上滿是足印，啤酒與飲料罐就放在櫃子上，角落有個蓋子打開的垃圾桶，幾隻蒼蠅正在上頭嗡嗡飛著。「要是州立殯葬局的人看見——或是衛生署——他們會用紐約才有的效率，馬上把這裡封了。」

「我們可不是在紐約，」琳達提醒他。她看著房間中央的不鏽鋼桌，桌面有著一層污漬，以及一些或許還是別知道是什麼玩意兒會比較好的東西。在桌子的其中一個排水道上頭，還有個揉成一團的士力架巧克力包裝紙。「我們甚至不算在緬因州裡，至少我不這麼覺得。動作快點，艾瑞克，這地方臭死了。」

「而且還不只一種臭味。」生鏽克說。這裡的一團混亂真的激怒了他。那團糖果包裝紙就這麼被丟在他們鎮上死者屍體的鮮血流經之處，讓他想在史都華．鮑伊臉上狠狠招呼一拳。

房間另一邊有六具不鏽鋼的屍體存放櫃。在他們後方某處，生鏽克可以聽見冷藏裝置傳來的穩定運作聲。「這裡不缺丙烷，」他喃喃自語。「鮑伊兄弟有大人物罩著。」

所有存放櫃的名牌都沒寫名字——又一個處事隨便的跡象——所以生鏽克只好把六個存放櫃全都拉開。前兩個是空的，這並不讓他驚訝。在穹頂出現之後過世的人，包括朗．哈斯克、伊凡斯夫婦在內，都很快就被埋葬了。吉米．希羅斯沒有近親，所以還在凱薩琳．羅素醫院的小太平間裡。

接下來的四具存放櫃中，則放著他要檢驗的屍體。他才一拉開櫃子，腐爛的氣味立即沖鼻而來。除了防腐劑與喪儀用的香膏外，那氣味壓過了其餘的難聞味道。琳達往後退得更遠，乾嘔出聲。

「別吐出來了，琳達。」生鏽克說，朝房間另一側的櫃子走去。他打開的第一個抽屜裡，除了疊著的幾本《原野與溪流》雜誌外空無一物，讓他咒罵了一聲，但不管怎樣，下頭的那個抽屜裡，的確還是有他要找的東西。他伸手到一組看起來像從來沒洗過的套管針下頭，拉出兩個包裝仍未拆開的綠色塑膠口罩。他把一個遞給琳達，自己戴上另一個。他在下一個抽屜裡翻出一雙塑膠手套。手套是鮮豔的黃色，色彩活潑到過了頭。

「要是妳覺得會吐在口罩裡，可以先上樓去找史黛西。」

「沒事，我得親眼看看。」

「我不確定妳的證詞會有多少能被採用，畢竟，妳可是我老婆。」

她又重複一次。「我得見證這件事，你就儘快吧。」

屍體保存櫃很髒。在看到準備區的其他地方後，這並未讓他覺得驚訝，但卻還是十分不快。琳達帶來了車庫裡找到的老舊卡匣式錄音機。生鏽克按下錄音鍵，測試一下錄音品質，有點意外地發現狀況還不錯。他把那台國際牌小型錄音機放在其中一個空著的存放櫃上，接著戴上手套。由於他的雙手不斷冒汗，所以這動作花了比平常還久的時間。這裡或許有滑石粉或嬌生痱子粉，但他卻沒打算浪費時間去找。他覺得自己已經夠像個小偷了。該死，他的確是個小偷沒錯。

「好了，我們開始吧。現在是十月二十四日，晚上十點四十五分。驗屍地點是鮑伊葬儀社的準備室。附帶一提，這裡髒得要命，真是丟人。我面前有四具屍體，三名女性與一名男性。兩名女性是年輕人，約莫十幾二十歲，分別是安琪拉．麥卡因與小桃．桑德斯。」

「桃樂絲，」琳達站在距離較遠的準備台前方。「她的名字是桃樂絲。」

「我在此糾正。桃樂絲．桑德斯。第三名女性的年紀為中年後期，名字是布蘭達．帕金斯。男性是萊斯特．科金斯牧師，約莫四十歲。我認得出他們所有人，在此作為紀錄。」

他對妻子招了招手，指著那幾具屍體。她望向屍體，眼眶盈滿淚水。她拉開口罩說：「我是琳達．艾佛瑞特，是卻斯特磨坊鎮的警員，警徽編號七七五。我也在此確認這四具屍體的身分。」她把口罩放回去，口罩上方的雙眼帶有懇求之意。

生鏽克示意她可以退遠一點，反正這只是個象徵性的程序罷了。他知道這點，猜想琳達也同樣清楚。但他並未因此感到沮喪。打從少年時代開始，他便一心想投身醫界，要是他沒離開學校照顧雙親，現在肯定當上醫生了。此刻驅使他這麼做的原因，就跟高中二年級在生物課裡解剖青蛙與牛眼一樣，同樣單純地出自好奇心罷了。他非知道不可，也必定會知道。或許無法知道每一件事，但至少可以知道一些事。

這是死者幫助生者的方式。琳達是這麼說的嗎？

不重要。他很確定，如果他們可以的話，一定願意提供援手。

「我可以看得出來，這些屍體並未上妝，但所有的四具屍體都已經做過防腐處理了。我不知道程序是否完成，但我懷疑還沒，因為股動脈還沒有被動過。」

「安琪拉與小桃——不好意思，是桃樂絲——都被傷得很重，屍體已經開始腐敗。科金斯也有被毆打的跡象——看起來很兇殘——同樣也開始腐敗，但情況沒有前兩者嚴重；他臉部與手臂的肌肉組織才剛開始凹陷而已。布蘭達——我是說布蘭達．帕金斯……」他沒把話說完，朝她俯下身去。

「生鏽克？」琳達緊張地問。「親愛的？」

他伸出一隻戴著手套的手，為了更確定些，因此脫下手套，環住她的喉嚨。他抬起布蘭達的頭，感覺到她頸背下方那個古怪的硬塊。他把她的頭放下，接著把她轉成側躺，以便看見她的背部與臀部。

「天啊。」他說。

「生鏽克？怎麼了？」

沒什麼，只是她的屎還黏在身上。他想……不過這可不會被紀錄下來。蘭道夫或雷尼可能會在開始聽這卷錄音帶的六十秒後，便把錄音帶用鞋跟踩爛，燒到什麼也不剩。但他會這樣與這件事無關，只是不想在她身上加諸這種如同侮辱她的細節罷了。

不過他會牢牢記住這件事的。

「怎麼回事？」

他抿了抿了嘴。「布蘭達．帕金斯臀部與大腿上的屍斑，顯示她死了至少有十二個小時，可能更接近十四小時。她的雙頰上有明顯瘀青，全是手印留下來的，我對此毫不懷疑。有某個人抓住她的臉，用力把她的頭往左折，折裂了第一節頸椎與頸椎軸，位置就在第一節頸椎與第二節頸椎之間。可能就這麼折斷了她的脊椎。」

「喔，生鏽克。」琳達呻吟道。

生鏽克先翻開布蘭達的眼皮，然後是其餘屍體。他看見了自己擔心的事。

「從臉頰的擦傷，還有這女人眼珠鞏膜眼白部分的點狀血斑來看，她並非瞬間死亡。她無法呼吸，因而窒息而死。我不確定她死前是否仍有意識，但希望沒有。我只能用不幸來表達這一切。兩個女孩——也就是安琪拉與桃樂絲，她們兩個是最早死亡的。從腐敗的狀況來看，她們的屍體被置放在一個悶熱的地方。」

他關掉錄音機。

「換句話說，我看不出可以讓巴比倖免於難的絕對性證據，所有事情我們早就該死的知道了。」

「要是他的雙手與布蘭達臉上的瘀傷不匹配呢？」

「瘀傷已經散開了，小琳，我覺得自己就像地球上最蠢的人。」

他看向那兩名女孩——她們原本會在十二月時，開車到奧本商場購買耳環、衣服，比較彼此的男友——神情一暗，接著又轉向布蘭達。

「給我一塊布。我剛剛在水槽旁邊有看見幾塊。那些布看起來還算乾淨，簡直是這豬圈裡的奇蹟。」

「你要做什——」

「給我一塊布就對了。兩塊更好。幫我弄溼。」

「我們哪有時間——」

「也只能硬擠出時間了。」

琳達安靜地看著她的丈夫，後者小心翼翼地擦淨布蘭達．帕金斯的臀部及大腿後側。他擦完後，把髒抹布扔至角落，心想要是鮑伊兄弟在場的話，他一定會把其中一條塞進史都華嘴裡，另一條則塞進他媽的福納德嘴裡。

他親了一下布蘭達冰冷的眉間，把她推回保存櫃中。他開始對科金斯做起一樣的驗屍動作，卻又隨即停下。牧師臉上只做過最為粗略的清潔工作，他的耳朵及鼻孔裡仍有血漬，還沾到了眉毛。

「琳達，再打溼一塊布。」

「親愛的，我們已經花了快要十分鐘了。我很欣賞你尊重死者的行為，但我們得活著去——」

「我們或許可以查出什麼。這情況跟毆打留下的痕跡不同。我甚至可以直接看得出來……快把布弄溼。」

她並未進一步反駁，只是弄溼了另一塊布，擰乾後遞給了他。她看著他把死者臉上殘餘的血漬擦淨，雖說動作輕柔，但不像對待布蘭達那樣帶有關愛之情。

她並非萊斯特．科金斯的支持者（他曾在每星期一次的廣播節目裡宣稱喜歡麥莉．希拉[119]的孩子，都在冒著下地獄的風險），不過生鏽克擦拭過後的牧師模樣，仍是讓她感到難受。「我的天啊，他看起來就像被孩子拿來當成扔石頭靶子的稻草人。」

「我說過了，這跟毆打留下的傷痕不一樣。這不是拳頭造成的，甚至也不是腳。」

琳達伸手一指。「他太陽穴那裡是怎麼回事？」

生鏽克沒有回答。他在口罩上方的雙眼閃閃發光，感到驚訝不已，同時還帶有曙光乍現，頓時領悟一切的神采。

「那是什麼，艾瑞克？看起來像是……我不知道……縫線！」

「妳說對了。」他的口罩因嘴上的微笑而鼓了起來。那並非開心或滿意的笑容，而是最為冷酷的那種。「他額頭上也有，看見了嗎？還有下巴。這一下打斷了他的下顎。」

「什麼武器會留下這種傷痕？」

「棒球。」生鏽克說，把保存櫃推進去。「普通的棒球辦不到，但一顆鍍了金的呢？可以。要是揮舞的力量夠大，應該不成問題。我想，情況就是這樣沒錯。」

他把自己的額頭貼向她的。兩人的口罩碰在了一塊兒。他看著她的雙眼。

[119] Miley Cyrus，美國偶像女星。

「老詹．雷尼就有一顆。我去找他談那些被偷的丙烷時，在他的辦公桌上親眼看過。我不知道其他人是怎麼回事，但我想，我們已經知道萊斯特．科金斯究竟是死在什麼地方，還有是被誰殺的了。」

12

屋頂坍塌後，茱莉亞無法再忍受眼前的這一切了。「跟我一起回家，」蘿絲說。「妳想在客房裡住多久都行。」

「謝謝，不過還是不用了。我現在需要一個人獨處，蘿絲。呃……跟荷瑞斯一起。我得好好想想。」

「妳要待在哪裡？妳沒事吧？」

「沒事的。」她也不確定自己是否真會沒事。她的思路似乎還行，可以有條有理的思考事情，但也覺得像是有人幫她的情緒打了一大針的局部麻醉劑。「或許我晚點還會回來這裡一趟吧。」

當蘿絲離開，走到街道的另一側時（她最後還擔心地轉過身，朝茱莉亞揮了揮手），茱莉亞也回到油電車那裡，把荷瑞斯帶進前座，接著坐在駕駛座上。她以目光搜尋彼特．費里曼與湯尼．蓋伊，但卻遍尋不著。或許湯尼帶彼特去醫院治療手臂了吧。他們的傷勢沒更嚴重簡直是個奇蹟，再說，要是她去見寇克斯時，沒帶上荷瑞斯的話，那麼她的狗可能會與所有東西就這麼一起被燒個精光。

這個念頭才一浮現，她便意識到自己的情緒還是沒有完全麻痺，只不過是躲起來罷了。她啜泣出聲——而且還是慟哭的那種。荷瑞斯豎起了大耳朵，擔心地看著她。她試著想停下來，但卻無法辦到。

她父親的報紙。

她祖父的報紙。

她曾祖父的報紙。

一團灰燼。

她開車沿西街前進，在抵達全球戲院的廢棄停車場時，把車駛了進去。她熄掉引擎，拉過荷瑞斯，就這麼靠著肌肉結實的多毛肩膀哭了五分鐘之久。而荷瑞斯則發揮了牠的優點，耐心以對。

她哭出來後，覺得好多了，心情也較為平靜。或許這是衝擊中的平靜片刻而已，但至少，她可以再好好思考了。她想起後車廂裡還有一捆報紙。她朝荷瑞斯俯身（牠友善地舔了她的脖子一下），打開置物抽屜。裡頭塞滿了東西，但她知道應該就在裡頭……只要可以的話……

就像上帝賜予的禮物一樣，東西的確就在裡頭。那是個小塑膠盒，裡頭裝滿了大頭針、橡皮筋、圖釘與迴紋針。橡皮筋與迴紋針對她想做的事沒有助益，但圖釘跟大頭針……

「荷瑞斯，」她說。「你想去溜達溜達嗎？」

荷瑞斯用吠的回答，牠的確很想去溜達溜達。

「好極了，」她說。「我也是。」

她拿出報紙，接著走回主街。《民主報》報社現在已成為一堆燃燒中的瓦礫，還混有警察們灑下的水（全是用那些汲水幫浦灑的，她想著，就那麼湊巧，裡頭裝滿了水，馬上就能派上用場）。這幅景象依舊讓茱莉亞感到傷心——這是當然的——但已經沒那麼糟了，現在，她還有事得處理。

她沿著街道前進，荷瑞斯始終跟在身旁。她在每根電線桿上，全都釘上《民主報》的最後一期。報紙的標題——因危機日益嚴重所產生的暴動與謀殺案——在火光中顯得醒目不已。此刻，她希望自己還能在上頭加上一個詞：小心。

她繼續前進，直到報紙用完為止。

13

街道對面，彼得．蘭道夫的對講機響了三聲：啪啪啪。這代表緊急狀態，讓他開始擔心起自己會聽見什麼消息。他用拇指按下通話鍵，說：「蘭道夫警長，說。」

是費德．丹頓。他是夜班的指揮官，也是如今實質上的副局長。「剛剛從醫院那裡來了通電話，彼得。發生了兩起謀殺案——」

「什麼？」蘭道夫叫著說。一名新警員——米奇．沃德羅——呆呆地看著他，表情就像是第一次逛集會的弱智。

丹頓繼續說了下去，聲音聽起來很冷靜，也像是在自鳴得意。如果是後者的話，那麼願上帝保佑他。「——還有一起自殺事件。兇手是那個喊著自己被強姦的女孩。受害者是我們的人，局長。路克斯與迪勒塞。」

「這……實在……太扯了！」

「我派魯伯特和馬文．瑟爾斯過去了，」費德說。「往好的一面想，事情已經結束了，而且我們不用把她押到牢房裡，和芭芭——」

「你應該要自己過去的，老費。你是資深警員。」

「那誰要待在局裡？」

蘭道夫沒回答這個問題——這問題要嘛太聰明，要嘛就太蠢了。他覺得自己最好親自跑一趟凱薩琳．羅素醫院。

我再也不想要這個職位了。不要了。一點都不想要了。

但如今為時已晚。在老詹的協助下，他得管理這一切。這是個需要集中全副精神的差事；老詹會一直盯著他的。

馬蒂．阿瑟諾拍了一下他的肩膀。蘭道夫差點就想把他拖到旁邊痛打一頓。阿瑟諾沒注意到這點，只是看著街道對面正在溜狗的茱莉亞．夏威。溜狗和……那是在做什麼？

張貼報紙，這就是她在做的事。用圖釘把報紙釘在天殺的電線桿上。

「這婊子就是不放棄。」他深吸一口氣。

「要我過去叫她住手嗎？」阿瑟諾問。

馬蒂看起來對這差事一副躍躍欲試的模樣，讓蘭道夫差點就答應了他。然而，他搖了搖頭。

「她只會開始對你滔滔不絕，說她有該死的公民權，就像她始終不懂這麼做會把每個人都嚇死，完全不符合整個小鎮的利益。」他搖了搖頭。「說不定她真的沒意識到這點。她是個難以置信的……」有個詞可以形容她這種人，是他在高中時學過的法語詞彙。他以為自己會想不起來，但還是想到了。「難以置信的幼稚鬼。」

「我可以讓她停手，局長，沒問題的。她還能怎麼辦？打電話給律師嗎？」

「讓她開心一下吧。至少這可以讓她離我們遠一點。我最好還是過去醫院一趟。丹頓說那個布歐家的女孩殺了法蘭克．迪勒塞與喬琪亞．路克斯，最後還自殺了。」

「天啊，」馬蒂低喃，臉色為之慘白。「她跟芭芭拉是一路的，你覺得呢？」

蘭道夫正要表示不認同，隨即又重新思考了一會兒。他想起那女孩指控強姦的事，而她的自殺似乎就是這件事的證明。磨坊鎮的警員幹下這種事的傳聞，會對整體士氣帶來不好影響，對整個小鎮也是。這點不用老詹．雷尼特別叮嚀。

「不知道，」他說。「不過的確有可能。」

馬蒂的雙眼溼了，不知是因為濃煙或悲傷的關係。或者兩者都有。「得讓老詹馬上知道這件事，彼得。」

「我知道。同時——」蘭道夫用頭朝茱莉亞一比——「持續盯著她，等她總算累了，甘心離開以後，就把那些狗屁報導全都扯下來，撕個粉碎。」他比了比稍早還是間報社的火災現場。「把垃圾扔到該扔的地方。」

馬蒂竊笑著。「收到，頭子。」

阿瑟諾警員的確這麼做了。但在此之前，鎮上已有些人撕下了一些報導，就著耀眼的火光仔細讀過一遍——約莫六個人，或許還有十個。在接下來的二、三天裡，他們傳閱著這份報紙，直到紙張幾近破爛不堪為止。

14

老安抵達醫院時，派珀．利比已經在那裡了。她坐在大廳的長椅上，與兩個穿著白色尼龍褲與護士服的女孩說話……雖然對老安來說，她們如果是真的護士，似乎也太年輕了些。她們全在哭著，而且看起來很快又會從頭開始哭起，不過老安看得出，利比牧師可以安撫得了她們。在人類情感的判斷方面，他從來不曾失準過，有時甚至還會讓他希望自己能在思考方面也有相同水準。

維維．湯林森站在一旁，悄悄與一名看起來有些年紀的傢伙交談。她們兩人全都一副震驚的茫然模樣。維維看見老安，朝他走去。那個有點年紀的傢伙則跟在後頭。她介紹說那人叫作瑟斯頓．馬歇爾，說他是來幫忙的。

老安給了新來的傢伙一個大大的微笑與熱情的握手。「很高興認識你，瑟斯頓。我是老安．桑德斯，首席行政委員。」

派珀坐在長椅上瞥了他一眼：「如果你真的是首席行政委員，老安，你就應該控制得了次席行政委員。」

「我知道這幾天對妳來說很難熬，」老安說，依舊掛著微笑。「我們全都一樣。」

派珀異常冷酷地瞪了他一眼，接著問兩名女孩想不想與她一起去小餐館喝杯茶。「我肯定需要一杯。」她說。

「我聯絡你之後就打給她了，」派珀帶著兩個初級護士離開後，維維帶著點歉意說。「接著還打去警局，是費德．丹頓接的。」她皺起鼻子，像是聞到了什麼餿掉的東西。

「喔，老費是個好人，」老安誠懇地說，但內心並非如此——他的內心像是回到站在戴爾．芭芭拉床邊的時候，正準備要喝下那杯粉紅色毒水——然而，他的老習性卻讓他恢復了平靜。他想讓每件事都變好，使這些渾水變得清澈，讓事情變得就像騎自行車一樣輕鬆。「告訴我這裡發生了什麼事。」

她照做了。老安以驚人的冷靜聽著這一切，想著他已經認識迪勒塞一家人有一輩子了，而且在高中時，還曾與喬琪亞．路克斯的母親約過一次會（海倫在接吻時張開了嘴，這很好，只是味道有點臭，這點則不太好）。他想著，他現在可以用這麼平穩的情緒面對一切，全是因為那通電話。要是沒有那通電話，他現在已經沒了意識，說不定還死了。像是這種事情，的確可以改變你觀看世界的角度。

「兩名我們的新進警員，」他說，覺得自己的聲音像是電影院通知觀眾進場時間到了的錄音內容。「一個還在試著要解決超市那場混亂時受了重傷。天啊，天啊。」

「現在或許不是說這種話的好時機，但我實在不太喜歡你們的警務人員。」瑟斯頓說。「不過當初打我的那個警員現在已經死了，所以提出申訴也沒什麼意義了。」

「哪個警員？法蘭克還是那個路克斯家的女孩？」

「那個年輕男人。就算他的致命傷是……我還是認得出來。」

「法蘭克．迪勒塞打了你？」老安根本不相信這事。法蘭克幫他送了四年的《路易斯頓太陽報》，從來沒有遲到過任何一天。呃，是有啦，一次或兩次吧，現在他想了起來，但那是因為強烈暴風雪影響之故。還有一次，是他得了麻疹或腮腺炎什麼的。

「如果這是他的名字，那就是了。」

「呃，天啊……這實在……」實在什麼？這重要嗎？對事情有幫助嗎？然而，老安還是不屈不撓地說了下去。「實在太讓人遺憾了，這位先生。我們相信卻斯特磨坊鎮的居民都是相當負責的人，全都在做著正確的事。只是，現在我們就像在槍口下一樣危急，無法控制整個局勢，你知道的。」

「我是知道，」瑟斯頓說。「畢竟我也被捲入了這場大麻煩。不過長官……這些警員實在太年輕了，而且完全失控。」他停頓片刻。「跟我一起的那位女士也被他們攻擊了。」

老安實在無法相信這傢伙說的會是實話。除非被挑釁（還是嚴重的挑釁），否則卻斯特磨坊鎮的警察不會出手傷人；這種事只有在大城市才會發生，那裡的人們不知該怎麼和平共處。只是，他也得承認，一個女孩殺了兩名警察，最後還自殺了斷的這種事，實在也不太像是會發生在磨坊鎮上的事情。

算了，老安想。他只不過是個外來客，甚至不是本州人。別管了。

維維說：「現在你來了，老安，但我卻不知道你有什麼可以幫得上忙的。抽筋敦看著那些屍體，而——」

她話還沒說完，門就打開了。一個年輕女人走了進來，雙手牽著兩個睡眼惺忪的孩子。那個老傢伙——瑟斯頓擁抱了她，男孩與女孩則在一旁看著。兩個孩子全都赤著腳，穿著充當睡衣的T恤。男孩身上的T恤，下襬還長到腳踝處，上頭寫著「囚犯編號九〇九一」與「服刑於蕭山克州立監獄」的字樣。他們是瑟斯頓的女兒與孫子，老安猜想。這讓他再度想起克勞蒂特與小桃。他把思念之情推到一旁。維維找他幫忙，所以表示她一定很清楚自己需要什麼。這無疑代表了她得再告訴他整件事的經過一遍——不是為了他，而是為了她自己，好讓她可以釐清事情真相，使心情平復下來。老安並不介意這點。善於傾聽一向是他的長處，而且這麼做比去看那三具屍體，其中一具還是他以前的送報生好多了。傾聽就是這麼簡單的事，當你掌握訣竅後，就算是白癡也懂得傾聽，只是老詹從來沒有掌握住其中的竅門。老詹比較擅長開口。當然，還有運籌一切。他們很幸運，在這種情況下還有他可以撐著。

維維結束了第二次的敘述後，一個念頭閃過老安腦海。這可能相當重要。「有人——」

瑟斯頓拉著剛剛進來的人走了過來。「這是行政委員桑德斯——老安——這是我的同伴卡洛琳．史特吉。而這是我們正在照顧的孩子，愛麗絲與艾登。」

「我好想我的奶嘴。」艾登滿臉愁容地說。

愛麗絲說：「你太老了，不適合吸奶嘴。」說完，還用手肘頂了一下他。

艾登的臉皺了起來，但沒有真的哭出來。

「愛麗絲，」卡洛琳．史特吉說。「這樣很壞心。我們知道壞心的人都會怎麼樣？」

愛麗絲一臉開心。「壞心的人都慘吸吸！」她大喊，話尾變成了笑聲。在想了一會兒後，艾登也笑了起來。

「不好意思，」卡洛琳對老安說。「我找不到人可以照顧他們，可是瑟斯頓打來時，聽起來又那麼苦惱……」

這實在很難相信，但看起來，這個老傢伙與這位年輕女士有可能碰撞出了愛的火花。這個念頭短暫掠過老安腦海。在其他情況下，他可能會想得更深入些，好好思索一番，想像他們法式舌吻之類的事。但此刻，這件事只夠起他一丁點興趣。他的腦海裡在想著別的事情。

「有人通知小珊丈夫她的死訊嗎？」他問。

「菲爾．布歇？」說話的是道奇．敦切爾，他正走進大廳的接待區。他的雙肩下垂，臉色灰白。「那個王八羔子離開了她，跑到鎮外去了。這都是幾個月前的事情了。」他的視線往下移到愛麗絲與艾登．艾波頓身上。「不好意思啊，孩子們。」

「沒關係，」卡洛琳說。「我們在語言方面沒有禁忌。這樣更符合現實生活。」

「沒錯，」愛麗絲提高語調說。「我們可以說狗屁還有撒尿，至少在媽媽回來找我們以前可以。」

「可是不能說賤貨。」艾登誇張地說。「賤貨是當過的人才能說的。」

卡洛琳沒理會這個枝節。「瑟斯頓？發生什麼事了？」

「別在孩子面前提，」他說。「這件事跟有沒有語言上的禁忌無關。」

「法蘭克的父母出城去了，」抽筋敦說。「不過我有聯絡上海倫·路克斯。她聽到這事的反應還挺平靜的。」

「她喝醉了？」老安問。

「說爛醉如泥會比較接近。」

老安若有所思地走了一小段路，來到大廳。有幾名穿著醫院病人服與拖鞋的患者就站在廳內，背對著他的方向。他們是在看屠殺現場，他猜想。他沒有半點一探究竟的衝動，也很慶幸道奇·敦切爾已經處理好那些不管是什麼事的差事。他是個藥劑師與一個政治家。他的工作是幫助活人，而非處理死者。他知道這些人不曉得的某些事。他無法告訴他們，說菲爾·布歇還在鎮上，就像隱士一樣的住在電台裡，但他可以通知菲爾他那分居中的妻子的死訊。他可以，也應該這麼做。當然，菲爾聽到後會有什麼反應完全無法預測；這段日子裡，菲爾已經不是原本的模樣了。他或許會猛烈的抨擊這件事，甚至還會殺掉捎來這個壞消息的人。但有這麼恐怖嗎？自殺或許會下地獄，得永遠待在燒熱的煤炭上進食，老安十分清楚這點，而要是上了天堂，則能永遠坐在上帝的桌子前，吃著烤牛肉與蜜桃派。

同時還與所愛的人相處在一塊兒。

15

雖然今天稍早時，茱莉亞曾打了個盹，但此刻她卻依舊累到過去不曾有過的程度，又或者，那只是一種疲憊的感覺罷了。除非她接受蘿絲的提議，否則除了她的車子以外，她根本無處可去。

她回到停車的地方，解開荷瑞斯的蹓狗繩，讓牠跳到乘客座上，接著坐在駕駛座中試圖思考。她喜歡蘿絲·敦切爾，但蘿絲一定會再度提起這漫長、痛苦的一整天。她一定會想弄清楚還能怎麼幫戴爾·芭芭拉。她會看著茱莉亞尋求意見，而茱莉亞則會束手無策。

這段時間裡，荷瑞斯一直盯著她看，豎起的耳朵與明亮雙眼，讓她想到了別的事情。他讓她想到那個失去了她的狗的女人：派珀·利比。派珀會讓她進去，給她張床，而且不會一直對著她耳朵說話。在睡了一晚後，茱莉亞或許可以再度思考一番。甚至是計畫些什麼。

她啟動油電車，開到剛果教堂。但牧師宿舍裡一片漆黑，門上釘了張紙條。茱莉亞拔下圖釘，拿著紙條回到車上，用車裡的頂燈閱讀。

我得去醫院一趟。那裡發生了槍擊案。

茱莉亞又開始哭了起來，當荷瑞斯發出悲鳴，像是想試著合音時，她讓自己停了下來。她把油電車打到倒車檔，暫時倒車停在公園裡，把紙條釘回門上，好讓那些可能會把全世界的重量壓在祂（或她）肩上的教徒，可以有辦法找到磨坊鎮裡僅存的一名宗教顧問。

所以現在該去哪裡？還是得去找蘿絲？不過說不定蘿絲又跑回火災現場去了。那醫院呢？儘管她大受打擊、疲憊萬分，但要是能達成目的，茱莉亞還是會強迫自己過去醫院一趟。只是，現在不管發生什麼事，也都沒有報紙可以刊登報導了；而沒了報紙，自然也就沒理由讓她再去接觸那些後來發生的駭人事件了。

她把車倒車駛上車道，轉向鎮屬坡，一直開到了普雷斯提街那裡，才總算想到自己該去什麼地方。三分鐘後，她把車停在安德莉亞．格林奈爾的車道上。這棟屋子同樣一片漆黑。沒人回應她那軟弱的敲門聲。她當然不知道，安德莉亞正躺在二樓的床上，在倒掉藥丸之後，首度陷入熟睡之中。茱莉亞猜想，她可能去了弟弟道奇的家，或者是到朋友家過夜了吧。

荷瑞斯坐在腳踏墊上，抬頭望著她，等待著她的指示，正如她過去會做的一樣。但茱莉亞整個人被掏空了，無力再往前邁出。她有些半信半疑，覺得自己要是試著前往什麼地方，可能只會把油電車開出道路外頭，害死他們兩個。

在她腦海中徘徊不去的，並非那棟她住了一輩子，此刻被燒個精光的房子；而是自己告訴寇克斯上校，說她要放棄這一切時，對方的看法會是什麼。

不行，他會這麼說。絕對不行。但他說這些話的時候，肯定看不見她現在的模樣。

門廊上有座雙人搖椅。如果有必要的話，她可以窩在那裡。但說不定——

她試著開門，發現門並沒有鎖。她有些猶豫，但荷瑞斯卻沒有。牠相當確信，自己無論走到什麼地方，都會受到別人歡迎，於是走了進去。茱莉亞拉著蹓狗繩，跟著走進裡頭，心想：現在，我的狗變成負責下決定的人了，事情竟然會演變成這樣。

「安德莉亞？」她輕聲喊著。「安德莉亞，妳在家嗎？我是茱莉亞。」

樓上，安德莉亞就這麼躺著，鼾聲像是卡車司機連續開了四天車似的，安德莉亞身上只有一個地方不斷在動：左腳。她的左腳仍未停止因停藥引發的痙攣與顫動。

客廳裡一片昏暗，但並非完全漆黑；安德莉亞在廚房裡開了一盞電池供電的電燈。這裡有股味道。窗戶是開著的，但卻沒有風，所以嘔吐物的氣味並未完全散去。是不是有人說安德莉亞生病了？說不定是流行性感冒？

也許是流感，但也有可能只是她手上的藥吃完了，因此引發了停藥症狀。

不管什麼情況，生病就是生病，生病的人通常不想獨處。這代表屋子裡沒人。她實在太累了。房間另一頭有張很棒的長沙發，正朝她發出呼喚。要是安德莉亞明天回來，發現茱莉亞在這裡，肯定會諒解的。

「她甚至還會給我一杯茶，」她說。「我們會因此大笑。」雖然會想大笑這種事情似乎再也不會發生了，但這並非她此刻得考慮的問題。「來吧，荷瑞斯。」

她解開蹓狗繩，拖著沉重的步伐穿過房間。荷瑞斯一直看著她，直到她躺下，把沙發枕放到頭部下方之後，自己才跟著趴了下來，把鼻子放到前爪上頭。

「你真是個好孩子。」她說，閉上了雙眼。她認為，要跟寇克斯四目相對應該沒那麼容易。因為，寇克斯認為她們得在穹頂之下度過很長一段時間。

身體的貼心，大腦永遠不會知道。茱莉亞睡著時，她的頭部離布蘭達早上試圖交給她的牛皮信封不到四英尺。不知何時，荷瑞斯跳上沙發，趴在她的膝蓋之間。而這就是安德莉亞十月二十五日早上下樓，看見她們時的模樣。這也是近幾年來，她感覺最像原本的自己的時候。

16

生鏽克家的客廳有四個人：琳達、賈姬、史黛西．墨金與生鏽克自己。他為大家端來裝在玻璃杯裡的冰茶，接著為眾人總結他在鮑伊葬儀社地下室裡的發現。史黛西提出了第一個疑問，而且實際得很。

「你們有記得鎖門嗎？」

「有。」琳達說。

「那先把鑰匙給我。我還得把它放回去。」

我們和他們，生鏽克再度想著。這就是這次談話的重點。而且情況已經是這樣了。我們的祕密。他們的權勢。我們的計畫。他們的議程。

琳達交過鑰匙，然後問賈姬說女孩們有沒有出什麼問題。

「如果妳擔心的是癲癇的話，那就沒問題。妳出門之後，她們一直睡得跟隻小羊似的。」

「我們該怎麼辦才好？」史黛西問。她個子雖小，但卻態度強硬。「如果要逮捕雷尼，我們四個就得去說服蘭道夫。我們三個女人以警察的身分，而生鏽克則以病理學家的身分。」

「不！」賈姬與琳達同時說，賈姬語氣果斷，琳達則帶有恐懼。

「我們只有假設，沒有確切證據，」賈姬說。「就算我們有監視器拍到老詹扭斷布蘭達頸子的照片，我也不確定彼得．蘭道夫會不會相信我們。現在他和雷尼是同一路的，生死相連，而且大多數警察也會站在彼得那邊。」

「特別是那些新人，」史黛西說，扯了扯她那蓬鬆的金髮。「他們大多數都不算聰明，可是卻很認真，而且還喜歡身上配著槍枝的感覺。加上——」她傾身向前。「今天晚上，他們又多了六到八個成員，都只是高中的孩子而已。他們全都身材高大、腦袋不好，還有充滿熱情。他們把我嚇壞了。還有另一件事。席柏杜、瑟爾斯和小詹叫那些新人推薦更多人加入。再過幾天，那就不只是一支警隊了，而是一支青少年組成的軍隊。」

「沒有半個人聽得進去我們的話嗎？」生鏞克問。他並非完全不可置信，只是想把事情弄清楚。「一個都沒有？」

「亨利．莫里森或許可以，」賈姬說。「他也清楚事態發展的狀況，同樣不喜歡這種情況。至於其他人？他們全都放任事態發展。部分是因為他們害怕，部分則是因為他們喜歡權力。托比．韋倫和喬治．佛雷德瑞克這些傢伙還沒享受到；而老費．丹頓這傢伙，才正開始嘗到甜頭呢。」

「這代表什麼？」琳達問。

「這代表我們只能先守住這個祕密。要是雷尼真殺了四個人，他的確非常、非常危險。」

「等待時機只會讓他變得更危險，而無法降低風險。」生鏞克反對。

「我們還有茱蒂和賈奈兒得照顧，生鏞克，」琳達說。她咬著指甲，生鏞克已經好幾年沒看她這麼做過了。「我們不能冒任何會害她們出事的風險。所以我不會試著這麼做，也不會讓你試著這麼做。」

「我也有個孩子。」史黛西說。「卡爾文。他才五歲而已。我被這件事激起的勇氣，充其量只能讓我今晚願意在葬儀社外頭把風而已。只要一想到那個白癡蘭道夫……」她不需要把話說完，光靠蒼白的臉頰就足以說服人了。

「不會有人要求妳這麼做的。」賈姬說。

「現在我只能證明科金斯是被那顆棒球砸死的，」生鏽克說。「不管是誰都有可能。真該死，像他的兒子就行。」

「這說法倒不會讓我有多意外，」史黛西說。「小詹最近很古怪。他因為打架被踢出了鮑登大學。我不清楚他父親知不知道這件事，但有個警察打來，說事情發生在健身房裡，我有看過傳來的報告。而那兩個女孩……如果她們有被性侵的話……」

「都有，」生鏽克說。「非常噁心，妳不會想知道的。」

「不過布蘭達沒被性侵，」賈姬說。「那兩個女孩發生的事，不會讓我跟科金斯與布蘭達的事聯想在一起。」

「說不定小詹殺了兩個女孩，而他老爸殺了布蘭達與科金斯，」生鏽克說，等著有人笑出來，但卻沒半個人笑。「如果真的是這樣，到底是為什麼呢？」

她們全都搖了搖頭。

「一定有個動機，」生鏽克說。「但我懷疑跟性無關。」

「你覺得他有什麼想隱藏的事。」賈姬說。

「嗯，我是這麼想。我覺得有人應該知道是什麼事，而他正被關在警察局的地下室裡。」

「芭芭拉？」賈姬問。「為什麼芭芭拉知道？」

「因為他和布蘭達說過話。他們在穹頂出現的第二天，曾經在她家的後院密談過。」

「你怎麼會知道這麼多？」史黛西問。

「因為巴佛萊家就住在帕金斯家隔壁，而吉娜．巴佛萊的房間，正好可以從窗戶俯瞰帕金斯家的後院。她有看到他們，還跟我提起過這件事。」他看見琳達看著他，聳了聳肩。「我能怎麼說？這是個小鎮，我們全是同一隊的。」

「我希望你有叫她嘴巴閉緊一點。」琳達說。

「我沒有，因為她告訴我的時候，我還沒理由懷疑老詹可能殺了布蘭達，以及用一顆紀念棒球砸破萊斯特·科金斯的頭。我甚至還不知道他們已經死了。」

「我們還是不曉得巴比究竟知道什麼，」史黛西說。「只曉得他會做該死的蘑菇起司蛋捲而已。」

「有人得去問他才行。」賈姬說。「我可以去。」

「要是他什麼也不知道的話，這麼做有什麼好處？」琳達問。「現在我們幾乎都快被獨裁者統治了。我才剛意識到這點。我猜這讓我變得反應遲鈍多了。」

「別說遲鈍了，這還會讓妳開始相信他們，」賈姬說。「覺得這一切都是正常的。至於芭芭拉上校，除非我們實際問過，否則無法得知他能怎麼幫上我們。」她停了一下。「而且這也不是重點。他是無辜的。這才是重點。」

「要是他們殺了他呢？」生鏞克問。「在他試圖逃跑時射殺他？」

「我還挺確定不會發生這種事，」賈姬說。「老詹在局裡有提到，他想來場公開審訊。」史黛西點了點頭。「他們想讓大家相信芭芭拉是隻蜘蛛，織出了一片巨大的陰謀網。接著，他們就可以公開處決他了。不過，就算以最快的速度來看，這也需要好幾天的時間。要是幸運的話，還需要幾個星期。」

「我們沒那麼幸運，」琳達說。「要是雷尼希望能儘快結束就不會。」

「或許妳說得對，不過雷尼得先搞定星期四的特別鎮民大會。他一定會先質問芭芭拉。要是生鏽克知道他與布蘭達碰過面，那麼雷尼一定也知道。」

「他當然知道，」史黛西說，聲音不太耐煩。「芭芭拉把那封總統的信交給雷尼時，他們是一起去的。」

他們沉默了一分鐘，思考著這件事。

「要是雷尼藏了什麼東西，」琳達思索著。「他一定會找機會處理掉。」

賈姬笑了起來。笑聲在氣氛緊繃的客廳中幾乎讓人覺得恐怖。「那就祝他好運囉。不管是什麼，他可沒辦法把那東西放在卡車後面，然後運出鎮外。」

「會是需要丙烷製造的東西嗎？」琳達問。

「也許，」生鏽克說。「賈姬，妳有從軍過，對嗎？」

「陸軍，待了兩個軍期，是憲兵隊。從來沒實際見過戰場，但有親眼看過大量人員傷亡，尤其是第二軍期的時候。地點是德國的烏茲堡，第一步兵師。你看過那個大大的紅色一字標誌吧？我主要負責阻止酒吧鬥毆，或是在醫院外頭站崗。我很瞭解巴比那種人，也願意盡力把他從牢房裡弄出來，讓他跟我們站在同一陣線。總統會委任他接管這裡一定有原因。至少，總統原本希望如此。」她停了一會兒。「我們或許可以把他救出來。這值得我們考慮一下。」

另外兩名女性——正好都是母親——什麼也沒表示，但琳達啃著指甲，而史黛西則輕扯頭髮。

「我了解妳們的顧慮。」賈姬說。

琳達搖了搖頭。「除非妳有孩子在樓上睡覺，早上還得靠妳煮早餐給他們吃，否則妳不會了解的。」

「或許吧，但問問妳自己：要是我們跟外界隔絕，就像現在這樣，而負責管事的人是個殺人渾球，就像他那樣；那麼，要是我們坐著什麼也不做，事情有可能會變得更好嗎？」

「要是妳把他救了出來，」生鏽克說。「接下來該怎麼辦才好？妳可沒辦法用證人保護計畫那套來保護他。」

「我也不知道，」賈姬說，嘆了口氣。「我只知道，總統下令讓他接管一切，而操他的老詹．雷尼則以謀殺罪名來陷害他，好讓他沒辦法接管這裡。」

「目前來說，妳還不需要做任何事，」生鏽克說。「甚至還不用找機會與他交談。還有別的事在運作，而且有機會扭轉一切。」

他告訴她們輻射計數器的事──關於這東西如何交到他手上，又如何轉交出去，而小喬．麥克萊奇聲稱他們已經找到了源頭。

「我不太確定，」史黛西困惑地說。「這事情順利到不像真的。那個麥克萊奇家的男孩才……幾歲？十四？」

「十三吧，我想。不過他是個聰明的孩子。他說，他們在黑嶺路上偵測到大量輻射，我相信他。要是他們已經找到製造出穹頂的東西，我們就可以把它關掉……」

「那麼一切就結束了！」琳達大喊，眼睛都亮了起來。「老詹．雷尼就會垮台，就像……梅西百貨的感恩節氣球破了個洞一樣！」

「事情很難這麼順利，」賈姬．威廷頓說。「如果這是電視影集，我或許才會相信吧。」

17

「菲爾？」老安喊。「菲爾？」

他必須提高音量才有機會被聽見。正在播放的邦妮．南德拉與救贖合唱團的《我的靈魂為主見證》被調到了最高音量。縱使ＷＣＩＫ電台的廣播設施有明亮燈光照明，但整個空間裡低盪的嗚嗚與哇耶的合聲回音，仍是讓他失去了方向感。一直到老安實際站在日光燈下，他才總算意識到，原來磨坊鎮的其餘地方是那麼昏暗，而他自己又有多麼想適應這一切。「煮廚？」

沒人回答。他瞥了一眼電視（頻道是轉到靜音的ＣＮＮ台），透過長形窗戶看進廣播室裡。裡頭的燈同樣開著，所有設備全在運作中（就算萊斯特．科金斯曾自豪地向他解釋電腦如何自行運作，但他仍感到毛骨悚然），卻沒看見任何菲爾的蹤跡。

他突然聞到熟悉的酸臭汗味。他轉過身去，發現菲爾就站在身後，像是從地底突然冒出來似的。他一隻手拿著像是打開車門用的無線鑰匙，另一隻手則拿著一把手槍。手槍指著老安的胸口，指關節發白的手指就扣在扳機上，槍口微微顫抖。

「哈囉，菲爾。」老安說。「我是說煮廚。」

「你來這裡幹嘛？」煮廚布歐問。他汗水的酸臭味很重，身上牛仔褲與ＷＣＩＫ的Ｔ恤髒兮兮的，腳上沒有穿鞋（這或許就是他悄無聲息的原因），全是骯髒的灰塵。他的頭髮說不定是一年前洗的，或許還要更久。他的雙眼是最糟糕的部分，滿是血絲與駭人神色。「你最好快點說，老伙計，否則你就永遠沒機會跟任何人說任何事了。」

老安不久之前，才差點因為那杯粉紅色的水險些沒了性命，是以此刻得以平靜面對煮廚的威脅，只差沒有歡呼出聲。「你想做什麼就做吧，菲爾。我是說煮廚。」

煮廚驚訝地揚起眉。雖然眼神渙散，卻是貨真價實的驚訝。「真的？」

「絕對。」

「你來這裡幹嘛？」

「我帶來了一個壞消息，而且感到非常遺憾。」

煮廚想了一會兒，接著露出微笑，露出所剩不多的牙齒。「沒有什麼是壞消息。基督重新降世了，這個好消息足以取代所有壞消息，讓壞消息變成了好消息的附贈曲目。你說對嗎？」

「對，哈利路亞。不幸的是——或者說『幸運的是』，我猜；你得說這的確很幸運——你的妻子已經屬於祂了。」

「什麼？」

老安伸手把槍口推向地面，煮廚完全沒阻止他。「珊曼莎死了，煮廚。我很遺憾地告訴你，她在今晚稍早，了斷了自己的性命。」

「小珊？死了？」煮廚把槍扔進旁邊桌子上的置物架裡，還差點就放下了車庫的遙控鑰匙。只是，他最後還是把鑰匙握在手中。這把遙控鑰匙在這兩天以來，從來不曾離開過他手上，就算是在他越來越少的睡眠時間裡也同樣如此。

「很遺憾，菲爾。煮廚。」

老安以自己所知的部分，向他解釋了小珊死亡的經過，最後則以「孩子沒事」，作為令人欣慰的結論（就算他如此絕望，老安．桑德斯仍是個樂觀的人）。

煮廚拿著車庫鑰匙的手用力一揮，把小華特的福祉揮到一旁。「她幹掉了兩隻豬？」

老安嚴肅以對。「他們是警察，菲爾。全是貨真價實的人類。我敢說她一定心亂如麻，但這還是一件很不好的事。你得收回那句話。」

「什麼？」

「我不能讓你把我們的警員說成是豬。」

煮廚想了一會兒。「好啦，隨便，我收回去。」

「謝謝。」

煮廚向前傾身，彎下他那並不算很高的身子（就像具鞠躬的骷髏），凝視著老安的臉孔。「你還真是個勇敢的小混蛋，對不對？」

「不，」老安誠實地說。「我只是不在乎。」

煮廚似乎看出了他心裡有事。他抓住老安的肩膀。「兄弟，你沒事吧？」

老安流下眼淚，坐進一張上方有塊標語牌的辦公椅，標語寫著：基督觀看每個頻道，基督聆聽每個電台。他把頭靠在牆壁上這塊古怪、不祥的標語下方，哭得像是因為偷吃果醬，被打了一頓的孩子。這全是那聲「兄弟」引起的；那聲完全出乎意料的「兄弟」。

煮廚從電台經理的辦公桌那裡拉來一張椅子，看著老安的模樣，就像生物學家在野外觀察罕見的野生動物一樣。過了一會兒後，他說：「桑德斯，所以你來這裡，是想讓我殺了你？」

「不，」老安哭哭啼啼地說。「也許吧。對。我也不確定。我生命中的每件事情都出了問題。我的妻子與女兒都死了。我想是上帝在懲罰我賣了那些爛——」

煮廚點頭。「有可能。」

「——而我想尋找答案，不然就是讓一切結束，或者什麼之類的。當然，我也想通知你一聲你妻子的事，重要的是，得做出正確的──」

煮廚拍了拍他的肩。「你做得沒錯，兄弟。我很感激。她的廚藝不好，家裡也被她搞得沒比豬圈好到哪裡去。但她在遭遇操他媽不合理的事情時，也懂得怎麼去反擊。她被那兩個條子怎麼了嗎？」

縱使老安如此難過，但他仍不準備說出強姦指控的事。「我想她是受不了穹頂了吧。你知道穹頂的事嗎，菲爾？煮廚？」

煮廚再度揮手，顯然也認同這點。「冰毒的事你沒說錯，販賣是錯誤的，是種冒瀆。然而製造它──卻是上帝的旨意。」

老安放下雙手，用紅腫的雙眼凝視煮廚。「你這麼覺得？我不確定這麼做是對的。」

「你有吸過嗎？」

「沒有！」老安大喊，好像煮廚是在問他有沒有參加過西班牙長耳獵犬的性交派對一樣。

「要是醫生開藥給你，你會吃嗎？」

「呃……當然會……但是……」

「冰毒就是藥。」煮廚嚴肅地看著他，用手指戳了戳老安的胸膛，強調重點。煮廚把指甲咬得都露出下頭的血肉了。「冰毒就是藥。說一次。」

「冰毒就是藥。」老安重複，像是認同了一樣。

「這就對了。」煮廚站了起來。「冰毒是治療憂鬱的藥。這是雷．布萊伯利⑫說的。你沒讀過雷．布萊伯利的書？」

「沒有。」

「他是個他媽的癮君子。他清楚得很，還寫了操他媽的書，哈利路亞。跟我來。我要改變你的人生。」

18

卻斯特磨坊鎮的首席行政委員吸起冰毒的模樣，就像青蛙逮到了蒼蠅似的。

在成排的炊具後方，有座破爛的舊沙發，老安和煮廚布歐就坐在那裡，位於一張基督騎在摩托車上的畫像下方（畫名是《你看不見的車伴》），兩人不斷來回傳著手上的菸斗。燃燒的時候，冰毒聞起來就像沒加蓋的尿壺裡放了三天的尿一樣，但等他試著抽了一口後，老安便確定煮廚說得沒錯：賣這玩意兒可能是撒旦的工作，但這東西本身卻是屬於上帝的。世界猛然在劇烈、微妙的顫抖中變成他不曾見過的清晰光景。他的心跳飆升，脖子上的血管浮起，有如跳動的電纜。他的牙床打顫，睪丸的蠕動感就像青少年時期的最佳狀況。而比上述這些事更好的是，他肩上的疲憊總算放鬆下來，使他混淆的那些念頭也消失了。他覺得自己可以用一台單輪推車移開山岳。

「伊甸園裡有棵樹，」煮廚說，把菸斗遞過去，綠色的彎曲煙霧自菸斗兩端飄出。「知善惡樹。我沒搞錯這個狗屁名字吧？」

「對。聖經裡就是這樣叫。」

「就知道你一定懂。那棵樹還是棵蘋果樹。」

⑫⓪ Ray Bradbury，美國知名科幻小說家。

「對，對。」老安吸了小小一口，實際上只是抿了一下。他想吸更大口——想吸光全部——但又怕要是給自己來上吸滿整個肺容量的一口，他的頭便會從脖子上炸飛，就像火箭一樣在研究室中四處飛舞，從頸部射出熱氣。

「蘋果的果肉是真理，而果皮則是冰毒。」煮廚說。

老安看著他。「這太神奇了。」

煮廚點了點頭。「沒錯，桑德斯。就是這樣。」他拿回菸斗。「你說這是好東西還是什麼？」

「神奇的東西。」

「基督會在萬聖節重臨，」煮廚說。「可能還會提早幾天，我不能確定。總之，會是萬聖節這段時期，你知道的。就是屬於操他媽女巫的時期。」他把菸斗遞給老安，用握有車庫鑰匙的手一指。「你看到了嗎？就在走廊盡頭那裡，在儲藏室的門裡頭。」

老安望去。「什麼？你說那些白色方塊？看起來像黏土的東西？」

「那不是黏土，」煮廚說。「那是基督的聖體，桑德斯。」

「那些穿過去的電線又是什麼？」

「基督聖血在裡頭流敞著的血管。」

老安思考著這個想法，發現這實在是絕妙的形容。「好極了。」他又想到些別的事情。「我愛你，菲爾，我是說煮廚。我很高興自己有過來一趟。」

「我也是。」煮廚說。「你想去兜兜風嗎？我有輛車在這裡——我想是這樣沒錯——但是我的手有點抖。」

「當然好，」老安說。他站起身，整個世界搖晃了好一會兒，接著才穩了下來。「你想去哪裡？」

煮廚告訴了他。

19

維維・湯林森趴在接待台上睡著了，頭就壓在一本《時人》雜誌的封面上——封面是布萊德・彼特與安潔莉娜・裘莉在海浪中嬉戲，地點則是那種服務生端上的飲料裡，還會放著一把小紙傘那種能激發情慾的小島。星期三凌晨兩點十五分，也就是她被吵醒的時候，發現一個幽靈就站在她眼前。那是個骨瘦如柴、雙眼空洞、頭髮凌亂的高個子。他穿著一件WCIK電台的T恤，牛仔褲則因削瘦的臀部顯得鬆垮垮的。一開始，她還以為自己做了個與活屍有關的惡夢，但接著便聞到了他的氣味。沒有任何夢境會擁有這種難聞的氣味。

「我是菲爾・布歇。」幽靈說。「我是來領我妻子的屍體的。我得幫她下葬。告訴我屍體在哪兒。」

維維沒有爭辯。她願意把所有的屍體都給他，只要能擺脫他就好。她帶著他往前走，經過了站在擔架旁的吉娜・巴佛萊。她有點擔心地看著煮廚。他轉頭望向吉娜時，還把她嚇得往後縮了一下。

「妳準備好萬聖節要穿的衣服了嗎，孩子？」煮廚問。

「嗯。」

「妳要扮成誰？」

「《綠野仙蹤》的好女巫。」女孩害怕的說。「只是我想我應該沒辦法參加派對了吧。地點是在莫頓鎮。」

「我要扮耶穌，」煮廚說。他跟在維維後頭，像是穿了雙破爛帆布鞋的骯髒鬼魂。接著他又轉過身，露出微笑，眼神一片虛無。「而且是憤怒的耶穌。」

20

十分鐘後，煮廚布歇走出醫院，懷裡抱著小珊僅穿著紙衣的屍體。一隻指甲上畫有粉紅色指甲油的腳，就這麼順著步伐上下晃動。維維幫他打開門。她沒去看那輛引擎空轉的汽車裡是誰坐在駕駛座上，使老安稍感寬慰。他一直等到她又走進醫院，才下車打開後車門，讓皮膚看起來像是直接貼在骨骼上的煮廚，可以輕鬆把屍體放進車內。或許，老安想，冰毒也可以帶來力量。如果真是如此，那麼他終究仍是萎靡不振。沮喪會爬回他的身體裡。就連疲憊也是。

「好了，」煮廚說。「開車吧。不過先把東西給我。」

他先前把車庫鑰匙交給了老安保管。老安把鑰匙還給他。「去葬儀社？」

煮廚看著他，彷彿他瘋了一樣。「回電台。那是耶穌重臨時，祂第一個會降臨的地方。」

「萬聖節那天。」

「沒錯。」煮廚說。「或許更早。這段時間，你可以幫我埋葬這個上帝的孩子嗎？」

「當然可以，」老安說，又怯生生地補上一句：「或許我們可以先再吸一點。」

煮廚大笑起來，拍了拍老安的肩。「你喜歡對吧？我就知道你會喜歡。」

「那是種抗憂鬱的藥。」老安說。

「沒錯，兄弟。沒錯。」

21

巴比躺在床板上，等候黎明與接下來會發生的事到來。他在伊拉克時，曾訓練自己不去擔心接下來會發生的事情。雖說他這項技能還不到爐火純青的地步，但也有一定程度的效果。到了最後，要與恐懼共處只有兩條規則（他相信要戰勝恐懼只不過是個神話罷了），是以他一面躺著等待，一面在心中重複規則。

我沒有控制權，所以必須接受這一切。

我必須把逆境轉為優勢。

第二條規則，代表他得小心節約所有資源，並在腦中做好妥善規劃。

他有的其中一個資源就塞在床墊裡：他的瑞士刀。那是把小刀，只有兩片刀刃，但就算是較短的那片，也能割開一個人的喉嚨。他運氣好到難以置信才能留得住那把刀，他很清楚這點。

不管霍華・帕金斯堅持的正常程序是什麼，如今都已隨著他的死亡，以及彼得・蘭道夫接下他的位置而隨之崩潰。巴比猜，這個飽受衝擊的小鎮已忍受了四天之久，應該會把責任歸咎到隨便一個警務部門身上。只是，這裡的情況卻更加嚴重。之所以會這樣，是因為彼得・蘭道夫又笨又懶，在這麼官僚的體制下，每個人都會學最上頭的人，來好好扮演自己的角色。

他們幫他按了指紋，拍了相片，但一直要到整整五個小時之前，看起來一臉疲憊與憎惡的亨利・莫里森才走下樓來。他人就站在離巴比牢房六呎的地方，確保自己站在安全距離裡。

「忘了什麼事情嗎？」巴比問。

「口袋掏空，把裡頭的東西推到走廊上，」亨利說。「然後把褲子也脫了，丟到鐵欄外面。」

「要是我照做的話，可不可以喝點什麼東西，好讓我不用喝馬桶裡的水？」

「你在說什麼啊？我有看見小詹有幫你拿水下來。」

「他在裡頭加了鹽。」

「哼，最好是。」不過亨利看起來有點不太確定。或許他是個還願意思考的人。「照我說的做，巴比。我是說芭芭拉。」

巴比掏空口袋，裡頭有皮夾、鑰匙、銅板、折成小張的鈔票，以及他帶在身上，作為幸運物用的聖克里斯多夫紀念章。那把瑞士刀早藏到床墊下了。「如果你願意的話，等到你用繩子套住我脖子，把我吊死的時候，還是可以叫我一聲巴比。這就是雷尼的打算，對不對？吊死我？還是槍斃？」

「閉嘴，把你的褲子塞到鐵欄外。上衣也是。」他的語氣像透了小鎮裡的老頑固，但巴比覺得，他看起來從來沒有這麼困惑過。這很好，是個開始。

兩個新來的年輕警員走下樓，其中一個拿著一罐防身噴霧，另一個則拿著電擊槍。「需要幫忙嗎，莫里森警官？」其中一個問。

「不用，不過你可以站在樓梯上幫我看著，直到我處理好為止。」亨利說。

「我沒有殺任何人，」巴比輕聲說，語氣盡量展現出全然的真誠。「我想你也知道這點。」

「我只知道，除非你想被電擊槍灌腸，否則最好給我閉嘴。」

亨利翻遍了他的衣服，但沒叫巴比脫下內褲，也沒掰開他的屁股檢查。這場檢查來得太遲了些，也過於隨便，但巴比還是在心中幫他加了點分，至少，他是所有人裡面，唯一記得要做這件事的人——其他人根本想都沒想過。

亨利檢查完以後，把口袋被掏空，皮帶也被抽走的藍色牛仔褲踢回牢房。

「我可以拿回我的獎章嗎？」

「不行。」

「亨利，好好想一想。我為什麼——」

「閉嘴。」

亨利低著頭，拿著巴比的私人物品，推開那兩個年輕警察。兩個年輕警察跟在他身後，其中一個還停了一會兒，對巴比露出笑容，用一根手指劃過脖子。

從那之後，他一直是單獨一人，什麼也沒做，只是躺在床板上，仰望著狹小的窗口（窗戶是圍繞著鐵絲的不透明爍石玻璃），等待黎明到來。他納悶他們會不會真的嘗試用水刑對付他，或者只是瑟爾斯在吹牛而已。要是他們朝這裡開上一槍，把床板射壞，假裝得幫他更換牢房，那就是淹死他的最佳時機。

他也好奇，要是有人在黎明前下來呢？要是那個人有鑰匙呢？要是他站得離牢門近一點呢？只要有那把瑞士刀，逃出去完全不成問題，只是可能得一直等到黎明，這事才有可能發生。或許，他應該等到小詹拿著一杯鹽水，把手伸進鐵欄裡的時候再試試看……只是，小詹一直十分渴望能使用手槍。這麼做的機會渺茫，巴比可不想孤注一擲。至少現在不想。

再說……我能逃去哪裡？

就算他逃出去，就此消失無蹤，也只會害自己的朋友身陷險境。要是他們被像馬文和小詹那種警察質問後，可能會開始覺得穹頂根本一點也無關緊要。如今掌舵的人是老詹，他這種人一旦身處這種位置，只會用力往前航行。有時甚至會持續到船在腳下沉沒為止。

他進入了不安穩的淺眠狀態中，夢見那個開老舊福特貨車的金髮女孩。他夢見她停下車子，把他載離了卻斯特磨坊鎮。就當她解開上衣，露出蕾絲邊的淡紫色胸罩時，有個聲音說道：「嘿，王八蛋。起床囉。」

22

賈姬．威廷頓在艾佛瑞特家過夜，雖然孩子們很安靜，客房裡的床鋪很舒服，她仍無法入睡，只是就這麼一直躺著。到了早上四點，她總算決定了自己該做些什麼。她明白其中的風險，但也知道自己放心不下被關在警局地下室牢房裡的巴比。要是她能憑一己之力加緊腳步，策劃一場反抗行動——就算只是發動一場認真調查那幾樁謀殺案的行動也好——那麼她覺得自己早就動手了。她很了解自己，但不管怎樣，現在也只能在腦中想想而已。她的能力足以在關島與德國處理好事情——把喝醉的軍人趕出酒吧、追捕擅離職守的逃兵，以及清理好基地裡的車禍現場——但在卻斯特磨坊鎮發生的事，卻遠超乎一個士官長能處理的狀況。作為小鎮中唯一的全職女性警員，就得忍受那群男人在背後叫她「大奶警察」這件事。他們以為她不知道，但她清楚得很。如今，這種初中水準的性別歧視已成為她最不擔心的事。這一切非得結束不可。戴爾．芭芭拉是美國總統親自挑選，要來結束這一切的人。但甚至就連三軍統帥的意願，也不是這件事最重要的部分。最重要的，就是你不能背離同伴。這是不可侵犯的規則，也是應當遵守的事。

得讓巴比知道他並非孤軍奮戰。接著他就可以籌劃自己的應對行動了。

上午五點，琳達穿著睡衣下樓時，第一道曙光已射進窗中，照亮外頭靜止不動的樹木與灌木叢。外頭完全沒有任何一絲微風。

「我需要一個塑膠碗。」賈姬說。「得要小一點，而且還不能是透明的。妳有這種東西嗎？」

「有。不過為什麼？」

「因為我們要幫戴爾・芭芭拉帶早餐過去。」賈姬說。「穀片。我們還得在碗底黏張紙條。」

「妳在說什麼啊？賈姬，我不能這麼做。我還有孩子呢。」

「我知道。不過我沒辦法靠自己搞定這件事。他們不會讓我單獨下去。要是我是個男的，沒有這副東西或許還可以。」她指的是胸部。「我需要妳。」

「紙條內容是？」

「我要在明晚救他出來，」賈姬說，比自己覺得的還冷靜。「趁著鎮民大會的時候。這部分不用妳——」

「妳不能把我捲進這件事！」琳達抓著睡衣領口。

「小聲點。我計畫的人選是羅密歐・波比——只要我能說服他，說巴比並沒有殺害布蘭達就可以了。我們會戴頭套之類的東西，這樣就不會被認出來了。沒人會感到意外；小鎮裡的每個人全都認為他有同夥。」

「妳瘋了！」

「我沒瘋。這根本沒什麼，在鎮民大會那段時間，警局裡只會有基本人員看守——頂多三、四個人吧。說不定只有兩個。我很肯定這點。」

「我可不肯定！」

「不過明天晚上離現在還久得很。他至少得從他們手上撐到那時候才行。快把碗給我。」

「賈姬，我不能這麼做。」

「可以，妳可以。」說話的人是生鏽克。他就站在門口，身穿一條比身體寬鬆許多的運動短褲，以及新英格蘭愛國者隊的T恤。「也該是時候冒險了，不管有沒有孩子都一樣。我們現在只能仰賴自己，所以非得阻止這件事不可。」

琳達咬著嘴唇，看了他好一會兒，接著朝一個較低的櫥櫃彎下腰去。「塑膠碗在這裡。」

23

他們抵達警局時，值班台那裡無人看守——老費．丹頓回家補眠去了——但有六個年輕警員坐在四周，一面喝著咖啡，一面聊天，打從起床後的一個多小時裡頭，全都處於興奮不已的狀態中，還裝出一副大家全都經驗老到的模樣。賈姬認得其中的一些人。有兩個是基連家那堆孩子中的成員，一個是鎮上的暴走族女成員，同時身兼北斗星酒吧常客的蘿倫．康瑞，而另外一個，則是卡特．席柏杜。剩下兩人她叫不出名字，但卻認得是常蹺課的高中生，同時還有好幾次服用輕度毒品與交通違規的紀錄。這群新進「警員」——新進人員中最新的幾個——全都沒穿制服，只在手臂上綁了一條藍色布條。

他們之中，只有一個人沒有配槍。

「妳們兩個幹嘛那麼早來？」席柏杜問，緩緩走了過來。「我可是有原因的喔——止痛藥吃完了。」

其他人像山妖一樣放聲大笑。

「帶早餐給芭芭拉。」賈姬說。她不敢看琳達，害怕可能會發現琳達臉上洩漏出了什麼。

席柏杜端詳著碗裡。「沒加牛奶？」

「他不需要牛奶，」賈姬說，朝碗裡的麥米片啐了一口。「我會幫他澆溼。」

其他人發出歡呼，還間雜了幾個掌聲。

賈姬與琳達就快走到樓梯口時，席柏杜說：「把碗給我。」

賈姬愣了一下。她打算把碗朝他用力砸去，接著拔腿就跑。但顯而易見的事實阻止了她這麼做：她們根本逃不掉。就算她們兩個能跑出警局，也會在跑到戰爭紀念碑前就被他們逮住。

琳達從賈姬手中拿走塑膠碗，往前一伸。席柏杜看著碗裡，沒有檢查穀片裡是否藏有東西，只是朝裡頭同樣啐了一口。

「我也貢獻一點。」他說。

「等一下，等我一下，」那個康瑞家的女孩說。她是個高瘦的紅髮女郎，有著一副模特兒般的身材，以及滿是青春痘的臉孔。由於她把一根手指塞進鼻孔，深度直達第二指關節處，所以聲音有些不太清楚。「我也加點料。」她把手指拔出來，指尖上有著一大塊鼻屎。康瑞小姐把那塊鼻屎黏在穀片的最頂端，引發一陣更熱烈的歡呼。有個人大喊：「蘿倫挖到了綠色的金礦！」

「每盒穀片都有一個驚喜小玩具。」她說，露出一個空洞微笑。她把手放在身上那把點四五手槍的槍柄上。由於她那麼瘦，讓賈姬覺得要是她真的開槍，可能還會因為後座力而把自己震倒在地。

「搞定，」席柏杜說。「我陪妳們一起下去。」

「好極了。」賈姬說。她想到自己差點就決定把紙條放在口袋，打算親手遞給巴比時，不禁感到一絲寒意。突然間，她覺得自己簡直瘋了才會冒險做這種事情……不過，此刻為時已晚。

「你待在樓梯口就好了。琳達，妳跟在我身後。這樣我們就滴水不漏了。」

她覺得席柏杜可能會對此提出抗議，但他沒有。

24

巴比在床板上坐起身子。賈姬．威廷頓手上拿著一個白色的塑膠碗，就站在牢房外頭。琳達．艾佛瑞特站在她身旁，把槍掏了出來，以雙手握槍，槍口指向地面。卡特．席柏杜在最後面，位於樓梯底部，他的頭髮如同睡醒時凌亂，藍色襯衫沒有扣上，露出肩膀上被狗咬傷而包紮起來的繃帶。

「哈囉，威廷頓警員。」巴比說。一道細長的白光從牢房那如同狹縫般的窗口射了進來。這樣的曙光，使人生就像是一連串笑話中的其中一個。「我是無辜的，不管哪項罪名都一樣。我不會用控告來形容，因為我還沒被——」

「閉嘴。」琳達在她身後說。「我們沒興趣聽。」

「沒錯，金髮妞，」卡特說。「上吧，女孩。」他打了個哈欠，搔了搔繃帶。

「坐在那裡，」賈姬說。「別輕舉妄動。」

巴比坐著不動。她把塑膠碗推進鐵欄。那是個小碗，尺寸剛好可以放得進來。

他拿起碗。裡頭裝滿看起來像是麥米片的東西，口水在乾穀片的頂端閃閃發光。裡頭還有另一樣東西：一塊巨大的綠色鼻屎，不僅潮溼，還混有一些血絲。但他的胃還是發出了叫聲。他實在餓到不行。

然而，他還是因為自己遭逢如此對待而有受傷的感覺。他第一次見到賈姬，就看得出她有從軍經驗（部分是因為髮型，但主要是因為她走路的方式），所以覺得賈姬應該會對他比現在更好一些才對。這情況使亨利．莫里森對他的厭惡顯得不算什麼了。這比那還糟。至於另一名女警──生鏞克．艾佛瑞特的妻子──看著他的模樣，彷彿他是隻珍貴品種的有刺昆蟲似的。他希望至少能有幾個正規警務人員──

「吃下去。」席柏杜站在樓梯底部大喊。「我們幫你加了好料。對吧，女孩們？」

「沒錯。」琳達同意，嘴角向下撇了一下。那只是輕微的抽動，卻讓巴比心頭一亮。他覺得她是裝的。或許這麼想可能過於樂觀，但──

她稍微移動一下，擋住席柏杜的視線，不讓他看見賈姬身體的動作……雖然這根本沒有必要。席柏杜正忙著看自己繃帶下的傷勢。

賈姬回頭瞥了一眼，確保自己不會被看見，接著指了指碗，手心轉向上方，揚了揚眉：抱歉。接著，她又用兩隻手指指向巴比。注意。

他點點頭。

「好好享受吧，王八蛋。」賈姬說。「中午我們還會準備更棒的東西。我在考慮，是不是要給你來一份沾了尿的漢堡。」

在樓梯那裡，席柏杜正翻開繃帶邊緣，同時發出乾巴巴的笑聲。

「如果到時候你還有牙齒的話。」琳達說。

巴比希望她能保持沉默。她聽起來不像虐待狂，甚至也不生氣，語氣中只有害怕，一心想儘快離開這裡。不過席柏杜並未注意到這點。他還在忙著研究自己肩膀的傷勢。

「走吧，」賈姬說。「我可不想看著他吃。」

「你會不會覺得太乾？」席柏杜問，站起身來。兩名女警沿樓梯與牢房間的走廊往回走，琳達還一面把槍收回槍套。「要是太乾的話……」他發出了吸痰的聲音。

「我自己來就好。」巴比說。

「當然，」席柏杜說。「不過也只能撐一陣子吧。接下來可就沒辦法囉。」

他們一同走上樓梯。席柏杜走在最後面，拍了一下賈姬的屁股。她大笑一聲，輕甩了他一巴掌。她表現很好，比艾佛瑞特太太好多了。不過她們全都展現出足夠的膽量。驚人的膽量。

巴比把麥米片上頭的鼻屎挑掉，朝自己小便的角落扔去。他在襯衫上擦了擦雙手，接著用手挖開穀片，手指在碗底摸到了一張紙條。

試著撐到明天晚上。要是我們成功救你出來，你得找個安全的藏身地才行。你知道該怎麼做。

巴比的確知道。

25

他把紙條與穀片全吞進肚裡的一個小時後，沉重緩慢的腳步聲自樓梯傳了過來。來的人是換上西裝，打好領帶的老詹・雷尼。他已經做好準備，迎接穹頂之下另一個掌管權勢的全新一天。卡特・席柏杜與另一個傢伙——從髮型看來，是基連家的男孩——就跟在他身後。基連家的男孩帶著一把椅子，動作看起來笨手笨腳；也就是那種老一輩的人會稱為「二愣子」的人。他把椅子遞給席柏杜，後者則把椅子放在走廊盡頭的牢房前。雷尼坐了下來，立即優雅地撫平大腿褲管上的皺褶。

「早安，芭芭拉先生。」他在說到「先生」這兩個字時，還刻意稍微加強語氣。

「雷尼委員，」巴比說。「除了告訴你我的名字、軍階、軍籍號碼……還有一些我不記得自己做過的事以外，還有什麼幫得上的地方嗎？」

「坦誠一切。讓我們搞定這場麻煩，拯救你自己的靈魂。」

「瑟爾斯先生昨晚有提到一些關於水刑的事，」巴比說。「他問我在伊拉克時有沒有親眼見過。」

雷尼的嘴微微噘起，露出一個隱約的微笑，像是在說：再多說一點，會說話的動物還真有趣。

「事實上，我的確看過。我不知道這種技術有多常運用在這種領域裡——聽說有各式各樣的手法——不過我的確看過兩次。其中一次，那個人認罪了，只是他認不認罪根本沒有差別。那個人坦承，他從伊拉克到科威特假扮成學校老師的十四個月以前，是蓋達組織的炸彈製造者。至於另一個人，則出現抽搐與腦部損傷的狀況，所以最後什麼也沒招。要是他還能開口的話，我敢說他一定會認罪。只要用上水刑，每個人都會認罪，而且通常會在幾分鐘以內。我敢說我也是。」

「你可以讓自己少吃點苦頭。」老詹說。

「你看起來很累，長官。你還好嗎？」

隱約的微笑變成微微皺眉的表情，在老詹的眉毛間形成深深的褶痕。「我的身體狀況可不是你該關心的事。給你個忠告，芭芭拉先生。你不玩我，我就不會玩你。你該關心的，是你自己的身體狀況才對。現在或許還沒事，但之後可就不一定了。說不定一切就發生在短短的幾分鐘裡。你瞧，我的確是在考慮用水刑對付你。說真的，還認真得很。所以，你還是趕快認了這幾件謀殺案，幫自己省掉這些痛苦與麻煩吧。」

「我可不這麼覺得。要是你對我動水刑的話，我就會說出許多事情。你最好仔細想想，當我開始講的時候，你該選擇哪些人在場比較好。」

雷尼思考著他的話。雖然在這樣的大清早裡，他的穿著顯得一身整齊，但他的臉色卻蠟黃無比，細小眼睛的周圍就像被人打得瘀青似的。他的氣色的確不佳。要是老詹就這麼倒地暴斃，巴比可以看得出接下來會有兩種可能。一種，是磨坊鎮裡的醜惡政治風暴會就此結束，沒有接踵而來的餘波盪漾。另一種，則是巴比會在混亂中浴血而死（很可能是私刑，而非正式槍斃），接著則是輪到那些涉嫌是他同謀的人。茱莉亞可能是名單上的第一個，蘿絲則排名第二。害怕的群眾會完全相信那些以聯想編織出來的罪名。

雷尼轉向席柏杜。「後退，卡特。可以的話，就退到樓梯口那裡。」

「不過要是他挾持你——」

「那你會殺了他。他很清楚這點，不是嗎，芭芭拉先生？」

巴比點頭。

「再說，我也不會比現在更靠近他，所以你們可以放心往後退。我們得在這裡私下談談。」

席柏杜往後退去。

「現在，芭芭拉先生——你說的到底是什麼事？」

「我知道所有冰毒工廠的事。」巴比把聲音放低。「帕金斯警長知道，而且正準備要逮捕你。布蘭達發現了他電腦裡的檔案。這就是你殺了她的原因。」

雷尼笑了。「這些全是大膽的妄想。」

「州檢察總長可不會這麼想，還會認為這就是你的動機。我們在說的不是那種在活動式房屋裡調製毒品的半吊子；而是通用汽車等級的冰毒工廠。」

「在今天結束之前，」雷尼說。「帕金斯的電腦就會被銷毀，布蘭達的也是。我猜，公爵家裡的保險箱還會有份紙本——不過，這當然不代表什麼；那只是一個總是對我心懷惡意的人，腦袋裡那些狠毒、具有政治目的的垃圾罷了。但就算這樣，我們還是會打開保險箱，把那些文件全都燒掉。這是為了鎮上的福祉著想，不是為了我自己。我們身處危機之中，需要同心協力才行。」

「布蘭達在死前送出了一份副本。」

老詹咧嘴一笑，露出兩排細小牙齒。「一個虛構的故事值得另一個來換，芭芭拉先生。想聽聽看我編的故事嗎？」

巴比雙手一攤：歡迎之至。

「在我編的故事裡，布蘭達來找我，跟我說了同樣的事。她說，她把你口中那份副本給了茱莉亞．夏威。不過我知道她在說謊。她可能真的想這麼做，但還沒給出去。就算她這麼做好了——」他聳聳肩。「你同夥昨晚把夏威的報社燒了，這可真是他們計畫中的大敗筆。還是說，這是你的點子？」

芭芭拉回答：「還有另外十五份副本。我知道放在哪裡。要是你用水刑對付我的話，我就會把那些地點全說出來，而且還會說得很大聲。」

雷尼笑了起來。「還真是有誠意啊，芭芭拉先生，不過我做了一輩子的生意，聽得出來什麼是虛張聲勢。或許我該馬上就處決你，這樣一定能讓整個小鎮歡聲雷動。」

「要是你還沒找到我的同夥就這麼做，歡呼聲會有多大？就連彼得．蘭道夫可能也會質疑你的決定，更別說他根本什麼都不是，只是隻又笨又害怕的哈巴狗罷了。」

老詹站了起來，鬆垮垮的臉頰脹成了磚紅色。「你不知道自己在跟誰玩把戲。」

「我當然知道。我在伊拉克見多了你這種人。他們戴著頭巾，而非繫著領帶，不過你們全都一個樣，總是開口閉口都是那些關於上帝的鬼話。」

「好吧，既然你談到了水刑，」老詹說。「我得羞愧的承認，自己一直很想親眼看看那是怎麼回事。」

「我想也是。」

「不過現在，我們只會讓你待在這個舒適的牢房裡，怎樣？由於吃東西會影響思考，所以我不認為你該吃太多東西。誰知道呢？在具有建設性的思考後，你或許會給我一個更好的理由，讓你可以過得舒服一點。例如鎮上反對我的那些人的名字。一份完整名單。我會給你四十八小時。要是你不能說服我改變心意，那麼你就會在戰爭紀念碑那裡，在全鎮的人都看著的情況下，被我們判處死刑。你會成為大家的教訓。」

「你真的沒搞清楚情勢，委員。」

雷尼陰沉地盯著他看。「就是有你這種人，才會導致世界上有這麼多麻煩。要是我不認為判你死刑可以讓整個小鎮團結起來，同時擁有必需的宣洩效果，那麼我肯定會叫席柏杜先生現在就開槍殺了你。」

「要是你這麼做，所有事都會被攤出來。」巴比說。「鎮上每個角落的人全會知道你幹的好事，接著就會在那場他媽的鎮民大會上，試著歸納出結論：你是個不入流的暴君。」

老詹頸部兩側的血管浮了起來，額頭中心則浮起另外一條。有那麼一會兒，他看起來就快爆炸了。接著，他又露出微笑。「你很盡力了，芭芭拉先生。不過我還是看得出你在說謊。」

他離開了。他們全都離開了。巴比坐在床板上，渾身是汗。他知道自己有多接近邊緣。雷尼有許多理由讓他活著，但沒有一個具有足夠說服力。再來，則是賈姬・威廷頓與琳達・艾佛瑞特帶來的那張紙條。艾佛瑞特太太臉上的神情，顯示這並非她自願想這麼做，而是因為她知道的事，已多到足以讓她恐懼不已的地步。對他來說，最安全的方法就是嘗試用瑞士刀逃出這裡。從卻斯特磨坊鎮警員的專業能力來考量，他認為這麼做行得通。或許會需要點運氣，但應該可以成功。

然而，他卻沒辦法告訴她們，他可以自己試著逃出去。

巴比躺了下來，把雙手枕在後腦杓。有個疑問在眾多問題中一直浮到最上層，不斷騷擾著他：原本要給茱莉亞的那份「維達」檔案的副本究竟跑去哪兒了？她沒拿到這份文件；關於這點，他相信雷尼所言不虛。

不得而知。除了等待，他沒有別的事可做。

他就這麼躺著，向上看著天花板。巴比開始等待。

播放一首死亡樂團的曲子

1

琳達與賈姬從警局回來時，生鏽克與女孩們就坐在前門台階上等她們。這對小姊妹身上還穿著睡衣——輕薄的棉質睡衣，而非每年這個時候她們通常會穿的法蘭絨睡衣。雖然此時還不到上午七點，但廚房窗外的溫度計卻顯示著六十六度。

通常，兩個女孩會朝母親飛奔而去，把生鏽克拋在後頭，擁抱自己的母親。但今天早上，他則領先了她們有好幾碼的距離。他環抱住琳達的腰，後者則緊緊以雙臂抱住他的頸子，但這並非調情式的那種擁抱，力道緊到幾乎讓人覺得痛苦，卻具有宣洩情感的效果。

「妳沒事吧？」他在她耳旁輕聲說。

她點頭時，髮絲上下刷過他的臉頰。她往後仰，眼中閃爍著淚光。「我相信席柏杜一定會檢查穀片。朝裡頭吐口水是賈姬的點子，簡直就是個天才，但我還是相信——」

「媽咪為什麼哭了？」茱蒂問，聽起來就連自己也要哭了。

「我沒有，」她說，抹了抹雙眼。「好吧，或許有一點吧。因為我很高興能見到妳爸爸。」

「我們全都很高興能見到他！」賈奈兒告訴賈姬。「因為我爹地是老大！」

「這我還是第一次聽說。」生鏽克說，用力親了一下琳達的嘴。

「親嘴嘴！」賈奈兒說，一副著迷的模樣。茱蒂遮住雙眼，咯咯笑著。

「來吧，女孩們，我們去盪鞦韆，」賈姬說。「接著就得換衣服上學囉。」

「我要轉一圈又一圈！」賈奈兒尖叫，跑在最前頭。

「上學？」生鏽克問。「真的？」

「真的，」琳達說。「只開給小朋友上，地點在東街文法學校那裡。上半天課。溫蒂・古斯通與艾倫・范德斯汀自願開課。幼稚園到三年級的在同一班，四到六年級的在另一班。我不知道是不是真的會教什麼，但至少那裡給了孩子們一個可以去的地方，或者，還給了他們一顆平常心吧。」她抬頭一望，天空中沒有雲，但色調卻被染成了黃色。就像一顆得了白內障的藍色眼珠，她想。「我自己也得拿出平常心了。你看天空。」

生鏞克快速朝天空瞥了一眼，用手握住妻子的上臂，以便可以看著她。「妳們沒被發現？確定嗎？」

「嗯。不過就差一點而已。這種事在諜報片裡看起來很好玩，但在現實裡實在很恐怖。我不會救他出來。親愛的，我們得為了女兒著想。」

「獨裁者總會把孩子當成人質，」生鏞克說。「等到什麼事情發生以後，這招對人民就沒用了。」

「可是現在的情況不同，而且也還沒到那種地步。那是賈姬的點子，所以就讓她自己處理吧。我不會加入，也不會讓你加入。」但他知道，要是他要求妻子的話，只消一問，她就會這麼做的；這點從她的表情中就能看得出來。如果這麼做會使他真的變成老大的話，那麼他可不想。

「妳要去上班？」他問。

「當然。瑪塔會顧著孩子，帶她們去學校，至於琳達與賈姬，則會在穹頂之下展開新一天的警務工作。別的事感覺有趣多了，只是我還真討厭這種想法。」她吐了一大口氣。「再說，我真的好累。」她往旁邊瞄了一眼，確保孩子不會聽見。「他媽的精疲力盡。我幾乎整晚沒睡。你會去醫院嗎？」

生鏽克搖搖頭。「維維與抽筋敦得靠自己撐到至少中午吧……不過有個新來的傢伙可以幫他們一把，所以我想他們會沒事的。瑟斯頓是那種崇尚靈性之說的人，不過人很好。我得去克萊兒．麥克萊奇家一趟，跟那些孩子談談，還得去他們說輻射計數器大幅上升的地方看看才行。」

「要是有人找你，我該說你去哪裡好？」

生鏽克思索了一下。「說實話吧，我猜。隨便透露一點就好。就說我去一個有可能是穹頂發射器的地方調查好了。這或許能讓雷尼在進行下一步行動前，願意多思考一下。」

「要是對方問我地點怎麼辦？要是我就會問。」

「就說妳不知道，但妳想應該是在鎮上的西部那裡。」

「黑嶺是在北邊。」

「對。要是雷尼叫蘭道夫派警車過去，我希望他們會跑去錯誤的地方找我。要是之後又有人打給妳，就說妳實在太累，肯定搞錯了。聽我說，親愛的——在妳去警局前，先列好一份名單，列出那些可能會相信巴比沒犯下謀殺案的人有誰。」他又再度想起我們這邊與他們那邊這個說法。「我們得在明天的鎮民大會前跟那些人聊聊，而且得要很小心才行。」

「生鏽克，你確定要這麼做？昨晚的火災之後，全鎮的人都在留意戴爾．芭芭拉的那些朋友。」

「我確定嗎？確定。喜歡這點子嗎？這我可就沒什麼自信了。」

她又再度抬頭望著被染黃的天空，接著又望向前院的兩棵橡樹。樹葉無力垂著，連動都沒動一下，鮮豔的色彩褪成了毫無生氣的棕色。她嘆了口氣。「如果真的是雷尼陷害芭芭拉，那麼也有可能是他燒了報社。你很清楚這點，對不對？」

「對。」

「要是賈姬真能從監獄救出芭芭拉，她該把他藏在哪裡才好？鎮上還有什麼地方是安全的？」

「這我還在想。」

「要是你找到穹頂發射器，把它關掉的話，我幹的那些間諜好事就變成多此一舉了。」

「妳最好還是祈禱真能如此吧。」

「我是會。那輻射怎麼辦？我可不希望你以後染上白血病什麼的。」

「關於這點，我倒是有個點子。」

「我該問嗎？」

他笑了。「最好不要，那瘋狂得很。」

她伸手與他十指交扣。「小心點。」

他輕輕吻了她一下。「妳也是。」

他們一起看著賈姬幫兩個女兒推著鞦韆。他們有很多得小心的事。無論哪件事都一樣，生鏽克認為，冒險即將成為他人生中一個重要的因素。如果真是如此，他希望自己在起床刮鬍子時，還有辦法看著自己的鏡中倒影。

2

那隻叫荷瑞斯的柯基犬喜歡人類的食物。

事實上，荷瑞斯簡直就是深愛人類的食物。由於牠有點超重（更別說近幾年，牠的鼻口也灰白了些），所以猜想自己也很難吃到那些食物。在獸醫直接告訴茱莉亞，她的慷慨分享只會害她的室友縮短壽命後，茱莉亞便不再把桌上的食物分給牠吃。那場對話已經是十六個月前的事了；從那之後，荷瑞斯只能吃乾狗糧，頂多偶爾嘗嘗狗用零食。零食通常裝在塑膠真空包裡，荷瑞斯在開動之前，總會以責備的眼神看著她，讓她猜想那些零食的味道，可能就跟塑膠包裝紙的味道一樣。不過她依舊堅持下去。沒有炸雞皮、沒有芝多司、沒有幾口她當成早餐的甜甜圈。

荷瑞斯可以吃到牠被禁止的食物的機會不多，但卻並非完全沒機會；那些牠被迫吃下的簡單食物，迫使牠開始覓食，而荷瑞斯對此還頗樂在其中，讓牠尋回了狡詐祖先所具有的獵食天性。在早上與晚上的溜達時間裡，更是牠能大啖豐富美食的機會。人們留在主街與西街排水溝裡的食物簡直就神奇不已，因此，這也成為了牠通常會選擇的溜達路線。裡頭有薯條、洋芋片、被丟掉的花生醬餅乾，偶爾還有一些沾在雪糕包裝紙上的巧克力。有一回，牠還找到一整個餡餅派。派從盤子裡掉了出來，在你說出那全是膽固醇以前，便已進了牠的肚子裡。

牠未必能成功吃到自己發現的好料，有時，茱莉亞會在牠有所動作前發現，接著在牠還來不及一口吞下以前，便把牠拉開那裡。但雖說如此，牠還是吃了不少東西。茱莉亞在跟牠一起散步時，時常手上拿著一本書，或是摺起來的《紐約時報》。不過呢，最能分散她注意力的《紐約時報》，並非一直那麼完美——例如牠想被好好地搔幾下肚子時——但在溜達時，能被茱莉亞忽略簡直就是牠修來的福份。對這隻小型黃色柯基犬來說，被忽略，就代表了能大飽口福。

像是今天早上，牠就被茱莉亞忽略了。茱莉亞和另一個女人——她是這棟房子的主人，因為她的味道到處都是；而在那間人類撒尿與標記地盤的房間裡，她的味道尤其濃厚——正在對話。

只要那個女人一哭，茱莉亞就會抱她一下。

「我好多了，不過還沒完全好起來，」安德莉亞說。她們在廚房裡，荷瑞斯可以聞出她們正在喝咖啡。是冷的，不是熱的。牠還聞到一些糕餅的味道。包著糖衣那種。「我還是想吃。」如果她說的是包有糖衣的糕餅，那麼荷瑞斯也想。

「這種渴望可能還會維持很長一段時間，」茱莉亞說。「而且這甚至不是最難熬的部分。我向妳的勇氣致敬，小安，不過生鏽克說得沒錯——突然完全停藥，實在既愚蠢又危險。妳沒抽搐實在太幸運了。」

「就我所知，我還真的有。」安德莉亞喝了一口咖啡，荷瑞斯聽見了吞嚥的聲音。「還做了幾個非常生動的夢。其中一個是場火災。一場大火災。就發生在萬聖節那天。」

「不過妳還是好多了。」

「一點點吧。我開始覺得自己可以戒掉了。茱莉亞，我很歡迎妳留在這邊陪我，不過我想，妳還可以找到更好的地方。這裡的味道——」

「我們可以處理味道的問題，可以去波比百貨店買那種裝電池的抽風扇。吃住開銷的部分——包括荷瑞斯的在內——我都可以另外給妳。不管是誰，只要想戒除藥癮，都不應該只仰賴自己。」

「我想不到還有什麼方式了，親愛的。」

「妳知道我的意思。妳為什麼會想這麼做？」

「因為這是自從我當選以後，第一次覺得這個小鎮可能需要我；也因為老詹．雷尼威脅說，要是我反對他的計畫，就會讓我再也拿不到止痛藥。」

荷瑞斯把注意力從她們接下來的對話中移開。牠對牆壁與沙發間那個傳進牠靈敏鼻子裡的氣味感興趣多了。安德莉亞在身體狀況較好的日子裡（如果有很多止痛藥的話），最喜歡坐在那張沙發上。有時，她會看一些像《獵物》（《Lost檔案》的續篇）、《與星共舞》等節目，有時則是HBO的電影。在看電影的夜晚，她常會微波爆米花來吃，並把碗放在沙發旁的茶几上。由於藥物成癮的人不太注重環境清潔，因此茶几下方有些掉下來的爆米花。這就是荷瑞斯聞到的味道。

他把兩個女人的對話拋至腦後，開始專心在茶几下方與一旁的空隙中。那裡的空間狹小，但茶几有個自然弧度，更別說他的身形較窄，在柯基犬中也算是窈窕名模了。第一顆玉米粒，就在裝在牛皮紙袋裡的「維達」檔案那裡再過去一些。事實上，荷瑞斯就站在她女主人的名字上頭（是甫過世不久的布蘭達·帕金斯親筆寫的）。就當安德莉亞與茱莉亞準備回到客廳時，荷瑞斯正努力想吸到那些豐富珍饈中的第一口食物。

一個女人的聲音說：拿給她。

荷瑞斯看向上方，雙耳刺痛。這不是茱莉亞或另一名女人的聲音；而是死者之聲。荷瑞斯就跟所有狗一樣，時常會聽見死者的聲音，有時還能看見聲音的主人。死掉的人到處都是，但活人卻看不見他們，正如他們生活的每一天的每一分鐘裡，都無法聞到那些上千種的不同氣味一樣。

拿給茱莉亞，她需要這個，這東西是她的。

太荒謬了。荷瑞斯從長久的經驗中得知，茱莉亞永遠也不會吃牠用嘴叼來的食物。就算牠用鼻子推到她面前也不會。那是人的食物沒錯，但已經掉到地上了。

不是爆米花，是——

「荷瑞斯？」茱莉亞尖聲問，語調就跟平常他做壞事時一樣——例如：喔，你這隻壞狗，這下你糟了，接著便念個不停。「你在幹嘛？快出來。」

荷瑞斯倒著爬出來，給了她最迷人的笑容——天啊，茱莉亞，我實在太愛妳了——同時希望自己鼻子上沒卡著一粒爆米花。牠吃到了幾粒，但也覺得自己錯失了真正的主菜。

「你是不是在偷吃東西？」

荷瑞斯坐下，用適當程度的仰慕表情抬頭看著她。不過牠是真心的，也的確深愛著茱莉亞。

「還有另一個更重要的問題，你到底是在偷吃什麼東西？」她俯身想看沙發與牆壁間的空隙。

她還沒能看見，另一名女人就發出了想吐的聲音。她抱著雙臂，努力止住顫抖，卻沒能成功。她身上的氣味起了變化，讓荷瑞斯知道她就快吐了。牠仔細注意著一切。有時，人類會吐出些好東西來。

「小安？」茱莉亞問。「妳還好吧？」

蠢問題，荷瑞斯想著。難道妳沒聞到嗎？但這也是個蠢問題。茱莉亞滿身大汗，就連自己的味道也很難聞出來。

「沒事。好吧，有事。我不該吃葡萄乾麵包的。我得去——」她急忙跑離客廳。荷瑞斯猜，她又要去幫小便與留下氣味那裡加點味道了。茱莉亞跟了過去。有這麼一刻，荷瑞斯猶豫是否要再度擠到茶几下方，但牠在茱莉亞身上聞到了擔心的氣味，於是急忙跟在她腳後離開。

牠完全忘了那個死者所說的事。

3

生鏽克在車上撥給克萊兒．麥克萊奇。現在時間還早，但電話才響一聲，她便馬上接了起來。他並感到不意外。這幾天以來，卻斯特磨坊鎮的人在沒有藥物協助下，想必都睡得不長。

她保證，小喬與他的朋友最晚會在八點半在她家集合，如果有必要的話，她還會親自接他們過來。她降低音量說：「我覺得小喬愛上那個卡弗特家的女孩了。」

「他的選擇倒不傻。」生鏽克說。

「你會載他們過去？」

「對，但不會進去高輻射區。我向妳保證這點，麥克萊奇太太。」

「叫我克萊兒就好。要是我打算讓我兒子跟你去動物顯然會自殺的地方，那麼我想，我們應該可以互相直呼名字。」

「妳去接班尼與諾莉到妳家，我保證會在實地勘查時好好照顧他們，這樣對妳有幫助嗎？」

克萊兒說有。在掛掉電話的五分鐘之後，生鏽克離開了出奇冷清的莫頓路，轉至德拉蒙巷那條通往東卻斯特區那些高雅房子的小道。那些房子裡最高雅的一棟，信箱上寫著「波比」二字。沒多久後，生鏽克已坐在波比家的廚房裡，與羅密歐及他的妻子蜜琪拉一同喝著咖啡（咖啡是熱的，波比家的發電機還能運作）。他們全都氣色不佳。老羅已換好了衣服，而蜜琪拉仍穿著家居服。

「你覺得那個叫巴比的傢伙真的殺了布布？」老羅問。「要是真的是他，我的朋友啊，我一定會親手宰了他。」

蜜琪拉把一隻手放在他手臂上。「別說傻話了，親愛的。」

「我不這麼認為，」生鏞克說。「我想他是被陷害的。不過你要是告訴別人我這麼說的話，我們則會全都因此惹上麻煩。」

「老羅很喜歡那個女人，」蜜琪拉微笑著說，但聲音卻是冰冷的。「我有時會覺得，甚至到了超過愛我的程度。」

老羅既不承認，也沒否認——事實上，他似乎根本沒聽見這話。他朝生鏞克俯身，棕色眼珠散發急切之意。「醫生，這話是什麼意思？陷害？」

「我現在還不能多說。我過來是為了另一件事，不過，恐怕就連這件事也得保密。」

「那我還是不聽為妙。」蜜琪拉說，拿著咖啡杯離開廚房。

「今晚那女人可有我好受的了。」老羅說。

「不好意思。」

老羅聳了聳肩。「我還有另一個地方可住，也在鎮上。蜜琪拉也知道，只是她一直沒講出去。醫生，告訴我另一件事吧。」

「有幾個孩子認為，他們可能發現了製造出穹頂的機器。他們年紀很輕，但卻聰明得很，所以我相信他們。他們有台輻射計數器，在黑嶺路那裡發現有輻射指數大幅上升的情形。指數還不到危險的地步，不過他們也沒真的靠得太近就是。」

「靠近哪裡？他們看見了什麼？」

「閃爍的紫色光芒。你知道那裡的老果園嗎？」

「當然知道。那是麥考伊家的果園。我常常開車帶女孩去那裡。那裡可以看見整個小鎮。有次老威利……」他露出了片刻的緬懷之情。「呃，不提了。他們只看見閃光？」

「還發現了很多動物的屍體——幾隻鹿，還有一頭熊的。孩子們說看起來像是自殺。」

老羅嚴肅地看著他。「我在等你繼續說下去。」

「很好……接下來就是重點了。我們之中必須有人得把剩下的事完成，我想八成就是我了吧。不過呢，我需要一套輻射防護衣。」

「你有什麼計畫嗎，醫生？」

生鏽克告訴了他。他說完後，老羅拿出一包雲斯頓香菸，放在桌上朝他示意。

「我最愛的玩意兒，」生鏽克說，拿了一根。「你怎麼想？」

「喔，我幫得上忙，」老羅說，幫自己與生鏽克點菸。「我的店裡什麼都有，鎮上的每個人都知道這點。」他用菸指了指生鏽克。「不過你一定不會希望自己被拍到照片，還刊在報紙上頭。因為呢，那套衣服穿起來一定好笑透頂。」

「我倒是不擔心這點，」生鏽克說。「報社昨晚燒了。」

「我有聽說，」老羅說。「又是那個姓芭芭拉的傢伙。他的朋友。」

「你相信？」

「喔，我天生就容易相信別人。布希說伊拉克有核武，我相信了，還告訴其他人說：『除了他，沒有人會知道這件事了。』我連奧斯華單獨行刺甘迺迪這件事也信。」

蜜琪拉在另一個房間大喊：「別再裝那個法國狗屁口音了。」

老羅對生鏽克笑了一下，像是在說：現在你可知道我會有多慘了。「沒問題，親愛的。」他說，完全沒了那個他認為會帶來幸運的法國口音。他又轉向生鏽克。「把你的車留在這裡，我們一起開我那輛廂型車去，這樣空間也比較大。讓我在店裡下車，接著你就去載那些孩子。我會準備好你的輻射防護衣，不過至於手套……這我就不確定了。」

「醫院的X光室裡有防護手套可用，長度可以拉到手肘那麼高。我還可以順便拿件圍裙──」

「好主意，我可真不想看著你拿精子數目去冒險──」

「或許還有一、二副七〇年代的時候，給技術人員跟放射科醫生用的護目鏡，不過有可能早就丟了。我只希望，那裡的輻射指數不會比孩子們最後看見的指數高上太多，這樣至少還保持在安全範圍裡。」

「不過你也說他們沒靠那裡太近。」

生鏽克嘆了口氣。「要是輻射計數器的指針真跳到每秒八百或一千，那麼我的生育能力應該是最不用擔心的事了吧。」

他們準備動身時，蜜琪拉──現在她已換上一條短裙與一件華麗舒適的毛衣──衝進廚房，指責她的丈夫是個傻瓜，說他會害他們被捲進一場大麻煩。他先前就幹過這種事，現在卻又故態復萌。更別說，這次絕對比過去嚴重多了。

老羅把她擁入懷中，用法語迅速對她說了幾句話。她用相同語言回答，一連串地說個不停。老羅又回答了幾句，接著，她在他肩上捶了兩拳，先是哭了出來，隨即又吻著他。到了屋外後，老羅對生鏽克表示歉意，聳了聳肩。「她就是控制不了。她有個詩人的靈魂，還有像垃圾場野狗的情緒。」

4

生鏞克與羅密歐．波比抵達百貨店時，陶比．曼寧為了要討老羅歡心，早已在那裡等著要開門服務大眾了。而在對街藥房工作的佩卓．瑟爾斯，正與他一同坐在扶手上貼有「夏末特賣商品」標籤的庭院用椅上頭。

「你該不會告訴我，你的輻射防護衣在——」生鏞克看了看錶。「十點前就能準備好吧？」

「最好晚一點，」老羅說。「我又不是瘋了。去吧，醫生。去拿你的手套、護目鏡和圍裙，然後找那些孩子談談。給我點時間。」

「要開店了嗎，老闆？」老羅下車時，陶比這麼問。

「誰知道，或許下午再說吧。我清天早上還有事得忙。」

生鏞克開車離去，就在快要開到鎮屬坡時，他才意識到陶比與佩卓全都在手臂處綁了藍色布條。

5

他成功找到手套、圍裙，與放在X光室衣物櫃裡的一副護目鏡。但不過才兩秒鐘前，他差點就放棄護目鏡的部分了。護目鏡的頭帶斷了，但他確定老羅一定有辦法接回去。就像是獎賞一樣，他無需向任何人解釋自己在做什麼。整棟醫院裡的人，似乎全都在熟睡之中。

他走出醫院，聞了聞空氣——沉悶，還帶著一股飄落的難聞黑煙味——朝西方望去，看見導彈擊中穹頂時，遺留在空中的黑色痕跡。看起來就像個皮膚腫瘤似的。他知道自己該集中心力處理巴比與老詹所涉入的謀殺案，畢竟那出自人為，同時也是他可以理解的事。不過，忽略穹頂肯定是個錯誤——有可能還會變成一場大災難。穹頂非得消失不可，很快地，那些氣喘與慢性阻塞性肺病的患者就會開始出問題了。他們會跟被困在煤礦裡的金絲雀沒兩樣。

他看著被尼古丁污染的天空。

「糟糕，」他喃喃自語，把從醫院拿出來的東西放進廂型車。「真糟糕。」

6

他抵達麥克萊奇家時，三個孩子都到了。要是命運眷顧他們，那麼這些安靜到有點古怪的孩子，或許能在十月的這個星期三最後，成為大受歡迎的人民英雄。

「你們準備好了嗎？」生鏽克問，聲音比真正的情緒還要熱切。「在我們過去前，會先繞到波比百貨店一下，得先——」

「他們有事想告訴你，」克萊兒說。「天啊，我還真希望他們沒什麼要說的。這件事只會讓一切變得更糟。你要喝柳橙汁嗎？我們努力想在它酸掉前喝完。」

生鏽克舉起手，大拇指與食指靠得很近，示意只要一點就好。他不太愛喝柳橙汁，只是希望能讓她離開一會兒，同時也感覺出就連她自己也想先離開一下。她的臉色蒼白，聲音聽起來十分害怕。他不認為這件事會跟孩子們在黑嶺發現的東西有關，而是與另一件事有關。

正是我需要知道的事。他想。

等她離開後，他便說：「說吧。」

班尼與諾莉轉向小喬。他嘆了口氣，把前額的頭髮往後撥，隨即又嘆了口氣。這個滿臉凝重的年輕人嘆氣與撥頭髮的方式，與三天前那個在奧登．丹斯摩的農場裡搖旗吶喊的孩子只剩下一點相似之處而已。他的臉色就與母親一樣蒼白，前額還長了好幾顆青春痘——這說不定是他第一次長痘子。生鏞克以前也曾看過這種突然長青春痘的例子，全是壓力引起的。

「是什麼事，小喬？」

「大家都說我很聰明，」小喬說。生鏞克訝異地發現這孩子目泛淚光。「我猜我是挺聰明的，不過有時候，我還真希望自己不是這樣。」

「別擔心，」班尼說。「還有很多重要的事情你都笨得很。」

「閉嘴啦，班尼。」諾莉善解人意的說。

小喬沒有理會。「我六歲時，下棋就能贏過我爸了，八歲時則能贏過我媽。我在學校各科成績都拿A，科展總是能拿到冠軍，大概兩年前就開始自己寫電腦程式了。我不是在吹牛，我知道我是個怪胎。」

諾莉微笑，握住他的手，而他則回握著。

「但我只是把一切連起來罷了，不是嗎？就這樣而已。要是出現了A，再來就會出現B。要是沒有A，B也就出門吃午餐了，這跟字母表沒什麼兩樣。」

「小喬，你到底要說什麼？」

「我不認為廚師有犯下那些謀殺案。應該說，我們全都不這麼認為。」

諾莉與班尼一同點了點頭，讓他似乎放鬆了一點。只是，當生鏞克回答「我也這麼想」的時候，他看起來卻還是一點也不開心（表情中甚至還帶有一絲懷疑）。

「就說他是個人才吧，」班尼說。「而且縫起針來超神的。」

克萊兒拿著一小杯柳橙汁回來。生鏽克啜了一口。是溫的，但還能喝。但由於發電機沒了燃料，所以到了明天就不能喝了。

「為什麼你會認為不是他幹的？」諾莉問。

「你們先。」黑嶺上的穹頂發射器，被生鏽克暫時拋到了腦後。

「我們昨天上午有看見帕金斯太太，」小喬說。「當時我們人在鎮立廣場，正開始用輻射計數器進行調查。她朝著鎮屬坡走。」

生鏽克把杯子放在座椅旁的桌上，朝前俯身，雙手緊握，放在膝蓋之間。「那是幾點的事？」

「我的手錶在星期日穹頂出現的時候就停了，所以無法完全確定。不過我們看到她時，正好是超市大戰的時候，所以差不多是九點十五分吧。應該不會比這還晚。」

「也不會早到哪裡去，因為當時正在暴動，你們一定都聽見了。」

「嗯，」諾莉說。「超大聲的。」

「你確定那是布蘭達．帕金斯？不是別的女人？」生鏽克心跳加速。要是她在暴動時還活著，那麼巴比的確是無辜的。

「我們都認識她，」諾莉說。「在我退出女童軍前，她甚至還是我的訓導老師。」她其實是因為偷抽菸被踢出去的，不過這似乎無關緊要，所以她省略沒提。

「我從我媽那裡知道大家對謀殺案是怎麼想的，」小喬說。「她把所有她知道的事都告訴我了。你知道的，也就是軍籍牌的事。」

「我這個當媽的可不想告訴他那麼多，」克萊兒說。「不過這孩子一直堅持要問，好像覺得非常重要似的。」

「這的確非常重要，」生鏞克說。「帕金斯太太去了哪兒？」

是班尼回答的。「她先去了格林奈爾太太家。但不管她說了什麼，肯定都不是什麼好話。因為，格林奈爾太太當著她的面用力把門關了起來。」

生鏞克皺起眉頭。

「是真的，」諾莉說。「我猜帕金斯太太有給她一封信或什麼之類的。她把一個信封交給格林奈爾太太。格林奈爾太太接過去後，接著就把門甩上，跟班尼說的一樣。」

「嗯，」生鏞克說。卻斯特磨坊鎮最後一次有郵差投信，已經是上週五的事了。但是，布蘭達在巴比有不在場證明的時候還活著，正忙著些什麼事情，或許才是最為重要的部分。「接著她又去了哪兒？」

「她穿過主街，往磨坊街走了過去。」小喬說。

「也就是這裡。」

「對。」

生鏞克把注意力轉到克萊兒身上。「她有——」

「她沒來過，」克萊兒說。「除非她來的時候，我正好在地下室檢查還剩多少罐頭食品吧。我在下面待了半小時，或許還有四十分鐘左右吧。我……我不想聽見超市那邊傳來的吵鬧聲。」

班尼說了句他那天就說過的話：「磨坊街有四個街區那麼長耶，房子可多得很。」

「對我來說，這並不重要。」小喬說。「我有打給安森．惠勒。他以前也是滑板族，偶爾還是會帶著滑板去牛津的滑板場。我問他，芭芭拉先生昨天早上有沒有上班，他回答說有。他說，暴動開始時，芭芭拉先生就過去美食城超市了。他是跟安森還有敦切爾小姐一起去的。所以關於帕金斯太太那件事，芭芭拉先生的確有不在場證明。你還記得我說的嗎？要是A沒出現，就不會有B，也不會有整張字母表了。」

生鏽克覺得這個比喻拿來形容人類的事，似乎有點太過公式化了些，不過他能理解小喬要說什麼。在其餘被害者方面，巴比或許沒有不在場證明，但那些屍體顯然都被同一個兇手丟棄在同一個地點。要是老詹真的至少殺了其中一個被害者——科金斯臉上的棒球縫線痕跡是這麼顯示的——那麼這些命案就有可能全都是他幹的。

也有可能是小詹。小詹現在都已經佩著槍，身上還掛著警徽了呢。

「我們得去警察局作證，對嗎？」諾莉問。

「我很怕，」克萊兒說。「我真的、真的非常害怕。如果是雷尼殺了布蘭達．帕金斯怎麼辦？他也住在這條街上頭啊。」

「我昨天也是這麼說的。」諾莉告訴她。

「很有可能。她去找其中一個公共事務行政委員，結果卻被人給當面甩上了門。那麼，她難道不會想去找就住在旁邊的另一個委員嗎？」

小喬說（還是有點天真）：「我覺得這樣的連結有點薄弱，媽。」

「或許是吧，但她還是有可能會去找老詹．雷尼。而彼得．蘭道夫這個人……」她搖了搖頭。

「要是老詹叫他跳，彼得只會問他要跳多高而已。」

「說得好，麥克萊奇太太！」班尼大喊。「妳說了算，我的媽——」

「謝謝你，班尼，但在這個鎮上，老詹．雷尼說了才算。」

「我們該怎麼辦？」小喬苦惱的看著生鏽克。

生鏽克又再度想起被髒東西染黃的天空，還有空氣裡的煙味。他還想到賈姬・威廷頓決心要救巴比出來的那件事。雖然這麼做可能很危險，但或許機會比仰賴這三個孩子的證詞高多了。更別說，警局局長在紀錄完這份證詞後，可能只會把它拿來擦屁股，絲毫無視於警務規章的存在。

「現在，我們先什麼都別做。戴爾・芭芭拉在裡頭很安全。」生鏽克希望這是真的。「我們還有別的事得處理。要是你們發現的東西真的是穹頂發射器，那我們就可以直接關——」

「接下來，我們只要處理好自己的問題就行了。」諾莉・卡弗特說。她看起來像是大大鬆了口氣。

「說不定就是這樣。」生鏽克說。

7

佩塔・瑟爾斯回去藥局後（她說要清點庫存），陶比・曼寧問老羅有什麼能幫得上忙的。老羅搖搖頭。「回家吧。看看你爸媽有什麼要幫忙的。」

「只剩我爸而已，」陶比說。「我媽說美食城超市的價錢太貴了，所以星期六早上去了城堡岩的超市。你在忙什麼？」

「沒什麼，」老羅含糊帶過。「問你一件賜，陶比——你跟佩塔幹嘛都在手上綁了塊布？」

陶比看了布條一眼，像是早就忘了似的。「只是想表現出團結而已，」他說。「經過昨晚醫院的事……還有這裡發生的每件事……」

老羅點點頭。「所以你不是臨時警員，沒搓吧？」

「見鬼了，當然不是。更重要的是……你還記得九一一事件後，每個人幾乎都穿上紐約市消防局或警察局的帽子與T恤的事嗎？這個就像那樣。」他想了一會兒。「我想，要是他們需要幫忙的話，我會很高興加入他們，不過他們看起來不成問題。你確定不用幫忙？」

「嗯。快走吧。要是我決定下午要開門的話，會再打給你的。」

「好吧。」陶比的眼神發亮。「說不定我們可以辦個穹頂特賣會。就像有人說的一樣——當生命給了你一顆檸檬，那就拿來做檸檬水吧。」

「再說吧，再說吧。」老羅說，不過他懷疑這間店是否還會舉辦任何特賣會。今天上午，他對那些趁傾銷時買下的劣質便宜品失去了大部分的興趣。他覺得自己在過去三天裡，產生了很大的變化——失去了過去那種程度的洞察力。部分的原因，是因為他做了一些像救火與為了友情所做的事。這才是真的在幫鎮上作事，他想。這麼做可以讓這個小鎮變得更好。而主要的變化，則是因為他很久很久前的情人布蘭達．帕金斯被某個人殺了。老羅心中的她，名字始終是布蘭達．奈爾。她美得就跟個大明星一樣，要是他知道是誰冷血地謀殺了她——假設生鏞克說得沒錯，兇手不是戴爾．芭芭拉的話——那個人一定得付出代價。老羅．波比一定會親手討回這筆血債。

在他呈洞穴型的店鋪最後方，是家居維修用品區。為求便利性，位置還特地安排在DIY區旁邊。老羅從DIY區拿了一把重型金屬剪，隨即又走到家居維修用品區他這個零售王國中最深、最黑暗、最骯髒的角落裡。他在那裡找到兩打五十磅一捆的防水布，通常使用於屋頂、防雨板與煙囪防水等用途。他把其中兩捆（還有金屬剪）放進購物推車，接著又把推車推到運動用品區。他在這裡忙著東挑西揀，有幾回還不禁放聲大笑。這一定可行，不過當然啦，生鏞克．艾佛瑞特到時候一定有夠好笑。

他完工後，伸了個懶腰，正好看見運動用品部另一頭的海報。海報上有隻在十字準星裡的鹿。在那隻鹿的下方，有著這樣的標語：狩獵季節就要到了——是時候拿起槍了！

有鑑於事情發展的方向，老羅認為先把一些槍收起來或許是個好主意，以防雷尼或蘭道夫決定沒收所有武器，把那些武器拿給警察使用。

他推著另一台推車，走到上鎖的獵槍櫃前，從腰帶那掛著一堆鑰匙的鑰匙圈裡挑出鑰匙。波比百貨店是鎮上溫徹斯特槍廠的獨家銷售店，加上現在離合法的獵鹿季節只剩一個星期，所以老羅認為，要是他被問到槍櫃裡為何少了幾把槍，倒也不會說不過去。他挑了一把野貓點二二步槍，一把黑影泵動式霰彈槍，兩把同樣是泵動式的黑色防衛者霰彈槍，接著又補上一把七〇型惡日步槍（配有狙擊鏡）與一把七〇輕量步槍（沒有狙擊鏡）。他拿了每把槍適用的子彈，接著把推車推進辦公室，將槍收進他那老舊的綠色防衛者地板式保險箱中。

你很清楚，這簡直就是偏執狂的行為。他這麼想著，同時轉動號碼鎖。

然而，這感覺起來一點也不偏執。他回去等生鏽克與孩子們到來，提醒自己要綁條藍色布條在手臂上，並且叫生鏽克也這麼做。偽裝得當可不是件壞事。

所有獵鹿人都知道這點。

8

早上八點，老詹又回到了家中的書房。卡特·席柏杜——老詹親自挑選他作為個人的貼身保鏢——正埋首於一本《汽車與司機》雜誌中，讀著一篇比較二〇一二年ＢＭＷ跑車與二〇一一年福特跑車的文章。兩輛車看起來都很棒，但任何人都知道，ＢＭＷ跑起直線就跟瘋了一樣。同樣地，他想，任何人也都知道，雷尼先生就是卻斯特磨坊鎮裡的ＢＭＷ跑車。

老詹的感覺還不錯，部分的原因，是因為他去見了芭芭拉之後又補眠了一個小時。他打算在接下來的日子裡，都要逮住機會小睡片刻，藉以補充精力。他得讓自己保持在最佳狀態，同時也不太願意承認，自己其實是在害怕心律不整的狀況會變得更為頻繁。

由於小詹的狀況實在太不穩定（一定還有別的原因，他想），因此有席柏杜陪在身邊，讓他感到放心許多。席柏杜看起來就像個惡棍，但卻似乎懂得該怎麼扮演好副官的角色。老詹不太確定這點，不過總覺得席柏杜這個人，或許遠比蘭道夫還要聰明許多。

他決定測試一下。

「孩子，你知道超市那邊有多少人在看守嗎？」

卡特把雜誌放到一旁，從後口袋掏出一本被壓扁的小筆記本，因此獲得了老詹的認可。

在翻了一下後，卡特說：「昨晚有五個人，三個正職與兩個新人。沒有任何狀況。今天只有三個人看守。全都是新人。奧伯利．托爾——他哥是開書店的——陶德．溫德斯塔和蘿倫．康瑞。」

「所以你也認同這樣的人數是足夠的？」

「啊？」

「你認同嗎，卡特？認同就是同意的意思。」

「呃，應該沒問題。不只白天，就連晚上也是。」

沒有任何停頓一下，思索老大想聽見什麼答案的跡象。雷尼喜歡這傢伙。

「好。聽好了，我要你早上去找史黛西．墨金，叫她打給警隊裡的所有人。我要所有人在晚上七點去美食城超市集合。我有話要告訴他們。」

其實他是要發表另一場演說，而且這回還會使出渾身解數，就像對付老懷錶一樣，要幫他們緊緊上好發條。

「好的。」卡特把這件事記在他那小小的副手筆記本上頭。

「還要叫他們每個人都試著多帶一個人來。」

卡特拿著末端被咬爛的鉛筆，在筆記本上算了算。「我們已經有……我看一下……二十六個人了。」

「可能不夠。別忘了昨天上午超市的事，還有昨晚夏威那女人的報社的事。要是我們不管，這裡就會變成無政府狀態了，卡特。你知道這個詞的意思嗎？」

「呃，是的，長官。」卡特．席柏杜十分肯定，那個詞代表「射箭場」的意思，而他猜新老大的意思是說，要是他們沒有好好地維持現狀，磨坊鎮就會變成靶場之類的地方。「或許我們應該要沒收所有武器什麼的。」

老詹咧嘴笑了。沒錯，他從很多方面看來，都是個討人歡心的男孩。「這已經列在我的時間表中了，可能會從下週開始實施。」

「所以你認為那時候穹頂還在？」

「我是這麼認為的。」穹頂非在不可。還有那麼多事得處理。他還得把丙烷庫存全部還給鎮上的設施。電台後方的冰毒實驗室，也得清理到什麼證據也不留的地步。雖說原本一切都順利得很，但就算——這點非常重要——他因此無法完成偉大的目標，也得先這麼做才行。

「還有，叫兩個警員——得是正規警員——過去波比百貨店一趟，先把那裡的槍枝全部沒收起來。要是羅密歐・波比找那兩個警員的麻煩，就說我們是想避免槍枝落到戴爾・芭芭拉的同夥手裡。記住了嗎？」

「嗯。」卡特又記了下來。「派丹頓和威廷頓去怎樣？可以嗎？」

老詹皺起眉頭。威廷頓，那個大胸部的女孩。他不相信她，也不認為自己會喜歡任何有胸部的警察。女人可幹不了這種需要強制執行法令的活。不過真正的重點不在這裡，而是在於她看著他的眼神。

「老費・丹頓沒問題，但威廷頓就算了。也別找亨利・莫里森。叫丹頓和喬治・佛雷德瑞克去，叫他們把槍收進警局的保險庫裡。」

「了解。」

雷尼的手機響起，使他的眉頭因此皺得更深。他接起電話，說：「我是雷尼委員。」

「你好，委員。我是詹姆士・歐・寇克斯上校，是『穹頂計畫』的負責人。我想，我們也該是時候好好談談了。」

老詹往後靠在椅背上，面露微笑。「嗯，上帝保佑你，上校。請繼續。」

「我得到消息，說你逮捕了美國總統親自指定的郤斯特磨坊鎮負責人。」

「這麼做沒有錯，長官。芭芭拉先生被控謀殺，而且還是四樁謀殺案。我很難想像總統會想找一個連環殺手負責掌管一切。他的民意支持度可低得很。」

「所以該由你掌管一切才對。」

「喔，不。」雷尼說，笑得更開了。「我只是個不起眼的次席公共事務行政委員，老安・桑德斯才是負責掌管的人。而芭芭拉的部分，則是由彼得・蘭道夫——你可能也知道了，他是我們的新警察局局長——親手逮捕的。」

「換句話說，你清白得很。因此等到穹頂消失，調查行動開始以後，你就能撇得一乾二淨了。」

這個他麻的傢伙語氣中有著挫折感，讓老詹覺得享受得很。這個五角大廈的王八蛋習慣騎在別人頭上；被別人騎在頭上，對他來說一定是個全新的體驗。

「寇克斯上校，他們也是清白的不是？其中一個受害者身上還有芭芭拉的軍籍牌，再也沒有比這還充足的證據了。」

「這證據似乎太理所當然了點。」

「你要這麼說也沒辦法。」

「要是你轉到有線電視的新聞台，」寇克斯說。「就會看見你們逮捕芭芭拉這件事引發了嚴重的討論，更別說，他的從軍紀錄根本就是軍人中的楷模。還有，關於你的過去，也越來越受到大眾矚目。不過這部分呢，可就不是什麼楷模了。」

「你覺得這會讓我驚訝嗎？你們這些人總是知道該怎麼控管新聞，打從越戰開始，你們就這麼做了。」

「CNN有個報導，說你從九〇年代開始從事一些見不得光的鉤當，一直都是當局調查的對象。NBC的報導則說，你在二〇〇八年因為從事高利貸而被當局調查。我想你有被指控犯了重利罪對吧？有些利息甚至還高達四成？接著你還會把那些汽車與卡車收回來，這樣重複長達兩、三次左右？投票給你的人，或許會自己看見那些新聞吧。」

這些控訴全部都撤銷了。他花了許多錢才搞定這些事。「我們鎮上的人都知道，新聞節目會播報這些可笑的事，只不過是因為想多賣幾條痔瘡軟膏與幾罐安眠藥罷了。」

「不只這樣。根據緬因州檢察總長的說法，前任警察局長——也就是上週六過世的那位——正在調查你逃稅、挪用鎮公所的資料與物品，以及參與非法販毒這些事。我們沒有把這些新得到的資訊洩漏給記者，也沒打算這麼做……只要你願意妥協的話。我們要你辭去公共事務行政委員的職位。桑德斯先生也同樣得這麼做。你們得提名三席公共事務行政委員，也就是安德莉亞．格林奈爾，作為那裡主要的管理者，至於賈姬．威廷頓，則會成為總統在卻斯特磨坊鎮的代表人。」

就算老詹依舊冷靜自若，仍被這話給嚇了一跳。「老兄，你瘋了不成？安德莉亞．格林奈爾是個毒蟲——她對奧斯康定止痛藥上了癮——至於威廷頓這個娘們，他麻的根本沒腦子！」

「我向你保證，事情並非如此，雷尼。」沒有「先生」了，客氣的時候已經過去了。「威廷頓曾經因為破獲德國維茲堡第六十七號戰鬥支援醫院的一個非法販毒組織而獲得褒揚，同時，她還獲得了一個叫作傑克．李奇[121]的人的推薦，而那個人就我的愚見看來，還是天殺的憲兵裡最強悍的一個。」

「你一點也不愚蠢，長官。但是你口出穢言，會讓我很難跟你繼續談下去。我是個基督徒。」

「就我手上的訊息來看，你還是個販毒的基督徒。」

「棍棒與石頭或許可以打斷我的骨頭，但言語永遠無法傷害我。」尤其是在穹頂之下，老詹心想，微微一笑。「你有任何實質證據嗎？」

[121] Jack Reacher，為李．查德《浪人神探》系列小說中的主角，作者在此借用了這個角色。

「得了吧，雷尼——你跟我都不是好惹的人，所以這很重要嗎？穹頂這件事是九一一事件以後最大的新聞，同時也是牽動了每個人的大新聞。要是你不願意妥協，我保證讓你吃不了兜著走。只要穹頂一被破壞，我向你保證，你一定會第一個看見我，接著才會見到參議院委員會、大陪審團，最後則被送進監獄。不過，要是你願意下台，那麼一切就不會有事。這部分我同樣可以向你保證。」

「只要穹頂被破壞的話，」雷尼思索著說。「那會是什麼時候？」

「說不定比你想像中還快。我打算成為第一個進去的人，而且第一件要做的事，就是用手銬把你銬起來，陪你一起坐飛機到堪薩斯州的李文沃斯堡。在候審期間，你都會好好地接受美國政府的款待。」

老詹因為這粗魯大膽的威脅，而有好一會兒說不出話來。接著，他笑了起來。

「要是你真為了鎮上著想，雷尼，那就乖乖下台吧。看看在你治理之下發生了什麼事。六件謀殺案——據我們所知，其中兩件就發生在昨晚的醫院裡——一件自殺案，還有一場因食物問題所引發的暴動事件。你根本無法勝任這份工作。」

老詹握著鍍金棒球，把球捏得緊緊的。卡特．席柏杜皺眉看著他，一臉擔憂的模樣。

如果你人在這裡，寇克斯上校，我就讓你嘗嘗我讓科金斯嘗到的滋味。老天在上，我一定會這麼做。

「雷尼？」

「我在這裡。」他停了一下。「而你在那裡。」又停一下。「穹頂是不會消失的。我想我們都很清楚這點。你已經用了你威力最大的炸彈，害得周圍的鄉鎮在兩百年以內，都變得不適合有人居住。要是輻射可以穿透穹頂，早就害死了卻斯特磨坊鎮裡的每一個人。但就算這樣，穹頂依舊沒有消失。」他呼吸急促，但胸膛裡的心臟卻有力而穩定地跳動著。「因為穹頂是上帝的旨意。」

在他內心的最深處，的確是如此相信的。同時，他也相信自己在之後幾星期、幾個月、幾年裡繼續掌管這個小鎮，同樣也是上帝的旨意。

「什麼？」

「你聽見了。」他知道自己這是把未來與所有一切，全都押在穹頂持續存在這件事上頭，也知道一定會有人認為他這麼做肯定瘋了。他還知道，那些人全是些不信神的異教徒，就像詹姆士．歐．他麻的寇克斯上校一樣。

「雷尼，我求你理性點。」

老詹喜歡那個「求」字；在短時間內讓他恢復了原有的幽默感。「寇克斯上校，讓我們回顧一下如何？當然啦，我很榮幸能接到像你這種高層官員打電話來致意，只是，這裡的負責人不是我，而是老安．桑德斯。我敢說，老安一定很感謝你這些關於管理面的提議——用貨真價實的遙控方式來管理一切——不過呢，我得在這裡代替他回答：你乾脆把你的提議塞到見不得光的地方裡吧。在這裡，我們只能仰賴我們自己，所以事情自然該由我們自行處理。」

「你瘋了。」寇克斯驚訝地說。

「不信教的人總會這樣形容宗教。這是他們對抗信仰的最後一套說詞。我們已經習慣了，所以不會因此記恨。」這是謊話。「我可以問你一個問題嗎？」

「問吧。」

「你會切斷我們的電話與網路嗎？」

「你希望我們這麼做，對吧？」

「當然不是。」另一個謊話。

「電話與網路都會保留下來，所以等到星期五的記者會時，我向你保證，你肯定會被問到一些難以回答的問題。」

「上校，在可以想見的未來裡，我都絕不會參加任何記者會。就連老安也是。你去找格林奈爾太太也沒什麼意義，她只不過是個可憐蟲罷了。所以你大可取消你那——」

「喔，不，倒也不必。」寇克斯的聲音有著笑意嗎？「記者會會在星期五中午舉行，這樣晚間新聞才有足夠的時間推銷痔瘡藥膏。」

「你指望我們鎮上會有誰參加那場記者會？」

「每個人，雷尼。當然是每個人。因為呢，我們打算開放鎮民的親戚到莫頓鎮交界的穹頂那裡——你或許還記得，那裡也是桑德斯先生的妻子飛機失事的地方。記者們會在那裡紀錄下整個過程，就像州立監獄的探訪日一樣，差別只在於裡頭沒有任何人犯罪。或許，只有你算例外吧。」

雷尼又再次被完全的激怒了。「你不能這麼做！」

「喔，我當然可以。」笑意的確在。「你可以坐在穹頂的另一邊嘲笑我；而我也可以坐在我這邊，對你做出同樣的事。來探訪的人會一字排開，大多數人會同意穿上寫有『戴爾．芭芭拉無罪』、『釋放戴爾．芭芭拉』與『彈劾詹姆士．雷尼』字樣的T恤。那裡會有大家淚流滿面的團聚景象，手與手貼在穹頂上的畫面，說不定他們還會試著去親吻對方。這在電視上看起來棒極了，同時也是絕妙的宣傳。最重要的是，這會讓你們鎮上的人開始思考，他們為什麼要讓你這種不稱職的人來管理一切。」

老詹的聲音沉到了變成厚重低吼。「我不會允許這件事發生。」

「你要怎麼阻止？那裡會有超過上千人，你可沒辦法掃射他們。」當他再度開口時，語氣已變得冷靜與理智。「算了吧，委員，讓我們搞定這件事。你還是可以乾乾淨淨的脫身。只要你願意放掉控制一切的權力就行了。」

老詹看見小詹像是鬼魂般下了樓，朝前門走去，像是根本沒發現自己身上只穿著睡褲與拖鞋。就算小詹就這麼在走廊上倒地暴斃，老詹也只會繼續俯在辦公桌前，一隻手緊握著鍍金棒球，另一隻手則拿著電話不動。他的腦中湧上那個想法：讓安德莉亞．格林奈爾掌權，大奶警察擔任副手。

這簡直是個笑話。

一個爛笑話。

「寇克斯上校，你他媽去死吧。」

他掛斷電話，轉過辦公椅，拋出鍍金棒球。棒球砸中老虎伍茲的簽名相片，玻璃碎了，相框落在地上。通常只會讓人感到害怕的卡特．席柏杜，這回卻成了害怕的人，整個人跳了起來。

「雷尼先生。你還好吧？」

他看起來一點也不好，臉頰上冒出不規則的紫色斑點，細小的眼睛睜得大大的，從肥厚的眼窩中往外暴突，就連額頭上的血管也鼓了起來。

「他們永遠無法從我手上奪走這個小鎮。」老詹喃喃地說。

「他們當然不會，」卡特說。「要是沒有你的話，我們就完了。」

這話讓老詹放鬆了一點。他才拿起電話，就想起蘭道夫已經回家睡覺去了。新局長自從危機開始後，好不容易才得到珍貴的一點休息時間，還告訴卡特說，他打算至少睡到中午。算了，反正這個人沒用得很。

「卡特，把我的話抄下來，拿給莫里森看。要是他上午不在警局，就把筆記留在蘭道夫的辦公桌上。事情辦完後馬上回來。」他停下來想了一會兒，眉頭深鎖。「看一下小詹有沒有在那裡。我剛才跟那個為所欲為的上校講電話時，看見他出門了。要是他不在的話，也不用特地找他，不過要是在的話，確定一下他是不是沒事。」

「沒問題。要記下來的事情是？」

「親愛的蘭道夫局長：立刻解除賈姬．威廷頓在卻斯特磨坊鎮警局的職務。」

「這是要開除她的意思？」

「就是這樣。」

卡特把訊息抄在筆記本裡，老詹給了他一點時間寫下來。他又覺得沒事了。甚至比沒事更好。他感應到了。「再加上這條：『親愛的莫里斯警員：威廷頓今天上班時，請通知她，她已經被解除職務了，叫她把她的置物櫃清理乾淨。要是她詢問原因，就告訴她我們正在重組部門，已經不需要她的服務了。』」

「需要的需上面是雨嗎，雷尼先生。」

「字的對錯無所謂，訊息本身才重要。」

「是，你說得對。」

「要是她還有別的問題，就叫她來找我。」

「了解。就這樣？」

「還沒。告訴每個人，只要一看到她，就把她的警徽跟槍收走。要是她囉哩囉嗦，說槍是她自己的私人財產什麼的，就開張收據給她，告訴她說，等到這場危機結束後，就會把槍退還給她，不然也會另外賠償她。」

卡特又抄了一陣子，接著抬起頭來。「雷尼先生，你覺得小詹究竟是怎麼回事？」

「我不知道。我猜就是偏頭痛而已吧。不管是什麼毛病，我現在都沒空管，還有許多更緊急的事得處理呢。」他指著筆記本。「拿過來給我看看。」

卡特拿了過去。他的字跡就跟三年級生的鬼畫符一樣，但所有事的確都寫上去了。雷尼在下面簽了名。

9

卡特帶著他祕書工作的勞動成果抵達警局。亨利・莫里森對這些指示的反應，也只是充滿懷疑地叨唸了幾句而已。卡特還順便找了一下小詹，但小詹人不在這兒，也沒人看見他，於是只得叫亨利幫他留意一下。

接著，在衝動之下，他下樓去找巴比。巴比就躺在床板上，雙手枕在腦後。

「你老闆有打來，」他說。「就是那個叫寇克斯的傢伙。雷尼先生說他是為所欲為的上校。」

「我敢打賭他的確是。」巴比說。

「雷尼先生叫他去死。你知道怎樣嗎？你的陸軍夥伴只能笑著把這話給吞進肚子裡。你怎麼說？」

「我可不覺得驚訝。」巴比還是盯著天花板看。他的聲音平靜，但卻話中帶刺。「卡特，你有沒有想過這一切會怎麼發展？你有嘗試把眼光放長遠點嗎？」

「不用放長遠點了，巴－比，再也不用了。」

巴比只是依舊看著天花板，嘴角浮現一個酒窩，帶著一絲淺笑，彷彿他知道什麼卡特不知道的祕密一樣。這表情讓卡特想打開牢門，好好地揍他幾拳。然而，他突然想起北斗星酒吧停車場的那件事。就讓芭芭拉看看他那些下流招式有沒有辦法拿來對抗行刑隊吧。讓他親自試一下。

「下次就別讓我遇到，巴比。」

「我敢說我們一定會碰見。」巴比說，依舊沒朝他看上一眼。「這是個小鎮，孩子，我們全是同一隊的。」

10

牧師宿舍的門鈴響起時，派珀．利比還穿著當作睡衣的小熊T恤與短褲。她打開門，還以為來的人會是提早一小時過來的海倫．路克斯。她們相約十點討論喬琪亞的喪禮。然而，來的人卻是賈姬．威廷頓。她身上穿著制服，但左胸前卻沒了警徽，大腿旁也沒佩掛手槍。她看起來一副難以置信的模樣。

「賈姬？怎麼了？」

「我被解雇了。那個混蛋打從警局的聖誕節派對時就想這麼做了，當時他想嘗嘗警察的滋味，而我拍開了他的手。不過我懷疑原因不只如此，甚至還不是最重要——」

「進來再說，」派珀說。「我在儲藏櫃裡找到一個攜帶式的小瓦斯爐，我想應該是前任牧師留下來的。那瓦斯爐竟然還能用，簡直就是個奇蹟。先來杯熱茶好嗎？」

「好極了。」賈姬說。她的雙眼泛滿淚水，此刻流了下來。她從臉頰上抹去淚水的動作，幾乎稱得上是憤怒不已。

派珀帶著她走進廚房，打開放在櫃檯上的單爐式露營燒烤爐。「告訴我事情的經過。」

賈姬說了，就連亨利．莫里森笨拙卻真誠的安慰也沒漏掉。「他在說這段的時候，根本就是在喃喃自語，」她說，接過派珀遞給她的杯子。「現在他們簡直就像是他媽的蓋世太保。原諒我說了粗話。」

派珀揮了揮手。

「亨利說，要是我明天在鎮民大會上提出抗議，只會使事情變得更糟——雷尼會說出一堆子虛烏有的不稱職原因。或許他說的沒錯，但今天早上最不稱職的人，其實就是掌管這部門的那傢伙。至於雷尼……他挑選出的警員，全都是那些等到他做的事情引起大家發動抗議活動時，還會忠於他的那些人。」

「他當然會選那樣的人。」

「大多數的新人全都太年輕了，甚至還不到法定的飲酒年齡，但他們卻全部都佩著槍在身上。我原本想告訴亨利，下一個就是他了——他也對蘭道夫的管理很有意見，而且也不是那種會拍馬屁的人——但我可以從他的臉上看得出來，他早就知道了。」

「妳要我去找雷尼談談嗎？」

「這麼做一點好處也沒有。其實我一點也不遺憾離開警隊，只是痛恨被人解雇罷了。最大的問題是，我該怎麼把明天晚上的事處理得漂漂亮亮。我或許會跟巴比一起消失。不過，這得假設我們真能找到可以消失的地方才行。」

「我聽不懂妳在說什麼。」

「我知道，不過我這就要說了。我現在得開始冒險了。要是妳沒守住這個祕密，那我等於是把自己害進了監牢裡。說不定還會在雷尼叫行刑隊站成一排時，就站在芭芭拉的旁邊。」

派珀一臉凝重地看著她。「在喬琪亞·路克斯的母親過來前，我還有四十五分鐘的時間。這時間夠妳說完妳要說的事嗎？」

「絕對夠。」

賈姬從葬儀社的驗屍行動開始講起，並描述了科金斯臉上的縫線痕跡，以及生鏽克親眼看到的那顆鍍金棒球。她深吸一口氣，接著說出她打算在明天晚上鎮民大會時救出巴比的事。「不過要是我們真把他救出來，我還真想不出能把他安置在哪裡。」她啜了一口茶。「妳怎麼看？」

「我看我還要再喝杯茶。妳呢？」

「不用了，謝謝。」

派珀在櫃檯那裡說：「妳的計畫危險到嚇人的地步——不過我想妳應該不用我提醒妳這點——不過，或許也沒別的方式能夠拯救一條無辜的性命了。我從來沒有相信過戴爾·芭芭拉會犯下這些謀殺案，一秒也沒有。從我自己與鎮上那些執法人員的交手經驗來看，我覺得他們打算將他處死這件事，倒也不會讓我驚訝到哪裡去。」她不必親耳聽到巴比說的話，也能得出相同結論。「雷尼沒把眼光放遠，就連那些警察也是。他們只關心誰是樹屋裡的老大。像是這種想法，遲早會引發災難。」

她回到桌前。

「我幾乎是在回到這裡，搬進牧師宿舍——我還是個小女孩時，這就已經是我的志願了——的那一天起，就知道老詹・雷尼是頭還沒出生的怪物了。而現在——請原諒我用了這麼戲劇化的形容方式——那頭怪物已經誕生了。」

「感謝上帝。」賈姬說。

「感謝上帝讓那頭怪物誕生？」派珀微笑著揚起眉。

「不——感謝上帝妳也這麼認為。」

「還有別的事，不是嗎？」

「對。除非妳不想加入這個計畫。」

「親愛的，我已經加入了。要是妳會因為策劃這件事被判入獄，那我也會因為知情不報被關進牢房。我們現在成了政府會稱之為『本土恐怖分子』的人。」

賈姬不得不承認她說的話沒錯，因此沒有開口，一副悶悶不樂的模樣。

「妳的計畫不只是救戴爾・芭芭拉出來，對不對？妳還想組織一場實質的反抗活動。」

「我認為的確是該這麼做，」賈姬說，露出一個頗為無奈的笑容。「在經過六年的從軍生涯後，我從來沒想到會發生這種事——我一直都是那種具有愛國情操的女孩——不過……妳有想過穹頂可能根本沒辦法被破壞嗎？秋天不會，到了冬天也不會？說不定明年，甚至是我們有生之年都不會？」

「有想過。」派珀的語氣平靜，但臉上卻幾乎沒了血色。「的確有。我認為磨坊鎮上的人都想過這件事，只是大家全都不想正面面對這個問題。」

「那就好好的想一想吧。妳想在一年或五年之內，任憑一個殺人白癡行使他的獨裁政權？要是我們真的得被困五年怎麼辦？」

「當然不想。」

「那麼，唯一能阻止他的時機，或許就是現在了。這頭怪物或許已經誕生了沒錯，但他打算想建立的東西——也就是獨裁政權的運作機器——則還在起步階段而已。現在就是最好的時機。」賈姬停了一下。「要是他開始命令警方沒收一般群眾的槍枝，那麼，這可能還是唯一一次機會。」

「妳想要我做什麼？」

「讓我們在牧師宿舍這裡商討一切。時間就是今晚，如果這些人都會來的話，那麼這就是會過來參與會議的名單了。」她從後口袋拿出一張名單，就連不太情願的琳達·艾佛瑞特，也被她列在上頭。

派珀把摺起的筆記紙攤開，仔細看了一下。上頭有八個名字。她抬起頭來。「小梅·傑米森，那個戴著水晶項鍊的圖書館館員？厄尼·卡弗特？妳確定要找他們兩個？」

「要對付一個正要成形的獨裁政權，還有什麼對象會比一個圖書館館員更容易招募的？至於厄尼……就我的理解來看，自從昨天超市的那件事以後，要是他在街上發現老詹·雷尼全身著火，甚至會連尿都不想往他身上灑一滴。」

「這形容有點拐彎抹角，但是挺生動的。」

「我本來想讓茱莉亞·夏威去打探厄尼與小梅的意願，不過現在呢，我自己去就行了。看起來，我現在有一堆自由時間可運用了。」

門鈴響起。「可能是那個剛失去孩子的母親，」派珀說，站起身來。「我猜她已經先喝了半輪酒。她很喜歡咖啡白蘭地，不過我想，這應該減輕不了她多少痛苦。」

「妳還沒回答我在這裡商討的事。」賈姬說。

派珀．利比笑了。「告訴我們那些本土恐怖分子的好夥伴，叫他們今晚九點到九點半之間過來。他們最好是用走的，而且分頭過來──這可是法國反抗組織的標準做法。我們要做的事可不需要大肆宣傳。」

「謝謝，」賈姬說。「太感謝了。」

「別這麼說。這裡也是我的家鄉。我建議妳還是從後門溜出去怎樣？」

11

老羅．波比的貨車後頭有一堆乾淨的抹布。生鏽克把其中兩條綁在一起，做成一條大手帕，將其戴在臉上，摀住臉的下半部。只是，他的鼻子、喉嚨與肺部，依舊充滿了那具熊屍的濃濃惡臭。牠的雙眼、張開的嘴巴，以及露在外頭的大腦，此刻已孵化了第一批蛆。

他站起身，往後退開，甚至還腳步不穩地晃了一下。老羅急忙扶住他。

「要是他昏倒的話，記得把他抓緊，」小喬緊張地說。「說不定那東西變得能影響到成人身上了。」

「只是因為味道而已，」生鏽克說。「現在沒事了。」

然而，就算離那頭熊遠遠的，整個世界的味道還是難聞透頂：到處都是濃濃的煙味，就像整個卻斯特磨坊鎮變成了一個巨大的封閉式空間。除了煙霧與動物屍體的腐爛氣味，他還能聞到腐朽的植物味道，以及從乾涸的普雷斯提溪河床那裡傳來的沼澤惡臭。真希望能有一陣風吹過，他想，但這裡頂多只有一絲微弱的氣流流過，只會帶來更多惡臭罷了。遙遠的西方天空中有雲——說不定還為新罕布什爾州帶來了一場傾盆大雨——但當雲朵碰到穹頂時，卻像河水流經大河石一樣，就這麼被劃分開來。生鏽克越來越懷疑穹頂裡是否還會下雨。要是他有空的話，肯定會去一些氣象網站上頭查詢資料，好好地做份筆記。只是，他的生活如今忙碌到駭人聽聞的地步，充滿了各式各樣令人深感不安的突發狀況。

「醫生，那頭熊哥哥⑫是不是有可能是因為狂犬病死的？」老羅問。

「我很懷疑。我覺得這就跟孩子們說的一模一樣，就是自殺而已。」

他們全擠進貨車裡。老羅坐在駕駛座上，緩緩沿著黑嶺路往上開。輻射計數器就放在生鏽克腿上，正穩定地發出聲響。他看著指針朝+200的位置逐漸上升。

「停車，波比先生！」諾莉大喊。「在開出樹林前快停車！我可不希望你昏倒的時候還在開車，就算時速只有十英里也一樣。」

老羅聽從她的話，停下了貨車。「下車吧，孩子們。我會照顧你們的。接下來，醫生得自己前進了。」他轉向生鏽克。「你來接手吧，不過開慢點，為保安全，在輻射指數過高的時候就趕快停車。要是你開始覺得頭暈的話，我們就用走的跟在你後頭。」

「小心，艾佛瑞特先生。」小喬說。

班尼補充：「要是你昏倒，把車開出路外的話也別擔心。等你醒來時，我們已經把你推回路上了。」

「謝謝，」生鏽克說。「你還真是有夠好心的。」

「啊？」

「當我沒說。」

生鏽克坐到駕駛座中，關上車門，放在乘客座上的輻射計數器仍穩定作響。他開出了樹林，車速非常慢。在前方，黑嶺路變成了上坡，直接通向果園。剛開始，他並未看見任何不尋常的東西，因此有片刻感到深深失望。接著，一道明亮的紫色光芒閃過眼前，讓他急忙踩下煞車。沒錯，有東西在那裡，有個明亮的東西，就在荒置的蘋果樹間閃出光芒。他從貨車的後照鏡中，看見後面的其他人停下腳步。

「生鏽克？」老羅叫道。「你沒事吧？」

「我看到了。」

他數到十五，紫色光芒再度閃過。他伸手去拿輻射計數器時，小喬已走到駕駛座的窗戶旁看著他。他的皮膚上爬滿雞皮疙瘩，看起來就像斑點似的。「你有感覺到什麼嗎？頭昏眼花？或是覺得暈眩？」

「沒有。」生鏽克說。

小喬朝前方指去。「那就是我們昏倒的地方。就在那裡。」生鏽克可以看見道路左邊塵土上的印子。

「走到那裡看看，」生鏽克說。「你們四個一起。確認一下你們是不是會再度昏倒。」

(122) Br'er Bear，為迪士尼卡通中的角色。

「我的天啊，」班尼說，走到小喬身旁。「你把我當成什麼？白老鼠嗎？」

「其實我覺得老羅才是那隻白老鼠。你要試試看嗎，老羅？」

「嗯。」他轉向孩子們。「要是我昏倒了，而你們沒有，就把我拖回這裡。這裡看起來應該就是界線了。」

他們四人朝地上的印子走去，生鏞克在貨車駕駛座中目不轉睛地看著他們。老羅在就快走到那裡時慢了下來，腳步有些搖晃。諾莉與班尼扶著他其中一側，小喬則扶住另一邊。但老羅沒有倒下。一會兒過後，他又再度直起身子。

「不知道這是不是真的，或只是……怎麼說來著……心理暗示的力量，但我沒事了，只是突然間有點頭暈而已。你們幾個孩子有什麼感覺？」

他們全都搖了搖頭。生鏞克並不意外。這就像是水痘，大多數孩子都有得過這種溫和的疾病，之後就免疫了。

「往前開，醫生，」老羅說。「要是你沒這麼做的話，我們可就白白把那些鉛塊載上來了。不過記得要小心點。」

生鏞克緩緩朝前駛去。他聽見輻射計數器指針搖晃的聲音不斷加快，但沒什麼特別不對勁的感覺。山脊那裡，光芒依舊每隔十五秒閃過一次。他開到老羅與孩子們身旁，接著超越他們。

「我沒有任何感──」他才剛開口，那股感覺就出現了。那其實不到頭昏眼花的地步，但卻是種陌生而又異常清晰的感覺。在那段時間，他覺得自己的頭就像是個望遠鏡，可以想看到什麼就看到什麼，不管距離有多遠。只要他想的話，甚至還可以看見自己在聖地牙哥的弟弟，正在上班的路上。

某個地方，在旁邊的另一個宇宙裡，他聽見班尼大喊：「糗了，生鏽克醫生失去意識了！」

但他沒有。他依舊能清楚地看見泥土路面。清楚無比。包括每一顆石頭與雲母石的碎片。要是他急轉彎的話——他猜自己真的轉了——就可以閃開那個突然間出現的人了。那個男人十分瘦削，由於頭上戴著一頂可笑的紅、白、藍三色禮帽，顯得身高很高，模樣滑稽古怪。他穿著牛仔褲與一件T恤，上頭寫著：「播放一首死亡樂團的曲子：〈甜蜜的家鄉阿拉巴馬〉」。[123]

那不是人，只是個萬聖節的裝飾假人。

對，沒錯。雙手是綠色的園藝鏟子、頭是粗麻布做的、雙眼是白線縫出來的白色叉叉，不是假人，還會是什麼呢？

「醫生！醫生！」是老羅的聲音。

萬聖節假人被火海淹沒。

片刻之後，那些景象全消失了。現在只剩下道路、山脊，以及每隔十五秒就會閃過的紫色光芒，彷彿是在說著：來吧，來吧，來吧。

12

老羅拉開駕駛座車門。「醫生……生鏽克……你沒事吧？」

「沒事。那感覺就這麼來了又離開了。我想應該就跟你的感覺一樣吧。老羅，你有看見任何景象嗎？」

[123]本句為Warren Zevon歌曲〈Play It All Night Long〉中的歌詞。

「沒有。有那麼一會兒，我以為自己聞到了火的味道。不過我想這是因為空氣裡全是煙霧味道的關係。」

「我有看見用南瓜堆起來的營火，」小喬說。「我有告訴過你對不對？」

「對。」生鏽克先前一直無法完全了解自己女兒所說的景象，但現在可以了。

「我有聽見尖叫聲，」班尼說。「可是剩下的全都忘了。」

「我也有聽見，」諾莉說。「明明是白天，但天空卻是暗的。夢裡有尖叫的聲音。還有——我想——還有灰燼落在我的臉上。」

「醫生，或許我們還是回頭為妙。」老羅說。

「不行，」生鏽克說。「只要有機會讓我可以帶孩子——還有每個人的孩子都能離開這裡，我就不會回頭。」

「我敢打賭，有些大人也很想離開。」班尼如此評論。小喬用手肘頂了一下他。

生鏽克看向輻射計數器，指針停留在+200的位置。「留在這裡。」他說。

「醫生，」小喬說。「要是輻射變得更強，你暈過去了怎麼辦？我們該怎麼辦？」

生鏽克思索了一下。「要是我一直昏迷不醒，就把我拖離這裡。不過妳不用，諾莉。只要男生就好。」

「為什麼我不用？」她說。

「因為妳哪天或許會想要孩子，而且希望他們只有兩隻眼睛，四肢全長在正確的位置。」

「好吧，我會乖乖待著。」諾莉說。

「至於剩下的人，短暫暴露在輻射下應該不成問題。不過我指的是非常短暫的時間。要是我爬到半山腰，或到了果園之後才倒下，就把我留在這裡。」

「這真是糟透了，醫生。」

「我也沒說很好。」生鏽克說。「你的店裡還有其他防水布對不對？」

「嗯。我們應該帶來的。」

「我同意，不過你也預料不到所有事。要是情況變得更糟，就把剩下的防水布帶來，貼在所有的車窗上，接著把我載走。見鬼了，搞不好那時候我都已經站了起來，正朝著鎮上走呢。」

「沒錯。或者還是昏迷不醒，倒在果園裡，暴露在足以致死的輻射劑量下。」

「聽我說，老羅，我們可能只是在杞人憂天而已。我認為，那種頭昏眼花的感覺——如果你是個孩子，可能才會真的暈倒——就跟穹頂有的另一個狀況一樣。你只會感覺到一次，接著就沒事了。」

「你這是在拿命下注。」

「我們也是時候該在某些事情上頭下注了。」

「祝你好運，」小喬說，把拳頭伸進窗口。

生鏽克與他輕輕擊拳，接著也與諾莉及班尼擊拳，甚至就連老羅也伸出了拳頭。「好歹我也得跟孩子們表現得一樣好才行。」

13

就在生鏞克看見戴禮帽的萬聖節假人前方的二十碼處，輻射計數器開始發出靜電聲響。他看見指針停在「+400」的位置，正好進入了紅色區域。

他把車停在路邊，在經過一番努力後，才成功迫使自己開始行動。他回頭望向其他人。「一個字也別說，」他說。「尤其是你，班尼．德瑞克先生。要是你笑出來的話，就給我用走的回家。」

「我不笑。」班尼說，但才沒多久，他們全都笑了起來，甚至包括了生鏞克自己。他脫下牛仔褲，在內褲外頭套上一件美式足球的練習褲，還把放在大腿與臀部的防護板取了出來，在上頭貼上剪裁過後的防水布。接著，他又穿上捕手用護膝，沿著曲線滿滿貼上更多防水布。接下來，則是用來保護甲狀腺的鉛製護頸，以及保護睪丸的鉛製圍裙。最後，則是他們所能找到的最大一個護脛，從上到下全是明亮的橘色。他考慮是否要反穿另一件圍裙，藉此遮住背部（從他的角度來看，模樣可笑總比死於肺癌好），但最後決定還是算了。他全身的重量已超過三百磅，再說輻射也不會轉彎。只要維持正面面對輻射來源，他認為自己應該不會有事才對。

呃，或許吧。

這時，老羅與孩子們已小心克制住自己的笑聲，偶爾才忍不住笑出聲來。然而，這樣的自制力，在生鏞克把貼有兩塊防水布的ＸＬ尺寸泳帽戴到頭上時，開始產生動搖。而在他把長手套拉到手肘處，並戴上護目鏡時，他們則完全失去了控制。

「它活過來了！」班尼大喊，伸長手臂，邁著大步開始繞起圈圈，就像科學怪人似的。「主人，它活過來了！」

老羅搖搖晃晃地走到路旁，坐在一顆石頭上，爆出大笑。小喬與諾莉則直接倒在路上，不斷左右滾著，就像雞隻在洗泥土浴一樣。

「你們全部給我用走的回家。」生鏽克說，但在坐進貨車裡的時候（這動作不太容易），卻連自己也笑了出來。

在他前方，紫色的光芒就像燈塔般一閃而過。

14

那些新加入的警員在警局更衣室裡高聲談笑，當喧鬧聲總算讓亨利．莫里森受不了時，他便直接走出了警局。所有事全都亂了套。他知道，自己在負責保護雷尼委員的席柏杜拿出那張簽名的紙條開除賈姬．威廷頓以前，便已經很清楚這樣的情況了。她是個好警察，甚至還是個很棒的女人。

亨利認為，這是雷尼努力想清除公爵．帕金斯人馬的計畫中的第一步。而他自己就會是下一個。老費．丹頓與魯柏特．利比或許會留下來，畢竟老魯是個普通的渾球，而丹頓則是個大渾球。琳達．艾佛瑞特會離開。說不定就連史黛西．墨金也會。接著，除了那個傻瓜蘿倫．康瑞以外，卻斯特磨坊鎮警局就又再度變成男生俱樂部了。

他緩緩沿著主街巡邏，街上幾乎空無一人——就像西部片裡荒廢城鎮的街道一樣。懶惰鬼山姆．威德里歐坐在全球戲院的遮雨棚下方，膝蓋間放著一個八成不是裝著百事可樂的瓶子。但亨利並未停車。就讓這個老酒鬼留著他的酒吧。

強尼與嘉莉．卡佛正把木板釘到加油站商店的前窗上。兩人全都戴著已在全鎮成為風潮的藍色臂章。他們讓亨利起了股毛骨悚然的感覺。

他希望自己去年有接受奧羅諾警局的那份差事。那工作雖然無法讓他的事業更上一層樓，再說他也知道大學的孩子在喝醉與嗑藥後會較難應付，然而，那份差事的薪水卻比較好，而芙烈達也說，奧羅諾那裡的學校是最頂尖的。

不過，最後公爵以下一次鎮民大會中會讓他年薪增加五千美金的條件說服他留下，並且還告訴他說——說的時候信心滿滿——要是彼得．蘭道夫不自願退休，那麼他就會開除掉蘭道夫。「你會升職為副局長，年薪會再增加一萬。」公爵當時說。「等到我退休，只要你想的話，就能升到最上面。當然啦，你也能選擇載密蘇里大學的孩子回宿舍的那份差事，只是他們的褲子八成都會有乾掉的嘔吐物。好好想想吧。」

對他來說，這條件聽起來不錯，對芙烈達來說，聽起來也挺不賴（呃……是相當不賴），更讓痛恨搬家這個點子的孩子們鬆了口氣。只是，如今公爵死了，卻斯特磨坊鎮受困穹頂之下，而警局則變成一個感覺很差，氣氛也完全不對的地方。

他轉進普雷斯提街，看見小詹就站在圍在麥卡因家外的黃色封鎖線前面。小詹只穿著睡褲與拖鞋，除此什麼也沒穿。他的身體明顯地搖晃著。亨利第一件想到的事，就是小詹與懶惰鬼山姆今天的共通處倒還挺不少的。

他第二件想到的事，則是站在警局的角度著想。雖然他不久之後可能就不是警局的一分子了，但現在的確還是。而公爵．帕金斯堅持的其中一條規則是：永遠別讓我看見卻斯特警局的警員在《民主報》的趣事版上出現。不管亨利喜不喜歡小詹，他始終是個警察。

他把三號警車停在路邊，走到小詹那裡，搖晃他的身子。「嘿，小詹，我載你回局裡喝幾杯咖啡，好……」

他原本想說「讓你清醒過來」，但卻發現這孩子的睡褲溼了。小詹尿在了自己身上。

他不只驚訝，同時也感到一陣厭惡——可別讓任何人看見了，公爵會在墳墓裡這麼說——亨利伸出手，牢牢抓住小詹的肩膀。「走吧，孩子。你正在讓自己公然出糗。」

「她們是我的女本由，」小詹頭也不回地說。他搖晃的更快了，臉上——亨利可以看得出來——一副如夢似幻的著魔模樣。「我要保護她們，好讓她們開心。法國人不說再欠。」他笑了起來，然後吐了口口水，或者說試著想這麼做。一條粗粗的白線自他下巴垂落，就像鐘擺一樣的晃動著。

「夠了，我載你回家。」

這回小詹轉了過來，亨利這才發現他根本沒喝醉。他的左眼是鮮紅色的，瞳孔大得驚人。他的左邊嘴角向下拉緊，露出了一些牙齒。他那凝止不動的眼神，讓亨利想起了《獵屍者》（Mr. Sardonicus）這部片。這部電影在他還是個孩子時，曾經讓他嚇到不行。

小詹不需要回警局喝咖啡，也不需要回家睡覺。他需要的是到醫院一趟。

「走吧，孩子，」他說。「走。」

一開始，小詹還挺配合的。在小詹再度停下腳步前，亨利幾乎就快扶他走到警車那裡了。

「她們聞起來都一樣，我喜歡那個味道，」他說。「快點快點快點，就要開始下雪了。」

「對，沒錯。」亨利希望能帶著小詹繞過警車的引擎蓋前方，讓他坐進前座，但如今這想法顯得有些不切實際。就算警車後座通常必須得保持芳香，但如今除了後座，也沒有別的選擇了。

小詹回頭望向麥卡因家，那張有部分凝止不動的面孔上頭，露出了渴望神情。

「女本由！」小詹大喊。「放開！法國人不說再欠！每個法國人都是，你塔碼的！」他伸出舌頭，用舌頭迅速拍打著自己的嘴唇，聲音就像是嗶嗶鳥從大笨狼⑫④面前飛奔而去，只在身後留下一片飛揚塵土。接著他大笑起來，開始朝屋子走了回去。

「不要，小詹。」亨利說，抓住他睡褲的腰帶。「我們得——」

小詹以驚人的速度轉身。此刻已沒了笑聲；他的臉孔不斷抽搐，就像翻花繩遊戲一樣，同時帶著恨意與怒氣。他揮舞拳頭衝向亨利，牙齒緊緊咬著伸出的舌頭，一面胡亂喊著如同沒有母音的古怪語言。

亨利做出他唯一能想到的反應：閃到一旁。小詹衝過他身邊，開始捶著警車車頂的警示燈，就這麼打破了其中一個，還劃傷了指關節。現在，人們紛紛走出屋外，想看看究竟發生了什麼事情。

「隔人彭磨！」小詹鬼吼鬼叫。「磨！嗯！隔人！隔人！」

他的一隻腿滑下路旁，掉進了水溝裡，雖說腳步不穩，但卻依舊站著。此刻，鮮血已與他下巴處垂盪的口水混在一塊兒，就連兩隻手也嚴重割傷，不斷流血。

「她讓我氣炸了！」小詹尖叫著說。「我用膝蓋假住她的兜，她創個不提！拉得到處都是！我……我……」他安靜下來，似乎陷入沉思，開口說：「幫幫我。」接著，他嘴唇發出「啵」的一聲——在凝止的空氣中，聲音就像點二二手槍的槍聲一樣響亮——在警車與人行道中間，朝前倒下。

亨利載他前往醫院，路上還開了警示燈與警笛。他沒對小詹最後說的那些話多想什麼，就算那些事聽起來似乎有什麼含意也一樣。他不願多想。

他的問題已經夠多了。

15

生鏽克緩緩開上黑嶺，不斷看向輻射數器。現在輻射計數器的聲音，大的就像夾在兩座ＡＭ電台間的收音機似的。指針已從+400上升到+1000的位置。生鏽克敢說，等他開到山頂時，指針將會跑到超過+4000的地方。他知道這不是什麼好消息——他的「輻射防護衣」只不過是臨時盡力打造的——但他仍繼續往前，提醒自己輻射正在增強中；要是他開得夠快，就不會吸收到足以致死的輻射量。我或許會暫時失去一些頭髮，但不會到致命的地步。就把這想像成是放炸彈一樣：衝進去，做好事情，馬上往回走。

他打開收音機，聽見ＷＣＩＫ電台正在播放「遍布喜樂」樂團的歌曲，立即又把收音機給關上。汗水流進他的雙眼，讓他開始眨起眼睛。就算開著空調，貨車裡依舊熱到不行。他望向後照鏡，看見他的冒險夥伴就站在一塊兒，身形變得渺小無比。

輻射計數器的聲音停了下來。他轉頭一看，發現指針已落回0的位置。

生鏽克差點就停車了，接著，他才意識到自己要是真這麼做，那麼老羅跟孩子們肯定會以為他遇上了什麼麻煩。再說，這可能只是電池沒電了而已。然而，當他再朝輻射計數器看去時，卻發現上頭的電源燈依舊是亮著的。

㉔Roadrunner & Wile E. Coyote，兩者均為卡通角色。

在通往山頂道路盡頭的迴轉處前方，有座長形的紅色穀倉。有輛破舊的卡車與更加破舊的拖拉機就停在穀倉前。由於拖拉機只剩一個輪子，所以車身還是傾斜的。雖然有幾扇窗戶被人打破，但穀倉的狀況看起來還不錯。穀倉後方，有一座廢棄農舍，或許由於冬季積雪的重量之故，所以有部分屋頂已經塌陷了。

穀倉的盡頭處是開著的，就算車窗關著，空調開到最大，生鏽克還是能聞到蘋果酒的陳年香味。他把車停在屋前的階梯旁。階梯處用鐵鍊掛著一塊牌子：入侵者將依法告發。那塊老舊的牌子早已生鏽，顯然已沒了效用。麥考伊一家人，過去肯定曾在夏天的夜晚裡坐在門廊上，一面吹著微風，一面眺望遠方的風景。往右邊看見，可以看見整個卻斯特磨坊鎮的風景，如果轉向左邊，則能一路看到新罕布什爾州那裡。只是，這條門廊上頭，如今只剩下散布在各處的啤酒罐而已了。有人在牆壁上用紅色噴漆噴上了「野貓隊最強」幾個字，時至今日，已褪成了粉紅色。在門上頭，那些人則用另一個顏色的噴漆寫著「放蕩倉庫」。生鏽克猜想，這八成是一些性飢渴青少年心中的願望。不過，說不定這也只是某個重金屬樂團的名字罷了。

他拿起輻射計數器拍了一下。指針左右晃動，儀器本身甚至還發出了一些聲響。計數器似乎運作正常；只是沒偵測到任何比較明顯的輻射值。

他走出貨車——內心短暫地天人交戰了一下——脫去身上大多數的臨時防護裝備，只留下圍裙、手套與護目鏡。他朝長形穀倉走去，把輻射計數器的感應器舉至身前，在心中向自己保證，只要指針跳動一下，就要馬上回頭穿上他的「防護裝」。

然而，當他轉至穀倉側面，閃光距離他不到四十碼的時候，指針卻依舊沒有任何動靜。這似乎不太可能——除非輻射與閃光沒有直接關聯。情況似乎正是如此。生鏽克只能想出一種可能解釋：穹頂發射器創造了一個輻射地帶作為防護措施，藉以阻止像他這樣的冒險家。這正是他先前會頭昏眼花，以及孩子們會暈倒的真相。全是保護措施。就像豪豬的刺，或是臭鼬散發的味道一樣。

這更有可能是計數器故障而已，不是嗎？你可能正讓自己暴露在足以瞬間致死的伽瑪射線中。這該死的計數器搞不好根本是冷戰時留下來的東西。

只是，當生鏽克接近果園邊緣時，卻看見一隻松鼠飛快地奔過草地，爬上其中一棵果樹。牠停在樹枝上，樹枝因水果的重量稍稍下垂，而牠就這麼站在那裡，以明亮的雙眼凝視下方的入侵者，尾巴還一副蓬鬆的模樣。在生鏽克眼裡，牠健康到簡直就像騙人。他在草地上沒發現任何動物屍體，就連果樹間的通道也沒有。沒有任何自殺的動物，也沒有任何可能曾受到輻射傷害的動物。

此時，他已十分接近閃光的源頭，定時閃過的光芒如此刺眼，讓他每次都得瞇起眼睛，接近完全閉上的程度才行。在他右方，整個世界像是全在他腳下似的。他可以清楚看見位於四英里外，看起來就像玩具似的整個小鎮。包括了交錯的街道、剛果教堂的尖頂，以及幾輛行駛中的車輛。他還能看見凱薩琳．羅素醫院的磚製建築，以及遙遠西方那塊因導彈攻擊所留下的黑色痕跡。那塊污漬就掛在那裡，像是天空臉上的一顆美人痣。上方的天空一片蔚藍，就與正常的顏色差不多，但在地平線處，藍色則變成一片蠟黃。他相當確定，有些顏色是因為污染物造成的——那些污染物也讓星星變成了粉紅色——但他懷疑，這並非只是秋天的花粉沾在穹頂隱形的表面上頭而已。真正的原因，遠比這危險多了。

他又再度移動。要是他在這裡待得太久——尤其在這種視線以外的地方——只會讓他的朋友們更加不安。他想直接朝閃光的源頭走去，但最後還是先離開果園，一路走回斜坡邊緣。他可以從這裡看見其他人，只是，他們的身影簡直就比螞蟻大不了多少。他放下輻射計數器，雙手在頭上來回揮舞，示意他們自己沒事。他們也向他揮手示意。

「好了，」他說。在厚手套中，他的雙手滿是滑溜的汗水。「來看看我們究竟發現了什麼吧。」

16

現在是東街文法學校的下課時間。茱蒂與賈奈兒·艾佛瑞特，與她們的朋友狄安娜·卡佛一同坐在遊樂場的一頭。狄安娜六歲——年紀正好介於艾佛瑞特姊妹中間。她的T恤左袖上戴著一個小小的藍色臂章，那是她到學校前堅持要嘉莉幫她綁上的，這樣她就可以跟爸媽一樣了。

「為什麼要戴這個？」賈奈兒問。

「代表我跟警察一樣。」狄安娜說，津津有味地吃著水果糖。

「我也想要，」茱蒂說。「可是我要黃色的。」她在說「黃」這個字時非常小心。她還是個小寶寶時，老是會說成王色，賈奈兒也總會笑她。

「不能是黃色的啦，」狄安娜說。「只能是藍色的。水果糖好好吃喔，真希望我有一億個。」

「妳會變成胖豬，」賈奈兒說。「會長大胸部！」

她們咯咯笑了起來，接著陷入沉默，一起看著那些年紀較大的孩子。艾佛瑞特姊妹小口地咬著自家做的花生醬餅乾。有的女孩在跳房子，男孩則在爬單槓架，古斯通小姐在幫普魯特家的雙胞胎推鞦韆，而范德斯汀太太則在帶頭玩踢球遊戲。

一切看起來十分正常，賈奈兒這麼想著，但事實上卻一點也不正常。沒人大叫，沒人因為膝蓋擦傷而大哭，敏蒂與曼蒂．普魯特也沒纏著古斯通小姐，叫她讚美她們那一模一樣的髮型。他們看起來只是在假裝現在是下課時間，甚至就連大人也一樣。每個人——包括她自己——都不斷抬頭偷瞄天空。天空本來應該是藍色的，現在卻不怎麼藍。

但這還不是最糟的。最糟的是——自從癲癇發作之後——那種確定會發生什麼壞事的感覺，簡直叫人窒息。

狄安娜說：「我原本想在萬聖節扮成小美人魚，可是現在不想了。我什麼都不想扮。我不想出門，萬聖節好恐怖。」

「妳有做惡夢嗎？」賈奈兒問。

「有。」狄安娜把水果糖往前一伸。「妳要剩下的嗎？我不餓了。」

「不要。」賈奈兒說，對剩下的花生醬餅乾同樣沒了胃口，不太像是平常的自己，就連茱蒂也只吃了半塊餅乾而已。賈奈兒記得，奧黛莉有次把一隻老鼠逼到家中車庫的角落。她記得奧黛莉吠叫的模樣，在老鼠試著要衝出角落時，甚至還朝牠撲去。那幅景象讓她覺得難受，於是要媽媽把奧黛莉帶走，這樣她就不會吃掉那隻小老鼠了。媽咪大笑起來，但最後還是這麼做了。

現在，他們變成了老鼠。雖然賈奈兒不太記得癲癇發作時的夢境內容，但也足以讓她明瞭到這點。

現在，他們才是被困在角落裡的人。

「我只想待在家，」狄安娜說。一滴淚水在她左眼打轉，顯得晶瑩剔透。「萬聖節一整天我都要待在家。甚至就連學校也不來。不要。沒人可以逼我出門。」

范德斯汀太太停止踢球比賽，開始搖起上課鐘聲，但三個女孩都沒馬上站起來。

「已經是萬聖節了，」茱蒂說。「妳看。」她指著對街惠勒家門廊的那顆南瓜。「還有那邊。」這回，她指向掛在郵局門口兩旁，那兩張印有鬼魂圖案的紙板。「跟那邊。」

她最後指去的地方，是圖書館的草坪。小梅．傑米森在那裡放了個填充假人，認為這東西肯定能惹人發笑；但通常能讓成人發笑的東西，總會讓孩子們覺得恐怖。賈奈兒認為，圖書館草坪上的那個假人，或許會在一片漆黑的夜晚裡，趁她等待睡意前來時，到她家來探望她。

假人的頭是用麻布做的，雙眼則是用線縫出的白色叉叉。那頂帽子就像蘇斯博士[125]的故事裡那隻貓戴的那頂。假人的雙手是用園藝鏟子做的（又古老又邪惡的鬼手，賈奈兒這麼想），身上穿著一件寫有文字的T恤。她不曉得那些字是什麼意思，但可以念得出來：播放一首死亡樂團的曲子：〈甜蜜的家鄉阿拉巴馬〉。

「看見了沒？」茱蒂沒哭，但雙眼卻嚴肅睜大，裡頭裝滿了過度複雜的知識，以及過於陰沉的神色。「萬聖節已經到了。」

賈奈兒伸手去牽妹妹的手，把她拉了起來。「還沒到，」她說……但也害怕現在說不定已經真的是萬聖節了。那天會有什麼不好的事發生，跟火有關的事。沒有糖果，只有搗蛋。討厭的搗蛋。壞透了的搗蛋。

「我們進去吧，」她對茱蒂與狄安娜說。「我們可以唱歌跟做勞作，一定很好玩。」

通常的確很好玩，只是那天並非如此。就連在天空還沒發生大爆炸以前，也不能算是好玩。

賈奈兒不斷想著那具假人的白色交叉雙眼，還有那件不知為何，總顯得十分恐怖的T恤：播放一首死亡樂團的曲子。

17

琳達．艾佛瑞特的祖父，是在穹頂降下的四年前去世的，身後留給他的孫女一筆金額雖小，但卻還算不賴的遺產。琳達拿到一張一萬七千兩百三十二元又四角的支票。這筆錢大多存進了艾佛瑞特姊妹的大學基金中，但她覺得，在生鏽克身上花個幾百塊，絕對是件情有可原的事。他的生日快到了。再說，幾年前蘋果電視剛推出的時候，他便一直想要一台。

他們結婚之後，她曾經幫他買過比那更貴的禮物，然而，他收到這個禮物的開心程度，卻是其他禮物比不上的。他可以從網路下載電影，直接用電視觀看，再也不用在較小的電腦螢幕上看片，使他因此開心無比。這台電視的外觀是白色的塑膠方塊，每側約莫七英寸長，厚度則為四分之三吋。生鏽克在黑嶺上發現的那東西，看起來就跟那台蘋果電視很像，甚至還讓他剛開始時，以為那真的是台蘋果電視……當然，是稍微經過改裝的版本，好讓它可以把高解析版的《小美人魚》透過無線網路，傳送到困在鎮上的每戶人家的電視裡。

位於麥考伊果園邊緣的那東西不是白色，而是暗灰色的，就連最上方的標記，也不是那個眾所皆知的蘋果商標。生鏽克看著那個不知為何，令人感到惴惴不安的標記：

⑫⑤Dr. Seuss，知名童書作家。

標記上方，有個跟他小拇指關節差不多大小的突起圓罩。罩內有個玻璃或水晶製成的透鏡。就是這東西不斷規律性地發出紫色光芒。

生鏽克俯身去摸穹頂發射器的表面——如果這真的是發射器的話。一股強大電流，瞬間從他手臂浪湧而起，傳至他的身體。他試著想抽手，但卻無法辦到，肌肉完全被鎖住而無法動彈。輻射計數器發出一聲刺耳聲響，接著陷入沉默。由於生鏽克的雙眼動彈不得，是以無法得知指針是否已上升到了危險區域裡頭。光芒在他眼中的世界流逝而去，就像水流進浴缸裡的排水孔，他的思緒突然變得平靜清晰：我就要死了。這真是笨到不行的——

接著，黑暗中浮現了幾張臉孔——只是那並非人類的臉，後來，他也始終無法確定那究竟算不算是臉孔。那東西看起來像是皮革裡塞滿東西的幾何形狀。他們看起來唯一有點像人的部分，只有鑽石形狀的兩側而已。有可能是他們的耳朵。他們的頭——如果那真的是頭的話——轉向彼此，像是在討論什麼，或者是某種會讓人誤會成他們在討論什麼的動作。他認為自己聽見了笑聲，還感受到一股興奮感。這感覺讓他想到孩子們在東街文法學校的遊樂場裡——他的兩個女兒，或許還有她們的朋友狄安娜．卡佛——趁著下課時間，趕緊交換零食與她們之間的小祕密。

所有一切全發生在四秒之內，頂多不超過五秒，接著便完全消失無蹤。電流在瞬間消散，就跟人們第一次伸手觸碰穹頂表面時一模一樣；速度快得跟他眼前陷入黑暗，看見那個戴著歪帽子的假人時一樣。現在，他又回到了可以俯視整個小鎮的山頂上，穿著一身鉛製裝備的跪在地上，感到悶熱不已。

然而，在他眼前一片漆黑時看到的景象，依舊深深烙印在他腦海裡。他們靠在一起，因為某個齷齪、幼稚的陰謀，不斷大笑出聲。

其他人就在下面看著我。揮手。讓他們知道我沒事。

他把雙手高舉過頭——現在又活動自如了——緩緩來回揮舞，彷彿胸膛裡的心臟沒跳得跟野兔一樣快，汗水也沒自他胸口那裡，如同洶湧溪水般不斷流下。

在下方的道路上，老羅與孩子們朝他回揮著手。

生鏽克深吸幾口氣，好讓自己冷靜下來，接著又朝扁平的灰色方塊舉起輻射計數器的接收器，同時坐在柔軟的草地上。指針停在略低於+5的位置，沒再發出任何雜音。

生鏽克完全相信，眼前這個扁平的灰色方塊，正是引發這場麻煩的源頭所在。那些生物——肯定不是人類，而是某種生物——使用這東西來囚禁他們的囚犯。不只如此。他們還用這東西來加以觀察。

甚至從中獲得樂趣。那些混蛋全在不斷大笑。這是他親耳聽見的。

生鏽克脫下圍裙，披在方塊那微微突起的透鏡上，起身後退。一開始，什麼事也沒發生，接著圍裙便突然燒了起來，氣味刺鼻難聞。他看見圍裙表面冒出水泡與氣泡，火焰隨之迸了出來。圍裙的鉛塊就與塑膠衣一樣付之一炬，瞬間就只剩幾塊燃燒碎片，其中最大的一塊位於方塊頂端。片刻之後，那件圍裙——或說原本是圍裙的東西——就這麼瓦解了。所剩不多的灰燼碎片飛舞著——還傳出了氣味——而其餘的部分……就這麼嘶的一聲，消失無蹤。

我真的有看見這一切？生鏽克在心中自問，接著又大聲說出，詢問整個世界。他可以聞到塑膠燃燒的味道，以及他猜應該是鉛被燃燒後的那股較濃氣味——簡直是瘋了，根本不可能——但圍裙的確就這麼消失了。

「我真的有看見這一切？」

方塊頂端的突起部分閃現紫色光芒，就像是要回答他一樣。脈衝波供給穹頂能量，就跟只消用手指敲打電腦鍵盤，就可以讓螢幕產生變化是一樣的道理？還是，這其實只是讓那些皮革頭可以觀察全鎮而已？兩者皆是，還是兩者均非？

他告訴自己別再靠近那個扁平方塊，接著又告訴自己，他能做出最聰明的事，就是跑回貨車（現在少了圍裙的重量，他總算可以用跑的了），儘可能加快車速，只有在讓下面的夥伴上車時，才把車速放慢。

然而，他卻又再度靠近方塊，跪在方塊前方，姿勢像透了在膜拜。

他脫下一隻手套，觸摸那東西旁邊的地面，接著又換成手背去碰。是熱的。圍裙的燃燒碎片使草地有些部分已經燒焦了。接著，他又伸手去碰方塊本體，硬著頭皮準備承受另一次的焚燒或電擊……但這兩件事都不是他最害怕的部分，他怕的，是再度看見那些皮革模樣的生物，看到不確定究竟是不是頭部的東西，開始轉向彼此，因為什麼陰謀而高聲大笑。

但什麼事也沒發生。沒有影像，也沒有熱度。縱使他親眼看見圍裙在蓋上灰色方塊頂端時開始冒起氣泡，隨後燒了起來，但此刻的方塊摸起來卻是冰涼的。

紫色光芒閃過。生鏽克小心翼翼地不讓手碰到方塊正面，而是抓緊側面，心中做好了向妻子與兩個女兒告別的準備，告訴她們，他很抱歉自己竟然會是這麼一個該死的笨蛋。他等候火舌冒出，自己燃燒起來，一直要到確定沒事之後，才試圖舉起方塊。雖然這東西的表面區域只跟餐盤一樣大，而且厚不到哪裡去，但他還是舉不起這東西。方塊可能從山頂被植入到新英格蘭地區基岩的九十英尺深度，藉此牢牢固定——但根本沒有，這東西只是就這麼放在山頂的草地上而已。他用手指挖進草地，伸到下方深處，碰到了這東西。他把手指併攏，再度試著要舉起來。沒有電擊，沒有影像，沒有熱度，沒有反應，什麼都沒有。甚至就連晃動一下也沒有。

他心想：我的手正抓著某種外星儀器。來自另一個世界的儀器。我可能還看見了這東西的製造者。

這念頭對理智來說是件令人驚奇的事——甚至到了驚訝不已的地步——但似乎沒引發情緒上的任何波動。或許他過度驚訝，因而無法負擔這個訊息，導致完全無法釐清狀況。

接下來怎麼辦？接下來到底他媽的怎麼辦才好？

他不知道。這想法似乎證明了他的情緒並非毫無波動，因為，絕望的情緒席捲而來，讓他想要大吼一聲。只是，他的喉嚨才發出一點聲音，立即又強壓下來。下面的四個人可能會聽見叫聲，以為他遇上了麻煩。沒錯，他的確是遇上了麻煩，只是這麻煩不只是衝著他來。

他雙腿發抖，站起身子，差點又跌坐在地。天氣很熱，周圍的空氣就像在他皮膚上抹了層油。他慢慢穿過長滿蘋果的果樹，朝貨車方向回去。他唯一確定的，就是在任何情況下，都不能讓老詹·雷尼知道有穹頂發射器這回事。這不是因為他可能會試圖破壞它，而是因為他很可能會安排一隊人馬來看守發射器，好讓它不被破壞。這麼一來，這玩意兒就能運作下去，好讓他可以繼續控制一切。至少就目前來說，老詹一定相當希望狀況可以這麼持續下去。

生鏽克打開車門。就在這時，距離黑嶺北方有一英里遠的天空中，發生了一場巨大爆炸，就像上帝俯下身，從天堂用霰彈槍開了一槍似的。

生鏽克驚訝地叫出聲來。他抬頭朝TR-90合併行政區與卻斯特磨坊鎮的邊界望去，接著馬上護住雙眼，遮住那強烈到有如另一個燃燒太陽的光芒。又一架飛機撞上了穹頂。只是這回不是塞涅卡V型那種小飛機。撞擊處不斷冒出濃濃黑煙，生鏽克估計，那裡的高度至少有兩萬英尺。如果說先前導彈留下的痕跡是天空臉頰上的一顆美人痣，那麼這個新的痕跡，則像是顆皮膚瘤。一顆肆意生長的皮膚瘤。

生鏽克忘了穹頂發射器的事，忘了還有四個人正在等他，也忘了冒著被燒死的風險時，內心無比掛念的兩個女兒。他忘了所有事情。在那兩分鐘裡，他除了對於驚人災情的恐懼以外，腦海中什麼也沒想。

飛機殘骸墜落至穹頂另一側的地面。先是四分之一的客機殘骸墜毀在地，接著是燃燒中的引擎；而在引擎之後的，則是如同瀑布般墜落的藍色飛機座椅，上頭還坐有許多繫著安全帶的乘客；緊接著座椅的，則是閃閃發光的巨大機翼，掉下去的模樣就像被裁切過後的一張紙；而在機翼後頭的東西，應該是七六七客機的機尾部分。機尾是深綠色的。生鏽克看著明亮的綠色殘影，似乎看見了像是苜蓿的標誌。

不是苜蓿，而是三葉草。

接著，機身像是缺了箭頭的箭一樣，直直墜毀在地面上，還引燃了整片樹林。

18

當爆炸聲席捲全鎮時，大家全跑出來觀望著。所有卻斯特磨坊鎮裡的人全都跑出來看了。他們站在自己的房子前、車道上、人行道及主街中央。雖然北方的天空對這些囚犯來說簡直是一片模糊，但他們仍須護著雙眼，才有辦法望向強光──而對人在黑嶺山頂的生鏽克來說，那景象看起來就像是第二顆太陽似的。

當然，他們還是看見了那是什麼東西。眼力較好的人，甚至在機身筆直墜入樹林以前，便看見了上頭的文字。這並非什麼超自然事件，甚至這個星期早已發生過相同的事（但不可否認的是，那次的規模小多了）。但對卻斯特磨坊鎮的人來說，這件事激發了一種陰沉的恐懼，就這麼一直維持到事件結束的時候。

任何一個看護過末期病患的人都會告訴你，拒絕承認自己即將死亡這件事，總是有個臨界點存在。等到過了臨界點之後，病患才能真正接受一切。對於卻斯特磨坊鎮的大多數人來說，那個臨界點就發生在十月二十五日的上午十點左右。他們有些是單獨一人，有的則與鄰居站在一塊兒，目睹三百多人就這麼墜落到TR-90合併行政區的樹林裡。

今天稍早，或許有百分之十五的鎮民戴著象徵「團結」的藍色臂章；到了十月這個星期三的日落時分，人數則會變成兩倍。等到明天的太陽升起時，人數則會超過百分之五十。

先是拒絕相信，然後是承認。最後，承認則會滋生依賴。任何一個照顧過末期病患的人同樣會這麼告訴你。生病的人需要有人幫他們拿藥丸及配藥服用的果汁，需要有人用藥膏來緩解他們的關節痛，更需要有人在似乎漫無止境的漆黑夜晚中，就這麼坐在他們身旁。他們需要有人對他說：睡吧，明天早上就好多了。我就在這裡，所以放心睡吧。睡吧。只管睡，我會打理好每件事的。

睡吧。

19

亨利．莫里森警員載小詹抵達醫院——那孩子已恢復了模糊意識，但仍在胡言亂語——接著抽筋敦便用輪椅推著他離開。目送這孩子離開眼前，實在是種解脫。

查號台幫亨利轉接到老詹家與鎮公所的辦公室，但兩個地方都沒人接聽——全都在通話中。客機爆炸時，電子語音正告訴他詹姆士．雷尼的手機號碼並未登記。他與所有可以下床走動的病人全都衝了出去，站在迴轉道那裡，望著穹頂透明表面上的全新黑色痕跡。最後一塊飛機殘骸，此時仍在往下飄落。

老詹的確在鎮公所的辦公室裡，只是把電話線拔了，好讓他可以馬不停蹄地準備兩場演說——一場是今晚對警察的演說，另一場則是明晚對全鎮的演說。他聽見爆炸聲，隨即衝至外頭。他第一件想到的事，就是寇克斯發射了核彈。他麻的核彈！要是核彈穿透穹頂的話，肯定會毀了一切！

他發現自己正站在鎮公所管理員艾爾．提蒙斯身旁。艾爾指向北方高空的濃煙。在老詹眼裡，那看起來就像一部描述二次世界大戰的老電影中的空戰畫面。

「是架飛機！」艾爾大喊。「還是大型的那種！天啊！他們沒接到警告嗎？」

老詹感到如釋重負，狂跳的心臟也稍緩下來。如果是飛機的話……只是飛機，而不是核彈或某種超級飛彈……

他的手機響起。他從西裝外套裡掏出手機，彈開上蓋。「彼得？是你嗎？」

「不，雷尼先生。我是寇克斯上校。」

「你做了什麼？」雷尼大喊。「老天爺啊，你們幹了什麼好事？」

「什麼也沒做。」寇克斯的聲音中，已沒了先前輕快的權威感，聽起來像是連自己都震驚不已。「我們什麼也沒做……等我一下。」

雷尼等著。主街上站滿看著天空的人，全都一副目瞪口呆的模樣。雷尼覺得，他們看起來就像穿著人類衣服的綿羊似的。明天晚上，他們會聚集在鎮公所囉嗦個不停，問事情會改善嗎？接著又囉嗦個不停，嚷著在事情結束之前，都要好好地照顧他們。他會這麼做的。只是這並非出自他的意願，而是因為這是上帝的旨意。

寇克斯回來了。此刻他聽起來不僅震驚，同時還疲憊不已，完全不像是先前那個想脅迫老詹下台的人。這才是你聲音該有的樣子，兄弟，雷尼想著。就是這樣。

「從我這邊初步得到的訊息來看，爆炸的原因是愛爾蘭航空的一七九號班機撞上了穹頂。這架飛機由夏儂飛往波士頓，我們有兩個各自無關的證人，聲稱看見機尾有三葉草的標誌，ＡＢＣ電視台的一組記者可能有從哈洛鎮的隔離區外頭拍到畫面……再等我一下。」

那遠遠超過一下，而是好多下。老詹的心跳原本已放緩至正常速度（如果每分鐘一百二十下算正常的話），但此刻卻又再度加速，開始變得不規則起來。他開始咳嗽，並捶打自己的胸口。他的心臟幾乎就快停了，接著完全進入心律不整的狀態，額頭不斷冒汗。天色原本昏昏沉沉，但此刻似乎變得太過明亮了些。

「老詹？」是艾爾．提蒙斯。雖然他就站在老詹身旁，但聲音卻像來自另一個遙遠的銀河系裡。「你沒事吧？」

「沒事，」老詹說。「先待著別走。我或許會需要你幫忙。」

寇克斯又回來了。「是愛爾蘭航空沒錯。我剛剛看了ABC電視台拍到的撞機畫面。有個記者正在報導，撞機事件就發生在她後方。他們拍下了整個經過。」

「我敢說，他們的收視率絕對會上升。」

「雷尼先生，我們之間或許有意見上的分歧，但我希望你可以轉告你的選民，叫他們不用擔心這件事。」

「你只要告訴我怎麼會發生這種——」他的心臟又出了問題。他喘不過氣，呼吸隨之停下。他再度捶起自己的胸口——相當用力——走到鎮公所與人行道間的紅磚路旁，在長椅上坐了下來。艾爾沒盯著穹頂上的事故痕跡看，而是一直看著他，額頭因關心——還有老詹覺得是恐懼的情緒——皺了起來。就算在現在這種情況下，他還是很高興能親眼看見，知道自己被視為一個不可或缺的人。羊群總是需要一個牧羊人。

「雷尼？你還在嗎？」

「還在。」他的心臟也是，只不過離完全沒事還遠得很。「怎麼會發生這種事？怎麼會？我以為你那邊的人都接到警告了。」

「我們得復原黑盒子後，才能確定是怎麼回事。不過，我們之前的確想出了不錯的方法來處理這件事。我們通知了所有航空公司的負責人，警告他們遠離穹頂，但這條路線是第一百七十九號自動飛行路線。我們認為有人忘了重新調整自動飛行系統，事情就這麼單純。只要我們有了進一步的細節，就會儘快通知你。不過，現在最重要的，是在情況還可以控制之前，儘快平息鎮上的任何恐慌狀況。」

然而，在某些情況下，恐慌可是件好事。在某些情況下，恐慌或許——就像糧食暴動與縱火事件——還能帶來有益的影響。

「這件事蠢到了極點，但終究只是意外。」寇克斯說。「你要確定能讓鎮民們都了解這點。」

他們只會知道我告訴他們的事，只會相信我要他們相信的事。雷尼心想。

他的心臟浮了起來，就像熱鍋上的油脂，暫時又恢復了比較正常的節奏，但接下來又再度浮起。他沒回答寇克斯，便直接按下紅色的「結束通話」鍵，把手機放回口袋，看向艾爾。

「我要你載我去醫院，」他說，語氣冷靜到就像自己沒事一樣。「我好像有點不太舒服。」

戴著團結臂章的艾爾，看起來從沒有這麼緊張過。「沒問題，老詹。你坐在這兒就好，我去開車。我們可不能讓你發生任何意外。這個小鎮需要你。」

還用你說，老詹心想，坐在長椅上頭，望著天空的巨大黑色痕跡。

「聯絡卡特．席柏杜，叫他到醫院找我。我要他待在我身邊。」

他還想下達其他指示，只是這時，他的心臟卻完全停了下來。這一刻就像永恆般長久，他覺得自己腳下裂開了一個清晰的黑暗深淵。雷尼喘著氣，重捶胸口，讓自己吸進滿滿一口氣。他想著：不准你現在放棄，我還有很多事得做。他麻的不准。不准。

20

「那是什麼？」諾莉尖聲問，聲音有些幼稚，接著又自己回答。「那是架飛機對吧？一架坐滿人的飛機。」她的眼淚掉了下來。兩個男孩試圖忍住眼淚，但卻沒能成功，讓老羅覺得自己也快哭了。

「嗯，」他說。「我想就是這樣。」

小喬轉身望向正朝他們開回來的貨車。貨車加速開到山脊底部，彷彿生鏞克迫不及待想回來似的。等他抵達這裡，走出車外，小喬這才發現另一個讓他如此著急的原因：那件鉛圍裙不見了。

生鏞克還來不及開口，手機便響了起來。他翻開手機上蓋，看了看號碼後接起電話。他以為是維維打來的，但來電的卻是那個新來的傢伙瑟斯頓·馬歇爾。「喂？怎麼了？如果是那架飛機的事，我有看見——」他聽著電話，微微皺起眉頭，接著點了點頭。「好，沒問題。對。我現在就過去，叫維維跟抽筋敦用靜脈注射，給他兩毫克的煩寧[126]。算了，最好還是三毫克比較保險。叫他冷靜下來，雖然這不太像是他的個性，不過就叫他盡量吧。給他兒子五毫克的量。」

他掛上電話，望向其他人。「雷尼父子全進了醫院，老的那個心律不整，就跟之前一樣。那該死的蠢蛋兩年前就該裝個心臟起搏器了。瑟斯頓說，小的症狀看起來像是膠質瘤。我還真希望他搞錯了。」

諾莉抬起滿是淚痕的臉看向生鏞克，一隻手抱著正用力拭去眼淚的班尼·德瑞克。等到小喬走了過來，站在她身旁時，她則用另一隻手抱住了他。

「那是一種腦瘤對不對？」她說。「不好的那種。」

「只要發生在小詹．雷尼那種年紀的孩子身上，幾乎全是惡性的。」

「你在上面發現了什麼？」老羅問。

「你的圍裙是怎麼回事？」班尼補充。

「我發現了小喬認為我會發現的東西。」

「穹頂發射器？」老羅問。「醫生，你確定嗎？」

「嗯。我從來沒有看過那種東西。我很確定，地球上一定沒人看過那種東西。」

「那是另一個星球的東西，」喬伊小聲說，聲音低到接近耳語。「我就知道。」

生鏽克嚴肅地看著他。「你不准提起那東西。我們全部都是。要是被問到的話，就說我們什麼也沒看見，什麼也沒找到。」

「包括我媽？」小喬哀怨地問。

生鏽克差點就讓步了，但最後還是硬起心腸。這個祕密現在有五個人知道，人數已經太多了。但孩子們當然有資格知道，再說，反正小喬．麥克萊奇也早就猜到了。

「連她也是。至少現在得這麼做。」

「我沒辦法對她說謊，」小喬說。「沒用的。她有媽媽的直覺。」

「那就告訴她說，你已經發誓保密，再說不知道也對她比較好。要是她抗議的話，就叫她找我談談。走吧，我還得回醫院。老羅，你來開車。我腦筋快斷線了。」

⑫⑥Valium，為一種鎮定劑。

「你不打算——」老羅開口。

「我會告訴你們一切。回去的路上再說。說不定我們還有時間討論該拿那東西怎麼辦才好。」

21

愛爾蘭航空的七六七客機撞上穹頂的一小時後，蘿絲．敦切爾拿著一個蓋著餐巾紙的盤子，走進卻斯特磨坊鎮警局。史黛西．墨金就坐在值班台後頭，看起來一臉疲憊，心不在焉，就跟蘿絲的感覺一樣。

「那是什麼？」史黛西問。

「午餐。給我的廚師的。兩個烤三明治。」

「蘿絲，我想我沒辦法讓你下去那裡。我想，我沒資格讓任何人下去。」

馬文．瑟爾斯就在旁邊，與兩名新警員聊著他去年春天在波特蘭市政中心看那場瘋狂卡車秀的事。他轉了過來。「我拿給他吧，敦切爾小姐。」

「你才不會。」蘿絲說。

小馬看起來一臉驚訝，還有點受傷的模樣。他一直挺喜歡蘿絲，還以為她也喜歡自己。

「我不相信你的手腳夠俐落，最後一定會把盤子給不小心砸了。」雖然這並非事實，但她還是如此解釋。事實是，她根本不相信他這個人。「我又不是沒看過你打足球，馬文。」

「噢，拜託，我才沒那麼笨手笨腳。」

「可是我也想看看他是不是沒事。」

「他不應該見任何訪客，」小馬說。「這是蘭道夫局長的指示，那是他直接從雷尼委員那裡得到的命令。」

「呃，我就是要下去，你得用電擊槍才有辦法阻止我。但要是你這麼做的話，我就會讓你再也吃不到你喜歡的草莓鬆餅，而且還是中間有點膏的那種。」她看了看四周，還嗅了幾下。「再說，現在我可沒看見有半個人在這裡。我有漏看了什麼嗎？」

小馬掙扎地考慮著，像是被逼問的囚犯，最後決定還是算了。他真的挺喜歡蘿絲，而且也喜歡她做的鬆餅，尤其是有點膏的那種。他鉤住腰帶，開口說：「好吧，不過我得跟妳一起下去。除非我先檢查過餐巾紙底下的東西，否則妳就不准拿東西給他。」

她舉高盤子。餐巾紙底下是兩個烤三明治，還有一張寫在薔薇蘿絲餐廳顧客滿意表後頭的紙條。要堅強，紙條上這麼寫，我們都相信你。

小馬把紙條揉爛，朝廢紙簍扔去。他沒扔準，其中一個新人急忙跑去撿了起來。「走吧，」他說，接著又停下來，拿了半個三明治，大大咬了一口。「反正他本來也不該有東西可吃。」他告訴蘿絲。

蘿絲什麼也沒說，但當小馬帶她下樓時，她腦中的確迅速閃過一個想用盤子朝他頭上猛敲的念頭。

她走至樓下走廊的一半處，小馬便說：「妳只能到這裡，敦切爾小姐。我幫妳把東西拿過去。」

她把盤子交了過去。小馬跪著把盤子推進鐵欄裡時，還一副老大不高興的模樣。小馬說：「午餐時間到了，下水道的怪物。」

巴比沒理會他，只是看著蘿絲。「謝謝妳。只是，如果這三明治是安森做的，我還真不曉得自己怎麼會有榮幸在上頭咬下第二口。」

「是我做的，」她說。「巴比——他們為什麼要打你？你有試著逃跑嗎？你看起來糟透了。」

「我沒有逃跑，也沒有拒捕。對嗎，小馬？」

「你最好別耍嘴皮子，否則我就進去把你的三明治拿走。」

「呃，你不妨試試看，」巴比說。「我們可以好好討論一下。」等到小馬表現出不打算考慮他的提議時，巴比才把注意力再度轉回蘿絲身上。「是飛機嗎？聽起來像是飛機，還是架大飛機。」

「ABC電視台說是一架愛爾蘭航空的客機，上頭還坐滿乘客。」

「讓我猜猜，這架飛機是要飛往波士頓或紐約，結果有個腦袋不太靈光的人，忘了重新調整自動飛行系統。」

「我不知道。他們還沒提到這部分。」

「走吧。」小馬走了回去，握住她的手臂。「你們聊夠了。妳得在我惹上麻煩前離開這裡。」

「你沒事吧？」蘿絲問巴比，抗拒著這項命令——至少一下也好。

「嗯，」巴比說。「妳呢？妳跟賈姬．威廷頓和好了嗎？」

該怎麼回答這個問題才好？就蘿絲所知，她可沒什麼需要與賈姬和好的事。她認為自己看見巴比輕輕搖了搖頭，希望並非只是出自想像。

「還沒。」她說。

「妳應該這麼做的。叫她別再那麼蠻不講理了。」

「她就是這樣的人。」馬文嘀咕了一句，握緊蘿絲的手臂。「走吧，快走；別逼我把妳拖上去。」

「幫我跟她說，說妳不會有問題，」巴比在她走上樓梯時大喊。這回，她被迫走在小馬前頭。「妳們兩個真的得好好談談。謝謝妳的三明治。」

幫我跟她說，說妳不會有問題。

她很確定這一定是什麼訊息。她不認為小馬會發現這點；他一直不太聰明，在穹頂降下的這些日子裡，也沒變得聰明到哪裡去。這或許就是巴比願意冒險的原因。

蘿絲下定決心，要儘快去找賈姬，傳達這些訊息：巴比說我不會有問題。巴比說，我們兩個得好好談談。

「謝謝你，小馬，」他們回到準備室時，她這麼說道。「你願意讓我下去實在太好心了。」

小馬環顧四周，沒看見任何一個權力比他大的人，因此鬆了口氣。「小事一樁，不過妳可別以為妳還能帶晚餐過來，接著又下樓一次。這是不可能的。」他想了一會兒，裝出一副哲學家的模樣。「反正我想，就讓他吃點好料吧。畢竟等到下星期的這個時候，他就會熟得跟妳做的三明治一樣了。」

我們走著瞧吧，蘿絲心想。

22

老安．桑德斯與煮廚坐在WCIK電台的倉庫旁吸冰毒。他們正對著電波塔附近，地上有個土堆，上頭插有用箱子木板做成的十字架。被埋在土堆下的，是貝茲拷問者、強姦的受害者，也是小華特的母親小珊．布歐。煮廚說，他之後可能會去卻斯特塘的墓地，偷個正式的十字架來放。如果一有時間就去。只是，現在恐怕也沒什麼時間了。

他說這話時，還舉起了車庫的電子鑰匙，彷彿在強調這點似的。

老安為小珊感到難過，就像他為克勞蒂特與小桃感到難過一樣。但現在，那感覺只是近乎哀痛，就這麼安全地存放在他內心的穹頂裡：你看得見它，察覺得到它的存在，卻沒辦法真正觸摸到它。這是件好事。他試著想向煮廚布歐解釋這種感覺，只是當說到一半時，卻有些變得七零八落——這個觀念實在太複雜了。不過雖說如此，煮廚還是點了點頭，接著把玻璃做的大菸斗遞給老安。菸斗的側面還刻著字：販賣是不合法的。

「很棒吧，對不對？」煮廚說。

「對！」老安說。

這兩個又開始吸起毒品的毒蟲，開始討論起對他們而言非常偉大的兩個話題：這真是好東西。他們有了這種好東西後，怎麼可能會把事情搞砸呢？就在他們討論到一半時，北方那裡發生了巨大爆炸。老安遮住雙眼，看著濃煙中的燃燒景象。他差點就把菸斗掉在地上，但煮廚接住了。

「我的媽呀，是一架飛機！」老安想站起身來，但他的雙腿雖說充滿能量，卻無法支撐他的身子，於是又坐了回去。

「不是，桑德斯。」煮廚說，深吸了一口菸斗。他盤坐在地，看著老安的模樣，活脫像是個拿著菸管的印度人。

在老安與煮廚中間，放著四把斜靠在牆壁上的全自動AK-47步槍。雖然步槍是俄國製的，但卻是從中國進口來的──就跟倉庫裡放著的許多好東西一樣。除此之外，這裡還有裝滿五個木箱的三十發彈匣，以及一箱RGD-5手榴彈。煮廚之前還幫老安翻譯了手榴彈箱子上的中文字：這該死的玩意兒可得小心輕放。

煮廚拿起其中一把步槍，橫放在膝蓋上。「那不是飛機。」他補充說。

「不是？不然是什麼？」

「是上帝賜下的徵兆。」煮廚望向自己在倉庫側面用噴漆寫上的文字。那是〈啟示錄〉第三十一節中最重要的兩句話，經由他個人的詮釋轉述而成。接著，他又回頭望向老安。在北方，天空的煙霧正飄散開來，而下方則因飛機墜毀在樹林中，因而飄起了另一陣濃煙。「我接收到的日期可能是錯的，」他深思著說。「今年萬聖節真的提前了。或許是今天，或許是明天，或許是後天。」

「又或許是大後天。」老安幫他補充。

「有可能，」煮廚同意。「不過我想就快了。桑德斯！」

「怎麼了，煮廚？」

「拿一把槍。你現在已經加入上帝的軍隊，是基督的戰士了。你幫那個叛教徒王八蛋擦屁股的日子已經結束了。」

老安拿起一把步槍，橫放在他裸露在外的大腿上。他喜歡那把槍的重量與溫度，還檢查了一下安全裝置是否開著。是開著的。「煮廚，你說的叛教徒王八蛋是誰？」

煮廚一臉鄙視地盯著他看，然而，當老安伸手想拿菸斗時，他還是心甘情願地遞給了他。冰毒的量絕對夠他們從現在抽到一切結束。對，沒錯，離一切結束的時刻已經不久了。「雷尼。他就是那個叛教徒王八蛋。」

「他是我朋友，我的搭檔。好吧，他也是個很難纏的人。」老安承認道。「我的媽呀，這可真是好東西。」

「的確，」煮廚不太開心地同意，把菸斗（老安現在覺得自己已經變成了一根老菸管）拿了回來。「這是可以讓你看得最遠的望遠鏡，也是純淨中的純淨。桑德斯，你說說看，這還是什麼東西來著？」

「抗憂鬱的藥！」老安靈敏地回答。

「那個又是什麼？」他指向穹頂上頭新出現的黑色痕跡。

「徵兆！上帝的徵兆！」

「對，」煮廚說，語氣緩和下來。「這是貨真價實的徵兆。桑德斯，我們現在得跟隨上帝的腳步了。你知道上帝揭開第七印時會發生什麼事嗎？你有讀過〈啟示錄〉嗎？」

老安還記得，他在十幾歲時參加的基督教夏令營裡有聽過這件事，他們說天使會從第七印裡面突然冒了出來，就像馬戲團的小丑會坐著小車出場一樣。不過，他不想用這種方式來形容，怕煮廚會覺得這是在瀆神，因此只是搖了搖頭。

「你沒在思考。」煮廚說。「你或許有去聖救世主教堂聽講道，不過講道這種東西什麼也教不了你。講道這種狗屁事情，根本沒有真正的遠見可言。你聽得懂我的意思嗎？」

老安只知道自己還想再抽一口，但仍是點了點頭。

「第七印被開啟時，會出現七個拿著號角的天使。只要每當有天使吹起搖滾樂，就會有天災降世。拿去，抽一口，這可以幫你集中注意力。」

他們在這裡抽多久了？感覺都好像已經過了幾個小時了。他們真的有看見飛機失事嗎？老安認為有，但此刻卻不敢肯定。這件事似乎相當不合情理。或許他該睡個午覺才對。但從另一方面來說，能和煮廚坐在外面嗑藥，一面聆聽他的教導，實在是太棒了。「我差點就自殺了，但上帝救了我。」他告訴煮廚。這個念頭如此美妙，讓他的雙眼盈滿淚水。

「對，對，這很明顯。不過其他部分可就不是這樣了，所以你要好好聽著。」

「我正在聽。」

「第一個天使吹號，就會有摻血的冰雹落在地上。第二個天使吹號，就有彷 佛火燒著的大山被扔進海中。這就是在講你的爆發什麼的。」

「對！」老安大喊，在不經意的情況下，扣動了橫放在他腿上的步槍扳機。

「你得小心一點，」煮廚說。「要是安全裝置沒開的話，你就會把我的老二轟進那棵松樹裡頭，整個正中紅心。」他把菸斗遞給老安。老安甚至不記得自己先前有把菸斗還他，不過他肯定這麼做了。現在幾點了？看起來像下午三點左右。不過這怎麼可能？他可沒有任何餓的感覺。通常午餐時間一到，他總是餓到不行，那總是他一天中最重要的一餐。

「現在仔細聽好，桑德斯，這裡是最重要的部分。」

煮廚可以從記憶中引述〈啟示錄〉的內容，是因為他自從搬到電台後，便仔細研究著〈啟示錄〉。他著迷地不斷重讀，有時還會讀到太陽自地平線處升起為止。「『第三位天使吹號，就有燒著的大星！好像火把從天上落下來！』」

「我們剛剛才看見的！」

煮廚點頭。他的視線緊盯著黑色痕跡，也就是愛爾蘭航空一七九號班機的終結之處。「『這星名叫茵蔯，因水變苦，就死了許多人。』你覺得苦嗎，桑德斯？」

「沒有！」老安向他保證。

「對，我們是甘美的。但現在茵蔯星就在天空閃爍，那些苦人就要來了。上帝有告訴我這件事，桑德斯，而那可不是什麼鬼扯。檢查看看，你會發現我完全不是在胡說八道。他們想從我們身上奪走一切。雷尼和他的那些狗屁親信。」

「想得美！」老安大叫。一股突如其來的駭人偏執，猛烈地席捲了他。他們可能已經在這裡了！那些狗屁親信用爬的穿過樹林！那些狗屁親信開著卡車，在小婊路上排成了一直線！現在，煮廚總算點醒了他，讓他甚至能看得出雷尼為何會這麼做。他會說，這是在「清除證據」。

「煮廚！」他抓住新朋友的肩膀。

「小力一點，桑德斯，會痛。」

他把力道放輕了些。「老詹之前有說要派人過來，還要拿走丙烷槽——這就是他的第一步！」

煮廚點頭。「他們已經來過一次了，還拿走了兩座丙烷槽。我讓他們走了。」他停了一會兒，拍了拍那箱手榴彈。「我不會再放他們走了。你要跟我一起努力嗎？」

老安想著他們背後這棟建築物裡的那堆毒品，給出一個煮廚預期中的答案。「我的兄弟。」

他說，擁抱著煮廚。

煮廚又熱又臭，但老安還是熱情地擁抱著他。淚水沿著他的臉頰流下，今天是他二十多年以來，第一次沒在工作日刮鬍子。這實在太棒了，是……是……

最棒的組合！

「我的兄弟。」他在煮廚的耳朵旁抽泣著說。

煮廚把他往後推遠，嚴肅地看著他。「我們是上帝的代理人。」他說。

老安．桑德斯──除了身旁這個骨瘦如柴的先知，他現在在這世界上已是孑然一身了──說了句「阿門」。

23

賈姬在厄尼．卡弗特他家後面，找到了正在花圃裡除草的他。雖然她先前對派珀那麼說，但其實還是對於要找他加入這件事有些不安。不過，她根本無需擔憂。以一個挺著大肚子的矮小男人來說，他抓著她肩膀的強壯力道，實在出乎意料。他的雙眼閃閃發光。

「感謝上帝，還有人看得出他是在胡說八道！」他放下雙手。「不好意思，弄髒了妳的衣服。」

「沒關係。」

「他很危險，威廷頓警官。妳也知道這點，對不對？」

「對。」

「而且還很聰明。他就像炸彈恐怖分子一樣，設計了那場該死的食物暴動。」

「我可一點也不懷疑這點。」

「但他也是個笨蛋。聰明與愚蠢是個可怕的結合，會讓你可以說服很多人跟隨著你，一起自尋死路。看看吉姆．瓊斯[127]那群人吧，妳還記得他的事嗎？」

「就是那個讓信徒與他一起喝下毒藥的人。所以，你會來參加會議嗎？」

「當然，還可以用我媽的名義發誓。除非妳想叫我去找小梅．傑米森談，否則就這麼說定了。我樂意得很。」

賈姬才要回答，手機便響了起來。這是她自己的手機。警局發放的那支，已經跟警徽與手槍一起繳回去了。「哈囉，我是賈姬。」

「Mihi portatoe vulneratos，威廷頓中士。」一個陌生的聲音說。

這是她先前在德國威茲堡那個部隊裡的口號——把你的傷勢交給我——賈姬連想都沒想就接了下去：「無論擔架、拐杖或屍袋，我們都會全部燒掉，或是撕成碎片。你究竟是誰？」

「我是詹姆士．寇克斯上校，中士。」

賈姬把手機移到一旁。「厄尼，給我一分鐘好嗎？」

他點點頭，走回花圃裡。賈姬緩緩朝院子籬笆走去。「我有什麼幫得上忙的地方嗎，上校？這條線路是安全的嗎？」

「中士，要是你家雷尼可以用手機打到穹頂外頭，那麼肯定會讓我們痛苦不已。」

「他可不是我家的雷尼。」

「很高興能知道這點。」

「我已經不是軍人了。這些日子以來，我甚至沒想起第六十七號戰鬥支援醫院的事，長官。」

「呃，這麼說不算完全正確，中士。就美國總統的命令來看，妳的役期又開始重新計算了。歡迎回來。」

「長官，我不知道自己該說是非常感謝，還是該說自己非常感冒。」

寇克斯的笑聲中沒什麼幽默感。「傑克・李奇要我向妳問好。」

「你就是從他那裡拿到這支號碼的？」

「還有一封推薦信。李奇這封推薦信，花了好一段時間才到我們手上。妳問我有什麼幫得上忙的地方。答案有兩個，兩個都很簡短。第一件事，把戴爾・芭芭拉從那鬼地方裡救出來。還是說，妳也認為他真的有罪？」

「不，長官。我很肯定他是無辜的。應該說我們都這麼相信才對。這裡的我們，有好幾個成員。」

「好，非常好。」這個男人的聲音明顯鬆了口氣。「第二件事，妳可以把那個混蛋雷尼從他的位子上一腳踹開。」

「這是巴比的工作，只要……你確定這條線路是安全的？」

「確定。」

「只要我們能把他救出來。」

「你們已經開始計畫了，對嗎？」

⑫⑦ Jim Jones，人民聖殿教的創辦者，於一九七三年脅迫九百多名信徒與他一同自殺。

「對，長官。我想是這樣沒錯。」

「好極了。雷尼手下有多少個褐衣？」

「目前大概三十，不過他還在持續招募，而且磨坊鎮警察穿的是藍色制服，不過我還是聽得懂你的意思。千萬別低估他，上校。整個小鎮幾乎都在他的掌控下。我們會試著去救巴比，而且你最好希望我們能成功，因為只憑我自己的話，可沒辦法對老詹展開什麼行動。要在沒有外界支援的情況下推翻獨裁者，以我的能力來說，恐怕還差個十萬八千里吧。還有一件事供你參考，我已經不是卻斯特磨坊鎮警局的人了。雷尼炒了我魷魚。」

「只要有辦法的話，妳就盡量與我保持聯絡。救出芭芭拉，把妳的反抗計畫交給他來負責。這樣的話，我們就可以知道最後被炒魷魚的人是誰了。」

「長官，你是真的這麼認為嗎？」

「完完全全，」回答中沒有任何猶疑。「就在十二個小時前，我才好好修理了他一頓。」

其實賈姬對這點抱持懷疑；穹頂之下的每件事都不一樣，這是外界的人所無法理解的。這裡就連時間的流動也不同。不過五天之前，每件事都還正常得很，可是，看看現在這個局面吧。

「還有另一件事，」寇克斯上校說。「記得從妳忙碌的行程中，抽點時間看看電視。我們會以我們能做到的最好方式，讓雷尼過得沒那麼舒適。」

賈姬說完再見後，便掛斷電話，走回正在整理花園的厄尼那裡。「你有發電機嗎？」

「昨晚就停了。」他用諷刺的開心語氣回答。

「好吧，那我們一起找個可以看電視的地方。我朋友說，我們應該留意一下新聞報導。」

他們一同前往薔薇蘿絲餐廳，路上還碰到了茱莉亞．夏威，並與她一同過去。

砸鍋

1

薔薇蘿絲餐廳直到下午五點前都暫停營業，等到那時，蘿絲打算供應燭光套餐，主要都是些沒用完的剩菜。敲門聲傳來時，她正在櫃檯裡弄著馬鈴薯沙拉，一面盯著電視看。敲門的是賈姬·威廷頓、厄尼·卡弗特與茱莉亞·夏威。蘿絲穿過空無一人的餐廳，在圍裙上擦了擦手，把門打開。那頭柯基犬荷瑞斯迅速從茱莉亞的腳後跟處走了出來，耳朵高高豎起，一副友善開心的模樣。蘿絲讓他們進門，在確認一下「打烊」的牌子還好好地掛在原處後，重新把門鎖上。

「謝謝。」賈姬說。

「別這麼說，」蘿絲回答。「反正我也想去找妳。」

「我們是為了那個過來的，」賈姬說，指向電視。「我去找厄尼，一起過來的路上遇見了茱莉亞。她那時正坐在她家對面，看著殘骸發呆。」

「我不是在發呆，」茱莉亞說。「荷瑞斯和我在想該怎麼做才能在鎮民大會結束後出一份專題特刊。分量不多——或許只有兩頁——不過依舊還是份報紙。我是在專心想這件事。」

蘿絲轉頭瞥了一眼電視。螢幕中，有個漂亮的年輕女人正在做現場報導，在她下方，有排文字寫著「由ＡＢＣ電視台提供的本日稍早畫面」。爆炸聲響忽地傳來，天空迸出一個火球。記者嚇了一跳，尖叫出聲，立即轉過身去。那時，原本對著她的攝影機迅速把鏡頭移開，拍攝墜落中的愛爾蘭航空客機殘骸。

「除了不斷重播飛機撞上穹頂的畫面以外，就沒什麼別的好看了。」蘿絲說。「要是你們之前還沒看過，就留下來看吧。賈姬，今天快中午的時候，我有見到巴比一面——我帶了點三明治給他，他們有讓我下去地下室的牢房。不過馬文·瑟爾斯一直跟在我旁邊。」

「妳還真幸運。」賈姬說。

「他怎麼樣了？」茱莉亞問。「沒事吧？」

「看起來吃了不少苦頭，不過我想應該沒事。他說……或許我該私下告訴妳就好，賈姬。」

「不管妳想說什麼，都可以直接在厄尼與茱莉亞面前說。」

蘿絲考慮了一下，但只有一下而已。要是連厄尼·卡弗特與茱莉亞·夏威都無法信任，那就沒人可信了。「他說我應該找妳談談，好像我們吵過架似的。他要我跟妳和好，還要我告訴妳，說我不會有問題。」

賈姬轉向厄尼與茱莉亞，像是蘿絲問了她問題，正等著她回答一樣。「既然巴比說妳可以，那就可以。」賈姬說。厄尼重重點了點頭。「親愛的，我們今晚有個小會要開。地點是剛果教堂的牧師宿舍。這件事可能得保密——」

「不是可能，是一定得保密。」茱莉亞說。「以現在鎮上的情況來看，最好還是完全保密比較保險。」

「如果這事和我想的一樣，我加入。」蘿絲壓低聲音。「不過別找安森。他有戴那個討厭的臂章。」

這個時候，「CNN最新新聞」的標誌出現在電視螢幕上，還伴隨著電子鍵盤演奏的新聞網聯播音樂。現在每個與穹頂有關的新聞，全都會配上這段煩人音樂。蘿絲原本以為現場記者會是安德森·庫柏或她心愛的小沃夫——他們現在都在城堡岩那裡——結果卻是CNN新聞網的五角大廈特派員芭芭拉·史塔爾。她人在駐紮於哈洛鎮的陸軍基地裡，背景是一堆帳棚與拖車屋。

「不要，凱拉──自從上週六，大家稱為穹頂的巨大神祕物體出現後，五角大廈便任命詹姆士·歐·寇克斯上校作為前線指揮官，而這回，則是這場危機開始以來，他第二度召開的記者會。他們在不久前才通知了記者這項訊息，並表示這次將宣布的事項，肯定能激勵成千上萬名有親人被困在卻斯特磨坊鎮裡的美國國民。我們被告知──」她聽著耳機裡傳來的訊息。「我們先把鏡頭轉到寇克斯上校那裡。」

他們四人坐在櫃檯前的椅子上，看著畫面切換到大帳棚中。那裡大約有四十名坐在摺疊椅上的記者，而站在後頭的記者更多，全都不斷在交頭接耳。帳棚一端架有一座臨時舞台，舞台上放著一個兩側印有美國國旗的講台，講台上則裝有許多麥克風。講台後方有面白色銀幕。

「能在那麼倉促的情況下準備好這些東西，還真是有夠專業。」厄尼說。

「喔，我想這早就在計畫中了。」賈姬說，回憶起她與寇克斯的對話。我們會以我們能做到的最好方式，讓雷尼過得沒那麼舒適。他是這麼說的。

帳棚左側的布幕拉開，一名體態結實的灰髮男子，迅速朝臨時搭建的舞台邁步走去。舞台旁沒有兩階式階梯或木箱之類的東西，但對身形較矮的他來說，卻絲毫不成問題。他輕鬆單腳躍上舞台，步伐的節奏甚至沒變過。他身穿平整的卡其色戰地制服，若是他曾受勳，那還真看不出勳章究竟掛在哪裡。他的襯衫上沒有任何東西，只寫著：詹姆士·寇克斯上校，就連手上也沒有講稿。記者立刻安靜下來，寇克斯對他們淺淺一笑。

「這傢伙應該有很多舉辦記者會的經驗，」茱莉亞說。「他看起來很厲害。」

「噓，茱莉亞。」蘿絲說。

「各位先生女士，感謝你們到來。」寇克斯說。「我會盡量簡短，接著讓各位發問。卻斯特磨坊鎮的情況，也就是現在大家稱之為『穹頂事件』的情況依舊沒有變化：整個城鎮持續處於隔絕狀況，我們仍不知原因為何，也不知是什麼引發了這件事，同時，我們嘗試破壞屏障的行動也尚未成功。當然，只要我們一有答案，便會馬上通知各位。美國最優秀的科學家——也是全世界最頂尖的科學家——全都加入了調查行動。現在，我們正在考量部分方案的可行性。但請各位先別急著問我這個部分，因為我們這次還無法向各位提供答案。」

記者們不滿地竊竊私語，寇克斯則讓他們交談了一會兒。在他下方，ＣＮＮ的標題變成「這次依舊沒有解答」。等到交談的聲音靜下來後，寇克斯才繼續往下說。

「正如各位所知，我們將穹頂周圍設立為禁區，範圍最早是方圓一英里，星期日增加到兩英里，星期二則又增加到四英里。這其中有許多原因，其中最重要的原因，是穹頂對體內有心臟起搏器等植入物的人而言，具有相當的危險性。第二個原因，則是我們擔心製造出穹頂的能源可能會有其他不良影響，而當時我們也無法確定實際狀況為何。」

「上校，你指的是輻射嗎？」有人大喊。

寇克斯冷冷地瞪了那人一眼，像是在考慮是否要嚴厲訓斥那名記者（蘿絲很慶幸地發現那人不是小沃夫，而是福斯新聞網一個頭髮半禿的囉嗦鬼），接著才又繼續說下去。

「現在我們相信，至少在短時間內，那裡並沒有其餘不良影響。所以，我們選定了十月二十七日星期五——也就是後天——作為穹頂的探訪日。」

這話引起一陣激烈詢問。寇克斯等到記者們安靜下來後，才從講台下方的架子拿起一個遙控器，按下上頭的按鈕。白色銀幕上出現一張高解析度的相片（茱莉亞覺得，這比用Google地球軟體下載的相片要來得清晰許多），相片內容是磨坊鎮的空照圖，同時也包括了南邊的莫頓鎮與城堡岩部分。寇克斯放下遙控器，拿起一枝雷射筆。

螢幕底部的標題現在變成「星期五將是穹頂探房日」。茱莉亞笑了。寇克斯上校整到了CNN電視台的打字員。

「我們可以處理與容納的探訪者人數為一千兩百人，」寇克斯直截了當地說。「就這次而言，我們會限定近親參與……同時也衷心希望，並在此祈禱不需要再有下一次的探訪日。集合地點在這裡，也就是城堡岩露天市場，以及這裡，牛津平原賽車場。」他指著那兩個地方的位置。「我們會安排二十四輛巴士，兩個地點各十二輛。巴士由周圍的六個校區提供，他們為了協助這項措施，當日停課一天，所以我們也在這裡向他們致上最深的謝意。第二十五輛巴士是記者專車，會停在莫頓鎮的夏納釣具行接各位上車。」他又冷冷地補充：「由於夏納釣具行也是當地酒類的代理經銷店，所以我想你們大多數人都知道地點在哪兒。這裡並容許各位派遣一輛轉播車跟隨巴士前往，我重複一次，總數是一輛。請各位自行安排聯合報導等事宜。同時，各位先生女士，前往穹頂報導的資格，將以抽籤方式決定。」

這話引起了一陣抱怨，但反彈程度不算十分激烈。

「記者專車有四十八個座位，而這裡明顯有數百名來自世界各地的媒體記者——」

「是幾千個！」一個頭髮灰白的男人大喊，引發一陣哄堂大笑。

「呃，我真慶幸有人還笑得出來。」厄尼．卡弗特氣得牙癢癢的說。

寇克斯擠出一絲微笑。「請容我修正一下，葛雷哥萊先生。座位會依各新聞組織予以分配——例如電視新聞網、路透社、塔新社、美聯社等等——而各組織可以自行挑選前往的代表。」

「我只能說，真希望ＣＮＮ會派小沃夫來。」蘿絲這麼說。

記者們興奮地交談起來。

「我可以繼續下去嗎？」寇克斯問。「那些在傳簡訊的人，麻煩你們先停下來。」

「喔，」賈姬說。「我最愛這種強悍的人了。」

「你們真的想讓你的同胞記得你來這裡不是在報導的嗎？如果是礦坑崩塌、地震過後，有人被困在倒塌的建築物下，你們也會這樣嗎？」

所有人全安靜下來，現場充滿一種四年級的課堂教室中，老師大發雷霆後的氣氛。他真的很強悍，茱莉亞想，有那麼一刻認真希望寇克斯也在穹頂之下，負責管理一切。不過當然，想像總比現實美好。

「各位先生女士，你們的工作有兩項功用：第一點，是幫我們把這個訊息傳播出去；第二點，則是確保探訪日這項計畫能執行順暢。」

ＣＮＮ的標題變成：星期五，記者將予以探訪者協助。

「我們要做的最後一件事，就是處理從全國各地蜂擁至緬因州西部的親屬。受困在穹頂之下民眾的親屬們，已有接近一萬名集中在附近區域。附近的旅館、汽車旅館與露營區均已人滿為患。我們要對位於其他地區的親屬表示：『如果你原本就不在附近，那麼請勿前來。』這不只是因為你無法拿到探訪通行證，同時更會在檢查站就被先行攔下。檢查站位於這裡、這裡、這裡和這裡。」他指著路易斯頓、奧本鎮、北溫德漢與新罕布什爾州的康威市。

「在區域內的親屬，目前已經可以前往露天市場與賽車場找負責人員進行登記。若是你打算現在馬上動身，那麼千萬別這麼做。這不是費林百貨的白色折扣季，搶先當第一個，並無法保證你能獲得資格。探訪資格會以抽籤決定，必須先行登記，才能獲得抽籤資格。申請探訪資格，需要攜帶兩張附有相片的證件。我們會盡力讓在磨坊鎮有兩名或兩名以上親屬的人有優先權，但同時，我們也無法對此完全保證。在此也警告大眾：星期五那天，若是有人出現在任何一個公布的巴士接駁站，身上沒有通行證，或是攜帶仿冒通行證——換句話說，也就是干擾作業的人——將會依法處置。千萬不要測試我們。

「我們會在星期五上午八點開放上車。如果一切順利，你與你的親人至少會有四小時的相處時間，甚至比這還長。若是受到干擾，那麼每位探訪者待在穹頂的時間也會因此減少。巴士會於下午五點駛離穹頂。」

「探訪者會前往哪個位置？」一名女人大喊。

「我正要說到這點，安德莉亞。」寇克斯拿起控制器，放大一一九號公路的畫面。賈姬對那地方熟得很；她就是在那附近一頭撞上該死的穹頂，因而傷了鼻子。她可以看見丹斯摩的農舍、幾棟外屋與擠奶廠的屋頂。

「在穹頂的莫頓鎮那一側有個跳蚤市場。」寇克斯用遙控器把地圖拖到那裡。「巴士會在那裡讓探訪者下車，以步行方式前往穹頂。那裡內外兩側都有足夠的空間聚集人群。同時，那裡的所有飛機殘骸也已被清除完畢。」

「探訪者會被允許直接觸碰穹頂嗎？」記者問。

寇克斯再度看著攝影機，直接對電視前的觀眾說話。蘿絲可以想像得出，那些觀眾——他們可能人在酒吧及汽車旅館的電視前，或是在車上聽收音機——此刻一定都能感受到那股希望與恐懼交織在一起的感覺。她覺得自己這兩種感覺都強烈得很。

「探訪者與穹頂之間的距離是兩碼，」寇克斯說。「我們認為這是安全距離，但也同樣無法對此做出任何保證。這與遊樂園設施那類已通過安全性測試的情況不同。體內有電子植入物的人必須遠離穹頂。你們要自我把關；我們無法檢查每個人的胸部有沒有植入心臟起搏器的手術疤痕。同時，探訪者也必須把所有電子設備留在巴士上頭，包括iPods、手機與智慧型手機，以及其餘電子設備。記者的麥克風與攝影機也必須保持一定距離。我們將近距離接觸的空間保留給探訪者，在他們與心愛的親人之間，不允許有任何人接近採訪。各位，只要你們願意幫忙，那麼這項計畫就能順利執行。如果以《銀河飛龍》的台詞風格來說，那麼就是：請大家幫我們一起搞定。」他放下遙控器。「現在我會回答幾個問題，但問題的數量相當有限。布里澤先生。」

蘿絲的臉亮了起來。她舉起咖啡杯，朝電視螢幕致意。「小沃夫，你看起來真棒！只要你想的話，隨時都可以躺在我床上吃餅乾。」

「寇克斯上校，你們有打算讓鎮公所的官員加入，另行召開一場記者會嗎？據我們了解，次席公共事務行政委員詹姆士．雷尼，是磨坊鎮實質上的管理者。這是怎麼回事？」

「我們正在朝這個方向努力，屆時可能會邀請雷尼先生，或是鎮上的另一位官員出席。只要一切能依照計畫行事，相信很快就會實現。」

記者們因這席話讚賞地鼓起掌來。除非他們能挖到知名政治家與高級妓女上床的新聞，否則沒有東西比得上他們對記者會的喜好。

寇克斯說：「在理想狀態下，我們會在公路那裡舉行那場記者會。不管鎮上的發言人是哪位，都會在他們那一側出現，而各位先生女士則位於我們這一側。」

又是一陣熱烈掌聲。他們也喜歡視覺上的可能性。

寇克斯指著一名記者。「霍爾特先生。」

ＮＢＣ電視台的萊斯特．霍爾特站起來問：「雷尼先生出席記者會的機率有多高？我會這麼問，是因為有報導指出，據緬因州檢察總長表示，他的部分財務有來源上的問題，同時正受到某些刑事調查。」

「我有耳聞過這些報導的內容，」寇克斯說。「我不打算對此發表評論，但雷尼先生或許會想表示意見。」他停了一下，臉上的微笑消失了些。「我也很想聽聽他的意見。」

「寇克斯上校，我是ＣＢＳ的麗塔．布萊福。想請問你們任命的臨時管理者戴爾．芭芭拉，是否真因謀殺案而被逮捕入獄？卻斯特磨坊鎮警方是否真的認為他是名連環殺手？」

記者們全都靜了下來，專注地看著台上。就連坐在薔薇蘿絲餐廳櫃檯前的四個人也一樣。

「是真的。」寇克斯說。記者們開始低聲討論起來。「但我們無法證實他們指控或調查行動，是否有可供依循的任何證據。無庸置疑的是，我們目前擁有的資訊就與各位先生女士一樣，全透過電話及網路上的討論而來。戴爾．芭芭拉是受動軍人，過去從未有被逮捕的紀錄。我認識他許多年了，也願意為他對總統做出擔保。就目前所知，我還沒有任何理由需要表示自己在這部分犯了錯。」

「上校，我是ＰＢＳ的雷．蘇拉雷茲。你認為他們對芭芭拉中校——現在是芭芭拉上校——的指控是否出自政治動機？詹姆士．雷尼有沒有可能刻意讓他入獄，以便奪走總統任命給他的指揮權？」

這才是這場盛大表演的下半場主題，茱莉亞頓時領悟。寇克斯是在利用媒體發聲，把我們塑造成專制政權的受害者。她對此完全欽佩不已。

「蘇拉雷茲先生，如果你星期五有機會親自詢問雷尼委員，記得一定要問他這個問題。」寇克斯的語氣帶著一種冷酷的平靜。「各位先生女士，發問時間就此結束。」

他像進場時迅速邁步離開，就在記者甚至還來不及喊出更多問題前，他就已經走了。

「我的媽呀。」厄尼喃喃地說。

「沒錯。」賈姬說。

蘿絲關掉電視，看起來精神奕奕，活力充沛。「我們要約什麼時候開會討論？我可不會為了寇克斯上校說的事感到苦惱，不過，這肯定會讓巴比的處境變得更糟糕。」

2

一直要到滿臉通紅的曼紐．歐塔葛下樓告訴他以後，巴比才總算知道寇克斯那場記者會的事。歐塔葛原本受僱於奧登．丹斯摩，如今卻身穿藍色工作衫，胸前掛著看起來像是自製的警徽。除此之外，他還掛了兩條腰帶，第二條鬆到髖部的腰帶，上頭掛了把點四五手槍，一副槍客般的模樣。巴比認識的他，是名個性溫和的傢伙，有著稀疏的頭髮與隨時處於曬傷中的皮膚，老喜歡在晚餐時段點早餐吃——煎餅、培根與太陽蛋——聊著與牛有關的話題。他最喜歡的品種是橫帶格羅威牛，但卻始終沒能說服丹斯摩先生買下。雖然他有個南美洲的姓氏，但卻是標準的北方人，同時還有北方佬的幽默感。巴比一直挺喜歡他的。然而，此刻站在他面前的，是另一個曼紐，一個幽默感喪失殆盡的陌生人。他帶來了最新消息，其中的大部分，還是透過朝鐵欄大喊的方式說出口的，其中伴隨了大量的口水。他表情中的怒氣，幾乎就像是散發的輻射線一樣。

「他們完全沒提到那個可憐女孩的手裡有你軍籍牌的事，他媽的一個字也沒提！那個穿著防水褲的混蛋還想陷害老詹・雷尼。自從事情發生以來，他一直靠自己讓這個小鎮團結一心！靠他自己！克苦克難！」

「放輕鬆點，曼紐。」巴比說。

「叫我歐塔葛警官，你這個王八蛋！」

「好，歐塔葛警官。」巴比坐在床板上，心想歐塔葛現在很有可能從槍套裡掏出那把老舊的點四五史柯菲爾德手槍，對著他開槍。「我在這裡，而雷尼在外頭，完全不用你替他操心。我敢說，一切都不會有事。」

「閉嘴！」曼紐尖叫道。「我們全都在裡面！全都在他媽的穹頂之下！奧登除了喝酒已經什麼事也不做了，還活著的那個孩子也吃不下東西，而丹斯摩太太則為了羅瑞一直哭個不停。傑克・伊凡斯轟爛了自己的腦袋，你知道嗎？那些軍人會說出那些噁心話，是因為他們除了毀謗之外，根本想不出有什麼更好的事可做。那全是謊話與捏造出來的故事，好讓你可以煽動那場超市暴動，還有燒掉我們的報社！你一定覺得這麼做，夏威小姐沒辦法公開你的真面目了！」

巴比始終保持沉默。他相信只要說出任何一句辯護之詞，就會讓對方下定開槍的決心。

「這就是他們對付所有討厭的政治家的方式，」曼紐說。「他們不想讓一個基督徒領導我們，反而要一個連環殺手與強姦犯——還是姦殺——來領導我們？這真是太下流了。」

曼紐掏槍舉起，伸進鐵欄內指著他。在巴比眼中，槍眼看起來就跟隧道入口一樣巨大。

「要是穹頂消失之前，你就已經離開這間牢房的話，」曼紐繼續說。「那我一定馬上親手解決掉你。我會是要排隊殺你的第一個人。以現在的磨坊鎮來看，我敢說這條隊伍一定長得很。」

巴比依舊不發一語，認為死亡隨時都會降臨，連大氣也不敢喘一下，感覺就像蘿絲・敦切爾的烤三明治回湧至他的喉嚨，就這麼噎著了他。

「我們試著要生存下去，而他們所做的事，則是在抹黑讓這個小鎮遠離混亂的人。」他突然把那把大型手槍收回槍套。「去你媽的，你根本不值得。」

他轉身朝樓梯大步走去，一副垂頭喪氣的模樣。

巴比往後靠在牆上，吁出了一口氣，額頭上滿是汗水。他伸手抹去汗水時，手還不斷地在發抖。

3

羅密歐．波比的貨車才一轉進麥克萊奇家的車道，哭個不停的克萊兒便馬上衝出家門。

「媽！」小喬大喊，甚至在老羅還沒完全停下來前，便已衝出車外。其他人隨後下車。

「媽，出了什麼事？」

「沒事，」克萊兒抽泣著說，一把抓住他擁入懷中。「我們會有探訪日！就在星期五那天！小喬，我想我們或許可以見到你爸爸了！」

小喬發出一聲歡呼，抱著她轉了一圈。班尼抱著諾莉……生鏽克注意到，這個厚臉皮的小鬼還趁機偷親了她一下。

「老羅，載我去醫院，」生鏽克說。他們在車道上倒車時，生鏽克還朝克萊兒與孩子們揮手道別。他很慶幸能在不用與麥克萊奇太太交談的情況下離開這裡；母親的直覺可強大得很。「你可以幫我一個忙，然後試著說英文，而不要用那種你常用的漫畫式狗屁法國腔嗎？」

「有些人就是沒文化素養，」老羅說。「所以老是嫉妒那些辦得到的人。」

「嗯，不過你老媽也是穿雨鞋的鄉下人啊。」

「這倒是真的，不過她只有雨天時才穿。」

生鏽克的手機再度插話，這回是簡訊。他翻開手機上蓋，閱讀簡訊內容：晚上九點半在剛果教堂牧師宿舍碰面，不見不散。賈姬．威廷頓。

「老羅，」他說，把手機蓋上。「假設我能從雷尼父子手中倖存的話，你要不要考慮今晚和我一起去開個會？」

4

維維與他在醫院大廳碰了頭。「今天是凱薩琳．羅素醫院的雷尼日，」她這麼說，看起來似乎沒因這件事感到不開心。「瑟斯頓．馬歇爾一直在照顧他們兩個。生鏽克，這男人根本就是上帝的禮物。他明顯不喜歡小詹——他和阿法在卻斯特塘那裡揍了他一頓——不過還是完全拿出了專業態度。這傢伙在大學英語系教書實在有點浪費——他應該從事這行的。」她把聲音放低。「他比我還行，做事態度也勝過抽筋敦。」

「他現在在哪兒？」

「回去住的地方，探望他的年輕女友與他們照顧的孩子。他似乎真的很關心那兩個孩子。」

「喔，我的天啊，維維墜入愛河了。」生鏽克笑著說。

「少無聊了。」她瞪了他一眼。

「雷尼父子在哪兩間病房？」

「小詹在七號病房，老的在十九號。老的那個是跟席柏杜那傢伙一起進來的，不過他肯定又派席柏杜去跑腿了，因為他去看小詹時，是自己一個人去的。」她露出嘲諷的微笑。「他沒待很久，大多數時間都在忙著講手機。雖然那孩子又恢復了理性，不過從頭到尾都坐著不動。亨利．莫里森帶他進來的時候可不是這樣。」

「老詹的心律不整呢？現在情況怎樣？」

「瑟斯頓讓他的狀況穩定下來了。」只是現在而已，生鏽克心情還不算壞的想著。等到煩寧的藥效一過，他那顆爛心臟又會開始重新跳起舞來了。

「先去看那孩子，」維維說。大廳裡只有他們兩人，但她依舊壓低了聲音。「我不喜歡他，從來沒喜歡過。只是現在我為他感到遺憾。我覺得他來日不多了。」

「瑟斯頓有向雷尼提起小詹的狀況嗎？」

「有，畢竟問題可能嚴重得很。不過，他顯然認為沒有那些他在打的那些電話嚴重。可能有人告訴他星期五探訪日的那件事了吧。雷尼因為這件事氣到不行。」

生鏽克想起黑嶺上的那個方塊。那個薄薄的東西，不過只是個面積小於五十吋的長方體，但他卻沒辦法將之抬起，甚至連稍微移動一下也辦不到。同時，他還想起了他於瞬間瞥見的那幾個大笑著的皮革頭。

「有些人就是不歡迎訪客。」他說。

5

「你覺得如何，小詹？」

「沒事。好多了。」他的聲音無精打采，穿著一件病袍，坐在窗口那裡。陽光無情地照在他憔悴的臉上，讓他看起來像是個操勞過度的四十歲男子。

「告訴我你昏倒前發生了什麼事。」

「我正要去學校，結果先去了安安家。我想叫她跟法蘭克和好，否則他實在不怎麼會講話。」

生鏽克在考慮要不要問小詹是否知道法蘭克與安安已經死了的事，接著決定算了——問了又怎樣？於是他問：「你要去學校？那穹頂怎麼辦？」

「喔，對。」同樣無精打采、無動於衷的聲音。「我都忘了。」

「孩子，你今年幾歲了？」

「二十……一？」

「你媽媽的名字是？」

小詹想了一下。「傑森．吉昂比⑫⑧。」他最後這麼回答，接著尖聲大笑，只是就連笑聲也無精打采，臉上的憔悴神情始終沒變過。

「穹頂是什麼時候出現的？」

「星期六。」

「是多久前的事？」

小詹皺著眉頭。「一個星期？」他最後這麼說，接著又說：「兩個星期？肯定有一段時間了。」他總算把頭轉向生鏽克，雙眼閃爍著光芒，眼神裡融合了瑟斯頓．馬歇爾幫他注射的鎮靜劑藥效。「是巴－比派你來問我這些問題的嗎？他殺了他們，你知道的。」他點點頭。「我們發現了他的軍幾爬。」停了一會兒。「軍籍牌。」

「巴比沒派我來做任何事情，」生鏽克說。「他還在監獄裡。」

「很快他就會下地獄了，」小詹乾巴巴的說，語氣平鋪直述。「我們會審理他，判他死刑。我爸是這麼說的。緬因州沒有死刑，但他說現在是戰時。雞蛋沙拉的卡路里太高了。」

「這倒是真的。」生鏽克說。他帶著聽診器、臂式血壓計與檢目鏡，此刻則把血壓計臂環套在小詹的手上。「小詹，你可以說出最近三任總統的名字嗎？」

「當然可以。布希、普希和塔希。」他瘋狂地大笑起來，但臉上依舊沒有表情。

小詹的血壓是147／120，讓生鏽克做好了狀況惡化的心理準備。「你還記得在我之前，是誰進來醫治你的嗎？」

「嗯。就是我跟阿法在卻斯特塘發現兩個孩子前碰到的那個老傢伙。我希望那兩個孩子沒事。他們很可愛。」

「你還記得他們的名字嗎？」

「艾登和愛麗絲．艾波頓。我們一起去夜店，那個紅髮女孩在桌子底下幫我打手槍，覺得先處理過，這樣等一下她才爽得到。」停了一下。「成交。」

「嗯哼。」生鏽克用檢目鏡檢查。小詹的右眼沒事，但左眼的視神經盤卻鼓了起來，也就是視神經乳頭水腫。在後期的腦瘤中，這是種常見症狀，總會伴隨著腫脹情形。

「有看見任何綠色的東西嗎？硬漢？」

⑫⑧ Jason Giambi，美國職棒選手。

「沒。」生鏞克放下檢目鏡，把食指舉至小詹面前。「我要你先用手指碰我的手指，接著去碰自己的鼻子。」

小詹照做了。生鏞克開始緩緩前後移動手指。「再來。」

第一次，小詹成功碰到了移動中的手指，接著碰了鼻子一下。只是接下來那次，他的手指卻打在自己的臉頰上，而非用碰的。第三次，他則連手指也沒碰到，最後摸著自己的右眉。「屌喔。還要再來嗎？我可以一整天這樣做個不停。」

生鏞克把椅子往後推，站了起來。「我去叫維維．湯林森幫你開處方箋。」

「給我處方箋以後，我就能回捏了嗎？我是說回家啦。」

「小詹，你得在這裡跟我們一起過夜，得要持續觀察。」

「不過我沒事了，不是嗎？我之前頭也痛過一次——我是指真的痛到看不見那種——不過現在沒事了。我沒事了，對不對？」

「我現在什麼都無法確定，」生鏞克說。「得先跟瑟斯頓．馬歇爾談談，查一些資料才行。」

「老兄，那傢伙又不是醫生。他是個英文老師。」

「或許吧。不過就我所知，他對待你的方式，比你跟法蘭克對待他的方式好多了。」

小詹打發似地揮了一下手。「我們只是鬧著玩。再說，我們也只是嚇唬他一下而已，不是嗎？」

「這點我就不跟你爭了。至於現在，小詹，盡量放輕鬆點。不如看一下電視如何？」

小詹想了一會兒，接著問：「晚餐吃什麼？」

6

在這種情況下，生鏞克唯一能想到減輕腫脹的方式，就只有直接在小詹．雷尼的大腦注射甘露醇而已。他拿著病歷表走出門外，看見上頭附了張紙條，筆跡是他沒看過的，還不斷畫圈加以標記：

親愛的艾佛瑞特醫生：你覺得對這名患者使用甘露醇如何？我沒有直接處理，不知道該用多少劑量才對。

瑟斯頓

生鏞克把劑量寫了上去。維維說得沒錯；瑟斯頓．馬歇爾行得很。

7

老詹的房門開著，但病房裡卻是空的。生鏞克聽見有男人的聲音傳來，位置是在已故的哈斯克醫生最愛打盹的地方。生鏞克朝休息室走去，忘了要先拿老詹的病歷表。這個疏忽將會讓他後悔莫及。

老詹穿著整齊的坐在窗邊，手機靠在耳旁，無視於一旁牆上的禁用手機標誌。生鏞克認為，可以命令老詹掛斷電話，一定會讓自己感到無比開心。要用這種方式作為幫他檢查身體與討論事情的開始，或許不太算是深謀遠慮的表現，但生鏞克偏偏就是想這麼做。他才開始往前走，接著又停下腳步，整個人冷了下來。

他腦中浮現一個清晰記憶：他睡不著，起床想吃塊琳達的蔓越莓柳橙麵包，聽見奧黛莉在女兒們的房間發出小聲哀鳴。他下樓去查看姊妹倆，坐在賈奈兒床邊，位置就在她守護天使孟漢娜的海報下方。

為什麼到了現在才突然想起這件事？為什麼不是跟老詹在他書房裡談話那次就想起來？因為那時我還不知道謀殺案的事，一心只想著丙烷的問題。也因為賈奈兒說那些話的時候並非癲癇發作，而只是快速動眼期的夢話而已。

他有一顆黃金做的棒球，爹地。那是顆壞棒球。

就算昨晚在葬儀社時，這段記憶也並未浮現。這是唯一一次，就發生在事情已有些太遲的時候。

不過想一想這代表了什麼：或許，黑嶺上那東西不只會散發環狀輻射，還會散發出別的東西。就先把那東西稱為「引發預知能力」吧，畢竟這事根本沒有名稱可以形容。但不管要怎麼稱呼，這狀況都的確存在。要是賈奈兒說中了鍍金棒球的事，每個孩子提及的那些疑似萬聖節大災難的預言也有可能成真。不過那真的是確切日期嗎？會不會有可能提前？

生鏽克傾向於後者。對於生活在小城鎮裡的孩子而言，總會對不給糖就搗蛋的遊戲無比期待，所以萬聖節等於早就到了。

「我不管你要幹嘛，史都華，」老詹說。三毫克的煩寧似乎沒讓他說話變得客氣點，口氣就跟平常一樣暴躁無比。「你跟福納德給我過去，帶著羅傑一起……啊？什麼？」他聽了一會兒。「這應該不用我說。你到底有沒有看他麻的電視？要是他頂撞你的話，你就——」

他抬起頭，看見生鏞克就在門口。由於發現有人偷聽，老詹臉上瞬間閃過一個驚恐表情，接著思考起可能被聽見了多少對話內容。

「史都華，這裡有別人在。我再打給你，等我打給你的時候，你最好給我一個我想聽見的答案。」

他沒說再見便掛掉電話，把手機朝生鏞克遞去，朝生鏞克露齒微笑。「我知道，我知道。我太不守規矩了，不過鎮上的公事可等不得。」他嘆了口氣。「想當個大家信賴的人可不容易，尤其身體不舒服的時候更難。」

「一定很難。」生鏞克同意道。

「上帝保佑我。你想聽聽我的生活哲學嗎，兄弟？」

不想。「當然。」

「當上帝關起一扇門，他也同時為你打開了一扇窗口。」

「你真這麼認為？」

「我知道事情真的就是這樣。有一件事我一直謹記在心。當你為了自己想要的東西而祈禱，上帝只會充耳不聞。但當你為了你需要的東西祈禱，上帝則會全心傾聽。」

「嗯哼。」生鏞克走進休息室。牆壁上的電視轉到了CNN新聞台，但聲音卻調至了靜音。螢幕裡，播報員後方有張靜止不動的詹姆士·雷尼委員相片。相片是黑白的，看起來很不討喜，裡頭老詹伸出一支手指，上唇微微揚起，看起來不像微笑，而是兇狠非常的冷笑。下方的標題寫著：穹頂鎮是毒品天堂？畫面切換到老詹·雷尼二手車行的廣告，這系列煩人的廣告，最後總會以其中一名銷售員（老詹·雷尼從不曾親自上場）用尖叫的方式說出台詞收尾：「你有車開，全因跟老詹做了交易！」

老詹朝電視比了一下，露出苦笑。「你看芭芭拉外面那些朋友是怎麼對付我的？嗯，還真是不意外啊。基督來救贖人類時，人類讓祂背著十字架，上了髑髏山，就這麼讓祂死在鮮血與塵土中。」

生鏽克在心中想著，這已經不是第一次證明煩寧是種奇怪的鎮定劑了。他不確定酒裡頭是否存在真理，但煩寧裡肯定不少。只要你給病患煩寧——尤其是透過靜脈注射——通常就能聽見他們如何看待自己的真心話。

生鏽克拉過一把椅子，準備好聽診器。「把你的襯衫拉起來。」老詹放下手機好拉起襯衫，這時生鏽克把手機拿走，放進胸前的口袋。「我就先拿走了，可以嗎？我會放在大廳櫃檯那裡。那裡是可以講手機的區域。這樣或許不太方便，但也不錯了。」

他認為老詹會提出抗議，或許還會動怒，不過他卻沒表示什麼，只是就這麼露出他那像是彌勒佛的肥肚子，還有那對又大又軟的胸部。生鏽克往前傾身，用聽診器聽了一會兒。情況比他預期中好。他原本預期會聽見每分鐘心跳一百一十下的速率，外加中度心室早期收縮的狀況，並因此感到竊喜；然而，老詹的心臟卻是穩定的每分鐘九十下，完全沒有漏拍情形。

「感覺好多了，」老詹說。「這一定是壓力引起的。我一直處於可怕的壓力中。我得在這裡休息一、二個小時——你有注意到這窗口可以看見整個鎮中心嗎，老兄？——還要再去探望小詹一次。之後，我會視自己的狀況決定——」

「這不只是壓力造成的。你超重了，而且非常明顯。」

老詹露出上排牙齒，給了他一個虛偽的笑容。「老兄，我一直不斷在處理生意與整個小鎮的運作事宜──附帶一提，還全都做得很好。所以，也沒剩多少時間可以分給跑步機和樓梯機這類健身器材。」

「你已經患有PAT兩年了，雷尼。那是陣發性室上性心動過速的意思。」

「我知道那是什麼意思。我有去查過醫學新聞，上面說健康的人通常都會有──」

「朗．哈斯克醫生清清楚楚地告訴你要控制體重，用藥物控制心律不整的問題，要是藥物治療的效果不理想，就要考慮動手術，從根本解決問題。」

老詹看起來像個不開心的孩子，被人囚禁在高腳椅上頭。「上帝說不要那麼做！上帝叫我不要裝心臟起搏器！上帝是對的！公爵．帕金斯就裝了心臟起搏器，你看看他發生了什麼事！」

「是啊，就更別說是他的遺孀了。」生鏽克輕輕說。「她也同樣不幸。她肯定是在錯誤的時間出現在錯誤的地點裡。」

老詹凝視著他，那雙像是豬玀的眼睛思考著什麼，接著又抬頭看向天花板。「又有燈光了，不是嗎？我把你要的丙烷給了你，但有的人就是不懂得如何感激。當然啦，像我這種位置的人也早就習慣了。」

「明天晚上，我們的燃料就會又用完了。」

老詹搖搖頭。「明天晚上，你會拿到足夠的丙烷，如果有需要的話，數量還會多到足以讓這裡一路用到聖誕節。由於你客氣有禮，加上又是個萬能的好人，這是我對你的承諾。」

「在我感激你之後，一定會因此惹上麻煩。到時候人們就會回來這裡，問我丙烷是哪裡來的。我還真好奇會是什麼狀況。」

「喔，所以你現在把自己跟醫院劃上等號了？」老詹哼了一聲。

「為什麼不？你都把自己視為基督了。我們先回到你的健康問題上頭吧，好嗎？」

老詹一臉厭惡地甩了一下自己那手指粗肥的巨手。

「煩寧沒辦法醫好你。要是你就這麼離開，可能到了下午五點就會再度發作，說不定心血管還會完全堵住。往好的一面想，你可以在你的救世主讓全鎮陷入一片漆黑前，就已經先見到祂了。」

「你有什麼建議嗎？」雷尼冷靜地說，再度恢復了沉著。

「我可以給你一種藥，至少在短期內，或許可以讓你不會有問題。」

「什麼藥？」

「不過是有代價的。」

「我知道，」老詹輕聲說。「從你到我辦公室要東要西的那一天起，我就知道你是芭芭拉那邊的人了。」

生鏽克唯一要求的只有丙烷而已，但他沒理會這點。「你怎麼知道芭芭拉那邊有人？當時連謀殺案都還沒被發現，你怎麼會知道他那邊有人？」

老詹的雙眼閃爍著光芒，既像覺得有趣，也像瘋狂無比，或是兩者根本兼而有之。「我自有方法，老兄。所以代價是什麼？你要我用什麼交換心臟病的藥？」在生鏽克回答前，他又說：「讓我猜猜。你想要我放芭芭拉出來，對不對？」

「錯了。他走出外頭只要一分鐘，整個小鎮的人就會對他處以私刑。」

老詹笑了。「有時你還挺聰明的。」

「我要你下台。桑德斯也是。讓安德莉亞．格林奈爾掌管一切，茱莉亞．夏威負責輔佐，直到小安完全戒除藥癮為止。」

老詹這回大笑起來，用力拍了自己大腿幾下。「我還以為寇克斯已經夠糟了——他想讓那個大胸部輔佐安德莉亞——但你錯的更離譜。夏威！她跟巫婆沒兩樣，連自己手上紙袋裡的東西都管不好！」

「我知道是你殺了科金斯。」

他原本沒打算說這件事，但在他忍下來前，就這麼說出口了。這又有什麼害處？反正這裡只有他們兩個人而已，除非你要把牆上電視中正在低頭讀稿的CNN播報員約翰．羅伯茲也算進去。再說，這麼做的結果是值得的。這是自從他真正接受穹頂存在的現實後，第一次看到老詹大受衝擊的模樣。老詹試著保持沒有任何表情，卻沒能成功。

「你瘋了。」

「你知道我沒有。昨天晚上，我去了鮑伊葬儀社，幫四樁謀殺案的受害者全驗過了屍。」

「你沒權利這麼做！你不是病理學家！甚至連他麻的醫生也不是！」

「放輕鬆，雷尼。數到十。想想你的心臟。」生鏽克停了一會兒。「關於第二件事，我得說操你媽的心臟才對。你留下了一堆爛攤子，再加上你現在所做的事，我操你媽的心臟。科金斯的臉部跟頭部全都有留下傷痕，非常罕見的傷痕，不過很容易認得出來。那是縫線的痕跡。我毫不懷疑那傷痕跟我在你辦公桌上看見的那顆棒球紀念品會完全吻合。」

「這並不代表什麼。」但雷尼瞥了一眼開放式廁所的門口。

「這代表了很多事。尤其只要你一想到其他屍體也同樣被放在那裡，就更是如此了。對我來說，這代表殺科金斯的兇手跟殺害其他人的兇手是同一個。我想兇手就是你。也可能是你跟小詹。你們父子倆組了一個雙打隊伍？是這樣嗎？」

「我不想再聽你這些胡言亂語！」他想站起來，但被生鏞克推了一把，又再度坐下。要這麼做容易得很。

「別亂動！」雷尼大喊。「天殺的別亂動！」

生鏞克說：「你為什麼要殺他？他威脅要公開你販毒的事？他也有份？」

「別亂動！」就算生鏞克已坐了回去，雷尼還是重複著說。他沒想到——這時還沒想到——雷尼或許不是在跟他說話。

「我可以保密，」生鏞克說。「也可以給你一些比煩寧對ＰＡＴ更有效果的藥。代價是你得下台。在明晚的大會上，你得宣布辭職——由於健康因素——並且支持安德莉亞。這樣你還可以走得像個英雄。」

他完全無法拒絕，生鏞克這麼認為；這個人已經被逼到牆角了。

雷尼再度轉向開放式廁所的門，開口說：「現在你們可以出來了。」

卡特．席柏杜與老費．丹頓從廁所裡走了出來。他們一直躲在裡面——就這麼豎耳聽著。

8

「真該死。」史都華．鮑伊說。

他和弟弟在葬儀社樓下的工作室裡。史都華原本正在幫愛麗塔．康柏斯，也就是磨坊鎮最新的自殺者及鮑伊葬儀社最新的客戶處理化妝工作。「該死王八蛋那個操他媽的猴崽子。」

他把手機放在櫃檯上，從身上那件綠色橡膠圍裙前的大口袋裡拿出一包花生醬口味的麗茲餅乾。史都華心煩時總會吃這個，吃東西的模樣也總是邋遢無比（「剛剛是豬在這裡吃東西嗎？」他父親在年輕時的史都華離開餐桌時，總會這麼說）。麗茲餅乾的碎片落在愛麗塔仰著的臉上，模樣與安詳相差甚遠；要是她以為喝下酸性清潔劑是種快速又無痛的逃離穹頂方式，那她顯然是上了大當。那該死的東西就這麼一路腐蝕到胃，接著又穿到背部。

「怎麼了？」老福問。

「為什麼我會跟他媽的雷尼牽扯在一起？」

「為了錢？」

「現在錢有什麼用？」史都華大罵。「我要錢幹嘛？去波比百貨店他媽的瘋狂購物？這還真他媽能滿足我！」

他用力打開那名老寡婦的嘴，把剩下的麗茲餅乾塞了進去。「拿去吃，臭婊子，他媽的點心時間到了。」

史都華一把抓起手機，按下「通訊錄」的按鈕，從中選出一個號碼。「要是他沒接的話，」他說——或許是對著老福說，但更有可能是對著自己說。「我就要親自過去，把他找出來，抓一隻他的雞塞進他那他媽的屁——」

但羅傑．基連接了電話，人就在該死的雞舍裡。史都華可以聽見雞的叫聲，還能聽見雞舍的廣播傳出曼托瓦尼指揮的小提琴音樂。要是在雞舍的是孩子，那麼則會變成金屬搖滾。

「喂？」

「羅傑，我是史都華。還醒著吧，兄弟？」

「清醒得很，」羅傑說，這可能代表他已經吸了些冰毒，不過誰鳥他啊。

「下山到鎮上一趟。跟我還有老福在車輛調度場碰面。我們得開兩輛大貨車——有起重機那種——去WCIK電台一趟。所有丙烷都得搬回鎮上。我們沒辦法一天完成，不過老詹說事情總需要有個開始。明天我會再找六、七個我們信得過的人——要是老詹願意騰出人手，那就從他該死的私人軍隊裡挑其中幾個——一口氣搞定這件事。」

「欸，史都華，不行啦——我還得餵雞啊！家裡的孩子全都去當警察了耶！」

這代表你只想坐在你那間小辦公室裡，史都華想著，一面吸冰毒，一面聽鳥音樂，然後用電腦看一些蕾絲邊打炮的小電影。他不曉得怎麼會有人在濃得受不了的雞屎味裡還會想做那檔子事，但羅傑·基連顯然就行。

「這可不是在找志願者，我的兄弟。我接到命令，然後又來命令你。我給你半小時。要是你看見你家隨便一個孩子在街上閒晃，就把他們一起拉來。」

他在羅傑再度發起牢騷前就把電話掛上，站在原地不動好一會兒，氣得七竅生煙。這個星期三，他在這世上最不想做的事，就是花費力氣把那些丙烷槽搬到卡車上……但如今這卻成了他非做不可的事。好吧。那就去做吧。

他一把拉起水槽裡的水管，塞到愛麗塔·康柏斯的假牙間，打開水龍頭。那是條高壓水管，因此使屍體開始在桌上彈跳起來。「幫妳把餅乾沖下去，老奶奶，」他咆哮著說。「免得妳被噎著了。」

「住手！」老福大喊。「這樣會從她背後的洞噴——」

太遲了。

9

老詹看著生鏞克，露出一個「看，我逮到你了吧」的微笑，接著轉向卡特與老費・丹頓。

「你們兩個有聽見艾佛瑞特先生威脅我嗎？」

「我們聽得一清二楚。」老費說。

「你們有聽見他威脅我，說要是我不下台的話，就要扣留救命用的藥物？」

「有，」卡特說，輕蔑地看了生鏞克一眼。生鏞克納悶自己怎麼會蠢到這種地步。

這會是漫長的一天——得牢牢記住這點。

「他拿來威脅我的藥可能叫作維爾寧[129]，就是那個長頭髮的傢伙幫我靜脈注射的那種。」老詹又露出他的小牙齒，展現另一個讓人不舒服的微笑。

維爾寧。這是第一次生鏞克暗罵自己沒從病房門上的插槽拿起老詹的病歷表先確認看看，同時也不會是最後一次。

「你們覺得是什麼罪名？」老詹問。「恐嚇罪？」

「當然。還有勒索罪。」老費說。

「真該死，這根本就是謀殺未遂。」卡特說。

「你們認為是誰派他這麼做的？」

「巴比。」卡特說，朝生鏞克的嘴巴狠狠打去一拳。生鏞克措手不及，甚至還來不及抵擋，

[129] Verapamil，為降血壓與預防心絞痛的藥物。

便向後倒去，撞上其中一張椅子，側身倒在地上，嘴巴流出了血。

「這是因為你拒捕，」老詹這麼說。「不過這樣還不夠。把他壓在地上，夥計。我要他被壓在地上。」

生鏽克試著想逃，但人還沒離開椅子旁，就被卡特抓住一隻手臂，整個人轉了一圈。老費在他大腿後方踢了一腳，接著卡特又把他推回去。就像校園裡的孩子，生鏽克倒下來時，心裡這麼想著。

卡特跪在他身旁。生鏽克揮出一擊，朝卡特的左臉頰打去。卡特不耐煩地把他的手撥開，就像把什麼討厭的東西甩開似的。沒多久後，他坐在生鏽克的胸口上，笑嘻嘻地低頭看著他。對，就跟在校園一樣，只是沒有導護老師前來阻止。

他把頭轉向雷尼，雷尼現在已站了起來。「你不會想這麼做的。」他喘著氣，心臟被沉沉壓住。他幾乎沒辦法吸入足夠的空氣以供給心臟。席柏杜太重了。老費．丹頓就跪在他們身旁。在生鏽克眼中，他看起來就像是摔角比賽裡的裁判。

「但我就是要這麼做，艾佛瑞特。」老詹說。「事實上，上帝保佑你，我還已經這麼做了。老費，把我的手機拿出來，就在他胸前口袋裡，我可不希望到時候被弄壞了。他麻的這個傢伙偷走了我的手機，等你到局裡時，可以把這點追加在紀錄上。」

「其他人也知道，」生鏽克說。他從未感覺如此無助，如此愚蠢。他告誡自己早該知道過度低估詹姆士．雷尼對一切根本毫無幫助可言。「其他人也知道你幹了什麼好事。」

「也許吧，」老詹說。「不過他們是什麼人？就是戴爾．芭芭拉的其他朋友而已。也就是引發食物暴動、燒毀報社的那些人。他們甚至還弄出了穹頂！我從一開始就相信這是政府的實驗，我就是這麼想的。不過，我們可不是箱子裡的白老鼠，對嗎？卡特，你說我們是嗎？」

「不是。」

「老費，你還在等什麼？」

老費聽著老詹的話，直到現在才露出一個恍然大悟的神情。他從生鏽克胸前拿出老詹的手機，把手機扔到其中一張沙發上。接著，他回頭轉向生鏽克。「你們計畫多久了？你們從什麼時候開始鎖定我們，派人潛入鎮上，好摸清我們的狀況？」

「老費，聽聽你自己在說些什麼，」生鏽克說。他得用擠的才能把話給說出來。天啊，席柏杜實在太重了。「這簡直就是瘋了，完全沒有道理可言。難道你看不出——」

「把他的手壓在地上，」老詹說。「左手。」

老費聽令行事。生鏽克試圖反擊，但席柏杜壓住了他的手臂，使他根本毫無優勢可言。

「很遺憾我得這麼做，兄弟，但鎮上的人都得了解，我們得在恐怖主義的威脅下試圖控制局勢。」

雷尼大可對自己得做的任何事表示遺憾，不過就在他把鞋跟——還有全身兩百三十磅的重量——踩在生鏽克握緊的左手上時，生鏽克從次席公共事務行政委員的華達呢長褲正面，看出了他另一個不同的動機。他這麼做不僅是理智思考後的結果，同時還享受得很。

腳跟壓了上去，左右扭轉：用力、再用力、使勁全力。老詹的臉皺成一團，雙眼下方滲出汗水，舌頭自齒間吐了出來。

不能叫，生鏽克想著。叫聲會把維維引來，害她被捲進這渾水裡。再說，他就是想聽你哀嚎。別讓他得逞了。

然而，當他聽見老詹腳下傳來第一聲骨頭折斷的聲音時，還是忍不住叫了出來。

又一聲骨頭折斷的聲音。接著是第三聲。

老詹往後退去，一臉滿足的模樣。「把他拉起來，帶去牢房裡。讓他好好探望一下朋友。」

老費檢查生鏽克腫起來的手，其中有三根手指已嚴重彎曲。「斷囉。」他心滿意足地說。

維維出現在休息室門口，雙眼睜得老大。「我的老天爺啊，你們這是在幹嘛？」

「我們因恐嚇、勒索與謀殺未遂這些罪名逮捕這個混蛋，」老費・丹頓在卡特把生鏽克拉起來時這麼說。「事情還不只這樣。他拒捕，而我們制服了他。女士，請妳讓讓。」

「你們瘋了！」維維大喊。「生鏽克，你的手！」

「我沒事。打給琳達。告訴她這些惡棍——」

他沒能把話說下去。卡特抓住他的脖子，把他的頭往下壓去，推著他走出門外。卡特在他耳旁低聲說：「要是我一確定那個老傢伙懂的醫學知識比你多，就會親手宰了你。」

所有的變化全發生在四天之內，卡特抓著他的脖子，以驚人力道強壓他沿走廊前進，使他身體幾乎快彎成兩半時，生鏽克難以置信地這麼想著。他的左手已不復原形，在手腕下方變成一大塊厚厚腫起的東西。才四天就變成這樣了。

他感到好奇，那幾個皮革頭——不管它們究竟是什麼——是否會十分享受這場表演。

10

傍晚時，琳達總算把車開到了磨坊鎮圖書館前。小梅那時正騎著自行車沿一一七號公路回到鎮上。她說，她一直在找穹頂附近的哨兵聊天，想收集更多有關探訪日的消息。

「他們不應該和鎮民閒談，不過有些人還是會。」她說。「尤其妳把上衣最上面三顆釦子解開後更容易。這麼做似乎真的能打開溝通之門。至少對陸軍那些傢伙來說是這樣。至於海軍陸戰隊的話……我想就算我把衣服全部脫光，跳起瑪卡蓮娜舞，他們也照樣不會說出半個字。那些男孩似乎對性感這種事免疫。」她笑了。「除非他們把我誤認成凱特．溫斯蕾⑬吧。」

「妳有聽到任何有趣的八卦嗎？」

「沒，」琳達跨在自行車上，看著駕駛座車窗裡的琳達。「他們什麼也不知道。不過他們很關心我們，讓我挺感動的。他們有聽說很多關於我們的傳言。其中還有一個人問我，說我們這邊是不是真的有一百多個人自殺。」

「妳能上車跟我聊一下嗎？」

小梅笑得更開了。「我被逮捕了嗎？」

「有件事想跟妳談談。」

小梅把自行車支撐架踢下來，移開琳達夾罰單用的寫字板與已經派不上用場的測速槍，坐進車內。琳達告訴她祕密潛入葬儀社的行動與他們發現的事，接著又說了在牧師宿舍開會討論的事情。小梅的反應直接、激烈。

「我一定會去——休想把我排除在外。」

無線電發出雜訊，史黛西的聲音傳來。「四號警車，四號警車，嘶、嘶、嘶。」

琳達抓起通話器。她想到的不是生鏽克，而是兩個女兒。「這裡是四號警車，史黛西。請

⑬Kate Winslet，英國電影演員，曾獲奧斯卡最佳女主角。

說。」

史黛西．墨金說的話，讓琳達從不安變成了極度恐懼。「我有個壞消息得告訴妳，小琳。我想叫妳振作一點，不過就這種事而言，這麼說恐怕也於事無補。生鏽克被逮捕了。」

「什麼？」琳達幾乎尖叫著說，不過這話只有小梅聽見；因為她沒按下通話器旁的通話鍵。

「跟巴比一樣，他們把他關進樓下的雞舍。他沒事，不過有隻手好像斷了──他一直把手抱在胸前，整個手掌都腫了起來。」她放低聲音。「他們說會這樣是因為他拒捕。完畢。」

這回琳達記得要按下通話鍵了。「我馬上過去。告訴他我在路上。完畢。」

「我沒辦法，」史黛西說。「除了被列在特殊名單上的警員，其他人不准下去……我沒在名單上。有一連串的指控罪名，包括意圖謀殺與謀殺共犯。別急著回來。他們不會允許妳見他的，所以妳停下手邊的事也沒意義──」

琳達連按了三次通話鍵：嘶、嘶、嘶。接著說：「我一定會見到他的。」

但她沒有。彼得．蘭道夫局長因為午睡而恢復了精神，在警局階梯的最上方碰見了她，並告訴她說，他得收回琳達的警徽與槍。由於她是生鏽克的妻子，所以同樣是預謀推翻鎮公所管理人員與煽動群眾的嫌犯。

好啊，她想這麼告訴他。那就把我抓起來，把我跟我丈夫一起關到樓下。但她隨即想起兩個女兒，她們現在與瑪塔在一起，正等著她過去接她們，告訴她今天在學校發生了什麼事。她也想到今晚牧師宿舍的那場會議。要是她被關在牢房裡，可就無法出席了。現在，那場會議比先前更為重要。

因為，要是他們明晚想劫獄救出一名囚犯，那麼幹嘛不乾脆一次救兩個人呢？

「告訴他我愛他。」琳達說，鬆開腰帶，把上頭的槍套解了下來。反正她也不在乎自己有沒有槍。在學校路口保護小孩過馬路，叫中學學生把他們的香菸丟掉，不准說髒話……原本就是她擅長的事。

「我會轉告的，艾佛瑞特太太。」

「會有人去看看他的手嗎？我聽說他的手好像斷了。」

蘭道夫皺起眉頭。「誰說的？」

「我不知道是誰打給我的，他沒報上名字。我想是我們的人吧，一一七號公路那裡的收訊不是很好。」

蘭道夫想了一會兒，決定不予追究。「生鏽克的手沒事。」他說。「妳已經不能用『我們的人』這種說法了。回家吧。我敢說我們之後還會找妳問一些問題。」

她覺得自己就快哭了，同時努力忍著。「我該怎麼告訴我的女兒？我要告訴她們，她們的爸爸被關進了監獄裡？你知道生鏽克是個好人，你知道的。天啊，他就是去年醫好你膽囊的那個人啊！」

「我幫不上什麼忙，艾佛瑞特太太。」蘭道夫說——他似乎已把叫她琳達的那些過往拋至腦後。「不過我建議妳別告訴她們，說她們的爸爸與戴爾・芭芭拉共謀殺了布蘭達・帕金斯與萊斯特・科金斯——另外兩個人我們還不確定，那顯然是姦殺，生鏽克有可能根本不知情。」

「這簡直就是瘋了！」

蘭道夫可能根本沒在聽她說話。「他還試圖透過扣留重要藥物的方式殺害雷尼委員。幸運的是，老詹有先見之明，安排了兩個人躲在附近。」他搖了搖頭。「用扣留藥物的方式來威脅一個關心小鎮到了無視自己病情的人，這就是妳口中的好人。妳口中那個該死的好人。」

她有了麻煩，也清楚這點。她最好得在自己使情況變得更糟前離開。剛果教堂牧師宿舍的那場會議，距離現在還有漫長的五個小時得度過。她或許不知道自己該去哪裡，也找不到任何事可做。

接著，她想到了可做的事。

11

生鏞克的手離沒事可差得遠了。就算巴比與他隔著三間空牢房，依舊看得出這點。「生鏞克——有什麼我幫得上忙的嗎？」

生鏞克擠出微笑。「除非你有幾片阿斯匹靈，而且還能拿給我，否則就沒什麼幫得上忙的地方了。如果有達而豐止痛藥的話會更好點。」

「吃完了。他們什麼都沒給你？」

「只給了我一些皮肉痛而已，不過我會活下去的。」他這話說得比實際的感覺來得勇敢多了；那簡直就痛到不行，而他還得讓這股疼痛變得更為劇烈。「不過，我得處理一下這幾根手指才行。」

「祝你好運。」

他的手指全都沒斷簡直就是奇蹟，不過手骨卻有一塊斷了。斷的是第五掌骨的部分。他唯一能做的事，就是從身上的T恤撕下一塊布條，以布條充當夾板。不過首先……

他握住近端指間關節脫臼的左手食指。在電影裡，這麼做時總是速度相當快。快比較有戲劇感。不幸的是，太快只會讓狀況變得更糟，而非更好。他拉得很慢，動作穩定，用的力量越來越大。那股疼痛感相當驚人，讓他覺得甚至傳到了下顎的關節。他可以聽見手指喀啦作響的聲音，就像一扇花了很長時間都還沒打開的門的鉸鍊似的。生鏽克瞥見巴比就站在牢門前看著自己，雖然他就在附近，但感覺起來就像遠在另一個國度似的。

接著，就在突然間，那根手指奇蹟似的再度變直，就連痛苦也減輕了。至少那根手指如此。他在床板上坐下，氣喘吁吁，就像剛賽跑完的人一樣。

「搞定了？」巴比問。

「還沒。我還得搞定那根拿來罵人用的手指。我可能還需要它。」生鏽克握住第二根手指，再度重新來過。同樣地，隨著疼痛感似乎有所降低，指關節也回到了原處。現在就只剩小指，要是他想敬酒的話，小指也只能翹起來了。如果可以的話，他想著。我一定要把今天定為「史上最鳥的一天」。至少是艾瑞克·艾佛瑞特這輩子最鳥的一天。

他開始包紮手指。這也很痛，但除此之外，也沒別的應急方式了。

「你幹了什麼好事？」巴比問，接著快速晃了兩下手指。他朝天花板指去，接著把一隻手弓成杯狀，靠在耳旁。他是真知道雞舍有竊聽器，或者只是這麼懷疑？生鏽克覺得這不重要。雖然做出那麼多錯誤決定的那群人可以想得到這點簡直就令人難以想像，但最好還是先當成有這麼一回事吧。

「我在試著要讓老詹下台時犯了錯。」生鏽克說。「我相信他們肯定會添加其他十幾個罪名控告我，但基本上，我之所以會被關進來，就是因為問他是想放棄權力，還是想讓心臟病發作。」

當然，他省略了科金斯的部分，但生鏽克認為，這麼做或許可以讓他繼續保持身體無恙。

「這裡的食物如何？」

「不錯，」巴比說。「蘿絲有幫我帶午餐來。不過你得小心水，可能會有點鹹。」

他張開右手的兩根手指，指向生鏽克的雙眼，接著又指向自己的嘴：小心。

生鏽克點了點頭。

明天晚上。巴比以唇語說。

我知道，生鏽克用唇語回答。由於誇張的嘴型，使他嘴唇上的傷口裂開，開始又流起血來。

巴比動著嘴唇：我們……需要……一個……安全的……地方。

多虧小喬．麥克萊奇與他的朋友，讓生鏽克想到了可以躲藏的地方。

12

老安．桑德斯發作了一次癲癇。

他沒用菸斗，就這麼吸了不少，所以這的確是無法避免的事。他人就在WCIK電台的工作室中，一面聽著「每日糧食」交響樂團演奏的〈祢真偉大〉，一面跟著指揮。他看見自己朝不朽的小提琴弦飛去。

煮廚拿著菸斗不知去了哪裡，但也留了一些自己調配，命名為「油炸老爹」的粗捲菸給老安。「抽這個可得小心點，桑德斯，」他說。「這可是炸藥，『你不習慣，就得慢慢來。』，這是提摩太前書說的。這話也適用在炸薯條上頭。」

老安慎重地點點頭，然而等到煮廚走了以後，他卻貪婪地一根接著一根，抽了兩根油炸老爹，一直抽到捲菸燙傷手指，什麼也不剩為止。原先那股燒烤貓尿味已變成了他聞過最棒的味道。第三根油炸老爹抽到一半時，他原本還在像倫納德．伯恩斯坦[131]似地指揮著，然而，當他又吸了一口直至塞滿肺部的煙時，卻突然就這麼暈了過去。他跌倒在地，在聖歌的音樂中不斷抽搐。白沫自他緊緊咬住的齒間冒出，半睜著的雙眼在眼窩裡不斷轉動，看見了被認為不存在的東西。至少直至目前，那還是被認為不存在的東西。

十分鐘後，他醒了過來，精神飽滿到足以用跑的方式，穿過工作室與後頭長形紅色倉庫間的小道。

「煮廚！」他大喊著。「煮廚，你在哪裡？他們來了！」

煮廚布歐自倉庫的側門走了出來，頭髮就像油膩膩的鵝毛筆一樣豎著。他穿著一件骯髒睡褲，褲襠處有著尿漬，底部則有被草地染上的顏色。這條睡褲印有幾隻說著「兔子」的卡通青蛙，全都搖搖欲墜地掛在他骨瘦如柴的臀部邊緣。他的陰毛從睡褲正面露了出來，後面則因褲子破洞而露出屁股。他的手上拿著一把AK-47步槍，槍柄上還有他小心翼翼寫上的文字：上帝戰士。車庫大門的電子鑰匙就在他另一隻手。他把「上帝戰士」放了下來，但卻沒放下「上帝大門電子鑰匙」。他抓住老安的雙肩，用力搖晃了他一下。

「停下來，桑德斯，你歇斯底里了。」

「他們來了！那些苦人！就跟你說的一樣！」

[131] Leonard Bernstein，美國知名的指揮家。

煮廚思考了一會兒。「是有人打電話給你，讓你覺得不太對勁嗎？」

「不，我看見了！我昏了過去，然後看見了東西！」

煮廚瞪大了雙眼。眼中的懷疑變成了尊敬。他看著老安，接著看向小婊路，最後視線又回到老安身上。「你看見了什麼？多少人？是全部，還是跟之前一樣只有幾個人？」

「我……我……我……」

煮廚又搖晃著他，但這回力道變輕了。「冷靜下來，桑德斯。你現在是上帝的軍人了，而且還是——」

「基督教的戰士！」

「對，對，對。我是你的上級。所以快向我報告。」

「他們來了兩輛卡車。」

「只有兩輛？」

「對。」

「橘色的？」

「對！」

煮廚把他的睡褲往上拉（但褲子馬上又掉回與先前差不多的位置），點了點頭。「那是鎮公所的卡車，說不定又是那三個蠢蛋——鮑伊兄弟，還有雞先生。」

「什麼先生？」

「是基連，桑德斯。除了他還有誰？他有吸冰毒，但不曉得冰毒存在的目的，只是個笨蛋而已。他們是過來拿走更多丙烷的。」

「我們應該要躲起來嗎?先躲起來,讓他們拿走就算了?」

「我之前就是這樣。但這次不同。我躲夠了,也不想讓他們再拿走任何東西了。茵陳星在發光了。現在,是上帝的子民高掛旗幟的時候了。你要跟我一起上嗎?」

老安——這個在穹頂之下失去了一切的人——沒有任何猶豫。「要!」

「直到最後,桑德斯?」

「直到最後!」

「你把你的槍放在哪裡?」

就老安還記得的部分而言,槍就放在工作室,靠在那張帕特・羅伯遜[132]與過世的萊斯特・科金斯擁抱的海報旁。

「去拿槍,」煮廚說,拿起「上帝戰士」,檢查彈匣。「從現在開始,你得隨身帶著槍,懂嗎?」

「沒問題。」

「彈藥箱已經搬進去了?」

「對。」老安一小時前就把其中一箱搬進去了。至少,他覺得那應該是一小時前的事沒錯;油炸老爹可以扭曲時間的邊界。

「等一下,」煮廚說。他走到放在倉庫旁的那箱中國製手榴彈旁,帶回了三顆手榴彈。他把兩顆交給老安,叫他把手榴彈放在口袋裡。煮廚把第三顆手榴彈的拉環掛在「上帝戰士」的槍口

[132] Pat Robertson,美國知名的電視布道家,其行徑與發言頗受爭議。

上。「桑德斯，我聽那些王八蛋說，拔掉拉環之後，還會有七秒的時間。不過呢，我有在礫石坑那裡拿一顆來試，感覺更接近四秒。你千萬不能相信那些東方人，記住這點。」

老安說他會記住的。

「好，快走吧。我們去拿你的武器。」

老安欲言又止地問：「我們要殺了他們嗎？」

煮廚看起來一臉驚訝。「除非逼不得已，否則當然不會。」

「那就好。」老安說。就算發生了這一切，他還是不想傷害任何人。

「但要是他們想強行解決的話，我們也得做出必要的反擊。你懂嗎？」

「懂。」老安說。

煮廚拍了拍他的肩膀。

13

小喬問他媽媽，班尼與諾莉是否能在家裡過夜。克萊兒回答，只要他們的父母沒問題，那麼她就沒問題。事實上，這麼做也能讓她安心些。打從他們那場黑嶺的冒險後，她便覺得，還是讓他們三個待在自己的視線裡比較好些。他們可以用火爐弄點爆米花吃，繼續吵鬧地玩著他們在一小時前開始的那場大富翁。說真的，雖然的確有點太吵，但她願意無視這種讓他們得以宣洩不安，強裝鎮定的吵鬧與尖叫。

班尼的母親同意了——讓她有點出乎意料——就連諾莉的也是。「好主意，」瓊妮．卡弗特說。「自從事情發生以後，我一直想去大醉一場，看起來今晚正是機會。克萊兒？幫我告訴那孩子，叫她明天去看看她祖父，還要記得親他一下。」

「她祖父是誰？」

「厄尼。妳也認識厄尼吧？每個人都認識厄尼。他很擔心她。我有時也是，都是滑板害的。」瓊妮的聲音抖了一下。

「我會轉告她的。」

克萊兒還沒掛上電話，門口便傳來敲門聲。一開始，她還認不出那個臉色蒼白，一臉緊張的中年女子是誰，接著，才意識到那是平常在學校路口指揮交通，也在主街限停兩小時的臨時停車區中負責開超時罰單的琳達·艾佛瑞特。她的年紀不到中年，只是現在看起來像而已。

「琳達！」克萊兒說。「怎麼了？是生鏞克嗎？生鏞克出了什麼事嗎？」她想到的是輻射……至少表面上想到的是這件事。在潛意識裡，還有更糟糕的念頭在潛行著。

「他被逮捕了。」

飯廳裡那場大富翁停了下來。三個孩子此刻已一同站在客廳門口，一臉嚴肅地望著琳達。

「他們指控的罪名就跟洗衣店的清單一樣長，其中還包括了殺害萊斯特·科金斯與布蘭達·帕金斯的共犯罪名。」

「不！」班尼大喊。

克萊兒想叫他們先離開客廳，到了最後，才認為這麼做一點用處也沒有。她知道琳達為什麼會過來這裡，也能理解這點，但還是有些痛恨她就這麼來了。包括生鏞克讓孩子參與的這件事也是。然而，他們早就全都參與其中了，不是嗎？在穹頂之下，參與與否根本不是可以選擇的事。

「他中了雷尼的計，」琳達說。「這就是事情的真相。不管什麼全都一樣，現在老詹心裡想的只有誰是站在他那邊的，而哪些人不是。他完全忘了我們現在處在什麼恐怖的局面裡。不，情況比這還糟。他是在利用這個局面。」

小喬嚴肅地看著琳達。「艾佛瑞特太太，雷尼先生知道我們今天早上去了哪裡嗎？他知道那個方塊的事嗎？我不認為他應該知道方塊的事。」

「什麼方塊？」

「我們在黑嶺上發現的東西，」諾莉說。「我們只有看見方塊照出的光芒；生鏽克有上去，看見了那東西。」

「那個是穹頂發射器。」班尼說。「只是他沒辦法關掉它。雖然他說那東西真的很小，但他甚至連移動一下都辦不到。」

「我完全不知道這件事。」琳達說。

「那麼雷尼也不會知道。」小喬說。他看起來彷彿剛把整個世界的重量從肩膀上放了下來。

「你怎麼知道？」

「因為他一定會派警察來盤問我們，」小喬說。「要是我們不回答的話，他們就會把我們抓進監獄。」

遠方傳來兩聲微弱的爆炸聲響。克萊兒揚起頭，眉頭皺了起來。「那是鞭炮還是槍聲？」

琳達不知道，因為聲音並非來自鎮上——聲音實在太微弱了——而且她也不在乎。「孩子們，告訴我黑嶺上發生了什麼事，告訴我所有的一切。你們與生鏽克看到的事全說出來。今天晚上，你們可能得把這些事再告訴另外一些人。是時候把我們知道的事全集中在一起了。說真的，現在可能都已經太遲了。」

克萊兒張嘴想說她不想被牽扯進去，但最後還是沒有開口。因為在這裡根本毫無選擇。但雖說沒有選擇，至少，她還能知道一切究竟是怎麼回事。

14

WCIK電台就在小婊路的後頭，有車道直接連到路上（車道是鋪過的，比小婊路本身的路面好上許多），幾乎長達四分之一英里。車道連結小婊路的那頭，入口兩側各有一棵百年橡樹。落葉在正常的秋季時分，漂亮到足以印在日曆或旅遊相關的小冊子上，但如今，樹葉只是無力地垂著，全變成了棕色。老安．桑德斯就站在可充當射擊點的樹幹後方，主廚則站在另一棵樹後頭。他們可以聽見大卡車的柴油引擎聲響。汗水流進老安的雙眼裡，於是他伸手抹去。

「桑德斯？」

「什麼事？」

「你的安全裝置關了嗎？」

老安檢查一下。「關了。」

「那就好，聽我的指令，從一開始就不能有任何疏忽。要是我叫你開槍，就朝那些王八蛋掃射！從車頂到車底，車頭到車尾！要是我沒叫你開槍，就只要站在原地就好。懂了嗎？」

「懂、懂了。」

「我不認為應該會有任何人被殺。」

感謝上帝，老安想。

「如果只有鮑伊兄弟跟雞先生的話就不會。但我不確定。要是我得出手的話，你會挺我嗎？」

「會。」毫不猶豫。

「不要把手指扣在該死的扳機上，否則你有可能會把自己的頭轟掉。」

老安低頭一看，發現自己的手指的確扣在AK步槍的扳機上，於是急忙鬆開。

他們就這麼等著。老安可以在大腦中間聽見自己的心跳聲。他告訴自己，此刻感到害怕是件愚蠢的事——要不是那通正好打來的電話，他現在已經死了——不過，死亡的確不是什麼好事。因為他的面前又開啟了一個全新的世界。他知道那或許只是個虛假世界（他不是早知道藥物對小安．格林奈爾產生了什麼影響嗎？），但還是比他一直生活在其中的這個爛世界來得好多了。

上帝啊，讓他們就這麼離開這裡吧，他祈禱著。拜託了。

卡車出現，緩緩駛了過來，冒出的廢氣飄進安靜無聲的天空中。從老安躲藏的樹後頭看去，可以看見領頭的那輛卡車裡坐著兩個人。或許是鮑伊兄弟吧。

煮廚有好長一段時間都沒有動作。正當老安開始認為他會改變心意，最後決定讓他們拿走丙烷時，煮廚卻上前幾步，快速開了兩槍。前面那輛卡車的兩個前輪全都扁了下來。

無論有沒有吸茫，煮廚的槍法都好得很。車頭先是顛簸了三、四下，接著卡車才停了下來，讓後面那輛卡車差點追撞上去。老安可以聽見微弱的音樂聲。是某首讚美歌。老安猜想，不管駕駛第二輛卡車的人是誰，在收音機的聲音籠罩下，一定沒聽見那兩聲槍響。前頭那輛卡車駕駛座裡的人影瞬間消失無蹤，兩個人全都壓低身子，避免出現在視線範圍內。

煮廚布歇依舊光著雙腳，除了那件「兔子」睡褲外什麼也沒穿（車庫大門的電子鑰匙就掛在腰部的鬆緊帶上垂著，像是呼叫器一樣），從樹後走了出來。「老福．鮑伊！下車跟我談談！」

他把「上帝戰士」靠在橡樹旁。

帶頭的卡車駕駛座裡沒有任何動靜，但第二輛卡車的駕駛座車門卻打開了。羅傑．基連走出車外。「停下來幹嘛？」他大喊著。「我還得回去餵雞——」他看見了煮廚。「嘿，老菲，怎麼啦？」

「趴下！」鮑伊兄弟的其中一個大喊。「那個王八蛋瘋子會開槍！」

羅傑看著煮廚，接著看向靠在樹上的那把AK-47步槍。「或許他剛剛有開槍吧，可是現在他把槍放下了。再說，是他耶。這是怎麼回事，菲爾？」

「我現在叫煮廚了。叫我煮廚。」

「好吧，煮廚，這是怎麼回事？」

「下車，史都華，」煮廚喊。「你也是，老福。我想應該不會有人受傷的。」

前頭那輛卡車的兩側車門全都打開了。煮廚頭也不回地說：「桑德斯！要是那兩個蠢蛋有人拿著槍，你就直接開火。不要一槍一槍的開；直接把他們打成蜂窩。」

但鮑伊兄弟全都沒槍，老福還高舉著雙手。

「兄弟，你在跟誰說話？」史都華問。

「桑德斯，可以出來了。」煮廚說。

老安走了出來。此時，會在突然間演變成屠殺事件的威脅似乎已經過去了，讓他又開始覺得享受起來。要是他身上帶著煮廚自製的油炸老爹，他相信自己一定會更加享受這一切。

「老安？」史都華震驚地說。「你在這裡幹嘛？」

「我已經宣誓加入了上帝的軍隊。你們全都是苦人。我們知道你們的所有事，這裡沒有你們的容身之地。」

「啊？」老福說。他把雙手放了下來。前面那輛卡車的前胎持續洩氣，車頭也正緩緩朝路面斜倒下來。

「說得好，桑德斯。」煮廚這麼告訴他，接著又對史都華說：「你們三個全都給我進第二輛卡車裡，接著調轉車頭，夾著你們懷抱歉意的屁股給我回去鎮上。等你們回去後，告訴那個叛教的惡魔龜孫子，說WCIK電台現在是我們的了，包括工廠與所有東西也是。」

「你他媽的在說什麼啊，菲爾？」

「叫我煮廚。」

史都華甩了一下手。「你高興叫什麼都行，只要告訴我這到底怎——」

「我知道你們兄弟倆都是蠢蛋，」煮廚說。「而雞先生要是沒有說明書的話，可能連鞋帶都不會綁——」

「嘿！」羅傑大喊。「你說話給我小心點！」

老安舉起了他的AK步槍。他心想，要是一有空檔，他就要在槍托上寫下「克勞蒂特」。

「錯了，你才給我小心點。」

羅傑．基連臉色蒼白地往後退了一步。老安在鎮民大會上演說時，從來沒發生過這種事，這實在太值得慶祝了。

煮廚又繼續說了下去，彷彿對話沒有中斷過似的。「不過，史都華，你至少還有半顆腦子，所以就拿出來用一下吧。把那輛卡車留在原地，坐另一輛卡車回去鎮上。告訴雷尼，這裡已經不屬於他了，這裡是屬於上帝的。告訴他，茵薇星在發光了，要是他不希望審判日提早降臨，最好離我們遠一點。」他想了一會兒。「你還可以告訴他，我們會持續播放音樂。我不認為他會擔心這件事，不過鎮上的一些人或許可以從中找到一些慰藉。」

「你知道他手下現在有多少警察嗎？」史都華問。

「我才不鳥多少個咧。」

「我想大概有三十個左右。到了明天可能會變成五十個。有他媽半個小鎮的人全戴著藍色臂章。要是他叫他們集結隊伍殺上來，肯定不會有任何問題。」

「這麼做也沒用，」煮廚說。「我們全心信奉上帝，一個人可以抵十個人。」

「呃，」羅傑說，在腦中計算了一下。「那也才等於三十個人，你們還是寡不敵眾。」

「閉嘴，羅傑。」老福說。

史都華又再度嘗試。「菲爾──我是說煮廚──你得他媽的冷靜點，因為你們根本沒有勝算。他沒有要拿毒品，只是要拿丙烷而已。鎮上有一半的發電機都沒燃料了。到了週末，數量就會變成四分之三。讓我們把丙烷拿走吧。」

「我需要丙烷才有辦法煮毒品，抱歉了。」

史都華看著他，彷彿他瘋了一樣。他可能真的瘋了，老安想。我們可能全都瘋了。當然啦，就連老詹．雷尼也瘋了，所以這才之所以需要洗滌。

「現在就給我走，」煮廚說。「告訴他，要是他打算出兵對付我們，肯定會為此後悔。」

史都華決定不再多想，接著聳了聳肩。「好話不說第二次。走吧，老福。羅傑，我來開車。」

「沒問題，」羅傑．基連說。「我痛恨所有要打檔的車。」他最後又朝煮廚與老安看了一眼，眼神中充滿了不信任，接著開始朝第二輛卡車走去。

「上帝保佑你們。」老安喊。

史都華回頭瞪了他們一眼，眼神中充滿敵意。「希望上帝也保佑你們。因為上帝肯定知道你們需要得很。」

這兩個北美洲最大的冰毒工廠的新老闆就這麼站在一塊兒，看著橘色大卡車沿路開了回去，在一個笨拙的連續轉彎後，逐漸駛遠。

「桑德斯！」

「怎麼了，煮廚？」

「我要來點可以振奮人心的音樂，馬上就要。這個小鎮需要幾首瑪維斯．史泰波[133]的歌，還有幾首克拉克姊妹[134]的。只要把這些歌插進節目裡之後，我們就去好好吸一下。」

老安的雙眼盈滿淚水。他用雙手環抱著菲爾．布歐那瘦骨嶙峋的雙肩。「我愛你，煮廚。」

「謝謝，桑德斯。我們回去吧。記得，槍要隨時保持上膛狀態。從現在開始，我們得小心戒備了。」

15

老詹坐在兒子的病床旁，此時已接近日落，天色轉為橘色。道奇．敦切爾先前有過來幫小詹打了一針，如今，這孩子已陷入熟睡之中。就某方面來說，老詹知道，要是小詹死了，一切只會更好；要是他還活著，腦瘤就這麼擠壓著大腦，到時他會做出什麼或說出什麼，可就十分難說了。沒錯，這孩子是他自己的骨肉，但這裡還有更重要的事情得考量，得為了這個小鎮著想。或許，他可以用衣櫃裡的預備枕頭——

他的手機響了起來。他看著螢幕上的名字，皺起眉頭。出了什麼差錯。如果不是出了事，史都華很少會那麼快打來。「怎麼了？」

他一面聽著，同時也越來越驚訝。老安在那裡？還有一把槍？

史都華等著他回答，等著他告訴自己該怎麼做。事情還真是接二連三啊，老兄。老詹想，嘆了口氣。「等我一下，讓我想想。我再打給你。」

他掛斷電話，開始思索這個新麻煩。今晚他可能會需要一隊警察。就某方面來說，這是個相當有吸引力的念頭：在美食城超市那裡煽動他們，接著自己帶隊突襲。要是老安死了，那就更好了。這會使他詹姆士・雷尼成為首席公共事務行政委員，掌管整個小鎮。

另一方面，明天晚上就是特別召開的鎮民大會了。每個人都會參加，到時一定會提出很多問題。他相信，自己可以把冰毒工廠賴到芭芭拉與芭芭拉的朋友頭上（在老詹心中，老安・桑德斯現在已正式成為芭芭拉的朋友了），但這還是……不。

不。

他希望他的羊群害怕，但也不想他們陷入過度恐慌。引發恐慌不是他的目的，可以完全控制整個小鎮才是。再說，就算他讓老安與布歇待在那裡一陣子，又有什麼壞處呢？這麼做說不定還有些好處呢。他們會因此自我膨脹，可能就連自己是誰都給忘了。因為，毒品正是愚蠢最好的營養劑。

再說，星期五——也就是後天——正是他麻的寇克斯指定的探訪日。每個人都會再度蜂擁到

⑬³ Mavis Staples，美國藍調與福音歌手。
⑬⁴ Clark Sisters，美國福音歌曲合唱團。

丹斯摩農場那裡。波比肯定會再弄一個熱狗攤出來。雖然這是場爛泥攤子，同時寇克斯也會再開一場只有他自己一人的記者會，但老詹或許可以趁那時帶領十六或十八個警察前往廣播電台，搞定那兩個帶來麻煩的毒蟲。

對，這就是解決之道。

他回撥給史都華，叫他離開那裡，別理會他們兩個。

「可是我還以為你需要丙烷。」史都華說。

「我們會拿到手的，」老詹說。「要是你想的話，到時還可以好好地照顧他們兩個一番。」

「沒錯，我還真是有夠想。那個他媽的——對不起，老詹——他麻的布歐需要好好教訓一下。」

「他會得到教訓的。時間就在星期五下午，記得把你的行程表空出來。」

老詹再度恢復了良好感覺，心臟在胸口緩慢平穩地跳動著，連遲緩或顫動的狀況也沒有。這很好，因為他還有很多事得做，就從今晚在美食城超市集結警察的那場演說開始。那會是個讓那些新警察乖乖聽命，留下深刻印象的絕佳場所。說真的，再也沒有比這種被破壞過後的地方，更能讓人們自願追隨領導者的場合了。

他才正打算離開病房，接著卻又回過頭，吻了他熟睡兒子的臉頰一下。擺脫小詹可能在所難免，但暫時來說，還可以再緩一緩。

16

卻斯特磨坊鎮再度迎接另一個夜幕低垂的小鎮夜晚，也是又一個穹頂之下的夜晚。但我們不能休息，因為還有兩場會議得參加，在睡前，還得去看看荷瑞斯這隻柯基犬的狀況。荷瑞斯今晚與安德莉亞．格林奈爾作伴，雖然牠已消磨了不少時間，卻始終沒忘記沙發與牆壁間的爆米花。

所以，讓我們上路吧，你與我，夜空已向我們攤開，就像被麻醉的病人躺在手術台上一樣。讓我們在第一顆變色的星星開始在頭上散發光芒的時刻出發。這裡是今晚鄰近四個區域中，唯一可以看見星星的小鎮。新英格蘭北部全籠罩在雨勢中，有線新聞的觀眾很快就可以在一些特別的衛星雲圖上看見一個缺口，就與卻斯特磨坊鎮的襪子形狀一模一樣。這裡閃爍著星光，不過由於穹頂受到污染，所以星光全是一片模糊。

大雨落在塔克磨坊鎮與城堡岩被稱為城堡景的地區；CNN的氣象專家雷納德．沃夫（他跟蘿絲．敦切爾的小沃夫沒有關係）說，沒有任何人可以完全確定這是什麼狀況，看起來像是西面氣流把雲層吹到穹頂西側，將雲層擠壓得就像海綿那樣，最後，雲層才被切分至北部與南部。他把這稱為「美妙的罕見景觀」。

新聞主播蘇珊娜．馬爾佛問他，要是危機持續下去，長期來看，穹頂之下的天氣會變成什麼狀況。

「蘇珊娜，」雷諾德．沃夫說。「這是個很複雜的問題。我們可以肯定知道的是，雖然雨勢最大的地方可能會有一些水分滲透進穹頂表面，但卻斯特磨坊鎮今晚的確沒有降雨。國家氣象局的氣象學家告訴我，在長期影響下，穹頂之下的降雨機率並不樂觀，而且我們也知道，他們主要的河流普雷斯提溪幾乎已經要枯竭了。」他露出微笑，秀出那口電視專用的潔白牙齒。「感謝上帝，還有自流井[135]存在！」

[135] 地下水能自流噴出地表的井。

「沒錯，雷諾德。」蘇珊娜說，接著，美國的電視螢幕畫面便被保險公司的壁虎代言角色所取代。

有線新聞的部分已經夠了；讓我們飄浮起來，穿過半數空無一人的街道，經過剛果教堂與牧師宿舍（那場會議還沒開始，但派珀已裝了一大壺咖啡，而茱莉亞正在嘶嘶作響的瓦斯燈燈光下做著三明治），穿越圍住麥卡因家那令人哀傷的黃色警用封鎖線，接著飄下鎮屬坡，在經過鎮公所時，看見管理員艾爾·提蒙斯與他兩個朋友正在整理與打掃明晚鎮民大會的場地，而在戰爭紀念廣場那裡，路西安·卡弗特的雕像（我可能還沒告訴過你，他是諾莉的曾曾祖父）依舊眺望著遠方。

讓我們短暫停留一會兒，看看巴比與生鏽克的狀況，好嗎？要下樓不成任何問題，準備室裡只有三個警察，而史黛西·墨金則趴在櫃檯上睡覺。其餘的警察全去了美食城超市，聽老詹最新那場鼓舞人心的演說。但就算他們全在這裡也不打緊，因為我們是隱形的。我們飄浮過他們身邊時，他們頂多只會感到一股微弱無比的輕風吹過而已。

雞舍裡沒有太多可看的東西，因為希望是看不見的，正如我們一樣。這兩個人除了等待明晚到來，希望逃獄的計畫可以成功外，也沒別的事情可做。生鏽克的手還在痛，但沒有他以為的那麼痛，就連腫脹程度也沒他擔心的那麼嚴重。除此之外，願上帝保佑好心腸的史黛西·墨金。她在下午五點時，偷偷拿了兩顆埃克塞德林止痛藥給他。

同時，這兩個人——我想，也就是我們的英雄——正坐在自己的床板上，玩著「二十題你問我答」遊戲。這回輪到生鏽克猜。

「是動物、蔬菜還是礦物？」他問。

「都不是。」巴比回答。

「怎麼可能都不是？一定是其中一種。」

「就不是。」巴比說。他在想的是《藍色小精靈》中的老爹。

「你在耍我吧？」

「我沒有。」

「一定是。」

「別抱怨了，繼續問。」

「可以給個提示嗎？」

「不行。這是你得到的第一個確切答案。接下來是第十九題了。」

「可惡，等我一下。這不公平。」

就讓我們先行離開，讓他們藉由自己所能辦到的最好方式，轉移自己的注意力，準備熬過接下來的二十四小時吧，好嗎？讓我們繼續上路，經過灰燼仍在悶燒，過去曾是《民主報》辦公室的地方（這裡已經無法「為這個看起來像靴子的小鎮服務」了），接著經過桑德斯家鄉藥局（雖然燒焦了，但卻沒有倒塌，只是老安．桑德斯永遠不會踏進這裡的大門了），書店與勒克萊爾花店，那裡的花現在要不是枯萎了，就是正在凋零之中。讓我們穿過紅綠燈已失效的一一九號公路與一一七號公路的十字路口（我們輕輕碰到了紅綠燈，燈柱微微搖晃幾下，接著又回歸平靜），穿越美食城超市的停車場。我們安靜的就像熟睡孩子的呼吸聲一樣。

超市前的大櫥窗已被木製夾板封了起來，而夾板則是從泰比．莫瑞爾的儲木場那裡徵用來的。那場混亂在地板上留下的糟糕污漬，也被傑克．凱爾與厄尼．卡弗特擦乾淨了，只是，美食城超市依舊混亂到了驚人地步。箱子與乾糧同樣四處散落。剩下的商品（也就是沒被推車載回鎮民的儲藏室，或是沒被陳列在警局後方車輛調度場裡的那些東西）則雜亂地散布在貨架上。軟性飲料的冰箱、啤酒的冰箱及放冰淇淋的冰箱全都破了，到處都是酒潑灑出來的臭味。這剩餘的混亂場面，正是老詹．雷尼要他的新警隊——其中大多數人都非常年輕——核心成員看到的景象。他要他們知道，整個小鎮現在看起來就像這樣。同時他也足夠精明，知道這麼一來，他便無需大聲把這件事給說出來。他們會知道：這就是牧羊人沒負起足夠責任，讓羊群肆意踐踏後的景象。

我們需要聽他的演說嗎？不了。我們要聽的是老詹明晚的演說，這樣應該就夠了。再說，我們全都知道美國的兩大特產，就是煽動者的話語與搖滾樂，而在我們的生活裡，想必也早就聽夠了這兩樣東西。

不過在離開前，我們應該觀察一下那些聽眾的表情，留意他們是多麼全神貫注，然後提醒自己，他們之中有很多（卡特．席柏杜、米奇．沃德羅與陶德．溫德斯塔等等，在此僅列舉三名就好）全都是求學時代會在課堂上惹是生非、在浴室裡打架，因而每星期都會被罰留校查看的傻瓜。但雷尼催眠了他們。他從來沒有拿著項墜在別人面前左右搖晃，但只要他一站到群眾面前……就會像老克萊頓．布瑞西過去有些腦細胞還算管用時常說的一樣，很會炒熱場子，讓大家熱舞起來。老詹說了一些關於「警察情誼」、「與同僚同一陣線的驕傲感」及「鎮上就靠你們保護」之類的話。當然，還說了些其他的事。好話永遠不會失去魅力。

老詹把話題轉到巴比身上。他告訴他們，巴比的朋友還潛伏在這裡，為了他們的邪惡目的繼續挑撥群眾、煽動糾紛。他降低音量說：「他們會試著想詆毀我，什麼謊話都說得出口，完全沒有界限。」

他們以一陣不悅的低吼作為反應。

「你們會聽信那些謊言嗎？你們會讓他詆毀我嗎？你們會讓這個小鎮在最需要的時候，卻失去了一個強而有力的領導者嗎？」

他們的回答，當然是一個響亮的「不！」。雖然老詹繼續說了下去（就像大多數的政治家一樣，他相信這不是在錦上添花，而是在強調重點），但我們現在已經可以先離開他了。

讓我們再度穿過這些空無一人的街道，來到剛果教堂的牧師宿舍。快看！那裡有個我們可以跟她一起走段路的人，一個穿著褪色牛仔褲與一件老式雙翼骷髏圖案滑板T恤的十三歲女孩。那副老讓她母親感到絕望的女權主義龐克分子的不悅表情，今晚已從諾莉．卡弗特的臉上消失無蹤。此刻，她的表情一臉驚訝，就像不久前那樣，讓她看起來像是只有八歲大似的。我們隨著她的視線，看見鎮東方的雲層裡冒出一個巨大的滿月。月亮的顏色與形狀就像是個剛被切開的粉紅色葡萄柚一樣。

「喔……我的……天啊。」諾莉喃喃自語，一隻手握著拳頭，壓在僅微微隆起的胸部上，就這麼看著詭異的粉紅色月亮。接著，她繼續往前走，臉上的表情已沒有那麼驚訝，藉此確保自己不會被人注意。這是琳達．艾佛瑞特吩咐的。他們都得一個人過來，得要避免醒目，確保完全沒被跟蹤。

「這不是遊戲，」琳達告訴他們。但與她說的話相比，諾莉對於她蒼白臉孔與緊張神情留下了更深的印象。「要是我們被抓到的話，他們不只會修理我們，或是把我們趕走那麼簡單而已。孩子們，你們懂嗎？」

「那我可以跟小喬一道過去嗎？」麥克萊奇太太問。她的臉色幾乎就與艾佛瑞特太太一樣蒼白。

艾佛瑞特太太搖了搖頭。「這麼做不好。」這句話才是諾莉印象最深的部分。不，這不是遊戲；說不定還攸關生死。

呃，不過已經到教堂了，而牧師宿舍則連在教堂右邊而已。諾莉可以看見宿舍後方的瓦斯燈明亮白光，那裡一定是廚房的位置。不久之後，她就能待在裡頭，遠離粉紅色月亮那詭異的注視了。不久之後，她就安全了。

就在她這麼想著的同時，一道身影從濃重的陰影中閃出，握住了她的手臂。

17

諾莉因為被嚇了一大跳而尖叫出聲，聲音就跟被嚇到的程度一樣大；然而，當粉紅色月光照亮那人的臉時，她才發現那個走上前的人原來是羅密歐．波比。

「你把我嚇得都要尿出來了。」她小聲說。

「對不起。別直接看著我。」老羅放開她的手臂，四處張望一下。「妳那兩個男朋友呢？」

諾莉因這話笑了。「不知道。我們覺得應該要分頭來，各自走不同的路線，就跟艾佛瑞特太太說的一樣。」她朝山下望去。「我想那個現在正走過來的人應該就是小喬他媽。我們最好趕快進去。」

他們朝瓦斯燈的方向走去。牧師宿舍的內門是開著的。老羅輕輕敲了敲紗門的一側，說：「我是老羅．波比。我和一個朋友一起過來，如果需要暗號的話，我們顯然沒接到消息。」

派珀．利比打開門，讓他們進到屋內。她好奇地看著諾莉。「妳是哪位？」

「那可不是我的孫女嗎？」厄尼說，走進廚房。他手上拿著一杯檸檬水，臉上掛著笑容。

「快過來，孩子。我真是想妳。」

諾莉給了他一個重重的擁抱，吻了他一下，就跟母親交代的一樣。她沒料到這麼快就有機會完成任務，卻也很高興能這麼做。在這個她所擁抱的人面前，她可以說出自己真正的感覺，不必忍受強作鎮定的煎熬。

「爺爺，我好害怕。」

「我們全都一樣，小甜心。」他抱得更緊了，接著看向她抬起的臉孔。「我不知道妳怎麼會跑來這裡，不過既然妳都來了，要不要先喝杯檸檬水？」

諾莉看見咖啡壺，說：「我寧可來杯咖啡。」

「我也是，」派珀說。「所以我才煮了滿滿一壺濃咖啡，這樣才可以在發現自己精疲力盡以前，可以準備好上台表演。」她輕輕搖了搖頭，像是想把這念頭趕走。「這總是會讓我想到別的事情。」

後門又傳來另一個敲門聲，這回進來的是小梅．傑米森，她的臉頰因興奮而漲紅。「我把我的自行車藏在妳的車庫裡，利比牧師。希望這麼做沒問題。」

「沒關係。不過要是我們打算在這裡策劃犯罪行動——雷尼與蘭道夫肯定會這麼認為——那麼妳最好還是叫我派珀就好。」

18

派珀稱之為「卻斯特磨坊鎮革命委員會」的成員，全都在她吩咐的九點以前便提早抵達。而第一件讓她留下深刻印象的事，就是性別分布不平均這件事。這裡有八名女性，卻只有四名男性。而這四名男性，一個已過了退休年齡，兩個則還不到可以自己去看R級電影的歲數。她不得不提醒自己，在世界各地的數百個游擊組織中，早就把槍交到了女人與不比今晚這些孩子們大的兒童手裡。這麼做並不好，但有時卻是正確的，在戰爭狀態裡，這麼做同時也是必需的。

「我希望我們能先把頭低下來一分鐘，」派珀說。「我不打算禱告，因為我已經不知道自己禱告時，到底是在跟誰說話了。不過，你們或許會想對自己心目中的神明說點話，畢竟今晚，我們需要任何可以得到的幫助。」

由於她的要求，每個人都照做了。當派珀抬起頭掃視眾人時，其中一些人的頭依然低著，就連雙眼也是閉上的。派珀看著眾人：兩個剛被解雇的女警、一個退休的超市經理、一個不再擁有報社的報社女老闆、一個圖書館員、本地餐廳的老闆、一個由於穹頂而與丈夫分開，無法停止轉動婚戒的家庭主婦、本地的百貨店大亨，以及三個擠在沙發上，一反常態，表情嚴肅的孩子。

「好了，阿門，」派珀說。「我要把這場會議交給賈姬．威廷頓，只有她知道自己的計畫。」

「這麼決定可能有點太過樂觀，」賈姬說。「而且也太倉促了，因為我要把這場會議交給小喬．麥克萊奇。」

小喬看起來嚇了一跳。「我？」

「不過在他開始之前，」她繼續說。「我得先請他的朋友幫忙把風。諾莉負責前門，班尼負責後門。」賈姬在他們兩個臉上看見抗議神色，舉起一隻手阻止他們。「這不是要你們離開這裡的藉口——這麼做非常重要。要是這場祕密會議被掌權人抓到的話，那可不會是什麼好事，這點應該不用我告訴你們。你們兩個的身形最小，去找個陰影夠暗的地方，躲在裡頭。要是你們看見有可疑的人接近，或是任何一輛警車，就趕快像這樣拍手。」她拍了一次手，接著連拍兩次，然後又拍一次。「我向你們保證，你們晚點就會知道整場會議的內容。從今天開始的新規則，就是我們會分享所有資訊，沒有任何祕密。」

等他們離開後，賈姬轉向小喬。「把你告訴琳達那些關於方塊的事說給大家聽。從頭到尾。」

小喬站了起來，彷彿在學校裡朗誦課文。「接著我們回到鎮上，」他說完了事情經過。「後來那個混帳雷尼就抓了生鏽克。」他擦去額頭上的汗水，坐回沙發。

克萊兒用一隻手摟著他的肩。「小喬說，最好還是別讓雷尼知道方塊的事，」她說。「他認為雷尼可能會希望方塊持續運作，而不會試圖把它關掉，或是去破壞它。」

「我認為他說得沒錯，」賈姬說。「所以方塊的存在與所在地，是我們最需要保密的部分。」

「我不確定……」小喬說。

「什麼意思？」茱莉亞問。「你認為他應該要知道才對？」

「或許有一點吧，我得再想一想。」

賈姬沒進一步地追問他。「接著是第二項議題。我想試著把巴比與生鏽克從牢房裡救出來。時間是明天晚上舉辦鎮民大會的期間。巴比才是總統指派要接管鎮公所——」

「任何人都好，只要不是雷尼就行。」厄尼咆哮著說。「那個無能的王八蛋覺得自己擁有整座小鎮。」

「他有一件事倒是挺厲害的，」琳達說。「只要一逮到機會就能興風作浪。那場食物暴動與報社被燒的事……我想全都是他下令執行的。」

「當然是，」賈姬說。「對殺了自己的牧師的人而言——」

蘿絲睜大了眼。「妳是指雷尼殺了科金斯？」

賈姬告訴他們葬儀社樓下處理室裡的事，以及科金斯臉上的傷痕與生鏽克在雷尼書房裡看到的鍍金棒球相互吻合的事。他們驚恐地聽著這些事，但卻沒有任何無法相信的反應。

「那兩個女孩也是？」小梅．傑米森恐懼地小聲說。

「我認為那是他兒子做的，」賈姬幾乎馬上接著回答。「那兩件謀殺案可能與老詹的政治陰謀無關。小詹今天早上身體出了問題。附帶一提，那些屍體是在麥卡因家發現的，而發現的人就是他。」

「還真巧啊。」厄尼說。

「他現在正在住院中，維維．湯林森說，他幾乎可以肯定是得了腦瘤。這病可能會引發暴力行為。」

「父子兇手檔？」克萊兒把小喬抱得比先前更緊了。

「嚴格來說，不算是『檔』，」賈姬說。「不如說是失去控制的血緣關係——也就是遺傳之類的——就這麼因為壓力而爆發了出來。」

琳達說：「不過既然屍體在同一個地方發現，所以要是兇手有兩個的話，很難不讓人聯想到他們之間有共犯關係。重點在於，我的丈夫與戴爾．芭芭拉幾乎確定會被兇手利用，拿他們作為他正在建構的大陰謀的代罪羔羊。他們之所以還被關著，沒被馬上殺掉的唯一原因，就是雷尼想拿他們殺雞儆猴。他要他們死在眾人面前。」她強忍住眼淚，因此整張臉皺了起來。

「我真難以相信他會想得那麼遠，」小梅說，不停左右轉動著她的埃及十字架項墜。「天啊，他只是個二手車商而已。」

眾人沉默以對。

「現在聽我說，」短暫的沉默過去以後，賈姬開口說：「我會告訴你們我與琳達的計畫，而且也準備要進行一場真正的密謀行動。不過，我得先詢問你們的意願。如果你想加入的話，就請舉起手來。沒舉手的人可以離開，但得做出保證，不會把我們討論的事洩漏出去。反正你也不會想這麼做的；要是你不告訴任何人我們討論了什麼，這樣就不必解釋你是怎麼得知的。要是這麼做的話，接下來只會十分危險，有可能最後還會被關進牢裡，甚至更慘。所以，讓我們來表達一下意願吧。有誰要留下來？」

小喬是第一個舉手的，但派珀、茱莉亞、蘿絲與厄尼．卡弗特也沒晚到哪裡去。琳達與老羅同時舉起了手。小梅看著克萊兒．麥克萊奇。克萊兒嘆口氣，點了點頭，兩個女人一起舉起了手。

「妳可以不用參加，媽。」小喬說。

「要是你告訴你爸我讓你參加了什麼事，」她說。「那麼不需要詹姆士．雷尼宰了你，我自己就會這麼做。」

19

「琳達不能在他們之後過去警局。」老羅對著賈姬說。

「那接著要誰過去才對？」

「妳跟我啊，勇者。琳達得參加鎮民大會。那裡會有六到八百個人，可以作證自己有看見她在那裡。」

「為什麼我不能去？」琳達問。「他們抓了我丈夫啊。」

「這就是原因。」茱莉亞簡潔地說。

「妳打算怎麼做？」老羅問賈姬。

「呃，我建議我們可以戴面具……」

「廢話。」蘿絲說，做了個鬼臉。大家全都笑了出來。

「我們很幸運，」老羅說。「我店裡有一大堆萬聖節面具可選。」

「或許我可以挑小美人魚。」賈姬說，有些期待的模樣。她注意到每個人全都看著她，頓時臉紅起來。「隨便啦。不管怎樣，我們都需要槍。我家有另一把槍——一把貝瑞塔。老羅，你那邊有嗎？」

「我在店裡的保險庫放了幾把步槍與獵槍。有的還附了狙擊鏡。我不會說自己早預料到這種事會發生，不過呢，當時我的確覺得會發生什麼。」

小喬開口了。「你們還需要逃跑的車輛。不能用你的貨車，老羅，因為每個人都認得那輛車。」

「我有個點子，」厄尼說。「我們去老詹・雷尼二手車行偷一輛。他有六輛里程數很高的電話公司貨車，是春天那時候進貨的。那些車全停在後面，我們就用其中一輛，不管怎麼說，這可是在行俠仗義。」

「可是你打算怎麼拿到鑰匙？」老羅問。「闖進他辦公室裡的陳列室？」

「要是我們挑了一輛沒有電子點火裝置的車，那我就能直接發動。」厄尼說，轉頭盯著小喬，對他皺了個眉頭，又補充說：「我希望你別告訴我孫女這件事，年輕人。」

小喬在嘴唇處做了個拉上拉鍊的手勢，讓大家又笑了出來。

「特別召開的鎮民大會預定明晚七點開始，」賈姬說。「如果我們八點左右進去警局——」

「我們可以做得更好，」琳達說。「要是我非得去那場該死的鎮民大會不可，或許還能幫上什麼其他的忙。我會穿一件有大口袋的連身裙，把我的警用無線電帶去——那是我放在自己的車上備用的。你們兩個就坐在貨車裡，隨時準備行動。」

客廳裡浮現緊張的氣氛，他們全感覺到了。現在，才是真正的開始。

「我的店後頭有個卸貨區，」老羅說。「那裡沒人會看見。」

「只要雷尼一上台發表演說，」琳達說。「我就快速按三下通話鍵，這就是你們開始行動的信號。」

「警局裡會有多少警察？」小梅問。

「我或許可以從史黛西．墨金那裡探聽出來，」賈姬說。「不過一定不會太多。何必呢？老詹自己也很清楚，巴比的同夥根本就不存在——那全是他自己紮的紙人。」

「再說，他也會希望自己的嫩屁股能得到妥善保護。」茱莉亞說。

他們之中有幾個人笑了，但小喬的母親看起來卻一副深感不安的模樣。「不管怎樣，警局裡都還是會有幾個警察，要是他們反抗的話，你們該怎麼辦？」

「他們不會，」賈姬說。「我們會在他們意識到發生什麼事以前，就把他們先關進牢房裡。」

「要是他們反抗呢？」

「那麼我們也會盡力不殺他們，」琳達的聲音很平靜，但眼神就像是在絕望狀態中，鼓起勇氣努力挽救自己性命的動物一樣。「反正，要是穹頂始終沒消失，最後也可能有人難逃被殺的命運。巴比和我丈夫在戰爭紀念廣場被公開處刑這件事，只會是個開始而已。」

「我們先討論一下把他們救出來以後的事情。」茱莉亞說。「你們要把他們藏在哪兒？這裡嗎？」

「不行，」派珀說，摸著她依舊腫脹的嘴唇。「我已經在雷尼的黑名單裡了。更別說席柏杜那傢伙現在還成了他的貼身保鏢。我的狗可咬過他。」

「只要是鎮中心附近的地方，全都不太妥當，」蘿絲說。「他們可以挨家挨戶的搜。天啊，他們現在的警察人數已經足以這麼做了。」

「更別說現在所有人都還戴著藍色臂章。」老羅補充。

「卻斯特塘那裡的隨便一間小木屋如何？」茱莉亞問。

「或許可以，」厄尼說。「不過他們也同樣想得到那裡。」

「不過那裡或許是最佳選擇了。」小梅說。

「波比先生？」小喬問。「你那裡還有防水布嗎？」

「當然有，還有好幾噸呢，我可是老羅耶。」

「要是卡弗特先生明天可以偷到一輛貨車，你可以把車藏在你的店後頭，在貨車後面先準備好一堆裁切過的防水布嗎？尺寸要大到可以遮住車窗那種？」

「我想是可以……」

小喬望向賈姬。「如果有需要的話，妳可以告訴寇克斯上校這件事嗎？」

「可以。」賈姬與茱莉亞同時回答，接著驚訝地看著彼此。

老羅臉上露出恍然大悟的神情。「你在想的是老麥考伊那裡，對不對？就在黑嶺山上，也就是方塊那裡。」

「嗯。這或許是個壞點子，但要是我們都得逃亡……要是全都一起上去的話……那我們就可以保衛那個方塊。我知道這聽起來很瘋狂，畢竟就是那東西引發了所有問題，但同時，我們也不能讓雷尼得到它。」

「我希望這不會變成阿拉莫圍城戰的蘋果園版本，」老羅說。「不過我懂你的重點了。」

「我們還可以做點別的事，」小喬說。「那會有點冒險，可能起不了作用，但……」

「你就說吧。」茱莉亞說。她以一種帶著敬畏的困惑表情看著小喬．麥克萊奇。

「呃……輻射計數器還在你貨車上嗎？老羅？」

「嗯，我想是。」

「或許有人可以把輻射計數器放回原本的位置，也就是輻射塵避難室裡頭。」小喬轉向賈姬與琳達。「妳們兩個可以進去那裡嗎？我的意思是，妳們被解雇之後還可以嗎？」

「我想艾爾・提蒙斯會讓我們進去，」琳達說。「再不然，他也肯定會讓史黛西・墨金進去。她是我們的人。她現在之所以不在場的唯一原因，就是因為她得值班才行。為什麼要冒這個險？小喬？」

「因為……」他說的異常地慢，想著該怎麼解釋。「呃……那裡不是有輻射嗎？還是有害的輻射那種。但那只是環繞著的而已——我敢說只要速度夠快，不要往返得過度頻繁，就可以在沒有任何保護的情況下，開車穿過那個地帶，而且還不會受到任何傷害——但他們可不知道這點。現在的問題在於，他們不知道那裡有輻射，而且要是沒有輻射計數器的話，他們也不會知道。」

賈姬皺起眉頭。「這是個很酷的點子，小鬼，不過我可不喜歡這個會讓雷尼知道我們在哪裡的想法。這跟我們要找棟安全房子的方向並不吻合。」

「我不是這個意思，」小喬說。他依舊慢慢地說著，試著要補足論點。「不完全是。妳們兩個的其中一個可以跟寇克斯聯絡上，不是嗎？妳們可以請他打給雷尼，叫他們去偵測輻射。寇克斯可以對他說點什麼，例如：『因為輻射時有時無，所以我們無法找到準確的位置，不過輻射值相當高，甚至到了致命的地步，最好還是小心點。你們那邊該不會正好有輻射計數器吧？有嗎？』。」

眾人沉默了好一段時間，仔細地思考這件事。接著，老羅說：「我們把芭芭拉跟生鏽克載到麥考伊的果園那裡。如果有需要的話，我們自己也可以過去那裡……我想這情況的確很有可能。如果他們試著要過去那裡——」

「那麼輻射計數器上的輻射值指數就會阻止他們，讓他們用手擋著自己的攝護腺，就這麼直接回去鎮上。」厄尼粗聲說。「克萊兒．麥克萊奇，妳的孩子真是個天才。」

克萊兒緊緊抱著小喬，這回用的是雙手。「現在我可以帶他回家，趕他回自己的房間了嗎？」她說。

20

荷瑞斯趴在安德莉亞．格林奈爾家客廳的地毯上，鼻子放在一隻前爪上頭，看著女主人留下來陪伴牠的那個女人。通常，茱莉亞不管去哪裡都會帶著牠；牠很安靜，從來沒引發任何麻煩，就算有貓在也一樣。牠不太搭理貓，因為牠們身上總有植物的臭味。然而，由於今晚茱莉亞認為派珀．利比看見活蹦亂跳的荷瑞斯時，或許會想起自己那隻死去的狗而感到難受，所以最後還是把荷瑞斯留了下來。同時，她也注意到小安很喜歡荷瑞斯，認為這隻柯基犬或許能讓小安不會一直去想有關戒斷症狀的事，就算無法消除，但也至少可以減弱一些。

有一陣子，這方式的確有用。小安在為自己孫子保留下來的玩具箱裡找到了一顆橡膠球（她孫子的年紀如今早已超過需要擁有玩具箱的人生階段）。荷瑞斯順從地追著球跑，雖然這麼做沒什麼挑戰性，但牠還是每次都會把球叼回去；牠還是比較喜歡在半空中接住球。不過，工作就是工作，所以牠就這麼繼續做著，直到小安像是覺得很冷，開始發起抖來。

「喔。喔，媽的，又來了。」

她躺在沙發上，渾身顫抖，把一個沙發靠枕緊緊抱在胸前，盯著天花板看。沒多久後，她的牙關開始打顫——荷瑞斯覺得，那聲音實在非常討厭。

牠把球叼給她，希望能分散她的注意力，但她卻把牠推到一旁。「不，親愛的，現在不行。讓我先撐過這次。」

荷瑞斯把球叼回關著的電視前，放了下來。那女人的顫抖逐漸和緩，就連生病的氣味也跟著變淡了。隨著她逐漸睡著，接著打起呼來以後，就連緊抱著靠枕的雙手也鬆開了。

這代表覓食時間到了。

荷瑞斯再度鑽到桌子底下，爬過裡頭裝有「維達」檔案的牛皮信封。前方就是爆米花的極樂世界了。真是隻幸運的小狗！

荷瑞斯品嘗著零嘴，沒有尾巴的臀部因接近狂喜境界，開心得不斷搖擺（散布在地上的玉米粒還難以置信地有奶油，難以置信地有鹹味，以及——這是最棒的部分——完美的餿味）。就在這時，那個死者的聲音又開口了。

把這交給她。

但牠辦不到。牠的女主人出門了。

另一個她。

死者的聲音聽起來不容拒絕，再說，反正爆米花也差不多吃完了。荷瑞斯記下之後可以享用的剩餘幾顆爆米花位置，接著往後退，直到信封就在牠面前為止。有那麼一會兒，牠忘記自己原本要做的事，接著才又想了起來，用嘴叼起信封。

乖狗狗。

21

有個冰涼的東西舔著安德莉亞的臉頰。她把那東西推開，轉到另一邊去。才不過多久，她又幾乎回到了具有治療功能的熟睡之中，接著便聽見了一聲狗吠。

「安靜啦，荷瑞斯。」她把沙發靠枕蓋在頭上。

又有另一聲狗吠，接著，那隻三十四磅重的柯基犬跳到了她的腿上。

「噢！」小安大叫，坐了起來。她看著那雙淡褐色的明亮眼睛，以及笑咪咪的臉孔。只是，那個笑容卻被某個東西遮住了。那是個棕色的牛皮信封。荷瑞斯把信封放在她的肚子上，隨即跳了下去。牠不應該爬上不屬於牠自己的家具上頭，不過由於死者的聲音如此緊急，所以牠也只好這麼做了。

安德莉亞拿起信封，上頭有著荷瑞斯的齒印，依稀還有爪子扒過的痕跡。她把上頭黏著的那粒爆米花仁撥開，但就算如此，信封裡的東西依舊挺重的。信封正面印有「維達檔案」的字樣，下方還印著：給茱莉亞．夏威。

「荷瑞斯？你是從哪裡找到這東西的？」

當然，荷瑞斯無法回答這個問題，但牠也不必回答。爆米花仁便足以告訴她答案了。一個記憶隨之浮上表面，閃爍著微微光芒，如此虛幻，感覺更像是一場夢境。那究竟是場夢，還是在停藥的第一個可怕夜晚後，布蘭達．帕金斯真的來過她家門口？而時間正好就是鎮上另一頭發生那場食物暴動的時候？

妳可以幫我保管一下嗎，親愛的？只要一下子就好？我還有件事得處理，不想把這東西帶在身上。

「她真的來過，」她告訴荷瑞斯。「而且身上帶著這個信封。我接了過來……至少我覺得自己有這麼做……但是後來我吐了。又吐了一次。我可能是在衝去廁所時，把信封丟到桌上，然後信封就這麼掉了下去？你是在地板上找到的嗎？」

荷瑞斯尖銳地叫了一聲。這可能是在回答她，也可能是在說：如果妳要繼續玩球的話，我已經準備好囉。

「呃，謝謝，」安德莉亞說。「乖狗狗。只要茱莉亞一回來，我就會儘快交給她。」

她已經不覺得睏了，也沒出現——至少目前來說——顫抖之類的症狀。她真的相當好奇。畢竟布蘭達已經死了。死於謀殺。而且時間肯定發生在她把這個信封交給自己的不久之後。這份文件或許非常重要。

「我可以偷看一下就好嗎？」她說。

荷瑞斯又叫了一聲。在小安．格林奈爾耳裡，聽起來就像：幹嘛不看？

安德莉亞打開信封，老詹的大部分祕密，就這麼落到了她腿上。

22

克萊兒是第一個回到家的。班尼是第二個，接著則是諾莉。當小喬總算抵達，穿過草坪，盡量走在陰影下時，他們三人正一起在麥克萊奇家的門廊等他。班尼與諾莉喝著變溫的布洛尼博士冰淇淋蘇打，克萊兒則抱著一瓶丈夫的啤酒，緩緩晃動著身子，不斷在門廊上左顧右盼。小喬在她身旁坐了下來，克萊兒用一隻手摟著他削瘦的肩膀。他實在太纖細了，她想著。他或許還不知道，但的確就是這樣，簡直沒比一隻鳥重到哪裡去。

「老兄，」班尼說，把他幫小喬保管的蘇打水遞給他。「我們都開始有點擔心起來了耶。」

「夏威小姐又問了我幾個關於方塊的問題，」小喬說。「說真的，那已經不是我能回答的範圍了。天啊，還真熱對不對？熱得就跟夏天的晚上一樣。」他把視線移向上方。「快看月亮！」

「我不想看，」諾莉說。「嚇死人了。」

「你沒事吧？親愛的？」克萊兒問。

「嗯，媽。妳呢？」

她露出微笑。「我不知道。真的會成功嗎？你們幾個怎麼想？我要聽的是實話。」

有那麼一會兒，沒有半個人回答，這反應讓她感到恐懼的程度，遠超過了任何事情。接著，小喬在她臉上親了一下，說：「會成功的。」

「你確定？」

「嗯。」

她總是能認出他是不是在說謊——雖說她也知道，等他長大以後，這種能力可能也會離她遠去——但這回，她沒有戳破他，只是回親了他一下。她吐出的氣息很溫暖，在啤酒影響之下，還有著父親的氣味。「只要不會有人受傷就好。」

「不會有人受傷的。」

她笑了。「好吧，這樣對我來說就夠了。」

他們在黑暗中坐了好一會兒，稍微聊了一下。接著，他們走進屋內，留下沐浴在粉紅色月光中的沉睡小鎮。

時間剛過了午夜十二點。

到處都是血

1

茱莉亞走進安德莉亞家時，已是十月二十六日凌晨十二點半了。她悄悄進門，但其實沒這必要；她可以聽見小安那台攜帶型小收音機傳出的音樂聲：史泰普歌手合唱團[136]那首搖擺風格十足的福音歌曲〈挑間好教堂〉（Get Right Church）。

荷瑞斯從客廳搖著屁股走來迎接她，臉上帶著一頭柯基犬所能辦到最接近狂喜地步的笑容。牠前腳張開地趴倒在她面前，茱莉亞快速搔了一下牠的雙耳後方——那可是牠最喜歡的地方。

安德莉亞坐在沙發上喝著一杯茶。

「不好意思，音樂開那麼大聲，」她說，把音量轉低。「我睡不著。」

「這是妳家啊，親愛的，」茱莉亞說。「而且對ＷＣＩＫ電台來說，這已經算是貨真價實的搖滾樂了。」

小安笑了。「從下午開始，他們一直不停播放快節奏的福音歌曲，讓我覺得自己像是中了大獎。妳那場會議開得如何？」

「很好。」茱莉亞坐下。

「想談談嗎？」

「不用擔心。妳需要的是專注讓自己的感覺變得更好。妳知道嗎？妳看起來的確好一些了。」

這是真的。小安依舊臉色蒼白，稍嫌過於虛弱，但她的黑眼圈已褪去一些，眼神裡也有了新的神采。「謝謝妳的誇獎。」

「荷瑞斯乖嗎？」

「很乖。我們玩了一下球，接著兩個都睡了一會兒。這可能就是我看起來比較好一點的原因吧。沒什麼比小睡一會兒更能改善女生的模樣了。」

「妳的背怎樣？」

安德莉亞笑了。那是個領悟般的奇怪笑容，其中沒有太多的幽默感。「我的背完全沒事，就連彎腰也沒有任何刺痛感。妳知道我怎麼想嗎？」

茱莉亞搖了搖頭。

「我認為，只要一牽涉到藥，身體與心理就會變成共犯。要是大腦想要藥，身體就會幫忙。身體會說：『別擔心，別覺得內疚，不成問題的，我是真的受傷了。』我說的不完全是臆想病那類東西，沒那麼單純，而是……」她的聲音越來越低，眼神也飄移開來，像是看著什麼地方。

什麼地方？茱莉亞感到納悶。

接著，她又回來了。「人的天性也包括了毀滅性在內。告訴我，妳會不會覺得一座小鎮與一具身體很相似？」

「會。」茱莉亞馬上回答。

「所以也可以把大腦會傷害身體，好讓它可以拿到渴望的藥這個說法套進去？」

茱莉亞想了一會兒，接著點頭。「可以。」

「所以，現在老詹．雷尼就是我們鎮上的大腦，對嗎？」

⑬⑥the Staples Singers，美國知名福音、靈魂樂合唱團體。

「對，親愛的。我得說就是這樣沒錯。」

安德莉亞坐在沙發上，頭微微垂著。她關掉小收音機，站了起來。「我想我該去睡了。妳知道嗎？我想我應該可以真的好好睡上一覺。」

「那就好。」接著，在沒有任何理由的情況下，茱莉亞轉了個話題：「小安，我出門後有發生什麼事嗎？」

安德莉亞看起來一臉訝異。「怎麼會這麼問？當然有啦，荷瑞斯和我玩了一下球。」她彎下腰，模樣沒有任何畏懼疼痛的感覺——不過就在一星期前，她都還聲稱她不可能辦到這個動作——伸出了一隻手。荷瑞斯朝她跑了過來，讓她撫摸自己的頭。「牠接球的技巧可厲害了。」

2

房間裡，安德莉亞坐在床上，翻開「維達」檔案，再度開始從頭讀起。這回她讀得更仔細了。當她總算把這份文件放回牛皮信封時，時間已近凌晨兩點。她把信封放進床旁的桌子抽屜裡。抽屜裡有一把點三八手槍，是兩年前她弟弟道奇送她的生日禮物。當時她很錯愕，但道奇堅持，一個獨居女人，應該要有足以保護自己的東西才行。

此時，她把槍拿了出來，彈出旋轉彈膛檢查了一下。擊鐵對準的第一個彈室是空的，抽筋敦告訴她，這樣不小心開槍時，第一發才會沒有子彈。另外五個彈室裡裝滿了子彈。她衣櫥頂部的架子上還有更多，但他們絕不會給她重新填滿的機會。他那群由警察組成的小軍隊，會在第一時間就把她射倒在地。

反正，要是她開了五槍還沒辦法殺了雷尼，她可能也沒什麼活下去的資格了吧。

「畢竟，」她喃喃自語，把槍放進抽屜。「哪有東西能擋得住我？」答案似乎明顯得很，就與氧氣能讓她的大腦再度恢復清晰一樣。她只要筆直朝前開槍就行了。

「上帝保佑我。」她說，關上了燈。

五分鐘後，她睡著了。

3

小詹十分清醒。他坐在醫院病房裡的唯一一張椅子上，位置就在窗戶旁邊。他看著古怪的粉紅色月亮在穹頂那個他沒見過的黑色污痕後方移動。這一回，污痕比先前導彈射擊失敗後留下來的痕跡更廣也更高。當他昏迷不醒時，他們又用了其他東西試圖要摧毀穹頂？他不知道，也不在乎。重要的是，穹頂依舊存在。要是穹頂消失的話，鎮上燈火通明的程度就會像拉斯維加斯一樣，而且到處都塞滿了美國大兵。喔，這裡跟那裡還有燈光，代表有些人依舊苦於失眠問題中。但從整體來看，卻斯特磨坊鎮已經沉沉睡去。很好，因為他還有些事得好好想想。

關於巴－比與巴比那群朋友的事。

小詹坐在窗旁時，頭已經不再疼痛，就連記憶也回來了。不過，他知道自己病得很重，身體左半邊似乎十分虛弱，偶爾，左邊嘴角還會有口水流下。要是他用左手去擦，有時可以感覺到皮膚碰到皮膚，但有時則不行。除此之外，他視野左半邊飄浮著一個巨大的黑色鎖孔型陰影，像是眼珠有地方裂開了。他猜的確是這樣沒錯。

他還記得穹頂日那天自己所感受到的驚人怒氣，記得他從客廳追安安進到廚房，把她整個人往冰箱拋去，用膝蓋夾住她的臉。他還記得那時的聲音，就像她頭部後方有個中國瓷盤，而他想用膝蓋撞碎那盤子。這股怒氣如今已消失無蹤，取而代之的是如同絲綢般的怒意，從他大腦深不見底的深處流貫全身，同時湧現出冷靜與清醒的感覺。

他與阿法在卻斯特塘搜查時遇見的老王八蛋，今晚稍早有過來幫他檢查身體。那個老王八蛋表現得很專業，還帶了體溫計與血壓計，問他的頭痛狀況如何，甚至還用小橡膠鎚測試他的膝蓋反射神經。他離開後，小詹聽見談笑的聲音，還提到了巴比的名字。小詹躡手躡腳地朝門口走去。

在交談的，是那個老王八蛋與一個挺漂亮的外國佬護士義工，好像姓巴佛羅還是什麼的。老王八蛋把手伸進她的領口，撫摸她的乳房。她把他褲子拉鍊拉開，前後搓弄他的老二，兩人全被有毒的綠色光芒圍繞著。「小詹和他朋友揍了我一頓，」老王八蛋這麼說。「不過，他朋友現在已經死了，很快就輪到他了。這是巴比的指示。」

「我真想像吸棒棒糖一樣吸巴比的老二，」那個姓巴佛羅的女孩說，而那個老王八蛋說他也挺想來一下。接著，小詹才不過眨了個眼，他們兩人便已朝大廳走去，綠色的光芒同樣不見蹤影，更沒有任何齷齪的行為。所以，這可能全是幻覺而已。但從另一個角度來看，說不定不是幻覺。有件事很確定：他們全是同一掛的，全都是巴－比的盟友。他還在牢房裡，但只是暫時的，或許是想博取同情吧。這全是巴－比－的－計－畫。再說，他一定認為在牢房裡，就可以避開小詹的觸角了。

「錯了，」他坐在窗邊，以帶有缺陷的視野望著外頭的夜色。「錯了。」

小詹總算知道自己身上究竟發生了什麼事。真相忽地湧現，連邏輯方面也同樣無懈可擊。是鉈中毒，就像英格蘭那些俄羅斯佬發生的事一樣。巴比在軍籍牌上塗了鉈塵，而小詹碰過軍籍牌，所以就快死了。由於是父親派他去巴比的公寓，所以這代表他也是計畫的一部分，同樣是巴比……他的……該怎麼稱呼那些傢伙……

「嘍囉，」小詹喃喃自語。「只是老詹．雷尼養的又一個嘍囉。」

只要一旦想通這點——心智一旦澄澈起來——一切就完全說得通了。他的父親希望能封住他的嘴，讓他無法提起科金斯與帕金斯的事。所以，他就這麼鉈中毒了。一切都是有關聯的。

外頭，草地再過去一些的地方，有隻狼邁步穿過停車場。而在草地上，有兩個裸體女人以69體位互相幫對方口交。在午餐時間69！他與阿法還是孩子時，只要看到兩個女的走在一起，就會這麼大叫。但當時他們不知道那是什麼意思，只知道這話相當粗魯。兩個口交女人的其中一個看起來像小珊．布歇。那個護士——她叫維維——之前還告訴他小珊已經死了，顯然是騙她的。這代表維維也有份，同樣也是巴－比那邊的人。

這鎮上有誰不是？有誰是他能確定不是的？

有，他意識到這點，有兩個人不是。他與法蘭克在卻斯特塘發現的那兩個孩子，愛麗絲與艾登．艾波頓不是。他還記得他們害怕的眼神，以及他抱起女孩時，那女孩緊緊摟住他的模樣。當時他告訴她，她安全了，而她反問「你保證？」，小詹則回答說是。能做出這種保證讓他感覺很好，而她的信任也同樣讓他感覺良好。

他突然做出決定；他得殺了戴爾．芭芭拉。要是有人想擋路，他會同樣殺了他們。接著，他會去找自己的父親，然後殺了他——雖然直到現在，他始終沒正面承認過，但這的確是他多年來的夢想。

只要事情一解決，他就會去找艾登與愛麗絲。要是有人試圖想阻止他，他也同樣會殺了他們。他會帶孩子回到卻斯特塘，好好照顧他們。他會信守對愛麗絲的承諾。要是他能辦到，那麼就不會死。只要他照顧好那兩個孩子，上帝就不會讓他死於鉈中毒。

這時，安安．麥卡因與小桃．桑德斯蹦蹦跳跳地穿過停車場，身上穿著啦啦隊的裙子，以及寫有象徵磨坊野貓隊大大的W字樣毛衣。她們發現他正看著她們，開始不斷搖起臀部，拉高裙子。她們的臉都爛了，腐肉不住晃動。她們有節奏地喊著：「打開儲藏室的門！快進來，讓我們再搞幾次！團結……一心！」

小詹閉上眼，接著再度睜開。他的兩個女友不見了。這又是另一個幻覺，就與那頭狼一樣。至於那兩個口交女人，他可就不確定了。

或許，他想著，他不用把那兩個孩子帶到卻斯特塘，那裡離鎮上遠得很。或許，他可以帶他們去麥卡因家的儲藏室。那裡很近，食物也很充足。

當然，那裡還漆黑一片。

「我會好好照顧你們，孩子，」小詹說。「我會保護你們的安全。只要巴比一死，整場陰謀就崩潰了。」

他把額頭靠在玻璃上好一會兒，接著，也睡著了。

4

亨麗塔．克拉法的屁股或許只是擦傷，而非骨折，但感覺還是他媽的疼得厲害——她發現，到了八十四歲這年紀，不管哪裡受了傷，都會他媽的疼得厲害——一開始，星期四第一道曙光照進來的同時，她還以為是屁股的疼痛讓她醒了過來。不過，她凌晨三點才吃了三顆止痛藥，藥效似乎還沒過。再說，她發現過世丈夫的痔瘡墊（約翰・克拉法常痔瘡痛）還挺有幫助的。不，讓她醒來的是別的事，而就在醒來不久以後，她便明白了原因為何。

費里曼家的那頭愛爾蘭雪達犬巴迪正在不斷狂吠。巴迪從未狂吠過。牠在戰場街，也就是凱薩琳・羅素醫院車道再過去的那條短巷中，是最有禮貌的狗。除此之外，費里曼家的發電機也停下來了。亨利塔認為，或許這才是讓她醒來的原因，而非那隻狗。那台發電機的運作聲響，幫助她昨晚進入熟睡之中。那台發電機並非那種運作吵雜，還會冒出藍色煙霧飄到天空中的機型；費里曼家發電機的聲音是低沉的顫動，具有讓人鎮定的效果。亨麗塔認為那台發電機應該很貴，但費里曼家絕對負擔得起。威爾擁有老詹・雷尼一度夢寐以求的豐田汽車專營銷售權，雖然最近大多數汽車經銷商的生意都不太好，但威爾似乎例外。就在去年，他與露薏絲才又幫房子加建一塊非常漂亮雅致的地方。

但那叫聲。那隻狗聽起來像是受傷了。寵物受傷這種事，以費里曼夫婦這種好人而言，應該會立即出來察看才對……那為什麼他們還沒出來？

亨麗塔下了床（屁股離開痔瘡墊那個舒服的小圈圈時，還痛到她抖了一下），走至窗前。雖然天色灰暗不清，不像通常十月底的早晨那般清晰明亮，但她仍可清楚看見費里曼那棟錯層式住宅。在窗戶旁，她可以更清楚聽見巴迪的吠叫聲，卻沒看到附近有任何人走動。屋子裡全是黑的，不比只有一盞瓦斯燈放在一個窗口前亮到哪兒去。她原本還以為他們去了不知哪裡，但兩輛車卻都停在車道上。畢竟，就現在而言，這鎮上還有哪裡好去的？

巴迪持續吠吼。

亨麗塔穿上家居服與拖鞋，走到屋外。她才一踏上人行道，便有輛車停了下來。開車的人是道奇・敦切爾，肯定是要往醫院去。他的雙眼浮腫，下車時，手上還拿著一杯咖啡，外帶杯上印有薔薇蘿絲餐廳的商標圖案。

「妳沒事吧，克拉法太太？」

「沒事，不過費里曼家有事。你聽見了嗎？」

「嗯。」

「他們肯定出事了。他們的車就停在那裡，所以怎麼沒出來阻止呢？」

「我去看看。」抽筋敦喝了一口咖啡，把杯子放在汽車引擎蓋上。「妳留在這兒。」

「少做夢了。」亨麗塔・克拉法說。

他們沿人行道往前走了二十碼左右，轉進費里曼家的車道。狗不停叫著，就算在這種稍微悶熱的早晨裡，那叫聲依舊讓亨麗塔感到一絲寒意。

「空氣真差，」她說。「聞起來就像我剛結婚時，造紙廠還在運作時那樣。這對人體不好。」

抽筋敦同意地哼了一聲，按下費里曼家的電鈴。一會兒過後，沒有任何反應，所以他先敲了一下門，接著開始捶起門來。

「看一下門是不是沒上鎖。」亨麗塔說。

「我不確定是不是該這麼做，克拉法太太——」

「喔，少廢話了。」她擠過他身旁，直接轉動門把。門沒上鎖，於是她直接開門。門內一片寂靜，籠罩在清晨的濃重黑影中。「威爾？」她大喊。「露薏絲？你們在家嗎？」

除了狗吠得更厲害外，沒人回應。

「那隻狗在後院。」抽筋敦說。

直接穿過屋子其實會更快，但他們全不想這麼做，於是一同走到車道上，沿房子與車庫間的過道走去。車庫裡放的不是威爾的車子，而是他的玩具：兩輛雪地摩托車、一輛越野沙灘車、一輛山葉越野機車與一輛巨大的本田金翼重型機車。

費里曼家的後院被高聳圍牆圍住，門比過道的高度還高。抽筋敦把門拉開，那頭七十磅重的愛爾蘭雪達犬立即將他撲倒在地。他嚇得叫了出聲，還舉起雙手意欲抵擋，但巴迪沒想咬他，只是完全處於「拜託快救救我」的狀況中。牠的前爪把塵土沾到了抽筋敦最後一件乾淨的長版上衣上頭，接著又流了他一臉口水。

「停下來！」抽筋敦大喊。他推開巴迪，巴迪先是退開，又馬上跑了回來，在抽筋敦的上衣上頭留下新的污漬，長長的粉紅色舌頭並開始舔起抽筋敦的臉頰。

「巴迪，快下來！」亨麗塔用命令的口吻說。巴迪馬上夾著屁股離開，發出一聲哀鳴，雙眼不斷在他們兩人之間來回移動，尿水在牠身下散成一攤。

「克拉法太太，情況看起來不太妙。」

「沒錯。」亨麗塔同意。

「或許妳最好還是留在這裡陪這隻狗——」

亨麗塔又說了一次「少做夢了」之後，直接走進費里曼家的後院，讓抽筋敦只好趕緊跟上。巴迪垂著頭，悄悄跟在他們身後，一路上夾著尾巴，不停發出傷心的哀鳴。

後院中有座附有燒烤爐的石製露台。燒烤爐上披著一條平整的綠色篷布，布上寫著：廚房打烊。露台更過去一點，也就是草地的邊緣那裡，有座紅木搭成的平台，平台上有著一具熱水浴缸。抽筋敦猜測，高聳的圍牆就是為了讓他們可以裸體坐在浴缸裡，要是突然起了衝動，甚至還能爽個一下。

威爾與露薏絲就在浴缸裡，但那些爽一下的日子已經結束了。他們的頭上全套著透明塑膠袋，頸部袋口那裡還用麻繩或棕色橡皮筋加以束緊。袋裡有著霧氣，但霧氣沒那麼重，因此抽筋敦還是看見了他們脹成紫色的臉孔。在紅木平台邊緣，以及離世而去的威爾與露薏絲．費里曼之間，放著一瓶威士忌與一個小藥罐。

「停下來。」他說。他不知道這話是對自己說的還是對克拉法太太說的。由於巴迪又發出了另一聲喪親之痛的哀號，所以也有可能是對巴迪說的。總之，絕不會是對費里曼夫婦說的就是了。

亨麗塔沒停下來。她朝熱水浴缸走去，跨出兩步登上平台，背影就像軍人一樣直挺。她看著她那完美的好鄰居（也就是正常無比的鄰居，她得這麼說）變色的臉孔，朝威士忌酒瓶瞥了一眼，看見是格藍利威牌的威士忌（至少他們走得很有自己的風格），接著又拾起貼有桑德斯家鄉藥局標籤的小藥罐。

「是安必恩還是右旋佐匹克隆[137]？」

「安必恩。」她說，慶幸從乾涸喉嚨中擠出來的話聽起來還算正常。「是老婆的。不過我想她昨晚一定有與丈夫分享。」

「有遺書嗎？」

「這裡沒看見，」她說。「可能在屋裡吧。」

不過屋裡沒有，至少在任何明顯的地方都沒看見，再說，這種事也沒有藏起遺書的理由。巴迪跟著他們走進一個又一個房間，雖然沒再繼續哀號，但喉嚨深處卻仍不停嗚咽。

「我應該會帶牠跟我回家吧。」亨麗塔說。

「妳非帶不可。我可不行把牠帶到醫院。我會叫史都華．鮑伊過來，載走……他們。」他用大拇指朝身後比去。他的胃在翻滾，但這還不是最糟的部分；最糟的是，沮喪感悄悄潛入了他的心中，把陰影投射在他平時開朗的靈魂裡。

「我不懂他們為什麼會這麼做，」亨麗塔說。「要是我們在穹頂之下被困了一年……甚至只有一個月……嗯，或許吧。但只有一星期？這可不是成熟的人面對麻煩時該有的反應。」

抽筋敦認為他能理解，卻不想告訴亨麗塔：事情會持續一個月，更會持續一年之久。說不定還會更長。這裡沒有雨水、資源短缺、空氣污濁，要是全世界科技水平最高的國家如今都還掌握不了卻斯特磨坊鎮究竟發生了什麼事（更別說是解決問題），那麼事情就很可能無法在短期內加以解決。威爾．費里曼一定很清楚這點。說不定這還是露薏絲的點子。或許，發電機停下來時，她是這麼說的：親愛的，我們趁熱水浴缸的水變涼前快動手，趁肚子還飽的時候，用這方式逃出穹頂。你覺得呢？我們再泡一次澡，喝幾杯酒，為我們自己好好送行。

「或許是飛機的事把他們逼過了頭，」抽筋敦說。「也就是昨天愛爾蘭航空撞上穹頂的事。」

亨麗塔沒回答半個字；她呸了一口痰，吐進廚房的水槽。這個否定舉止讓人訝異無比。他們又回到了屋外。

137 Ambien or Lunesta，兩者均為安眠藥。

「還有更多人會這麼做，對不對？」他們走到車道盡頭時，她如此問道。「因為自殺有時會透過空氣傳染，就像感冒病毒一樣。」

「有些人已經這麼做了。」抽筋敦不知道自殺這件事是不是就跟某首歌詞說的一樣，是種無痛行為，但在正常情況下，的確是有可能傳染開來。或許，在這種前所未有的情況裡更會如此。畢竟，這個早晨沒有一絲微風，悶熱到不正常的地步，同時空氣又如此混濁。

「自殺是懦夫的行為，」亨麗塔說。「這是真理，沒有任何例外，道奇。」

抽筋敦的父親因為胃癌，拖了很久才死去，因此他對這點有些懷疑，但卻什麼也沒說。

亨麗塔用雙手撐著膝蓋，朝巴迪俯身。巴迪伸長脖子嗅著她。「毛茸茸的小朋友，跟我到隔壁去。我還有三顆蛋，你最好趁壞掉前趕快吃掉。」

她走了幾步，接著又朝抽筋敦轉身。「他們全是懦夫。」她說，特別強調了話中的每一個字。

5

老詹．雷尼離開了凱薩琳．羅素醫院，在自己床上睡得很熟，起床時精神飽滿。只是，他絕不會向任何人承認，之所以能這樣，有部分原因是知道小詹並不在家。

現在是早上八點，他的黑色悍馬車就停在薔薇蘿絲餐廳隔壁的一、二棟建築物那裡（就停在消防栓前，不過管它去死，反正鎮上目前也沒有消防隊）。他與彼得．蘭道夫、小馬．瑟爾斯、老費．丹頓與卡特．席柏杜共進早餐。卡特坐在他的崗位，也就是老詹右手邊。今早，他身上帶了兩把槍，自己那把佩在腰間，用肩帶掛在腋下的那把，則是琳達．艾佛瑞特才剛歸還不久的貝雷塔手槍。

這個五人團隊占據了餐廳後方的鬼扯桌，完全沒對慣常坐在那裡的熟客感到不好意思。蘿絲不想靠近那裡，於是派安森去服務他們。

老詹點了三顆煎蛋、兩根香腸，以及用培根油煎的吐司。這煮法是他母親常弄的家常菜。他知道自己應該減少攝取膽固醇，但今天，他需要所有能攝取的能量。說真的，只要再過幾天，所有事情又會重歸掌控，因此，膽固醇的事大可到時再說（這是一則他對自己說了十年之久的寓言）。

「鮑伊兄弟在哪兒？」他問卡特。「我不是天殺的要鮑伊兄弟給我過來嗎？他們人呢？」

「他們接到電話，過去戰場街了。」卡特說。「費里曼夫婦自殺了。」

「那個他麻的傢伙了斷了自己？」老詹驚呼。有幾個客人——大多數坐在櫃檯前看著CNN——轉過了頭，接著又望向別處。「嗯，好吧！我可一點也不意外！」現在，這事可以讓他拿下豐田汽車的獨家經銷權了……不過他還要這個幹嘛？更大的獎品已經落在他手上了：整個小鎮。他已經開始起草一份行政命令清單，只要他能儘速推動，就可獲得完整的行政權。這事今晚就會實現。再說，那個滿嘴奉承的王八蛋費里曼，以及他那胸大無腦、跟巫婆沒兩樣的老婆，都是他憎恨了好幾年的對象。

「各位，他跟露薏絲現在已經在天堂享用早餐了。」他停了一會兒，接著爆出笑聲。這麼做可不高明，但他就是忍不住。「我敢說，地點一定就在僕人的宿舍裡。」

「鮑伊兄弟過去時，還接到另一通電話。」卡特說。「丹斯摩農場也發生了另一起自殺事件。」

「誰？」蘭道夫局長問。「奧登？」

「不，是他老婆雪萊。」

這就真的是件憾事了。「讓我們一起默哀一分鐘。」老詹說，伸出雙手。卡特握住其中一隻，小馬握住另一隻；而蘭道夫與丹頓則讓他們五人連在一起。

「喔上帝請你保佑這些可憐的靈魂耶穌在上阿門。」老詹說，將頭抬起。「我有點事要交代，彼得。」

彼得拿出筆記本，但卡特早已把自己的筆記本擺在餐盤旁邊。老詹越來越喜歡這孩子了。

「我找到了那些不見的丙烷，」老詹宣布。「地點就在ＷＣＩＫ電台。」

「天啊！」蘭道夫說。「我們得派幾輛卡車運回來才行！」

「沒錯，不過不是今天，」老詹說。「明天再說，趁每個人都去探望親屬的時候動手。我已經開始處理這件事了。鮑伊兄弟與羅傑會再過去一趟，不過我們還需要一些警員。老費，你和小馬都去。我得說，我們還需要再加四、五個人才行。卡特，你不用去，我要你跟著我就好。」

「為什麼運送那些丙烷會需要用到警察？」蘭道夫說。

「呃，」老詹說，用一塊煎吐司沾著蛋黃。「這又得說回我們的朋友戴爾·芭芭拉，以及他如何打擊這個小鎮的計畫了。那裡有兩個全副武裝的人，看起來像是在守衛毒品工廠之類的地方。我想，早在芭芭拉出現在鎮上的很久以前，他們就已經蓋好那個地方了；一切都是精心策劃的。那兩個守衛的其中一個是菲爾·布歐。」

「那個敗類。」蘭道夫嗤之以鼻。

「至於另一個，我很遺憾得告訴各位，是老安·桑德斯。」

蘭道夫正在叉一塊煎馬鈴薯，一聽見這話，手上的叉子馬上掉了下來，發出「噹」的一聲。「老安！」

「很可悲，但卻千真萬確。芭芭拉派他過來處理毒品生意——我有相當可靠的消息來源，但別問我來源是誰；他要求匿名。」老詹嘆了口氣，接著把那塊沾有蛋黃的煎吐司塞進他貪吃的嘴裡。親愛的上帝啊，今天早上的感覺實在太棒了！「我猜老安很需要錢吧。我知道，銀行就快拿他的藥局去抵押債務了。他一直都沒有生意頭腦。」

「他也不知道該怎麼打理鎮上的事務。」老費．丹頓說。

老詹通常不喜歡被下屬打斷話，但今天早上，他對每件事都享受得很。「很不幸的，事情就是這樣沒錯。」他說，在肥胖肚子的阻擋下，盡可能朝餐桌俯身。「昨天，他和布歐朝我派去那裡的其中一輛卡車開槍，射破了前輪。那兩個他麻的傢伙危險得很。」

「有槍的毒蟲，」蘭道夫說。「執法人員的惡夢。過去那裡的人全得穿上防彈背心。」

「好主意。」

「我無法確保老安的安全。」

「上帝保佑，我知道。做你必須做的事吧。我們需要那些丙烷。這個小鎮相當需要。今晚，我打算在鎮民大會上，宣布我們找到了新的丙烷來源。」

「雷尼先生，我真的不能去嗎？」卡特問。

「我知道你很失望，但我要你明天跟著我，絕不能離開鎮民探望親屬的那場派對半步。我想，蘭道夫你也別去了。有人得協調這件事，否則很容易會變成一場爛泥攤子。我們得試著不讓大家擠成一團，被人踩在身上。不過，或許還是會有一些人受傷，因為群眾總是不知道該怎麼遵守規矩。最好先跟敦切爾說一聲，叫他把救護車開到那裡待命。」

卡特寫了下來。

在他寫的時候，老詹轉向蘭道夫，拉長了臉，一副悲痛模樣。「我真不願意說出這件事，彼得。不過據我的消息來源表示，小詹可能也加入了毒品工廠的事。」

「小詹？」小馬說。「別鬧了，小詹不會的。」

老詹點了點頭，用掌根抹了抹乾著的雙眼。「我也很難相信這點，更不願意相信這件事。不過，你們知道他現在人在醫院嗎？」

他們全都點頭。

「是藥物過量，」雷尼低聲說，又朝餐桌俯得更近。「這似乎是最能解釋他毛病的原因。」他直起身，又再度對蘭道夫說：「別從主要道路過去，他們會有所提防。有條小路，就在電台東邊大約一英里的地方——」

「我知道那條小路，」老費說。「那裡以前是懶惰鬼山姆．威德里歐的植林地，後來被銀行收走了。我想，那裡現在應該是聖救世主教堂持有的土地。」

老詹微笑著點頭，只是，那塊土地其實屬於內華達州的一間公司，而他正好就是那間公司的董事長。「走那條路，從後面接近電台。那條路幾乎荒廢了，你們應該不會遇上任何麻煩。」

老詹的手機響起。他看向手機螢幕，差點打算讓電話就這麼響下去，進入語音信箱，接著才又想：管他的呢。今天早上，他又有了感應，所以聽聽寇克斯口沫橫飛的說些什麼，說不定也挺讓人開心的。

「我是雷尼。有什麼事嗎，寇克斯上校？」

他聽了一會兒，臉上的笑意有些消退。

「我怎麼知道你說的是不是真的？」

他又聽了一陣子，沒說再見便掛斷電話。他就這麼皺眉靜坐了好一會兒，思索他所聽見的事。接著，他抬頭對蘭道夫說：「我們有輻射計數器嗎？說不定輻射塵避難室裡會有？」

「呃，我不知道。艾爾．提蒙斯可能知道。」

「去找他，叫他確認一下。」

「這很重要嗎？」蘭道夫問，就在同一時間，卡特也開口問：「跟輻射有關嗎？老大？」

「沒什麼好擔心的，」老詹說。「就跟小詹常說的一樣，他只是想試著嚇唬我而已。我敢說就是這樣沒錯。不過，還是確認一下有沒有輻射計數器好了。要是有——而且還能運作——就拿過來給我。」

「沒問題。」蘭道夫說，看起來一副被嚇壞的模樣。

現在，老詹真希望自己剛才讓那通電話直接轉進語音信箱，或是什麼也沒說出來。瑟爾斯一定會到處亂講，害這件事傳了出去。可惡，搞不好蘭道夫就會亂講了。或許根本什麼事也沒有，只不過是那個他痲的軍官想搞砸這美好的一天而已。說不定，今天還是他這輩子最重要的一天呢。

不過，至少老費．丹頓還把注意力集中在手頭上的問題。「雷尼先生，你希望我們什麼時候過去襲擊電台？」

老詹又把心思轉回探訪日那天他設定的行程表，接著露出微笑。這是個真心的微笑，他那油亮的下巴與肥厚臉頰微微揚起，露出了小牙齒。「十二點整。那時所有人都會到一一九號公路那裡閒話家常，至於鎮上其他地方則都空無一人。所以，你們趁日正當中的時候過去，從那兩個他麻的傢伙手上搶回我們的丙烷，就跟那部老西部片一樣。」

6

星期四早上十一點十五分，薔薇蘿絲餐廳的貨車沿一一九號公路往南駛去。明天高速公路上將會擠滿車輛，到處都是汽車廢氣的臭味，不過就今天而言，卻是出奇冷清。坐在駕駛座上的是蘿絲自己，厄尼．卡弗特坐在副駕駛座，至於諾莉則坐在兩人間的引擎外罩上，手中抓著滑板，滑板上貼有許多早已解散的龐克樂團貼紙，例如「十七號戰俘營」與「死亡牛奶工」等等。

「空氣聞起來超差的。」諾莉說。

「是普雷斯提溪的關係，親愛的，」蘿絲說。「本來溪水會流到莫頓鎮那裡，但現在卻變成一個巨大陳舊的臭沼澤。」她知道事情不只如此，那氣味同時也是溪水即將乾涸的味道，但卻沒說出口。他們還是得呼吸，然而現在可不是擔心他們可能會吸進什麼氣體的時刻。「妳有跟妳媽說嗎？」

「嗯，」諾莉悶悶不樂的說。「她會去，不過她不是很喜歡這點子。」

「等時候到了，她會把手上所有的生活雜貨全帶過去？」

「會。已經放在後車廂裡了。」諾莉沒補充說，瓊安．卡弗特最先放進去的是酒，接著才胡亂塞進食物。「蘿絲，輻射的事怎麼辦？我們沒辦法在每輛車上都貼滿防水布。」

「要是只穿過一、兩次的話，應該沒有問題。」蘿絲已從網路上查過，並確認了這件事。她還發現，關於輻射質安全性的部分，其實取決輻射線的濃度，不過看起來，他們也沒這必要去擔心自己無法掌控的事。「最重要的是別在輻射線下暴露過度……就跟小喬說的一樣，輻射地帶其實不寬。」

「小喬他媽不想去。」諾莉說。

蘿絲嘆了口氣。她知道這件事。探訪日這件事有好有壞。這或許有助於掩護他們躲到山上，但穹頂另一邊的親屬們，卻肯定很想見到他們。或許只能算是麥克萊奇家運氣不好吧。她想。

前方就是雷尼二手車行，以及那塊大大的招牌：你有車開，全因跟老詹做了交易！可提供貸款！

「記得——」

「我知道，」蘿絲說。「如果有人在，就馬上迴轉，直接開回鎮上。」

但雷尼二手車行的員工專用車位全是空著的，就連展示間也空無一人，大門上還掛著寫有「暫時歇業」的白色牌子。蘿絲快速繞至後頭，那裡有一排排的汽車與卡車，窗戶上貼著標價，以及類似「價格漂亮」、「來源正派」與「0，再看我一眼」（那個0字還加上了女孩性感的長睫毛）等標語。老詹這座停車場，全是些外表不怎麼樣的工作用車輛，不像店前頭那些漂亮的美國車與德國車展示品。在停車場最遠的盡頭處，有塊地方劃分出老詹的商品與置放廢棄零件的場所。那裡有一排電話公司的廂型車，其中幾輛上頭還有美國電話電報公司的商標。

「就是那幾輛。」厄尼說，伸手到座位後面，拿出他帶來的一塊長形細薄金屬片。

「這是偷車用的，」蘿絲說，雖然很緊張，但還是被這東西給逗笑了。「你怎麼會有這東西，厄尼？」

「我還在美食城超市工作時就有了。妳一定很驚訝有多少人會把自己的鑰匙鎖在車子裡。」

「爺爺，你要怎麼發動引擎？」諾莉問。

厄尼無力地笑了笑。「我會找到方法的。在這裡停車，蘿絲。」

他走出車外，朝第一輛廂型車急行而去。以一名接近七十歲的男人來說，他的動作驚人敏捷。他看著窗內，搖了搖頭，接著走到那排廂型車的下一輛處，隨即走至第三輛——不過這輛有個輪胎沒氣了。而在他朝第四輛廂型車車內看過一眼後，轉身對蘿絲比了個大拇指。「走吧，蘿絲。快點。」

蘿絲覺得，厄尼這是不想讓他的孫女看見他使用那個金屬片的模樣，因此有些感動，於是沒說任何話，便把車開至前頭。她在店前方再度停車。「妳還可以嗎，甜心？」

「沒問題，」諾莉說，走出車外。「要是他發動不了的話，我們只好用走的回鎮上了。」

「那有接近三英里的路。他有辦法嗎？」

諾莉臉色蒼白，但仍擠出微笑。「爺爺跟我都沒問題。他每天都會走四哩路，說這樣可以保持關節靈活。趁現在沒人過來，還沒發現妳以前，妳還是趕快離開吧。」

「妳是個勇敢的女孩。」蘿絲說。

「我可感覺不到什麼勇氣。」

「真正勇敢的人都感覺不到，親愛的。」

蘿絲朝鎮上駛了回去。諾莉一直看著她離開，直至駛出視線後，才開始在前面的停車場練習起滑板動作。路面有些傾斜，所以她只能嘗試翻板動作……只不過她分明精力充沛，認為自己就算踩著滑板一路爬上鎮屬坡，也完全不會感到地面有任何傾斜。好吧，現在就算她摔個屁股開花，可能也不會有所感覺。要是有人來了怎麼辦？呃，她只是陪爺爺過來看一下有沒有可以買的卡車而已，只不過是在這裡等他，接著一起走回鎮上。爺爺很喜歡散步，大家都知道這件事。這麼做可以保持關節靈活。只是，諾莉不認為這是真正的原因，甚至還不是最主要的原因。他是從奶奶開始頭腦不清楚時（雖然大家心裡有數，但卻沒人直接說出那就是老年癡呆症沒錯）以後才開始散步的。諾莉認為，他是在藉由散步排遣悲傷。散步真的辦得到這種事？她認為可以。就像她知道自己只要站在滑板上頭，從牛津那裡的滑板公園樓梯扶手上一滑而下，心房就會把所有東西都趕出去，只留下喜悅與恐懼感。喜悅會占據她的心房，而恐懼則藏在心房後院的小木屋裡。

就在感覺如此漫長的一會兒過後，她爺爺開著電話公司的舊貨車從建築物後方駛了過來。諾莉把滑板夾在臂下，跳進車內。這是她第一次坐在偷來的車子裡頭。

「爺爺，你還真是有夠厲害。」她說，親了他一下。

7

小喬．麥克萊奇朝廚房走去，想從已經停止運轉的冰箱裡，拿瓶剩下的蘋果汁喝。然而，當他聽見母親說出「大包姆」三個字的時候，便馬上停下腳步。

他知道自己的父母是在緬因州大學念書時認識的。當時，山姆．麥克萊奇的朋友都叫他大包姆，只是媽媽很少這麼叫他，不過這麼叫的時候，總會臉紅地大笑起來，像是這外號有什麼小喬不知道的低級涵義。他只知道，媽媽這時會脫口說出這個外號——回憶起過往——一定代表了她正心亂如麻。

他又朝廚房門口走近一些。門是半開著的，他可以看見他媽與賈姬．威廷頓坐在一起。賈姬今天沒穿制服，而是穿著一件襯衫與褪色的牛仔褲。要是她們抬起頭的話，同樣能夠看得見他。

他其實無意偷看，這麼做並不酷，更別說他的母親還心情欠佳，但此時，她們兩個只是一同坐在餐桌前相互對望，同時賈姬還握著克萊兒的手。小喬看見母親的雙眼是溼的，使他自己也起了股想哭的感覺。

「不行，」賈姬說。「我知道妳想去，但真的不行。只要今晚的事跟他們預料的一樣就不行。」

「我至少可以打給他，告訴他為什麼我沒有出現在那裡吧？或者是寫電子郵件給他！我可以這麼做的！」

賈姬搖了搖頭，表情雖說同情，但卻堅定無比。「他可能會說出去，接著消息可能會傳回雷尼那裡。要是雷尼在我們救出巴比與生鏽克之前接到風聲，那對我們而言，可就真的完全是場大災難了。」

「如果我叫他嚴格保密——」

「克萊兒，難道妳還看不出來嗎？這牽涉到兩條人命，風險實在太大了。就連我們的命也一樣。」她停了一下。「其中還包括妳兒子的。」

克萊兒的肩膀垂了下去，接著又挺直身子。「那妳帶小喬過去，我等探訪日一結束就過去。雷尼不會懷疑我的。我根本沒見過戴爾・芭芭拉，也不算認識生鏽克，頂多就是在街上遇到會打個招呼而已。我都到城堡岩找哈特威爾醫生看病。」

「但小喬認識巴比，」賈姬充滿耐心的說。「導彈攻擊的時候，小喬設立了轉播機制。老詹知道這件事。難道妳沒想過他可能會把妳抓起來，在妳招出我們去了哪裡以前，都不斷的逼問妳嗎？」

「我不會，」克萊兒說。「我絕不會說出來。」

小喬走進廚房。克萊兒擦了擦臉頰，努力擠出微笑。「喔，嗨，甜心。我們只不過是在聊採訪日的事，還有——」

「媽，他可能不只逼問，」小喬說。「說不定還會動刑。」

她看起來被嚇壞了。「噢，他不會這麼做的。我知道他不是好人，但他終究是個鎮上的公共事務行政委員，再說——」

「先前他是個公共事務行政委員沒錯，」賈姬說。「但現在，他已經打算要當皇帝了。早晚大家都會這麼說的。妳要小喬在某個不知道的地方，想像妳指甲被拔出來的模樣嗎？」

「別說了！」克萊兒說。「這太可怕了！」

克萊兒想把手抽回來，但賈姬卻不讓她如願。「這件事只有成功跟失敗兩條路，要是失敗了，我們也不可能安然無恙。這件事已經在進行中了，我們得完成才行。要是巴比在沒有我們幫助的情況下逃了出來，那麼老詹說不定真的會放他一馬。畢竟，每個獨裁者都需要有人扮演壞蛋的角色。但這對他來說還不夠，不是嗎？這代表他會試著查出我們的身分，把我們全部抹殺。」

「我真希望自己與這件事從來沒有瓜葛，真希望我從來沒參加過那場會議，也從來沒讓小喬加入過。」

「可是我們得要阻止他才行！」小喬抗議道。「雷尼先生正試著想讓磨坊鎮變成一個，呃，極權國家耶！」

「我阻止不了任何人！」克萊兒的聲音近乎哀號。「我只是個該死的家庭主婦而已！」

「要是這麼說可以安慰妳的話，」賈姬說。「妳或許早在孩子們發現方塊的時候，就註定要加入我們的行列了。」

「這才不是什麼安慰，根本不是！」

「從別的角度來看，我們甚至算幸運的了，」賈姬接著說。「至少，目前我們還不需要帶著更多無辜的人跟我們一起逃亡。」

「不管怎樣，雷尼和他那群警察最後還是會找到我們，」克萊兒說。「妳還不懂嗎？這個鎮不過就這麼一丁點大而已。」

賈姬露出哀傷的笑容。「等到那時，我們的人數也會變得更多，還會有更多把槍可用。到時雷尼也會知道這點的。」

「我們得儘快接管電台，」小喬說。「大家需要聽到事情的另一面。我們得把真相傳播出去。」

賈姬的雙眼亮了起來。「小喬，這真是個好到不行的點子。」

「我的天啊。」克萊兒說，用雙手摀住了臉。

8

厄尼把電話公司貨車停在波比百貨店的卸貨區。我現在是個罪犯了，他想，就連十二歲的孫女也成了共犯。還是她已經十三歲了？這不重要。要是他們真被抓到，他也不認為彼得・蘭道夫會把她當成青少年看待。

老羅打開後門，看見是他們後，雙手各拿著一把槍，走至卸貨區。「有遇上什麼麻煩嗎？」

「很順利，」厄尼說，走上卸貨區的樓梯。「路上完全沒半個人。你那裡還有其他槍嗎？」

「嗯，有幾把，在裡面，就在門後頭。諾莉小姐，來幫忙一下。」

諾莉拿起兩把步槍，交給祖父，後者則把槍放進貨車後方。老羅把裝有十二捆防水布的推車推至卸貨區。「現在還不用卸下來，」他說。「我只是要先裁出窗戶的大小而已。等我們要過去時，就得封住車窗了，到時只會留下一條可以往外看──就像舊型的雪曼坦克那種──好讓我們可以開車的縫隙。要是你不行的話，就把車留著，我們之後再來牽。」

另一台推車載滿裝有食物的紙箱，其中大多數是罐頭食品或露營用的袋裝濃縮食品，其中一箱則裝滿品質低劣的沖泡式飲料粉。推車很重，但諾莉往前推動以後，就變得輕鬆多了。只是，要停下來又是另一回事。要不是老羅趕緊從原本站的地方移到貨車後方伸手攔住，否則整輛推車可能會直接從卸貨區掉落在地。

厄尼把按照偷來那輛貨車裁好的遮擋用防水布貼到小型後車窗上頭，擦了擦額頭，開口說：「這真是太冒險了，波比──我們是在計畫要讓一整隊該死的車隊前往麥考伊果園。」

老羅聳了聳肩，開始把裝有物資的紙箱搬到貨車上，並靠著邊緣堆放，留出中間位置，以備之後會需要有可以載人的空間。他的襯衫背後滲出大量汗水。「我們只能希望我們的行動可以安靜迅速，鎮民大會那邊也能順利掩護我們。除此之外，也沒別的選擇了。」

「茱莉亞和麥克萊奇太太的車窗也要貼上防水布？」諾莉問。

「嗯。我會在今天下午幫她們弄好。處理好之後，她們得先把車留在店後面，不能就這麼開著窗戶貼著防水布的車到處亂晃──別人一定會問起來的。」

「你那輛凱迪拉克怎麼辦？」厄尼說。「這輛貨車載完剩下的物資就沒什麼空間了，你老婆可以開那輛凱迪拉克過去——」

「蜜琪拉不去，」老羅說。「沒什麼改變得了她的心意。我問過她，只差沒跪下來求她而已，不過差不多就被當成空氣一樣。我猜，我早知道事情會變成這樣，因為除了她原本就知道的事情以外，我什麼也不告訴她……至少說得不多，這樣要是雷尼過去找她，她才不會被捲進麻煩裡。不過她就是不理我。」

「她為什麼不理你？」諾莉睜大了眼問，但話才一出口，便看到祖父皺眉的神情，這才意識到這問題可能有些失禮。

「因為她是個倔強的甜心。我有說她可能會受傷，但她只回答『那就讓他們來試試看啊』而已。這就是我的蜜琪拉。嗯，真是活見鬼了。要是之後有機會的話，我或許會偷偷跑回鎮上，看看她有沒有改變心意吧。大家總說這就是女人的特權。來吧，我們再多搬一點箱子上車。厄尼，別讓箱子擋住槍。我們或許會用得上。」

「我真不敢相信我竟然會讓妳參與這件事，孩子。」厄尼說。

「沒關係啦，爺爺。與其被排除在外，我還是寧可加入。」至少就目前來說，這的確是真心話。

9

砰。安靜。

砰。安靜。

砰。安靜。

奧利．丹斯摩盤腿坐在距離穹頂四英尺的地方，身旁放著他那老舊的童軍背包。背包裡放著他在前院撿的石頭——事實上，還放到都滿出來了。他把包包拿過來時，與其說是用走的，不如說是拖的，一心認為帆布包的底部會裂開，害他的彈藥灑得一地都是。由於這件事並未發生，所以此時他就坐在這裡，挑出另一顆石頭——一顆光滑無比的石頭，從某個冰河時代起便被打磨至今——以投球方式朝穹頂扔去。石頭似乎撞上了看不見的東西，又反彈回來。他把石頭撿起，再度投出。

砰。安靜。

一定有什麼作用讓穹頂可以反彈東西，他想著。這可能就是他弟與母親喪命的原因。只是，大鬍子的耶穌在上，這袋彈藥已經夠他丟上一天了。

石頭迴力鏢，他想著，然後笑了出來。這是個真心的笑容，只是由於他的臉實在太過削瘦，所以看起來有點恐怖。他沒吃什麼東西，認為自己得過好長一段時間才會想再度進食。聽見一聲槍響，發現自己的母親躺在餐桌旁，裙子向上翻起，露出內褲，有半顆頭顱被轟飛……這種事會讓一個人完全失去胃口。

砰。安靜。

穹頂另一側就像活動中的蜂巢；一個由帳棚組成的城市就這麼突然出現。吉普車與卡車飛快地來回行駛，數百個軍人在周遭忙碌不已，聽從長官大喊出聲的號令與咒罵，而號令與咒罵通常都會混為一體。

除了已經搭好的帳棚外，那裡還正在搭建新的三座長形帳棚。帳棚前方已先立好了告示牌，分別寫著：探訪者一號招待處、探訪者二號招待處與急救站。另一個長度甚至更長的帳棚，前方的告示牌則寫著：餐飲供應站。就在奧利坐下來，開始用收集來的石頭扔穹頂的不久之後，有兩輛平板卡車載著一排排的流動式廁所抵達現場。現在，一排排明亮的藍色流動廁所已然定位，距離家屬與所愛的人談話、彼此看得見卻摸不到對方的地方有足夠的距離。

從他母親頭部噴出來的東西就像壞掉的草莓果醬。奧利無法理解母親為什麼會選擇用這種方式自殺，又為什麼會挑在那個地方。為什麼非要挑在他們吃飯的地方不可？她真的忘記自己還有另一個會在那裡吃飯的兒子（這得先假設他沒餓死的話），可能會因為這樣而永遠無法忘記地板上那恐怖的景象嗎？

就是這樣，他想。她早就忘了。因為，羅瑞一直是她的最愛，她的小寵物。她很少會注意到我就在她旁邊，除非忘了餵牛，或是放牛出去外頭時忘了打掃牛舍。再不然，就是我帶了一張寫著D的成績單回家。因為他從來沒有拿過A以外的成績。

他扔了一顆石頭。

砰。安靜。

有幾個陸軍的傢伙把一些告示牌立在穹頂附近。他可以看見面對磨坊鎮的告示牌那面寫著：

警告！

為了你自己的安全！

請與穹頂保持兩碼（六英尺）距離！

奧利猜，告示牌的另一面也寫著相同內容。對另一邊的人來說，這或許起得了作用，因為那邊會有很多維持秩序的傢伙。不過在這邊，可能會有八百個鎮民，同時卻只有二十幾個警察，其中大部分還是剛拿到這份工作的新手。要讓這邊的人與穹頂保持距離，就像想保護沙子堆成的城堡不被潮水沖到一樣困難。

她的內褲是溼的，張開的雙腿間還有一個水窪。她要嘛不是扣扳機前就尿了褲子，再不然就是扣了扳機以後。奧利認為後者比較有可能。

他扔了一顆石頭。

砰。安靜。

有個軍隊的傢伙靠了過來。對方非常年輕，袖子上沒有任何徽章，因此奧利猜想，他可能只是個士兵而已。他看起來約莫十六歲，但奧利覺得他的年紀一定還要更大些。他曾聽說過小孩藉由謊報年齡加入軍隊的事，但他猜，那已經是可以用電腦查出每個人經歷之前的事情了。

那個陸軍的傢伙環顧一下四周，確認沒人注意到他，才以低沉的聲音開口。他有著一口南方口音。「孩子？膩可以停下來嗎？這聲音爛我煩死了。」

「那你可以去別的地方。」奧利說。

砰。安靜。

「不勤啊，我有命在身。」

奧利沒有回答，反而又扔了一顆石頭。

砰。安靜。

「膩為什麼要這麼啜？」那個陸軍的傢伙問。他只是被派來立告示牌的而已，所以有空跟奧利說話。

「因為，遲早總會有一顆石頭不會反彈。只要這件事一旦發生，我就要站起來，走得遠遠的，再也不要看見這座農場。再也不要幫牛擠奶。外面的空氣怎麼樣？」

「很好。只是很冷。我是從南卡羅萊納州來的。我向膩保證，這裡的十月跟南卡羅萊納州的完全不同。」

奧利與那個南方男孩的距離不到三碼，但這裡很熱。而且還臭烘烘的。

陸軍的傢伙指向奧利後方。「膩幹嘛不把石頭留在這裡，去管一下那些乳牛？」他的口音聽起來變成了「路牛」。「把牠們帶進穀倉，幫牠們擠奶或是在牠們乳房上塗藥膏之類的。」

「我們不用帶牛什麼的。牠們自己知道該去哪兒。只是，現在不必幫牠們擠奶，更不用說塗油膏了。牠們的乳汁都乾了。」

「真的？」

「真的。我爸說草出了問題，還說草之所以有問題，是因為空氣出了問題。我們這裡空氣聞起來很差，就像屎一樣。」

「真的？」陸軍這傢伙看起來被這話給吸引住了。雖然兩面均印有文字的告示牌已經夠穩了，但他還是握緊拳頭，朝頂端敲了兩下。

「真的。我媽今天早上自殺了。」

陸軍這傢伙原本舉起手要再敲一下，一聽見這話後，把手放了下來。「孩子，你是騙我的吧？」

「沒有。她在餐桌那裡開槍自殺。是我發現她的。」

「喔，幹，這真是太難過了。」陸軍這傢伙朝穹頂走近。

「我弟上星期日死的時候，因為當時他還沒完全死掉，所以我們還有把他帶到鎮上。不過發現我媽時，她已經死透了，所以我們直接把她埋在山丘上。我爸跟我一起埋的。她喜歡那裡。在每件事還沒變得那麼討厭以前，那裡很漂亮。」

「天啊，孩子！你簡直是到地獄走了一遭！」

「可是我還是回到這裡了。」奧利說。這話就像觸動了他體內的開關，使他開始哭了起來。他站起身，朝穹頂走去。他與年輕的士兵看著彼此，距離不到一英尺遠。那士兵舉起了手，並在電流傳到身上的瞬間往後縮了一下，但隨即就沒事了。他把手貼在穹頂上，手指張開。奧利也舉起了自己的手，從他這一側把手貼到穹頂上頭。他們的手看似相互觸碰，手指貼著手指，手掌貼著手掌，但其實根本沒有。這只是個徒勞無功的舉動，並會在隔天不斷重複上百上千次之多。

「孩子——」

「艾姆斯士兵！」某個人大聲咆哮。「給我滾過來這裡！」

艾姆斯士兵就像個被抓到偷吃果醬的孩子，整個人跳了起來。

「我再說一次，給我過來！」

「在這裡等我一下，孩子。」艾姆斯士兵說，用跑的前去挨罵。奧利認為，他一定被罵一頓就沒事了。畢竟，你可沒辦法降士兵的級。當然，他們也不會讓他再過來這個柵欄，好讓他能跟動物園裡的動物繼續說話。我甚至連顆花生都沒拿到。奧利想著。

他抬頭看了一下現在沒奶可擠的乳牛——就算牧草重新種過也很難——接著坐回背包旁邊。他翻著背包，找出另一顆光滑石頭。他想到死去的母親那隻塗有指甲油的手向外伸長的模樣，以及一旁那隻還拿著槍的手，槍管仍在兀自冒煙。接著，他扔出一顆石頭，石頭擊中穹頂，反彈回來。

砰。安靜。

10

星期四下午四點，新英格蘭北部全被雲層籠罩，陽光只能從雲層裡那個襪子形狀的洞口灑進卻斯特磨坊鎮，就像一盞模糊的聚光燈似的。維維．湯林森去檢查小詹的狀況，問他需不需要頭痛藥。他先是回答不用，但隨即又改變主意，說想要一點泰諾林或雅維。等她拿回來時，他還從病房另一頭自己走過來拿。她在他的病歷表中寫下：走路依舊是跛的，但狀況似乎已有好轉。

四十五分鐘後，瑟斯頓．馬歇爾把頭探進病房時，房裡已經空無一人。他以為小詹到了休息室去，但去那裡檢查後，才發現裡頭只有心臟病患者艾蜜莉．懷特豪斯一個人而已。艾蜜莉的恢復狀況良好。瑟斯頓問她有沒有看見一個深金色頭髮、走路有些跛的年輕人，她回答沒有。瑟斯頓又回到小詹的病房，檢查了一下衣櫥。裡頭也是空的。所以，那名患有腦瘤的年輕人換了衣服，跳過文書階段，替自己直接辦了離院手續。

11

小詹用走的回家。他的肌肉一旦再度活絡起來，走路一跛一跛的狀態似乎就會完全消失。除此之外，飄浮在他左邊視線的黑色鎖孔陰影，也已縮小到一顆彈珠的尺寸。或許他並沒有完全吸收進足夠的鉈劑量。這很難說。不管怎樣，他都必須實踐對上帝的承諾。只要他照顧好艾波頓家的孩子，那麼上帝就會眷顧他。

他離開醫院時（走的是後門），待辦事項裡要做的第一件事就是殺了他爸。但當他走到家時——他的母親就死在這棟房子裡，萊斯特·科金斯與布蘭達·帕金斯也是——卻改變了主意。要是他殺了父親，特別召開的鎮民大會就會因此取消。小詹不希望這樣，因為鎮民大會可以有效掩護他主要想完成的任務。大多數警察都會在那裡，而這會讓雞舍變得更為容易潛入。他只希望自己手上有那個塗了毒的軍籍牌。他一定會很樂意把軍籍牌塞進巴-比垂死前的喉嚨裡。

不管怎樣，反正老詹也不在家。屋子裡唯一活著的東西，是他凌晨看見那頭大步跨過醫院停車場的狼。牠就位於樓梯中間往下看著他，胸中發出咆哮的聲音。牠的毛皮蓬亂，雙眼是黃色的，脖子上還戴著戴爾·芭芭拉的軍籍牌。

小詹閉上眼，默數到十。他再睜開眼時，那頭狼已經不見了。

「我現在是狼了，」他對著悶熱的空房子低聲說。「我是個狼人，親眼看見了朗·錢尼[138]與皇后一起跳舞。」

他走上樓，沒注意到自己又開始跛了起來。他的制服放在衣櫃裡，就連槍也是——一把貝雷塔九二金牛座手槍。警局裡有十幾把槍，經費大多是國土安全局出的。他檢查貝雷塔手槍的十五發子彈彈匣，裡頭全都裝滿了。他把槍插入槍套，束緊繫在瘦削腰部上的腰帶，走出自己的房間。

他在樓梯頂端停了一下，思考起鎮民大會順利進行，他可以開始行動以前，自己該去哪裡才

[138] Lon Chaney，知名的默片時代演員，其子小朗·錢尼亦為演員，曾扮演過狼人的角色。

好。他不想跟任何人說話，甚至也不想被看到。接著，他想到了地點：一個很好的躲藏地點，同時還離他的任務目的很近。他小心翼翼地走下樓梯——他又開始該死的一跛一跛了，就連左臉也沒了知覺，像是被凍結起來似的——腳步蹣跚地走至客廳。他在父親的書房前短暫停留一會兒，思索是否應該打開保險箱，把裡頭的錢全都燒掉。最後他決定算了，沒必要花力氣這麼做。他隱約想起一個笑話，講的是兩名銀行家被困在荒島上，不斷交易彼此衣服的故事。雖然他想不太起來笑話的梗，因此無法完全理解笑話的有趣之處，但還是發出了短暫的幾聲哈哈。

穹頂西側的雲層下方，太陽逐漸消失，天色變得陰沉下來。小詹走出屋外，消失在黑暗之中。

12

五點十五分時，愛麗絲與艾登．艾波頓走進他們借住的那棟房子的後院裡。愛麗絲說：「卡洛琳？妳可以帶艾登跟窩……艾登跟我……去鎮民大會嗎？」

卡洛琳．史特吉正在用卡拉李．杜瑪金的食物庫存與麵包（放得有點久，但還能吃）做花生奶油果醬三明治，一臉驚訝地望向兩個孩子。她從未聽過有孩子要求參與成年人的會議，還以為要是問他們的話，他們可能會想方設法地避掉這件無聊的事。她對這提議感到心動，畢竟要是孩子去了，那麼她也能去。

「妳確定嗎？」她問，彎下腰來。「你們兩個都想去？」

在這幾天之前，卡洛琳會說她對生兒育女沒有興趣，她的終身職志是成為老師或作家。或許當個小說家吧。雖然對她來說，寫小說是件很危險的事；要是你費盡所有時間寫了一千頁，成果卻很爛該怎麼辦？還是寫詩好了……可以遊盪全國（說不定還是騎機車）……開些朗讀會與教學研討會，自由如鳥……這樣一定很酷。說不定還能遇見一些有趣的人，一起喝紅酒，在床上討論希薇亞．普拉斯[139]。愛麗絲與艾登改變了她的想法。她愛上了他們。她希望穹頂能消失——她當然這麼希望——但讓他們兩個回到母親身邊，卻會讓她感到傷心。她多少希望他們也會因此有些傷心。這想法或許有些卑劣，但卻是真心的。

「艾登？你真的想去？大人的會議會又長又無聊喔。」

「我想去。」艾登說。「我想看到所有人都在一起。」

卡洛琳懂了。讓他們感興趣的原因，與討論資源問題及鎮公所打算如何運用資源無關；怎麼會呢？愛麗絲九歲，艾登不過也才五歲。但他們的確希望能看見所有人聚在一塊兒，就像個大家庭一樣。這是有其意義的。

「那你會聽話嗎？不會亂動還有偷偷說話？」

「當然。」愛麗絲拿出自己的尊嚴說。

「那我們出門前，你們先尿尿好不好？」

「好！」這回，女孩翻起了白眼，一副卡洛琳是個笨蛋，讓她有點受不了的表情……就連這表情也讓卡洛琳挺喜歡的。

「那我就把這些三明治打包帶去囉，」卡洛琳說。「我們還有兩罐對小朋友比較好的汽水，還有吸管可用。不過在小朋友急著喝更多飲料前，得要先上廁所才行。」

[139] Sylvia Plath，知名美國詩人與小說家。

「我超會用吸管的，」艾登說。「有驚驚嗎？」

「他是指驚奇巧克力派。」愛麗絲說。

「我知道他的意思，不過這裡一個也沒有。不過，我想這裡可能會有些全麥餅乾，上面還有灑肉桂糖粉的那種。」

「肉桂全麥餅乾超棒的，」艾登說。「我愛妳，卡洛琳。」

卡洛琳露出微笑。她認為這話比她所有讀過的詩都還美麗，甚至就連威廉斯那首與冰梅子有關的詩也比不上。[140]

13

安德莉亞．格林奈爾走下樓梯，雖說腳步緩慢，步伐卻十分沉穩，讓茱莉亞看傻了眼。小安起了轉變。化妝與梳順那頭亂髮只是部分原因，而非全部。看著她的樣子，茱莉亞才察覺，自己有多久沒看見鎮上的三席公共事務行政委員原本的模樣了。今晚她穿了一件令人印象深刻，腰間附有腰帶的紅色連身裙——那件連身裙看起來像是安．泰勒牌的——還背著一個袋口附有抽繩的布製大背包。

就連荷瑞斯也看傻了。

「我看起來怎麼樣？」小安走到樓梯底部時問。「會不會像是只要拿著掃把，就能用飛的飛去參加鎮民大會？」

「妳看起來很棒，年輕了二十歲。」

「親愛的，謝謝妳。不過樓上不是沒有鏡子。」

「如果那面鏡子沒能讓妳看出妳現在有多好，那妳最好試試樓下這面，這裡的光線好多了。」

小安把背包換到另一隻手，像是很重似的。「嗯。我猜或許真的是這樣吧。不管怎樣，至少有好上一點。」

「妳確定身體應付得了？」

「我想應該可以，不過只要我一開始顫抖，就會從側門溜走。」小安根本無意溜走，不管有沒有發抖都一樣。

「背包裡裝了什麼？」

老詹．雷尼的午餐。安德莉亞想。我打算在全鎮面前餵他吃下去。

「我總是會把自己正在織的東西帶去鎮民大會。有時，鎮民大會實在既冗長又沉悶。」

「我可不認為這次會悶。」茱莉亞說。

「妳也會去，不是嗎？」

「喔，我想會吧，」茱莉亞含糊帶過。她希望自己能在鎮民大會結束前遠離卻斯特磨坊鎮的鎮中心。「我還有幾件事得先處理。妳有辦法自己過去嗎？」

小安給了她一個滑稽的表情：拜託，老媽。「只要沿著這條街下山就到了，我都這麼走過多少年了。」

茱莉亞看了一下錶。還有十五分鐘才六點。「現在出門不會太早？」

⑭此處所指的是詩人William Carlos Williams的詩作〈This Is Just To Say〉。

「如果我沒弄錯的話，艾爾會在六點開門，我想確定自己可以有個好位置。」

「作為一個公共事務行政委員，妳應該有權坐在台上，」茱莉亞說。「只要妳想的話就行。」

「不，我可不這麼認為。」小安再度把背包換到另一隻手。裡頭的確裝著她在編織的東西；但也裝著「維達」檔案，以及她弟抽筋敦送她那把防衛居家安全用的點三八手槍。她認為，那把槍同樣可以有效用來保護小鎮。一座小鎮就像一具身體，只不過比人類的身體更具優勢；要是小鎮長了顆有問題的腦袋，移植手術就會有所效用。或許這麼做不會害死這座小鎮。她祈禱不會。

茱莉亞一臉困惑地看著她，讓安德莉亞意識到自己竟想到出了神。

「我想，今晚我還是坐在鎮民的位置上就好。不過只要時機一到，我還是照樣擁有發言權。妳可以好好期待這點。」

14

關於艾爾．提蒙斯六點會開門的事，小安說得沒錯。主街原本一整天都沒什麼人，此時則擠滿前往鎮公所的人潮。從住宅區走下鎮屬坡的人大多三兩成群，人數比主街更多。從東卻斯特區與北卻斯特區來的車輛紛紛抵達，絕大多數的車上都坐滿了人。看起來，似乎沒人想單獨度過今晚。

她抵達的時間，早到足以讓她挑選座位。她最後選了講台數過來第三排的位置，就靠在走道旁。她正前方第二排坐的人是卡洛琳．史特吉與艾波頓姊弟。兩個孩子全都睜大了眼，呆呆地望著眼前的每一個人與每一件事。小男孩的手上似乎還緊緊握著一塊全麥餅乾。

另一個提早抵達的人是琳達・艾佛瑞特。小安從茱莉亞那邊聽到生鏽克被逮捕的事——這簡直荒謬絕倫——因此知道他的妻子肯定心力交瘁。然而，她卻用優秀的妝容，與一件附有大口袋的漂亮裙子遮掩了這種感覺。從小安自己的狀況來看（口乾舌燥、頭痛、胃部翻騰），讓她不禁十分佩服琳達的勇氣。

「過來跟我一起坐，琳達，」她說，拍著身旁的位置。「生鏽克怎麼樣了？」

「不知道，」琳達說，滑過安德莉亞身旁坐下。有某個東西在其中一個可愛的大口袋裡傳出碰撞聲響。「他們不讓我見他。」

「這種處置方式就要被糾正回來了。」安德莉亞說。

「嗯，」琳達冷冷地說。「一定會的。」她朝前俯身。「哈囉，小朋友，你們叫什麼名字啊？」

「他叫艾登，」卡洛琳說。「這是——」

「我叫愛麗絲。」小女孩舉起一隻手，就像女王接受他人宣誓效忠似的。「窩和艾登……艾登和我……是穹兒。穹兒的意思是因為穹頂而變成孤兒的小孩。這是瑟斯頓發明的說法。他會變魔術，像是從耳朵裡變出一個二十五分硬幣那種。」

「嗯，那看來你們已經度過難關了，」琳達說，露出微笑。但她心裡沒有任何笑意，這輩子從沒如此緊張過。用緊張形容顯然太過溫和，她簡直就害怕得快失禁了。

15

六點半時，鎮公所後方的停車場已經滿了。就連主街、西街與東街的停車位也停滿車輛。六點四十五分時，甚至就連郵局與消防局的停車場也滿了，鎮公所內的座位幾乎已坐滿了人。

老詹早已料到座位不足的可能性。艾爾．提蒙斯和一些新加入的警察，一起把美國退伍軍人會館的長椅搬到草地上頭，長椅的一面印著「支持我們的軍隊」，另一面則印著「再玩幾把賓果吧！」。前門兩側各放著一具山葉牌的大型擴音器。

鎮上大多數的警力──老鳥警察中只有一個沒來──均在場維持秩序。比較晚到的人抱怨得坐在外頭的事（不然就是長椅坐滿時，抱怨自己只能站著的事）。蘭道夫局長對他們表示，他們應該更早過來才對：要是你愛睡懶覺，就會因此錯失良機。再說，他又這麼補充。今晚是個很棒的夜晚，天氣晴朗溫暖，晚一點還有機會看到那顆巨大的粉紅色月亮。

「只要不管空氣的話就很棒。」喬．巴克斯說。牙醫自從在醫院裡吵了那場架，被迫放棄他的鬆餅以後，就一直處於不開心的狀況中。「我希望那玩意兒可以讓我們聽得夠清楚。」他指著擴音器。

「一定清楚，」蘭道夫局長說。「這組器材是從北斗星酒吧搬來的。湯米．安德森說那是最頂級的，而且還是他親手安裝。你可以想像成這裡正在播放電影，只差在沒有畫面而已。」

「我只覺得那東西讓我看了就不爽。」喬．巴克斯說，蹺起腿來，裝模作樣地撫平褲子上的折痕。

小詹躲在他的藏身處──和平橋中，透過牆縫偷看他們。他有點意外這個地方竟然能讓他一覽無遺，對於擴音器的存在更是感到欣慰無比。這樣，他就能從這裡聽到一切了。只要他父親一旦開始演講，他就可以展開自己的任務了。

天助自助者，他想。

就算天色越來越暗，也不可能看不到他父親那顆圓滾滾的大肚子。更別說，鎮公所今晚電力充足，一盞自窗內射出的橢圓形光芒，就照在塞滿車輛的停車場邊緣處。老詹與卡特．席柏杜此時就站在那裡。

老詹沒有被監視的感覺——或者說，他只有被每個人盯著的感覺，所以根本沒有差別。他看了看手錶，時間剛過七點。經過多年歷練，他的政治經驗告訴他，一場重要的會議總要晚個十分鐘開始，不能多也不能少。這代表他現在就得沿著通道過去了。他拿著一個夾有講稿的文件夾，然而一旦他進入狀況，根本就無需講稿。他知道該講什麼，覺得自己早在昨晚夢中便發表過這場演講，而且不只說了一次，而是好幾次，每次越講越好。

他用手肘輕撞卡特。「是時候準備上場了。」

「是。」蘭道夫就站在鎮公所階梯那裡（他可能以為自己看起來像他麻的凱撒大帝吧，老詹想），卡特跑了過去，把局長帶回這裡。

「我們從側門進去，」老詹說。看著手錶。「再過五——不對，四分鐘以後就開始。你帶頭，彼得，我走第二個。卡特，你就跟在我後頭。我們直接上台，可以嗎？走路的樣子要信心滿滿——別一副天殺的無精打采的模樣，這樣才會有熱烈的掌聲。我們站定不動，等掌聲逐漸停下後，接著才坐下來。彼得，你坐我左邊，卡特，你坐在右邊。我會朝講台走去，一開始會先祈禱，接著讓每個人都站起來唱國歌。在這之後，我就會開始說話，然後儘快進入議程。他們會對每一項提案都投下贊成票。懂了嗎？」

「我緊張的就跟個瘋婆子一樣。」蘭道夫老實承認。

「別緊張。一切都會順利得很。」關於這點，他完全錯得離譜。

16

就在老詹與隨扈朝鎮公所側門走去時，蘿絲把餐廳的廂型車轉進麥克萊奇家的車道。跟在她後方的，則是一輛外觀樸素的雪佛蘭轎車，司機是瓊妮・卡弗特。

克萊兒走出屋外，一隻手拿著手提式行李箱，另一隻手則拿著裝有食物與日用品的帆布背包。小喬與班尼・德瑞克也分別拿著一個手提式行李箱，只不過班尼那個行李箱中的衣服，大多全是從小喬的衣櫥裡拿的。班尼的另一隻手上背著一個小型帆布袋，裡面裝滿了麥克萊奇家儲藏室裡的東西。

山下的方向響起從擴音器中傳出的掌聲。

「快點，」蘿絲說。「他們開始了，我們該趕快閃人。」小梅・傑米森跟著蘿絲一同前來。她打開貨車車門，開始幫忙把東西放到車上。

「車上有遮車窗用的防水布嗎？」小喬問蘿絲。

「有，瓊妮車上還有不少備用的量。我們先開到你說還算安全的地方，再把車窗封起來。行李箱給我。」

「這簡直就是瘋了，」瓊妮・卡弗特說。從自己的車與薔薇蘿絲餐廳的廂型車中間筆直走過，使蘿絲確定她沒有喝幾杯什麼的。這是件好事。

「或許吧。」蘿絲說。「妳準備好了嗎？」

瓊妮嘆了口氣，用手摟住女兒纖細的肩膀。「準備好什麼？準備好接受迅速惡化的一切？也只能走囉。我們會在那裡待上多久？」

「我不知道。」蘿絲說。

瓊妮又嘆了一口氣。「呃，至少那裡夠暖和。」

小喬問諾莉。「妳爺爺去哪兒了？」

「他跟賈姬與波比一起待在我們從雷尼二手車行偷來的廂型車裡。他們兩個去救生鏽克與芭芭拉先生時，我爺爺會在外面等他們。」她給了他一個嚇得半死的微笑。「他是負責接應的駕駛員。」

「那個老傻瓜真是傻到不行。」瓊妮．卡弗特說。這話讓蘿絲想把她拉過來揍上幾拳，注意到小梅也朝她看了一眼，眼神中洩漏出相同感覺。不過現在沒時間吵架，更遑論是動手了。

要是不團結的話，我們就會一個個死於非命。她想。

「茱莉亞呢？」克萊兒問。

「她會跟派珀一起。還有她的狗。」

鎮中心那裡，擴音器（就連坐在外頭長椅上的人也加入其中）傳出卻斯特聯合合唱團的聲音，大家一同高唱美國國歌。

「走吧，」蘿絲說。「我來帶頭。」

瓊妮．卡弗特用不開心的聲音又說了一次：「至少那裡夠暖和。走吧，諾莉，過來當妳老媽的副駕駛。」

17

勒克萊爾花店南側有條送貨專用的小巷，偷來那輛電話公司的廂型車就停在這兒，車頭朝外。厄尼、賈姬與老羅．波比坐在車內，聽著街上傳來的國歌聲。賈姬雙眼一熱，發現自己不是唯一被感動的人。坐在駕駛座上的厄尼從後口袋拿出手帕，擦了擦雙眼。

「我猜我們不需要琳達給我們指示了，」老羅說。「我沒想到他們會弄來擴音器。那東西可不是我這邊提供的。」

「可以讓別人看見她人在那裡，一樣是件好事。」賈姬說。「老羅，你有帶面具來嗎？」

他舉起迪克．錢尼[141]的頭套式塑膠面具。雖然老羅有各式各樣的商品，但卻沒有賈姬的小美人魚面具，因此她分到一個哈利．波特的好朋友妙麗的面具。厄尼的達斯．維達面具就放在座位後頭，不過賈姬認為，如果他真的需要戴上那個面具，可能代表他們真的麻煩大了。不過她沒把這念頭大聲說出來。

說真的，那又怎樣？只要我們突然在鎮上消失，每個人都想得出我們之所以消失的原因。

不過，懷疑與確認終究不同，要是雷尼與蘭道夫只有懷疑，那麼他們留下來的朋友與親人，可能只會被嚴厲地詢問一番而已。

可能而已。賈姬意識到，在這種情況下，這還真是個有力的詞彙。

國歌唱完了，更熱烈的掌聲隨之響起，接著，鎮上的次席公共事務行政委員開始說話。賈姬檢查一下她帶來的槍——這是她私人備用的——認為接下來的幾分鐘，可能是她人生中最漫長的時刻。

18

巴比與生鏽克站在各自的牢門前，聽著老詹開始演講。多虧鎮公所大門前的擴音器，讓他們聽得相當清楚。

「謝謝！謝謝大家！感謝你們過來！感謝你們的勇氣、堅強、忍耐，你們是全美國最棒的人！」

掌聲熱烈。

「各位先生女士……還有小朋友也是，我有看見台下有幾個……」

一陣溫和的笑聲響起。

「各位都知道，我們身陷可怕的困境。今晚，我打算告訴各位，我們是怎麼捲進這件事的。我不知道所有細節，不過我會分享我所知道的部分，因為各位值得知道。等到我講完，你們知道狀況後，我們得進行一場簡短而重要的議程。但最重要的是，我想先告訴各位，你們讓我有多麼驕傲，以及在上帝——與你們——面前，我有多麼的虛心，能夠在這樣的關鍵時刻裡，成為你們選擇的領導者。我想向各位保證，我們會順利度過這場試煉，只要團結一心，在上帝的幫助下，我們會變得更強壯、更虔誠，比過去任何時刻還要更好！現在，我們或許就像在沙漠裡的以色列

141 Dick Cheney，為小布希擔任總統任內的副總統，他被大多數人認為是美國史上最具實權的副總統。

人一樣——」

巴比翻了個白眼，而生鏽克則握著拳，做了一個自慰的手勢。

「——但很快地，我們就會抵達迦南，享用上帝與美國同胞為我們準備的奶與蜜的盛宴！」

掌聲更為熱烈，聽起來像是起立鼓掌那種。十分肯定的是，如果樓下真的有竊聽器，此時樓上的三、四名警察一定也擠在警局門口，聽著老詹的演講。巴比說：「做好準備，我的朋友。」

「我準備好了，」生鏽克說。「相信我，我準備好了。」

只要事情跟原本計畫的一樣，琳達不會跟那些人一起闖進來就沒問題。他想。他不希望她殺害任何人，但更重要的是，他不希望她冒著被殺害的風險。就算為了他也不行。就讓她待在外頭就好。他或許瘋了，但只要她跟其他鎮民待在一起，至少就是安全的。

在爆發槍戰前，他是這麼想的。

19

老詹欣喜若狂。他完全控制了他們，把他們握在手中。好幾百人，無論有沒有投票給他的全都一樣。他從來沒在這大廳中見過這麼多人，甚至就連討論學校祈禱制度、學校預算的情況下也沒有。他們肩並著肩、腿並著腿坐在一起，外面就跟裡頭一樣滿滿是人，全都在專心聽他說話。桑德斯擅離職守，格林奈爾坐在台下（她穿了一身紅，又坐在第三排，實在很難不注意到她），所以這些人全是屬於他的。他們的眼神懇求他來照顧他們，保護他們。他的保鏢就站在身旁，加上看見警察——他的警察——在大廳兩側站成一排，更是讓他狂喜不已。他們還沒全都領到制服，但每個人都配有武裝。民眾裡，至少有一百個以上的人都戴著藍色臂章。就像他擁有自己的私人軍隊一樣。

「各位親愛的鎮民，你們大多數都知道我們逮捕了一名叫戴爾．芭芭拉的人——」喝倒采的聲音與噓聲瘋狂響起。老詹靜待聲音退去，外表嚴肅，內心卻開心不已。

「原因是他殺害了布蘭達．帕金斯、萊斯特．科金斯，以及兩個我們都認識，也都很喜歡的可愛女孩，安安．麥卡因與小桃．桑德斯。」

更多噓聲響起，其中還間雜「吊死他！」及「太恐怖了！」的叫聲。後者的聲音，聽起來像是布洛尼商店的日班經理威兒瑪．溫特。

「你們不知道的是，」老詹繼續說。「穹頂是一群狡猾科學家組成的精銳犯罪集團，以及由政府資助的祕密組織共同策劃的成果。各位親愛的鎮民，我們成為了實驗的白老鼠，而戴爾．芭芭拉就是那個被委派策劃，來這裡臥底，引導實驗狀態的指揮者！」

這話讓所有人全陷入震驚的沉默之中。接著，一陣怒吼響起。

等到怒吼平息後，老詹才繼續說下去，雙手撐在講台的兩側，肥厚的臉孔閃爍著真誠（或許還能看出高血壓的影響）。他的講稿放在面前，但仍是闔上的。他根本沒必要看講稿。上帝會控制他的聲帶，讓他的舌頭自己動起來。

「我剛才提到祕密資助時，你可能還不懂我的意思。答案讓人非常驚訝，卻又簡單明瞭。雖然人數還不確定，但戴爾．芭芭拉給了一些鎮民一筆錢，蓋了一棟毒品工廠，同時還為毒梟製造了數量龐大的冰毒，其中有些人與中央情報局有關係，把毒品送到了整個東岸。雖然他還沒招出所有共犯的名字，但其中一個——得在這裡告訴你們他是誰，讓我十分傷心——很可能就是老安．桑德斯。」

台下傳來不解的喧嘩與呼聲。老詹看見小安．格林奈爾從座位上站起，接著又坐了回去。這就對了，他心想。乖乖坐著。要是妳魯莽到敢質疑我，我就會把妳生吞活剝。不然就是用手指指著妳，對妳提出指控。讓他們把妳生吞活剝。

說真的，他認為自己真能辦到這點。

「芭芭拉的老闆——也就是指揮他的人，是你們都在新聞裡見過的人。他聲稱自己是美國陸軍上校，但其實，他就是掌管那些科學家的高層，以及負責這場魔鬼實驗的政府官員。芭芭拉的供詞就在這裡。」他拍了拍運動外套，外套的內口袋裡，放著他的皮夾與一本紅色封面的袖珍本新約基督箴言。

在此同時，更多高喊「吊死他！」的聲音響起。老詹舉起一隻手，垂著頭，面色凝重，讓呼聲總算平息下來。

「我們會讓全鎮投票決定該如何處置芭芭拉——結合大家的自由意見，做出最後表決。各位先生女士，這完全掌握在你們手中。要是投票結果認為該處死他，那麼他就會死。不過，由於我是各位的領導者，所以不會採取吊刑，而會讓警方組成的行刑隊來處決他——」

瘋狂的掌聲打斷了他的話，大多數與會人士還站了起來。老詹朝麥克風俯身。

「——不過，我們得先探出這個背叛者隱藏在那顆可恨的心裡頭的每一項情報才行！」

此時，幾乎所有的人都站了起來。但小安沒有；她就坐在第三排靠中央走道的位置，抬頭看著他的雙眼原應虛弱、朦朧、困惑，但此刻卻並非如此。妳高興怎麼看我都行，他想。只要像個乖女孩一樣，乖乖坐著就好。

20

同時，他完全沉醉在掌聲之中。

「要現在嗎？」老羅問。「賈姬，妳覺得呢？」

「再等一會兒。」她說。

沒有其他原因，而是完全出自本能，她的直覺通常十分可靠。

日後，她會不斷思索，要是自己當時對老羅說出「好，我們走吧。」的話，將可以拯救多少條人命。

21

小詹從和平橋側壁的裂縫望去，看見就連坐在外頭長椅上的人都站了起來。告訴賈姬再等一會的本能，則告訴他現在就是動身的時刻。他一跛一跛地走出和平橋靠鎮立廣場那側，穿過了人行道。在生他那個傢伙又開始說話時，已朝著警察局走去。他視野左側那塊暗色斑點又擴大了，但意識卻清楚得很。

我來了，巴-比。我現在就來找你了。

22

「那些人是造謠高手，」老詹繼續說。「等你們到穹頂探望親愛的親人時，他們則會加速對付我。寇克斯與他的手下絕不會停止抹黑。他們會叫我騙子、小偷，甚至還會說製造毒品的事是我一手操控的——」

「本來就是。」一個清晰響亮的聲音說。

說話的人是安德莉亞·格林奈爾。她起身時，每一雙眼都盯著她看，那身鮮豔的紅衣使人留下深刻印象。她盯著老詹看了好一會兒，冷冷的表情中充滿不屑意味。接著，她轉身面對那些四年前，傑克·凱爾年邁的父親比利·凱爾中風過世時，把票投給了她，讓她成為三席公共事務行政委員的人們。

「大家得先把恐懼放到一旁，」她說。「只要你們這麼做，就會發現他說的事實在可笑之至。老詹·雷尼想讓你們跟大雷雨中的牛一樣，嚇得驚慌失措。我這輩子都跟你們生活在一起，而我認為他是錯的。」

老詹等待抗議的呼聲響起。完全沒有。這不代表鎮民們相信她；只是被突如其來的轉折嚇傻罷了。愛麗絲與艾登·艾波頓全都轉過身去，跪在長椅上，瞪大雙眼看著這名穿著紅衣服的女士。就連卡洛琳也同樣目瞪口呆。

「一場祕密實驗？這是什麼鬼話！我得承認，我們的政府在過去五十年以來，的確做了些很糟糕的事。但用某種力場把整個小鎮的人囚禁起來？就為了想看看我們的反應？這實在太蠢了。只有恐懼的人才會相信這種事。雷尼知道這點，所以一直都在策劃恐怖行動。」

老詹有一會兒丟失了節奏，但現在，他又找回了自己的聲音。當然，他還有麥克風在手。「各位先生女士，安德莉亞·格林奈爾是位很好的女士，但今晚她失去了自我。當然，她可能嚇壞了我們，不過除此之外，我很遺憾地得說，她有相當嚴重的藥物問題。因為一次跌倒的意外，導致她得服用一種非常容易上癮的藥物，藥物的名稱是——」

「這幾天以來，我沒吃過任何藥效比阿斯匹靈還強的藥。」安德莉亞清晰響亮地說。「我帶了一份可供證明的文件要給大家看看——」

「馬文．瑟爾斯？」老詹激動地說。「你可以帶幾個同僚有禮貌地讓格林奈爾委員離開這裡，護送她回家嗎？」

一些贊同的細語聲響起，而非他原本以為的大聲支持。小馬．瑟爾斯才往前跨出一步，亨利．莫里森就伸手至他胸前，把他往後推到牆上，撞上牆壁的聲音清晰可聞。

「讓她把話說完，」亨利說。「她也是鎮上的官員，所以讓她說完。」

小馬抬頭望向老詹，這時，小安從大背包裡拿出一個棕色牛皮信封，讓老詹幾乎像是被催眠般地盯著她看。他才一看到就知道那是什麼了。布蘭達．帕金斯，他心想。喔，這個婊子。就算死了還是能繼續耍賤。

安德莉亞舉高信封，讓四周開始騷動起來。又開始發抖了，他媽的發抖，而且還是最不恰當的時機。但她並不意外；事實上，或許還早就預料到了。這是壓力造成的。

「信封裡的資料，是布蘭達．帕金斯給我的，」她說。至少聲音還穩得很。「收集這份資料的人，是她丈夫與州檢察總長。公爵・帕金斯正在調查詹姆士．雷尼涉入的一連串重罪與輕罪。」

小馬看向他的朋友卡特，想知道自己該如何是好。卡特回望著他，眼神明亮銳利，幾乎有些調皮。他指向安德莉亞，接著把手側貼向喉嚨：讓她閉嘴。這回，亨利．莫里森並沒有阻止小馬——就像幾乎所有在場的人一樣，亨利只是呆呆地看著安德莉亞．格林奈爾。

就在小馬匆忙彎腰走過台前，像是有人從電影院銀幕前走過一樣時，就連馬蒂．阿瑟諾與老費．丹頓也加入了他的行列。會場另一邊，陶德．溫德斯塔與蘿倫．康瑞也動了起來。溫德斯塔的手放在他拿來充當警棍用的一把鋸短的胡桃木拐杖上，而康尼則把手放在槍托上。

小安看見他們過來，卻沒有停下。「證據就在信封裡，我相信這可以證明——」……布蘭達．帕金斯就是因此死的，她打算這麼說，卻開始顫抖起來，左手的汗水使她沒能握緊背包袋口的抽繩。背包掉在走道上，那把用來防衛居家安全的點三八手槍就像潛望鏡一樣，從折著的袋口處滑了出來。

在每個人顯然都仔細聽著的沉默會場裡，艾登．艾波頓說：「哇！那個女士帶了槍！」

現場再度陷入因震驚引發的短暫沉默。卡特．席柏杜從座位上跳了起來，奔至他的老大身前，大喊：「槍！槍！槍！」

艾登跑到走道想看得更清楚些。「不要，艾登！」卡洛琳大喊，就在小馬開出第一槍時，彎腰抓住了他。

子彈在光滑的木製地板上打了個洞，位置就在卡洛琳．史特吉的鼻子前方。碎片飛了起來，其中一塊擊中她的右眼下方，鮮血開始自她臉上流下。她模糊地意識到每個人全都尖叫起來。她跪在走道上，抓著艾登的雙肩，就像美式足球那樣，用力把他從雙腿之間往後拋去。他被扔回他們原本坐著的那排長椅之間，嚇了一跳，但卻沒有受傷。

「槍！她有槍！」老費．丹頓大喊，把小馬推至一旁。之後，他會發誓說那個年輕女人想伸手撿槍，反正，也只有這樣才能解釋他為什麼會傷害她。

23

多虧了擴音器，讓坐在偷來貨車裡的三個人，全聽見鎮公所那場鎮民大會的變化。老詹的演說及隨之而來的掌聲被某個女人大聲打斷，但她離麥克風太遠，使他們無法聽清楚她說了什麼。她的聲音被一陣騷動的尖叫聲淹沒打斷。接著則是一聲槍響。

「怎麼一回事？」老羅說。

又傳來槍響。兩聲，或者三聲。更多尖叫傳出。

「不重要，」賈姬說。「開車，厄尼，開快點。如果要動手的話，現在就是最好的時機。」

24

「不要！」琳達大喊，跳了起來。「別開槍！這裡有孩子！這裡有孩子！」

會場爆發了混亂。或許有那麼一會兒，他們的確不是牛隻，但現在是了。人群湧至開著的前門那裡。一開始有幾個人順利出去，但接下來的人則卡在門口。少數靈魂中還保有一點理智的人，回頭沿側面或中央走道，朝舞台旁的緊急出口奔去，但他們只是少數。

琳達朝卡洛琳．史特吉伸手，想把她拉回相對比較安全的長椅間。這時，陶比．曼寧沿著中央走道全速奔跑，膝蓋撞著了琳達的後腦杓。她往前倒下，感到頭暈目眩。

「卡洛琳！」愛麗絲．艾波頓彷彿從很遠的地方大喊。「卡洛琳，起來！卡洛琳，起來！卡洛琳，起來！」

卡洛琳開始站了起來，這時，老費．丹頓直接朝她眉間開槍，瞬間就要了她的性命。兩個孩子開始尖叫，帶有雀斑的臉上沾有她的鮮血。

琳達隱約意識到自己被人又踢又踩。她撐起雙手與膝蓋（目前想站起來顯然有點困難），爬進她原本位置對面的長椅通道。她的手就壓在後來卡洛琳流出的更多鮮血上頭。

愛麗絲與艾登想去卡洛琳身旁。小安知道，要是他們跑進走道，可能會因此受到重傷（何況，她也不想讓他們看見那個她以為是他們母親的人現在的模樣），因此跨過前面的長椅，抓住他們兩個，扔下了裝有「維達」檔案的信封。

卡特．席柏杜一直在等待這刻。他原本站在雷尼身前，用身體擋住他，但立刻拔出了槍，以前臂固定槍管位置。他扣下扳機，那個穿紅衣服的麻煩貨——也就是引發這場騷動的女人——往後飛了出去。

會場裡一片混亂，但卡特沒有理會。他走下階梯，直接朝倒在地上的紅衣女人走去。人群沿中央走道亂竄，他把擋在前面的人先左後右，全部推開。正在哭泣的小女孩試圖抱住他的腿，但卡特看都不看，就把她踢到一旁。

他一開始沒找到信封，後來才總算看見。格林奈爾那女人攤著雙手，信封就在其中一隻的旁邊。信封中間寫有「維達」二字，上頭還有個大大的血腳印。在混亂中，卡特依舊保持冷靜，環顧四周，看見雷尼看著他的聽眾陷入混亂的局面中，表情震驚，一副難以置信的模樣。好極了。

卡特拉出襯衫下襬。一個尖叫的女人——卡菈．范齊諾——撞上了他。他用力把她推至一旁，接著把裝有「維達」檔案的信封塞進背後的腰間，以制服襯衫的下襬遮住。

有點保險總是件好事。

他後退著走向台前，不想露出任何破綻，等碰到階梯時，才轉身重重地小跑步登上台階。蘭道夫這個大無畏的鎮上警局局長，依舊坐在自己的座位上，雙手撐著多肉的大腿。除了額頭中間那根浮起的跳動青筋外，根本就與雕像沒兩樣。

卡特抓住老詹的手臂。「走吧，老大。」

老詹看著他，彷彿有些搞不清楚自己身在何處，甚至不曉得自己是誰。接著，他的雙眼才總算回神一些。「格林奈爾呢？」

卡特指向那具趴在中央走道的女屍，她頭部周圍的血窪，與她身上的衣服十分相配。

「好，很好。」老詹說。「我們離開這裡，一起到樓下去。你也是，彼得。快站起來。」蘭道夫依舊坐著，呆呆地看著陷入瘋狂的人群。老詹踢了一下他的小腿。「動起來。」

在這場如同地獄的混亂裡，沒人聽見隔壁傳來的槍響。

25

巴比與生鏽克面面相覷。

「那裡發生什麼事了？」生鏽克問。

「不知道，」巴比說。「不過聽起來不太妙。」

鎮公所傳來更多槍聲，接著則是一聲距離更近的槍聲響起。地點就在樓上。巴比希望那是他們的人……隨即聽見有人大喊：「不，小詹！你是怎麼回事？你瘋了不成？沃德羅，快來支援！」更多槍聲響起。四發，或許還是五發。

「喔，天呀，」生鏽克說。「我們麻煩大了。」

「我知道。」巴比說。

26

小詹在警局前的階梯停了一下，回頭朝鎮公所那裡的喧譁望去。此刻，坐在外頭長椅上的人全站了起來，伸長脖子，卻什麼也看不見。他們看不見，他也看不見。或許有人刺殺了他父親——他希望如此，這會替他省下不少麻煩——但就目前來說，他的目標在警局裡。明確地說，是在牢房裡。

小詹推開寫有「讓家鄉的警局與你同心協力」的門，走了進去。史黛西．墨金急忙走向他，老魯．利比則在她身後。準備室裡，米奇．沃德羅就站在寫有「咖啡與甜甜圈並非免費供應」那張口氣很差的告示前。不管他壯不壯，看起來都十分害怕，一副不知所措的樣子。

「你不能進來，小詹。」史黛西說。

「我當然可以。」當然變成了剛然。他的嘴有一邊已經麻了。鉈中毒！巴比！「我是警察。」喔賜警咖。

「你醉了。你過來幹嘛？」但接下來，或許是考慮到他沒辦法好好回答，於是這個婊子推了他的胸口一下。這一推讓他出了問題的腿站不太穩，差點跌倒在地。「快走，小詹。」她轉過頭去，說出她在這世上的最後幾句話。「你待在那裡別動，沃德羅。確保沒人可以下去。」

她轉回頭，正想一路把小詹推出警局外，卻發現自己正看著警用貝雷塔手槍的槍口。她只來得及想——喔不，他不會——一股不帶疼痛的重擊打中她雙乳之間，使她往後倒去。她的頭往後斜去時，看見老魯．利比倒過來的驚訝表情。接著便死了。

「不，小詹！你是怎麼回事？你瘋了不成？」老魯大喊，伸手掏槍。「沃德羅，快來支援！」

然而，小詹朝派珀．利比的表弟連開五槍時，米奇．沃德羅卻只是目瞪口呆地站定不動。他的左手是麻的，但右手沒事；他的槍法甚至無需多好，因為，那個固定不動的目標只不過離他七英尺遠而已。前兩槍射進了老魯的腹部，讓他往史黛西．墨金的辦公桌退去，整個人翻過桌面。老魯彎起身子，抱著腹部。小詹的第三槍沒射中，但接下來兩槍則射進老魯頭頂。他用像是芭蕾舞般的古怪姿勢倒下，雙腿朝兩側張開，頭部——還剩下的部分——倒在地板上，就像下台一鞠躬那樣。

小詹一跛一跛地走進準備室，把槍口仍在冒煙的貝雷塔手槍舉在身前。他不記得裡頭還有幾顆子彈。他覺得是七顆。或是八顆。或是一百一十九顆——誰敢保證呢？他的頭又開始痛了起來。

米奇．沃德羅舉起一隻手，大臉上帶著意圖安撫的恐懼微笑。「我不會阻止你的，兄弟，」他說。「儘管去做你想做的事。」他比出一個象徵和平的V字手勢。

「我會的，」小詹說。「兄弟。」

他朝米奇開槍。這名壯碩的男孩倒了下去，V字手勢正好成為瞄準器，讓子彈打進他舉起那隻手靠著的眼睛裡。還剩下的那隻眼睛往上翻去，看著小詹的方向，眼神就像被剃毛的綿羊一樣，一副愚蠢老實的模樣。小詹想確定他死了沒有，於是又朝他補上一槍。他環顧四周。這裡似乎只剩下他一個人了。

「好了，」他說。「好……囉！」

他正想走向樓梯，卻又回到史黛西．墨金的屍體前。他確認她身上的槍與他一樣是貝雷塔金牛座手槍後，退出彈匣，自她腰間抽出全滿的彈匣，裝在自己的槍裡。

小詹轉過身去，身子搖晃一下，單膝跪地，接著又再度起身。他視野左方的黑點現在已經就跟井蓋一樣大，代表他的左眼已經差不多廢了。嗯，沒關係；要是單眼還不足以讓他打中被關在牢房裡的人，那還不如死了算了。他穿過準備室，在死去的米奇．沃德羅流出的鮮血上滑了一下，差點又跌倒在地，好在這回穩住了身體。他的頭痛得厲害，但他欣然承受。這可以讓我保持敏銳。他想。

「哈囉，巴－比，」他朝樓梯下方喊。「我知道你對我幹了什麼好事，所以這就要來找你了。要是你想禱告的話，最好說得快一點。」

27

生鏽克看著一跛一跛的腿走下金屬階梯。他聞得到火藥味，還能聞到血的味道，他完全清楚自己會死在槍下。那個跛腳的人為了巴比而來，但他朝巴比走去時，肯定不會忽略路過那個牢房裡的助理醫生。他再也見不到琳達與兩個女兒了。

小詹的胸膛進入他的視野，接著是脖子，然後是頭。生鏽克朝他的嘴巴看了一眼，嘴巴左邊向下垂著，凍結在歪斜模樣。他又望向左眼，發現那裡正在流血。他心想：他就要死了，現在還能站著簡直就是奇蹟。要是他晚一點再過來就好了。只要再過一會兒，他就會連過馬路都沒有辦法。

在另一個世界裡，他依稀聽見鎮公所那裡傳來擴音器的聲音：「別跑！別驚慌！現在已經沒事了！我是亨利．莫里森警員，我重複一次：已經沒事了！」

小詹滑了一下，但仍在最後一格階梯那裡。他沒因跌倒摔斷脖子，只是單膝跪地而已。他就這麼休息了好一會兒，看起來就像職業拳擊手被擊倒在地後，趁著裁判數到八以前先行休息片刻。對生鏞克來說，所有事物似乎都清晰起來，一切近在眼前，顯得極為珍貴。這個寶貴的世界突然間變得稀薄、沒有真實感，此刻在他與即將發生的事之間，只隔著一層薄布而已。不管接下來會發生什麼事全都一樣。

就這麼倒下去，他看著小詹想。整個人趴倒在地。快暈倒啊，你這個死賤貨。

但小詹吃力地站起身子，凝視著手上的槍，像是之前沒看過似的。他低頭望向通往牢房的走道盡頭，巴比就站在那裡，雙手握住鐵欄，回望著他。

「巴－比。」小詹輕聲呢喃，開始往前走去。生鏞克後退，希望這樣或許能讓小詹經過時忽略了他，或許還會在解決巴比以後，就這麼死了。他知道這個想法很懦弱，但他也知道，這想法實際得很。他完全幫不上巴比，但或許仍可以試著讓自己繼續活下去。

要是他在走道左邊的牢房，由於是小詹視線的盲點，所以這麼做可以成功。只是他偏偏在右側的牢房裡，被小詹看見了他的動作。他停下來，盯著生鏞克，有一半麻痺的臉上同時顯露出困惑與狡詐的神情。

「生霉克，」他說。「你叫這名字對不對？還是巴瑞克？我記不起來了。」

生鏞克想求小詹饒自己一命，但舌頭卻黏在嘴巴頂端。這年輕人已經舉起了槍，求他還有用嗎？小詹會殺了他，而這世上沒有任何東西能阻止他。

生鏞克的意志被逼到了最後的極限。他正面臨最後關頭，不斷尋求逃生的每個可能性——在扳機被扣下前、活塞開啟前、槍管冒出火光以前。這是一場夢，他想著。全都是一場夢。穹頂、丹斯摩農場上的瘋狂行徑、食物暴動，還有這個年輕人也是。他扣下扳機時，夢就會結束。我會在自己的床上醒來，迎接清新涼爽的秋天早晨。我會轉向琳達，說：「我做了一個妳一定不會相信的惡夢。」

「閉上眼睛，生霉克，」小詹說。「這樣會比較好一點。」

28

賈姬．威廷頓走進警察局大廳，第一個念頭是：喔，親愛的上帝啊，這裡到處都是血。

史黛西．墨金倒在牆邊，位置就在社區拓展服務公告欄的下方。她那頭蓬鬆的金髮亂成一團，以空洞的眼神看著天花板。另一個警察——她看不出是誰——面部朝下，倒在翻倒的接待檯前，雙腿以不可能的角度往外張著。再過去的準備室中，第三個死掉的警察側倒在地。那個人是沃德羅，就是新加入那群孩子的其中一個。他很壯，所以肯定不是別人。那孩子的鮮血與腦漿濺在咖啡站的告示上。現在，那張告示變成了：口　非與甜　非免費提供。

一道微弱的碰撞聲自她身後響起。她迅速轉身，不經思考便舉起了槍，接著才發現那個人是老羅．波比。老羅甚至沒注意到她的舉動，只是盯著三具警察的屍體看。碰撞聲來自他的迪克．錢尼面具。他脫下了面具，扔在地上。

「天啊，這裡發生了什麼事？」他問。「這是——」

他話還沒說完，樓下的牢房便傳來一聲大喊：「嘿，白爛臉！我整到你了，對不對？我把你整慘了！」

接著而來的，是一陣令人難以置信的大笑。聲音尖銳瘋狂。在那一刻，賈姬與老羅只能看著彼此，全都動彈不得。

然後，老羅說：「我想那是芭芭拉的聲音。」

29

厄尼．卡弗特坐在電話公司廂型車的駕駛座上，放著引擎空轉，停在路邊寫有「十分鐘內迅速執行警方業務」的牌子旁。他把所有車門都上了鎖，怕會有從鎮公所裡驚慌失措逃到街上的人試圖劫車。說不定會這麼做的人還不只一個。他拿著老羅放在駕駛座後方的獵槍，不確定自己有沒有辦法朝試圖闖進車裡的人開槍。他認識這些人，多年來賣了不少生活雜貨給他們。恐懼使他們的臉孔變得陌生，但也不到認不出來的地步。

他看見亨利．莫里森在鎮公所的草地上來回巡視，就像一頭聞著氣味的獵犬。他拿著擴音器不斷大喊，試圖為這場混亂帶來一點秩序。有人撞倒了他，而亨利又爬了起來。願上帝保佑他。

現在，那裡又出現了其他人：那個瑟爾斯家的孩子（從他頭上包著的繃帶就認得出來）、喬治．佛雷德瑞克、馬蒂．阿瑟諾、鮑伊兄弟、羅傑．基連，以及另外兩名新加入的警察。老費．丹頓沿鎮公所前方的寬敞階梯走了下來，手上還拿著槍。厄尼沒看到蘭道夫，不過任誰都知道，最好還是別指望那個警察局局長有辦法扛起平息混亂的責任。目前情況已經發展到可以用天下大亂來形容了。

厄尼知道得更多。彼得．蘭道夫平常只會毫無作用地鬼吼鬼叫，因此沒出現在這個特殊的混亂中，絲毫不讓厄尼感到意外。他甚至不關心這點。他真正關心的，是目前還沒人走出警察局，而且裡頭還傳出了更多槍響。由於槍聲彷彿來自囚犯被關著的樓下，所以不算清晰。

厄尼通常不是個會禱告的人，但這刻卻禱告了起來。沒有半個從鎮公所裡逃出來的人留意到這個坐在空轉廂型車裡的老人，這麼一來，賈姬與老羅就能安全出來，不管有沒有帶著芭芭拉與艾佛瑞特都一樣。這件事讓他發現自己大可就這麼直接開車離開，同時訝異於這個念頭有多麼的吸引人。

他的手機響起。

有那麼一會兒，他只是坐在那裡，搞不清自己聽見了什麼聲音，接著才趕緊從腰間掏出手機。他翻開手機上蓋時，看見瓊妮的名字顯示在螢幕上。但打來的不是他的媳婦，而是諾莉。

「爺爺！你沒事吧？」

「沒事，」他說，看著眼前的混亂情勢。

「你們救出他們了嗎？」

「就快了，甜心，」他說，希望這會成為事實。「我不太方便說話。你們安全了嗎？你們到了……到了那裡了嗎？」

「到了！爺爺，輻射帶晚上的時候會發光！結果就連車子也發光了，不過後來就停下來了！茱莉亞認為沒有危險！她說她覺得那是假的，是想把人嚇跑而已！」

妳最好還是別太相信這種說法，厄尼想。

警局裡又傳來兩聲不太清晰的槍響。一定有人死在樓下的牢房裡。

「諾莉，我現在沒辦法講話了。」

「會沒事吧？爺爺？」

「會的，會沒事的。我愛妳，諾莉。」

他闔上手機。會發光，他想著，不知道自己是否能見到那光芒。黑嶺很近（在一座小鎮裡，無論哪裡都近得很），但現在卻似乎變得如此遙遠。他看著警局門口，努力期盼能見到他的朋友出來。但他們沒有，於是他走出廂型車，登上樓梯。他不能就這麼一直坐在車裡。他得去看看裡面發生了什麼事才行。

30

巴比看著小詹舉起槍，聽見小詹叫生鏽克閉上雙眼。他不假思索地喊了出聲，在話喊出口以前，根本就不知道要說些什麼。「嘿，白爛臉！我整到你了，對不對？我把你整慘了！」接著而來的大笑，就像是把藥給丟了的瘋子一樣。

所以這就是我送死時的笑聲，巴比想。我得牢牢記住這件事才行。這念頭讓他笑得更加厲害。小詹那副模樣讓巴比想起青少年時期看過的漫畫中的超級惡棍，不過他想不起來是哪一個了。有可能是蝙蝠俠的敵人之一，他們總是讓人毛骨悚然。接著，他又想起他的弟弟汪德爾在說「敵人」時，卻說成了「屁人」的往事，使他笑得比先前更加厲害。

想逃出去的話，這可能是最爛的方式，他心想，把雙手伸出鐵欄，朝小詹比出兩根中指。還記得《白鯨記》裡的史塔布斯嗎？「不管命運如何，我都要笑著迎接。」

小詹看著巴比對他比出的中指——還是伸出牢籠外的——完全忘了生鏽克的事。他開始沿短短的走廊前進，把槍舉在身前。此刻，巴比的感官極為清晰，但他並不相信自己。他覺得自己聽見樓上有人走動與說話的聲音，幾乎可以肯定只是出自想像。還是老樣子，要做就得做到底。要是沒有意外，他可以讓生鏞克再呼吸幾口氣，多活那麼一下子。

「你總算來了，白爛臉。」他說。「你還記得在北斗星酒吧那晚，我是怎麼好好修理你的嗎？你就跟個小婊子一樣哭個不停。」

「我沒有。」

他的發音聽起來就像是中國餐館裡的什麼特殊菜名。小詹的臉慘不忍睹。鮮血自他左眼一滴滴地流到滿是黑色鬍碴的臉頰上。這模樣讓巴比意識到自己可能還有機會。機會不大，但總比沒機會好。他開始在床板與馬桶前來回踱步，先是慢，接著加快速度。現在你知道射擊遊樂場裡的機器鴨子是什麼感覺了，他想著。這件事也得牢牢記住。

小詹正常的那隻眼睛隨著他的動作移動。「你有上她嗎？你有上安安嗎？」泥憂喪咖嗎？泥憂喪骯骯嗎？

巴比大笑起來。笑聲如此瘋狂，讓他難以承認是自己的笑聲，不過卻如假包換。「我有沒有上她？我有沒有上她？小詹，我每次都從正面上她，從上面上她，從背後上她，賣力得很。我把她搞到大唱〈總統進行曲〉與〈惡月上升〉。我搞到她垂著地板，鬼叫個不停。我——」

小詹的頭朝槍一歪。巴比看見了，毫不遲疑地往左跳去。小詹開槍，子彈打中牢房後方的磚牆。暗紅色的碎片飛濺，有些還擊中了鐵欄——就算巴比耳裡全是槍響餘音，仍能聽見金屬碰撞的聲音，就像把豌豆丟進鋼杯一樣——卻沒半片打中小詹。真該死。另一頭，生鏞克喊了一些話，或許是想讓小詹分心，但小詹原本就已心亂如麻，眼中只有他的首要目標。

還沒呢，你休想。巴比想著。他還在大笑，笑聲依舊瘋狂不已，但這件事本來瘋狂得很。沒那麼快，你這個醜陋的獨眼王八蛋。

「她說，你根本沒辦法上她，小詹。她都叫你翹不起來的掌門人。我們總會一起大笑，就在我們——」他在小詹開槍的同時往右跳去。這回，他聽見子彈自他頭部側面咻地一聲射過。更多磚塊碎片彈跳起來。其中一塊還刺到了巴比的後頸。

「拜託，小詹，你是怎麼回事？你的槍法就跟叫土撥鼠算代數一樣沒搞頭。你是神經病嗎？這就是安安跟阿法之所以會說——」

巴比假裝要往右側去，接著跑至牢房左邊。小詹開了三槍，槍聲震耳欲聾，火藥味濃厚強烈。有兩發子彈射進磚牆，第三發則擊中金屬馬桶下方，發出砰的一聲。水開始流了出來。巴比靠在牢房角落，很難再開口說下去。

「逮到你了。」小詹氣喘吁吁地說。改刀泥了。但在過熱的思考引擎深處，那還能派上一點用途的地方，卻無法肯定這點。他的左眼已經瞎了，右眼模糊不清。他看見的不只一個巴比，而是三個。

小詹開槍時，那個可恨的王八蛋趴到了地上。不過那槍原本就打歪了，在床板的枕頭中間開了個黑色口子。至少他倒下來了。沒法子亂跑亂跳。感謝上帝，我裝了一個全新的彈匣。小詹想。

「你對我下毒，巴－比。」

巴比完全不知道他在說些什麼，但馬上表示認同。「沒錯，你這個可惡的小王八蛋，我成功了。」

小詹把貝雷塔手槍探進鐵欄，閉上左眼。巴比的數量變少了，現在只剩兩個而已。他的舌頭抵在牙齒之間，臉上流著鮮血與汗水。「看你這回還躲不躲得過，巴－比……」

巴比沒辦法跑，但卻還能爬。他迅速朝小詹方向前進。接下來那發子彈在他頭上呼嘯而過，使他感覺到一股隱約的灼熱感劃過一邊臀部。子彈撕裂他的牛仔褲與內褲，劃破了底下的皮膚表層。

小詹往後退，絆了一下，眼看就要跌倒在地，卻又抓住了右側的牢房鐵欄，拉著自己再度起身。「別動，王八蛋！」

巴比迅速朝床板轉身，摸索床板下的小刀。他完全他媽的忘了那把小刀的事。

「你不敢面對？」小詹在他身後問。「好吧，反正我也沒差。」

「解決他！」生鏽克大喊。「解決他，解決他！」

而在接下來的槍聲響起之前，巴比只來得及想：天啊，艾佛瑞特，你到底是站在哪一邊的？

31

賈姬走下樓梯，老羅跟在她身後。她才剛揮手撥去因為開槍而遮住天花板電燈的煙霧，生鏽克便大喊起來：解決他，解決他。

她看見小詹．雷尼站在走廊盡頭，緊緊靠在最後面那間警察有時會稱之為「夾心餅乾」的牢房鐵欄上。他在大吼些什麼，但卻完全聽不懂。

她什麼也沒想，也沒叫小詹舉起雙手，轉過身來，就這麼朝他背後開了兩槍。第一槍射進他的右肺，另一槍則射穿心臟。小詹在滑落到地板上以前便已死去，臉部擠在兩根牢房的鐵欄之間，雙眼往上翻，看起來就像個日本的死亡面具。

戴爾·芭芭拉虛脫的身體表現出了他的心理狀態，就這麼蹲靠在床板前，手上拿著他小心藏起的小刀。他甚至就連拉開刀刃的機會也沒有。

32

老費·丹頓一把抓住亨利·莫里森警員的肩膀。丹頓今晚可不是什麼他會欣賞的人，以後也永遠不是。不過這也不代表他以前就是，亨利老大不高興地想。

丹頓指向警局。「為什麼卡弗特那個老笨蛋要跑進警局？」

「我應該要知道嗎？」亨利問，抓住一面奔跑，一面大喊關於恐怖分子那些失去理智的鬼話的唐尼·巴里布。

「慢一點！」亨利對著唐尼的臉咆哮。「結束了！已經沒事了！」

在這十年以來，唐尼每個月都會幫亨利理兩次頭髮，說著相同的老笑話，然而此刻的他，卻完全像是個陌生人。他掙脫亨利，朝東街的方向奔去。他的店就在那裡。可能打算今晚在那裡避難吧。

「今晚警局可沒有任何需要平民幫忙處理的事。」老費說。小馬·瑟爾斯一臉激動地站在他身旁。

「呃，那你這個殺人兇手幹嘛不去查查他？」亨利說。「把這個傻子也帶去。這是你們最能幫上一點忙的事。」

「她想去撿那把槍，」老費說了之後得說很多次的第一次。「我不是有意殺她的，只是想射她的手而已。」

亨利沒想討論這件事。「過去，叫那個老傢伙離開。你可以順便確認會不會有人趁我們在這裡忙得像無頭公雞的時候，意圖劫走囚犯。」

老費．丹頓茫然的雙眼中閃起一道恍然大悟的光芒。「囚犯！小馬，我們走！」

他們開始行動，但才走了三碼，又被身後的亨利用擴音器叫住：「把槍收起來，你們兩個白癡！」

老費聽從擴音器的指令行事。小馬也是。他們穿過戰爭紀念廣場，快步走上警局前的階梯，同時槍仍好好地收在槍套裡。對於諾莉的祖父來說，這或許是件再幸運不過的事了。

33

到處都是血，厄尼就像賈姬先前一樣地想著。他看著屠殺現場，感到驚慌失措，接著才強迫自己繼續行動。接待檯裡的東西，全在老魯．利比撞上桌子時灑了出來。在那些東西中，有一塊紅色的塑膠長方形物品，正是他祈禱樓下的人還能拿來使用的東西。

他才想彎腰拾起那東西（同時告訴自己別吐出來，告訴自己這比越戰那時候的阿蘇村來說，已經算是好很多了），身後便有某個人開口：「我操他媽的天啊！站起來，卡弗特，動作慢一點。雙手舉到頭上。」

然而，當老羅上樓想找厄尼已經發現的東西時，老費與小馬還在伸手準備掏槍而已。老羅舉起他先前收在保險櫃裡的黑影泵動式霰彈槍，沒有片刻猶豫便指向兩名警察。

「你們這兩個傢伙不妨試試看，」他說。「給我站在一起，肩並著肩。要是我看到你們交換眼色，就會直接開槍。別他媽的耍花樣。」

「把槍放下，」老費說。「我們是警察。」

「你們是頭號渾球。給我站過去靠著公告欄。過去的時候一樣肩並著肩。天殺的，厄尼，你跑進來幹嘛？」

「我聽見槍聲，很擔心。」他舉起可以打開牢房的紅色鑰匙卡。「我想，你會需要用上這東西。除非……除非他們已經死了。」

「他們沒有死，不過也他媽的只差一點點而已。你拿下去給賈姬。我在這裡盯著他們。」

「你不能把他們放出來，他們是囚犯，」小馬說。「巴比是殺人犯。另一個人則試著用文件或……或什麼類似的東西想陷害雷尼先生。」

老羅完全沒有要回答他的意思。「去吧，厄尼。快點。」

「我們怎麼辦？」老費問。「你會殺了我們嗎？」

「我幹嘛要殺你，老費？你還欠我春天那時候買的那台旋轉碎土機的錢。我記得你從頭期款以後就沒繳過錢了。不會的，我們只會把你們關進牢房裡，看看你們會不會喜歡那裡。那裡尿味很重，不過誰知道呢？你們搞不好會愛上。」

「你為什麼非殺米奇不可？」小馬問。「他只不過是個傻孩子而已。」

「我們誰也沒殺，」老羅說。「是你的好朋友小詹幹的。」等到明天晚上，就沒有半個人會相信這件事了。他心想。

「小詹！」老費驚呼。「他人在哪兒？」

「我猜八成在地獄裡劏煤吧，」老羅說。「他們都會把新來的人派去那裡幫忙。」

34

巴比、生鏞克、賈姬與厄尼一同上樓。這兩個之前還是囚犯的人，看起來像是不太相信自己竟然還活著。老羅與賈姬護送老費與小馬下去牢房。小馬看見小詹的屍體時，開口說道：「你們會後悔的！」

老羅說：「閉上你的臭嘴，給我進去你的新家。兩個人全進去同一間。反正你們是好朋友。」

老羅與賈姬很快地回到樓上，而下方的兩個人則開始大叫起來。

「趁還可以的時候，我們趕快離開這裡。」厄尼說。

35

在樓梯上，生鏞克抬頭望著粉紅色的星星，吸進一口混合惡臭與令人難以置信的甜美空氣。他轉向巴比。「我從來沒想過還可以再見到天空。」

「我也是。只要我們一有機會就離開這個小鎮。你覺得去邁阿密海灘怎麼樣？」

生鏞克坐進廂型車時還在不停笑著。有些警察就在鎮公所的草地上，其中一個——陶德．溫德斯塔——朝這裡望了過來。厄尼舉起一隻手朝他揮舞一下，老羅與賈姬也跟著照做；溫德斯塔對他們回揮著手，接著彎腰去幫一個被自己高跟鞋背叛，因此跌倒在草地上的女人。

厄尼彎到方向盤下方，拿起兩根垂在儀表板下頭的電線交碰一下。引擎啟動後，他關上側門，將廂型車駛離路邊。貨車緩緩駛上鎮屬坡，搖晃地繞過幾個走在馬路上，被嚇傻的鎮民大會與會者。他們隨即駛出鎮中心，加速朝黑嶺前進。

螞蟻

1

他們看見老舊生鏽橋梁對面的光芒，但那裡除了光滑的泥土地外空無一物。巴比朝前座兩個座位間的空隙傾身。「那是什麼？看起來就像世界上最大的夜光錶。」

「是輻射。」厄尼說。

「別擔心，」老羅說。「我們有大量的鉛製防水布。」

「我在等你們的時候，諾莉有用她媽的手機打給我，」厄尼說。「她有告訴我發光的事。她說茱莉亞認為這沒什麼，只是一種……類似想把人嚇跑的東西，我想就是這樣吧。她說沒有危險。」

「我還以為茱莉亞拿到的學位是新聞而非科學呢。」賈姬說。「她是個很棒的女人，而且也很聰明，不過我們還是得對那東西有所防備，不是嗎？畢竟我可不想用卵巢癌或乳腺癌這種東西當成我的四十歲生日禮物。」

「如果可以讓妳感覺好一點的話，放心吧，我們會開得很快。」老羅說。「妳甚至可以塞一塊防水布到妳的牛仔褲前面。」

「這還真是幽默到讓我忘了笑的地步，」她說……接著真的想像起自己穿著一條防水布內褲，兩側還時髦地開了梁的模樣。

他們抵達那頭死熊倒在底部的電話線桿那裡。就算車燈沒開，但在粉紅色月亮與輻射地帶的光芒相加下，那裡還是亮到足以讓人讀報的地步，所以他們還是能看見那具熊屍。

就在老羅與賈姬忙著用防水布遮住車窗時，其他人則站成半圓形，圍繞在腐爛的熊屍周圍。

「不是因為輻射。」巴比思索著說。

「不是，」生鏽克說。「牠是自殺的。」

「其他動物也是。」

「對。不過小動物似乎很安全。我和孩子們有看到大量鳥類，果園裡還有一隻松鼠，活蹦亂跳得很。」

「那麼茱莉亞大致上沒說錯，」巴比說。「發光地帶是嚇人用的，但死掉的動物又是另一件事。這是要確保萬無一失的老招。」

「朋友啊，我完全跟不上你說的話。」厄尼說。

但生鏽克還是個醫學院學生時，就學著該把事情處理到萬無一失的地步，所以完全能夠理解。

「這是雙重警告，」他說。「白天是動物的屍體，晚上則是會發光的輻射地帶。」

「就我所知，」老羅說，加入了他們站在路邊的行列。「只有在科幻片裡才會有發光的輻射出現。」

生鏽克原本想告訴他，他們現在就活在科幻片的世界裡，而且等老羅接近山脊那個奇特的方塊時，就連自己也會體悟到這點。只是，當然啦，老羅說得的確沒錯。

「我們是應該看見輻射的光芒，」他說。「就跟死掉的動物一樣。你應該要說：『哇——要是這個會讓人自殺的輻射線可以影響大型哺乳動物，那我還是離這裡遠一點好了。畢竟，我也是個大型的哺乳動物。』」

「不過孩子們就沒回頭。」巴比說。

「因為他們是孩子，」厄尼說。在想了片刻後，又說：「而且都還是玩滑板的。他們跟我們算是不同品種。」

「我還是不喜歡那東西，」賈姬說。「不過考慮到我們無處可去，所以或許還是在我失去理智以前，趕緊開車穿越那裡的輻射地帶好了。在警局發生的事以後，我現在有點神經兮兮的。」

「等一下，」巴比說。「這裡有什麼地方不太對勁。我看得出來，不過給我點時間，想一下該怎麼說才好。」

他們全都等著。巴比盯著被月亮與輻射光芒照亮的熊屍。最後，他總算抬起頭來。

「好了，這就是讓我感到困擾的事。這裡有一群不明生物。我們會知道，是因為生鏽克發現的那個方塊並非自然現象。」

「該死的一點也沒錯，那是製造出來的東西。」生鏽克說。「但不是地球製造的。我敢拿我的命來打賭。」接著，他想起不到一個小時前，自己離失去性命有多麼接近，因此打了個寒顫。賈姬捏了捏他的肩膀。

「先不管這個部分，」巴比說。「這裡有不明生物，如果他們真的想把我們隔絕在外，的確可以辦到。他們可以把整個世界與卻斯特磨坊鎮隔離開來。要是他們想讓我們無法接近方塊，幹嘛不用一個迷你版的穹頂罩住方塊？」

「或是諧波之類的東西，可以像微波爐烹調雞腿一樣，把我們的大腦煮熟。」生鏽克表示，因此又想到了另一件事。「該死，說不定這東西其實是真的輻射。」

「有可能是真的輻射，」厄尼說。「說真的，你那時帶來的輻射計數器幾乎證實了這一點。」

「對，」巴比同意這點。「但這真的代表輻射計數器的指數可以相信？生鏽克跟孩子們都沒出現任何機能障礙，或是掉頭髮、吐出胃膜什麼的。」

「至少目前還沒。」賈姬說。

「這話還真讓人安心。」老羅說。

巴比沒理會這些枝節。「沒錯，要是他們可以創造屏障，強大到能夠彈回美國最優秀的導彈，那麼他們也能設立一塊可以快速殺害生物的輻射地帶，甚至讓人瞬間死亡都沒問題。只要他們想就行。兩個死相淒慘的人，絕對比一群死掉的動物更容易讓人避而遠之。不，我想茱莉亞是對的，所謂的輻射地帶只是無害的光芒，同時還會改變我們的探測設備指數。如果他們真的是外星人，那麼我們的設備對他們而言，可能只是非常原始的東西。」

「不過為什麼？」生鏽克激動地說。「為什麼會需要屏障？我根本抬不起那個該死的東西，甚至連移動一下都沒辦法！雖然方塊摸起來是涼的，但我把鉛圍裙放上去時，圍裙甚至都著火了！」

「要是他們需要保護那東西，就一定會有什麼方式可以摧毀或關掉那玩意兒，」賈姬說。「除非……」

巴比對她露出微笑。他有種奇怪的感覺，彷彿飄浮在自己的頭頂上方似的。「繼續，賈姬。說下去。」

「除非他們沒有想要保護那東西，也不想阻止那些下定決心要接近那東西的人。」

「不只這樣，」巴比說。「我們怎麼不說他們其實想指出那東西的位置？小喬・麥克萊奇與他的朋友幾乎是跟著麵包屑的蹤跡找到那裡的。」

「所以這就像是在說：微不足道的世人啊，」生鏽克說。「你們該怎麼辦才好？有人有足夠的勇氣敢接近這裡嗎？」

「感覺就是這樣沒錯，」巴比說。「走吧。我們上去那裡。」

2

「從這裡開始，你最好還是讓我來開，」生鏽克告訴厄尼。「前面就是孩子們昏倒的地方。當時老羅差點暈了過去，而我也有同樣的感覺。我看到了幻覺，看見一個萬聖節假人被火海吞噬。」

「這又是另一個警告？」厄尼問。

「我不知道。」

生鏽克在可以看見前方的樹林盡頭準備接手開車。前面就是通往麥考伊果園的石子路斜坡。就在前方，空中的光芒亮到讓他們不得不瞇上眼，不過那裡沒有光源；光芒只是飄浮在空中。在巴比眼裡，看起來就像螢火蟲發出的光芒，只不過亮度被放大了一百萬倍。輻射地帶看起來約有五十碼寬。在那裡再過去的地方，世界又恢復一片漆黑，只剩月亮的粉紅色光芒而已。

「你確定你不會再暈眩？」巴比問。

「那似乎就跟伸手去碰穹頂一樣，第一次以後就免疫了。」生鏽克坐進駕駛座，把排檔桿打至前進檔，開口說：「各位先生女士，咬緊你們的假牙。」

他重踩油門的力道，足以讓後輪空轉幾圈。貨車加速衝進光芒之中。他們把車封得太密實，沒看見接下來發生了什麼事，但有幾個已經登上山脊的人，從果園的邊緣看得一清二楚——心中的擔憂也瞬間升高。有那麼一會兒，只要盯著貨車看，那麼貨車還算是清晰可見。貨車駛出發光地帶的前幾秒，車身仍在持續發光，就像這輛偷來的廂型車上裹了一層鐳似的。車身後面拖著一條像是彗星般消逝的明亮尾巴，像是車子排出來的廢氣一樣。

「我的媽呀，」班尼說。「這簡直像是我看過最棒的特技表演。」

接著，車身周圍的光芒消逝而去，尾巴也不見蹤影。

3

當他們穿過發光地帶時，巴比有一瞬間感到頭暈眼花，除此之外就再也沒有任何感覺。至於厄尼，則覺得真實世界裡的這輛廂型車與他們這些人，似乎被移動到了一間旅館房間裡。他能聞到松樹的味道，以及聽見尼加拉瀑布的滾滾水聲。他的妻子在十二個小時前才剛過來找他，身上正穿著睡袍。此刻，他只想深吸一口薰衣草線香，把雙手放到她胸部上，說出：這次我們不用停下來了，親愛的。除此之外，再也沒有比這更重要的事了。

接著，他聽見巴比大喊的聲音，把他帶了回來。

「生鏽克！她出現症狀了！快停車！」

厄尼環顧四周，看見賈姬·威廷頓全身顫抖，眼球在眼眶裡不斷轉動，手指用力撐緊。

「他戴著一個十字架，所有的東西都燒起來了！」她尖叫著說，自唇間噴出唾沫。「世界燒起來了！每個人都燒起來了！」她那不受控制的尖叫聲充滿了整輛貨車。

生鏽克差點把車開出路外，接著轉回道路中間，隨即跳出車外，跑到側門那裡。巴比滑開貨車側門時，賈姬正用彎成杯狀的手自下巴抹去唾液。老羅摟著她。

「妳沒事吧？」生鏽克問她。

「沒事了。我只是……那實在……所有東西都著火了。時間是白天，但天空卻是暗的。人們都燒、燒、燒了起來……」她開始哭了起來。

「妳有提到一個戴著十字架的人的事。」巴比說。

「一個很大的白色十字架，就串在鏈子上，或者是一條橡皮筋繩上面，就放在他的胸口。赤裸的胸口。接著他把十字架舉到臉前。」她深吸了一口氣，稍微用力地呼了出來。「那畫面現在已經沒那麼鮮明了。不過……呼。」

生鏽克在她面前豎起兩根手指，問她看見幾根。賈姬說出正確答案，接著視線跟著他的拇指移動，一開始先是左右，再來則是上下。他拍了拍她的肩膀，接著多疑地回頭望向發光地帶。咕嚕是怎麼對比爾博·巴金斯[142]說的？太調皮了，我的寶貝。「巴比，那你有怎麼樣嗎？沒事吧？」

「嗯。頭暈了幾秒鐘，就這樣而已。厄尼？」

「我看見了我老婆。我們就在度蜜月時住的那間旅館房間裡。一切清晰的就跟白天一樣。」

他又再度回想起她朝他走來的模樣。他已經有好幾年沒想起這件事了，會忘記這麼棒的回憶，簡直就是件可恥的事。她在睡袍下的大腿如此白皙，陰毛呈現整齊的黑色三角形，乳頭堅硬地頂著絲綢，幾乎像是可以刮破他的手掌。她飛奔過來，把舌頭探進他嘴裡，舔著他下唇內側。

這次我們不用停下來了，親愛的。

厄尼往後一靠，閉上了雙眼。

4

生鏽克開上山脊——現在車速已經減慢了——把貨車停在穀倉與破損的農舍之間。薔薇蘿絲餐廳的廂型車停在那兒，還有波比百貨店的貨車與一輛雪佛蘭汽車也是，至於茱莉亞的油電車則停在穀倉中。那頭柯基犬荷瑞斯就坐在後保險桿前方，像是在看守著車。牠看起來不像是隻開心的狗，沒採取任何上前迎接他們的動作。農舍中，有兩盞瓦斯燈是亮著的。

賈姬指著貨車側面的文字：在波比百貨店，每天都是折價日。「這輛車怎麼在這裡？你老婆改變心意了？」

老羅咧嘴一笑。「可見妳根本就不了解蜜琪拉。不是，是茱莉亞跟我借的。她找來了她的兩個明星記者加入我們。那兩個傢伙——」

他看見茱莉亞、派珀與小梅．傑米森在月光下的影子出現在果園裡時，停了下來。她們跌跌撞撞的並排走著，手牽著手，三個人全都哭了。

巴比跑向茱莉亞，握住她的雙肩。她位於那個小隊伍的最末端，把一直握在空著那隻手上的手電筒，扔在滿是雜草與泥土的前院地上。她抬頭看著他，努力擠出微笑。「所以他們把你救出來了，芭芭拉上校。他們可是我們的地主隊。」

⑭² Gollum & Bilbo Baggins，兩者均為《魔戒前傳：哈比人歷險記》中的角色。

「妳怎麼了？」巴比問。

這時，小喬、班尼與諾莉一同跑了過來，他們的母親就緊跟在他們身後。孩子們的叫聲在看見率先抵達的三個女人後停了下來。荷瑞斯跑向牠的女主人，一面還不停叫著。茱莉亞跪了下來，把臉埋在牠的皮毛裡。荷瑞斯嗅著她，突然往後退開，坐在地上嚎叫一聲。茱莉亞看著牠，接著遮住臉，像是覺得很丟臉似的。諾莉的左手抓著小喬，右手則抓著班尼，三人的表情全都嚴肅而害怕。彼特・費里曼、湯尼・蓋伊與蘿絲・敦切爾也步出農舍，但卻沒有過來，只是擠在廚房門口那裡。

「我們去看了那東西，」小梅呆滯地說，平常那副「天啊這世界有多麼美好」的開朗已消失無蹤。「就跪在那東西的旁邊。我從來沒見過上頭的符號……那不是生命樹的符號……」

「實在太可怕了。」她說，擦了擦雙眼。「茱莉亞碰了那東西。她是唯一伸手去碰的人，但我們……我們全都……」

「妳看見了他們嗎？」生鏽克問。

茱莉亞放下雙手，用像是困惑的表情看著他。「有，看見了，我們全都看見了。他們。實在太恐怖了。」

「皮革頭。」生鏽克說。

「什麼？」派珀說，接著點了點頭。「嗯，我想是可以這麼稱呼他們。沒有面孔的面孔。高臉。」

高臉，生鏽克想著。他不曉得這是什麼意思，但卻知道就是這樣沒錯。他又再度想起兩個女兒與她們的朋友狄安娜交換祕密與零嘴的景象。接著，他想起自己童年時最要好的朋友——但只要好了一陣子而已；他與喬治二年級時狠狠地大吵了一架——頓時被恐懼感淹沒。

巴比握住他的手臂。「怎麼了？」他幾乎是用吼的說。「你想到什麼了？」

「沒事。只是……我小時候有個朋友，叫作喬治．萊斯羅普。有一年他生日時，得到了一個放大鏡。有時……我們會在下課時間……」

生鏞克扶茱莉亞站了起來。荷瑞斯又回到她的身邊，像是剛才不管被什麼事情嚇到，現在都已像廂型車的光芒般消退而去。

「你們做了什麼？」茱莉亞問，聽起來幾乎又恢復了冷靜。「說啊。」

「那是在以前主街那間文法學校裡發生的事。那裡只有兩間教室，一到四年級在一間，五到八年級則在另一間，就連操場也沒鋪過。」他笑得抖了起來。「見鬼了，那裡甚至連自來水都沒有，只有一間廁所，孩子們都叫那間廁所——」

「蜂蜜房。」茱莉亞說。「我也是在那裡念書的。」

「喬治和我，我們會一起穿過單槓架，跑到柵欄那裡去。那裡有幾座蟻丘，我們會一起燒死螞蟻。」

「別放在心上，醫生，」厄尼說。「很多孩子都會這麼做，有的還更嚴重。」厄尼自己就曾與兩個朋友在一隻流浪貓的尾巴上淋上煤油，朝上頭丟了根火柴。他向別人提起這個回憶的次數，絕不超過他告訴別人新婚之夜那些細節的次數。

主要是因為那隻貓跳起來時，我們大笑的那副模樣。他想著。天啊，我們竟然可以笑成那樣。

「繼續。」茱莉亞說。

「說完了。」

「才沒有。」她說。

「瞧，」瓊妮·卡弗特說。「我敢說這完全是再心理學不過的問題，但我不認為這時候該——」

「噓，瓊妮。」克萊兒說。

茱莉亞的視線一直沒離開過生鏞克的臉。

「這對妳來說為什麼那麼重要？」生鏞克問。在這一刻，他覺得旁邊像是沒有任何圍觀的人，只有他們兩個在場似的。

「說就對了。」

「有一天，我們在……做這件事的時候……我突然覺得螞蟻也同樣是條小生命。我知道這聽起來像是多愁善感的廢——」

巴比說：「世界上有數百萬的人都這麼認為。牠們的確是條生命。」

「總之，我在想：『我們正在傷害牠們，我們把牠們燒死在地上，或許還讓牠們在地底下的家園裡被活活烤死。』對於直接待在喬治放大鏡底下的螞蟻來說，這想法完全正確。有些螞蟻只是停止移動，但大多數真的就這麼燒了起來。」

「這實在太可怕了。」小梅說，再度扭起了她的埃及十字架。

「沒錯，女士。那一天，我叫喬治住手，但他不肯。他說：『這是場割喉戰。』我還記得這點。他說的不是核戰，而是割喉戰。我試著把他的放大鏡搶走。接著的事你們應該猜得到，我們打了一架，而他的放大鏡也因此摔破了。」

他停了下來。「雖然我每次都這麼說，甚至就連我父親揍我的時候也沒改口。但這不是真的。喬治告訴他那群朋友的版本才是真的：我是故意要弄破那個該死的放大鏡。」他指向黑暗。「要是可以的話，我也會同樣破壞掉那個方塊。因為，現在我們就是螞蟻，而那東西則是放大鏡。」

厄尼再度想起那隻尾巴燒起來的貓。克萊兒．麥克萊奇則想起她與她三年級時最要好的朋友，一起坐在一個她們兩個都討厭，不斷嚎啕大哭的女孩身上的事。那女孩是新來的轉學生，有著一口好笑的南方口音，讓她的聲音聽起來就像含著一口馬鈴薯泥說話一樣。隨著那個女孩哭得越來越厲害，她們就越難笑得出來。羅密歐．波比想起了希拉蕊．柯林頓在新罕布什爾州，因為贏了民主黨總統提名人黨內初選喜極而泣的那個夜晚。他當時喝醉了，朝著電視螢幕敬酒，說：「這杯敬妳，妳這個該死的小寶貝，給我滾遠一點，讓男人來做男人的事。」

巴比想起了某間健身房：沙漠的熱氣、濃濃的屎味，以及大笑的聲音。

「我想親眼看看。」他說。「誰要跟我一起去？」

生鏞克嘆了口氣。「我跟你去。」

5

就在巴比與生鏞克逐漸接近上頭有奇怪符號，還會發出明亮閃光的方塊時，公共事務行政委員詹姆士．雷尼就站在今晚稍早前，巴比一直被關在裡頭的那間牢房裡。

卡特．席柏杜幫他一起把小詹的屍體抬到床板上。「讓我跟他單獨相處。」老詹說。

「老大，我知道你的心情一定很差，但是現在還有一百件事需要你集中注意力處理。」

「我知道。我會處理好那些事。不過首先，我得跟我的兒子相處一會兒。五分鐘就好，接著你就可以叫兩個弟兄把他送去葬儀社那裡。」

「好的。我為你的損失深感遺憾。小詹是個好人。」

「不，他不是，」老詹用一種溫和、平鋪直敘的語氣說。「但他還是我兒子，我愛他。這不見得完全是件壞事，你知道的。」

卡特想了一會兒。「我知道。」

老詹笑了。「我知道你知道。我已經開始覺得你才是我該有的那個孩子了。」

卡特快步走上樓梯，前往準備室時，臉上因開心而紅了起來。

等他離開後，老詹坐在床板上，把小詹的頭放到自己腿上。男孩的臉上沒有傷痕，卡特先前也已闔上了他的雙眼。要是不看他襯衫上乾掉的鮮血，就像是睡著了一樣。

他還是我兒子，我愛他。

這是真的。沒錯，他是準備要犧牲小詹，但這有前例可循。你只要看髑髏地上頭發生的事就知道了。就像基督一樣，這孩子的死是有原因的。不管安德莉亞·格林奈爾那些胡說八道會造成怎樣的損害，只要鎮民一旦知道巴比殺了好幾個自願成為警務人員的人，其中還包括他們領導者的獨子時，一切又將會被修補回來。巴比逃了出去，想必還會計畫一些新的惡行，尋求政治上的好處。

老詹坐了好一段時間，用手指梳理小詹的頭髮，專心看著小詹安詳的臉孔。接著，他以輕柔無比的聲音，對著小詹唱起他母親在他還是個嬰兒時，會對他唱的歌曲。那時，小詹還躺在搖籃裡，睜大了困惑的雙眼，向上看著這世界。「銀色月亮就是寶寶的床，航行過整個天際，航行過海上的霧氣，就在雲朵飄過時……航啊航，寶寶，航啊航……穿過了海洋……」

他到這裡停了下來，記不起接著的歌詞了。他移開小詹的頭，站起身子。他的心臟漏了一拍，使他屏住呼吸……但隨即又恢復正常。他覺得自己最後免不了得去老安的藥房庫存裡拿點叫維爾什麼的藥，但在此同時，這裡還有事得處理。

6

他離開小詹，握著扶手，緩緩爬上樓梯。卡特就在準備室裡。裡頭的屍體已被移走，並以兩張攤開的報紙吸乾米奇・沃德羅的鮮血。

「趁這裡塞滿警察前，我們先去鎮公所。」他告訴卡特。「離探訪日的活動正式開始還有——」他看了看手錶。「——十二個小時左右。我們在那之前還有許多事得做。」

「我知道。」

「別忘了我兒子的事。我要鮑伊兄弟好好處理。要尊重地處理遺體，還要有一具好棺材。你告訴史都華，要是我看見小詹被裝在便宜貨裡送回來，我就會把他宰了。」

卡特在他的筆記本上迅速記了下來。「我會處理的。」

「告訴史都華，我會盡快與他聯絡。」有幾名警員走進前門。他們看起來很拘謹，有些害怕，相當年輕青澀。老詹從剛才坐下來，以便調整呼吸的椅子上吃力起身。「該開始行動了。」

「沒問題。」卡特說。但他頓了一下。

老詹環顧四周。「孩子，你在想什麼事嗎？」

孩子。卡特喜歡這句孩子聽起來的感覺。他的父親在五年前，因為開著貨卡車在瑞茲的一座雙子橋出車禍而死，但這不算是什麼損失。他曾虐待他的妻子與兩個兒子（卡特的哥哥現在在海軍服役），但卡特並不在乎；至少不是很在乎。他的母親一直藉由咖啡白蘭地麻醉自己，而卡特也總是能因此嘗到幾口。不，他憎恨的那個老人是個愛抱怨的人，而且是個笨蛋。大家總認為卡特也是個笨蛋——可惡，甚至就連小詹也這麼覺得——但他不是。雷尼先生了解這點，而且雷尼先生絕對不是愛抱怨的人。

卡特發現，他已經知道下一步該怎麼做了。

「我撿到一份東西，或許你會想要。」

「真的？」

卡特帶老詹去他的置物櫃那裡。他打開櫃子，拿出上頭印有「維達」兩字的信封。他把信封在老詹面前舉起，上頭的血跡顯得極為醒目。

老詹打開信封。

「老詹，」彼得．蘭道夫說。他不知何時走了進來，就站在翻倒的接待檯那裡，看起來精疲力竭。「我想我們算是讓事情平靜下來了，不過我找不到幾個新加入的警員。我猜他們不幹了吧。」

「預料得到，」老詹說。「這只是暫時的。等事情一解決，他們意識到戴爾．芭芭拉不會率領一群嗜血的食人族把他們生吞活剝後，就會又回來了。」

「可是該死的探訪日——」

「幾乎每一個人明天都會表現出最乖的一面，彼得，我敢說我們絕對有足夠的警力搞定那些不聽話的人。」

「那我們該拿記者會的事怎麼——」

「你有發現我正在忙嗎？有嗎？彼得？天啊！半小時後，你過來鎮公所的會議室一趟，到時你想討論什麼都行。但是現在，讓我們單獨待在這裡。」

「當然好。抱歉。」彼得往後退去，動作僵硬，語氣受傷。

「停下來。」雷尼說。

蘭道夫停了下來。

「你一直沒對我兒子致上哀悼之意。」

「我……我很遺憾。」

老詹用雙眼打量著蘭道夫。「你當然遺憾。」

蘭道夫離開後，雷尼從信封裡取出文件，快速看過一輪，接著放了回去。他看著卡特，毫不掩飾自己的好奇心。「為什麼你沒馬上交給我？打算想留著嗎？」

他把信封遞了出來，讓卡特除了吐實以外，別無其他選擇。「嗯。總之，我是有稍微這麼想過，想說以防萬一而已。」

「以防什麼萬一？」

卡特聳了聳肩。

老詹沒有追問。作為一個經常保留文件，以防有人會為他帶來麻煩的人而言，他根本無需追問。他更感興趣的是另一個問題。

「你為什麼改變主意？」

卡特再度別無選擇，唯有說出事實。「因為我想成為你的手下，老大。」

老詹揚起了他的粗眉毛。「是嗎？比當他的手下還想？」他的頭朝蘭道夫剛走出去的門點了一下。

「他？他只是個笑話。」

「說得對，」老詹把一隻手放在卡特的肩膀上。「他的確是。走吧。等我們一到鎮公所那裡，要做的第一件事，就是把這份文件放進會議室的火爐裡燒掉。」

7

他們真的很高，而且相當可怕。

巴比在瞬間看見了他們，影像在電流穿過他的手臂後，隨即消逝而去。一開始，他有強烈的衝動想放開方塊，但他抗拒這個欲望，支持下去，看著那些生物監視著他們的囚犯。要是生鏽克說得沒錯，那不只是監視，同時還開心地折磨著他們。

他們的臉——如果他們有臉的話——全都是突起物，不過突起物裡裝滿了東西，看起來隨時都在改變，像是下方的實體沒有固定形狀。他說不出那裡有多少個那種生物，也不知道他們身在何處。一開始他以為有四個；接著變成八個；然後只剩兩個。或許是因為他們的模樣實在太過不同，讓他完全無法辨認出來，因此在他心中激發一種深沉的厭惡感。他大腦負責解釋感官輸入的那個部分，完全無法對於他見到的東西加以解碼。

我的雙眼並沒有看見他們，沒有真的看見，甚至用望遠鏡也沒辦法。這些生物在一個非常、非常遙遠的銀河系裡。

他無法確認這點——理性告訴他，方塊的主人可能位於南極冰層底下的基地，或是位於一架外星版本的企業號裡頭，正繞著月球軌道不斷飛行——但他就是知道。他們待在家裡……不管那到底算不算他們的家鄉。他們正在看著，而且十分享受。

一定是這樣。因為那群王八蛋全都在笑個不停。

接著，他又回到了費盧杰的健身房裡。裡頭很熱，由於那裡沒有空調，只有軟弱無力的風扇掛在天花板上，所以難聞的空氣就這麼不斷在裡頭循環。他們讓所有接受審訊的人都先離開，只留下兩個衝動的中東人——他們用兩個自製炸彈奪走了六條美國人的性命，還用狙擊槍殺害一個來自肯塔基州，大家都很喜歡的孩子卡斯泰爾斯，竟然連一點難過的感覺也沒有。於是，他們開始在健身房裡不斷痛踹那兩個穆斯林，還脫掉了他們的衣服。雖然巴比想說自己當時離開了現場，但他並沒有；他也想說至少自己並沒有參與，但也的確有。他們陷入了瘋狂狀態中。他記得他的戰鬥靴離開其中一名中東人那瘦削、沾有屎漬的屁股上時，還在上頭留下了紅腫的印記。接著，兩個中東人全都被脫得赤身裸體。他還記得愛默生在其中一個中東人的褲子被脫掉後，重重朝他垂著的卵蛋上踢了一腳，說：這腳是為了卡斯泰爾斯踢的，你他媽的中東佬！

事情沒多久後，便有人交給愛默生的母親一面旗幟，而她就坐在一張放在墳墓附近的摺疊椅上，一如大家熟悉不過的畫面。接下來，就在巴比想起就技術層面來說，他應該負責照顧好這些人時，海克梅耶中士拉著其中一個身上只剩下頭巾的中東人的頭巾，把他拉至牆邊，用槍頂著那個中東人的頭，就這麼僵持了一會兒。在那短暫的時間裡，沒有任何人說「不」，也沒人說「別這麼做」。於是，海克梅耶中士扣下扳機，子彈打進三千年以上歷史的牆壁時，鮮血也濺在了上頭，事情就是這樣，再見，中東人，要是沒忙著幫處女開苞的話，記得要寫信給我們。

巴比放開方塊，試圖想站起來，但雙腿卻不聽控制。生鏞克一把抓住他，就這麼扶著他，直到他能站穩後才放手。

「天啊。」巴比說。

「你看到他們了，對不對？」

「對。」

「你覺得他們是孩子嗎？」

「或許吧。」但這麼說不夠準確，與他內心相信的不同。「有可能。」

他們緩緩走回其他人聚集在一塊兒的農舍前方。

「你沒事吧？」老羅問。

「沒事。」巴比說。他得跟孩子們談談，還有賈姬與生鏞克。但不是現在。他得先控制住自己才行。

「你確定？」

「嗯。」

「老羅，你店裡還有其他防水布嗎？」生鏞克問。

「嗯。我把東西全放在卸貨區了。」

「好極了。」生鏞克說，借用了茱莉亞的手機。他希望琳達現在在家，而不是警局的審問室裡，但也只能這麼希望而已。

生鏽克撥來的那通電話相當簡短，通話過程不到三十秒，但對琳達・艾佛瑞特來說，卻長到足以讓她一掃可怕的星期四以來的灰暗情緒，並一百八十度地變成了開心不已的地步。她坐在餐桌前，以雙手摀住臉，開始哭了起來。她盡可能地不發出聲音。因為，樓上現在有四個孩子，而非原本的兩個。她把艾波頓姊弟帶了回家，所以現在除了要照顧艾佛瑞特姊妹，也得顧好艾波頓姊弟才行。

愛麗絲與艾登難過不已——天啊，這是當然的——不過有賈奈兒與茱蒂陪伴，的確對他們有所幫助，就像給他們服了一劑會想睡覺的感冒藥一樣。在她兩個女兒的請求下，琳達在她們的房間裡鋪了睡袋，此刻，她們四個全都在兩張床之間的地板上熟熟睡去，茱蒂與艾登的手臂還鉤在一塊兒。

就在她能再度控制自己時，廚房門口傳來了敲門聲。從鎮中心混亂的流血事件來看，她不認為警方找上門的速度會有這麼快，但她第一個想到的還是警察。不過，這個敲門的力道比較輕，與警方敲門的方式完全不同。

她朝門口走去，中間停了一會兒，從櫃檯盡頭拿起一條擦拭碗盤的布擦了擦臉。一開始，她還認不出對方是誰，主要是因為對方的髮型與先前不同。瑟斯頓・馬歇爾已不再綁著馬尾，而是任隨頭髮披在雙肩上，蓋在臉旁，使他看起來就像是個經過漫長、辛苦的一天後，還聽見壞消息——可怕的消息——的年長洗衣婦。

琳達打開了門。有那麼一會兒，瑟爾斯始終駝著背沒動。「卡洛琳死了？」他的聲音低沉沙啞。就像在伍茲塔克音樂節時尖叫著高歌〈高呼大魚〉，此後聲音再也沒回來過似的。琳達這麼想。「她真的死了？」

「恐怕是的，」琳達說，就連自己也壓低了聲音，但這是因為孩子的關係。「馬歇爾先生，我很遺憾。」

有那麼一會兒，他只是持續站在原地不動。接著，他抓著臉頰兩側垂著的灰髮，開始不斷搖起頭來。琳達不相信老少戀這種事，她在這方面比較保守。她認為，馬歇爾與卡洛琳．史特吉這段感情頂多只能維持兩年，說不定還只有六個月——這時間足以讓他們失去對彼此的性吸引力——但今晚，這個男人的愛意無庸置疑。就連他的損失也是。

不管他們之間如何，孩子都加強了他們的感情，她想著。穹頂也是。生活在穹頂下，會讓所有事都有加強的效果。對琳達來說，他們不只在穹頂下生活了幾天而已，感覺更像是好幾年。外面的世界，就像你睡醒時消逝的夢境一樣。

「進來吧，」她說。「不過安靜點，馬歇爾先生。孩子們正在睡覺。我的和你的都是。」

9

她給了他一杯茶——不是冰的，甚至不算涼，但這已經是在這種燃眉之急下，她所能端出最好的東西了。他一口氣喝了一半，把杯子放下，接著用拳頭揉著雙眼，就像早已過了睡覺時間的孩子一樣。琳達認得出這個反應，他在努力想要控制自己，於是安靜地坐著等待。

他深吸了一口氣，吐了出來，接著把手伸進身上那件老舊藍色工作衫的胸前口袋。他拿出一條橡皮筋，把頭髮綁到後頭。她認為這是個很好的跡象。

「告訴我發生了什麼事，」瑟爾斯說。「還有是怎麼發生的。」

「我沒看到全部的經過。當我試著把你的……卡洛琳……拉開走道時，有人重重在我後腦杓上踢了一腳。」

「不過有個警察開槍殺了她，對嗎？這個鎮上某個開心的拿著槍的開心警察。」

「對。」她把手伸過桌子，握住他的手。「有人大喊『有槍』。那裡的確有把槍。槍是安德莉亞·格林奈爾的。她帶著槍的目的，可能是想在鎮民大會上刺殺雷尼。」

「妳覺得發生在卡洛琳身上的事是正當的反應？」

「天啊，當然不是。就連發生在小安身上的事也完全就是場謀殺沒錯。」

「卡洛琳是因為想保護孩子才死的，對嗎？」

「對。」

「那甚至不是她自己的孩子。」

琳達什麼也沒說。

「但他們就是。是她跟我的。不管說是亂世的巧合或穹頂的緣故都行，他們的確是我們的孩子，而且我們也不可能有機會生孩子了。直到穹頂消失前——如果會發生的話——他們都是我的孩子。」

琳達快速地思考著。這個人值得信賴嗎？她是這麼認為的，生鏽克顯然也是，還說這傢伙是個很棒的醫護人員，只是跑去別的地方玩了太久。再說，瑟斯頓也痛恨在穹頂下掌權的那些人，而他的憎恨的確合情合理。

「艾佛瑞特太太——」

「拜託，叫我琳達就好。」

「琳達，我可以睡在妳家的沙發上嗎？要是他們晚上醒來的話，我希望自己人就在這裡。要是他們沒醒——我希望他們不會醒——也希望他們能在早上下樓時，看見我人就在這裡。」

「沒問題。我們可以一起吃頓早餐。牛奶還沒壞，所以我們可以吃穀片。不過也快壞了。」

「聽起來不錯。等孩子們吃完後，我們就不繼續打擾了。如果這裡是妳的家鄉的話，請原諒我得這麼說，不過我真是受夠了卻斯特磨坊鎮。我是沒辦法離開這裡，不過我打算盡我所能。醫院唯一一個狀況比較嚴重的患者，就是雷尼的兒子。他在今天下午時自行離院了。他還會再回來，他腦子裡的那場災難，肯定會讓他再回到醫院裡。但就現在來說——」

「他死了。」

瑟斯頓看起來並不特別意外。「我猜是因為癲癇吧。」

「不是。他是被槍殺的。就死在牢房那裡。」

「我想表示遺憾，但我實在沒這個感覺。」

「我也是。」琳達說。她不確定小詹去那裡想做什麼，但卻十分清楚他那悲痛的父親會怎麼解釋這件事。

「我會帶孩子們去事情發生時，我和卡洛琳原本待著的地方。那裡很安靜，我敢說我一定能找到食物，讓我們可以撐上好一陣子。說不定還是很長一陣子。說不定，我還能找到間有發電機的房子。不過關於正常的社交生活——」他諷刺地拉長語調。「——我還是算了。愛麗絲與艾登也是。」

「我這裡或許有個更好的地方可以去。」

「真的？」琳達不發一語時，他把手伸過桌子，碰了碰她的手。「如果說妳得相信什麼人的話，那個人可能就是我。」

於是，琳達告訴了他所有事情，包括他們得在離鎮前往黑嶺前，先繞到波比百貨店後方拿防水布的事。他們一直談到了將近午夜為止。

10

麥考伊農舍的最北邊無法使用——由於先前冬天下雪的重量，屋頂現在就在客廳裡——不過在西側那裡，有間長度幾乎與一截火車車廂一樣長的鄉村風格餐廳，而那些從卻斯特磨坊鎮裡逃出來的流亡人士就聚集在那裡。巴比先問了小喬、諾莉與班尼，他們在現在被稱為發光地帶邊緣那裡昏倒時，所看到或夢到的事。

小喬還記得南瓜燃燒的事。諾莉說所有東西都變成黑色，就連太陽也不見了。班尼一開始表示自己什麼也不記得，接著又把一隻手蓋在嘴上。「有尖叫聲，」他說。「我有聽見尖叫聲，還是不好的那種。」

他們沉默地思索著。接著，厄尼說：「芭芭拉上校，如果你想縮小會發生什麼事的可能性，燃燒的南瓜可沒辦法辦到這點。鎮上每一間穀倉的向陽面可能都種了一堆南瓜。現在是南瓜的採收季。」他停了一下。「至少以前是這樣。」

「生鏽克，那你兩個女兒呢？」

「差不多一樣。」生鏽克說，並告訴大家他所記得的事。

「阻止萬聖節，阻止南瓜王。」老羅若有所思的說。

「各位帥哥，我看出裡頭有個模式。」班尼說。

「還用得著你說，福爾摩斯。」蘿絲說，大家全笑了起來。

「輪到你了，生鏽克，」巴比說。「你在上面這裡昏倒時，看見了什麼事？」

「我始終沒完全昏倒，」生鏽克說。「所有的這些事，都可以解釋成是處於壓力下引起的集體歇斯底里——也包括了集體幻覺。這是人們處於壓力下的時候常見的情況。」

「謝謝你，佛洛依德醫生。」巴比說。「現在，告訴我們你看見了什麼。」

生鏽克說到那頂國旗色條紋的大禮帽時，小梅·傑米森驚呼出聲：「那是圖書館草地上的假人！他穿著一件我的舊T恤，上面引用了一句華倫·齊方的——」

「『甜蜜的家鄉阿拉巴馬，播放一首死亡樂團的曲子』。」生鏽克說。「雙手是園藝鏟子做的。總之，那個假人燒了起來。接著，呼的一聲，假人就不見了。所以這只是頭暈引起的。」

他環顧四周，眾人全都睜大了眼。「大家放輕鬆點，我可能在一切發生以前就看過那個假人了，而我的潛意識則把那景象叫了出來。」他平舉一根手指，指向巴比。「要是你再叫我佛洛依德醫生的話，我可能會朝你開上一槍。」

「你之前真的有看過？」派珀問。「會不會是你去學校接女兒時看到或什麼的？畢竟圖書館就在操場對面而已。」

「就我記得的來說，沒有，我沒看過。」生鏞克沒有補充說明，從這個月初以後，他根本沒去學校接過女兒，而且，他也認為那時候鎮上還沒有任何萬聖節的擺飾。

「現在換妳了，賈姬。」巴比說。

她舔了一下嘴唇。「這真的有那麼重要？」

「我是這麼認為的。」

「人們全都燒了起來，」她說。「不管看向哪裡，全是火光與煙霧，像是整個世界全燒了起來一樣。」

「對，」班尼說。「人們會尖叫，是因為他們就在火海裡。我現在想起來了。」他突然把臉埋到愛爾娃・德瑞克的肩膀上，她則用手抱著他。

「萬聖節離現在還有五天。」克萊兒說。

巴比說：「我不這麼認為。」

11

鎮公所會議室角落的火爐雖然滿是灰塵，棄置已久，但卻依然能用。老詹確定排煙口是開著的（生鏞的聲音十分刺耳），接著從沾有血跡的信封裡，拿出公爵・帕金斯的資料。他翻動著紙張，朝看到的內容做了個鬼臉，接著把文件扔進火爐，留下信封。

卡特正在用手機與史都華・鮑伊通話，告訴他老詹要怎麼處理兒子的後事，並叫他好好處理。好孩子，老詹心想。他或許會很有前途。只要他能始終記得自己的麵包在哪一面上頭塗了奶油就可以。忘記這件事的人會付出代價。安德莉亞・格林奈爾今晚就證實了這點。

火爐旁邊的架子上，放著一盒木製火柴。老詹點燃一根，把火柴丟到公爵‧帕金斯那疊「證據」的角落處。他讓火爐的門開著，以便可以看著紙張燃燒。這景象真是讓人心滿意足。

卡特走了過來。「史都華‧鮑伊還在線上。我要告訴他你晚點會再打給他嗎？」

「把電話給我。」老詹說，伸出手準備接過電話。

卡特指著信封。「你不打算把信封也丟到火爐裡？」

「不用。我要你去影印機那裡，把空白紙裝進去。」

一會兒過後，卡特裝進白紙。「所以，那只是她吞了一堆藥之後產生的狗屁幻想，對嗎？」

「可憐的女人。」老詹同意道。「孩子，你去下面的輻射塵避難室一趟，就在那裡。」他用大拇指朝一扇門比去——那裡相當不醒目，只有一塊老舊的金屬牌，在黃色的區域裡畫了幾個黑色三角形——位置就在火爐不遠處。「裡頭有兩間房間。在第二間房間的最裡面，有台小型發電機。」

「好的……」

「發電機前面有扇暗門。很難看得出來，但仔細看的話就能發現。把暗門拉起來，看一下裡頭。裡面應該有八到十桶的小桶丙烷放在一起。確認一下，告訴我確切數量。」

他等著看卡特是不是會問他原因，但卡特沒有，就這麼轉身照他指示去做。因此老詹告訴了他。

「這只是預防萬一，孩子。顧及每一個小細節，就是成功的祕訣。當然，還得時刻把上帝放在心中。」

卡特離開後，老詹按下繼續通話的按鍵……要是史都華已經不在線上，那他就等著屁股被好好修理一頓吧。

史都華還在線上。「老詹，我為你喪失兒子的事感到遺憾。」他說。把這話說在前頭，對他比較有利。「我們會處理好每一件事。我想挑永恆安息牌的棺材——那是橡木做的，可以保存一千年。」

繼續啊，再推薦另外一個啊。老詹想，但依舊保持沉默。

「我們會處理得盡善盡美。他看起來會像就要醒過來一樣，而且面帶微笑。」

「謝謝你，兄弟。」老詹說，心想：他最好給我看起來很棒。

「現在，關於明天那場突襲的事……」史都華說。

「我會打電話通知你。如果你想確定會不會繼續行動，我告訴你，會。」

「可是考慮到發生的事——」

「什麼事也沒發生，」老詹說。「我們該感謝上帝的憐憫。我可以聽你說句『阿門』嗎，史都華？」

「阿門。」史都華盡責的說。

「這只是一個拿著槍、精神錯亂的女人搞出來的爛泥攤子。她現在已經跟耶穌還有所有聖人們一起共進晚餐了。我毫不懷疑這點，因為會發生這些事完全不是她的錯。」

「可是老詹——」

「別在我說話的時候打斷我，史都華。是藥的關係。那些該死的玩意兒腐蝕了她的大腦。只要大家稍微冷靜下來以後，就會發現這點。卻斯特磨坊鎮受到上帝的眷顧，而且有一群勇敢、明是非的鎮民。我相信他們會表現出來的，他們總是這樣，也總會如此。再說，現在他們的腦袋裡只有一個念頭：想見到自己最親近與親愛的家人。我們的行動依舊會在中午開始。成員有你、老福、羅傑、馬文・瑟爾斯。老費・丹頓會負責這件事。如果他認為有需要的話，還可以另外再挑四、五個人手。」

「他是你最好的人選？」史都華問。

「老費不會有問題的。」老詹說。

「席柏杜呢？就是那個老是跟在你身邊的孩子——」

「史都華・鮑伊，只要你一開口講話，就會顯得你越來越沒膽量。你先閉嘴，聽我說。我們在討論的是一個骨瘦如柴的毒蟲，還有一個膽小如鼠的藥劑師。你可以說句『阿門』嗎？」

「嗯，阿門。」

「用鎮公所的卡車。掛掉電話後就馬上去找老費——他一定就在這附近——告訴他整個情況。告訴他，你們這群人全都得穿防彈衣，只是為了安全起見而已。我們從快樂的國土安全局拿來的那些爛貨，全都放在警局後面的房間裡——防彈背心、防彈衣，還有我不知道的東西都在裡面——所以我們或許能好好地利用一下。接著，你們就過去那裡，把那兩個傢伙解決掉。我們需要丙烷。」

「那工廠怎麼辦？我想我們或許該燒——」

「你瘋了嗎？」這時，卡特正好走回會議室，一臉驚訝地看著他。「在那些化學用品還放在那裡的情況下？夏威那個女人的報社是一回事，那間倉庫又是完全不同的另一回事，裡頭放了各式各樣的東西。你最好給我想清楚點，兄弟，否則我會開始覺得你跟羅傑．基連一樣笨。」

「好吧。」史都華聽起來很生氣，但老詹認為他會乖乖聽命。他沒時間浪費在史都華身上了；蘭道夫可能隨時都會抵達。

蠢蛋的隊伍根本沒有盡頭。他想。

「現在給我好好地讚美上帝。」老詹說。他腦中鉤勒出一幅畫面，自己就坐在史都華的背上，把他的臉壓在爛泥裡來回磨蹭。這可真是個讓人歡呼的景象。

「讚美上帝。」史都華嘀咕著說。

「阿門，兄弟。」老詹說，掛斷電話。

12

蘭道夫局長在不久後抵達，看起來很累，卻沒有絲毫不情願的神色。「我想，那些離開的年輕新手都不會回來了——道森、諾克里夫和理查森這幾個孩子都走了——不過其他大多數人都留了下來。還有了幾個新成員加入。喬．巴克斯……矮胖子諾曼……奧伯利．陶爾……你知道的，他哥就是書店老闆……」

老詹聽這份名單的耐心已經用完了，處於左耳進右耳出的狀態。等到蘭道夫總算說完後，老詹把上頭寫有「維達」的信封，放在拋光的會議桌上往他推去。「這就是可憐的老安德莉亞手上揮舞的東西。你看一下。」

蘭道夫猶豫了一會兒，接著打開信封口，把裡頭的東西倒了出來。「裡頭除了白紙外什麼也沒有。」

「你說得對，一點也沒錯。等你明天召集警力時──七點整的時候，地點就在警局那裡。你大可相信你的老詹叔叔，那群螞蟻一定會起個大旱，集體離開蟻丘──你或許可以讓他們知道那個可憐的女人，就跟那個被無政府主義分子蒙騙去刺殺麥金萊總統的傢伙一樣。」

「麥金萊不是一座山的名字嗎？」蘭道夫問。

老詹花了一點時間納悶蘭道夫太太是不是被她兒子的愚蠢給氣死的。接著，他又繼續說了下去。他今晚沒辦法好好地睡上八小時，但老天保佑，他或許能睡個五小時。他需要睡眠。他那顆可憐的老心臟也需要。

「把所有警車都派去那裡。一輛車上要有兩個警員。確保每個人身上都有防身噴霧與電擊槍。但不管誰想使用武器，都得在記者、攝影機、他麻的外界的人看不到的地方才行……否則我一定會讓他們很難看。」

「是的，長官。」

「叫他們開在一一九號公路的路肩上，在人群側邊。別開警笛，但要開著警示燈。」

「就像遊行隊伍一樣。」蘭道夫說。

「對，彼得，就像遊行隊伍一樣。把公路留給大家。叫那些開車的人把車停著，用走的過去。人們只要一累，行為舉止就會比較規矩點。」

「你不覺得我們應該要分點人手去追捕逃走的囚犯？」他看見老詹的眼神，隨即舉起一隻手。「只是問問，我問問而已。」

「嗯，你是應該要得到一個答案。畢竟你可是局長。對嗎，卡特？」

「對。」卡特說。

「答案是不用，蘭道夫局長，因為……現在給我仔細聽好……他們根本逃不了。穹頂包圍了整個卻斯特磨坊鎮，他們絕對……肯定……無法逃走。現在你跟上整個推論了嗎？」他注意到蘭道夫的臉頰開始漲紅，又說：「給我小心回答。反正我晚點會處理這件事。」

「我懂了。」

「依據這點，所以我們不用管戴爾．芭芭拉，更別說是他的共犯艾佛瑞特，民眾甚至會比保護他們的公僕更想積極地找出他們。可能還會對我們施加壓力，到時我們則會挺身而出，不是嗎？」

蘭道夫總算懂了。他或許不知道除了有座叫麥金萊的山以外，還有一個同名的總統，但他的確懂了讓巴比逃亡在外，會比關著他更來得有用。

「說得對，」他說。「我們會的。一點也沒錯。那記者會的事怎麼辦？要是你不參加的話，會想委任——」

「不，我不想。我會待在我的崗位上，在我所屬的地方監控事態發展。至於記者，他們可以跟上千個辛苦趕到鎮上南邊，像是對施工現場探頭探腦的人一起開記者會。祝他們好運，可以散播出那些他們聽見的胡說八道。」

「有些鎮民可能會說出一些讓我們有點難堪的話。」蘭道夫說。

老詹臉上閃過一絲冷笑。「這就是上帝為什麼要賜給我們夠結實的肩膀，兄弟。再說，那個他麻的想插手的寇克斯又能怎樣？闖進這裡，把我們從辦公室裡拖出去嗎？」

蘭道夫順從地輕笑一聲，開始朝門口走去，接著又想到了別的事。「明天會有很多人過去，而且待上好一段時間。軍隊有在他們那邊準備流動廁所。我們這裡是不是也要準備類似的東西？我猜我們的倉庫裡面應該還有幾座。主要是給修路工人用的。或許艾爾．提蒙斯可以——」

老詹看了他一眼，像是覺得這個新上任的警局局長已經瘋了。「要是讓我來說，明天我們的鎮民可是安全地待在家鄉裡，不是要擠著離開鎮上，就像從埃及逃出來的以色列人那樣。」他停頓片刻加以強調。「要是有些人真的很急，就讓他們拉在天殺的樹林裡吧。」

13

等蘭道夫總算走了以後，卡特說：「我發誓我不是個馬屁精，不過我可以告訴你一件事嗎？」

「當然可以。」

「我真喜歡看你運籌一切，雷尼先生。」

老詹咧嘴一笑——一個大大的開心笑容，讓他整張臉都亮了起來。「嗯，你也會有機會的，孩子，你會從接下來的事情裡學到不少，現在，就跟著最厲害的人好好學習吧。」

「我也是這麼打算的。」

「現在，我要你載我回家。明天早上八點準時過來找我。我們一起過來這裡，看CNN轉播這場表演。不過首先，我們會先坐在鎮屬坡上，看鎮民們用走的過去。真慘，他們全是沒有摩西帶領的以色列人。」

「就像螞蟻沒了蟻丘，」卡特補充。「蜜蜂沒了蜂巢。」

「不過在你過來接我前，我要你去找幾個人。或者說試著找到他們。我敢說，你一定會發現他們已經不告而別了。」

「誰？」

「蘿絲．敦切爾與琳達．艾佛瑞特。也就是助理醫生的老婆。」

「我認識她。」

「你可能還得去查一下夏威。我聽說她好像住在利比那裡，就是那個養的狗死掉了的女牧師那裡。要是你找到她們任何一個人，就問她們知不知道我們那些逃犯的下落。」

「要強硬還是放軟點？」

「中間就好。我不需要馬上抓到艾佛瑞特與芭芭拉，但也不介意先知道他們人在哪裡。」

在外頭的樓梯上，老詹深深吸進一口難聞的空氣，接著像是心滿意足地吁了出來。卡特也挺心滿意足的。一個星期前，他還在拆裝排氣管，戴著護目鏡以防排氣設備噴出來的鐵鏽噴進眼裡。今天，他已經是個有地位與影響力的人了。空氣有點難聞，不過是個很小的代價罷了。

「我有個問題要問你，」老詹說。「要是你不想回答也沒關係。」

卡特看著他。

「那個布歇家的女孩，」老詹說。「她怎麼樣？上起來爽嗎？」

卡特猶豫了一下，接著說：「一開始有點乾，但後來就溼得跟游泳池一樣。」

老詹大笑起來，笑聲響亮，就像硬幣掉進吃角子老虎的托盤裡的聲音一樣。

14

午夜時分，粉紅色的月亮開始朝塔克磨坊鎮的地平線方向下沉，月亮或許會這麼持續前進到天亮，先是變得模糊不清，最後才消失無蹤。

茱莉亞穿過麥考伊果園，來到通往黑嶺西側的向下斜坡，看見一個黑影靠坐在其中一棵樹旁，心裡一點也不意外。在她右側，那個上頭刻有外星符號的方塊頂端，每隔十五秒鐘就會發出一次光芒，成了這個世界上最小，也最古怪的燈塔。

「巴比？」她把聲音壓低。「肯尼還好嗎？」

「去舊金山參加同性戀遊行了。我就知道他不是直男。」

茱莉亞笑了起來，拉過他的手親了一下。「我的朋友啊，我很高興看到你總算安全了。」

他把她摟進懷裡，放開之前，還在她兩邊臉頰上各親了一下。他親了很久，算是貨真價實的親吻。「我的朋友啊，我也是。」

她又笑了起來。一股興奮感竄過她的全身，從頸部直至膝蓋。她認得這種感覺，卻很久沒感受過了。放輕鬆，女孩，她想著。他年輕到都足以當妳兒子了。

呃，對……要是她十三歲就懷孕的話。

「其他人都睡著了，」茱莉亞說。「就連荷瑞斯也是。牠跟孩子們一起睡。他們一直跟他玩撿木棍的遊戲，直到牠的舌頭伸得幾乎拖到地上。我敢說，牠一定以為自己死了，現在正在天堂。」

「我試著要睡，但睡不著。」

他有兩次已經快完全睡著了，但兩次全都夢到自己回到牢房，面對著小詹・雷尼。在第一個夢裡，巴比沒有成功閃過，反而絆了一下，跌倒在床板上，變成一個完美的靶子。第二個夢中，小詹像是橡膠做的手臂，以不可能的長度伸進鐵欄裡抓住他，讓他就此放棄求生。在第二個夢以後，由於大家都睡著了，所以巴比離開穀倉，走到這裡。空氣聞起來依舊像是抽了一輩子菸的人，在死去六個月之後房裡的味道一樣，不過至少比鎮上的好多了。

「下面還有些燈是亮著的，」她說。「在平常的夜晚裡，亮著的燈會有九倍左右，就算這個時間也一樣。路燈看起來就像雙排的珍珠項鍊。」

「但這裡還有那個。」巴比有一隻手仍摟著她，但空著的那隻手則指向發光地帶。發光地帶延伸到穹頂那裡便突然消失無蹤。她原本還以為發光地帶是個完美的圓形，就算是好了，現在看起來也是個馬蹄形而已。

「是啊。你認為寇克斯為什麼沒提起這件事？他們一定有從衛星照片上看到。」她思索著。「至少他沒向我提起任何這部分的事，可能只有向你提過吧。」

「沒有，有的話他會說。這代表他們根本看不見那東西。」

「你認為穹頂……該怎麼說？會過濾掉那玩意兒？」

「類似吧。寇克斯、新聞台、外面的世界——他們全看不見那東西，因為他們沒必要看見。我猜只有我們才有。」

「你覺得生鏽克說的是對的嗎？我們只是被殘忍的孩子拿放大鏡折磨的螞蟻而已？是哪種智慧生物會讓自己的孩子對另一種智慧生物做出這種事？」

「我們認為我們是智慧生物，但對他們來說呢？我們知道螞蟻是群居性昆蟲——有建築工人、公用建設建築工人，每隻都是神奇的建築師。他們就跟我們一樣努力工作，就跟我們一樣會埋葬死者。他們甚至還有種族戰爭。黑螞蟻大戰紅螞蟻。我們知道這一切，卻從不把螞蟻當成是智慧生物。」

雖然根本不冷，她還是把他摟著自己的手臂拉得更緊了些。「不管是不是智慧生物，這都是不對的。」

「我同意這點。大部分人都會同意。生鏽克就算還是個孩子時就發現這點了。但世界上大多數的孩子都還沒建立起道德觀，需要多年時間才能發展出來。我們變成成年人以後，大多數人都不會再做那些小時候才會幹的事情，包括用放大鏡燒螞蟻，或是拔掉蒼蠅翅膀什麼的。不過或許有些成年人還是會幹出相同的事。要是被那種人發現像我們一樣的東西，肯定會的。妳還記得妳最後一次彎下腰，真正研究蟻丘是什麼時候的事嗎？」

「但這還是……要是我們在火星上發現了螞蟻，甚至是微生物，我們也不會就這麼摧毀牠們。因為宇宙裡的生命是非常珍貴的。拜託，我們發現的每一顆星球，根本就全都是一片荒地而已。」

巴比認為，要是太空總署在火星上發現生命，肯定會對摧毀生命一事毫無任何愧疚。因為這樣才能把牠放在顯微鏡的玻片上仔細研究。不過他並沒有把這話說出口。「要是我們的科技更加進步──或者說精神上更加進步，說不定這才是要去探索未知世界真正需要的東西──我們就有可能會找到像這裡一樣，到處都是生命的地方。會有許多有生命的世界，而上頭智慧生命的生活方式，可能就像這個鎮上的蟻丘。」

他的手現在是不是貼著她乳房的側邊？她認為是。距離上次有男人的手放在那裡已經有好長一段時間了，感覺十分不錯。

「有件事我能確定。那些世界全在我們從地球上用望遠鏡能看到的距離以外。甚至就連哈伯望遠鏡也辦不到。再說……他們根本不在這裡。這不是入侵行動。他們只是在觀察，還有……或許……在玩吧。」

「我知道那是什麼情況，」她說。「也就是被人玩弄在手心裡的感覺。」

他看著她。兩人之間的距離都可以接吻了。她不介意被吻；不，一點也不。

「這是什麼意思？是在說雷尼嗎？」

「你相信一個人的一生中，一定會有什麼決定性的時刻嗎？一個分水嶺，可以真正地從此改變我們？」

「相信，」他說，想起他的靴子踢在那個中東人屁股上的殘酷回憶。那只是一個人普通的這輩子裡，又看到的一個普通屁股罷了。「絕對相信。」

「我的就發生在四年級時。地點是主街的文法學校。」

「告訴我。」

「這故事不長。那是我這輩子最漫長的下午，卻是個很短的故事。」

他等著她說下去。

「我是獨生女。我父親是本地報社的老闆——他手下有兩個記者，還有一個廣告業務員，但除此之外，他差不多算是獨力撐起整間報社，可以證明他有多麼喜歡這份工作。他認為，等他退休之後，報社就會換我接手，對此從不抱任何疑問。他這麼相信、我母親這麼相信、我的老師們這麼相信，當然，就連我也這麼相信。我的大學生涯已經全部規劃好了。我不會去念緬因大學那種次級學校，艾爾．夏威的女兒絕不行。艾爾．夏威的女兒要去念普林斯頓大學。在我四年級時，床鋪上就已經掛了一面普林斯頓的校旗，而且我差不多還已經打包好行李了。

「每個人——就連我也在內——都很喜歡我，只除了我的四年級同學以外。當時我不懂原因是什麼，但現在，我會納悶當初怎麼沒看出來。我總是那個坐在前排的人，也總是會在康諾特太太發問時舉手，總能說出正確的答案。要是可以的話，我會提前寫完之後的作業，自願爭取額外加分。我是個書呆子，也是個會耍小手段的人。有一次，康諾特太太把我們留在教室裡幾分鐘，等她回來後，發現小傑西．瓦尚的鼻子流血了。康諾特太太說，除非有人告訴她是誰幹的好事，否則大家都得留校察看。我舉起了手，說是安迪．曼寧幹的。傑西不肯把自己的美術橡皮擦借給安迪，所以安迪就揍了傑西的鼻子一拳。由於我說的是實話，所以不認為這有什麼不對的地方。你可以想像那幅畫面了嗎？」

「妳要惹上麻煩了。」

「這個小插曲是最後一根稻草。有一天，放學沒多久後，我穿過鎮立廣場，用走的回家，有一群女孩躲在和平橋那裡埋伏等我。她們有六個人，帶頭的是萊拉．史崔特，也就是現在的萊拉．基連——她嫁給了羅傑．基連，兩個人實在是天生絕配。千萬別相信別人說什麼孩子不會把怨恨帶到成年以後的鬼話。

「她們把我拉到音樂台那裡。一開始我不斷掙扎，但她們其中兩個——一個是萊拉，另一個是辛蒂．柯林斯，也就是陶比．曼寧的母親——出拳打了我。那跟孩子們通常會打在肩膀上那種不同。辛蒂打我的臉頰，萊拉則一拳直接打在我右胸上。痛死了！當時我才剛開始在長胸部，就連放著不去理它都會隱隱作痛。

「我開始哭了起來。這通常是個信號——至少在孩子之間是這樣——代表已經可以停手了。但那天沒有。當我開始尖叫以後，萊拉說：『閉嘴，否則妳只會更慘。』沒人來阻止她們。當時是個下著毛毛雨的寒冷下午，鎮立廣場上除了我們以外，根本沒有別人。

「萊拉甩了我一巴掌，力量大到足以讓我流起鼻血。她說：『愛告狀！所有鎮上的爛貨都要受點教訓！』其他女孩全都大笑起來。她們說，這是因為我告了安迪的狀，當時我還以為真的就是這樣，不過現在我知道了，這跟所有事都有關聯，跟我穿的裙子與上衣有關，就連我綁頭髮用的絲帶，都跟衣服是成套的。她們穿著普通的衣服，而我則一身光鮮亮麗。安迪只不過是最後一根稻草而已。」

「情況有多慘？」

「甩耳光，拔了一些頭髮……她們還對我吐口水。全部就這樣。吐口水是發生在我站不住，在音樂台上頭跌倒後的事。我哭得比先前還厲害，用雙手摀住了臉，但還是可以感覺得到。你知道口水是熱的嗎？」

「嗯。」

「她們說了一些像是『老師的寵物』、『愛假仙』與『放香屁小姐』之類的話。接著，就在我以為她們要停手時，柯莉．麥金塔說：『我們把她的褲子脫了！』我那天穿的是褲子，是我媽從郵購目錄上訂購的。我很喜歡那幾條褲子，那種褲子就是你可能會在普林斯頓的校區裡，看見有女大學生穿的那種休閒褲。至少我是這麼覺得的。

「我這次反抗的更加厲害，只是，她們當然還是贏了。萊拉與柯莉把我的褲子脫掉時，另外四個人就架著我不放。接著，辛蒂．柯林斯開始大笑，指著我說：『她穿著智障的小熊維尼內褲！』我是穿著，上面還有屹耳跟小袋鼠的圖案。她們全都大笑起來……巴比……我開始變得越來越小……越來越小……越來越小，一直小到音樂台的地板就像個巨大的平坦沙漠，而我是隻卡在中間的小昆蟲，正要在音樂台的正中間死去。」

「換句話說，就是隻在放大鏡底下的螞蟻。」

「喔，不！不是這樣，巴比！那不會熱，而是冷。我被凍僵了。我的雙腿上還起了雞皮疙瘩。柯莉說：『我們把她的內褲也脫掉！』不過這跟她們打算原本要做到的程度相比，顯然有點太超過了。或許因為這樣，她們決定直接做到最過分的地步就好。萊拉拿走了我那條休閒褲，把褲子丟到音樂台的屋頂上。在那之後，她們就離開了。萊拉是最後一個走的人。她說：『要是妳這次再告狀的話，我就會拿我哥哥的小刀，把妳這個臭婊子的鼻子割掉。』」

「接下來怎麼了？」巴比問。對，他的手肯定就貼在她的乳房旁邊。

「一開始，接下來發生的事，就是一個害怕的小女孩蹲在音樂台上頭，不知該怎麼不被半個鎮的人看見她那條傻氣的小孩內褲，安全回到家裡。我覺得自己是有史以來最卑微、最蠢的小鬼。最後我下定決心，要在那裡等到天黑。我的父母會很擔心，可能還會打給警察，但我不在乎。我打算等到天黑，再從街道的最旁邊偷溜回家。要是有人走過來的話，就躲到樹上去。

「我一定是打了一下瞌睡，因為凱拉．貝芬斯突然就站在我面前了。她先前一直都安靜的在旁邊，只是同樣也有打我耳光、拉我頭髮，以及朝我吐口水。她沒說什麼，但的確參與其中。萊拉與柯莉脫我褲子時，她還幫忙架住了我，當她們看見我那條休閒褲有條褲管懸在屋頂的邊緣時，凱拉站到欄杆上，把褲管拍到屋頂上頭，好讓我拿不到褲子。

「我求她別再傷害我，完全把驕傲與自尊那些東西給拋在一邊。我求她別脫我的內褲。接著求她幫我。她只是站在那裡聽著，像是我根本不算什麼。對她來說，我是不算什麼。我早就知道了。這麼多年以後，我根本忘了這件事，我猜是因為穹頂，才會又讓我想起這件我不願回憶的事。

「最後，我倒了下來，就這麼躺在那裡抽泣。她看了我好一會兒，接著脫下了身上的毛衣。那是件寬鬆的棕色舊毛衣，長度幾乎快到她的膝蓋。她是個高大的女生，所以是件很大的毛衣。她把毛衣扔在我身上，開口說：『穿著回家，看起來就像連身裙。』

「她就只說了這些話。雖然．我後來跟她在同一間學校待了八年多——一直到從磨坊高中畢業為止——我們卻從來沒提起過這件事。不過有時我還會夢到。在夢裡頭，我還會聽見她說的那句話：穿著回家，看起來就像連身裙。我看著她的臉，她的表情裡沒有恨意或憤怒，就連憐憫也沒有。她的行為不是出自憐憫，也不是為了要我閉嘴。我不曉得她為什麼要這麼做，甚至也不曉得她為什麼會回來。你知道原因嗎？」

「不知道。」他說，親了她的嘴一下。這個吻很短暫，但卻溫熱、潮溼，感覺非常好。

「你為什麼要親我？」

「因為妳看起來很需要，我知道我可以幫上這個忙。茱莉亞，接下來發生了什麼事？」

「我穿上毛衣，走路回家——還有呢？還有我爸媽在等我回家。」

她驕傲地抬起下巴。

「我從來沒告訴他們發生了什麼事，他們也一直沒查出來。有一個禮拜左右，我在上學途中看見那條褲子就在音樂台那小小的圓錐型屋頂上時，總會覺得恥辱與受傷——就像有刀子捅進心裡頭一樣。後來有一天，褲子不見了。這並沒有使痛苦就此完全消失，不過後來的確好一些了。

至少只是鬱悶，而不是那種刺痛。

「我從來沒招出過那些女孩的名字，只是，這讓我爸氣炸了，一直到六月以前，都罰我在家禁足——我還是能去學校，但其餘就沒了。我甚至還被禁止參加到波特蘭藝術博物館去的校外教學，那可是我一整年最期待的事。他告訴我，我可以去參加校外教學，也可以恢復原本的所有權利，只要我把『虐待』我的那些孩子是誰說出來就行了。他真的用了這個詞。但我還是沒說，而那可不只像是兒童版《使徒信經》裡的緘默不語而已。」

「妳會這麼做，是因為在內心深處，妳認為發生在妳身上的事是應得的。」

「『應得的』這個說法不對。我覺得這是付出代價，買了一個教訓，這是完全不同的事。我的生活從那時起就改變了。我還是持續獲得好成績，但已經不會那麼常舉手作答了。我還是會爭取加分，但卻不會一心想著這件事。我有機會成為高中的致辭代表，但我在高中三年級的第二個學期就推辭掉了。這跟我幾乎可以確定卡琳·普拉瑪會贏過我沒有關係，而是我根本不想。我不是不想致辭，而是不想因為致辭這件事引人注意。我交了一些朋友，其中最好的幾個還是在高中後面的吸菸區裡認識的。

「最大的變化，是我打算要念緬因州的學校，而不是去普林斯頓……而那裡甚至都已經確定可以讓我入學了。我爸大發雷霆，痛罵說他的女兒絕不能去念那種鄉下的州立大學，但我就是堅持要去。」

她笑了。

「我非常堅持。不過妥協是愛的祕密元素，我很愛我爸，很愛他們兩個。我打算去念奧羅諾的緬因大學，但在升大二的那個暑假，我交出了貝茲學院的最後申請書——他們稱之為特殊情況轉學申請書——最後也被接受了。我爸讓我從自己的銀行帳戶裡付了逾期金，我也很樂意這麼做。於是，想要控制一切的家長，以及雖說聰明，卻下定決心完成目標的青少年之間的戰爭，在十六個月以後，總算擁有了一絲絲的和平。我選擇主修新聞，最後總算讓傷口痊癒了……自從音樂台那天以後，我總算真的痊癒了。我的父母從來不知道為什麼。我會留在磨坊鎮這裡，與那天發生的事沒有關係——我的未來幾乎早就註定要接手《民主報》了——但我之所以是現在的我，有很大的原因就是因為那天。」

她抬頭看著他，眼裡閃爍著淚水與反抗之意。「但我絕不是一隻螞蟻。我不是螞蟻。」

他再度吻她。她用雙手緊擁著他，獲得了同樣良好的回應。當他的手從她的褲子腰間把上衣拉出來，接著滑過上腹部，捧著她的乳房時，她也伸出了舌頭回應。他們分開時，她的呼吸急促不已。

「想要嗎？」他問。

「想。你呢？」

他拉過她的手，放在他的牛仔褲上頭，那裡明顯傳達出了他有多麼想要。

一分鐘後，他用手肘撐在地上，穩穩地在她上頭。她用手引領他進去。「對我溫柔點，芭芭拉上校。我都已經快忘了這件事要怎麼做了。」

「就像騎自行車一樣。」巴比說。

結果他說得一點也沒錯。

15

結束後，她的頭靠在他手臂上，向上看著粉紅色的星星，問他在想些什麼。

他嘆了口氣。「不管是夢或實際看到，全都一樣。妳有帶手機嗎？」

「一直帶著。電量還挺多的，只是我不確定能撐上多久。你想打給誰？我猜是寇克斯吧？」

「妳猜得沒錯。妳有把他的號碼存在手機裡嗎？」

「有。」

茱莉亞伸手去拿她扔在一旁的褲子，從手機套裡拿出手機。她撥了寇克斯的號碼，把手機遞給巴比。巴比幾乎才接過去就開始說起話來。寇克斯一定在鈴聲剛響起就接了。

「哈囉，上校。我是巴比，現在人在外頭了。我想趁有機會的時候，先告訴你我們的位置。我們在黑嶺上，地點是麥考伊果園。你那邊有……你有，你當然會有。你那邊有整個小鎮的衛星照片，對吧？」

他聽了一會兒，接著問寇克斯照片上有沒有拍到馬蹄形光芒，位置就環繞在黑嶺上，盡頭則是TR-90合併行政區的邊界。寇克斯表示沒有，接著從巴比那裡聽到更多訊息，詢問著細節部分。

「不是現在，」巴比說。「現在我要你幫我做點事，詹姆士，越快越好，會需要兩架契努克直升機。」

他解釋了自己要他做什麼。寇克斯聽著，接著回答。

「我現在沒辦法處理，」巴比說。「就算我做了，可能也沒有太大意義。我只知道這裡會發生很糟糕的事，而且相信會越來越糟。要是我們夠幸運的話，萬聖節以前都不會出事，但我不認為我們有那麼幸運。」

16

就在巴比與詹姆士．寇克斯上校說話的同時，老安．桑德斯正靠著WCIK電台後方的倉庫外側，抬頭看著異乎尋常的星星。他茫得像是風箏般飄浮，快樂的有如不停吐沙的蛤蠣，酷到像黃瓜一樣清涼，不管要怎樣比喻或許都行。然而，有股深深的哀傷感——平靜到了奇怪的地步，幾乎算得上是舒服——就藏在下方，像是強而有力的地下河流般流動著。在他平凡、實際、普通的這一生裡，從來沒有過任何預感。但現在有了一個。今天，是他在這世上的最後一晚。等苦人們來時，他與煮廚布歇就會離開世上。一切就是這麼單純，也並沒那麼糟糕。

「反正我已經活在獎勵關卡裡了，」他說。「自從我差點吞下那些藥丸以後，都算是多活的了。」

「你在說什麼啊，桑德斯？」煮廚沿電台後方的小徑走來，明亮的手電筒光芒就照在他赤裸的雙腳前方。那件快掉下來的睡褲，依舊搖搖欲墜地掛在他那皮包骨的臀部兩側，不過他身上倒是多了新的東西：一個大大的白色十字架，十字架還用了一條以橡皮筋綁成的繩子掛在脖子上。而他肩膀上頭的，則是那把「上帝戰士」，另外還有兩顆手榴彈就掛在橡皮筋繩的其餘接點。在他沒拿手電筒的另一隻手上，握著車庫的電子鑰匙。

「沒什麼，煮廚，」老安說。「只是在自言自語而已。這幾天以來，我似乎像是唯一會聽自己說話的人。」

「亂講，桑德斯。這是徹頭徹尾的胡說八道。上帝會聽。祂就跟聯邦調查局可以直接竊聽電話線一樣，連到你的靈魂裡。再說，我也會聽。」

這個美妙的說法——同時是種安慰——讓老安的內心升起感激之情。他遞出菸斗。「點燃這玩意，它就會讓你整個又光明起來。」

煮廚沙啞地笑了一聲，接過玻璃菸斗深吸一口，把煙憋在肺裡，接著才咳了出來。「超爽！」他說。「這就是上帝的力量！爭取時間的力量，桑德斯！」

「說得對。」老安同意。這是小桃常說的話，而一想到她，又讓他的心再度徹底的碎了一次。他心不在焉地擦了擦眼睛。「你從哪裡弄來這十字架的？」

煮廚用手電筒指向廣播電台。「科金斯在那裡有間辦公室，十字架就放在他的辦公桌上。最上面的抽屜是鎖著的，但我硬扳開了。桑德斯，你知道裡面有什麼嗎？我看過最噁心的打手槍素材。」

「是小孩嗎？」老安問。他並不感到驚訝。要是一個牧師被惡魔引誘，總會墮落得更深，深到願意戴上大禮帽，趴在一條響尾蛇下方。

「還要更糟糕，桑德斯。」他壓低了聲音。「是東方人。」

煮廚注意到平放在老安腿上的AK-47步槍。他用手電筒照向槍托，上頭有老安用電台工作室裡的馬克筆小心寫上的「克勞蒂特」四個字。

「我老婆，」老安說。「她是第一個因為穹頂而死的人。」

煮廚抓住他的肩膀。「你還惦記著她，真是個好人，桑德斯。我很慶幸上帝有讓我們相遇。」

「我也是。」老安拿回菸斗。「我也是，煮廚。」

「你知道明天可能會發生什麼事，對嗎？」

老安緊緊握著寫有「克勞蒂特」的槍托。答案已經夠明顯了。

「他們很有可能會穿著防彈衣，所以要是開戰的話，我們得瞄準頭部。不要一槍一槍的開，只管連續掃射。要是他們看起來快贏了……你知道接下來會發生什麼事，對嗎？」

「對。」

「直到最後，桑德斯？」煮廚把車庫的電子鑰匙舉到他面前，用手電筒照著。

「直到最後。」老安同意道，用「克勞蒂特」的槍管碰了一下車庫鑰匙。

17

奧利．丹斯摩從惡夢中驚醒，知道有什麼事不好了。他躺在床上，看起來很憔悴，在射進窗戶的第一道曙光之下，不知為何顯得髒兮兮的。他試著說服自己那只是夢，一個他記不太清楚的討厭噩夢罷了。他只記得夢裡有火與尖叫聲。

不是大叫，而是尖叫。

他的廉價鬧鐘就放在床邊的小桌子上滴答作響。他抓起鬧鐘。已經五點四十五了，但卻沒聽見他父親在廚房走動的聲音。沒有咖啡的味道，顯示狀況更不尋常。他父親最晚會在五點十五分起床換好衣服（「乳牛可不等人」是奧登．丹斯摩最喜歡的經典名言），並會在五點半時煮咖啡。

但今天早上沒有。

奧利起床，穿上昨天那條牛仔褲。「爸？」

沒有回應。四周一片寂靜，只有時鐘的滴答聲，以及隱約傳來一頭不太高興的母牛叫聲。憂心籠罩了這個男孩。他告訴自己，上帝沒理由讓他的家人們——一個星期前，他們還幸福美滿地聚在一塊兒——不斷發生悲劇，至少不會在那麼短的時間內陸續發生。他這麼告訴自己，不過就連自己也並不相信。

「爸？」

屋外後方的發電機還在運作，他走進廚房時，可以看見瓦斯爐與微波爐上頭的綠色電子數字仍是亮著的。不過咖啡機是暗的，而且還空著。客廳裡同樣空無一人。奧利昨晚進屋時，他父親正在看著電視，而現在電視雖然還開著，卻調到了靜音。有個看起來就很不可靠的傢伙，正在展示全新改良過的超吸水抹布。「你每個月花四十元買紙巾，等於是把你的錢直接扔了。」那個不可靠的傢伙這麼說。在另一個世界裡，這種事情或許很重要吧。

他去外面餵牛了，只是這樣而已。

難道他沒想到要節省電力，把電視給關了嗎？他們是有一座大型丙烷槽沒錯，但也撐不了多久了。

「爸？」

還是沒有回應。奧利從窗戶望向穀倉。那裡一個人也沒有。隨著不安的感覺逐漸增強，他又朝客廳方向走去，來到父母的房間，打算硬著頭皮敲門。但他沒有必要這麼做。房門是開著的。大型雙人床上一片凌亂（只要他父親一旦離開穀倉，似乎就會變得對凌亂這件事視若無睹），但卻是空著的。奧利正要轉身離開，就發現了一件令他感到害怕的事。打從奧利有記憶以來，奧登與雪萊的結婚照便一直掛在牆上。但現在照片消失了，只在牆上留下一塊白色的區域，證明那張相片曾經掛在那裡。

沒什麼好怕的。

但偏偏就是。

奧利繼續朝客廳走。這裡還有另一扇門。這扇門去年一直都保持開著，但現在卻已關了起來。一張黃色的東西貼在上頭。是張紙條。甚至就在奧利靠近到可以看清楚文字前，就認出了那是父親的筆跡。理應如此；因為每次他與羅瑞從學校回家時，早就不知看過多少次那潦草的字跡在等著他們，而且每張紙條的最後通常都以同樣的方式收尾。

先掃穀倉，然後再去玩。去拔掉番茄與豆子那裡的雜草，然後再去玩。把你媽洗好的衣服收進來，小心別掉到地上，然後再去玩。

玩樂的時間已經結束了，奧利沉重地想。

但一個充滿希望的想法隨即浮現在他腦中：或許他只是在做夢而已。是不是有這個可能？在他弟弟因子彈反彈而死，母親也自殺以後，他當然會做這種在空屋裡醒來的夢不是？

那頭乳牛又叫了一次，甚至就連那聲音也像是從夢裡聽見的。

門上貼著紙條的房間，原本是他爺爺湯姆的房間。在漫長的鬱血性心臟衰竭折磨後，他開始無法打理自己，於是搬來與他們同住。有一陣子，他還能腳步蹣跚地盡量走到廚房與家人吃飯，但到了最後，則始終臥床不起。一開始，他先用一個塑膠的東西塞在鼻子裡——那東西好像叫燭台還是什麼的——後來則變成大多數時間都帶著塑膠氧氣罩。羅瑞有一次說，他看起來就像世界上最老的太空人，結果被媽媽賞了一巴掌。

最後，他們輪流幫他更換氧氣罐，有一天晚上，媽媽發現他死在地板上，像是死前正努力地想要下床。她用尖叫的方式叫奧登過來，奧登過來後，聽了聽老人的胸膛，接著便關上氧氣，而雪萊・丹斯摩則開始哭了起來。從那之後，這間房間大多數時間都是關著的。

門上的紙條這麼寫：對不起。去鎮上吧，奧利。摩根家或丹頓家或利比牧師會讓你住在他們那裡的。

奧利就這麼看著那張紙條好長一段時間，接著，他用彷彿不是自己的手轉動門把，暗自希望情況不會太慘。

是沒有。他的父親躺在爺爺的床上，雙手交疊放在胸口上頭，頭髮梳得就跟平常要去鎮上時的模樣相同。他抱著那張結婚相片。房間的角落處，依舊放著一罐他爺爺的氧氣罐，而奧登那頂寫著「世界大賽冠軍」的紅襪隊棒球帽，就掛在氧氣罐的閥門上面。

奧利搖了搖父親的肩膀。他可以聞到酒味，有那麼幾秒，他的心裡又再度浮現希望（希望總是如此固執，有時則因此顯得可恨無比）。或許他只是喝醉了。

「爸？爸？起床了！」

奧利的臉頰沒感覺到任何呼氣，發現父親的雙眼並非完全閉上，在上下眼瞼之間，還可以看到一些新月形的眼白。這裡的味道，聞起來正是他母親會稱為「尿精」的氣味。

他的父親梳過了頭髮，但在他死去時，就跟他過世的妻子一樣，直接尿在了褲子裡。奧利好奇，要是他知道會這樣的話，是不是會因此放棄。

他緩緩從床前轉身。現在，他希望自己能有那種像做了個惡夢的感覺，但卻無法辦到。他面對的是糟糕的現實，而你無法從這種情況中醒來。他的胃一陣緊縮，胃酸湧至喉間。他跑到廁所，迎面看見正瞪著他的入侵者。在他察覺到那原來是水槽上鏡子裡的自己時，差點就尖叫出聲。

他跪在馬桶前，抓著他與羅瑞稱為「爺爺的殘障扶手」的東西，就這麼吐了出來。吐完後，他沖了馬桶（感謝發電機與一口優秀的深水井，讓他還可以沖水），放下馬桶蓋坐在上頭，渾身不斷顫抖。他旁邊的水槽裡，有兩個湯姆爺爺的藥罐與一瓶傑克．丹尼爾威士忌的酒瓶。所有瓶子裡全是空的。奧利拿起一個藥罐，標籤上寫著：波考賽特⑭。他沒去理會其他瓶罐。

「現在只剩我一個人了。」他說。

奧利。摩根家或丹頓家或利比牧師會讓你住在他們那裡的。

但他不想住在那裡——這主意就與他母親在縫紉室裡做出來的衣服一樣糟。他偶爾會痛恨這個農場，但通常來說，深愛這裡的時間則多上許多。這座農場擁有他。農場、乳牛、柴堆全都一樣。這些東西是他的，而他也是這些東西的。他知道這點，正如他知道羅瑞將會離開這裡，擁有一個燦爛、成功的人生，一開始是大學，接著則是離這裡很遠的某個都市，讓他可以去看戲、逛美術館，以及參與各種活動。他的弟弟很聰明，足以在這個大世界裡獲得自己的一席之地；而就奧利自己的聰明程度來說，可能頂多只能在銀行裡當個負責貸款與信用卡業務的專員罷了。

他決定到外頭去餵牛。只要牠們肯吃，他可以給牠們兩倍飼料。或許還會有一、兩頭母牛會想被擠奶。要是真的如此，他或許能直接從乳頭上喝一點，就像他還是小孩時那樣。

⑭PERCOCET，一種處方鐵止痛藥，藥效極強。

在那之後，他會盡量走到這一大片田野最遠的地方，朝著穹頂扔石子，直到大家為了想見自己的親人一面，開始出現在這裡。這可是場盛會，他的父親一定會這麼說。但奧利沒有任何想見的人；或許只除了從南卡萊那州來的艾姆斯士兵吧。他知道露絲阿姨與史寇特叔叔可能會來──他們就住在新格洛斯特那裡而已──但要是他們來了的話，他該說什麼才好？嘿，叔叔，除了我以外，他們全死光了，謝謝你來看我？

不了，只要穹頂外側的人一抵達，他就會去埋葬母親的地方，在附近挖個新洞。這可以讓他忙個不停，或許等他上床時，還能夠因此睡著。

湯姆爺爺的氧氣罩就掛在浴室門鉤上。不知為何，他母親仔細洗乾淨了一遍，接著就這麼掛在那裡。看著氧氣罩，現實總算擊倒了他，就像鋼琴砸在大理石地板上一樣。奧利突然用雙手摀臉，坐在馬桶上頭，身子顫抖起來，開始嚎啕大哭。

18

琳達．艾佛瑞特拿起兩個裝滿罐頭食品的布製購物袋，差點就要拿出廚房門口，接著決定還是先放在儲藏室裡，等到她與瑟斯頓及孩子們準備出發時再說。當她看見席柏杜那孩子出現在車道上時，很慶幸自己有這麼做。這個年輕人原本就讓她十分害怕，不過，她現在更怕被他看見裝滿湯罐、豆子罐頭與鮪魚罐頭的那兩個袋子。

要出門嗎？艾佛瑞特太太？跟我說說要去哪裡。

麻煩的是，在蘭道夫招募到的所有新警員裡面，席柏杜還是唯一聰明的人。

為什麼雷尼不是派瑟爾斯過來呢？

因為馬文・瑟爾斯是個笨蛋。這太簡單了，我親愛的華生。

她透過廚房窗口，朝後院瞥了一眼，看見瑟斯頓正推著賈奈兒與愛麗絲的鞦韆。奧黛莉趴在一旁，把鼻口放在前爪上。茱蒂與艾登在沙坑裡。茱蒂摟著艾登，似乎在安慰著他，讓琳達因此對她起了股疼愛之情。她希望她可以讓卡特・席柏杜先生不起疑心，在後院五個人都還沒發現他來過以前便離開這裡。她打從念二專時，上台扮演《慾望街車》裡的史黛拉以後，就再也沒演過戲了。但她今早得再度登台，希望能在觀眾離開時得到好評，讓她可以繼續保有自由。

她匆忙穿過客廳，開門前，希望自己看起來能有適度的焦急模樣。卡特站在門毯上，拳頭因為敲門而舉了起來。她抬頭看著他；她的身高有五呎九吋，但他還是比她高了一呎。

「嗯，瞧瞧妳，」他微笑著說。「這麼有精神，就連頭髮也綁好了，現在甚至還不到七點半呢。」

但他的感覺與臉上的笑意可不同；這可不是個什麼有效率的早晨。女牧師不見了、報社那婊子不見了，就連她那兩隻寵物似的記者似乎也消失了，還有蘿絲・敦切爾也是。餐廳開著，但顧店的是惠勒那孩子，他表示對蘿絲會去哪裡這件事完全沒頭緒。卡特相信他。安森・惠勒看起來就像一隻忘了把骨頭埋在哪裡的狗。從廚房傳來的可怕氣味來看，他就連要怎麼做菜也毫無頭緒。卡特繞到後頭，想確認薔薇蘿絲餐廳的廂型車是否還在，但就連車也不見了。他可一點也不感到意外。

去過餐廳之後，他又跑了波比百貨店一趟，一開始先是敲了前門，接著繞到後頭，那裡有某個粗心大意的店員，把一堆鋪屋頂用的防水布留在那裡，簡直就像為了順手牽羊的小偷準備。不過仔細想想，有誰會在一個已經不會下雨的小鎮裡，還費心去偷屋頂的防水用品呢？

卡特原本認為艾佛瑞特家會同樣一無所獲，但他還是過去了，因為只有這樣，他才能說有完全遵照老大的指令行事。不過，當他踏上車道時，聽見了後院傳來孩子的聲音。還有，就連她的廂型車也在。那輛車肯定是她的，因為車架上還裝了一個圓形的警燈。老大說問話的態度要適中，但由於琳達·艾佛瑞特是他唯一能找到的人，因此卡特認為他或許該採取中間偏向強硬的態度才對。不管艾佛瑞特情願與否——肯定不情願——她都得代替那些他找不到的人回答問題。然而，就在他開口前，反倒是她先說了話。不僅是說話而已，竟然還拉著他的手，真的把他拉進了屋內。

「你們有找到他嗎？求求你，卡特，生鏽克沒事吧？要是他出……」她放開他的手。「要是他出了事，拜託請小聲一點，孩子們就在後面，她們已經很難過了，我不想讓她們更不開心。」

卡特越過她，走進廚房，看著水槽上方的窗口。「那個嬉皮醫生在這裡幹嘛？」

「他是來帶他照顧的那兩個孩子的。卡洛琳昨晚帶他們去參加鎮民大會，結果……你也知道發生了什麼事。」

這一連串快哭的話，出乎卡特的預料之外。或許她什麼也不知道。她昨晚有參加鎮民大會，到了今早還待在這裡，或許也足以證實這樣的想法。或者，這有可能是她刻意要讓他判斷錯誤，因此採用了先發制人這招。有可能；她是個聰明人，只消看她一眼就能看得出來。除此之外，對於上了年紀的女人來說，她還算有幾分姿色。

「你們有找到他嗎？芭芭拉有……」她毫不費力地讓聲音哽咽一下。「芭芭拉有傷害他嗎？他有受傷，然後被丟在哪裡嗎？你可以直接告訴我。」

他轉身面向她，在窗口照進來的陰暗光芒裡，露出了輕鬆的微笑。「妳先說。」

「什麼？」

「我說妳先說。告訴我是怎麼回事。」

「我只知道他不見了，」她讓自己的肩膀垂著。「我看得出，就連你們也不知道他人在哪裡。要是芭芭拉殺了他怎麼辦？要是芭芭拉已經殺了——」

卡特一把抓住她，把她轉了過去，就像與舞伴跳交際舞一樣，接著從背後向上抬起她的手臂，直到她肩膀發出喀的一聲。他的動作行雲流水，迅速到恐怖的地步，在她還沒意識到他在幹嘛前，動作便已完成。

他知道了！他知道了，現在正準備要傷害我，逼我說出——

當他說話時，她的耳朵可以感受到他灼熱的吐息，臉頰則可以感覺到扎人的鬍碴，使她因此不寒而慄。

「少跟騙子一樣胡扯了，老媽子。」他的聲音只比呢喃大聲一點。「妳和威廷頓一直走得很近——屁股黏著屁股，奶連著奶。妳想告訴我妳不知道她打算去劫走妳老公？妳打算這樣告訴我嗎？」

他忽地猛力折了一下她的手臂，讓琳達只得咬著嘴唇，把尖叫聲給強壓下來。孩子們就在外頭，賈奈兒正在叫瑟斯頓把她推得更高點。要是他們聽見屋子裡傳出尖叫聲——

「要是她有說的話，我一定會告訴蘭道夫。」她喘著氣說。「你覺得我會在生鏽克根本什麼也沒做的情況下，讓他冒著受傷的風險？」

「他做的事可多了。他威脅不給老大藥，逼他下台。這簡直就是他媽的勒索。我可是親耳聽見的。」他再度用力折了一下她的手臂，使她忍不住發出一聲呻吟。「還有什麼要說的嗎？老媽子？」

「或許他是這麼做了，但我到現在還沒見過他或跟他說到話，所以我怎麼知道？不過，他是這個鎮上最接近醫生的人，所以雷尼絕對不會處決他。或許芭芭拉會，但生鏽克不會。我知道這點，你也肯定知道這點。放開我。」

有那麼一刻，他差點就這麼做了。這套說法的確很有道理。接著，他想到了更好的點子，壓著她走到水槽前。「彎下去，老媽子。」

「不！」

他又用力折她的手臂，讓她感覺肩骨那裡就快脫臼了。「給我彎下去，就像妳打算洗那頭漂亮的金髮一樣。」

「琳達？」瑟斯頓叫道。「處理得怎麼樣了？」

天啊，別讓他問起有關食物的事。拜託了，耶穌。

接著，她又蹦出另一個念頭：孩子們的行李箱放在哪裡？她兩個女兒各自打包了一個小行李箱。要是行李箱就在客廳怎麼辦？

「告訴他妳沒事，」卡特說。「我們都不希望那個嬉皮或孩子會進來屋裡。對吧？」

「很好！」她大喊。

「快處理好了嗎？」他喊。

喔，瑟斯頓，閉嘴！

「還要再五分鐘！」

瑟斯頓站在那裡，看起來像是想開口說些別的事，但接著又回頭幫兩個女孩推起鞦韆。

「幹得好，」他現在正壓著她，而且還勃起了。她可以從穿著牛仔褲的臀部上感覺得到，就像大型的扳手一樣。他往後退開。「快處理好什麼東西了？」

她差點就要說是早飯了，但用過的碗還在水槽裡；有那麼一刻，她的腦袋裡一片空白，幾乎希望他會把那根該死的勃起老二再頂著她。因為，男人一旦把注意力集中在小頭上，大頭就會切換成停機狀態。

但他又用力折著她的手臂。「說啊，老媽子。說來讓爸爸開心一下。」

「餅乾！」她喘著氣說。「我說我要做餅乾。孩子們想吃餅乾！」

「沒電要怎麼做餅乾？」他若有所思地說。「這真是本週最佳謊話。」

「不用烤的那種！自己看看廚房啊，你這個王八蛋！」要是他真看了，就會發現架子上真的有免烘烤的燕麥餅乾材料。不過當然啦，要是他往下看的話，也會看見她打包的那些食物。要是他注意到儲藏室裡的貨架都是半空或全空的話，的確很可能會讓事情演變成那樣。

「妳不知道他在哪裡。」勃起的陰莖又再度壓著她。在肩膀的抽痛下，實在很難察覺到這點。「妳確定？」

「確定。我還以為你知道。我以為你是來告訴我，他受傷或死、死——」

「我覺得妳還是在講一些漂亮的鬼話。」她的手臂被折得更加用力，疼痛已到了難以忍受的地步，叫出來似乎成了難以避免的事。但不知為何，她還是忍下來了。「我想妳知道的一定夠多，老媽子。要是妳不告訴我的話，我就要把妳的手弄到脫臼。最後一次機會。他在哪裡？」

琳達已經做好了手臂或肩膀被他扭斷的心理準備。說不定兩者還會全都斷掉。現在的問題，是她有沒有辦法忍住不叫，讓兩個女兒與瑟斯頓全都安然無恙。她的頭垂著，頭髮垂盪在水槽裡，說：「在我屁股裡。王八蛋，你要不要親一下我的屁股？這樣他或許會蹦出來跟你打聲招呼。」

卡特沒有折斷她的手臂，反倒笑了起來。這話說得真好，而且讓他相信她了。她從來不敢這麼跟他說話，除非她說的是真的。他真希望她穿的不是牛仔褲。硬上她的話可能會有些問題，不過要是她穿的是裙子，那麼肯定可以搞定她。不過就算這樣，用乾磨的方式爽一下，作為這個探訪日開始，倒也不算是件壞事。就算是對著牛仔褲，而不是柔軟滑順的內褲也行。

「不要動，給我閉上嘴。」他說。「要是妳辦得到的話，或許一下子以後，我就會放妳走了。」

她聽見皮帶扣的碰撞聲，以及拉鍊拉開的聲音。接著，有樣東西開始不斷揉戳著她，只是，兩者中間隔的布料，比原先少上許多。她對此感到有些慶幸，至少她穿的是一件很新的牛仔褲，並希望他會因此得到討厭的性病。

只要時間別久到讓兩個女兒進來，看到我這副模樣就好。

突然間，他壓得更重更緊，手已不再握著她的手臂，而是在摸索她的乳房。「嘿，老媽子，」他呢喃著說。「嘿、嘿，我、我——」她感覺到他抽動幾下。這事原本會像白天以後就是黑夜，在抽動過後就會有種溼答答的感覺。然而，感謝上帝，她的牛仔褲對這件事來說顯然太厚了。片刻過後，折著她手臂的力道總算鬆了開來。她原本會因鬆了口氣的感覺落下眼淚，但卻沒這麼做。也不行這麼做。她轉過了身，而他正在重新扣好皮帶。

「在妳繼續做餅乾前，或許還是先把這條牛仔褲換掉。至少，要是我是妳的話就會這麼做。」他聳了聳肩。「不過誰知道呢——搞不好妳就喜歡這樣。畢竟每個人各有所好嘛。」

「這就是你現在在這裡維護法律的方式？這就是你老闆想要的維護法律的方式？」

「他是個更注重大局的人。」卡特轉向儲藏室，讓她狂跳的心臟似乎瞬間停了下來。接著，他看了一眼手錶，拉上拉鍊。「要是妳老公有聯絡妳，記得打給雷尼先生或我。相信我，這是最好的選擇。要是妳沒打的話，我想，下一次我可就會直接射進妳的老屄裡了。不管旁邊有沒有孩子在看都一樣。我可不介意有觀眾。」

「在他們進來前，趕快離開這裡。」

「說拜託，老媽子。」

她開不了口，但卻知道瑟斯頓很快就會進來確認她的狀況，於是把話擠了出口。「拜託。」

他朝門口方向走去，接著看向客廳，停了下來。他看見小行李箱了。她確定一定就是這樣。但他在想的是別的事。

「我在妳那輛廂型車上看到警燈，把它拿下來。以防妳忘記了，我再說一次，妳已經被開除了。」

19

三分鐘後，瑟斯頓與孩子們在三分鐘進屋時，她人已在樓上。她第一件做的事，就是檢查孩子們的房間。行李箱就放在她們床上。茱蒂的泰迪熊還露在外頭。

「嘿，孩子們！」她朝樓下興高采烈地叫，得假裝開心才行。「看一下圖畫書，我過一會兒就下樓了！」

瑟斯頓來到樓梯底部。「我們真的得——」

他看見她的表情，停了下來。她朝他招了招手。

「媽媽？」賈奈兒喊。「我們可以把剩下的百事可樂喝掉嗎？」

雖然通常她會在這麼早的時候，否決孩子喝汽水這種要求，但她這次卻說：「喝吧，別灑出來了！」

瑟斯頓走到樓梯的中間處。「發生什麼事了？」

「小聲點。剛剛有個警察來過。卡特．席柏杜。」

「那個肩膀很寬的強壯高個兒？」

「就是他。他來問我——」

瑟斯頓臉色發白，琳達知道，他想到剛才他以為屋裡只有她一個，大聲跟她說話的那個時刻。

「我想我們應該沒事了。」她說。「不過我需要你確定他是不是真的離開了。他是用走的。檢查一下街上，然後翻過後面的籬笆，到愛德蒙家的院子裡看看。我得先換條褲子。」

「他對妳做了什麼事嗎？」

「沒事！」她噓了一聲。「快去確認他是不是真的走了，要是他走了的話，我們就天殺的趕緊離開這裡。」

20

派珀．利比放開方塊，坐了回去，用滿是淚水的雙眼看著整座小鎮。她想起了先前向「不存在」禱告的那些深夜時分。現在，她知道這一切不過是個愚蠢、幼稚的惡作劇而已，只是個笑話罷了，證明了她的想法。那的確存在，但卻不是上帝。

「妳看到他們了？」

她嚇了一跳。站在那裡的是諾莉．卡弗特。她看起來瘦了，也長大了，派珀看得出她以後會變得很漂亮。以那兩個跟她走得很近的男孩來看，或許她已經是個美女了。

「對，親愛的，我看到了。」

「巴比和生鏞克說得是對的嗎？看著我們的那些人真的只是小孩？」

派珀想著：也許我們只是彼此彼此而已。

「親愛的，我沒辦法百分之百確定。妳可以自己試試。」

諾莉看著她。「真的？」

派珀——不知道她這麼做到底是對是錯——點了點頭。「嗯。」

「要是我……我不知道……有什麼奇怪的反應，妳會把我拉開嗎？」

「當然。要是妳不想的話，也可以別這麼做。這可不是什麼挑戰。」

但對諾莉來說這就是。她相當好奇。她跪在草地上，牢牢抓住方塊兩邊。她馬上就被電了。她的頭往後仰的如此用力，讓派珀聽見她頸椎傳出類似折關節的聲音。她朝女孩伸手，隨即又在諾莉放鬆下來時，將手放下。她的下巴往胸骨方向壓去，原本被電擊時緊緊閉上的雙眼，此刻又再度睜開，眼神遙遠迷濛。

「你為什麼要這麼做？」她問。「為什麼？」

派珀的手臂起了雞皮疙瘩。

「告訴我！」一滴淚水自諾莉眼中流出，滴到方塊頂端，引起一陣嘶嘶的聲音，接著聲音又消失無蹤。「告訴我！」

一片沉默，就這麼似乎維持了好長一段時間。接著，女孩放開了手，往後倒去，一屁股坐在自己的腳跟上。「是小孩。」

「確定？」

「確定。我說不準有幾個人，景象一直在不斷變化。他們戴著皮帽，全部都有張壞嘴。他們戴著護目鏡，看著他們自己那個方塊。只是他們的像是電視。他們看得見每個地方，整個小鎮都看得見。」

「妳怎麼知道？」

諾莉無助地搖搖頭。「我說不出來，不過知道就是這樣沒錯。他們是講話狠毒的壞小孩，我再也不要碰那個方塊了。我覺得這實在太下流了。」她開始哭了起來。

派珀抱住她。「妳問他們為什麼的時候，他們怎麼回答？」

「什麼也沒說。」

「妳覺得他們聽得見妳的話嗎？」

「聽到了，可是根本不在乎。」

她們身後傳來有節奏的拍擊聲，聲音越來越大。兩架運輸直升機自北方飛來，幾乎擦過TR-90合併行政區那裡的樹頂。

「他們最好注意穹頂，否則會像飛機那樣撞上去的！」諾莉大喊。

直升機沒有撞上穹頂，而是在抵達兩英里左右的安全飛行範圍後，便開始下降。

21

寇克斯告訴巴比一條可以從TR-90合併行政區的邊界通往麥考伊果園的老舊運輸道路，還說那條路看起來應該還能走。於是，星期五早上的七點半，巴比、生鏽克、老羅、茱莉亞與彼特．費里曼正沿著那條路往前開去。巴比相信寇克斯，但卻無法想像一條已經用過兩百英里以上的老舊卡車履帶可以撐到那裡，於是，他們選了厄尼．卡弗特從老詹．雷尼的停車場裡偷來的那輛廂型車。要是車子卡住的話，巴比可以斷然捨棄整輛車。彼特沒帶相機；他的尼康數位相機在他靠近方塊的時候就突然故障了。

「外星人不喜歡狗仔隊，大哥。」巴比說。他認為這是個不算超過的玩笑話，但只要事情與彼特的相機有關，那麼彼特就會變得沒什麼幽默感。

那輛先前屬於電話公司的貨車開到穹頂那裡，此刻，他們五個人正看著兩架巨大的CH-47直升機，搖搖晃晃地朝TR-90合併行政區那側一塊生長過剩的牧草地飛去。道路一直延伸到那邊，雙槳直升機的螺旋槳掀起巨大沙塵。巴比與其他人遮住雙眼，但只是出自本能反應，而且毫無必要；揚起的沙塵最遠只能觸到穹頂，接著便往四周落下。

直升機開始下降，就像一位舉止有禮的過重女士，慢慢坐進對她的臀部而言，顯得有點太小的劇院座位中。巴比聽見刺耳的金屬聲從一塊突出的石頭處傳來，直升機笨重地向左移動三十碼，接著再度嘗試降落。

一道人影從第一架直升機的艙門中跳了出來，大步穿越掀起的塵土，一面不耐煩地把塵土揮到一旁。巴比從矮壯的身形中立即認出對方。寇克斯走近時，就像在黑暗裡看不見的人一樣，往前伸出一隻手，摸索著前方的障礙物。接著，他抹去他那一側穹頂上的塵土。

「很高興看見你又能呼吸到自由的空氣，芭芭拉上校。」

「說得對，長官。」

寇克斯轉移視線。「哈囉，夏威女士。哈囉，其餘芭芭拉的朋友們。把每件事都告訴我，不過得說快點——我在這個小鎮的另一頭，還有一場交流會得舉辦，我得趕去那裡處理事情。」

寇克斯用大拇指朝身後用力一比，那裡已經開始卸載十幾台附有發電機的空氣清淨風扇。那些全是大型風扇，也就是會在大雨後吹乾網球場與賽車場維修區用的那種，讓巴比看到後總算鬆了口氣。每架風扇都被固定在附有兩個輪子的推車上。發電機的功率最高可達二十馬力。他希望這樣就夠了。

「首先，我希望你能告訴我這些東西不一定會派上用場。」

「我不確定，」巴比說。「不過我怕很有可能派上用場。你最好在一一九號公路那邊也準備一些，也就是鎮民和他們的親人碰面那裡。」

「今晚就會處理，」寇克斯說。「最快也只能這樣。」

「從這裡運幾架過去，」生鏽克說。「反正，要是光這裡就得用上全部，那我們可能也沒什麼希望了。」

「不會發生這種事的，孩子。或許只要我們完全封鎖卻斯特磨坊鎮的領空，一切就沒問題了，不是嗎？再說，架設一排以發電機供電的工業風扇在探訪者那裡，與我們的目的完全不符。這樣會讓他們聽不見任何聲音。這些寶貝的運作聲可響亮了。」他看了一眼手錶。「好了，在十五分鐘以內，你能告訴我多少事情？」

萬聖節
提前到來

1

七點四十五分，琳達．艾佛瑞特那輛幾乎全新的本田奧德賽廂型車駛進波比百貨店後方的卸貨區。瑟斯頓的雙膝間放著霰彈槍。孩子們（對於正要迎接一場冒險的孩子們而言，他們顯得太過安靜）就坐在後座。艾登抱著奧黛莉的頭。奧黛莉可能因感受到小男孩的哀傷，對此耐心以對。

就算吃了三顆阿司匹靈，琳達的肩膀依舊陣陣作痛，無法從腦中抹去卡特．席柏杜的面孔。就連他汗水交雜古龍水的味道也是。她始終覺得他會開一輛鎮警局的警車停在後方，擋住他們的去路。下一次我就會直接射進妳的老屄裡了。不管旁邊有沒有孩子在看都一樣。

他辦得到，也的確會這麼做。但她偏偏不能直接駛離鎮上，只得瘋狂地想方設法，與雷尼那個忠心耿耿的新手下盡可能保持距離。

「整捲都拿來，金屬剪也是，」她告訴瑟斯頓。「東西就放在牛奶箱底下，生鏽克有告訴我。」

瑟斯頓打開車門，但又停了下來。「不能這麼做。要是還有人需要怎麼辦？」

她不想爭辯；因為可能會朝他大吼大叫，把孩子們嚇著。

「隨便，只要快點就好。這裡根本就是死胡同。」

「我盡快。」

然而，看著他剪防水布，還是漫長的就像永恆一樣，她得克制衝動，否則肯定會靠在窗邊，問他是不是生來就跟愛操心的老太太一樣，還是長大後才變成這樣的。

忍住。他昨晚才失去了摯愛。

對，但要是他再不快點，她可能就會失去一切。主街上已經開始有人朝一一九號公路與丹斯摩農場去了，全都想搶到一個最好的位置。琳達每次聽見警車的擴音器聲音就會嚇一跳。「公路上禁止開車！除了肢體殘障的人，所有人都得用走的。」

席柏杜是個聰明人，肯定察覺到了什麼。要是他又回頭，發現她的廂型車不見了怎麼辦？他會來找她嗎？在此同時，瑟斯頓仍在剪著防水布。他轉過身，讓她以為他搞定了，結果只是用雙眼確認擋風玻璃的尺寸而已。他又開始裁起另一塊。或許他是在試著讓她瘋掉。這是個蠢念頭，然而一旦出現在腦海裡，卻怎麼也不肯離去。

她依然可以感覺到席柏杜在磨蹭她的臀部、用鬍碴刮著她、手指捏著她的乳房。她脫掉牛仔褲時，告訴自己別去看他留在她牛仔褲臀部上的東西，但她還是忍不住看了。她腦中浮現的形容方式是「畫地圖」，發現自己正在努力對抗那股迫切想把早餐吐出來的衝動。要是他知道的話，一定會對此得意不已。

她的額頭滲出汗水。

「媽？」茱蒂在她耳旁說。琳達嚇了一跳，叫了出聲。「對不起，我不是故意要嚇妳的。我可以吃一點東西嗎？」

「現在不行。」

「為什麼那個人要一直用擴音器說話？」

「親愛的，我現在沒辦法跟妳聊天。」

「妳不開心？」

「對，有一點。現在快坐好。」

「我們是要去找爸爸嗎？」

「對。」除非我們被抓到，然後我在妳面前被強暴。「快坐好。」

瑟斯頓總算走了過來。感謝上帝願意幫上這點小忙。他似乎帶了足以遮住全部車窗的正方形與長方形防水布。「妳瞧？這麼做也沒多糟——喔，媽的。」

孩子們笑了起來，聲音傳到琳達的大腦裡，就像銼刀在磨著東西一樣。「說髒話要罰錢，馬歇爾先生。」賈奈兒說。

瑟斯頓往下看，一臉困惑。金屬剪還插在他的腰間。

「我得把這東西放回牛奶箱下——」

琳達在他還沒說完前，就把金屬剪搶了過來，克制把剪刀刺進他狹窄胸膛的衝動——她認為這真是令人敬佩的克制力——走出車外，打算自己放回去。

就在她這麼做的同時，有輛車駛到廂型車後頭，擋住通往西街的路，也就是離開這個死胡同的唯一出路。

2

在鎮屬坡坡頂，主街上有個朝高地大道分岔的三岔路口，老詹·雷尼的悍馬車就停在路口空轉著。下方，聽從擴音器指令的人們，除了肢障以外，全都走下汽車，以步行方式前進。人們走上人行道，許多人還背著背包。老詹看著他們的眼神，帶有受不了的蔑視之意，眼神中只有管理者應負的責任感，沒有任何關愛之情。

卡特．席柏杜朝人群反方向走來。他走在街道中間，每個擋住他的人都被他一把推開。他走到悍馬車旁，坐進副駕駛座，汗水自額頭泉湧而出。「哇，有冷氣感覺真好。現在才快八點，外面就已經有七十五度了。空氣聞起來就像他媽的菸灰缸一樣。抱歉說了髒話，老大。」

「運氣如何？」

「很差。我有找艾佛瑞特警員談談。是前警員才對。其他人全溜了。」

「她知道什麼事嗎？」

「什麼也不知道。醫生沒聯絡她。威廷頓對待她的方式就像種蘑菇一樣，把她丟在黑暗裡，餵了她一堆屎。」

「你確定？」

「嗯。」

「她還帶著孩子？」

「嗯。那個嬉皮也是。就是幫你處理心臟問題那個。另外，還有小詹與阿法在卻斯特塘發現的那兩個孩子。」卡特想著這件事。「他那女人死了，而她老公跑了，所以，他和艾佛瑞特搞不好在這禮拜結束前，兩個人就會搞在一起了。如果你要我再去查一次她，老大，我沒問題。」

老詹的手放在方向盤上，揮了揮一根手指，表示沒有必要。他的注意力在別的地方。「看看他們，卡特。」

卡特心不在焉地看了一下。出城的人數每一分鐘都在變多。

「他們之中的大多數人，會在九點抵達穹頂，至於那些他麻的親屬，十點前絕對到不了。十點還算是最早的狀態了。到時，這些人一定會又聽話又口渴。等到中午，那些忘記要帶水過去的人，則會去奧登．丹斯摩那個混著牛尿的池塘喝水，願上帝保佑他們。上帝非得保佑他們不可。因為這裡頭的大多數人，去工作顯得太笨，去偷又嫌太緊張。」

卡特爆出大笑。

「這就是我們要處理的狀況，」雷尼說。「一群暴徒。他麻的烏合之眾。你覺得他們想要什麼，卡特？」

「不知道，老大。」

「你一定知道。等到太陽下山時，他們會想要食物、《歐普拉脫口秀》、鄉村音樂，以及躺在一張溫暖的床上，盡幹些下流事，好讓他們可以生產更多像他們一樣的人。天啊，那裡就來了一個他們的成員。」

那個人是蘭道夫局長。他正努力爬上山，用手帕擦著通紅的臉。

老詹完全進入了演講模式中。「我們的工作，卡特，就是得照顧他們。我們或許不喜歡這麼做，總會認為他們不值得，但不管怎樣，這份差事依舊是上帝賜給我們的。不過，要完成差事，就得先照顧好我們自己，這就是為什麼兩天前，鎮公所職員辦公室會放了一堆從美食城超市拿來的新鮮水果與蔬菜。你不知道這件事吧？嗯，沒關係。你領先他們一步，而我又領先你一步，這就是事情該有的狀況。這一課要教的很簡單：天助自助者。」

「說得對，長官。」

蘭道夫走到車旁。他氣喘吁吁，雙眼上有著黑眼圈，似乎變瘦了些。老詹按下按鈕，把車窗放了下來。

「進來吧，局長，讓自己吹一下冷氣。」蘭道夫正準備要朝副駕駛座走去時，老詹又補充：「不是那裡，卡特坐在那裡。」他露出微笑。「你坐後座。」

3

停在奧德賽廂型車後方的並非警車，而是醫院救護車。坐在駕駛座上的人是道奇．敦切爾，副駕駛座上的則是維維．湯林森，腿上還有個正在熟睡的嬰兒。後車門打開，吉娜．巴佛萊走了出來，身上依舊穿著那身糖果條紋制服。哈麗特．畢格羅就跟在後頭，穿著牛仔褲，以及寫有「奧運接吻代表隊」的T恤。

「這……這……」這似乎是琳達唯一能說出來的話。她的心臟狂跳不止，血液急速用力湧上頭部，讓她似乎能感覺到耳膜不斷震動。

抽筋敦說：「生鏽克有打來，叫我們過去黑嶺的果園。我甚至不知道那裡有座果園，但維維知道……琳達？親愛的，妳臉色蒼白的就跟鬼一樣。」

「沒事。」琳達說，察覺自己就快暈過去了。她捏了一下自己的耳垂。這是生鏽克很久以前教她的方式。就像他的許多民俗偏方（用一本厚書的書脊拍打粉瘤則是另一招）一樣，的確奏效了。當她再開口時，說話聲音似乎恢復了，也變得真實起來。「他叫你先過來這裡？」

「對。先過來拿那東西。」他朝放在卸貨區的防水布指去。「他說只是為了安全著想。不過我需要那把剪刀。」

「抽筋叔叔！」賈奈兒大喊，衝進他的懷裡。

「妳好嗎？小老虎？」他抱起她搖晃幾下，接著放下。賈奈兒看著嬰兒。「這個女生叫什麼名字？」

「他是男生。」維維說。「叫作小華特。」

「酷！」

「賈奈兒，快回車上，我們要出發了。」琳達說。

瑟斯頓問：「你們都在這裡，那誰照顧醫院？」

維維看起來有些不好意思。「沒人。不過生鏽克說，除非有要密切照顧的人，否則不用擔心。醫院裡除了小華特之外，就沒有這種病患了。所以，我抱起小華特，大家急忙上路。抽筋敦說，我們或許可以過段時間再回去。」

「最好還是要有人在，」瑟斯頓陰沉地說，琳達注意到，陰沉似乎是瑟斯頓固定會出現的情緒。「鎮上四分之三的人都用走的過去一一九號公路的穹頂那裡。空氣狀況很糟，等到十點，也就是探訪者的巴士抵達時，氣溫會有八十五度。我顯然沒聽說雷尼和他那群人有準備什麼可以遮陽的地方。在日落前，卻斯特磨坊鎮可能會有不少身體出問題的人。幸運的話，只會是中暑或氣喘，但也有可能會有人心臟病發作。」

「大家，或許我們該回去才對，」吉娜說。「我覺得自己就像坐在一艘沉船上的老鼠。」

「不行！」琳達的聲音如此尖銳，使他們全看向她，甚至就連奧黛莉也是。「生鏽克說會有什麼不好的事發生。或許不是今天……但他也說可能就是今天。去拿你們遮住救護車車窗用的防水布，趕緊上路。今天早上，雷尼的其中一個手下有來找我，要是他又兜回我家，就會發現廂型車已經離開——」

「那就快走吧，」抽筋敦說。「我先倒車，這樣妳才能出去。別擔心主街那裡，那地方現在一團亂。」

「走主街然後經過警察局？」琳達幾乎打了個寒顫。「不用了，謝謝。老娘要直接從西街開上高地大道。」

抽筋敦坐進救護車駕駛座，而兩個年輕護士又再度坐進裡頭，吉娜最後還回過頭去，充滿懷疑地看了琳達一眼。

琳達停了一下，這才首次看向正在睡覺，流著汗水的嬰兒，接著對維維說：「或許妳跟抽筋敦今天晚上可以回去醫院看看狀況。就說你們接到一通緊急電話，趕去北卻斯特區什麼的。只是不管怎樣，都別提起有關黑嶺的事。」

「不會的。」

現在說起來倒容易，琳達想。等妳被卡特．席柏杜壓在水槽上，就沒辦法說得那麼輕鬆自然了。

她把奧黛莉推回去，關上車門，坐進奧德賽廂型車的駕駛座。

「我們離開這裡，」瑟斯頓說，坐進她旁邊。「自從越戰那段時期，我就再也沒這麼緊張過了。」

「很好，」她說。「因為極度的緊張，會帶來極度的警覺心。」

她倒車繞過救護車，朝西街駛去。

4

「老詹，」蘭道夫坐在悍馬車後座說。「我一直在想關於那場襲擊的事。」
「現在還在想？你何不跟我們分享一下見解，彼得？」
「我是警察局的局長。一邊是控制前往丹斯摩農場的人群秩序，一邊是率領一場行動，前去突襲可能有武裝分子在看守非法物品的製毒工廠……呃，如果真要我選，這麼說吧，我很清楚哪邊才是我的職責所在。」
老詹發現他並不想爭論。與傻瓜爭論只會適得其反。蘭道夫根本不知道電台那裡可能有哪些武器。事實上，就連老詹也不知道（公司的帳簿上可看不到布歇可能會弄來什麼武器），不過，至少他能想像最糟的情況，而這個穿著制服的草包可沒有這種評估本領。要是蘭道夫發生什麼事……嗯，卡特肯定是個更加勝任這職位的替補。
「好吧，彼得，」他說。「我的想法和你與你的職責之間，顯然有不小的距離。你是新的突襲行動領隊了，讓老費．丹頓當副手，這樣你滿意了嗎？」
「這真是他媽的太棒了！」蘭道夫挺起胸膛，看起來就像隻即將報曉的胖公雞。老詹雖然一向沒什麼幽默感，但還是得強忍住不笑出來。
「那就離開這裡，過去警局，開始召集隊員吧。記得，要開鎮公所的卡車去。」
「好！我們中午就攻擊！」他在空中揮舞著拳頭。
「從樹林那裡穿過去。」
「不過，老詹，我想跟你談談這件事。這麼做似乎有些麻煩。電台後面的樹林路況很糟……

那裡有毒藤……還有毒橡樹，甚至連——」

「那裡有條連結道路，」老詹說。他的耐心已經用完了。「我要你走那條路，從他們看不見的地方攻擊他們。」

「可是——」

「一顆打進腦袋瓜的子彈，絕對比毒藤嚴重多了。很高興跟你聊天，彼得。很高興能看到你那麼……」那麼怎麼樣？自負？可笑？白癡？

「那麼全力以赴。」卡特說。

「謝謝你，卡特，我就是這麼想的。彼得，告訴亨利．莫里森，他現在是控制一一九號公路人群秩序的負責人了。還有，記得走那條連結道路。」

「我真的覺得——」

「卡特，幫他開門。」

5

「喔，我的天啊，」琳達說，廂型車朝左急轉，車子在剛過主街與高地大道路口不到一百碼處，便駛上路邊。三個女孩全因車子的搖晃大笑起來，但可憐的小艾登看起來則滿臉害怕，再度抱住充滿耐心的奧黛莉的頭。

「怎麼了？」瑟斯頓厲聲說。「怎麼了？」

她把車停在某戶人家草坪上的一棵樹木後方。那是棵很大的橡樹，但廂型車同樣很大，再說橡樹那些缺乏活力的葉子，大多數就早就掉光了。她想相信她們能成功躲在後頭，但卻無法辦到。

「老詹・雷尼的悍馬車就停在他媽的路口中間。」

「妳也說了髒話，」茱蒂說。「一樣要罰錢。」

瑟斯頓伸長脖子。「妳確定？」

「你覺得這鎮上還有誰會開這麼大台的車？」

「喔，媽的。」瑟斯頓說。

「罰錢！」這回茱蒂與賈奈兒同時說。

琳達覺得口乾舌燥，舌頭頂在嘴裡的上顎處。席柏杜從悍馬車的副駕駛座中走了出來，要是他看向這裡……

要是他看見我們，我就會朝他直衝過去。她想。這個念頭為她帶來相當程度的異常冷靜。

席柏杜打開悍馬車後門。彼得・蘭道夫走了出來。

「那個人在拉內褲，」愛麗絲・艾波頓用誇張的口氣告訴眾人。「我媽說，這代表那個人要去看電影了。」

瑟斯頓・馬歇爾放聲大笑，就連原本以為自己再也笑不出來的琳達也加入了他。不久後，他們全都笑了起來，包括艾登也是。只是，他當然不懂大家究竟在笑些什麼，甚至就連琳達自己也是。

蘭道夫用走的下山，又在制服褲子的屁股那裡拉了一下。這舉動其實不是刻意搞笑，卻因此使它變得更加好笑。

由於不想被排除在外，奧黛莉開始吠了起來。

6

某個地方傳來狗叫。

老詹聽見了，卻沒費心轉身去看，只是看著彼得．蘭道夫滿心歡喜的邁步下山。

「你看，他在把屁縫裡的褲子拉出來，」卡特說。「我爸總是說，這代表你要去看電影了。」

「他唯一會去的地方就是WCIK電台，」老詹說。「要是他堅持從正面攻擊，很可能就會成為他最後去的地方。我們去鎮公所，先從電視上看看這場嘉年華會。等到看煩以後，我要你去找那個嬉皮醫生，告訴他說，要是他試圖逃去什麼地方，我們就會追上去，把他丟進監獄。」

「是的，長官。」他不介意擔起這項任務。或許，他還能用另一種方式來搞艾佛瑞特前警員，而且這次還會把她的褲子脫了。

老詹推動悍馬車的排檔桿，慢慢把車開下山，對著那些沒有迅速讓路的人按下喇叭。

他才一轉進鎮公所的車道，奧德賽廂型車立刻穿過路口，朝離開鎮上的方向前進。高地北街上沒有擁擠的行人，於是琳達馬上加快車速。瑟斯頓．馬歇爾開始唱起〈公車的車輪〉，很快地，所有孩子全跟他一起唱了起來。

隨著里程表每跳十分之一英里，琳達的恐懼感就會消去一些，沒多久後，她也開始跟著唱了起來。

7

郤斯特磨坊鎮的探訪日總算正式到來，每個在一一九號公路朝丹斯摩農場走去的人，內心全都盈滿了熱烈的期待之情。距離小喬·麥克萊奇在那裡舉辦的抗議活動出了岔子，不過只有五天罷了。他們無視於那個回憶，要嘛不是滿心歡喜，就是充滿期望——就算天氣炎熱，空氣難聞也是。地平線那頭已模糊看得見穹頂，在樹木上方，由於污染物的堆積之故，天空變得陰暗灰沉。要是直接抬頭看去，情況會好很多，但那依舊不對；原本的藍色還是變成了黃色，就像患有白內障的老人眼中看見的電影畫面一樣。

「天空看起來就像回到了七〇年代，造紙廠還在全力運作的時候。」說話的是亨麗塔·克拉法——她的屁股還不到骨折的地步。她把一瓶薑汁汽水朝走在身旁的佩卓·瑟爾斯遞去。

「不用了，謝謝，」佩卓說。「我自己有帶水。」

「加了伏特加也不要？」亨麗塔又問。「我有加喔。一半混一半，親愛的，我把這叫作『加拿大乾火箭』。」

佩卓接過瓶子，大大灌了一口。「哇！」她說。

亨麗塔一臉務實地點了點頭。「沒錯，女士。這喝起來沒那麼夢幻，不過可以讓人開心個一整天。」

許多人帶著標語牌，準備秀給外界的訪客看（當然還要讓攝影機拍到），就像晨間新聞節目裡那些現場觀眾一樣。只是，晨間新聞節目會出現的標語牌，總是寫著開朗的內容，而他們這裡大多數的標語牌可不是這樣。有些標語牌參考了上週日的內容，寫著「與權勢抗衡」、「該死，放我們出去！」等文字。至於一些新的，上頭則寫：「這是政府的實驗：為什麼？？？結束封鎖」、「我們是人，不是白老鼠」。強尼．卡佛的標語牌上寫著「上帝保佑，無論你們做了什麼，在一切太遲以前，快給我停下來！」。芙烈達．莫里森的是個問題──雖不符合文法，但卻相當激昂──「誰犯了罪要我們死？」。布魯斯．亞德利的則是一個完全正面的訊息。標語牌貼在一根裹有藍色包裝紙的七呎長棍子上（到了穹頂那裡，這個標語牌會是最高的一個），上頭寫著「哈囉克里夫蘭的爸媽！我愛你們！」。

有九到十個標語牌引用了聖經內容。邦妮．莫瑞爾是鎮上貯木場老闆的妻子，她的標語牌上聲明：「不要赦免他們；因為他們所做的，他們曉得！」。崔娜．凱爾的則寫著：「耶和華是我的牧者」，下方則畫了一隻不知道是不是羊的東西，總之看起來非常強悍就是了。

唐尼．巴里布的標語牌上頭，只簡單寫著「為我們祈禱」。

有時會幫艾佛瑞特家帶孩子的瑪塔．愛德蒙並沒有加入人群行列。她的前夫住在南波特蘭，但她很懷疑他是不是會出現。況且，要是他出現的話，她該說些什麼才好？你的贍養費遲交了，王八蛋？她朝小婊路方向前進，而非朝著一一九號公路去。這麼做的好處，是她不用用走的。她開著她那輛本田謳歌（冷氣開到最大），目的地是克萊頓．布瑞西度過晚年的那棟舒適小屋。他是她很遠房的叔叔（或是什麼關係吧），讓她不太清楚他們實際上的關係，或者是遠房到了什麼程度。但她知道他有台發電機。要是發電機還能用，就能看電視了。除此之外，她也想確認克萊頓叔叔是否還好──或者說，在一百零五歲，腦袋已變成桂格燕麥片的狀況下，是不是可能沒事。

他一點也不好。克萊頓．布瑞西已經放棄了鎮上年紀最大的人的稱號。他坐在客廳那張他最喜歡的椅子裡，腿上放著有缺口的瓷尿盆，波士頓郵報杖就靠在牆邊，身體冷得就跟餅乾一樣。他的曾曾孫女，同時也是主要照顧他的人妮爾．湯美，則完全沒有在家的跡象。她一定是與哥哥和嫂嫂一起過去穹頂了。

瑪塔說：「喔，叔叔——我真難過，不過，或許也是時候了。」

她走進臥室，從衣櫥裡拿了張新床單蓋在老人身上，結果使他看起來有點像是廢屋裡蓋著布的家具。或許是高腳櫃之類的吧。瑪塔聽見後面傳來發電機的運作聲，心想管他的呢，於是打開電視，轉到CNN台，坐到沙發上頭。螢幕上的景象，讓她忘記了自己正與一具屍體待在一起。

那是個高空鏡頭，由一架直升機上的高效遠鏡頭拍攝而成，直升機就在探訪者巴士停放的莫頓鎮跳蚤市場上空盤旋。穹頂裡較早出現的人已經抵達，他們後方那幅景象，簡直就跟麥加朝聖沒兩樣：兩線道的柏油路上全都擠滿了人，一路延伸至美食城超市。鎮民移動的模樣，與螞蟻的確有無庸置疑的相似性。

新聞主播說了些廢話，用了像是「太壯觀」與「令人驚嘆」之類的形容詞。第二回開口時，他說：「我從來沒見過這種情況。」瑪塔把聲音轉到靜音，心想：根本就沒人見過，你這個白癡。她在思考要不要去廚房看看有什麼零食可吃（或許不該在客廳裡有具屍體的情況下這麼做，但她還是餓了，真可惡），但這時，螢幕變成分割畫面。左邊是另一架直升機跟在從城堡岩出發的巴士後方的景象，螢幕底下的標題寫著：探訪者將在十點過後不久抵達。

還有時間弄點小東西。瑪塔找到餅乾、花生醬與——這是最重要的——三瓶冰的百威啤酒。

她把所有東西放在托盤上，拿到客廳，坐回沙發上。「謝了，叔叔。」她說。

就算關掉聲音（特別是關掉聲音的狀況下），分割畫面也極具催眠般的吸引力。喝下第一瓶啤酒時（太美味了！），瑪塔意識到，這兩個畫面就像是最強的矛即將遇上最強的盾一樣，好奇當他們碰在一起時，是否會發生一場爆炸。

在離群眾不遠的山丘上，奧利．丹斯摩一直在掘著他父親的墳墓。他靠在鏟子上，看著人們抵達：先是兩百人，接著是四百、八百。至少也有八百人。他看見一個女人用育嬰背帶背著一個嬰兒，好奇她是不是瘋了，才會在這麼熱的天氣裡帶那麼小的孩子過來，甚至連頂可以遮住頭部的帽子也沒幫寶寶戴上。抵達的群眾站在朦朧的陽光下，焦急等待巴士到來。奧利認為，等到這場熱鬧散去時，他們回家的路上將會走得又慢又哀傷，而等到下午稍晚，也只會變得更熱而已。接著，他又回頭繼續手邊的工作。

一一九號公路兩側路肩越來越多的人群中，有十幾個亨利．莫里森率領的警察。他們大多是新進警員——警車就停在路上，警燈不斷閃動。最後面那兩輛警車是最晚抵達的。由於亨利發現消防局的發電機不僅能用，至少還能撐上兩週，於是叫他們拿容器去消防局的消防栓裝水。因此，他們的後車廂裡放滿了水。這些水或許不夠——事實上，以人群數量來看，根本就是少到愚蠢的地步——但這已經是盡力的結果了。他們會幫受不了酷熱的鄉親保留這些水。亨利希望人數不會太多，但知道肯定會有一些。他詛咒著老詹．雷尼準備不足的事。他知道這點，是因為雷尼對此根本未置一詞，而亨利認為，疏忽只會使一切變得更糟糕。

他跟帕米拉．陳一組，她是那些新進的「特殊警員」中，唯一一個他能完全相信的人。他在看到人群的規模後，叫她打到醫院去。他要救護車過來這裡預備。五分鐘後，她帶了消息回來給亨利，而亨利對這消息既感到難以置信，卻又毫不意外。帕米拉說，一個病人接聽了接待處的電話——一名今天早上稍早時，因手腕骨折而去醫院的年輕女人。她說，所有醫療人員都不見了，就連救護車也是。

「呃，這下可好，」亨利說。「我希望妳的急救技巧不錯，帕米拉，因為可能會派上用場。」

「我會心肺復甦術。」她說。

「很好。」他指向喬．巴克斯，也就是那個最愛鬆餅的牙醫。巴克斯的手臂上戴著藍色臂章，一副自己是個重要人物似的，揮手叫人離開道路兩側（大多數人根本沒理他）。「要是有人牙痛的話，那個自我感覺良好的渾球可以幫他們拔牙。」

「那得要他們用現金付帳才行，」帕米拉說。她長智齒時，有過找喬．巴克斯看牙的經驗。他當時說了些「用某種服務來交換服務」之類的話，同時還用她根本就懶得管的方式偷瞄她的胸部。

「我車子後面好像有頂紅襪隊的棒球帽，」亨利說。「如果有的話，妳可以幫我拿過去嗎？」他指著奧利先前也注意到的那個背著嬰兒的女人。「把帽子給那孩子，然後告訴那個女人，她根本是個白癡。」

「我會把帽子拿過去，但不會對她說這種話。」帕米拉小聲說。「她是瑪麗．盧．寇斯塔，才十七歲，嫁給了一個年紀幾乎是她兩倍的卡車司機才一年而已，她可能很希望他會來看她吧。」

亨利嘆了口氣。「就算這樣，她依舊是個白癡，不過我猜我們全都跟十七歲沒兩樣吧。」

人群還在陸續湧進。有一個男人似乎沒帶水，卻帶了一台大型隨身音響，大聲播放WCIK電台的福音歌曲。他的兩名朋友打開一面旗子，旗子上寫著巨大的字，還寫著兩個歪七扭八的「9」字。旗子上這麼寫著：拜託99我們。

「情況真是太糟了，」亨利說，他說的當然沒錯，但卻不知道情況會糟到什麼地步。有越來越多人在陽光下等待。有些膀胱較弱的人，走到道路西側的草叢裡撒尿。其中大多數在解放以前，就已經先被草割傷了。有個體重超重的女人（瑪貝爾·奧斯頓，她聲稱自己患有無法分泌胰島素的疾病）腳踝扭傷，躺在那裡不斷大叫，直到有兩個人過去把她扶起來為止。鎮上的郵局局長萊納·米徹姆（至少在接下來這個星期裡，看起來都不會有郵件需要寄送）把手杖借給了她。他告訴亨利，瑪貝爾需要坐車回去鎮上。亨利說他沒辦法分配車輛給她，說她只能先在樹蔭下休息。

萊納的雙手朝道路兩側一揮。「你可能沒注意到，這裡一邊是牧場，一邊是灌木叢，根本沒有樹蔭可言。」

亨利指向丹斯摩的乳製品倉庫。「那邊有陰影可以休息。」

「那有四分之一英里遠！」萊納憤憤不平地說。

那裡最多只有八分之一英里遠，不過亨利沒有爭辯。「把她帶到我車子的前座。」

「陽光熱到不行，」萊納說。「她會需要冷氣。」

是，亨利知道她需要空調，這代表了必須得打開引擎，也代表了會用到汽油。汽油現在還沒有短缺——如果他們可以從加油站商店那裡的汽油槽裡抽出汽油就行——但他認為，他們還是得為了之後的事多操點心。

「鑰匙就插在上面，」他說。「開到弱就好了，懂嗎？」

萊納說他會照做，接著回頭去找瑪貝爾。但瑪貝爾不想移動，雖然瑪貝爾漲紅的臉頰全是汗水，但卻不想過去。「我還沒有尿！」她大喊。「我要上廁所！」

其中一名新警員里歐·萊蒙恩悠閒地走到亨利這裡。里歐的腦袋根本就是一團漿糊，讓亨利很難與他共事。「她是怎麼走到這裡的，大哥？」他問。里歐·萊蒙恩就是那種會叫每個人「大哥」的人。

「我不知道，不過就是來了。」亨利疲憊地說。他的頭痛了起來。「找幾個女生把她帶到我的警車後頭，她尿尿時，叫她們幫忙擋一下。」

「要找哪幾個去，大哥？」

「身材壯一點的。」亨利說，在自己突然有衝動想朝里歐·萊蒙恩鼻子上揮上一拳前便先行離開。

「到底是哪門子的警察會要人做這種事？」一個女人這麼說。她正與其他四個女人，一同在三號警車後方護衛瑪貝爾上廁所。瑪貝爾撒尿時還抓著車子的保險桿，而其他面對她的人，則壓抑住內心的不舒服。

多虧了雷尼與蘭道夫，你們那兩個無所畏懼，什麼都不準備的領導者。亨利想這麼回答，但卻沒說出口。他知道自己這張嘴，在前一天晚上表示該聽聽安德莉亞·格林奈爾想說些什麼時，就為自己惹上了麻煩。所以他只說：「就是你們唯一有的那種囉。」

不過公平地說，大多數人比起瑪貝爾那群榮譽護衛更願意互相幫忙。他們記得自己帶水，而且願意與沒帶的人分享，大多數還很節制地喝著。不過，在每個群眾活動裡都有白癡，還是有人連想都沒想就把水給喝個精光。有些人津津有味地吃著餅乾與零嘴，完全沒想過之後會因此口渴。瑪麗·盧·寇斯塔那個戴著過大的紅襪隊棒球帽的寶寶開始煩躁地哭了起來。瑪麗·盧帶了一瓶水來，開始用水輕拍寶寶過熱的臉頰與脖子。不久後，瓶子就空了。

亨利抓著帕米拉的手，再度指向瑪麗·盧。「把瓶子拿過來，幫她裝滿我們帶來的水。」他說。「盡量別讓太多人看見，否則水可能在中午前就全部沒了。」

她按照指令行事。亨利心想：這裡至少還有一個人或許真能勝任小鎮警察這份差事，只要她對這份差事有興趣就行。

沒人注意帕米拉在幹嘛。好極了。等巴士一到，這些人就會有一陣子忘記又熱又渴的事。當然啦，等到探訪者離開後……他們想回到鎮上，可還有好長的一段路得走……

他突然想到一個點子。亨利看著他那群「警察」，從大多是笨蛋的成員中，找尋他可以信任的少數幾個人。蘭道夫把幾個還算可以的人帶去進行什麼祕密任務了。亨利認為那跟安德莉亞指控雷尼經營的毒品工廠有關，不過他並不在乎是怎麼一回事。他只知道，那些人現在不在這裡，而他偏偏無法親自處理。

不過他知道誰可以，於是招手叫他過來。

「有什麼事要幫忙嗎，亨利？」比爾·歐納特問。

「你有帶著學校的鑰匙嗎？」

歐納特擔任中學警衛已有三十年之久，點了點頭。「就在這裡。」掛在他腰帶上的鑰匙圈，在模糊的陽光下閃閃發光。「我老是帶在身上。怎麼了？」

「四號警車，」亨利說。「儘快開回鎮上，小心別撞上任何比較晚過來的人。開一輛校車過來。挑有四十四個座位的那種。」

歐納特看起來不太高興。他的下巴繃成一副北方佬的模樣，亨利——他自己就是個北方佬——這輩子看多了這種表情，而且對此痛恨不已。那是種自私神情，就像是在說：我只想顧好自己就好，老兄。「你以為可以讓這些人全擠進一輛校車裡？你瘋了不成？」

「不是所有人，」亨利說。「只有那些沒辦法靠自己走回去的人而已。」他想到的是瑪貝爾與寇斯塔家那個受不了炎熱的小嬰兒。再說，等到下午三點，肯定會有更多沒辦法走回鎮上的人。說不定還全都沒辦法呢。

比爾．歐納特的下巴繃得更緊了，甚至翹得就跟一艘船的船頭一樣。「沒辦法，警官。我的兩個兒子和媳婦都會過來，他們是這麼說的。還會帶著孩子來。我可不想見不到他們。再說，我也不行離開我老婆，她已經夠焦急了。」

由於他的愚蠢，讓亨利想用力搖晃他的身子（也想因為他的自私而掐死他）。然而，他只是跟歐納特要了鑰匙，問他哪一把才是調車場的大門鑰匙。接著，他叫歐納特回去找他老婆。

「抱歉，亨利，」歐納特說。「不過我得看看我的孩子與孫子們。這是我應得的。我可沒邀那些瘸子、走不穩的人與瞎子過來，所以不用為他們的愚蠢負起責任。」

「說得對，你真是優秀的美國人，這點毫無疑問。」亨利說。「快滾。」

歐納特張嘴想要抗議，但想想還是算了（或許是因為他看見了亨利．莫里森警員臉上的表情），就這麼溜到一旁。亨利大喊著要帕米拉過來，當他說她得回鎮上一趟時，她完全沒有抗議，只問了要去哪裡、做什麼，以及為什麼而已。亨利告訴了她。

「沒問題，可是……那些校車全都是手排的嗎？我不會開手排車。」

亨利用喊的問了歐納特這件事。他與他的妻子莎拉站在穹頂那裡，兩個人正心急如焚地看著莫頓鎮那頭空無一人的高速公路。

「十六號車是手排的！」歐納特回喊。「剩下全都是自排的！叫她記得要繫好安全帶！除非駕駛扣緊安全帶，否則校車就沒辦法發動！」

亨利叫帕米拉上路，並告訴她盡可能開快點，但也千萬小心。他希望校車能儘快抵達。這些人都帶了毯子鋪在地上，有些還用雙手遮住朦朧的陽光。在交談的空檔中，溫蒂·古斯通清楚發現草叢裡並沒有任何蟋蟀的叫聲，於是問她的朋友艾倫那些蟋蟀都到哪裡去了。「該不會是我聾了吧？」她問。

她沒聾。蟋蟀要嘛沉默不語，要嘛都死了。

在ＷＣＩＫ電台裡，開著空調（既涼爽又舒適）的中間地帶，迴繞著厄尼·凱洛格與他的三人樂團高唱「我接到一通天堂打來的電話，打來的人正是耶穌」的聲音。在那裡的兩個男人並沒有在聽，而是呆呆地看著電視上的分割畫面，就與瑪塔·愛德蒙（她這時正喝著第二瓶百威啤酒，完全忘了克萊頓·布瑞西的屍體就在床單下的事），以及美國的每個人，還有——沒錯——外界的所有人一樣。

「瞧瞧他們，桑德斯。」煮廚輕聲說。

「我在看呢。」老安說。他把「克勞蒂特」放在腿上。煮廚想給他兩顆手榴彈，但這回老安拒絕了。他怕自己可能會在拔掉插銷後就動彈不得。他在一部電影裡看過這種事。「太神奇了。

不過你不覺得我們最好還是先做好迎接訪客的準備嗎？」

煮廚知道老安說得沒錯，但眼前這個分割畫面，一邊是直升機跟著巴士，另一邊則是大型轉播車拍攝人群前進，實在讓人難以把視線移開。他認得出每個畫面帶過的地標，就算是從上空拍攝也能認出。探訪者越來越接近了。

我們現在也越來越接近了。他想。

「桑德斯！」

「怎麼了，煮廚？」

煮廚遞給他一個喉糖的錫盒。「石頭遮不住他們，枯樹也無法遮掩，就連蟋蟀也不唱歌給他們聽。所有事情就像書一樣寫在我的腦袋裡。」

老安打開錫盒，看見六支粗捲菸擁擠地放在裡頭，心想：這就是戰士的喜樂。這是他生命中最具詩意的想法，使他覺得就快哭了出來。

「能說句阿門嗎，桑德斯？」

「阿門。」

煮廚用遙控器關上電視。他想一直看到巴士抵達——不管有沒有吸茫，或是有沒有偏執的毛病，他還是就跟每個人一樣，希望故事能有個大團圓結局——只是苦人隨時都有可能過來。

「桑德斯！」

「是的，煮廚。」

「我要去把教堂送餐用的卡車從車庫裡移出來，停在倉庫較遠的那一邊。我可以待在車子後頭，清楚看到樹林裡的動靜。」他拿起「上帝戰士」，上頭掛著的手榴彈不斷晃動。「我不只是這麼覺得，而是確信他們肯定會從那裡過來。那裡有條通路。他們大概以為我不知道，不過——」煮廚的紅眼睛閃閃發光。「——煮廚知道的事比大家以為的還多。」

「我知道。我愛你，煮廚。」

「謝謝你，桑德斯。我也愛你。要是他們從樹林過來的話，我會讓他們進來，然後就像收割一樣，從中間截斷他們。但我們不能把雞蛋放在同一個籃子裡。所以，我要你去我們之前守著的前面監視。要是他們有人從那裡過來——」

老安舉起了「克勞蒂特」。

「沒錯，桑德斯。不過別操之過急，要等到有夠多的人出現，再開始掃射。」

「我會的。」有時，老安又會出現自己肯定活在夢裡的感覺，就像現在。「就跟收割一樣。」

「就是這樣。不過這很重要，所以聽好了，桑德斯。要是你聽見我開槍，千萬別馬上過來。要是我聽見你開槍，同樣不會馬上過去。他們可能猜到我們會分頭行事，不過我還有一招。你會吹口哨嗎？」

老安把兩根手指插進嘴裡，吹了聲很響的口哨。

「很好，桑德斯。說真的，簡直就是神乎其技。」

「我是在文法學校的時候學的。」那時的生活單純多了。但他沒這麼補充。

「等到守不住，很危險的時候再吹。到時我會過來。要是你聽到我吹口哨的話，就全力跑過來我的位置支援我。」

「沒問題。」

「開始前，讓我們先抽一根吧，你怎麼說？」
老安馬上就同意了。
在黑嶺上頭，麥考伊果園的邊緣處，十七個從鎮上來的流亡分子就站在天際線前，像是約翰・福特[144]西部片裡的印第安人一樣。大多數人全都著迷而沉默地看著眼前這幅人們沿一一九號公路移動的無聲景象。他們約莫距離那裡六英里遠，但人群的數量之多，使這景象很難不被看見。
生鏽克是唯一看著較近地方的人，那景象讓他落下心中大石，感覺高興的就要唱起歌來。一輛銀色的奧德賽廂型車正沿黑嶺路加速行駛。他在車子靠近樹林邊緣的發光地帶時停止呼吸，再度跟丟了車子的蹤影。這回，他覺得害怕不已，不管是誰在開車——他猜是琳達——可能都會暈倒，使廂型車發生車禍。但車子穿過了危險點，或許只有小小晃了一下而已，不過他知道事情的確有可能像他想像的一樣。他們就快到了。
他們站在方塊左邊，距離一百碼遠，但小喬・麥克萊奇覺得自己能感覺到它，每次都是：只要一有淡紫色的光芒射出，他的大腦就會跳動一下。這或許只是他的心理錯覺，但他卻不這麼想。
巴比就站在他身旁，單手摟著夏威小姐。小喬輕拍一下他的肩膀，說：「感覺不太對勁，芭芭拉先生。所有的人全聚在一起，感覺很恐怖。」
「說得對。」巴比說。
「他們正在看。那些皮革頭。我可以感覺得到他們。」
「我也是。」巴比說。

「我也是。」茱莉亞用幾不可聞的聲音說。

在鎮公所的會議室裡，老詹與卡特．席柏杜不發一語地看著電視上的分割畫面，變成一個拍著地上的鏡頭。一開始，畫面不斷晃動，像民眾在龍捲風接近或汽車爆炸事件後拍下的影片。他們看見天空、石塊與奔跑的腳。有人在嘀咕著：「快，快一點。」

沃夫．布里澤說：「共同採訪的轉播車已經抵達。他們顯然正在加速處理，但我相信只要過一會兒……是。喔，我的天啊，快看那裡。」

攝影機穩定的畫面拍著數百名來到穹頂的卻斯特磨坊鎮鎮民。他們這時全都站起身子，看起來就像一群露天參拜的教徒，在祈禱過後站起來的畫面。在後方群眾的推擠下，最前面的人全都壓在穹頂上頭；老詹看見壓平的鼻子、臉頰與嘴唇，就像那群鎮民被按在一面玻璃牆上似的。他感到一陣暈眩，隨即明白了原因為何。這是他第一次從外側看進來，第一次發現問題有多嚴重，知道家鄉面臨怎樣的狀況。而這也是他第一次真的害怕。

在穹頂略微吸音的情況下，傳來了一聲微弱槍響。

「我好像聽見槍聲，」沃夫說。「安德森．庫柏，你有聽到槍聲嗎？發生了什麼事？」

庫柏的回答模糊不清，聽起來像是從澳大利亞的內陸深處用衛星電話打過來一樣。「沃夫，我們還沒到那裡，不過我這裡有個小畫面，看起來像是——」

「我現在看到了，」沃夫說。「情況似乎是——」

「是莫里森開的槍。」卡特說。「我只能說，這傢伙的確挺帶種的。」

144 John Ford，知名美國導演，以拍攝西部片聞名。

「他明天就會被開除了。」老詹回答。

卡特看著他，揚起了眉。「因為他昨晚在鎮民大會上說的話？」

老詹用一根手指指向他。「我就知道你是個聰明的孩子。」

在穹頂那裡，亨利．莫里森在想的不是昨晚鎮民大會的事，甚至也沒想到勇敢或盡責之類的問題；他只是想著，要是自己不儘快做些什麼，就會有很多人被壓死在穹頂上頭。於是，他對空鳴槍。一聽到訊號，其餘幾個警察──陶德．溫德斯塔、蘭斯．康洛伊與喬．巴克斯──也做出了相同舉動。

大喊的聲音（還有前面的人因推擠傳來的痛苦叫聲）全都陷入震驚的沉默中，亨利用擴音器大喊：「散開！該死，快散開！只要你們他媽的散開，這裡就會有足夠的空間給每個人用！」

那句髒話甚至比槍聲還具有叫人反省的效用，就連堅持待在公路上最頑固的人（比爾與莎拉．歐納特是其中最有名的；還有強尼與嘉莉．卡佛也是），也開始沿著穹頂散開。有的朝右邊走，但大多數仍往左邊移動，走進奧登．丹斯摩的農地裡，那邊好走多了。亨麗塔與佩卓也是其中之一。她們在喝了一堆加拿大乾火箭後，步伐有些搖搖晃晃。

亨利把槍收進槍套，並叫其他人也這麼做。溫德斯塔與康洛伊照做了，但喬．巴克斯依舊握著他那把點三八左輪手槍──亨利以前曾看過這種便宜貨。

「有本事就衝著我來啊。」他輕蔑地說，讓亨利心想：這是場惡夢。我很快就會在自己的床上醒來，然後走到窗前，看著外頭美麗清爽的秋天景色。

許多選擇離穹頂遠遠的人（留在鎮上的人都憂心忡忡，因為開始有了呼吸方面的問題）正用電視看著情況發展。有三、四十個人聚集在北斗星酒吧。湯米與維洛．安德森去了穹頂，但他們依舊讓酒吧的門保持開著，還打開了那台大電視。聚集在此的人，就站在酒吧的硬木地板上靜靜看著一切，偶爾傳來幾聲哭泣。高畫質的電視影像如同水晶般清晰，讓他們全都為之心碎。

看著八百個人沿著隱形屏障排開，雙手似乎靠在一層薄薄的空氣上，讓他們並非是唯一視線模糊的人。沃夫．布里澤說：「我從來沒看過人類臉上露出這麼渴望的神情……」他一陣哽咽。「我想我最好讓畫面自己說話。」

他沉默下來，這是件好事。這一幕無需任何旁白。

寇克斯在記者會上說：探訪者在下車後，會以步行方式……探訪者與穹頂之間的距離是兩碼，我們認為這是安全距離。當然，事情完全不是這個狀況。巴士的門才一打開，人群就蜂擁而出，呼喊著自己摯愛與至親的名字。有些人跌倒，馬上就被踩了過去（有一個人會死於踐踏之中，十四個人受到輕傷，十二個人則受到重傷）。在穹頂前負責護衛禁區的士兵馬上被擠到兩旁。寫有「不得穿越」的黃色封鎖帶被撞了下來，消失在奔跑雙腳激起的塵土之中。這群新來的人朝穹頂兩側散開，所有人全哭喊著自己妻子、丈夫、祖父母、兒子、女兒、未婚妻的名字。有四個人可能謊稱自己沒有電子醫療植入物，也可能根本忘了。其中三人當場死亡，第四個人由於沒看見他那個以電池供電的植入式助聽器被列在禁帶裝置中，所以在因為多發性腦部出血死亡前，足足昏迷了一個星期之久。

人們自己分成一群一群，電視台共用的攝影機則捕捉到了這一切。他們拍著鎮民與探訪者一同把雙手壓在隱形屏障上；看著他們試圖親吻；觀察男男女女在看進對方的雙眼時落下淚來；紀錄那些無論穹頂內外，就快要昏倒的人，以及那些跪了下來，雙手合十舉高，面對彼此禱告的人們。他們拍下一個位於外側的男人，正用拳頭不斷敲打分開他與懷孕妻子的穹頂表面，他不斷捶打，直到皮膚裂開，血珠沾在那層薄薄的空氣中。他們的鏡頭凝視著一個老婦人把手指輕壓在看不見的穹頂上，指尖變白，在她那抽泣孫女的額頭上滑了過去。

新聞直升機再度起飛，並於四周盤旋，將兩邊人群各自蔓延四分之一英里遠的畫面傳送回去。在莫頓鎮那頭，樹葉已在十月下旬變成了一片火紅，隨風不斷搖曳；而在卻斯特磨坊鎮這裡，樹葉則在鎮民後方低垂不動——公路上、田野裡、灌木叢中——看起來像是被人給遺忘似的。在這團聚時刻（或說是差一點就能真正團聚），所有政治想法與抗議行為，都被拋到了腦後。

坎迪·克勞利說：「沃夫，毫無疑問，這是我在多年的播報經驗以來，見過最哀傷與奇特的事件。」

然而，要是人類適應力不夠強的話，就什麼也不是了。一群群的人們開始興奮起來，褪下了陌生感，讓重聚變成了真正的探訪。而在群眾後方，那些支撐不住的人——穹頂兩側都一樣——正被人扶離現場。磨坊鎮這頭沒有紅十字會的帳棚安置他們，警方只能把他們帶到警車那遮蔭效果不強的地方，等待帕米拉·陳開著校車抵達。

在警局那裡，WCIK電台突擊隊的每個人也都沉默地為眼前的畫面著迷。由於離行動還有一點時間，所以蘭道夫沒理他們。他在寫字板上確認名單，接著示意老費與他一同到前門的台階處。他原本以為老費會因為他接過了指揮權而不開心（彼得·蘭道夫這輩子以來，一直以自己作為判斷他人的基礎），但他沒有。這事情比從商店裡趕走骯髒的老酒鬼要嚴重得多，所以老費很高興能把責任交給別人來扛。他不在乎事情順利的話，是不是會因此有功。畢竟，要是不順利怎麼辦？蘭道夫沒有這種疑慮。一個失業的麻煩製造者，以及一名個性溫和，就算穀片裡有塊屎，卻連「屎」也不會罵一句的藥劑師？這怎麼可能會出亂子？

老費突然發現，他們正站在派珀．利比不久前才滾落下去的階梯上，而他勢必沒辦法完全擺脫領導的責任。蘭道夫遞給他一張紙條，上頭有七個名字，其中一個是老費自己，另外六個則是小馬．瑟爾斯、喬治．佛雷德瑞克、馬蒂．阿瑟諾、奧伯利．陶爾、矮胖子諾曼與蘿倫．康瑞。

「你帶領這隊人馬，從後面的通路過去，」蘭道夫說。「你知道那條路吧？」

「嗯，就是小婊路那頭封起來的通路。懶惰鬼山姆的老爸之前開的一條小路——」

「我不在乎那條路是誰開的，」蘭道夫說。「只管開車到那裡就對了。正午的時候，你帶著你的人手從那邊穿過樹林。出來後，你就抵達電台後面了。正午，老費。早一分鐘或晚一分鐘都不行。」

「我還以為我們全部都要走那條路，彼得。」

「計畫改變了。」

「老詹知道嗎？」

「老詹是公共事務行政委員，老費，而我是警察局局長，也是你的上司，所以你可以好心一點，閉嘴聽我說嗎？」

「抱-賤。」老費讓步地說，無禮地把雙手弓成杯型，靠在雙耳旁。

「我會把車停在電台正面的道路再前面一點，還會帶著史都華跟老福，還有羅傑．基連一起。要是布歐和桑德斯蠢到和你們交手——也就是說，要是我們聽見電台後面傳來槍聲——我們四個人就會趁虛而入，從背後解決他們。這樣懂了嗎？」

「嗯，這對我老費來說，聽起來像是個不錯的計畫。」

「好了，我們對時。」

「呃……什麼？」

蘭道夫嘆了口氣。「我們得確保我們的手錶時間一樣，這樣兩邊才能在中午同樣的時間抵達。」

老費看起來還是聽不太懂，不過依舊照做。

警局裡，有人——聽起來像是矮胖子——大喊：「哇，又有人倒下去了！那些腿軟被帶到警車後面的人，根本就像是木柴堆一樣嘛！」這話激起一陣笑聲與掌聲。他們全都蓄勢待發，由於馬文・瑟爾斯口中那件「或許可以開槍的任務」感到興奮不已。

「我們十一點五十分就位，」蘭道夫告訴老費。「這樣的話，我們還有四十五分鐘的時間可以看電視。」

「你要爆米花嗎？」老費問。「微波爐上的櫥櫃裡還有一大包。」

「聽起來還挺不賴。」

在穹頂那裡，亨利・莫里森去車上幫自己拿了瓶清涼的飲料。他的制服被汗濡溼，記憶中從沒這麼累過（他覺得空氣變差了許多——似乎沒辦法真正地好好喘口氣），但整體來說，他對自己與手下的表現感到滿意。他們成功避免群眾被壓在穹頂上受傷的情形發生，這裡沒人因此而死——還沒——而且鎮民們也都冷靜了下來。有六個電視攝影師在莫頓鎮那側來回穿梭，盡可能紀錄下感人的團聚畫面。亨利知道這是侵犯隱私，但他希望美國與外界能好好地看清楚這件事。就整體來說，人們似乎不怎麼在意，有些人甚至還喜歡得很，讓他們得到了屬於他們的露臉機會。亨利現在有空尋找自己父母的身影了，只是要是沒找到的話，卻也不會因此感到驚訝，畢竟他們這輩子都待在德利市裡，現在還都上了年紀。他甚至懷疑他們到底有沒有去登記抽取探訪者的資格。

一輛新的直升機從西邊飛來，亨利雖然沒注意到，但其實詹姆士·寇克斯上校就在裡頭。寇克斯甚至對探訪日的失控狀態只有一點不高興而已。他沒告訴卻斯特磨坊鎮這裡的任何人，有關他可能會開場記者會的事，但這事並不讓他感到意外或為難。基於他所累積的大量檔案來看，要是雷尼真會出席，反倒才會讓他更加驚訝。寇克斯多年以來，迎接過許多人上台，他可以在一英里以外就聞出對方有沒有種上台說話。

寇克斯看著一長排探訪者與受困鎮民彼此對望。這景象把老詹·雷尼趕出了他的腦海。「這樣倒也不壞，」他喃喃自語。「至少沒有糟到空前絕後。」

穹頂這頭，特殊警員陶比，曼寧大喊：「校車到了！」雖然鎮民幾乎沒注意到——他們全都專心與親人談話，或是仍在繼續尋找親人——但警察卻發出了歡呼聲。

亨利走到他的警車後面，果然沒錯，一輛大型黃色校車此刻正經過老詹·雷尼二手車行。帕米拉·陳的體重就算全身溼透，也可能還不到一百零五磅，但她真的來了，而且還開著一輛大巴士來了。

亨利看了一下手錶，發現現在才十一點二十分。我們得撐過去，他想。我們得撐過去，讓一切平安無事。

主街上，三輛橘色大卡車開上鎮屬坡。彼得・蘭道夫在第三輛中，與史都華、老福與羅傑（他身上全是雞的味道）擠在一起。他們沿一一九號公路北行，朝小婊路與廣播電台前去，蘭道夫想起了一件事，努力壓下用手掌拍打額頭的衝動。

他們有充足的火力，但卻忘了頭盔與防彈背心。

要回去拿嗎？如果這麼做的話，他們就得十二點十五分才有辦法就位，說不定還會更晚。反正，防彈背心幾乎可說是沒有必要的預防措施。十一個人對上兩個人，更別說那兩個人的腦袋瓜還可能早就吸毒吸茫了。

真的，這應該只是小事一件而已。

8

老安・桑德斯就躲在苦人第一次過來時，他待的同一棵橡樹後面。雖然他沒拿任何手榴彈，卻在腰帶正面塞了六個彈匣，背面還塞了另外四個。除此之外，還有兩打彈匣就放在他腳邊的木箱裡，足以抵擋一支軍隊……只是他覺得，要是老詹真派了一支軍隊前來，那麼他們會在短時間內就解決掉他。畢竟，他不過是個藥劑師而已。

他心中有一部分還是無法相信自己會這麼做，但另一部分——也就是他懷疑沒有冰毒，就永遠不會顯露出來的面相——卻冷酷地感到高興與憤怒。老詹那些人無法得到一切，也別想奪走一切。這次沒有談判，沒有交易，沒有退路。他會與他的朋友站在同一陣線。他的靈魂伴侶。老安知道自己的心理狀態就像恐怖分子，但沒關係。他已經浪費了一生在計算得失，此刻堅守不退，永不放棄，讓他因為得到這個改正的機會，感到興奮不已。

他聽見卡車接近，看了一下手錶。手錶已經停了。他抬頭望向天空，藉由散發黃白色模糊光芒的太陽位置，判斷現在應該已接近中午。

老安聽著柴油引擎的聲音逐漸變大，聽到聲音變成兩道時，他知道他的好友的確看破了他們的把戲——任何一個有經驗、曾在星期日下午上場比賽的防守前鋒都絕對能看破這點。他們之中，有些人朝電台後方那條通路去了。

老安深吸一口手上的油炸老爹，盡可能屏住呼吸，接著才吐了出來。他把菸丟在地上，遺憾地將其踩熄。他不希望會有任何煙霧（不管他有多麼興奮，還是得冷靜下來）洩漏了他的位置。

我愛你，煮廚。老安．桑德斯想，把步槍的安全裝置關掉。

9

有條細鍊擋在地上有車轍的通路前。坐在第一輛卡車駕駛座裡的老費毫不猶疑，直接開了過去，用車身把鏈子直接扯斷。帶頭的卡車與後面那輛（開車的是小馬．瑟爾斯）就這麼駛進樹林。

第三輛卡車中，負責開車的是史都華．鮑伊。他在小婊路中間停了下來，指向WCIK電台的廣播塔，望向蘭道夫。後者正靠著車窗，擁擠地坐在座位上，把半自動HK步槍放在雙膝之間。

「再往前開半英里。」蘭道夫指示。「接著停在路邊，把引擎關了。」現在才十一點三十五分。很好。時間還很充裕。

「計畫是什麼？」老福問。

「計畫就是我們等到正午，等聽到槍聲後，就開車衝進去，從後面搞定他們。」

「這輛卡車的引擎聲很大，」羅傑．基連說。「要是那兩個傢伙聽見怎麼辦？這樣就會失去——怎麼說來著？超級大驚喜了。」

「他們不會聽見的，」蘭道夫說。「他們會坐在電台裡，一面吹著舒服的冷氣，一面看著電視，甚至不知道是什麼打中了他們。」

「我們是不是應該要穿上防彈背心之類的東西？」史都華問。

「幹嘛要在這麼熱的天氣裡增加自己的重量？別擔心了。那兩個毒蟲甚至會在知道自己死掉以前，就已經下到地獄裡了。」

10

就在十二點前不久，茱莉亞環顧四周，發現巴比不見了。她走回農舍時，看見他正把罐頭食品放進薔薇蘿絲餐廳的廂型車後頭。除此之外，他還把幾袋東西放進了偷來的那輛電話公司廂型車裡。

「你在做什麼？我們昨晚才把那些東西搬下來的。」

巴比轉向她，臉上神情緊繃，沒有一絲笑意。「我知道，我覺得我們錯了。我不知道我們是不是離方塊太近，但自從生鏽克提到那個放大鏡的念頭在我腦中出現後，就讓我一直想個不停，沒多久後，太陽就出來了，使這個念頭變得越來越強。我希望我是錯的。」

她看著他。「還有其他東西要搬嗎？還有的話我可以幫忙。反正我們可以之後再放回去。」

「對，」巴比說，擠出一個不安的笑容。「反正我們可以之後再放回去。」

11

通路盡頭有一小塊平地，還有一棟廢棄已久的屋子。兩輛橘色卡車停了下來，突擊隊成員全都下了車。整隊人馬共有兩個長形行李袋，裡頭放滿了東西，袋身上還印有「國土安全局」的字樣。其中一個袋子上用麥克筆加上了「勿忘阿拉莫」的文字。袋子裡有更多半自動步槍、兩把附有八發彈匣的泵式獵槍，以及彈藥、彈藥、彈藥。

「呃，費德？」說話的是矮胖子諾曼。「我們是不是應該要有防彈背心或什麼的？」

「我們是從後面襲擊，矮胖子。別擔心。」老費希望他的聲音聽起來比實際上的感覺樂觀。他已經快嚇破膽了。

「我們要給他們投降的機會嗎？」小馬問。「我的意思是，畢竟桑德斯先生可是個公共事務行政委員？」

老費已經想過這問題了。他還想到了榮譽牆。牆上掛著二次世界大戰以來，三名在執勤時死去的卻斯特磨坊鎮員警相片。他不希望自己的相片被掛到那面牆上，加上蘭道夫局長也沒對這點下達明確指示，所以他覺得照自己的意思就行了。

「要是他們舉手投降，就饒他們一命，」他說。「要是他們手無寸鐵，也饒他們一命。除此之外，他們全他媽的死定了。還有人有問題嗎？」

沒有。現在是十一點五十六分。好戲即將上場。

他審視著他的部下（裡頭只有蘿倫．康瑞是女的，但從她那副尊容與小胸部看來，她幾乎可以算是男人吧），深吸了一口氣，開口說：「跟著我，排成一列。我們就停在樹林邊緣，觀察外頭動靜。」

蘭道夫擔心那些毒藤與毒橡樹的事，被證明只是杞人憂天而已，樹木間有足夠空間讓人輕鬆行動，就連背著武器也是。老費認為，他的這一小隊人馬，在穿過他們無法繞開的杜松叢時，動作顯得如此謹慎安靜，使他開始覺得事情將會十分順利。事實上，他甚至有點期待起來了。現在他們真的在行動了，他的膽量又被縫補了回來。

放輕動作，他想著。放輕，安靜。接著，砰！他們永遠不會知道自己被什麼射中。

12

有輛藍色廂型卡車就停在倉庫後方的草地上，煮廚人就伏在車後。他們幾乎才剛離開老威德里歐的那塊平地，他就聽見他們的聲音了。在他那因吸毒變為敏銳的雙耳，以及進入紅色警戒狀態的大腦裡，他們的聲音聽起來就像一群水牛正在找尋最近的水潭一樣。

他急忙跑到卡車前，跪在地上，用保險桿作為槍管的支撐點。原本掛在「上帝戰士」槍管上的手榴彈已拿了下來，現在就放在他身後地上。汗水在他那骨瘦如柴、長滿痘子的後背閃閃發光。電子鑰匙就夾在印有兔子的睡褲腰帶上。

要有耐心，他如此勸告自己。你不知道他們有多少人。先讓他們走出來再開槍，接著，儘快把他們全部收割。

他把幾個「上帝戰士」的備用彈匣隨手放在身前，靜靜等待，一面向基督祈禱自己不會聽見老安吹口哨的聲音。希望他也不用。這一回，他們還是有安然脫身的可能性，可以活著等到改天再戰。

13

老費．丹頓抵達樹林邊緣，用步槍槍管把樹枝移到一旁，凝視樹林外頭。他看見有塊雜草叢生的草地，而廣播電塔就在草地正中間，散發出低沉的嗡嗡聲，使他似乎就連牙齒裡的填充物都能感受到聲波。廣播電塔的周圍被柵欄圍起，上頭的牌子寫著「高壓電」。他位置的左方遠方，有棟磚製的平房式電台建築。在這兩者之間，則是一棟大型紅色穀倉。他認為，這棟穀倉是拿來當倉庫用的。或許還是製造毒品用的，不然就是兩者兼而有之。

馬蒂．阿瑟諾放輕動作來到他身邊，制服襯衫上滲出暗色的汗水痕跡。他的眼神恐懼。「那輛卡車是怎麼回事？」他問，用槍管朝那裡指去。

「那是送餐用的卡車，」老費說。「送給因病無法出門的人用的。你沒在鎮上看過？」

「有看過，還幫忙裝過餐點。」馬蒂說。「我去年才離開聖救世主教堂的義工隊。我不懂的是，這輛車怎麼沒停在倉庫裡？」他的北方口音說「沒」的時候，聽起來像是「咩」，彷彿一頭不高興的綿羊。

「我哪兒知道？幹嘛在乎這點？」老費問。「他們人在電台裡。」

「你怎麼知道？」

「因為電視就在那裡，每個頻道都在轉播穹頂那裡的事。」

馬蒂舉起步槍。「我先朝卡車開幾槍確定一下。這可能是陷阱。說不定他們人就躲在車裡。」

老費把他的槍管壓下。「我的老天爺啊，你瘋了不成？他們又不知道我們在這兒，難不成你想讓他們發現？你媽就是這樣教你送死的？」

「去你的，」馬蒂說，想了一會兒。「也去你老媽。」

老費回頭望去。「上吧。我們穿過這裡，直接朝電台去。先從後窗偷看裡面，確認他們的位置。」他咧嘴一笑。「祝各位順利。」

奧伯利．陶爾的話一向不多，說：「等著瞧吧。」

14

在小婊路那裡的卡車中，老福．鮑伊說：「我什麼也沒聽見。」

「會聽見的，」蘭道夫說。「等就對了。」

現在是十二點二分。

15

煮廚看著苦人們走出掩護，開始越過草地，朝電台工作室的後方前去。有三個人穿著正式警察制服，另外四個則穿著藍色襯衫，煮廚猜，那襯衫應該是暫且充當制服用的。他認出了蘿倫．康瑞（她是以前他賣大麻那段時光的老客戶）與本地的拾荒者矮胖子諾曼。他還認出了小馬．瑟爾斯，他是他的另一個老客戶，也是小詹的朋友。除此之外，他還是已死的法蘭克．迪勒塞的朋友，這代表他可能是強姦小珊那些傢伙裡的其中一分子。嗯，他不會再強姦任何人了——今天以後再也不會了。

七個人。至少這邊是這樣。至於桑德斯那邊呢？誰知道啊？

他靜候更多人出現，等到確定沒人後，便站起身子，把手肘靠在卡車引擎蓋上，大喊：「耶和華的日子臨到，必有殘忍、忿恨、烈怒，使這地荒涼！」

他們不斷環顧四周，但卻愣了好一會兒，不僅沒想到要舉起槍來，更沒有馬上散開。他們畢竟不是警察，在煮廚眼中，他們只是些太笨而飛不起來的鳥兒。

「從其中除滅罪人！以賽亞書第十三章！引用結束，你們這群王八蛋！」

這些審判似的訓誡結束後，煮廚立刻開火，由左至右掃射。兩個穿制服的警察與矮胖子諾曼就像壞掉的娃娃一樣向後飛去，鮮血濺在叢生的雜草上。呆若木雞的倖存者動了起來。其中兩人轉身朝樹林奔去，而康瑞與最後一個穿制服的警察則朝電台工作室拔腿就跑。煮廚的槍口跟著他們，再度開火。步槍才不過開了一槍便停了下來。彈匣已經空了。

康瑞伸手朝後頸拍去，像是被叮了一下，接著面部朝下，趴倒在草地上頭，先是踢了兩腳，接著沒了動靜。另一個人——一個禿頭的傢伙——跑到電台工作室的後方。煮廚不太在意那兩個往樹林裡跑的人，但他不想讓那個禿子就這麼溜了。要是禿子繞過建築物角落，很容易就會發現桑德斯，有可能會朝他身後開槍。

煮廚抓起一個新彈匣，用手掌把彈匣推進槍內。

16

被稱為禿子的費德·丹頓抵達ＷＣＩＫ電台工作室後方的時候什麼也沒想。他看見康瑞家那個女孩的喉嚨被打穿，讓他理性思考的能力完全消失。現在他只知道，他不希望自己的相片被掛在榮譽牆上。他必須找到可以掩護自己的地方，這代表他得進到工作室裡。這裡有扇門，在門後頭，某個福音合唱團正在唱著「我們會攜手圍在寶座周圍」。

老費抓住門把，但卻無法轉動。

鎖上了。

他把槍拔了出來，握著槍的手隨即舉高，大聲尖叫：「我投降！不要開槍，我投——」

三發子彈重重打進他下背部。他看見紅色的血噴在門上，只有時間去想：我們應該要記得帶防彈衣的。他倒了下去，當世界在他眼前迅速流逝時，他的一隻手還握著門把。他所經歷過的每件事，以及他所知道的每件事，全縮為了一個燃燒中的明亮光點。接著，一切都不見了。他的手從門把上滑落，就這麼靠著門，跪著死去。

17

馬文．瑟爾斯什麼也沒想。小馬看見馬蒂．阿瑟諾、喬治．佛雷德瑞克與矮胖子諾曼在他面前倒下，感覺到至少有一顆子彈，從他的雙眼前呼嘯而過。像這種事情，對理性思考可沒任何幫助。

小馬拔腿就跑。

他跌跌撞撞地往回穿過樹林。樹枝拍打著他的臉，讓他跌倒一次，接著又站起身來，總算衝進他們停放卡車的那塊平地。啟動引擎，開車離開是最為合理的舉動，但小馬的狀況無法理智思考。要是另一個後門組的突襲隊生還者沒抓住他的肩膀，把他推到一棵大松樹的樹幹上的話，他可能會以衝刺的速度，沿著通路直接跑到小婊路那裡去。

那人是奧伯利．陶爾，書店老闆的弟弟。他的身形壯碩，走起路來總是搖搖晃晃，眼神呆滯。他有時會幫他的哥哥雷把書放到書架上，但卻很少開口說話。鎮上有人覺得奧伯利有點低能，但他此刻看起來並不低能，也不驚慌失措。

「我要回去解決那些王八蛋。」他這麼告訴小馬。

「祝你好運，老兄。」小馬說。他朝樹幹用力一推，轉身想再度朝通路方向跑。

奧伯利．陶爾這回更用力地把他推了回去。他把眼前的頭髮撥開，用來福槍指著小馬的腹部。「你哪裡也別想去。」

他們身後傳來另一陣槍聲與尖叫聲。

「你沒聽見嗎？」小馬問。「這樣你還要回去那裡？」

奧伯利充滿耐心地看著他。「你不用跟著我，但你得掩護我。懂嗎？要是你不肯的話，我就親手殺了你。」

18

蘭道夫局長的臉上揚起一個緊張的笑容。「敵人現在被我們派去後面的人吸引住了。一切都按計畫進行。開車，史都華。直接開上車道，我們等到了電台工作室那裡再下車。」

「要是他們在倉庫裡呢？」史都華問。

「那我們還是可以從後面攻擊他們。在太遲之前，趕快出發！」

史都華．鮑伊踩下油門。

19

老安聽見後方的倉庫傳來槍聲，但煮廚沒有吹哨，所以他留在原地，緊貼在樹木後方。他希望後面不會有任何問題，因為，此刻他有自己的問題得處理：一輛鎮公所的卡車正準備轉進電台車道。

卡車靠近時，老安不斷繞著樹幹轉圈，讓橡樹始終擋在他與卡車之間。卡車停下，車門開啟，走出四名男子。老安很確定其中三個人就是先前來過的那三人……而其中一個肯定就是雞先生沒錯。不管走到哪裡，老安都能認得出那雙沾滿雞屎的綠色橡膠靴。苦人。老安不打算讓他們從背後襲擊煮廚。

他從樹後方走了出來，走到車道中間，直接往前方走去，同時把「克勞蒂特」像是儀隊那樣橫過胸前。他踩著碎石，但聲音卻被蓋了過去。史都華沒把車熄火，還大聲放著從廣播電台傳送過去的福音歌曲。

他舉起步槍，但讓自己等了一會兒。如果要殺他們，就得先等他們站在一塊兒。等到他們接近電台工作室的前門時，的確是站在了一塊兒。

「嗯，是雞先生與他的朋友們，」老安拉長聲音，差強人意地模仿著約翰·韋恩。「最近還好嗎，各位？」

他們開始轉身。這是為了你，煮廚。老安想，隨即開火。

他在第一輪掃射就殺死了鮑伊兄弟與雞先生，而蘭道夫則是受了傷。老安按照煮廚教他的方式退出彈匣，從褲子腰間抓起另一個彈匣，裝入槍內。蘭道夫局長朝電台工作室的門爬去，鮮血不斷自右臂與右腿湧出。他回頭望去，雙眼睜得又大又圓，臉上滿是汗水。

「拜託，老安，」他喃喃地說。「我們得到的命令不是要傷害你，而是把你帶回去就好，好讓你跟老詹可以一起處理事情。」

「說得對，」老安說，真心地大笑起來。「少跟騙子一樣唬爛了。你們想奪走一切——」一連串單發槍聲自電台工作室後方響起。煮廚可能有麻煩了，或許會需要他的支援。老安舉起「克勞蒂特」。

「求你別殺我！」蘭道夫尖叫，用一隻手遮住了臉。

「想想跟耶穌一起享用烤牛肉晚餐的事吧。」老安說。「因為三秒後你就可以攤開餐巾了。」子彈接連不斷地自步槍中射出，幾乎把蘭道夫打到了電台工作室的門口。接著，老安朝建築物後方跑去，在過去的路上，退出用了幾發的彈匣，換上一個全新的。

草地那裡傳來尖銳刺耳的口哨聲。

「我來了，煮廚！」老安大喊。「撐著，我來了！」

有什麼東西爆炸了。

20

「你掩護我，」奧伯利在樹林邊緣冷冷地說。他脫下襯衫，撕成兩半，把其中一半綁在額頭上，顯然是想模仿藍波[145]。「要是你想害死我的話，最好第一次就成功，因為要是你沒成功，我

[145] Rambo，電影《第一滴血》的主角。

就會回來這裡，把你該死的喉嚨給割開。」

「我會掩護你的。」小馬承諾。他的確會。至少在樹林邊緣這裡，他還算是安全的。

或許吧。

「那個發神經的毒蟲別想給我逃走，」奧伯利說。他的呼吸急促，情緒激動地站了起來。「那個失敗者。他媽的癮君子。」他提高了音量：「我來找你了，你這個他媽的瘋子毒蟲！」

奧伯利．陶爾用盡力氣大吼的同時，煮廚原本已從送餐卡車後方走了出來，想去看看他殺死的人，這時則又把注意力給移回樹林。

小馬開始開槍，雖然子彈離他有一段距離，但煮廚仍本能地蹲伏下來。他蹲下時，車庫的電子鑰匙從他睡褲鬆垮的腰帶上掉了下來，落入草叢之中。他俯身想撿，同時奧伯利則用自動步槍開槍。送餐卡車的側面瘋狂爆出一長排彈孔，板金發出一連串空心撞擊聲響，副駕駛座那側的窗戶被擊破，成為了閃爍的碎片。一顆子彈打掉了擋風玻璃那側的金屬飾條。

煮廚放棄了車庫電子鑰匙，開槍回擊。不過他的運氣用完了，奧伯利．陶爾並未傻傻地待在原地。他左右來回地跑著，朝廣播電塔方向前進。那裡沒有可供掩護的地方，但他這麼做，卻可以淨空瑟爾斯開槍的區域。

奧伯利的彈匣空了，但最後一顆子彈仍在煮廚頭部左側劃開一道口子。鮮血濺出，一團頭髮落在煮廚瘦削的肩膀上，就這麼黏在他的汗水上頭。煮廚跌坐在地，暫時放開了「上帝戰士」，隨即又趕緊撿起。他不認為自己的傷勢很重，但卻認為得趁還可以的時候，把桑德斯叫來這裡。

煮廚把兩根手指塞進嘴裡，吹了一聲口哨。

就當小馬從樹林邊緣再度開火時，奧伯利．陶爾抵達了圍在廣播電塔周圍的柵欄那裡。小馬這回瞄準送餐卡車的尾端。子彈撕毀金屬鉤，讓後門因此打開，同時爆出火花。裡頭的瓦斯桶馬上爆炸，使卡車後方升起一團火焰。

煮廚覺得背後傳來一陣驚人熱氣，一時間只想到了手榴彈的事。手榴彈爆炸了？他看見廣播電塔那個人正在瞄準他，腦袋中出現兩個明顯選項：開槍回擊，或是去撿電子鑰匙。他選擇了電子鑰匙，就當他的手接近鑰匙時，身邊的空氣裡突然充滿了看不見的蜜蜂。一隻叮上了他的肩膀，另一隻則撞進他的側面，直入腸內。煮廚布歇倒在地上，翻過身去，手上的電子鑰匙再度鬆脫。他伸手想抓，但周圍又襲來另一群蜜蜂。他爬進草叢，把電子鑰匙留在原地，如今只能把希望放在桑德斯身上。廣播電塔的那個人——七個苦人裡最勇敢的一個，煮廚想。對，他真的很勇敢——正朝他走來。「上帝戰士」此刻已變得無比沉重，他的整個身子也同樣沉重。然而，煮廚仍舊設法跪起身子，扣下扳機。

什麼也沒發生。

彈匣要嘛空了，要嘛就是卡住了。

「你這個操他媽的瘋子，」奧伯利．陶爾說。「你這個瘋子毒蟲。再吸啊，你他媽——」

「克勞蒂特！」桑德斯大叫。

陶爾轉過身，但一切已經太遲。一陣短暫沉重的槍聲響起，四發七點六二公釐長的子彈打掉了他大部分的頭部。

「煮廚！」老安尖叫，跑向跪在草地上的朋友，鮮血自他朋友的肩膀、側面與太陽穴流淌而過。煮廚的臉部左半側全是濡溼的紅色。「煮廚！煮廚！」他跪倒在地，抱著煮廚。他們全都沒看到小馬・瑟爾斯這個活到最後的人。他走出樹林，開始謹慎地朝他們走去。

「扳機。」煮廚喃喃地說。

「什麼？」老安低頭看向「克勞蒂特」的扳機好一會兒，但煮廚指的顯然不是這個。

「電子鑰匙。」煮廚低聲說。他的左眼浸在鮮血裡，另一隻則睜得老大，極度清醒地看著老安。「電子鑰匙，桑德斯。」

老安看見落在草地上的電子鑰匙，撿起來遞給煮廚。煮廚握著老安的手，把電子鑰匙握在他們的手掌之間。

「你……也……桑德斯。」

老安握緊煮廚的手。「我愛你，煮廚。」他說，親了一下煮廚布歇那滿是血斑的乾燥嘴唇。

「我也……愛……你……桑德斯。」

「嘿，死兔子！」小馬用一種開心到了瘋狂地步的聲音喊著。他就站在離他們十碼的距離而已。「去開房間吧！不對，等等，我有更好的點子。去地獄開房間吧！」

「現在……桑德斯……現在。」

小馬開火。

子彈打進老安與煮廚側面，但在被打成碎片前，他們一同按下了「開門」的白色按鈕。

爆炸的白色光芒朝各個方向激射而去。

21

槍聲響起時，卻斯特磨坊鎮的流亡人士正聚集在果園的邊緣享用戶外午餐——槍聲不是從一一九號公路那邊傳來的，探訪活動還在進行中。是從西南方來的。

「是小婊路那裡，」派珀說。「天啊，真希望我們有望遠鏡。」

但他們不用望遠鏡就能看見送餐卡車爆炸時冒出的黃色火光。抽筋敦正用塑膠湯匙吃著沾滿芥末的雞肉。「我不知道那裡發生了什麼事，但地點肯定是在廣播電台。」他說。

生鏽克抓住巴比的肩膀。「丙烷就在那裡！他們把丙烷放在那裡製造毒品！丙烷就在那裡！」

巴比在那一刻起了一股清晰、恐怖的預感；最糟的時刻就要來了。接著，在四英里以外，一道驚人的明亮白光竄上模糊天際，就像閃電往上打去，而非平常的往下直竄。一會兒過後，一陣巨大的爆炸聲直接劃破天空。紅色火球先是吞沒ＷＣＩＫ電台的廣播電塔，接著吞沒樹林，隨即朝四周竄去，吞沒了整個地平線。

黑嶺上的眾人尖叫出聲，但由於八十磅炸藥與一萬加侖丙烷結合的刺耳的爆炸聲，使得他們根本無法聽見自己的聲音。他們護住雙眼，向後退開，踩在他們的三明治上頭，踢翻了飲料。瑟斯頓把愛麗絲與艾登一把擁入懷裡，而巴比則朝著變黑的天空看了好一會兒——他的臉拉得長長的，神情恐懼，就像看著地獄之門在他面前開啟，只能等待被隨之而來的火海吞沒。

「我們得回到農舍那裡！」巴比大喊。茱莉亞抱住了他，開始哭了起來。在她身後，小喬・麥克萊奇正扶起流下淚水的母親。至少有一段時間，這些人哪裡都去不了。

在西南方，小婊路的大部分地區會在接下來的三分鐘內不復存在，泛黃的藍色天空變成了黑色，巴比的情緒極度冷靜，但腦海中只有一個想法：現在我們真的在放大鏡下了。

爆炸粉碎了幾乎空無一人的鎮中心裡的每扇玻璃，讓百葉窗全都飛了起來，電線桿被震得歪斜，門板從鉸鍊上被扯下，郵箱則被全部震斷。整條主街上的汽車警報器全都響了起來。對老詹·雷尼與卡特·席柏杜來說，感覺就像會議室被地震襲擊一樣。

電視仍是開著的。沃夫·布里澤以他真正驚恐的語氣問：「怎麼回事？安德森·庫柏？坎迪·克勞利？查德·梅耶？索萊德·歐布萊恩？有誰知道這到底是怎麼回事？到底怎麼了？」

在穹頂這裡，美國最新的電視明星們全都環顧四周。他們全都護著雙眼，凝視鎮上方向，使攝影機只能拍到他們的背部。一架攝影機快速把鏡頭晃了過去，就這麼拍到了地平線那裡驚人的黑色煙柱與紛飛碎片的畫面。

卡特站了起來。老詹抓住他的手腕。「快去看一下。」老詹說。「看看情況有多糟，然後趕快回來這裡。我們可能得去輻射塵避難室裡。」

「好的。」

卡特衝上樓梯。他跑進大廳時，靴子下方不斷傳出踩著碎玻璃的聲響。鎮公所的前門幾乎已完全被蒸發掉。他跑到外面的台階時，眼前所見的景象完全超過他能想像的任何事情，彷彿讓他又再度跌回童年時光，有好一陣子都在原地動彈不得，心裡想著：這就像是前所未有、最強、最可怕的暴風雨一樣，而且還要比那更糟。

西方的天空全是一片被翻湧的深黑色雲朵團團包圍的橘紅色火海。空氣中已可以聞到丙烷爆炸的惡臭。聲音聽起來就像十幾座鋼鐵廠同時全力運作的巨響一樣。

在他正上方，天空已變成一片黑暗，鳥群四處逃逸。

看著那些鳥——鳥群根本無處可去——打破了卡特動彈不得的情形。他覺得有風吹到臉上。卻斯特磨坊鎮裡頭已經六天沒起風了，而這陣風又熱又污濁，全是瓦斯與木頭蒸發的臭味。

有棵巨大的橡樹倒在主街上，把已經沒電的電線扯了下來。

卡特飛快地沿著走廊往回奔去。老詹就站在樓梯口，肥胖的臉上，神色蒼白恐懼，還閃過一下不知如何是好的表情。

「下樓，」卡特說。「去輻射塵避難室。就要來了。火勢就要燒過來了。等到火勢蔓延過來，會把鎮上那些還活著的人都給全部燒死。」

老詹呻吟起來。「那些白癡到底做了什麼好事？」

卡特不在乎。不管他們做了什麼，事情也已經發生了。要是再不趕快行動，就連他們也完了。「下面有空氣清淨機嗎？老大？」

「有。」

「有連到發電機上頭？」

「有，當然有。」

「感謝上帝。或許我們還有機會。」

他扶著老詹下樓，讓老詹盡量走得快一點。卡特只希望他們不會在下面活生生地被烤死。

北斗星酒吧的門是開著的，還用門軸加以固定，但爆炸的威力破壞了門軸，讓門被甩得關了起來，玻璃往內飛濺，割傷了幾個站在舞池後方的人。亨利．莫里森的弟弟惠特的頸部被整個劃開。

人群蜂擁衝向門口，完全把那台大電視拋到了腦後。可憐的惠特．莫里森倒在自己的血泊中死去，就這麼被他們踐踏而過。他們敲打著門，有更多人因為從門上的缺口擠過時被碎片劃傷。

「鳥！」有人大喊。「喔，天啊，看看那些鳥！」

但大多數的人沒往上看，而是看向西方。那裡燃燒的末日景象正朝著他們席捲而來。天空此刻已如同午夜般漆黑，空氣中全是有毒的氣體。

有些人從鳥群裡得到提示，開始小跑、慢跑，或是直接往一一七號公路的中間飛奔而去。有幾個人跳進自己的車子裡。在很久以前，戴爾．芭芭拉在這座碎石地停車場中被人打了一頓，而此時，這裡則發生多起汽車相撞的意外。威兒瑪．溫特坐進她的貨卡車裡，在避開停車場那些撞壞的車輛後，發現她要去的方向全都塞滿了逃跑的行人。她看向右邊——火海正朝他們席捲而來，就像一片巨大的燃燒布幔，吞食著小婊路與鎮中心之間的樹林——不管一切地開進前方擋在路上的人群中。她撞上抱著嬰兒想逃走的卡菈．范齊諾。威兒瑪在車子壓過他們的身體時，感覺到車子顛簸了一下，毅然無視於卡菈的尖叫聲。卡菈的背部被壓斷，孩子史蒂文則被壓死在她下方。威兒瑪只知道自己得離開這裡。不管怎樣，非得離開這裡不可。

在穹頂這邊，團聚時光已因為世界末日這個不速之客而結束。在內側，現在有事情比親人們更加重要：巨大的蘑菇雲在西北方升起，升起的火柱已有一英里高。第一道風勢——也就是讓卡特與老詹逃向輻射塵避難室的那一道——向他們襲來，他們朝穹頂縮去，大多數人都忽略了身後還有別人。無論如何，他們後方的人還可以往後退。可以這麼做實在非常幸運。

亨麗塔．克拉法感覺到一隻冰涼的手握住她的手。她轉過頭去，看見了佩卓．瑟爾斯。佩卓的頭髮已從髮夾上鬆脫下來，垂在她的臉頰兩側。

「妳的特調果汁還有剩嗎？」佩卓問，擠出一個「讓我們狂歡吧」的蒼白笑容。

「對不起，已經全部喝完了。」亨麗塔說。

「嗯——或許也沒關係了。」

「跟我一起撐下去，親愛的，」亨麗塔說。「跟我一起撐下去。我們會沒事的。」

然而，當佩卓看進老婦人的雙眼時，卻沒看見任何相信這話的希望神情。派對就要結束了。現在看吧。仔細地看。八百個人朝穹頂擠去，他們的頭向上抬起，睜大了眼，看著他們無法避免的結局衝向他們。

強尼與嘉莉·卡佛在這裡，在美食城超市工作的布魯斯·亞德利也是。擁有一座即將灰飛煙滅的貯木場的泰比·莫瑞爾與他的妻子邦妮、在波比百貨店任職的陶比·曼寧、崔娜·柯爾與唐尼·巴里布、溫蒂·古斯通與她的朋友及教師同伴艾倫·范德斯汀、不願意去開校車的比爾·歐納特，與他那尖叫著祈求耶穌保佑，看著火勢迎面而來的妻子莎拉。陶德·溫德斯塔與曼紐·歐塔葛抬著臉，沉默地看著西方消失在煙霧中的世界景象。湯米與維洛·安德森再也無法邀約波士頓的另一個樂團來到他們的酒館了。看看他們所有的人，整個小鎮的人全背靠著那道隱形的牆。

在他們後方，探訪者開始往後退，接著又從往後退變成奔跑。他們忽略了巴士，直接衝上公路，沿著莫頓鎮方向跑。有幾個士兵依舊堅守崗位，但大多數全都丟下了槍，跟在人群後頭狂奔，回頭的次數不超過羅得回頭看索多瑪的次數。

寇克斯沒有逃走。他走近穹頂，大喊：「你！負責的警官！」

亨利·莫里森轉過身，走到上校的位置，把雙手撐在他看不見那個堅硬、神祕的表面上頭。呼吸已變得十分困難，火勢引發的風勢吹打著穹頂，接著又朝襲來那個飢渴的東西反彈：一頭有著血紅雙眼的黑色狼隻。在莫頓鎮邊界這裡，有著可以餵養牠的羊隻。

「幫幫我們。」亨利說。

寇克斯看向火海，估計火勢抵達人群目前的位置不會超過十五分鐘，可能還只需要三分鐘。

這不只是一場火災或爆炸事件；在這種封閉與受到污染的環境中，根本就是場大災難。

「我辦不到，先生。」他說。

在亨利回答前，喬．巴克斯抓住了他的手臂，已經全然語無倫次。

「放開我，喬，」亨利說。「我們無處可逃，除了祈禱以外什麼也做不了。」

但喬．巴克斯沒有祈禱。他的手上依舊握著那把愚蠢的廉價小型手槍。他朝迎面而來的煉獄景象望上最後瘋狂的一眼，接著把槍頂住太陽穴，就像玩俄羅斯輪盤的人一樣。亨利想搶過槍，但為時已晚，巴克斯已扣下扳機。他沒有馬上就死，雖然一團血塊從他頭部側面噴出，但他仍搖搖晃晃地走開，就像揮舞著一條手帕一樣，揮舞著他那把愚蠢的小型手槍，不斷發出尖叫。接著，他跪倒在地，朝變暗的天空甩出雙手，就像得到了什麼神明的啟示，接著才倒了下去，臉部撞在高速公路的破碎白線上頭。

亨利把頭轉回寇克斯上校那裡，一臉目瞪口呆。他們兩人之間只有三英尺遠，卻有一百萬英里長。「我很遺憾，我的朋友。」

帕米拉．陳腳步不穩地走了過來。「校車！」她在逐漸變大的聲響中朝亨利大吼。「我們得坐校車直接衝過去！這是唯一的機會！」

亨利知道根本沒有機會，但還是點了點頭，看了寇克斯最後一眼（寇克斯永遠不會忘記這名警察陰暗、絕望的眼神），抓起帕米拉．陳的手，在黑煙朝他們衝來的同時，跟著她前往十九號校車。

火勢蔓延到鎮中心，主街開始沿路爆炸，就像焊槍的槍管一樣。和平橋被全然蒸發。當老詹與卡特上方的鎮公所由內往外炸開時，他們兩人在輻射塵避難室裡縮成一團。警察局的磚牆先是往內縮，接著噴出磚塊，高度直達天際。路西安．卡弗特的雕像從戰爭紀念廣場的基座上被連根拔起，路西安被燒得漆黑，依舊英勇的舉著步槍，整個飛了起來。在圖書館的草皮上，戴著高帽子，雙手是園藝鐮子的萬聖節假人，被一片火海捲起吞噬。一陣巨大的呼嘯聲——聽起來就像是上帝的吸塵器——響起，火焰飢渴地吞噬氧氣，把好的空氣吸了進去，以另一波對肺部有毒的空氣加以填補。主街上的建築物一座接一座爆炸，廢棄的電影院、桑德斯家鄉藥局、波比百貨店、加油站商店、書店、花店、理髮廳等等，這些地方的木板、商品、招牌與玻璃全變成碎片飛入空中，就像跨年晚會的彩色紙片一樣。在葬儀社中，近日死亡的人大多被送來這裡，此刻正在金屬櫃裡被炙烤著，就像烤箱裡的雞肉一樣。火焰所向披靡的沿主街向前，吞噬了美食城超市，接著又朝北斗星酒吧席捲而去。那些還在停車場裡的人尖叫起來，抓著彼此不放。他們在這世上見到的最後一個景象，是一道高達一百碼的火牆貪婪地朝他們襲去。現在，火焰朝各主要道路衝去，將柏油路面燒熔沸騰。在此同時，火勢也蔓延至東卻斯特區，吞沒了所有雅痞的房子，以及躲在裡頭的幾個雅痞。蜜琪拉．波比朝地下室跑去，但為時已晚，她所身處的廚房整個炸開，她在這世上看到的最後一個景象，是她那正在熔化著的冰箱。

站在塔克磨坊與卻斯特磨坊鎮交界處的士兵——他們也是最接近這場災難源頭的人——在火焰的拳頭無力敲打穹頂時往後退去，接著便是一片黑暗。士兵們可以感覺到熱氣穿了過來，氣溫在幾秒內升高了二十度，讓最接近的樹木上的樹葉變得焦脆。其中一個人後來說：「感覺就像是站在一顆玻璃球外面，而球裡面有核子彈爆炸一樣。」

現在，靠著穹頂縮成一團的人開始迎向死亡的爆炸襲來，逃亡的麻雀、知更鳥、白頭翁、烏鴉與海鷗也處於垂死狀態中，甚至就連鵝很快就學會要躲，不斷往穹頂猛衝。鎮上的狗與貓竄成一團，橫跨丹斯摩農場。其中還包括了臭鼬、土撥鼠、豪豬。就連鹿與幾隻跑起來動作笨拙的麋鹿也在逃竄的行列中。奧登・丹斯摩的乳牛自然也在其中。牠的雙眼不停轉動，痛苦地哀號著。牠們抵達穹頂時，全都一頭撞了上去。幸運的動物當場死亡，不幸的則因骨頭折斷刺出，最後癱倒在地，不斷吠吼、尖叫、發出喵喵聲與怒吼。

奧利・丹斯摩看著桃莉。桃莉這頭漂亮的瑞士褐牛曾為他贏得一座4-H藍絲帶獎（桃莉的名字是他母親取的，覺得奧利與桃莉連在一起念很可愛）。桃莉朝穹頂笨重地跑去，不知誰家的威瑪獵犬在她腿上咬了一口，現在已流出血來。她撞上屏障，發出砰的一聲，但在即將到來的火勢影響下，使奧利無法聽見……但他腦海裡確實聽到了那聲音。不知為何，他看著同樣難逃一死的一隻狗猛咬可憐的桃莉，開始撕開她毫無防備的乳房，感覺甚至比發現自己父親死掉時還糟。

看著過去曾是他寵愛的牛隻奄奄一息的模樣，打破了男孩的呆滯。他不知道到底有沒有機會能在這可怕的日子裡存活下來，但他眼前突然清晰無比地浮現兩個景象。其中一個是掛著他過世父親那頂紅襪隊棒球帽的氧氣罐，另一個則是湯姆爺爺的氧氣罩，就掛在浴室的門鉤上頭。奧利朝他住了一輩子的農舍奔去——那間農舍很快就會不復存在了——腦袋裡只有一個清楚的念頭：馬鈴薯窖。馬鈴薯窖的位置就在穀倉下面，一直延伸到後面的山丘下方，那裡可能是安全的。

那群流亡人士依舊站在果園邊緣。巴比一直無法讓他們聽見他的聲音，更別說是要他們移動了。然而，他非得讓他們回到農舍那裡的車輛不可。而且還得儘快。

從這裡，他們可以看見整個小鎮的景觀，巴比可以判斷火勢大概的蔓延方式，就像他看著空拍圖，就能大概判斷出敵軍最可能進攻的路線一樣。火勢會朝東南方席捲而來，可能會在普雷斯提溪的西岸停留一會兒。雖然溪水已經乾了，但那裡應該還具有天然防火帶的作用。爆炸風暴引發的火勢，同樣有助於讓火勢停留在最北端的地帶。要是火勢燒到這裡與城堡岩及莫頓鎮的邊界那裡——也就是腳跟與腳底的區域——那麼卻斯特磨坊鎮與TR-90合併行政區的邊界，還有北連哈洛鎮的地方或許就能安然無恙。至少不會起火。只是，他擔心的並不是火。

他擔心的是風。

現在，他感覺到風吹過他的肩膀及他張開的雙腿，風勢大到足以吹縐他的衣物，讓茱莉亞的頭髮在臉旁飄動。風勢吹過他們，前去餵養火勢，由於磨坊鎮現在幾乎處於完全封閉的環境中，於是相當少數的新鮮空氣，則會過去填補失去的地方。巴比腦中出現一個惡夢般的畫面：水族箱裡的金魚因為氧氣用盡而喪命，全都浮了起來。

就在他伸手要去抓茱莉亞前，茱莉亞便自己轉了過來，指向下面。那個有道人影沿黑嶺路辛苦走著，還拉著一具附有輪子的東西。在這個距離下，巴比無法確認那人是男是女，但這並不重要。不管那個人是誰，幾乎可以確定會在抵達高原前窒息而死。

他拉過茱莉亞的手，把嘴湊到她耳旁。「我們得走了。牽著派珀，叫她不管旁邊是誰，都一樣拉著對方的手。每個人——」

「他怎麼辦？」她大喊，依舊指著下方那個上山的人影。他或她拉著的東西可能是孩子用的推車。上頭載著某些一定很重的東西，因為人影彎著腰，移動的速度十分緩慢。

巴比非得讓她明白情勢不可，因為時間已經越來越少了。「別理他。我們得回去農舍那裡。現在。每個人都把手牽在一起，這樣就不會有人被拋在後頭了。」

她試著轉身看他，但巴比依舊握著她不放。他得讓她聽進去——得直截了當——因為他非得讓她知道不可。「要是我們現在不走，可能就沒機會了。我們會沒有空氣。」

在一一七號公路上，威兒瑪．溫特開著貨車，在一群逃離的車輛中位於最前端的位置。她滿腦子都在想著後照鏡裡全是火與煙的事。撞上穹頂時，她的車速是七十英里，由於身處恐慌，所以完全忘了穹頂的事（換句話說，就跟鳥群一樣，只是現在這隻是在地面上）。她撞上穹頂的地點就與短短一週前，穹頂降下時發生在比利與汪妲．德貝克，諾拉．羅比喬與艾爾莎．安德魯斯身上的悲劇是同個地點。威兒瑪這輛輕型卡車的引擎往後噴出，把她切成兩半。她屍體的上半身衝出擋風玻璃，腸子則像派對的彩帶那樣掛在後頭，就像隻蟲子一樣，在穹頂上撞得血肉模糊。那是十二輛車連環車禍中的第一台，造成了幾個人死亡。大部分的人都只受了傷，不過，他們根本不會因傷痛苦太久。

亨麗塔與佩卓感覺到熱氣衝向她們。所有數百個人全被吹向穹頂。風勢吹起了他們的頭髮，而很快就會燃燒起來的衣服，也被風給吹出了皺褶。

「握著我的手，親愛的。」亨麗塔說，而佩卓則照做了。

她們看著黃色大型校車轉了一個搖搖晃晃的大彎。校車不穩地沿水溝前進，差點就撞上了瑞奇．基連。瑞奇第一時間閃開，接著敏捷地跳上前，在校車來到旁邊時，抓住後門，把腳抬了上去，蹲在保險桿上。

「我希望他們能辦到。」佩卓說。

「我也是，親愛的。」

「但我這麼不認為。」

有幾隻著火的鹿從逼近的火海中跳了出來。

亨利握著校車方向盤。帕米拉就站在他身旁，握緊鍍了鉻的桿子。車上載了十幾個鎮民，大多是先前受傷的人。其中包括瑪貝爾·奧斯頓、瑪麗·盧·寇斯塔與瑪麗·盧的孩子，孩子頭上還戴著那頂亨利的棒球帽。令人避而遠之的里歐·萊蒙恩也在車上，只是他的問題似乎在心理層面，而非生理層面，因恐懼不斷哀號。

「快點，轉向北邊！」帕米拉大喊。火勢幾乎已追上他們，校車只領先不到五百碼，火焰的聲音搖撼著整個世界。「給我他媽的加速，不管怎樣也別停下來！」

亨利知道根本沒有希望可言。但他也知道，他寧可這樣死去，也不要無助地靠著穹頂，整個人縮成一團喪命。他打開大燈，使勁踩下油門。帕米拉被往後拋出，跌在查茲·班德身上——身為老師的查茲，由於心悸被帶進了車子裡。他抓住帕米拉，讓她重新站穩。警報器響起尖銳聲響，但亨利幾乎充耳不聞。他知道就算開著大燈，也同樣看不見眼前的路況。不過那又怎樣？作為一個警察，他早就開過這條路上千次了。

使用原力，路克。⑭他這麼想著，在緊緊踩著油門，衝進燃燒的一片黑暗時，真的大笑了起來。抓著校車後門的瑞奇·基連突然無法呼吸，看見自己的手臂冒出火焰。片刻後，校車外的溫度高達八百度，他整個人燃燒起來，從蹲著的地方掉了下去，就像是一塊烤熟的肉從滾燙的烤爐上掉到地上一樣。

燈光消失，只剩下校車中間的燈還亮著，彷彿開到深夜的餐館裡一樣微弱，映在每張恐懼、被汗水濡溼的乘客臉上。外頭的世界此刻已變成死寂的黑色。校車大燈的燈光前方，只剩滿是灰

⑭此處此句為電影《星際大戰》中的經典台詞。

塵的漩渦而已。亨利憑記憶往前開，好奇要到什麼時候，下方的輪胎才會爆胎。他仍在大笑，只是在緊張狀態與十九號校車刺耳的引擎聲中，使他就連自己的笑聲也聽不見。他已經沿路開了好一陣子。要多久才能從火牆另一面出來？他們真的有可能衝出去？他開始覺得或許有機會了。上帝啊，火勢到底蔓延了多長？

「就要辦到了！」帕米拉大喊。「就要成功了！」

或許，亨利想。或許我真的要辦到了。但是，天啊，那股熱氣！他朝空調的旋鈕伸手，想把冷氣開到最強。就在這時，車窗往內炸開，火焰竄進整輛校車。亨利想著：不！不！別發生在我們就要成功的時候！

然而，在燒焦的巴士衝出濃煙時，除了一片黑色的荒原外，他什麼也沒看見。樹木全都燒個精光，變成了發亮的殘株，而道路則變成冒泡的溝壑。一件由火焰織成的大衣從後方披上他全身。之後，亨利．莫里森就什麼都不知道了。十九號校車在道路殘骸上翻了過去，火焰從每扇破掉的車窗中湧出。車子後面寫著：慢一點，朋友！我們都愛我們的孩子！就連這個訊息也在短時間內變成了黑色。

奧利．丹斯摩衝向穀倉。他的脖子上掛著湯姆爺爺的氧氣罩，從不知道自己力氣大到可以拿著兩個氧氣筒跑（第二個是在他穿過車庫時發現的）。男孩奔下通往馬鈴薯窖的樓梯。屋頂燃燒時，上方傳來有東西被拆毀的巨大聲響。穀倉西側的南瓜開始燒了起來，氣味濃厚甜膩，就像地獄裡的感恩節一樣。

火勢朝穹頂南側移動，飛快竄過最後的一百碼；丹斯摩的乳製品倉庫因爆炸而被摧毀。亨麗塔．克拉法凝視著迎面而來的火焰，心想：嗯，我老了，也活夠了，比這個可憐的女孩好多了。

「轉過來，親愛的，」她告訴佩卓。「把妳的頭埋在我的懷裡。」

佩卓・瑟爾斯把滿是淚痕、年輕之至的面孔轉向亨麗塔。「會痛嗎？」

「一下子就過了，親愛的。閉上妳的雙眼，等妳再睜眼時，妳的腳就已經泡在清涼的溪水裡了。」

佩卓說出她最後一句話。「聽起來還不錯。」

她閉上雙眼。亨麗塔也同樣閉起。火焰吞沒了她們。上一秒她們還在那裡，等到下一秒……她們便不見了。

穹頂的另一側，寇克斯依舊站在十分接近的地方，攝影機依舊在跳蚤市場那個安全的位置拍攝一切。全美國的人都震驚無比，目光完全無法離開。新聞評論員震驚到說不出話，唯一的配樂就是火焰燃燒的聲音，而這正足以代表一切。

有那麼一刻，寇克斯還可以看見一條長長的人龍，只是，那些人全都成為了火海中的黑色輪廓。大多數的人——就與黑嶺上的流亡人士一樣，最後全都成功走回了農舍與他們的車子處——全都手牽著手。就在火焰湧至穹頂時，他們全都不見了。彷彿是為了要彌補他們的消失，一面巨大焦黑的牆壁豎至天空，讓穹頂總算變得可以看見了。穹頂擋住裡面大多數的熱氣，但亮度仍足以讓寇克斯轉過身去，開始奔跑起來。他離開時，還脫下那件正冒著煙的襯衫。

火勢正如巴比預測的一樣，沿著對角線延燒，從卻斯特磨坊鎮西北方席捲過去，橫跨至東南方那裡。等到火勢熄滅後，事情會以驚人的速度持續發展。火焰奪走了氧氣，在後頭留下甲烷、甲醛、鹽酸、二氧化碳、一氧化碳，以及其他有害氣體。除此之外，還有令人窒息的灰燼微塵。

包括氣化的房子、樹木，以及——當然——人類。

火焰留下了毒氣。

22

二十八名流亡者與兩條狗一同前往TR-90行政合併區邊界的穹頂處，由實際走過這條路的人負責帶隊。他們擠進三輛廂型車、兩輛轎車與一輛救護車裡。等他們抵達時，天色已經變暗，空氣也變得越來越糟。

巴比踩下茱莉亞這輛油電車的煞車，下車後朝穹頂奔去。一個滿臉擔心模樣的陸軍中校與另外六名士兵上前迎接。雖然奔跑的距離不長，但巴比跑到噴有紅漆的穹頂那裡時，卻顯得氣喘如牛。可以呼吸的空氣，消失的就像水槽裡流掉的水一樣。

「風扇！」他氣喘吁吁地對中校說。「打開風扇！」

克萊兒．麥克萊奇與小喬從波比百貨店的廂型車裡走了出來，兩個人全都腳步搖晃，氣喘不已。電話公司的廂型車開到一旁。厄尼．卡弗特走出車外，但是才走了兩步，便已跪倒在地。諾莉與她母親試著想扶他起來，兩個人全都哭了。

「芭芭拉上校，發生什麼事了？」中校問。從他迷彩服上的名條來看，他的名字是史崔費羅。

「快報告。」

「去你媽的報告！」老羅大喊。他懷裡抱著一個半昏迷的孩子——艾登．艾波頓。瑟斯頓．馬歇爾抱著愛麗絲，腳步蹣跚地跟在後頭。愛麗絲努力忍住頭暈眼花的感覺，朝前發出乾嘔的聲音。「去你媽的報告，快給我打開那些風扇！」

史崔費羅立即下令。流亡人士紛紛跪倒在地，雙手撐著穹頂，貪婪地吸著由巨大風扇強行吹進屏障的稀薄乾淨空氣。

在他們身後，大火熊熊地燒著。

倖存者

1

磨坊鎮的兩千個居民裡，只有三百九十七個人在火災中倖存，其中大多數都住在鎮上的東北方。等到夜幕低垂，穹頂內完全成為一片模糊的漆黑後，則剩一百零六個人。

太陽在星期六早上升起，微弱陽光穿過部分尚未完全燒黑的穹頂時，卻斯特磨坊鎮的人口數只剩下三十二人。

2

奧利在跑下樓前，關上馬鈴薯窖的門，同時按下電燈開關，納悶電燈是否還會亮。電燈亮了。就在他跌跌撞撞地衝到穀倉地下室時（這裡很冷，但並未維持太久；他已經可以感受到熱氣在身後推著他了），奧利想起，四年前，有個從城堡岩過來的電器公司的人，搬來一臺新的本田發電機，作為預備之用。

「那個收費過高的王八蛋最好給我好好處理，」奧登當時這麼說，嘴裡嚼著菸草。「因為我一定會盯得緊緊的。」

發電機的確運作得很好，就連現在也是，但奧利並不知道這台發電機究竟可以撐上多久。火焰將吞噬發電機，就像吞噬所有東西一樣。要是電燈還能再亮上一分鐘，他肯定會十分驚訝。

說不定我根本活不到一分鐘。

馬鈴薯分類機位於骯髒的水泥地地板中間，有結構複雜的一堆皮帶、鏈條與齒輪，看起來就像什麼古老的刑具。

機器再過去那裡，有一堆數量驚人的馬鈴薯。他們今年秋天的收成很好，丹斯摩在穹頂落下的三天前才結束挖掘作業。在平常的一年裡，奧登與他兩個孩子會在十一月時，把馬鈴薯分好類，賣給城堡岩農產合作社，以及莫頓鎮、哈洛鎮與塔克摩坊鎮那裡的攤販。今年賺不到馬鈴薯的錢了。然而，奧利覺得這堆馬鈴薯或許可以救他一命。

他跑到馬鈴薯堆邊緣，停下來檢查兩個氧氣罐。從屋子裡拿來那罐，指針顯示只剩一半而已，但車庫那罐則是全滿的。奧利把半滿的那一罐扔在水泥地上，將氧氣罩連到車庫裡那罐上頭。他在湯姆爺爺還活著時，幫他換過許多次氧氣罩，所以根本花不了幾秒時間。

他再度把氧氣罩掛回脖子上時，電燈暗了。

空氣變得越來越熱。他跪了下來，開始挖著生馬鈴薯，雙腳使勁把自己往裡推，以身體保護長形氧氣罐，並用一隻手把身體下方的馬鈴薯撥開，動作就像不太會游泳的人一樣。

他聽見馬鈴薯在他身後掉下的聲音，努力壓下驚恐的衝動。這就像是被活埋。他告訴自己，但要是他沒被活埋，那就真的是必死無疑了。他氣喘吁吁，咳了起來，與空氣相比，他似乎吸進了更多馬鈴薯的灰塵。他把氧氣罩帶在臉上……沒有氧氣。

他摸索氧氣罐上的閥門，感覺就像永恆般漫長，胸口裡的心臟跳得與被關在籠子裡的動物一樣。他腦中開始看見一朵紅花在黑暗裡綻放。生馬鈴薯的重量壓在他的身上。他一定是瘋了才這麼做，瘋得就跟羅瑞朝穹頂開槍似的，現在他得付出代價了。他就要死了。

然後，他的手指總算找到了閥門。一開始，他還轉不動閥門，隨即才意識到自己轉錯方向，於是朝另一邊轉。一股清涼、神聖的空氣湧入氧氣罩中。

奧利躺在馬鈴薯下方，不斷喘氣。火焰把樓梯頂部的門炸開時，使他嚇了一跳，有那麼一刻，他真看見了自己躺在這個骯髒搖籃裡的模樣。馬鈴薯變熱了，他好奇留在外頭那罐半滿的氧氣罐會否爆炸。他也在想，如果這個氧氣罐真是全滿的，能為他爭取到多少時間。

但這只是他腦中的想法而已。他的身體為了活下去，掌控了一切。奧利開始往馬鈴薯堆的更深處挖，一面拖著氧氣罐，每次氧氣罩歪掉時，就會伸手調整。

3

要是拉斯維加斯的賭場開放下注，賭誰可以從探訪日那場大災難中存活下來，山姆．威德里歐的賠率肯定是一賠一千。不過，機會渺茫的選項還是會開出來——這就是人們總會回到賭桌的原因——山姆正是不久前，茱莉亞在流亡者朝農舍車輛跑去前發現的那個在黑嶺路上辛苦爬上來的人影。

愛喝酒的懶惰鬼山姆能活下來的原因就與奧利一樣：氧氣。

四年前，他曾找過哈斯克醫生（他的外號是「巫師」，你應該還記得他）。山姆說，他最近似乎有點喘不過來，而哈斯克醫生在聽了這個老酒鬼喘氣的呼吸聲後，問他一天會抽多少菸。

「呃，」山姆說。「我還住在樹林裡時，通常一天會抽四包，不過現在只靠社會福利金過活，所以少了一些。」

哈斯克醫生問他實際會抽的量。山姆說，他猜應該降到每天兩包左右。美國鷹牌的。「我通常都抽卻斯特佛吉牌的，不過他們現在只出濾嘴菸。」他解釋。「再說，那牌子也貴。美國鷹很便宜，你還可以在點菸前就把濾嘴拔掉。簡單得很。」他又咳了起來。

哈斯克醫生沒發現肺癌跡象（真讓人意外），但X光似乎顯示了明顯的肺氣腫症狀。他告訴山姆，他可能終此一生都得靠氧氣過活。這是個不好的診斷結果，卻讓這傢伙鬆了口氣。就像醫生說的，當你聽到馬蹄聲時，絕不會想到斑馬。再說，鄉下人還有種眼中只有自己擔心的事的傾向，不是嗎？雖說哈斯克醫生的死，或許可以稱為英雄式的犧牲，但包括生鏽克．艾佛瑞特在內，的確沒人認為他就像《怪醫豪斯》的主角一樣厲害。山姆得的其實是支氣管炎，而且就在巫師做完診斷的沒多久後，就已經痊癒了。

不管怎樣，山姆還是向城堡氣體公司（當然，那間公司的所在地就在城堡岩）訂了每週送來的氧氣。而且一直沒取消過。為什麼要取消？就像他的高血壓藥一樣，氧氣可以算在醫療保險範圍裡。山姆並不真正清楚醫療保險，但卻知道氧氣不會花到口袋裡的半毛錢。他還發現，吸進純氧，是種可以讓身體振奮起來的方式。

有時，在幾個星期後，山姆會突然想起氧氣的事，於是會跑到他稱為「氧氣吧」的小棚屋去。當城堡氣體公司的傢伙過來回收空罐時（他們對這件事執行的並不勤快），山姆就會跑去他的氧氣吧，打開閥門，讓氧氣流光，堆在他兒子那輛老舊的紅色小推車中，把空罐拉去車身側面印有氣泡的亮藍色卡車那裡。

要是山姆還住在小婊路那間老威德里歐的房子裡，便會在爆炸的最初幾分鐘內被燒得全身焦脆（就像瑪塔．愛德蒙）。不過，那塊地與附近的林地，早在很久前由於欠稅被沒收（二〇〇八年時，這裡被老詹．雷尼那幾間人頭公司的其中一間買了下來……還是超低的價格）。他的妹妹在神溪那裡擁有一小塊土地，而那就是山姆在世界被炸毀的那天所待的地方。那間棚屋不大，所以他得在一間屋外廁所裡排泄（唯一有自來水的設備，是廚房裡那具老舊的水龍頭），不過感謝上帝，他的妹妹會付這裡的稅金……而他也才因此擁有醫療保險。

山姆對於他在美食城超市引發那場暴動的事並不自豪。多年來，他曾與喬琪亞．路克斯的父親一起喝過許多烈酒與啤酒，對於用石頭砸中那人的女兒這事感覺很差。他一直不斷想著那塊石英石砸中時發出的聲音，以及喬琪亞下顎骨折垂落的模樣，看起來就像張著嘴的腹語假人似的。天啊，他可能會這麼活生生地殺了她。他沒殺了她或許是個奇蹟……但後來她也沒活多久。接著，一個更加陰沉的念頭出現在他腦中：要是他放她一馬，她就不會住院了。要是她沒有住院，可能就會活下來了。

如果以這種方式來看，他的確是殺了她沒錯。

廣播電台的爆炸，讓他從酒醉的熟睡中驚醒坐直，摀著自己的胸口，瘋狂地看向四周。他床邊的窗戶炸開了。事實上，屋內每扇窗戶都炸開了，就連這棟棚屋面向西方的正門，也被炸得脫離鉸鏈。

他跨過門板，站在他那雜草叢生，到處都是輪胎的前院裡，整個人動彈不得，凝視著像是整個世界都被火海淹沒的西方。

4

在曾是鎮公所位置的下方，也就是輻射塵避難室裡，發電機——那是台老式的小型發電機，擁有這種機型的人，現在都投胎去了——運作的十分穩定。主房間角落那盞以電池供電的電燈散發淡黃色光芒。卡特坐在唯一的椅子上，而老詹則占據老舊雙人沙發的大部分位置，正吃著一罐沙丁魚罐頭，以粗肥的手指一塊接一塊的拿出魚肉，放在餅乾上頭。

兩人沒什麼對話；卡特在設有上下鋪的房裡找到一台布滿灰塵的攜帶型電視，因此他們兩個的注意力全被這台電視吸引走了。這台電視只有一個頻道——ＷＭＴＷ新聞台——但一個頻道就夠了。事實上，還太多了；災害後的狀況實在難以讓人全盤理解。鎮中心已經被毀滅了。衛星照片顯示，圍繞在卻斯特塘旁的樹林只剩下殘渣，一一九號公路那裡的探訪日群眾已化為灰燼，飄散在即將停下的風勢中。從兩萬英尺的高度看去，穹頂已變得清晰可見，一道沒有盡頭、炭黑色的監獄圍牆，如今就這麼包圍著百分之七十已被燒毀的小鎮。

爆炸沒多久後，地下室的溫度開始明顯攀升。老詹叫卡特打開空調。

「發電機撐得住嗎？」卡特這麼問。

「如果沒辦法撐住，那我們就會被活活烤死。」老詹暴躁地說。「所以又有什麼區別？」

別對我發飆，卡特想。你就是那個害這一切發生的人，你就是那個該負起責任的那個人，所以別對我發飆。

他起身去找空調機，找到時，腦海又閃過另一件事：那些沙丁魚真的很臭。他在想，要是他對老大說，他塞進嘴裡的東西聞起來就像死人的老屄，不知道他會怎麼回答。

不過，老詹曾真心地喊過他「孩子」，所以卡特忍住沒有開口。他打開空調時，機器馬上就啟動了。發電機的聲音變得更沉了些，為此承載了額外負擔。這會使丙烷燃燒得更快。

算了，他是對的，我們非開不可。卡特看著電視上殘酷的災後畫面時，如此告訴自己。畫面大多來自衛星或高空偵察機。由於整個穹頂都已經變成非透明的了，所以無法從較低的位置拍攝。

但事情並非如此，他與老詹發現，鎮上東北方的盡頭還是透明的。下午三點左右，播送的影像突然切到那裡，畫面是從樹林中忙亂的陸軍基地拍攝過去的。

「我是派駐在TR-90合併行政區的傑克．泰普⑭，這裡是位於卻斯特磨坊鎮一塊尚未劃分行政區的地方。這是我們獲准可以來到最靠近的地方，不過你們可以看見，那裡還有倖存者。我重複一次，那裡還有倖存者。」

「倖存者就在這裡，你這個蠢蛋。」卡特說。

「閉嘴。」老詹說。他肥厚的臉頰逐漸漲紅，額頭上擠出一條明顯皺紋。他的雙眼自眼眶中突起，雙手緊握不放。「是芭芭拉，那個王八蛋芭芭拉！」

卡特在人群中看到了他。畫面是透過一個相當遠的鏡頭拍攝的，使得影像搖晃的很厲害——就像是透過扭曲的熱氣在看著那群人——不過還算清楚。芭芭拉、鬼吼鬼叫的牧師、嬉皮醫生、一群孩子，還有艾佛瑞特那個女人。

那個婊子從頭到尾都在說謊，他想。讓愚蠢的卡特相信她了。

「你聽到的聲音並非來自直升機，」傑克．泰普說。「如果我們把鏡頭拉回來一點……」

鏡頭拉了回來，拍到一排放在推車上的巨型風扇，每具都連著自己專屬的發電機。看見不過幾英里以外的地方擁有那些電力，讓卡特覺得煩躁與羨慕。

「現在你們看見了，」泰普繼續說。「不是直升機，而是工業風扇。現在……讓我們再把鏡頭轉到倖存者那裡……」

攝影機移了過去。他們在穹頂邊緣或跪或坐，就在風扇的正前方。卡特可以看見他們的頭髮被風吹起，吹得不算厲害，但的確在動，就像水中的植物一樣微微飄蕩。

「茱莉亞．夏威也在那裡。」老詹驚訝地說。「我早該在有機會的時候，殺了那個巫婆。」

卡特沒理他，視線固定在電視上。

「十幾台風扇的強風，應該足以把這些鎮民吹倒在地，」傑克．泰普說。「不過從這裡看起來，像是只能提供他們足以維持生命的空氣。穹頂裡的空氣，已變成由碳、二氧化物、甲烷與其他不知道的氣體組合成的毒氣。我們的專家表示，卻斯特磨坊鎮的氧氣量有限，大多全被火勢吞噬。其中一名專家——普林斯頓大學的化學教授唐納德．艾文——經由手機告訴我們，穹頂裡的空氣，現在或許變得與金星上的空氣沒什麼兩樣。」

畫面切換到一臉擔心的查理．吉勃森[148]那裡，他人就安全的身在紐約（幸運的混蛋，卡特想。）。「軍方有提及引發火勢的可能原因嗎？」

畫面回到傑克．泰普身上……接著又是吸著稀薄空氣的倖存者們。「沒有，查理。我們可以很清楚地看到，那似乎是某種爆炸引起的，但目前軍方並沒有任何進一步說明，卻斯特磨坊鎮裡也沒有任何消息。在你們從螢幕上看見的這些人之中，一定有人擁有手機，不過要是他們對外聯絡，也只會與詹姆士．寇克斯上校聯絡而已。他在約莫四十五分鐘前來到這裡後，立即與這些倖存者們進行會談。在我們看著明顯相隔很遠的鏡頭捕捉這個殘忍畫面的同時，讓我們為美國的觀

[147] Jake Tapper，美國知名記者。

[148] Charlie Gibson，美國知名記者與新聞節目主持人。

眾——以及全世界的觀眾——介紹現在穹頂裡這些人的可能身分。我想你那邊應該有幾張靜態相片，或許你可以在我介紹時，在螢幕上放出那些相片。我想我手上的名單是照字母順序排列，但請別先放上照片。」

「我們不會的，傑克。我們的確有幾張相片，但麻煩說慢點。」

「戴爾・芭芭拉上校，前芭芭拉中尉，隸屬於美國陸軍。」一張巴比穿著沙漠迷彩服的相片出現在螢幕上。在相片中，他摟著一名笑嘻嘻的伊拉克男孩。「他是曾受勳的退伍軍人，近日則在鎮上的餐廳裡擔任短期約聘廚師。」

「吉娜・巴佛萊……我們有她的相片嗎？……沒有？……好的。」

「羅密歐・波比，當地百貨店的老闆。」老羅的照片出現。照片上，他與妻子站在一座庭院燒烤爐旁，身上穿著一件寫有「吻我，我是法國人」的T恤。

「厄尼・卡弗特、他的女兒瓊妮，以及瓊妮的女兒諾莉・卡弗特。」這張相片看起來像是在家族聚會時拍的，上頭全是卡弗特家的人。諾莉看起來既冷漠又漂亮，手臂下方還夾著滑板。

「愛爾娃・德瑞克……她的兒子班尼・德瑞克……」

「把電視關了。」老詹哼了一聲。

「至少他們是在開放的空間裡，」卡特感傷的說。「而不是一個洞穴。我覺得自己就跟他媽的海珊在逃亡時一樣。」

「艾瑞克・艾佛瑞特，他的妻子琳達，與他們的兩個女兒……」

「又一個家庭！」查理・吉勃森用一種認同式的口吻說，幾乎就像是摩門教的布道方式。老詹受夠了，起身自己關掉電視，手腕用力扭上開關。他手中還拿著沙丁魚罐頭，當他這麼做時，罐頭的一些油還灑到了褲子上。

你再也洗不掉了。卡特想，但沒說出來。

我還在看呢。卡特想，但沒說出來。

「報社的那女人，」老詹盤算著，坐了回去。椅墊在他體重壓上去時，發出嘶的一聲。「她總是在找我麻煩，還用盡了所有招數，卡特。她用盡了各種他麻的招數。幫我拿另一罐沙丁魚好嗎？」

自己去拿。卡特想，但沒說出來。他站起來，抓起另一罐沙丁魚。

他沒說出沙丁魚的味道會讓他聯想到女性死者的生殖器這類見解，而是問了個似乎十分具有邏輯性的問題。

「我們該怎麼辦，老大？」

老詹從罐頭底部拿出開罐器，插進蓋子，掀開罐蓋，露出一堆新鮮的死魚肉。在緊急照明燈的燈光下，油脂閃閃發亮。「等空氣變乾淨後，我們就上去收拾殘局，孩子。」他嘆了口氣，把一塊滴著醬汁的魚肉放到蘇打餅上，一口吃了下去，嘴唇的油脂上還沾有餅乾屑。「這就是我們這種人得處理的事。我們全是擔著重責大任的人，拉著犁頭前進的人。」

「要是空氣沒變乾淨呢？電視上說——」

「喔，糟了，天要塌下來了，喔，糟了，天要塌下來了！」老詹用像是朗誦般的古怪（古怪到了令人心煩意亂的地步）假音說。「他們已經這麼嚷嚷了很多年，不是嗎？那些科學家跟軟弱的自由主義分子都這樣。第三次世界大戰！地球核心要熔化了！千禧蟲電腦危機！臭氧層末日！

冰帽溶解！殺人颶風！全球暖化！只有那些膽小鬼娘娘腔的無神論者才無法相信上帝會用祂的愛來守護我們！他們拒絕相信像上帝那種充滿愛心的存在！」

老詹用一根油膩、但卻堅決的手指指向年輕人。

「事情就跟那些反對教義的人文主義者想的相反，天並沒塌下來。懦弱的人可幫不上忙，孩子——『罪人無人追趕，也要逃跑』，這是〈利末記〉說的——但這改變不了上帝存在的真實性：信奉上帝的人必如鷹展翅上騰；他們奔跑卻不困倦，行走卻不疲乏——這是〈以賽亞書〉。那些東西基本上不過就是煙霧罷了。只要過段時間就會變乾淨了。」

但兩個小時後，也就是時間剛過星期五下午四點時，一陣刺耳的刮－刮－刮聲，從放著輻射塵避難室機器支撐系統的壁龕中傳來。

「什麼聲音？」卡特問。

老詹原本眼睛半閉地倒在沙發上（下顎還有沙丁魚的油脂），此刻坐起身子，仔細聽著。

「空氣淨化器，」他說。「就像一具大型的空氣清淨機。我們有放一台在店裡的汽車展示處。很好用。不僅可以保持空氣清新好聞，天氣冷的時候，還可以防止靜電——」

「要是鎮上的空氣正在變乾淨，為什麼空氣淨化器還會啟動？」

「你要不要上樓看看，卡特？開一點點門縫就好，看看狀況如何。這樣你或許可以安心點？」

卡特不知道這麼做會不會使他安心，但他知道，就這麼坐在這裡，讓他感覺快瘋了。他走上樓梯。

他離開後，老詹起身走到爐子與小冰箱間的那排抽屜。以一個身形巨大的人來說，他的動作迅速安靜到驚人地步。他在第三個抽屜裡找到了他要的東西。他回頭望了一眼，確保只有他一個人，把東西收了起來。

在樓梯頂部的門口處，卡特看著一塊內容十分不祥的牌子：

你真的需要確認輻射指數？
想清楚！！！

卡特思考了一會兒，最後得到的結論，就是老詹說空氣正在變乾淨這件事，幾乎可以確定全是鬼話。在風扇正前方排成一排的那些鎮民，證明卻斯特磨坊鎮與外界空氣的流動幾近於零。

不過，就算這樣，檢查一下也不會有什麼損失。

一開始，門連動都沒動一下。在情急中，有關活埋的灰暗想法在他腦中閃現，使他推得更為用力。這回門只動了一些。他聽見磚塊落下與木板摩擦的聲音。或許他可以把門開得再大一些，但他沒理由這麼做。空氣從他打開的那一點點縫隙裡流了進來，聞起來就像引擎發動時，排氣管裡的味道一樣。他不需要任何精巧儀器也能知道，只要他一到了避難室的外頭，便會在兩、三分鐘內死去。

現在的問題是，他該怎麼告訴雷尼才好？

什麼都不說，倖存者冷冷地在他心中提出建言。聽到這種事只會讓他變得更糟，更難相處而已。

再說，說出這件事又能怎樣？要是發電機的燃料用完，他們全會死在這間輻射塵避難室裡，所以又有什麼要緊的？如果真是這樣，還有什麼事是要緊的？

他走下樓梯。老詹就坐在沙發上。「怎麼樣？」

「很糟。」卡特說。

「但空氣還可以，對嗎？」

「呃，對。不過會讓人生病。我們最好還是先等等，老大。」

「當然得等等。」老詹說，彷彿卡特還有什麼提議，彷彿卡特是全宇宙最笨的人一樣。「不過我們會沒事的，這才是重點。上帝會眷顧我們。總是如此。這段時間裡，我們在下面有清新的空氣，氣溫不算熱，也有充足的食物。孩子，你要不要看看有什麼甜食可以吃？巧克力棒之類的？我還有點餓。」

我不是你的孩子，你孩子死了。卡特想……但沒說出來。他走進附有上下鋪的房裡，看看架上是不是有任何巧克力棒。

5

晚上十點左右，巴比陷入不安穩的睡眠之中。茱莉亞就靠在他身旁，兩人彼此相擁。小詹．雷尼又跳進了他的夢裡，就站在他的牢房外面，手上拿著槍。這一回，由於外頭的空氣有毒，所以每個人都死了，沒人過來救他。

這些夢境總算消逝，讓他睡得更熟了，他的頭——還有茱莉亞的——朝著穹頂仰起，以便吸入滲進穹頂裡的新鮮空氣。這足以讓人活命，卻不足以讓人安心。

有聲音在凌晨兩點時吵醒了他。他望向模糊穹頂另一側陸軍營地裡的柔和燈光。接著，聲音再度傳來。是咳嗽的聲音，聽起來低沉粗啞，同時充滿絕望。

一道手電筒的光芒在他右邊一閃而過。巴比盡可能安靜起身，不想吵醒茱莉亞，朝光芒方向走去，越過其他在草地上睡著的人。大部分人全脫下了內衣。十呎外的哨兵穿著毛料粗呢外套與手套，但在這裡，卻比先前更熱了。

生鏽克與維維跪在厄尼．卡弗特身旁。生鏽克的脖子上掛著聽診器，手上拿著氧氣罩。氧氣罩連到一個小小的紅色瓶子上，瓶身寫著「凱薩琳．羅素醫院　請勿拆卸　隨時更換」。諾莉與她母親一臉焦急的模樣，互相摟著對方。

「不好意思，把你吵醒了。」瓊妮說。「他病了。」

「怎麼會突然生病？」巴比問。

生鏽克搖了搖頭。「我不知道。聽起來像是支氣管炎或重感冒，不過當然不是這些原因。這是空氣不好引發的。我從救護車上拿了點藥給他，一開始還有點用，但現在……」他聳了聳肩。

「他的心跳聽起來不太妙。他處於劇烈的壓力之下，而且已經不是年輕人了。」

「你那裡沒有其他氧氣了？」巴比問，指著紅色瓶子。那瓶子看起來很像人們會放在廚房用品櫃裡的滅火器，而且總是會忘了更換泡沫。「就只有這瓶？」

瑟斯頓．馬歇爾加入了他們。在手電筒的光芒下，看起來一臉嚴肅與疲憊。「還有一瓶。但我們認為——生鏽克、維維和我——應該要保留給孩子。艾登也開始咳嗽了。我盡量把他移到離穹頂——也就是風扇——更近的地方，但他還是咳個不停。我們得為艾登、愛麗絲、茱蒂與賈奈兒保留剩下的氧氣，等他們醒來後分配著吸一些。或許等到軍方帶更多風扇——」

「不管他們對我們吹多少新鮮空氣，」維維說。「能透過來的也就這麼多而已。再說，不管我們再怎麼靠近穹頂，還是會吸進一堆垃圾。我們之中哪些人最容易出問題，實在明顯得很。」

「年紀最大與最年輕的。」巴比說。

「回去吧，好好躺著，巴比。」生鏽克說。「保留你的體力。這裡的情況你無能為力。」

「你就行？」

「或許吧。救護車上還有鼻用的解充血藥。如果真的必須走到那一步的話，還有腎上腺素。」

巴比沿穹頂爬了回去，頭部一直朝向風扇那邊——他們現在全會這麼做，連想都不用想一下——他抵達茱莉亞身旁時，被自己感到疲累的程度給嚇壞了。他的心臟狂跳，重重吐出一口氣。

茱莉亞是醒著的。「他的狀況多糟？」

「我不知道，」巴比承認。「不過不太妙。他們從救護車上拿了氧氣給他，但他一直沒醒來過。」

「氧氣！還有嗎？有多少？」

他向茱莉亞解釋一遍狀況，遺憾地看著她眼中的神色變得黯淡了些。

她拉著他的手。她的手指上雖然有汗，溫度卻是冰冷的。「這就像被困在坍方的礦坑裡一樣。」

他們面對彼此坐著，肩膀靠在穹頂上，微弱的風勢在他們之間低低嘆息著。風扇的吵雜運作聲已讓他們感到習慣；他們會在交談時提高聲音，但除此之後，根本完全不會加以留意。

要是風扇停了，我們可能才會注意到吧。巴比想。至少會有幾分鐘的時間挺注意的。接著，我們就不會注意到任何事了。再也不會。

她虛弱地笑了。「如果你是在擔心我的話，那麼別擔心。作為一個中年的共和黨婦女支持者，誰也別想讓我無法呼吸。我沒事的。至少我還在努力撐下去，好讓自己可以再來一回昨晚那種事。沒錯，那感覺真的很棒。」

巴比也回她一笑。「相信我，那是我的榮幸。」

「你覺得他們打算在星期日嘗試的鉛筆核彈會有用嗎？你怎麼想？」

「我可不會多想這種事，頂多只會期望而已。」

「那你的期望有多高？」

他不想告訴她真話，不過她理應聽到真話。「根據發生的每件事，以及我們對運作方塊的那些生物的微薄認知來看，機會不高。」

「告訴我你還沒放棄。」

「這我倒是辦得到。或許我應該覺得害怕吧，但我甚至連怕的感覺也沒有。我想這是因為……整件事就在不知不覺中加劇成這樣了吧。我甚至都習慣了這股臭味。」

「真的？」

他笑了起來。「假的。那妳呢？妳怕嗎？」

「怕，不過還是難過居多。這就跟世界末日一樣，不是因為爆炸，而是因為喘不過氣。」她又咳了一聲，把拳頭放在嘴前。巴比可以聽見其他人也同樣咳著。其中一名肯定是現在成為了瑟斯頓．馬歇爾小兒子的那名男孩。等到早上，他就能吸到讓身體狀況好一些的氧氣了。巴比想，隨即又想起瑟斯頓後面是怎麼說的：等他們醒來後分配著吸一些。這根本沒辦法讓孩子們正常呼吸。

根本沒辦法讓任何人正常呼吸。

茱莉亞朝草地上吐了口口水，接著又面向他。「我真不敢相信我們會把自己弄到這種地步。那些生物——也就是那些皮革頭——利用方塊製造出這種情況，不過我覺得，他們只是一群孩子，藉由看著我們的反應尋開心罷了，或許就像打電動那樣。他們在外面，我們在裡面，是我們自己把自己害成這樣的。」

「妳已經有夠多問題了，別再難為自己。」巴比說。「如果說有人得為這件事負責，那就是雷尼。他建立了毒品工廠，從鎮上的每個設施挪用丙烷。他還派人過去，引發了某種對峙，我敢說一定是這樣。」

「不過是誰把票投給了他？」茱莉亞問。「是誰給了他權力做出這些事？」

「不會是妳，妳那份報紙就很反對他。我有說錯嗎？」

「你說得對，」她說。「不過這些全是這八年來的事而已。一開始，《民主報》——換句話說，也就是我——還以為他是有史以來最棒的人選。不過等到我發現他的真面目時，他已經牢牢扎根了。他還有那個只會傻笑的可憐蟲老安可以當擋箭牌。」

「妳還是不能因此責怪——」

「我當然可以，也應該如此。要是我早知道這個逞兇鬥狠，不稱職的王八蛋會在真正的危機關頭時掌控一切，我早該……早該……我可以像有人對付小貓一點，把他丟進布袋裡淹死他。」

他笑了起來，接著開始咳嗽。「妳聽起來實在不像共和黨員——」他說到一半便停了下來。

「怎麼了？」她問，隨即也聽見了。黑暗中傳來有東西嘎吱作響的聲音。聲音接近時，他們才看到一個蹣跚人影，身後還拉著一台小孩子的推車。

「誰在那裡？」道奇．敦切爾大喊。

腳步搖晃的那個人回答時，聲音因為被隔住而比較小聲。聲音是透過那個人臉上的氧氣罩傳出來的。

「喔，感謝上帝，」懶惰鬼山姆說。「我在路邊小睡了一下，還以為自己會在爬上來前就把氧氣用完。不過我還是到這裡了。時間抓得剛好，因為我差不多快累死了。」

6

星期六清晨，一一九號公路與莫頓鎮邊界那裡的陸軍營地是個哀傷的地方。

這裡只剩三十幾個軍事人員與一架運輸直升機而已。有十幾個人正在大帳棚裡打包。有幾架空氣清淨風扇是寇克斯下令在爆炸事件發生後，儘快送過來穹頂南側這裡的。這些風扇一直沒用到。風扇抵達這裡時，已經沒有擠在穹頂旁，需要一點稀薄空氣的活口了。火勢在下午六點，由於缺少氧氣與燃料而熄滅，不過那個時候，卻斯特磨坊鎮那一側的人已經全都死光了。

醫療帳棚被拆掉，由幾十個人一同捲起。在這裡，他們已經不用忙於陸軍最古老的工作：維護地區秩序。這已經成了沒必要的工作，也沒有什麼東西好巡視的。沒有任何事可以讓他們忘記前一天下午看到的那場惡夢，但忙著清理包裝紙、罐子、瓶子、菸屁股等東西，還是多少有點幫助。黎明到來時，大型運輸直升機會再度發動。他們會爬上機艙，前往別的地方。那些機組人員可不會等他們這些低階士兵。

他們其中的一個，是出身自南卡羅萊納州希科里樹叢鎮的一等兵克林．艾姆斯。他手上拿著一個綠色塑膠垃圾袋，動作緩慢地撥過野草，偶爾撿起被扔掉的標語牌或喝完的可樂瓶，好讓那個難纏鬼葛洛中士瞥過來時，看見他好像有在做事。他幾乎就快站著睡著了，所以一開始，還以為他聽見的敲擊聲（聲音就像用指關節敲一個很厚的耐熱盤）是夢境的一部分。那幾乎能確定是夢境裡的聲音，因為聽起來像是從穹頂另一側傳來的。

他打了個呵欠，伸了一下懶腰。正當他這麼做時，敲擊聲又出現了。聲音的確來自被燻黑的穹頂後方。

接著，一個微弱虛幻的聲音響起，就像是鬼魂說話，讓他打了個冷顫。

「有人嗎？有人聽得見我嗎？拜託……我快死了。」

天啊，他認得那聲音嗎？聽起來像是——

艾姆斯丟下垃圾袋，朝穹頂跑去。他把雙手靠在摸起來依舊溫暖，被燻黑的穹頂表面上。

「小牛仔？是你嗎？」

我一定是瘋了，他想著。不可能的。沒人能在那種災害下倖存。

「艾姆斯！」葛洛中士咆哮。「你在那裡搞什麼鬼？」

他正要轉身離開，燒焦表面後頭的聲音再度傳來。「是我。別……」一連串沙啞的咳嗽聲響起。「別走。如果你還在的話，艾姆斯士兵，別走。」

一隻手出現了，就如同說話的聲音一樣鬼魅，手指上沾滿煙塵。那隻手在穹頂內側抹出一塊乾淨的地方。沒多久後，一張臉出現在那裡。艾姆斯一開始沒認出小牛仔，接著才意識到，這孩子戴著氧氣罩。

「我的氧氣快用完了，」小牛仔喘個不停。「指針已經在紅色區域了。只能……再撐半小時。」

艾姆斯看著小牛仔愁苦的眼神，小牛仔也回望著他。艾姆斯心中湧起一股迫切的責任感：他不能讓小牛仔就這麼死掉。他好不容易才存活下來……只是，艾姆斯無法想像，在這種不可能的情況下，他究竟是怎麼辦到的。

「孩子，聽我說。你先跪下來，然後——」

「艾姆斯，你這個沒用的王八蛋！」葛洛中士大吼，跨步走了過來。「不要再摸魚了，給我過來幫忙！我今晚對你這個弱雞的耐心已經用完了！」

一等兵艾姆斯沒理他。他一直看著從骯髒的玻璃牆後頭盯著他看的臉。「趴下，把底部的髒東西擦掉！現在就做，孩子，快！」

那張臉消失在他眼前。艾姆斯希望他是在照著做，而不是暈了過去。

葛洛中士的手放在他的肩膀上。「你聾了嗎？我叫你——」

「去拿風扇，中士！我們得去拿風扇！」

「你到底在說什——」

艾姆斯朝葛洛中士那張叫人害怕的臉，大聲尖叫著說：「這裡有人活著！」

7

懶惰鬼山姆抵達穹頂這裡的難民營時，紅色小推車裡只剩下一罐氧氣罐，而且指針只比零高上一點點。生鏽克拿走氧氣罩，蓋在厄尼・卡弗特臉上時，他並未抗議，只是朝巴比與茱莉亞坐著的穹頂旁爬去。這個新加入的成員，四肢著地地躺了下來，深深吸了口氣。茱莉亞的柯基犬荷瑞斯就坐在茱莉亞身旁，深感興趣地看著他。

山姆摸了一下他的背。「只剩不多，不過是我身上最值錢的東西了。那最後一點氧氣啊，從來沒有那麼新鮮好聞過。」

接著，他令人難以置信地點起了菸。

「快熄掉，你瘋了嗎？」茱莉亞說。

「很快就熄了，」山姆說，心滿意足地吸了一口。「四周沒有氧氣，所以也吸不了幾口。別生氣了，說的好像妳沒抽過似的。不過這裡好像真的有人不抽菸喔？」

「就讓他抽吧，」老羅說。「那也不會比我們現在吸的垃圾空氣還差。我們都知道，他肺裡的焦油跟尼古丁還能保護他呢。」

生鏽克走過來坐下。「那罐已經沒了，」他說。「不過厄尼還是從裡頭吸到幾口額外的氧氣。他看起來舒服了點。謝謝你，山姆。」

山姆揮了揮手。「我的空氣就是你的空氣，醫生。至少剛剛是啦。你沒辦法從你那輛救護車上頭裝一點嗎？送氧氣罐過來給我那些傢伙——隨便哪個都一樣，總之就是在這裡變得一塌糊塗前——可以直接在他們的卡車上填充氧氣。他們有一種，不知道該怎麼說，幫浦之類的東西吧。」

「氧氣萃取機，」生鏽克說。「你說得沒錯，車上是有一具。但不幸的是，那東西已經壞了。」他露出牙齒，擠出一個笑容。「三個月前就壞了。」

「是四個月，」抽筋敦說，走了過來。他是過來找山姆要菸的。「你那邊該不會還有菸吧？還有嗎？」

「你想都別想。」維維說。

「妳怕二手菸會污染這個熱帶天堂嗎，親愛的？」抽筋敦問，但懶惰鬼山姆朝他遞出那包美國鷹時，抽筋敦還是搖了搖頭。

生鏽克說：「我有申請更換一台氧氣萃取機，有送到醫院管理委員會那邊去。他們說預算超支了，但或許可以從鎮公所那裡得到幫助。於是我把申請表送到了公共事務行政委員會那邊去。」

「雷尼。」派珀・利比說。

「雷尼。」生鏽克同意道。「我收到一封回信，說我的請求會在十一月鎮民大會審核預算時決定。所以我想到時候應該就會下來了吧。」他朝天空拍了一下手，笑了起來。

現在其他人全聚集到了這裡，一臉好奇地看著山姆，同時也以驚駭的表情看著他的香菸。

「你是怎麼過來的，山姆？」巴比問。

山姆很高興能說出他的故事。他先從原因說起，也就是肺氣腫的診斷部分，說多虧醫療保險，讓他能定期拿到氧氣，有時還會把全滿的氧氣先留著。他也說了自己聽見爆炸聲，走到屋外時看見的事。

「我一看到事情嚴重的程度，就知道大概發生什麼事了。」他說。現在，他的聽眾還包括穹頂另一側的軍方人士。穿著四角短褲與卡其色內衣的寇克斯也是其中之一。「以前我還在樹林裡工作時，曾經看過幾次嚴重火災。有幾次我們不得不放下一切，只能拔腿就跑。那段時間我們有幾輛很舊的卡車，要是其中有一輛在逃命時卡住，那我們就會連車也不要，拔腿就跑。樹冠火災是最可怕的，因為火焰會直接隨著風勢迅速蔓延，所以我才一看見，就知道大概發生了類似的事情。有東西引起了驚人的大爆炸。是什麼引起的？」

「丙烷。」蘿絲說。

山姆摸了摸他那長滿白色鬍碴的下巴。「嗯，不過一定不只丙烷。還有化學藥劑，因為有些火是綠色的。

「要是火往我這邊燒的話，我可能早就死了吧，你們也是。不過火勢被吸到南邊去了。我想應該是地形的關係。還有河床也是。不管怎麼樣，我知道接下來會發生什麼事，所以就去了我的氧氣吧——」

「你的什麼？」巴比問。

山姆吸了最後一口菸，在地上捻熄。「喔，這只是我幫我放氧氣罐的小棚屋取的小名而已。總之，我有五罐全滿的——」

「五罐！」瑟斯頓．馬歇爾幾乎是呻吟地說。

「是啊，」山姆開心地說。「不過我可沒辦法拉五罐上來。你也知道，我上了年紀了。」

「你沒有找輛汽車或卡車？」小梅．傑米森問。

「這位女士，我的駕照在七年前就被吊銷了，說不定都有八年了。酒駕的紀錄太多次了。要是我在任何比卡丁車還大的車子駕駛座裡被抓到，他們就會直接把我丟進牢房，把鑰匙扔了。」

巴比在想是不是要指出這話裡頭的邏輯問題，但何必呢？現在就連呼氣也如此困難，幹嘛還要浪費一口氣去講這種事？

「總之，我本來覺得用那台紅色小推車的話，應該可以載上四罐，結果不過才拉著走了四分之一英里，還沒吸完第一罐氧氣就沒力了。不過就算這樣，我還是非得繼續走下去不可，不是嗎？」

賈姬．威廷頓問。「你知道我們在這裡？」

「不知道，女士。我只知道這裡是高地，而且知道我的罐裝空氣不可能永遠撐下去。我沒料到你們會在這兒，也沒料到這些風扇的事。會來這裡只是因為沒有地方可去。」

「你怎麼會走了那麼久？」彼特．費里曼問道。「從神溪到這裡還不到三英里遠呢。」

「嗯，這件事就有趣了。」山姆說。「我是沿著道路上來的——你知道的，就是黑嶺路——接著我過了橋……還在吸著第一罐氧氣，只是路上實在很熱……對了！你們有人看到那頭死熊嗎？看起來像是一頭撞死在電話線桿上的那隻？」

「看見了，」生鏽克說。「讓我猜猜。經過那頭熊沒多久後，你就頭昏眼花地暈過去了。」

「你怎麼知道？」

「我們全是這樣，」生鏽克說。「那裡有某種力量在運作。似乎對小孩與老人影響最大。」

「我可沒那麼老，」山姆說，聲音聽起來像是被冒犯了。「我才剛開始長白頭髮而已，就跟我老媽一樣。」

「你昏倒了多久？」巴比問。

「呃，我沒帶錶，不過當我總算醒來時，天已經暗了，所以應該有很長一段時間吧。我中間有因為難以呼吸醒來過一次，換了一瓶新的氧氣，接著又回頭繼續睡。很瘋狂對吧？而且我還做了一堆夢呢！就像三環馬戲團一樣！最後，我醒來時，這回可就真的醒了。四周很黑，我想換另一罐氧氣。要換不難，因為四周並不是完全暗的。本來應該是的，在穹頂都被火勢的菸灰蓋住後，應該要黑得跟公貓的屁眼一樣，不過在我醒來的下方，有塊很亮的地方。白天的時候看不見，但在晚上，那裡亮得就跟一億隻螢火蟲一樣。」

「我們都叫那個地方『發光地帶』。」小喬說。他與諾莉和班尼窩在一起，班尼正用手摀著嘴咳嗽。

「取得好，」山姆讚賞地說。「總之，那時我聽見了風扇的聲音，還看到了燈光，所以知道有人在這裡。」他朝穹頂另一側的營地點點頭。「我不知道有沒有辦法在氧氣用完前來到這裡——這座山就像個雞姦犯，就算我吸個不停，都未必有辦法倖免——不過我還是辦到了。」

他好奇地看著寇克斯。

「嘿，寇克林上校，我看得到你吐出來的氣。你最好穿上外套，或者過來這裡，這裡溫暖多了。」他哈哈大笑，露出所剩不多的牙齒。

「我叫寇克斯，不是寇克林。謝了，我很好。」

茱莉亞說：「山姆，你做了什麼夢？」

「妳會這麼問還真有趣，」他說。「因為那堆夢裡頭我只記得一個，就是跟妳有關的。妳就躺在鎮民廣場的音樂台上，一直哭個不停。」

茱莉亞握緊了巴比的手，力道很大，但視線卻一直沒離開過山姆臉上。「你怎麼知道是我？」

「因為妳身上蓋著報紙，」山姆說。「全都是《民主報》。妳把報紙抱得緊緊的，像是底下什麼也沒穿。不好意思啦，不過這可是妳問的。妳有聽過比這還有趣的夢嗎？」

寇克斯的對講機連續發出三聲雜音。他從腰帶上拿起對講機。「怎麼回事？說快一點，我這裡很忙。」

他們全聽見了回覆的聲音：「我們在南邊這裡發現一名倖存者，上校。我重複：我們發現了一名倖存者。」

8

十月二十八日上午太陽升起時，丹斯摩家族最後的倖存者提出了要求。奧利躺在地上，身體貼著穹頂底部，對著穹頂另一側的風扇不斷喘氣，吸著那些僅僅足以勉強保命的空氣。

他在氧氣罐的氧氣用完前，匆忙把穹頂內側清出一塊地方，好讓空氣可以吹進。那罐氧氣是在他爬進馬鈴薯堆前．留在地板上的那罐。他還記得當時他在想那罐氧氣是否會爆炸。結果沒有，而這對奧利．丹斯摩來說，絕對是件再好不過的事。要是那罐氧氣真的爆炸，他現在已經死在黃褐色的土堆，與一堆白色馬鈴薯下方了。

他跪在自己那側的穹頂旁，挖著一塊塊的黑色殘渣，清楚知道那些殘渣裡，有些是人類的遺骸。他不斷被骨頭碎片刺傷，所以實在無法忽略這件事。要是沒有艾姆斯士兵不斷鼓勵他，他肯定早就放棄了。但艾姆斯始終不放棄，不斷逼迫他挖下去。該死，把這些髒東西挖乾淨，小牛仔，你非做到不可，這樣風扇才能派上用場。

奧利認為他之所以沒放棄，是因為艾姆斯不知道他的名字。奧利學校的同學，總會叫他「挖糞的」或是「擠奶的」，不過要是在他死時，還只能聽見這個南卡羅萊納州的傢伙不斷叫他「小牛仔」，那就真的太可惡了。

風扇打開時，發出了呼嘯的聲音，讓他第一次感覺到有微風吹到他過熱的皮膚上。他把氧氣罩從臉上扯下，用嘴與鼻子直接貼在穹頂骯髒的表面上，他氣喘吁吁，咳出菸灰，繼續擦著那一層炭。他可以看見艾姆斯就在另一邊，四肢著地，頭向下彎著，就像有人試著要看進老鼠洞似的。

「就是這樣！」他大喊。「我們正在拿另外兩台風扇過來。別放棄了，小牛仔！別放棄！」

「奧利。」他喘著氣說。

「什麼？」

「名字……奧利。別再叫我……小牛仔。」

「要是你持續清下去，讓風扇有辦法起作用，從現在開始，直到世界末日為止，我都會叫你奧利。」

奧利的肺用某種方式吸收了從穹頂滲過去的空氣，正好讓他可以保持活命與清醒。他看著他清出的那一小塊地方逐漸明亮起來。就連這道光也幫了他一把。只是，看著黎明升起的陽光，在依舊髒污的薄膜遮阻下變得污濁，同樣也讓他感到難過。陽光是好事，因為在這裡，每樣東西都是暗的、焦的、硬的、沉默的。

五點時，他們試圖想叫人與艾姆斯換班，但奧利尖叫著求他留下，而艾姆斯也拒絕離開，於是命令就這麼收了回去。慢慢地，透過把嘴貼在穹頂上頭，奧利吸到更多空氣，於是開始講起他倖存的經過。

「我知道，我得等火熄了以後再出去，」他說。「所以我讓自己放輕鬆，慢慢吸著氧氣。湯姆爺爺曾經告訴我，要是睡著的話，一罐氧氣就可以撐過一整個夜晚，所以我就躺在那裡不動。有一段時間，我連氧氣都沒用，因為馬鈴薯下方還有空氣，所以可以呼吸得到。」

他把嘴唇貼向穹頂，嘗到了菸灰的味道，知道那可能是二十四小時之前還活著的人的殘骸，但他卻完全不在乎。他貪婪地吸著，把黑色的殘渣咳出來，直到可以繼續說下去為止。

「一開始，馬鈴薯下面很涼，但接著就變得溫暖，然後變得很熱，讓我以為自己會活活燒死。穀倉在我頭上燒掉了。所有東西都燒了起來。雖然很熱，但很快就沒那麼熱了，或許就是因為這樣才救了我一命吧，我也不知道。我一直在底下待到第一罐氧氣沒了為止。接著，我不得不出去。我很怕另一罐氧氣可能已經爆炸了，不過沒有。只是我敢說，應該就也只差一點吧。」

樣。

艾姆斯點點頭。奧利從穹頂這裡吸入更多空氣，就像是透過一塊又厚又髒的抹布呼吸一樣。

「還有樓梯。要是他們用木頭代替水泥，我可能就出不來了。一開始，因為實在太熱了，所以我甚至沒有嘗試過要上樓，就直接爬回馬鈴薯堆下面。外面的馬鈴薯有一堆已經被烤熟了——我可以聞得到味道。後來，氧氣越來越難吸到，所以我知道，就連第二罐氧氣也要沒了。」

他停了下來，咳到全身都在震動。等到咳完後，又繼續說了下去。

「我其實是想要在死之前聽到人類的聲音而已。不過，我很高興那個人是你，艾姆斯士兵。」

「我的名字叫克林，奧利。你不會死的。」

但那雙從穹頂底部的骯髒小洞中看過來的眼睛，就像是棺材玻璃窗裡凝視著外頭的雙眼一樣，像是知道了些什麼其他的事，知道了更為真實的真理。

9

嗡嗡聲又響了起來。雖然這聲音把卡特從無夢的睡眠中吵醒，但他知道那是什麼聲音。在他體內的某個部分，直到一切結束，或是他死掉以前，都不會真正睡著。這是求生本能，他猜，在他的大腦裡，有個從不睡覺的守護者。

嗡嗡聲第二次響起的時間，約莫是星期六早上七點半。他會知道，是因為他的錶是那種按下按鈕就會發光的手錶。緊急照明燈在晚上時已經熄了，所以輻射塵避難室裡處於完全的漆黑狀態中。

他坐起身，覺得頸部後方被什麼東西戳了一下。他猜是他昨晚用的手電筒吧。他摸索著接過手電筒，將開關打開。他睡在地板上，而老詹則睡在沙發上。用手電筒戳他的人正是老詹。

他當然可以睡沙發，卡特忿忿不平地想。他是老大啊，不是嗎？

「去吧，孩子，」老詹說。「趕快處理。」

為什麼非我不可？卡特想……但沒說出來。當然是他，因為老大是個老頭，老大是個胖子，老大有顆爛心臟。當然啦，因為他是老大，詹姆士．雷尼，卻斯特磨坊鎮的皇帝。也就是個二手車行的皇帝而已。卡特想。身上全是汗水跟沙丁魚油的臭味。

「去啊。」聲音變得急躁起來。其中還有害怕的情緒。「你在等什麼？」

卡特站了起來，手電筒的光芒從輻射塵避難室的貨架上移開（這麼多罐沙丁魚！），照向前往上下鋪床位房間的路。這裡的緊急照明燈依舊亮著，但卻搖曳不定，就快熄了。這裡的嗡嗡聲更為大聲，變成一陣穩定的恩恩恩恩恩恩恩恩恩恩恩恩，就像厄運即將到來的聲音。

我們再也離不開這裡了。卡特想。

他用手電筒照著發電機前方的暗門，發電機持續發出沉悶惱人的嗡嗡聲，不知為何，使他聯想起老大高談闊論的模樣。或許是因為這兩種噪音同樣愚蠢與著急吧。餵我，餵我，餵我。給我丙烷，給我沙丁魚，給我的悍馬車高級無鉛汽油。餵我，我就要死了，這樣你也會死，不過誰在乎啊？誰會鳥你？餵我，餵我，餵我。

儲物箱裡只剩六桶丙烷。等他把幾乎空了的另一桶放進去時，就會只剩五桶。而且還是小到不行的尺寸，只比最小的大不到哪裡去。等到空氣淨化器停下來後，他們就會全因窒息而死。

卡特從裡頭拿出其中一桶，但只是先放在發電機旁。他沒打算馬上換掉，想等到現在這桶完全用完，就算那恩恩恩恩恩恩恩聲很煩人也一樣。就像麥斯威爾咖啡的廣告詞，直到最後一滴都很棒。

不過那個嗡嗡聲還是讓人神經緊張。卡特覺得他應該找出警報器的位置，把聲音直接關掉，但這麼一來，他們之後要怎麼知道發電機的燃料用完沒有？

就像兩隻被困在倒過來的水桶裡的老鼠一樣，這就是我們的處境。

他在腦中計算著。這裡還剩六桶，一桶約莫能用上十一小時。但他們可以關掉空調，或許這樣能把時間拉長到每桶十二或十三小時。安全起見，先以十二來算。十二乘六……應該是……

那恩恩恩恩恩恩恩恩的聲音，讓這道計算題比原本的程度還難，但他還是算了出來。七十二小時後，他們就會在黑暗中可悲地窒息而死。為什麼會在黑暗中？因為沒人費心去換緊急照明燈的電池，這就是為什麼。那些燈可能已經有二十幾年沒換過了。老大把錢都污了起來。為什麼這裡的儲物箱裡，只有七桶小到不行的丙烷，而ＷＣＩＫ電台那裡卻有數之不盡的丙烷，就這麼等著被炸個精光？因為老大喜歡把每樣東西放在他想放的地方。

坐在這裡，聽著恩恩恩恩恩恩的聲音，讓卡特想起他父親說過的話：存了一分錢，就會弄丟一塊錢。這就是雷尼會有這個下場的原因。二手車行的雷尼皇帝。說大話的雷尼政客。毒梟雷尼。他從毒品生意裡賺了多少錢？一百萬？兩百萬？這重要嗎？

他可能永遠都花不到那些錢了，卡特想，而且就連現在也他媽的花不到。這裡根本沒東西好買。他大可把所有沙丁魚全吃掉，那些都是免費的。

「卡特？」老詹的聲音從黑暗中傳來。「你到底是想換掉一桶，還是我們就乾脆這樣聽著發電機叫個不停算了？」

卡特才準備張口大喊，想解釋他們得等一下，別浪費任何一分鐘，但就在這時，恩恩恩恩恩恩的聲音總算停了下來。所以，就只剩下刮－刮－刮的空氣淨化器聲音了。

「卡特？」

「我在處理了，老大。」卡特把手電筒夾在腋下，將用完的丙烷桶拉出，把全新那桶放進金屬平台。那個平台大到足以容納十桶這種尺寸的丙烷。他把丙烷管接好。

每分鐘都別浪費……是嗎？要是最後都難逃窒息的命運，那又何必要這麼做？

但對於大腦中的求生守護者來說，這根本是個白癡問題。求生守護者認為七十二小時就是七十二小時，每一分鐘都包含在這七十二小時裡面。畢竟，誰知道會發生什麼事？說不定軍方那些傢伙總算找到了破壞穹頂的方法。說不定穹頂自己會消失，就像出現時那麼突然與毫無原因。

「卡特？你到底在那裡做什麼？我他麻的祖母都比你的動作快，而且她還已經死了！」

「差不多了。」

他確定管子接得夠緊，用拇指彈開啟動開關（他突然想到，要是這台小型發電機的啟動電池就跟緊急照明燈的電池一樣舊，那麼他們可就有麻煩了）。他的動作停了下來。

如果是兩個人，只能用七十二小時。但如果只有他，就可以延伸到九十，甚至是一百小時。

否決。只要先把空氣淨化器關掉，等到真的太悶再打開就好。他曾向老詹提出這個建議，但卻直接遭到

「我的心臟有問題，」他提醒卡特。「空氣越悶，我就越有可能出問題。」

「卡特？」一副大聲詰問的樣子。聲音才傳進他的耳朵，他就覺得鼻子裡又聞到了老大身上那股沙丁魚味。「那邊出了什麼事嗎？」

「全搞定了，老大！」他大喊，按下按鈕。啟動馬達發出聲響，一次就點燃了發電機。

我得好好想想這件事。卡特這麼告訴自己，但求生守護者想的不同。求生守護者認為：每過去一分鐘，就是浪費一分鐘。

他對我很好，卡特告訴自己。他給了我該負起的責任。

他給你的，是那些他不想親自動手的骯髒事。還給了你一座可以死在裡頭的洞穴。

卡特做出了決定。他走回主房間時，從槍套拔出貝雷塔手槍，考慮著是不是要把槍藏在身後，讓老闆不會知道。但他最後還是決定算了。畢竟，這個人叫他「孩子」，或許還是真心的。在他沒料到的情況下朝他後腦杓開槍，於毫無預警的情況下死去，絕不是他應得的結果。

10

鎮上東北方盡頭處並未一片漆黑，但由於穹頂被燻得厲害，所以離透明也同樣遠得很。陽光照進裡頭，讓所有東西全變成狂熱的粉紅色。

諾莉跑向巴比與茱莉亞。這女孩一面咳嗽，一面氣喘吁吁，但還是繼續跑著。

「我爺爺心臟病發作了！」她哭著說，接著跪了下來，一面乾咳，一面喘氣。

茱莉亞摟著女孩，把她的臉轉向呼嘯的風扇。巴比爬向被流亡者包圍的厄尼．卡弗特、生鏽克．艾佛瑞特、維維．湯林森與道奇．敦切爾等人。

「大家給他們一點空間！」巴比厲聲說。「給他一點空氣！」

「這就是問題了，」湯尼．蓋伊說。「他們給了他原本要留給……原本應該要留給孩子們的東西……但——」

「強心劑。」生鏽克說。抽筋敦遞給他一個針筒，生鏽克隨即注入厄尼體內。「維維，開始心外按摩。妳累了就換抽筋敦，再來換我。」

「我也行，」瓊妮說，淚水順著臉頰滑落，但她看起來似乎仍足夠鎮靜。「我有上過一堂課。」

「我也有上，」克萊兒說。「我也能幫忙。」

「還有我。」琳達靜靜地說。「我今年夏天才又上過一次。」

這是個小鎮，我們全是同一隊的。巴比想。維維——她也受了傷，臉還是腫的——開始心外按摩。她把位置讓給抽筋敦時，茱莉亞與諾莉也一同來到巴比身旁。

「他們可以救活他嗎？」諾莉問。

「我不知道。」巴比說。但他知道，已經沒希望了。

抽筋敦從維維那裡接手。巴比看著抽筋敦額頭上的汗水滴落在厄尼的襯衫上，變成了一塊黑點。約莫五分鐘後，他停了下來，邊喘氣邊咳嗽。正當生鏽克準備過去時，抽筋敦搖了搖頭。

「他走了。」抽筋敦轉向瓊妮。「很抱歉，卡弗特太太。」

瓊妮的臉抽搐著，接著皺成一團。她悲痛地哭出聲來，後來哭聲則變為咳嗽。諾莉抱著她，連自己又再度咳了起來。

「巴比，」一個聲音說。「跟你談談。」

說話的人是寇克斯。現在，在寒冷的另一側，他身穿棕色迷彩服，外頭還加了件羊毛外套。巴比不喜歡寇克斯臉上那種陰沉表情。茱莉亞跟他一起過去。他們朝穹頂俯身，試著緩慢平靜地呼吸。

「新墨西哥州的柯特蘭空軍基地發生了意外。」寇克斯保持聲音壓低。「我們得先測試才行，但他們在做鉛筆核彈的最終測試時……可惡。」

「爆炸了？」茱莉亞問，整個人被嚇壞了。

「沒有，女士，是熔化。兩個人當場死亡，其他幾個人很可能會死於輻射灼傷與輻射中毒。重點在於，我們失去了核彈。我們失去了他媽的核彈。」

「是因為故障？」巴比問。幾乎希望就是這樣，因為這代表了不需要重新開發。

「不，上校，並不是。這就是為什麼我會用意外這個詞。趕工的時候總會發生這種事，而我們全都在趕個不停。」

「我為那些人感到遺憾，」茱莉亞說。「他們的親屬都得到消息了嗎？」

「以你們自己的狀況來說，你還能想關心這點真的十分體貼。他們很快就會接到通知。意外發生在凌晨一點，我們現在已經在製造『小男孩二號』了。應該會在三天內完成，最多四天。」

巴比點了點頭。「謝謝你，長官，不過我不確定我們撐得了那麼久。」

一聲拉長的悲泣——是孩子的聲音——自他們身後傳來。巴比與茱莉亞轉身時，哭聲變成一連串乾咳與喘不過氣的聲音。他們看見琳達跪在她大女兒身旁，以雙手把她擁入懷中。

「她不能死！」賈奈兒大喊。「奧黛莉不能死！」

但她死了。艾佛瑞特家的黃金獵犬在晚上時便已死去。當時艾佛瑞特姊妹就睡在她身旁，這麼靜靜離開，沒有一絲吵鬧。

11

卡特回到主房間時，磨坊鎮的次席公共事務行政委員正在吃著一盒穀片，盒子正面印有一隻卡通鸚鵡。卡特在許多次童年的早餐時光中，早已與那隻虛構的鳥熟識：大嘴鳥山姆，香果圈的守護神。

一定早就不知道過期多久了。卡特想，在短暫的一瞬間，感到有點同情老大。接著，他又想起七十幾小時的空氣，以及八十到一百小時之間的差距，於是又讓心硬了起來。

老詹又從盒子裡抓了更多香果圈，接著看見卡特手上的貝雷塔手槍。

「嗯。」他說。

「對不起，老大。」

老詹把手放開，讓香果圈像瀑布一樣掉回盒子裡，但他的手是黏的，所以手指與手掌上還黏著一些色彩明亮繽紛的香果圈。

「孩子，別這麼做。」

「我非這麼做不可，雷尼先生，這與私人因素無關。」

的確不是，卡特如此認為。甚至連一點點也沒有。他們被困在這裡，就這樣而已。這事會發生，全是因為老詹做出的決定，所以老詹得付出代價才行。

老詹把整盒香果圈放在地板上，動作小心，彷彿害怕動作太粗魯，可能會把盒子摔破似的。

「會這樣是因為……空氣。」

「空氣。我懂了。」

「我可以把槍藏在身後，走進這裡，接著把子彈射進你的腦袋，但我不想這麼做。由於你對我一直很好，所以我想給你時間準備。」

「那就別讓我受苦，孩子。既然不是私人因素，那就別讓我受苦。」

「只要你坐好別動，就不會受苦。一切會發生得很快，就跟在樹林裡射殺一頭受傷的鹿一樣。」

「我們可以再談談這件事嗎？」

「不行，老大。我已經下定決心了。」

老詹點點頭。「那麼，好吧。我可以先祈禱一下嗎？你願意讓我祈禱嗎？」

「可以，老大，只要你想就可以祈禱。不過快一點。這對我來說也很難受，你知道的。」

「我相信你說的話。你是個很好的孩子，孩子。」

卡特從十四歲以後就再也沒哭過，但現在卻覺得眼角有點刺痛。「叫我『孩子』也幫不了你。」

「這的確幫助了我。再說，看到你覺得感動……也同樣幫助了我。」

老詹拖著巨大的身軀離開沙發，跪了下來。在這麼做的同時，還撞翻了香果圈，發出一聲有些悲傷的輕笑。「這實在是不怎麼樣的最後一餐。」

「對，的確不是。我很抱歉。」

老詹現在背對著卡特，嘆了口氣。「反正一、兩分鐘以後，我就能在上帝的餐桌上吃烤牛肉了，所以沒關係的。」他舉起一隻粗短的手指，壓在脖子後頭。「就這裡。腦幹。可以嗎？」

卡特吞了口口水，感覺就像吞下一顆絨布做成的大型烘衣球。「沒問題，老大。」

「你想跟我一起跪下嗎，孩子？」

卡特距離上次禱告的時間，甚至比上回哭的時候還久，但此刻差點就答應了。接著，他想起老大有多麼狡猾。或許他現在沒有耍詐，而是真心的，但卡特看過這個人運籌事情的模樣，凡事務求萬無一失。他搖了搖頭。「禱告吧。如果你想長篇大論，那我認真勸你，還是說短一點的版本就好。」

老詹背對卡特跪著，雙手緊緊抓住沙發上的坐墊，那裡在他不可忽視的臀部重量下，現在依舊是凹著的。「親愛的上帝，我是祢的僕人詹姆士．雷尼。我猜，不管願不願意，我都要到祢身邊了。杯子已經湊到了我嘴上，我無法——」

他發出很大一聲沒有淚水的抽泣。

「關掉手電筒，卡特。我不想在你面前哭。這不是一個快死的男人該有的模樣。」

卡特把槍往前伸，直至幾乎碰到老詹的頸背那裡。「好吧，不過這是你最後的請求了。」說完，他關上了手電筒。

他才一關掉手電筒，就知道自己犯了大錯，不過一切為時已晚。他聽見老大移動的聲音，對於一個心臟不好的胖男人來說，他的動作快到嚇人。卡特開槍，在槍口的閃光下，看到凹陷的沙發墊上頭出現彈孔。老詹已不再跪在沙發前，但不管他有多快，也肯定走不了多遠。就在卡特用大拇指打開手電筒開關時，老詹拿他從輻射塵避難室架子上拿走的切肉刀往前一刺，把六英吋的鋼製刀鋒刺進卡特．席柏杜的胃裡。

他痛得尖叫出聲，又開了一槍。老詹感覺到子彈從他耳旁呼嘯而過，但卻沒把刀抽出來。他也有個求生守護者，多年來一直克盡職守。他的求生守護者說，要是他把刀拔出來的話，肯定難逃一死。他搖搖晃晃地蹲了下來，站起身時，把刀用力往上拉，撕毀了這個蠢男孩的內臟。他還以為自己可以搞定最強的老詹．雷尼呢。

卡特在被割開時再度尖叫起來。血珠噴在老詹臉上，讓他由衷希望這是這男孩的最後一口氣。他把卡特往後推。在掉落在地的手電筒光芒照射下，卡特腳步蹣跚地往後退，踩過灑在地上的香果圈，抱著自己的腹部。鮮血自他指間湧出。他的手在貨架上胡亂摸索，跪下來時，一堆沙丁魚、煎蛤蜊與濃湯罐頭一同撒了下來。有那麼一刻，他維持這個姿勢不動，像是重新考慮過後，終究還是決定要祈禱似的。他的頭髮垂在臉上。接著，放開了手，倒落在地。

老詹考慮用刀，但對有心臟病的人來說，實在太過費力（他再度向自己保證，等到這場危機結束後，就要好好照顧身體）。於是，他撿起卡特的槍，朝這愚蠢的男孩走去。

「卡特？你還醒著嗎？」

卡特發出呻吟，試著轉過身來，但還是放棄了。

「我會在你後頸開上一槍，就跟你剛才答應我的一樣。不過我要給你最後一個最重要的忠告。你有在聽嗎？」

卡特再度呻吟。老詹把這視為同意。

「我的忠告是：永遠不要給一個優秀的政治家有機會禱告。」

老詹扣下扳機。

12

「我想他就要死了！」艾姆斯士兵大喊。「我想這孩子就要死了！」葛洛中士跪在艾姆斯身旁，從穹頂底部骯髒的小洞口看去。奧利．丹斯摩橫臥在他那一側，嘴唇幾乎壓在表面上頭。多虧上頭還黏有污痕，使他們能夠看得見表面。葛洛用他受過訓練的中士聲音大喊：「嘿！奧利．丹斯摩！集中精神！」

慢慢地，男孩睜開雙眼，看著兩個男人蹲在不到一英尺遠的地方，但他們那裡卻是個寒冷、乾淨的世界。「怎麼了？」他輕聲說。

「沒事，孩子，」葛洛說。「繼續睡吧。」

葛洛轉向艾姆斯。「給我冷靜點，士兵。他沒事。」

「他才不是沒事，一看就看得出來了！」

葛洛抓住艾姆斯的手臂，把他扶了起來──動作還算客氣。「對，」他壓低聲音同意。「他的狀況甚至就連還好也稱不上，不過他還活著，正在睡覺，就目前來說，這已經是我們能祈求最好的狀況了。睡著的話，他需要的氧氣就會更少一點。你先去吃點東西。你有吃早餐嗎？」

艾姆斯搖了搖頭，腦中根本沒想過早餐這件事。「我想留下來，以防他醒了過來。」他停了一下，突然又說：「我想待在這裡，以防他死了。」

「他還可以再撐一段時間，」葛洛說，只是就連自己也不知道這話是真是假。「去拿點吃的，就算是一片麵包夾一片香腸也好。你看起來糟透了，士兵。」

睡著的男孩躺在燒焦的地面上，嘴巴與鼻子朝著穹頂翹起，他們幾乎看不出他的胸口有起伏的跡象。艾姆斯用頭朝他比了比。「你認為他還可以撐多久？中士？」

葛洛搖了搖頭。「可能不久吧。今天早上，另一邊的那群人已經有人死了，另外幾個人的狀況也不太好。再說，那邊的環境還更好一些，空氣比較乾淨。你得做好心理準備。」

艾姆斯有股想哭的感覺。「那孩子失去了所有家人。」

「先去找點東西吃。你回來前，我會先在這裡看著。」

「之後我還能留在這裡嗎？」

「士兵，那孩子要你留著，你就留著。你可以在這裡待到結束為止。」

葛洛看著艾姆斯快跑至直升機附近那張放了些食物的桌子。現在是十點鐘，在外面這裡，此刻是美麗的晚秋早晨。太陽閃爍著光芒，融化了最後的厚霜。但就在幾英尺遠的地方，卻是一個擁有永恆黃昏的封閉世界，那裡的空氣讓人無法呼吸，時間已不再有任何意義。葛洛想起了他長大的地方，也就是康乃迪克州的威頓鎮。當地的公園裡有個池塘，裡頭有些年紀很大的金色鯉魚，長得非常大，孩子們也時常會餵那些魚。後來有一天，一個管理員在使用化學肥料時發生了意外。於是，再見了魚兒。所有的十幾隻魚全都浮在水面上死去。

看著那個髒兮兮的男孩在穹頂的另一側睡覺，實在不可能不讓他想起那些鯉魚……差別只在於那是個男孩，而不是一隻魚。

艾姆斯回來了，顯然吃了一些他不想吃的東西。若是要葛洛發表意見，他會說他認為那孩子不太適合從軍，但的確是個心腸很好的孩子沒錯。

艾姆斯坐了下來。葛洛中士坐在他身旁。到了中午左右，他們從穹頂北側那邊接到一份報告，說那邊有另一名倖存者也死了，是一個叫艾登．艾波頓的小男孩。另一個孩子。葛洛認為自己或許有在前一天碰過他的母親。他希望自己是錯的，但事實正是如此。

「這到底是誰幹的？」艾姆斯問他。「到底是誰幹下了這種鳥事，中士？為什麼？」

葛洛搖了搖頭。「沒頭緒。」

「這根本就沒道理！」艾姆斯大喊。奧利動了一下，由於呼吸不到空氣，又把睡臉再度朝向滲過屏障的稀薄微風。

「別吵醒他，」葛洛說，心想：要是他繼續睡下去的話，這對我們來說只會更好。

13

到了兩點，所有流亡者全都開始咳嗽，只有兩個人除外——令人難以置信，但卻千真萬確——山姆．威德里歐似乎在空氣惡劣的情況下變得活力充沛，小華特．布歇除了睡覺以外什麼也不做，偶爾才會吸一些分配下去的牛奶或果汁。巴比摟著茱莉亞靠坐在穹頂上。不遠的地方，瑟斯頓．馬歇爾坐在蓋著的小艾登．艾波頓的屍體旁，他在令人完全措手不及的狀態下就死了。如今，瑟斯頓自己也咳個不停，把哭到睡著的愛麗絲抱在腿上。離那裡二十英尺的地方，生鏽克與妻子及兩個女兒依偎在一起，兩個女孩同樣也是哭著睡著的。生鏽克把奧黛莉的屍體搬到救護車裡，好讓兩個女兒不會看見她。他過去時屏住呼吸，雖然那裡離穹頂只有十五碼遠，但空氣卻會讓人窒息，十分致命。他回來喘口氣時，覺得應該也要這麼處置小男孩。奧黛莉對他來說會是個好夥伴，她一直很喜歡小孩。

小喬．麥克萊奇一屁股坐在巴比身旁。現在的他看起來真的就像稻草人一樣，蒼白的臉上到處都是青春痘，雙眼周圍有著如同瘀青般的黑眼圈。

「我媽睡著了。」小喬說。

「茱莉亞也是，」巴比說。「所以說話小聲點。」

茱莉亞睜開一隻眼。「還沒完全睡著。」她說，隨即又閉上了眼。她咳了一聲，先是忍住，接著又連咳好幾下。

「班尼真的病了，」小喬說。「他在發燒，就跟小男孩去世前一樣。」他躊躇了一下。「我媽也挺燙的。或許只是因為這裡太熱了，可是……我想原因並非如此。要是她死了怎麼辦？要是我們全死了怎麼辦？」

「我們不會死的，」巴比說。「他們肯定會想出什麼方法。」

小喬搖頭。「他們不會的。你很清楚這點。因為他們人在外面。沒有任何外面的人可以幫得了我們。」他看著這片一天前還是座小鎮的焦土，笑了出來——聲音沙啞低沉，會聽起來那麼糟糕，是因為其中真的帶著點笑意。「卻斯特磨坊鎮建立於一八〇三年——我們在學校都學過。兩百多年的時間，才一個星期就在地球上被抹殺了。只花了他媽的一個星期。你怎麼說，芭芭拉上校？」

巴比想不出任何回答。

小喬摀著嘴，咳了一聲。在他們後方，風扇不斷傳來呼嘯聲。「我是個聰明的小孩。你知道吧？我是說，這不是我在自誇，但……我的確是挺聰明的。」

巴比想起這孩子在導彈攻擊時架設的現場轉播。「我完全同意這點，小喬。」

「在史匹柏的電影裡，聰明的孩子總是會在最後一分鐘想出解決方法，對嗎？」

巴比感覺到茱莉亞又醒了。她睜開雙眼，神色凝重地看著他。

淚水自男孩臉頰滑落。「我肯定不是史匹柏電影裡的孩子。要是我們在侏羅紀公園裡，恐龍絕對會把我們吃了。」

「要是他們膩了就好了。」茱莉亞模糊不清地說。

「啊？」小喬瞇眼看著她。

「那些皮革頭。皮革頭孩子。孩子們只要玩膩一樣東西以後，就會去找別的玩。不然就是——」她重重地咳著。「不然就是他們的父母叫他們回家吃飯什麼的。」

「或許他們不用吃飯，」小喬陰鬱地說。「或許他們也沒有父母。」

「或許，時間對他們來說根本就不一樣，」巴比說。「說不定，在他們的世界裡，他們才剛坐下來圍在方塊旁。對他們來說，遊戲不過才剛開始而已。我們甚至也不確定他們究竟是不是孩子。」

派珀・利比加入了他們。她滿臉通紅，頭髮黏在臉頰上。「他們是小孩。」她說。

「妳怎麼知道？」巴比問。

「我就是知道。」她露出微笑。「他們是我大約在三年前開始不相信的上帝。上帝竟然是一群壞小孩在玩著星際版的X-BOX遊戲機。這不是很好笑嗎？」她的微笑擴大，眼淚流了出來。

茱莉亞朝閃爍紫色光芒的方塊看去，表情在思索著些什麼，有點像是做夢一樣。

14

每逢卻斯特磨坊鎮的星期六晚上，東星會[149]的女性成員總會相約碰面（在聚會結束後，他們通常會去亨麗塔．克拉法家喝紅酒，說出她們最棒的黃色笑話）。彼得．蘭道夫與他的朋友則會一起玩牌（同樣也會說出他們最棒的黃色笑話）。史都華與老福．鮑伊時常會去路易斯頓市南里斯本街那裡的妓院找兩個妓女。萊斯特．科金斯牧師通常會在聖救世主教堂的牧師宿舍客廳裡，主持青少年的祈禱活動，而派珀．利比則會在剛果教堂的地下室裡，舉辦青少年舞會。

北斗星酒吧的星期六晚上總是吵雜不已，直到凌晨一點（在十二點半左右，客人們會開始醉醺醺地大唱他們的國歌〈髒水〉，從波士頓來的所有樂團全都對這首歌熟得很）。霍霍與布蘭達．帕金斯會手牽著手，在鎮民廣場上一起散步，對著其餘他們認識的夫婦們打招呼。奧登．丹斯摩與他的妻子雪萊會做點什麼，兩個兒子則會識相地跑去玩接球遊戲。對卻斯特磨坊鎮而言（大多數小鎮都一樣，他們全是同一隊的），星期六晚上通常是最棒的夜晚，讓人可以盡情地跳舞、做愛、做夢。

但今晚並非如此。今晚，這裡是看似沒有盡頭的一片漆黑。風已經停了。有毒的氣體還是很熱，而且逗留不走。一一九號公路那裡，依舊如同燃燒旺盛的火爐般炎熱，奧利．丹斯摩躺在地上，臉部貼著他那扇小窗口，仍在努力地頑強活著。就在僅僅一英尺半遠的地方，克林．艾姆斯士兵持續守護著他的病患。一些聰明的人想用一盞聚光燈照著那個孩子，而艾姆斯則堅持不讓他們這麼做（其實也沒那麼兇惡的葛洛中士也支持他），認為用聚光燈照著一個睡著的人，應該是對恐怖分子做的事，而不是對一個可能在太陽升起前便會死去的青少年做的事。不過，艾姆斯有一把手電筒，每隔一下子，他就會照向那個孩子，確定奧利仍在呼吸。他是有在呼吸，但艾姆斯每次用手電筒照向他時，總認為自己會看見他淺淺的呼吸已經停了。一部分的他甚至開始希望這件事會真的發生。一部分的他開始接受真相：不管奧利．丹斯摩有多麼機警，或是多麼英勇求生，都沒有所謂的未來可言。看著他如此奮戰，反而令人更加難受。就在時間將至午夜時，艾姆斯士兵就這麼鬆垮垮地拿著手電筒，坐著睡去。

你睡覺嗎？耶穌曾這麼問彼得。不能警醒片時嗎？

煮廚布歐可能會追加補充，這是出自〈馬可福音〉，桑德斯。

時間才剛過一點，蘿絲．敦切爾便搖醒了巴比。

「瑟斯頓．馬歇爾死了。」她說。「生鏽克和我弟正在把屍體推進救護車底下，好讓小女孩醒來時不會太傷心。」她又補充：「如果她還會醒來的話。愛麗絲也病了。」

「除了山姆與遲鈍的小寶寶，」茱莉亞說。「我們現在全病了。」

生鏽克與抽筋敦自停在一起的車輛那裡快速跑了回來，跪倒在其中一台風扇前，開始大口呼吸，不斷喘氣。抽筋敦開始咳了起來，生鏽克把他朝空氣推近，力道大到讓抽筋敦的前額撞上穹頂，使他們全聽見「咚」的一聲。

蘿絲還沒完全說完。「班尼．德瑞克的狀況也很糟。」她把音量壓低到耳語地步。「維維說他可能撐不到日出。要是我們能做點什麼就好了。」

149 Eastern Star，一個與共濟會有關的互助組織。

巴比沒有回答，茱莉亞也是。但茱莉亞再度望著方塊的方向，雖然那東西不到五十吋，甚至沒有一吋厚，但他們卻連移動一下都無法辦不到。她的眼神飄遠，腦中思索著些什麼。

淡紅色的月亮總算從穹頂東部那積累的煙漬中探出頭來，投下血紅色的月光。現在是十月底，這個十月對卻斯特磨坊鎮來說，是最為混亂的一個月，混合了無數渴望的回憶。在這片死寂的土地上沒有紫丁香。沒有紫丁香、沒有樹木、沒有青草。月亮就這麼照著這片除了滅絕以外，什麼也沒有的地區。

15

老詹在黑暗中醒來，抓著自己的胸口。他的心臟再度停了下來。他捶著心臟，不久後，發電機的警報器又再度因為丙烷即將用盡，開始響了起來：恩恩恩恩恩恩恩恩恩恩恩恩。餵我，餵我。

老詹嚇了一跳，叫出聲來。他那受盡折磨的可憐心臟先是節奏不穩，時重時輕的跳動著，接著才總算回到正常節奏。他覺得自己就像是化油器壞掉的舊車，也就是你會買進來，但不會賣掉的那種，同時也是除了破舊以外，其餘一切都狀況良好的那種。他氣喘吁吁，心臟狂跳。他的狀況糟到應該直接送去醫院。甚至比那更糟。

恩恩恩恩恩恩恩恩恩恩恩恩恩恩：某種巨大、恐怖的昆蟲聲——或許是蟬——正與他一起待在這片黑暗之中。說不定是趁他睡著時爬進來的？

老詹摸索著手電筒，用另一隻手輪流捶打與按摩胸口，叫自己的心臟冷靜下來，別像個他麻的小寶寶，他可不打算在這一切發生後，就這麼死在一片漆黑之中。

他找到手電筒，掙扎起身，腳在他那已死的侍從武官屍體上絆了一下。他又叫了出來，跪倒在地。手電筒沒有摔壞，卻從他身邊滾開，移動的燈光投射在左手邊貨架的最底部，那裡整齊放有一盒盒的義大利麵條與番茄醬罐頭。

老詹用爬的過去，打算撿起手電筒。然而，當他這麼做的時候，卡特．席柏杜睜著的雙眼動了一下。

「卡特？」汗水流到老詹臉上，臉頰感覺像是塗了一層油亮發臭的油脂。他可以感覺到襯衫黏在身上。他的心臟又開始另一波狂跳，接著，就像奇蹟一般，又再度回到了正常的節奏裡。呃，不，倒也不完全。但至少比較接近正常節奏了。

「卡特？孩子？你還活著嗎？」

當然，這實在太可笑了。老詹就像在河堤上對待一條魚那樣剖開了他，接著還朝他後腦杓開了一槍。他就跟阿道夫．希特勒一樣死透了。然而，他可以發誓……呃，幾乎可以發誓……這孩子的眼睛——

他把卡特伸手勒住他喉嚨的念頭拋開，並告訴自己，會覺得有些（害怕）緊張是很正常的。畢竟，那男孩差點就把他殺了。只是，他卻一直覺得卡特會坐起來，把身體往前拖，以飢餓的牙齒咬住他的喉嚨。

老詹以手指朝卡特下巴下方壓去。沾有鮮血的肌肉摸起來涼涼的，而且沒有脈搏。當然沒有。這小子已經死了。早就死了十二個小時以上了。

「你正與你的上帝一起共進晚餐，孩子，」老詹低喃著。「桌上有烤牛肉跟馬鈴薯泥，甜點還是蘋果派。」

這讓他感覺好多了，於是朝手電筒爬去。當他覺得自己聽見身後有東西移動的聲音時——或許是一隻手發出來的聲音，就這麼滑過水泥地，摸索著什麼東西——沒有回頭看去。他得幫發電機換燃料。得讓恩恩恩恩恩恩的聲音停下。

他從儲物箱裡拉起剩下四桶丙烷的其中一桶，心臟再度陷入心律不整的狀態。他坐在打開的暗門旁，不斷大口喘氣，試著咳嗽，使他的心臟恢復規律節奏。同時，他還開始祈禱，沒發現他的祈禱內容，基本上只是一連串的要求與強辯：讓它停下來，這完全不是我的錯，讓我離開這裡，我已經盡力了，讓每件事都回到跟以前一樣，我會因為不稱職而自己下台，請醫好我的心臟。

「以耶穌之名，阿門。」他說。但在說完後，卻沒有任何慰藉，反倒起了種毛骨悚然的感覺，就像墳墓裡的骨頭正在嘎嘎作響似的。

等到他的心臟好一點後，像是蟬叫的警報器聲已停了下來。現在那桶丙烷已經空了。此刻，除了手電筒的燈光外，輻射塵避難室的第二間房間就與第一間一樣，變成了一片黑暗。畢竟，這間房間的那盞緊急照明燈，早在七個小時前就開始閃個不停了。他使勁移開用完的丙烷桶，把新的那桶放到發電機旁的平台上。老詹模糊地記得，一、兩年前，他曾在書桌上一份避難室器材維護申請表上，蓋上了「不予核可」的印章。那份申請表上頭，說不定就包括了幫緊急照明燈更換電池的費用。但他不能因此責怪自己。鎮上的預算就只有那麼多，而人們總是不斷地伸出手來：餵我，餵我。

艾爾．提蒙斯應該要自己主動去換的。他告訴自己。看在上帝的份上，主動一點難道是件很過分的要求嗎？這不就是我們付錢給維修人員的原因嗎？天啊，他明明可以去找那個法國佬波比，要求他捐贈電池啊。要是我就會這麼做。

他接上丙烷管，這時心臟又頓了幾下，使他的手不禁抖動，讓手電筒掉進儲物箱中，並在撞到其中一桶剩餘的丙烷時，傳出東西破掉的聲音。燈泡破了，他又再度陷入完全的黑暗之中。

「不！」他尖叫著。「不，該死，不！」

但上帝沒回答他。寂靜與黑暗緊緊圍繞著他，而他那超出負荷的心臟則卡在那裡，努力地掙扎著。這個叛徒！

「沒關係。另一個房間裡還會有另一支手電筒。數量是對應的。我只要找出來就行了。要是卡特可以很快就從應用物資裡找到，那我也行。」這是真的。他高估了那個男孩。他以為那小子會是個後起之秀，但到了最後，卻變成了一個提前退場的人。老詹笑了起來，接著又讓自己停下。在全然的黑暗中，笑聲聽起來有點恐怖。

別想了。啟動發電機。

對，就是這樣，得先處理好發電機再說。他仔細檢查丙烷管，只要發電機一運作，空氣淨化器就會再度發出運作聲。在那之後，他就會去找另一支手電筒，說不定甚至還能找到一盞瓦斯燈。這樣就有充足的燈光，讓他可以在下次更換丙烷時使用了。

「就是這樣，」他說。「要是你真想在這個世界上做好什麼事，就得自己來才行。只要問問科金斯，還有問問帕金斯那個巫婆就可以知道了。他們全都知道這點。」他又笑了起來，這回無法止住，因為真的十分好笑。「他們全學會了。要是你只有一根小棍子，就千萬別去惹一隻大狗。不要。千萬不要。」

他摸索著啟動鈕，在找到後按了下去。什麼也沒發生。突然間，房間裡的空氣似乎比先前更為混濁了。

我按錯按鈕了，就是這樣而已。

要理解很容易，但要相信可沒那麼簡單。他吹了吹手指，像是擲骰子前希望能讓手氣變好一樣。接著，他又開始摸索，直到找到按鈕為止。

「上帝，」他說。「我是你的僕人詹姆士·雷尼。請讓這個討厭的老東西開始運作吧。在此以聖子的名字禱告，耶穌基督·」

他按下啟動鈕。

什麼也沒發生。

他坐在黑暗中，雙腳在儲藏箱裡晃來晃去，試圖平撫突如其來地想把他生吞活剝的驚慌感。他得思考才行。這是唯一的生存之道。但實在很難。當你身處黑暗之中，心臟隨時有可能完全背叛你的情況下，要去思考實在很難。

那麼最糟糕的是什麼呢？他在這三十年以來所做的每一件事，似乎都變得不像是真的。這就跟從另一側看著穹頂的人一樣。他們走了過來，談論這件事，開車，甚至是坐飛機與直升機過來。但這一點也不重要，因為他們根本不在穹頂之下。

控制自己。要是上帝不幫你，那麼也就只剩你能幫助自己了。

好吧。首先是光。就算是一盒火柴也行。在另一個房間的架子上，一定有什麼可用的東西。他只能仰賴摸索的方式——動作要放慢，行動要有條理——直至找到為止。接著，他就可以去找他麻的啟動馬達的電池。他確定這裡一定有電池，因為他需要發電機。要是沒有發電機的話，只有死路一條。

就算讓發電機再度啟動又如何？丙烷用完的時候又該怎麼辦？

唉呀，這段時間一定還會有別的轉機。他不打算死在這裡。與耶穌共進烤牛肉？說真的，他根本不會去吃那頓飯。要是他不能坐在主人的位置，那麼他就會儘快跳過整件事。

這使他又再度笑了起來。他打算無比緩慢小心地走回門口，接著再進主房間。他的手就像盲人那樣朝前伸去，在走出七步後摸到牆壁。他沿右邊移動，指尖順著木頭……啊！是空的。這就是門口了。很好。

他拖著腳穿過門口，此刻對於在黑暗中移動顯得更具信心。他完美地記得這個房間的布局：兩邊都有架子，沙發就在——

他被那他麻的小子絆倒在地，額頭撞上地板，叫了一聲——由於那裡有塊毯子鋪在地上，所以比起疼痛，叫聲裡反而只有更多的驚訝與憤怒。不過，喔天啊，有隻死人的手就在他雙腿之間，似乎正抓著他的睪丸。

老詹跪起身朝前爬去，再度撞到了頭。這回撞到的是沙發。他又吼了一聲，接著爬上沙發，趕緊把腿抬到上頭，就像有人發現有一堆鯊魚，於是趕緊從水中抽起雙腿一樣。

他全身顫抖地躺在那裡，告訴自己得冷靜下來，要是不冷靜下來，說不定心臟病真的就會發作了。

只要一有心律不整的感覺，你就得集中精神，慢慢的深呼吸。那個嬉皮醫生是這麼告訴他的。當時，老詹只認為這是什麼靈修之類的鬼話，但如今沒有別的東西可用——他身上沒藥——所以也只好試試看了。

這似乎有用。在二十次深吸氣，並慢慢地吐出來後，他可以感覺到自己的心臟又穩定下來，嘴裡也沒了那股銅味。不幸的是，一股重量似乎壓在他胸口上，讓疼痛蔓延到他左手臂處。他知道這是心臟病發作的症狀，但卻覺得可能只是因為沙丁魚引起的消化不良。很有可能。只要用緩慢的深呼吸來照顧心臟就好了（不過，只要一旦擺脫這場混亂，他就會去看醫生，甚至住院，動場繞道手術也行）。熱氣也是個問題。熱氣與混濁的空氣。他得去找手電筒，讓發電機再度運作。只要再一分鐘，或是再兩——

有呼吸聲傳來。

對，當然有。我就正在呼吸啊。

但他很肯定自己聽見的是別人的聲音，而且還不只一個，感覺就像是有好幾個人與他一同待在這裡。他認為自己知道那些人的身分。

這太可笑了。

對，但其中一個呼吸聲就來自沙發後面，一個潛伏在角落，而一個則站在離他面前不到三英尺處。

別想了。快停下來！

布蘭達·帕金斯就在沙發後面，角落的則是下巴因脫臼而垂落著的萊斯特·科金斯。

至於他正前方的死人是——

「不，」老詹說。「全是假的。全是狗屁。」

他閉上雙眼，試圖專注在緩慢的深呼吸上。

「這裡聞起來肯定很香，爸，」小詹低沉的聲音自他前方傳來。「聞起來就像儲藏室，還有我女朋友的味道。」

老詹發出尖叫。

「扶我起來，老兄，」卡特躺在地板上說。「他把我割得好慘，還朝我開槍。」

「停下來，」老詹低聲說。「我根本就什麼也沒聽見，所以快停下來。我要數好呼吸。我要讓心臟穩定下來。」

「我還是有那份檔案，」布蘭達．帕金斯說。「還有很多副本。不久以後，那些副本就會貼在鎮上的每一根電線桿上頭，就像茱莉亞把她的最後一期報紙貼在上頭一樣。『要知道你們的罪必追上你們。』。〈民數記〉第三十二章。」

「妳根本不在這裡！」

但接下來，有個東西——感覺像是一根手指——從他臉頰上一滑而過。

老詹再度尖叫。輻射塵避難室裡滿是死人，呼吸著污濁空氣的聲音越來越多，正在不斷移動。即使在黑暗裡，他還是能看見他們蒼白的臉孔，還看見了他死去兒子的雙眼。

老詹從沙發上跳起，在黑暗的空氣中揮舞雙拳。「滾開！全都離我遠一點！」他衝向樓梯，在最下面那層絆了一跤。這回沒有地毯減輕力道，讓鮮血開始滴進他的雙眼之中。有一隻死人的手正撫摸著他的後頸。

「你殺了我。」萊斯特．科金斯說，但從他斷掉的下顎裡，這句話變成：乙乙乙啊啊啊喔喔喔。

老詹跑上樓梯，用他驚人的體重朝最上面的門撞去。門板推著外頭那些燒焦木材與掉落磚塊，稍微打開了些，但程度依舊不足以讓他從中擠過。

「不！」他大吼。「不，別碰我！你們全都別碰我！」

穿著回家，看起來就像連身裙

1

現在是上午七點半。他們全都圍在一起，甚至就連死去的班尼．德瑞克那悲傷、雙眼紅腫的母親也是。愛爾娃摟著愛麗絲．艾波頓的肩膀。這個小女孩過去會講些沒禮貌的話與勇敢的態度如今全都不見蹤影，當她呼吸時，窄小的胸口中還會發出明顯的雜音。

等山姆講完他要講的話以後，四周沉寂了片刻……當然，只除了風扇那無處不在的呼嘯聲。接著，生鏽克說：「這麼做太瘋狂了，你們會因此而死。」

「難不成我們留在這裡就能活著？」巴比問。

「你怎麼會想嘗試這種事情？」琳達說。「就算山姆的點子有用，你——」

「喔，我覺得會有用。」老羅說。

「當然會，」山姆說。「那是有個叫彼得．伯杰隆的傢伙在一九四七年珍珠灘大火後告訴我的。彼得是個話很多的人，但從來不會撒謊。」

「就算這樣好了，」琳達說。「那又為了什麼？」

「因為有件事我們始終沒試過，」茱莉亞說。此刻，她已下定決心，巴比也說他會跟她一起去，所以十分鎮靜。「我們還沒試著乞求他們。」

「妳瘋了，茱莉亞，」湯尼．蓋伊說。「妳覺得他們真的會聽見嗎？而且他們又真的會聽嗎？」

茱莉亞表情凝重地轉向生鏽克。「你的朋友喬治．萊斯羅普用他的放大鏡活生生的燒死螞蟻時，你有聽見牠們乞求嗎？」

「螞蟻不會乞求，茱莉亞。」

「你說『我突然想到，螞蟻也是條小生命。』為什麼你會想到這點？」

「因為……」他拉長了音調，接著聳了聳肩。

「或許你真的聽見了。」小梅．傑米森說。

「我很尊重你們，但這真是狗屁不通。」彼特．費里曼說。「螞蟻就是螞蟻，牠們不會乞求。」

「但人類可以，」茱莉亞說。「我們不也是一條小生命嗎？」

沒人回答。

「不這麼試試看還能怎麼辦？」

這時，寇克斯上校在他們後方開口了。他們全都忘記了他也在場。外界與外界的人現在似乎已變得與他們毫無關聯。「要是我就會試試看。別引述我的話，但……對，我會試。巴比你呢？」

「我早就贊成了。」巴比說。「她是對的。我們沒有別的方法了。」

2

「讓我們來瞧瞧那些袋子。」山姆說。

琳達把三個束口垃圾袋遞了出去。其中兩個袋子原本放著她與生鏽克的衣服，以及兩個女兒的幾本書（現在這些上衣、褲子、襪子與內衣，全都胡亂扔在這一小群倖存者的後方）。第三個袋子是老羅提供的，裡頭原本裝著他帶來的兩把獵槍。

山姆把三個袋子全都檢查一遍，在放槍的袋子裡發現一個破洞，於是扔在一旁。另外兩個袋子是完好無缺的。

「好了，」他說。「聽好了。我們就挑艾佛瑞特太太的廂型車過去方塊那裡，不過我們得先讓那輛車保持密閉。」他指向那輛奧德賽廂型車。「妳確定車窗是關著的？艾佛瑞特太太？妳得確定才行，因為我們要活命就全靠這點了。」

「是關著的，」琳達說。「我們有開空調。」

山姆望向生鏽克。「你負責那輛車，醫生，不過你要做的第一件事，就是關掉空調。你知道為什麼吧？」

「為了保護車廂裡的空氣狀態。」

「你在開門時，一定會有些壞空氣跑進去，這是一定的，但只要你動作夠快，壞空氣就不會進去太多。裡頭依舊會有好空氣。鎮上的空氣。所以裡頭的人在前往方塊時，可以輕鬆的呼吸。那輛舊廂型車之所以不行，不只是因為窗戶是開——」

「我們逼不得已，」諾莉說，看著那輛偷來的電話公司廂型車。「空調壞了。爺、爺爺說——」一滴淚水緩緩自她左眼流出，劃過臉頰上的灰塵。黑暗的天空中，不斷有灰燼與煙塵飄落，幾乎可以算是一幅美景。

「沒關係，親愛的，」山姆告訴她。「反正這輛車的輪胎也不值半毛錢。只要看一眼就知道，這輛車肯定是從那個小渾球的二手車停車場裡弄來的。」

「所以如果我們還需要另一輛車的話，我想應該就是我那輛了。」老羅說。「我能理解。」

但山姆卻搖了搖頭。「最好是用夏威小姐的車，因為她的車輪胎更小，更好處理。再說，那些輪胎是全新的。裡頭的空氣也是新鮮的。」

小喬·麥克萊奇突然咧嘴一笑。「用輪胎的空氣！把輪胎的空氣放到垃圾袋裡！自製的氧氣罐！威德里歐先生，這真是太天才了！」

懶惰鬼山姆自己也笑了，露出六顆僅餘的牙齒。「功勞不在我身上，孩子。功勞是屬於彼得·伯杰隆的。他告訴我，有兩個人在珍珠灘那場大火的火勢散開，燒到樹冠以後，便被困在火勢後方。他們人沒事，只是沒有能呼吸的空氣。所以，他們把一輛紙漿卡車的輪胎充氣蓋拔掉，輪流吸著裡頭的空氣，直到風勢把空氣吹乾淨為止。彼得說，他們說那味道糟透了，就像是條放久的死魚，不過這麼做卻救了他們一命。」

「一個輪胎夠嗎？」茱莉亞問。

「或許吧，不過我們得相信妳那個備胎，不是那種只能撐二十英里，好讓人開下高速公路的緊急應變用品。」

「不是，」茱莉亞說。「我討厭那類東西。我叫強尼·卡佛拿一個全新的給我，他也照做了。」她朝鎮上的方向看去。「我想強尼現在已經死了，就連嘉莉也是。」

「我們最好還是從車上拆個輪子下來，以防萬一，」巴比說。「妳有帶著千斤頂對吧？」

茱莉亞點頭。

老羅·波比的笑容裡沒有太多幽默感。「我跟你比賽看誰先回來，你負責你那輛廂型車，我負責茱莉亞的油電車。」

「我來處理油電車，」派珀說。「你待在這裡吧，老羅。你的狀況看起來真是鳥透了。」

「這話出自牧師的嘴裡還真棒。」老羅發著牢騷。

「你應該要慶幸我還那麼有活力，可以講出這類垃圾話。」事實上，利比牧師看起來離有活力還差得遠，不過茱莉亞還是把鑰匙交給了她。他們看起來全都沒辦法去外頭好好狂歡，但派珀的狀況的確比較好一些，克萊兒·麥克萊奇就跟牛奶一樣蒼白。

「好了，」山姆說。「我們還有另一個小問題，不過首先——」

「什麼？」琳達問。「還有什麼問題？」

「現在先別擔心。首先，讓我們先把車子弄過來吧。你們想什麼時候開始？」

生鏽克看著磨坊鎮上的公理會牧師。派珀點了點頭。「心動不如馬上行動。」生鏽克說道。

3

其餘的鎮民們全都在看著，但不只他們，就連寇克斯與其他將近一百名士兵也聚集在穹頂的另一側，彷彿網球比賽的觀眾一樣，專心地沉默看著。

生鏽克與派珀在穹頂那裡用力吸氣，讓肺部吸進盡可能多的氧氣。接著，他們手牽手跑了起來，朝著車輛的方向前去。抵達時，他們分頭行事。派珀絆了一下，單膝跪地，油電車的鑰匙落在地上，使所有看著的人全發出了一聲緊張呻吟。

她迅速撿起草地上的鑰匙，再度站起身子。在她打開那輛綠色小車的車門，衝進車裡的時候，生鏽克已經發動好廂型車的引擎了。

「希望他記得關上空調。」山姆說。

車輛轉彎時，幾乎完美地串連在一塊兒，油電車跟在體積大上許多的廂型車後方，就像牧羊犬在趕羊一樣。兩輛車快速駛向穹頂，在崎嶇不平的地面上彈跳著。那群流亡者散落地站在他們前方，愛爾娃牽著愛麗絲．艾波頓，琳達的雙手則各抱著一個正在咳嗽的艾佛瑞特姊妹。

油電車在離滿是髒污的屏障不到一英尺處停下，但生鏽克的奧德賽廂型車卻又甩了一圈，使車頭對著來時方向。

「你老公開車很帶種，不過他的肺甚至比開車技術更加厲害。」山姆實事求是的告訴琳達。

「那是因為他戒了菸，」琳達說。抽筋敦哼了一聲，但琳達可能沒聽見，不然就是假裝沒聽到。

不管他的肺好不好，生鏽克並未繼續磨蹭。他從身後甩上車門，立即衝向穹頂。「小事一件。」他說……開始咳了起來。

「車子裡的空氣就像山姆說的一樣沒問題嗎？」

「比這裡的好多了。」他慌亂地笑了一下。「不過他還有件事說得沒錯——每次一打開車門，就會有一些好空氣流出來，讓一些壞空氣流進去。你們或許不需要用到輪胎的空氣，就能成功抵達方塊那裡，但我不知道你們有沒有辦法在沒輪胎空氣的情況下回來。」

「他們誰也不會開車，」山姆說。「負責開車的是我。」

巴比覺得自己的嘴唇在這幾天以來，還是第一次發自真心地向上揚起，露出了笑容。「我還以為你駕照被吊銷了呢。」

「反正我也沒看到這裡有警察。」山姆說，轉向寇克斯。「那你呢，隊長？有看到任何本地的鄉下警察或郡警嗎？」

「一個也沒看到。」寇克斯說。

茱莉亞把巴比拉到一旁。「你確定要這麼做？」

「對。」

「你知道機會非常渺茫吧？」

「知道。」

「你要怎麼乞求他們？芭芭拉上校？」

他想起了費盧杰那棟健身房：愛默生就在他面前重重踢了一名囚犯的睪丸一腳，而海克梅耶拉著另一名囚犯的頭巾，朝他頭部開了一槍。鮮血濺在牆上，就與一直以來不斷發生的事情一樣，像是回到了人們還拿著棍棒打仗的時代。

「我不知道，」他說。「我只知道，也該輪到我了。」

4

老羅、彼特．費里曼與湯尼．蓋伊用千斤頂把油電車抬高，把其中一個輪子拆了下來。那是輛小車，在一般情況下，他們或許可以直接用手把車尾末端抬起。但現在不行。雖然車子停在離風扇很近的地方，但在他們完成前，還是得不斷反覆跑回穹頂那裡呼吸。到了最後，蘿絲還與咳得太厲害，導致無法繼續下去的湯尼換手。

但最後，他們還是成功把兩個新輪胎全給靠在穹頂上頭。

「到目前為止都很好，」山姆說。「現在還有一個小問題。我希望有人可以想出辦法，因為我肯定想不出來。」

他們看著他。

「我的朋友彼得說，那兩個傢伙拔掉閥門，直接從輪胎上呼吸，不過這招在這裡不管用。我們得裝在垃圾袋裡頭，代表需要更大的洞。你可以打破輪胎，但是沒東西可以插進洞口——例如一根吸管之類的——所以失去的空氣會比得到的多。所以……我們該用什麼才好？」他充滿期望地環顧四周。「有人會出乎我意料的帶了帳棚來嗎？用其中一根鋁製空心管什麼的？」

「我那兩個女兒有一座遊戲帳棚，」琳達說。「不過放在家裡的車庫裡。」接著，她想起車庫已經沒了，就連整棟房子也沒了，於是瘋狂地笑了起來。

「一枝筆桿呢？」小喬問。「我有一枝……」

「不夠大，」巴比說。「生鏽克？救護車上有什麼嗎？」

「一根插管？」生鏽克疑惑地問，接著回答了自己的問題。「不行，也不夠大。」

巴比轉身。「寇克斯上校呢？有什麼想法？」

寇克斯無奈的搖了搖頭。「我們這裡可能有一千種東西可以派上用場，不過全都幫不上你們那邊。」

「我們不能讓這種小事阻止我們！」茱莉亞說。巴比聽出她的聲音裡有著挫折感，已經接近恐慌了。「別管袋子了！我們帶著輪胎，直接在輪胎上吸氣！」

山姆在她話還沒說完前便已開始搖頭。「這麼做可不行，小姐。抱歉，但不會有用的。」

琳達朝穹頂俯去，深吸了幾口氣，閉住最後一口。接著，她跑去她的奧德賽廂型車後方，擦掉後窗上的菸灰，看進裡頭。「那袋子還在裡面，」她說。「感謝老天爺。」

「什麼袋子？」生鏽克在她身後問。

「在購物網站上幫你買的生日禮物。十一月八日，你該不會忘了吧？」

「我是忘了。還是故意忘的。誰會想要自己變成四十歲啊？裡面是什麼？」

「我知道要是我先把它拿進屋裡，那麼在我準備把它包起來以前，你就會先發現它……」她看向其他人，表情嚴肅，臉上髒得就像在街頭流浪的孤兒。「他是個很愛追根究柢的人。所以我就把東西留在廂型車裡了。」

「妳到底要送他什麼，琳達？」賈姬．威廷頓問。

「我希望這份禮物可以送給我們全部的人。」琳達說。

5

他們準備好時，每個人全都擁抱與親吻了巴比、茱莉亞、懶惰鬼山姆三個人，甚至包括孩子也是。在這二十幾個即將留在這裡的流亡者臉上，只帶著一絲絲的希望。巴比試圖告訴自己，那只是因為他們精疲力盡，長時間呼吸急促，但他其實清楚得很，這根本就是最後的吻別。

「祝你好運，芭芭拉上校。」寇克斯說。

巴比對他點了個頭，表示謝意，接著轉向生鏽克。生鏽克比他重要多了，因為他也是穹頂之下的一分子。「不要放棄希望，也別讓他們放棄希望。要是沒成功的話，盡力照顧他們，讓他們盡可能地撐下去。」

「我知道。拿出你最好的表現吧。」

巴比朝茱莉亞點了一下頭。「我想，主要是看她表現才對。誰知道呢，就算沒成功，說不定我們也還是能回來這裡。」

「肯定會。」生鏽克說。他的聲音熱切，但眼中卻洩漏出了真正的想法。

巴比拍了拍他的肩，接著朝穹頂走去，加入山姆與茱莉亞的行列，盡可能深吸著滲進來的稀薄新鮮空氣。他對山姆說：「你確定你真的要去？」

「嗯，我要補償某件事。」

「什麼事，山姆？」茱莉亞問。

「我寧可不說。」他微微一笑。「尤其不會跟鎮上的報社小姐說。」

「妳準備好了嗎？」巴比問茱莉亞。

「好了。」她抓住他的手，簡短而用力地緊握了一下。「我已經盡我所能地準備好了。」

6

老羅與賈姬．威廷頓就守在廂型車的後門。當巴比大喊「走！」的時候，賈姬打開車門，老羅則把兩個油電車的輪胎丟進去。巴比與茱莉亞直接撲進車內，身後的門在不到一秒內便被關上。山姆．威德里歐雖然年紀已老，同時長期酗酒，但依舊敏捷的就像蟋蟀一樣，已經坐在這輛奧德賽廂型車的駕駛座上，正在發動引擎。

廂型車裡的空氣現在混入了外面的味道——會先聞到木頭燒焦的味道，再來則是顏料與松脂的惡臭——但還是比他們在穹頂那裡吸進的空氣好得多，就算那邊有十幾架風扇在吹也一樣。

時間一長就不會比較好了，巴比想。不夠我們三個人吸。

茱莉亞抓起鮮豔的黃黑色網路購物袋，把東西倒了出來。掉出來的東西是個塑膠桶，上頭寫著「完美回音」，下方寫的則是：「五十片裝CD燒錄片」。她想撕開包在外頭的收縮膜，卻沒辦法馬上撕開。巴比伸手想拿自己的小刀，心中一沉，想起小刀根本不在身上。當然不在。那把小刀如今已在警局的殘骸下成了一塊廢鐵。

「山姆！拜託告訴我你身上有小刀！」

山姆沒回答便直接往後丟了把小刀。「那是我爸的。我這輩子都一直帶在身上，記得要還我。」

那把小刀的木製刀柄早因長期使用幾乎全被磨平，但他把刀刃拉出來時，那片單面刃卻依舊鋒利無比。這把刀可以割開收縮膜，也可以俐落的刺破輪胎。

「快點！」山姆大喊，準備重重踩下這輛奧德賽的油門。「我們可沒時間讓你慢慢來，我懷疑這輛車的引擎，在這種空氣中可能沒辦法撐上那麼久。」

巴比劃開收縮膜，茱莉亞則把收縮膜扯掉。她把塑膠桶的蓋子往左轉開，隨手拋開。原本將作為生鏽克生日禮物的空白CD片全放在附有一根固定軸的黑色塑膠底座上。她把CD片倒掉，握緊那根固定軸。她的嘴巴因施力而抿得緊緊的。

「讓我來——」他說，但接著她便成功拔出來了。

「女生也很強壯。尤其是她們嚇得半死的時候。」

「是空心的嗎？如果不是的話，我們就又回到原點了。」

她把那根固定軸舉至臉前。巴比從一頭望了進去，在另一頭看見她的藍色眼珠。「出發，山姆，」他說。「我們準備好了。」

「你確定會有用嗎？」山姆回吼，把排檔桿打至行車檔。

「一定行！」巴比回答，因為要是回答「我怎麼會知道」的話，肯定振奮不了任何人。其中也包括了他自己。

7

站在穹頂前的倖存者們，靜靜地看著廂型車揚起塵土前進，朝諾莉·卡弗特口中的「閃光方塊」前去。那輛奧德賽廂型車在飄散的煙霧中逐漸模糊，變成一道幻影，隨即消失無蹤。

生鏽克與琳達站在一起，各背著一個孩子。「生鏽克，你怎麼想？」琳達問。

他說：「我想我們得抱著最好的希望。」

「然後做好最壞的打算？」

「沒錯，兩件事都要。」他說。

8

他們經過農舍時，山姆往後方喊：「我們現在要進到果園了。你們要護好下面，孩子們，因為就算撞破了底盤，我也不會因此停車。」

「去吧。」巴比說，接著車身一陣猛力彈跳，把手臂上掛著備胎的他給拋了上去。茱莉亞抓著另一個輪胎，就像船難的受害者抱著救生圈一樣。在他們眼前一閃而過的蘋果樹葉子看起來髒兮兮的，毫無生氣可言。大多數的蘋果全在地上，因先前爆炸引發的風勢被震落下去。

又是一次劇烈彈跳。巴比與茱莉亞一起彈了上去，又一起掉了下來，茱莉亞趴倒在巴比腿上，依舊抓著輪胎不放。

「你這個老王八蛋到底是從哪裡弄到駕照的？」巴比大喊。「郵購目錄嗎？」

「是超市！」老人回喊。「沃爾瑪超市的每樣東西都很便宜！」接著他停下來哈哈大笑。

「我看見了。我看見那個發光的混帳玩意兒了。那個紫色光芒還真是亮得很。我會停在旁邊。你等我停車以後再刺破輪胎，否則可能會不小心劃破一個大洞。」

不久後，他用力踩下煞車，這輛奧德賽廂型車猛地停了下來，讓巴比與茱莉亞翻進了後座裡。現在我知道當顆彈珠是什麼感覺了。巴比想。

「你開車就跟波士頓的計程車司機一樣！」茱莉亞氣憤地說。

「妳只要記得給——」山姆停了下來，重重地咳了一聲。「——兩成的小費就行了。」他的聲音聽起來就快窒息了。

「山姆？」茱莉亞問。「你還好嗎？」

「可能不太好，」他平鋪直敘地說。「我有什麼地方流血了。可能是喉嚨，但感覺像是更深的地方。我想我的肺可能破了吧。」他又再度咳了起來。

「我們能幫得上什麼忙嗎？」茱莉亞問。

山姆努力壓下咳嗽。「把那個他媽的發射器給關了，好讓我們可以出去。我已經沒菸了。」

9

「一切都交給我，」茱莉亞說。「我要確保你知道這點。」

巴比點了點頭。「是的，女士。」

「你只要幫我拿著空氣就好。要是我沒成功，我們再交換工作。」

「要是我能確切知道妳到底想怎麼做的話，可能會對妳比較有幫助些。」

「沒什麼是確切的。我只有直覺跟一點點的希望而已。」

「別那麼悲觀。妳還有兩個輪胎、兩個垃圾袋，以及一個空心的固定軸。」

她露出笑容，那張滿是灰塵的緊張臉孔因此亮了起來。「多謝提醒。」

山姆又開始咳嗽，整個人靠在方向盤上。他吐出一口不知道是什麼的東西。「親愛的老天爺啊，這還真是有夠難過。」他說。「快！」

巴比用刀刺穿輪胎，在拔出刀時，立即聽見空氣流出的聲音。茱莉亞把固定軸放到他手上，就像做事效率高超的手術室護士似的。巴比把空軸插入洞裡，看見橡膠夾住空軸……接著感覺到清涼空氣噴在他滿是汗水的臉上。他無法控制地深吸了一口。這比風扇吹進穹頂的空氣更加清新充足。他的大腦似乎醒了過來，臨時做出一個決定。他沒把垃圾袋套在臨時湊合的噴嘴上，而是直接把其中一個垃圾袋給撕下一大塊。

「你在做什麼？」茱莉亞尖叫。

沒時間向她解釋她不是唯一有直覺的人了。

他把撕下來的垃圾袋碎片作為塞子，塞住空軸洞口。「相信我。妳只管過去方塊那裡，做好妳要做的事。」

她彷彿告別似地看了他最後一眼，打開奧德賽廂型車的車門。她半跪地跌倒在地，又站起身子，在一塊突起的小丘上絆了一下，跪在閃光方塊的旁邊。巴比拿著兩個輪胎跟在她身後，口袋裡放著山姆的小刀。他跪了下來，把插有空軸的輪胎舉至茱莉亞面前。

她拉開塞子，吸了一口——臉頰用力地鼓了起來——轉自一旁吐出，接著再吸一口。眼淚順著她臉頰滑下，帶走了流經之處的灰塵。巴比同樣哭了起來。但這與情感沒有任何關聯，比較像是他們遇上了世界上最可怕的酸雨。這裡的空氣比穹頂那裡糟上太多了。

茱莉亞吸了更多空氣。「好。」她用氣音說，幾乎就像在吹口哨似的。「很好。不腥。沙沙的。」她又吸了一口，把輪胎斜遞給他。

他搖了搖頭，雖然肺部一陣痛楚，卻還是把輪胎推了回去。他拍了拍胸口，接著指向她。

她又深吸一口，隨即又吸一口。巴比擠壓輪胎的正上方，好讓她更容易能吸進空氣。他彷彿依稀聽見山姆不斷咳嗽的聲音，從另一個世界裡傳來。

他會把自己給咳死，巴比想，覺得要是不儘快呼吸，就連自己也會死掉。當茱莉亞第二次把輪胎推向他時，他朝當作代替品的噴嘴俯身，深深地吸進空氣，試圖把雖有灰塵但卻滋味美好的空氣壓進肺臟底部。有那麼一刻，當恐慌（天啊就跟要溺死了一樣）幾乎快吞沒他時，他打從心裡覺得這幾口還遠遠不夠，而且感覺就像是永遠無法滿足。那股想衝回廂型車的衝動——別管茱莉亞了，讓茱莉亞自己照顧自己就好——幾乎強大到難以抗拒……但他還是成功抗拒了。他閉上雙眼，吸著空氣，試圖重新找回冷靜。他得讓自己完全平靜下來。

放輕鬆。慢慢來。放輕鬆。

他又從輪胎裡慢慢吸了第三口氣，劇烈跳動的心臟也開始變慢了些。他看見茱莉亞往前俯身，握住方塊兩側。什麼也沒發生，而這並不讓巴比感到意外。他們第一次來到這裡時，她就已經碰過方塊了，現在已經對電擊免疫了。

突然之間，她的背部高高拱起，發出呻吟。巴比把噴嘴伸到她面前，但她沒有反應。血從她的鼻孔中流出，就連右眼眼角也開始流出血珠。紅色的血滴沿著臉頰滑落。

「發生了什麼事？」山姆大喊。他的聲音沉悶，像是被堵住了一樣。

我不知道，巴比想。我不知道發生了什麼事。

但他知道一件事：要是她不儘快吸入更多空氣，肯定會死在這裡。他把空軸從輪胎中拉出，以牙齒咬著，用山姆的小刀刺進第二個輪胎，接著把空軸插進洞口，用垃圾袋的碎片封了起來。

接著他開始等待。

10

在沒有時間的時間裡：

她在一個巨大、沒有屋頂的白色房間中，而正上方則是外星球的綠色天空。這是……什麼地方？對，遊戲室，他們的遊戲室。

（不，她躺在音樂台的地板上。）

她是個有一定年紀的女人了。

（不，她是個小女孩。）

這裡沒有時間。

（這裡是一九七四年，地球上的每段時間都在這裡。）

她需要用輪胎吸氣。

（她不用。）

有東西看著她。某個可怕的東西。但她對它來說也挺可怕的，因為她比她應該要有的大小還大，而且就在這裡。她不應該出現在這裡的。她應該在方塊裡才對。但她依舊是無害的。它知道這點，就算它（只是個孩子）非常年輕；事實上，才剛剛從幼稚園畢業而已。它說話了。

——妳是幻想出來的。

——不，我是真實的。拜託，我是真實的，我們全部都是。

這個臉上沒有眼睛的皮革頭注視著她。它皺著眉，雖然沒有嘴巴，但嘴角確是往下撇的。茱莉亞意識到自己有多麼幸運，能夠遇到它們之中的單獨一個。這裡通常會有更多個，不過它們已經（回家吃晚餐回家吃午飯上床睡覺去學校放假了，它們去了哪裡都無所謂。）不知道去了哪裡。要是它們全在這裡的話，就會直接把她送回去。眼前這個皮革頭也能把茱莉亞送回去，但她卻相當好奇。

她？

對。

這個皮革頭是女的，就與她一樣。

——求妳放了我們。求妳讓我們這條小生命能繼續活下去。

沒有回答。沒有回答。沒有回答。然後：

——妳不是真的。妳是——

什麼？她會說什麼？妳是玩具店裡買來的玩具？不，但一定是類似的東西。茱莉亞突然閃現她與哥哥小時候做了個螞蟻農場的回憶。這段回憶來去不到一秒。螞蟻農場也不太對，還是比較像玩具店裡買來的玩具，這個說法比較接近。就像大家常講的一樣，只能大概形容。

——你們又不是真的，怎麼會有生命？

——我們絕對是真的！她大喊，而這正是巴比聽見的呻吟——就跟你們一樣，是真實存在的！

一陣靜默。隨著皮革的臉孔開始轉變，這間沒有屋頂的巨大白色房間，不知為何變成了卻斯特磨坊鎮的音樂台。接著：

——證明給我看。

——把手給我。

——我沒有手。我沒有身體。身體不是真的。身體是夢。

——那就把心給我！

這個皮革頭孩子沒這麼做，也不打算這麼做。

於是茱莉亞只好把心給它。

11

在不是任何地方的地方裡：

這裡是寒冷的音樂台上，她是如此的害怕。更糟糕的是她那……丟臉的感覺？不，這比丟臉糟糕多了。要是她知道自卑這個詞的話，她肯定會說：對，對，就是這樣，我很自卑。她們搶走了她的褲子。

（在某個地方，有群士兵正在健身房裡踢著一個裸體的人。這是別人的羞恥過往，與她的混在一塊兒了。）

她哭了起來。

（他也有想哭的感覺，但沒哭出來。現在他們得遮掩這件事才行。）

那些女孩已經走了，但她的鼻子仍在流血——萊拉甩了她一巴掌，威脅要是她說出去的話，就會割掉她的鼻子。她們還全部都朝她吐了一口口水。現在，她就躺在這裡，由於覺得眼睛就像鼻子一樣流出鮮血，所以認為自己一定哭得非常悽慘，同時覺得自己似乎無法呼吸。但她不在乎是哪裡流血，她寧願失血過多，死在音樂台的地板上，也不要穿著她那條愚蠢的小孩內褲走路回家。她很樂意因為流血死在什麼地方都行，就像她不用去看那個士兵（在這之後，巴比試著不去想那個士兵的事，不過當他如此努力時，想到的事情卻是「駭人沒理性的海克梅耶」）拉著裸體的人（頭巾）頭上的東西，就知道接下來會發生什麼事。只要你在穹頂之下，接下來發生的事就總是一模一樣。

她看見其中一個女孩走了回來。回來的是凱拉．貝芬斯。她站在那裡，低頭看著以為自己很聰明的笨蛋茱莉亞．夏威。那個笨蛋小茱莉亞．夏威穿著她的小孩內褲。凱拉準備回來搶走她剩下的衣服，把衣服全丟到音樂台的屋頂上。這麼一來，她是不是只能用手遮著她的妹妹，裸體走路回家？為什麼這些人要這麼討厭？

她含著淚水閉上雙眼，當她再度睜開眼睛時，凱拉已經起了變化。現在她沒有臉，在她頭上那頂彷彿不停移動的皮革頭盔上，看不見同情，看不見愛，甚至連恨也沒有。

只有……覺得有趣。對，只有這樣。要是我……這麼做的話，它又會有什麼樣的反應呢？

茱莉亞．夏威毫無價值可言。茱莉亞．夏威無關緊要，小到不能再小，從上面看著她，她變成了一隻不斷趕路的夏威蟲。同時，她也是隻裸體的囚犯蟲，一隻身上沒有衣物，只有一條已經鬆開的頭巾，待在一間健身房裡的囚犯蟲。在頭巾下方，他最後的回憶是妻子拿著剛烤好的大餅的香氣。她是一隻尾巴燃燒著的貓；一隻放大鏡底下的螞蟻；一隻在雨天裡，被一個三年級生好奇的手指拔去翅膀的蒼蠅；一場給沒有身體的無聊小孩玩的遊戲，而遊戲裡的那個世界對它們來說，是如此的微不足道。她是巴比，她是在琳達．艾佛瑞特的廂型車中瀕死的山姆，她是在灰燼裡瀕死的奧利，她是正在哀悼死去兒子的愛爾娃．德瑞克。

但最主要的她，仍是一個在鎮立廣場音樂台的木頭地板上蜷縮著的小女孩；一個因為天真的自負而被懲罰的小女孩；一個誤以為自己長大後會很聰明，誤以為自己很重要，誤以為這個世界會保護她的小女孩。而她根本不知道現實世界其實是具巨大、麻木的火車頭，空有引擎，但卻沒有車燈。她的心、頭腦、靈魂同時大喊起來：

——請饒我們一命！我求妳，拜託！

就在一瞬間，她變成了在白色房間裡的皮革頭；變成了回到音樂台的女孩（之所以會回來，完全出自某種她無法解釋的原因）。在那恐怖的片刻中，茱莉亞成了加害者而非受害者。她甚至變成了拿著槍的士兵，也就是那個駭人沒理性的傢伙。也就是這個人，才讓戴爾·芭芭拉至今仍不斷夢見自己沒出手阻止他的事。

接著，她又再度變成了只是自己。

而且還正抬頭看著凱拉·貝芬斯。

凱拉的家境清寒。她的父親在TR-90合併行政區那邊當裁紙工人，總是在法國佬酒吧裡喝個爛醉（在過了很長一段時間後，那裡變成了北斗星酒吧）。她的母親臉頰上有個很大的粉紅色胎記，所以小鬼們都叫她「櫻桃臉」或「草莓頭」。凱拉沒有任何一件漂亮衣服。今天，她身上穿的是一件老舊的棕色毛衣、老舊的格紋裙、磨破的帆船鞋，以及一雙襪口鬆掉的白色襪子。她的一邊膝蓋上有著跌倒或被人在操場上推倒的擦傷痕跡。沒錯，這就是凱拉·貝芬斯。只是，現在她的臉是皮革做的，而且皮革不斷變換形狀，看起來甚至無法說是接近人類。

茱莉亞想著：我看著的是孩子們看著螞蟻的臉。要是螞蟻開始燃燒以前，從放大鏡底下抬頭看去的話，模樣就會像是我這樣。

——拜託，凱拉！拜託！我們是活生生的！

凱拉只是低頭看著她，什麼反應也沒有。接著，她的雙手在茱莉亞面前交叉——在現在的模樣裡，它們有著人類的手——把毛衣脫了下來。她說話時，聲音中沒有愛，也沒有後悔或自責。

但其中或許有著憐憫。

她說。

12

茱莉亞在方塊前方往後彈去，彷彿有隻手用力打了她一下。她閉住的氣吐了出來。就在她要吸入另一口氣以前，巴比抓住她的肩膀，拔掉噴嘴上的垃圾袋碎片，把噴嘴塞進她口中，暗自希望不會割傷她的舌頭，或是——老天保佑——把塑膠管用力刺進她嘴中的上顎部分。但不管怎樣，他都不能讓她吸進有毒的空氣。她的狀況極度需要氧氣，所以那口毒氣可能會讓她開始抽搐，或是徹底害死了她。

不管茱莉亞的狀況如何，她似乎馬上就明白了是怎麼回事。她沒有試著掙扎退開，而是用雙臂死命地抱住油電車的輪胎，開始瘋狂地吸起空軸。他可以感覺到，她全身都劇烈地不斷顫抖著。

山姆總算停止咳嗽了，但此刻出現了另一個聲音。茱莉亞也聽見了。她又從輪胎裡深深吸了一大口氣，抬起頭來，深邃發黑的眼窩中，雙眼睜得老大。

有隻狗在叫。一定是荷瑞斯，因為牠是唯一倖存的狗。牠——

巴比抓住她的手臂，力道之大，讓她覺得手臂就快要斷掉了。他臉上的表情是種純粹的驚訝。那個有著奇怪符號的方塊，正飄浮在離地面四英尺高的地方。

13

由於荷瑞斯離地面最近，所以最先感覺到了新鮮空氣。牠開始叫了起來。接著，就連小喬也感覺到一陣驚人寒冷的微風，吹上他滿是汗水的背部。他正靠著穹頂，而穹頂開始移動。還是向上移動。諾莉正在打盹，紅通通的臉蛋就靠在小喬的胸口上，此刻，他看見她頭上有一綹骯髒、糾結的頭髮開始飄揚起來。她睜開了雙眼。

「怎麼——？小喬，發生了什麼事？」

小喬知道是怎麼一回事，但卻因太過震驚而無法開口。他可以感覺到一股涼意在他背上滑動，就像一塊沒有盡頭的玻璃板被抬了起來一樣。

荷瑞斯現在瘋狂地叫個不停，牠的背彎成弓形，鼻子貼在地面上。這是他表示「我想要玩」的動作，但荷瑞斯不是在玩。牠把鼻子塞進浮起的穹頂下方，奮力嗅著清涼甜美的新鮮空氣。就跟天堂一樣！

14

穹頂的南側那裡，一等兵克林·艾姆斯也在打盹。他盤腿坐在一一九號公路旁的草地上，用一張印第安風格的毯子裹住自己。空氣突然間變黑，彷彿惡夢從他腦中飛出，變成了實際存在的形態。他開始咳嗽，因而醒了過來。

菸灰在他腳邊飄起，落在他每天穿的卡其色制服褲的腿上。老天在上，這是從哪兒來的？裡頭已經全部燒個精光了啊。接著，他看見了。穹頂就像一個巨大的百頁窗簾一樣向上移動。這是不可能的——穹頂的寬度與高度都很驚人，每個人都知道這件事——但這就是發生了。

艾姆斯沒有一絲猶豫，立即手腳並用地往前爬去，以雙手抓住奧利．丹斯摩。有那麼一刻，他感覺到背部中間磨到了上升中的穹頂，感覺就像是堅硬的玻璃，突然想到：要是穹頂現在又往下降的話，就會把我切成兩半。接著，他把男孩拖了出來。

在那一刻，他覺得自己像是在拖著一具屍體。「不！」他大喊。他抱著男孩朝呼嘯的風扇奔去。「不准你死在我身上，小牛仔！」

奧利開始咳了起來，接著彎下身，虛弱地吐著。當他吐的時候，艾姆斯還抱著他。此刻，其他人朝他們跑來，一面還高興地大叫著。而跑在最前方的人，正是葛洛中士。

奧利又吐了一次。「別叫我小牛仔。」他低喃著說。

「叫救護車！」艾姆斯大喊。「我們需要救護車！」

「不用，我們用直升機把他載去緬因中央公眾醫院，」葛洛說。「孩子，你有坐過直升機嗎？」

奧利眼神茫然地搖了搖頭，吐在葛洛中士的鞋子上。

葛洛滿臉笑容，握住奧利那髒兮兮的手。「歡迎回到美國，孩子。歡迎回到這個世界。」

奧利一隻手抱著艾姆斯的頸子，知道自己就要昏倒了。他想試著撐到自己可以說出謝謝為止，但卻沒能成功。在他再度陷入黑暗以前，最後一件感覺到的事，就是那個南方來的士兵親了他的臉頰一下。

15

在北端那裡，第一個出來的是荷瑞斯。牠直接朝寇克斯上校跑去，開始在他腳邊繞圈。荷瑞斯沒有尾巴，但這不重要；牠整個後半身都在不斷跳著搖擺舞。

「我的媽啊。」寇克斯說道。他抱起這隻柯基犬，而荷瑞斯則已經開始瘋狂地舔起他的臉頰。倖存者在穹頂內側站在一塊兒（草地上有明顯的分界線，一邊明亮，而另一邊則是死寂的灰色），開始理解了是怎麼回事，但卻不敢相信。這些人包括了：生鏽克、琳達、艾佛瑞特姊妹、小喬．麥克萊奇與諾莉．卡弗特，而他們的母親分別站在他們兩側。維維、吉娜．巴佛萊與哈麗特．畢格羅摟著彼此。抽筋敦抱著他姊姊蘿絲，而滿臉淚水的蘿絲則抱著小華特。派珀、賈姬與小梅三人手牽著手。彼特．費里曼與湯尼．蓋伊這兩個《民主報》的成員則站在他們後方。愛爾娃．德瑞克靠在老羅．波比身上，而老羅則以雙手抱著愛麗絲．艾波頓。

他們看著穹頂的骯髒表面迅速升至空中。而穹頂另一側的楓葉，則明豔到了叫人心碎的地步。

甜美的新鮮空氣拂起了他們的頭髮，也吹乾了他們皮膚上的汗水。

「先前我們彷彿是透過黑色的玻璃看著這一切，」派珀．利比說，已然淚流滿面。「但現在，我們就像是面對面的看著這一切。」

荷瑞斯從寇克斯上校的懷裡跳了下來，開始繞著8字型朝草地走去，一面吠叫，一面不停嗅著，想要一次把所有東西都拉個乾淨。

倖存者難以置信地抬頭看著這個晚秋的星期日早晨，位於新英格蘭地區上方的明亮天空。而在他們正上方，先前囚禁他們的骯髒屏障仍在上升之中，移動速度越來越快，縮小成像是藍色紙張上頭，以鉛筆劃過的一條長線。

一隻鳥向下俯衝，穿過了先前曾是穹頂的地方。依舊被老羅抱著的愛麗絲・艾波頓抬頭看著那隻鳥，笑了起來。

16

巴比與茱莉亞跪在輪胎兩側，輪流藉由空軸吸氣。他們看著方塊又開始往上升起，速度由慢至快，在接近六十英尺的高度時，似乎徘徊了一秒，彷彿有些遲疑。接著，方塊直接往上方射去，速度快到人類的眼睛無法跟上，就像試圖看到射出的子彈一樣不可能。同時，穹頂也同樣飛上上方，感覺就像是被拉了上去。

這個方塊，巴比想著。拉起穹頂的方式就像是用磁鐵吸起鐵屑一樣。

一陣微風正朝他們吹來。巴比可以從草地的擺盪，便能看出微風吹到了什麼位置。他搖了搖茱莉亞的肩膀，指向正北方。原本骯髒的灰色天空已變回藍色，讓人直視時甚至會覺得太亮。果樹開始進入了明亮的範圍裡。

茱莉亞從空軸上抬起頭來，吸了一口氣。

「我不確定空氣有沒有好到──」巴比才說到一半，風勢便抵達了這裡。他看見微風拂起茱莉亞的頭髮，感覺到風勢就這麼吹乾了他髒污臉上的汗水，溫柔的就像是情人的手掌一樣。

茱莉亞又咳了起來。他拍著她的背，而就在他這麼做的同時，也吸進了周圍的第一口空氣。

空氣依舊很臭，像是在撕裂著他的喉嚨，但如今已經是可以吸進肺裡的空氣了。惡劣的空氣朝南邊吹去，就像新鮮的空氣從TR-90合併行政區的那一側——雖說TR-90合併行政區那裡的空氣本來就一直是這樣——大量流入一樣。第二口的空氣更好；第三口則還要更好；至於第四口，根本就成了上帝的禮物。

或者說，是一個皮革頭女孩的禮物。

方塊原本的位置處有塊黑色區域。巴比與茱莉亞就在旁邊緊緊地相擁著。只是，那裡沒有任何一根花草，而且也不會再有了。

17

「山姆！」茱莉亞大喊。「我們得去通知山姆！」

他們跑向奧德賽廂型車時，仍在陸續咳嗽，但山姆沒有。他趴在方向盤上，眼睛睜著，呼吸變得很淺，下巴的鬍子上沾有鮮血。巴比把他扶起來時，看見老人的藍色襯衫已變成了污濁的紫色。

「你可以載他嗎？」茱莉亞問。「來得及把他載到軍方那裡嗎？」

答案幾乎確定是來不及，但巴比說：「可以試試。」

「不要，」山姆低喃著。他把視線轉向他們。「情況太嚴重了。」他每說一個字，鮮血便會自口中滲出。「你們成功了嗎？」

「茱莉亞成功了，」巴比說。「我不知道確切的情況，但她的確成功了。」

「有部分是因為一個在健身房裡頭的人，」她說。「有個駭人沒理性的傢伙開了一槍。」

巴比的嘴張得老大，但她並未注意到。她抱著山姆，在他兩邊臉頰上各親了一下。「你也成功了，山姆。你開車載我們過來，你看見了那個在音樂台上的小女孩。」

「妳在我的夢裡不是小女孩，」山姆說。「妳已經長大了。」

「但那個小女孩還是存在。」茱莉亞摸著胸口，說道。「她還是在這裡。就活在這裡。」

「扶我下車，」山姆低喃著。「在我死以前，想要聞一下新鮮的空氣。」

「你不會──」

「噓，女人。我們都知道是怎麼回事。」

他們各自扶著他一隻手臂，輕輕地把他帶出駕駛座，讓他躺在地上。

「又聞到空氣了，」他說。「感謝上帝。」他深吸一口，接著咳出一口血來。「我聞到了一股忍冬花的香味。」

「我也是。」她說，把他額頭上的頭髮往後撥。

他把手蓋在她的手上。「它們……它們有表示歉意嗎？」

「那裡只有一個在場而已，」茱莉亞說。「要是有更多皮革頭在場，我們就永遠不會成功。我不認為有人有辦法說服一群天性殘忍的人。除此之外，沒有──她沒有歉意。有憐憫的感覺，但沒有歉意。」

「這兩種東西可不一樣，不是嗎？」老人輕聲說。

「不一樣，不太一樣。」

「憐憫是堅決的人才有的，」他說，嘆了口氣。「我頂多只能擁有歉意而已。我為了酒而做出了那件事，但我還是覺得十分抱歉。如果可以的話，我會把酒給還回去。」

「不管到底是什麼事，你最後都彌補過來了。」巴比說。他握著山姆的左手。結婚戒指就在他的中指上，由於手指的肉很少，所以鬆到有點古怪的地步。

山姆眼中的哀傷轉淡，把視線移到他身上，試著露出微笑。「或許我是……為了那件事才這麼做的。不過我很高興參與了這件事。我不認為有人可以彌補像是——」他又開始咳了起來，更多的鮮血自他沒有牙齒的嘴中濺出。

「停，」茱莉亞說。「別再開口說話了。」他們跪在他的兩側。她望向巴比。「忘了載他回去的事吧。他體內有什麼地方已經破了。我們得去找人幫忙。」

「喔，看看這天空！」山姆．威德里歐說。

這就是他最後所說的話。他吁出一口氣，胸口變平，再也沒了下一次的呼吸。巴比正要伸手闔上他的雙眼，但茱莉亞拉住他的手，阻止了他。

「就讓他看吧，」她說。「就算他死了，也還是讓他能看就看吧。」

他們坐在他身旁。附近有鳥叫聲。而某個地方，荷瑞斯仍在叫個不停。

「我想我們該走了，我還得去找我的狗。」茱莉亞說。

「說得對，」他說。「廂型車？」

她搖了搖頭。「用走的吧。如果走慢一點的話，我們應該還是撐得了半英里的距離——不是嗎？」

巴比扶她起身。「那就試試看吧。」他說。

18

他們牽著手，走在老舊的運輸道路突起部分，她盡量把她稱之為「方塊裡面」那裡的事情全都告訴了他。

「所以，」等她說完後，巴比這麼說。「你告訴她我們所會做出的那些可怕的事——或者說是展示給她看——而她還是放我們一馬了。」

「他們全都很清楚那些可怕的事。」她說。

「費盧杰的那一天，是我生命中最糟糕的回憶。而之所以會那麼糟糕……」他思考著該怎麼告訴茱莉亞。「是因為我也加入了，而不是事情結束後才來到現場。」

「那不是你幹的，」她說。「是其他人幹的。」

「這不重要，」巴比說。「不管是誰幹的，那傢伙都死了。」

「你覺得要是你們只有兩、三個人在健身房裡，這件事還會發生嗎？如果只有你一個人呢？」

「不會，當然不會。」

「那就怪罪到命運頭上吧。責怪上帝或宇宙也行，就是別再責怪自己了。」

他或許沒辦法做到這一點，但卻能理解山姆最後所說的話。巴比認為，對一件做錯的事感到後悔，絕對比不當成一回事來得好上許多。然而，這並不代表你做了錯事以後，就要這麼一直哀傷下去，利用喜悅被剝奪的方式來做為自己的贖罪行為。不管是燒死螞蟻，或是開槍射殺囚犯，全都是一樣的道理。

他在費盧杰那時候沒有任何喜悅的感覺。從這點來看，他可能真的算是無辜的。這麼想讓他好多了。

士兵們正朝向他們跑來。他們或許還有一分鐘的時間可以單獨相處，也說不定還有兩分鐘。

「我很感激妳做的一切，茱莉亞。」

「我知道。」她靜靜地說。

「妳做的事非常勇敢。」

「你會原諒我偷了你的回憶嗎？我沒有這個意思，但事情就這麼發生了。」

「完全原諒。」

士兵們越來越近了。寇克斯跑在後頭，荷瑞斯則跟在他身後跳著。很快地，寇克斯就要到了，他會問肯尼過得好不好，以及他們如何讓這個世界恢復正軌的一堆問題。

巴比抬頭看著藍色的天空，深深吸了一口正在淨化中的空氣。「我真不敢相信，穹頂就這麼消失了。」

「你覺得穹頂還會再出現嗎？」

「或許不會在這個星球上，起源也不會是同樣那群孩子。他們會長大，離開他們的遊戲室，但方塊還是在那裡。其他的孩子會發現方塊。這是遲早的事，鮮血總會濺在牆上。」

「這實在太可怕了。」

「或許吧，不過我可以告訴妳一句我媽常說的話嗎？」

「當然。」

他背了起來。「每過一個晚上，我們都會變得聰明兩倍。」

茱莉亞笑了起來，聲音很悅耳。

「那個皮革頭女孩最後跟妳說了什麼？」他問。「快告訴我，否則他們就要到了。這是只屬於我們兩個的祕密。」

她似乎很吃驚他竟然會不知道。「她說了凱拉說的話。『穿著回家，看起來就像連身裙。』」

「她在說的是那件棕色毛衣？」

她又再度牽起他的手。「不，她是在說我們的生命。我們這條小生命。」

他想著這句話。「如果她給了妳，那就讓我們好好穿上吧。」

茱莉亞指著前方。「看看是誰來了！」

荷瑞斯看見了她。

牠加快速度，左右穿過奔跑的人，等到牠跑在最前面時，則開始壓低身子，全速跑了起來。牠的臉上浮現一個大大的微笑，耳朵往後飛去，平壓在頭骨上方。牠的影子在滿是煙塵的草地上與牠賽跑。茱莉亞跪了下來，伸出雙手。

「親愛的，快過來媽媽這裡！」她大喊。

牠跳了起來。茱莉亞一把接住牠，雙雙往後倒在地上，不斷大笑著。巴比扶她站了起來。

他們一起走回了這個世界，身上穿著他們得到的禮物——生命。

憐憫不是愛，巴比如此深思……但要是一個孩子把衣服給了某個赤身裸體的人，那麼絕對是朝著正確方向所邁出的第一步。

二〇〇七年十一月二十二日至二〇〇九年三月十四日

——下冊完

作者後記

我第一次試著寫《穹頂之下》，是一九七六年的事。當時，在兩個星期約莫寫了七十五頁以後，我夾著尾巴，躡手躡腳地逃離了這本書。二〇〇七年，當我坐下來準備再度開始時，那份稿子已經遺失了許久。但我還清楚地記得開頭的章節——〈飛機與土撥鼠〉——程度到了讓我幾乎可以完全重現的地步。

我先前會不堪負荷，並不是因為角色眾多——我喜歡那種有大量人口的小說——而是因為故事裡出現的專業問題，尤其是穹頂會對生態與天氣帶來什麼影響的部分。對我來說，那些涉及到許多事情的問題，對這本書似乎非常重要，因此讓我覺得自己像個懦夫——還有懶惰鬼——深怕會把這本書給搞砸。所以，我又找了別的事情做，只是穹頂這個點子，卻也始終沒離開過我的腦海。

我有個在緬因州布里奇頓從事助理醫生的好友羅斯．多爾。多年以來，他幫我解決了許多書裡頭的醫療細節問題，特別是《末日逼近》一書。二〇〇七年的夏末，我問他願不願意接下一個任務更多的主要研究員的工作，與我合作一本篇幅很長，叫作《穹頂之下》的小說。他同意了，而且多虧了他，我想本書裡的大多數專業細節全是正確的。羅斯研究了以電腦控制的導彈系統、噴射氣流的樣本、冰毒的製作方式、攜帶式發電機、輻射、手機技術方面可能會有的進步，還有其餘一百種別的事情。羅斯還創造了生鏽克．艾佛瑞特自製的輻射防護衣，以及發現人們可以藉由輪胎的空氣，呼吸至少一段時間的事。我們有犯下錯誤嗎？當然有。不過，由於是我曲解或誤會了他所提供的答案，所以大多應該都歸咎於我，

這本書最早的兩個讀者，是我的妻子塔比莎，以及我的媳婦蕾諾拉．勒格朗。她們都是堅強、富有人情味，以及樂於提供幫助的好人。

妮．葛拉翰編輯這本書時，讓這本書從原本恐龍般的厚度，稍微縮減成一隻較好管理的野獸般的尺寸；每一頁上頭都有著她手寫的標記與修改。我欠她許多感謝，因為在那些日子裡，她總是早上六點起床，開始拿起鉛筆改稿。我試著用一定的速度持續寫著這本書。妮知道這點，所以每當我開始動搖時，她就會踩著我的腳，大喊（就像編輯的習慣一樣，這部分全標記在頁邊的空白處）：「寫快點！老史！寫快點！」

這本書獻給了蘇蘭達．佩托，他是我的朋友，也是三十年來我可靠的友情泉源。二〇〇八年六月，我接到了他死於心臟病的消息。我坐在我辦公室的樓梯上哭了起來。等到哭完以後，我又回頭工作。這就是他會希望我做的事。

還有你，忠實的讀者。謝謝你讀了這個故事。如果你得到的樂趣就跟我在寫的時候一樣，那麼對我們來說，這都是件再幸運不過的事了。

S．K．

收錄「歐亨利最佳短篇故事獎」得獎作〈黑衣男子〉、電影〈1408〉原著、
《黑塔》番外篇〈伊路利亞小姑娘〉等最新短篇傑作！
每篇故事均附加作者小記，大師的內心世界與寫作靈感全面大公開！

史蒂芬金的14張牌

Everything's eventual: 14 Dark Tales

每一張牌的背後，都隱藏著我們的欲望與人性……

有些牌會牽引出聞所未聞的奇譚——丁奇擁有一種天分，畫符號就能懲罰討厭鬼，但這秘密卻被一個陌生人發現了！霍華在驗屍室的手術檯上醒來，身旁圍著一圈醫生，正準備將他活生生地開膛破肚……有些牌看似日常，實則驚心動魄——老婆只因為憎惡老公嬌養的貓咪，憤而離家出走，沒想到從此踏上了不歸路；律師在餐廳裡協調離婚事宜，卻遇上抓狂的領班揮刀砍人……有些牌你可能自以為很熟悉——還記得那間鬧鬼鬧到讓鐵齒作家也不得不投降的旅館房間「1408」嗎？還有尋覓「黑塔」的羅蘭，在神秘小鎮被許多白衣姑娘愛慕著，但她們總透著一股邪氣……十四張牌千變萬化、風貌各異，唯一的共同點是都呈現了故事大師史蒂芬・金超乎凡人的才華、出人意表的創意、獨樹一格的幽默，以及無可言說的魅力！今晚，你想抽哪一張牌？

國家圖書館出版品預行編目資料

穹頂之下（下）/史蒂芬・金Stephen King著；
劉韋廷譯 -- 初版. -- 臺北市：皇冠, 2013.11 [民102]
面；公分. -- (皇冠叢書；第4351種　史蒂芬金選；27)
譯自：Under the Dome
ISBN 978-957-33-3029-5 (平裝)

874.57　　102020353

皇冠叢書第4351種

史蒂芬金選 27

穹頂之下[下]

Under the Dome

作　　者—史蒂芬・金
譯　　者—劉韋廷
發 行 人—平雲
出版發行—皇冠文化出版有限公司
台北市敦化北路120巷50號
電話◎02-27168888
郵撥帳號◎15261516號
皇冠出版社(香港)有限公司
香港上環文咸東街50號寶恒商業中心
23樓2301-3室
電話◎2529-1778　傳真◎2527-0904
責任編輯—張懿祥
美術設計—王瓊瑤
著作完成日期—2009年
初版一刷日期—2013年11月
初版三刷日期—2016年07月
法律顧問—王惠光律師

如有破損或裝訂錯誤，請寄回本社更換
讀者服務傳真專線◎02-27150507
電腦編號◎508027
ISBN◎978-957-33-3029-5
Printed in Taiwan
上下冊不分售・定價◎新台幣799元/港幣266元